KB132317

시대의 마음

시대의 마음

선우은실
평론집

문학동네

책머리에

2016년에 작품활동을 시작해서 2023년에 첫 비평집을 낸다. 작품집을 낼 수 있을 만큼 원고가 취합되고 계약이 성사된 이후, 솔직하게 말하면 그 누구보다 빨리 비평집을 내고 싶었다. 누군가는 문학과 어울리지 않는 말이라 여길 수도 있겠지만, 세속적인 욕망이 반영된 의지였을 것이다. 그리고 책을 묶는 시간 동안 문학과 비평이, 세속적 욕망과 그렇게 어울리지 않는 말은 아님을 수용하게 됐다.

하필 문학비평을 통해 제 욕망을 아주 정확하고도 제대로 들여다보고야 만 게 아닐까. 2016년 이후부터 머리말을 쓰는 지금까지를 포함해 원고를 죽 살피면서, 내가 비평을 통해 대결했거나 성찰하고자 했던 커다란 것 중 하나가 그것이라 생각한다. 단지 명예를 얻고 싶다거나 돈을 많이 벌고 싶다는 것만을 의미하는 것은 아니다. 물론, 신춘문예 당선 시상식에서조차 나는 '글쓰는 사람'의 가난한 미래를 떠올리는 부모를 염려하여 또 그들의 걱정이 보편타당한 것일지라도 나만큼은 보란듯이 비껴갈 거란 호기를 숨기지 않았다. 글쓰는 미래를 너무 걱정하지 말라고, 여기에 모인 이들을 증인 삼아 문학해서 집도 사고 차도 사겠다고 말했다. 얼마간 불가능한 일이고 얼마간 가능한 일이다. 그리고 그렇게 하겠다는 다짐은 여전히 유효하다.

다만 문학을 통해 들여다보게 된 욕망의 형태는 좀더 복잡했다. 내가 비평에 매혹당한 것은 그것이 유일해 보이는 하나의 텍스트를 여러 가지 방법으로 말할 수 있는 방식이었기 때문이었다. 여러 관점을 하나의 대상에 투사하자, 마치 프리즘을 통과한 빛이 여러 개의 스펙트럼으로 펼쳐지듯 '유일한' 것으로부터 여러 갈래의 이야기가 발견되었다. 문학비평이라는 경험적 사건은 그 누구보다도 (여러 의미의) 체제 순응적인 인간으로 성장할 싹이 있고도 남은 내게 분열을 안겨주었다. 나는 (미처 주지하지도 못한 채로) 저마다 주어진 삶의 형태란 어떻게 해도 결코 변할 수 없으며, 사회가 정한 룰 속에서 이상을 찾는 일이 불가능함을 알면서도 그 룰 위에서 그것이 틀렸음을 증명하고 싶었다. 그렇게 단념과 부정을 오가는 삶의 분열을 마주하며 어쩔 줄 모르는 상태로 문학비평이 보여주는 세계를 겪었다. 그러나 이 힘겨운 문학비평은, 고착된 관념에 출구를 내어주었다. 변하지 않을 것임을 냉소해왔던 고통스러운 역사는 사실 간절히 삶이 변하기를 바랐음의 반증이었고, 한편 내게도 다른 종류의 삶이 주어질 수 있음을 문학비평의 언어를 통해 다름 아닌 '내'가 발견해내고야 말겠다는 의지와 수행의 일면에는 신자유주의적 주체 생산의 이데올로기가 끼어들어 있었기에 여전히 세속적 의지에서 벗어날 수는 없음을 느끼게 했다. 이런 불일치하는 욕망이 내게 있음을, 나는 이전에도 모르지 않았으나 이 책을 묶는 시점에 와 이렇게 인정한다.

사후적 의미 부여에 가깝겠지만 거창한 개념인 '시대'와 '마음'을 호명한 까닭 역시 이러한 욕망의 수용과 관련돼 있다. 저마다 시대와 대결하는 개인으로서 삶을 꾸려나가는 것이겠고, 또 내 시대 내 욕망만 특별하지는 않을 것이다. 다만 그렇게 서로 다른 역사를 지닌 인간들이 지금이란 동시대를 살면서 어떤 뒤엉키는 마음을 지니고 있는지, 나는 문학을 통해 알고 싶었고 또 자신의 것에 대해서도 살피고 싶었다. 그런 시대의 마음이 결국 내가 한 시절의 비평을 통해 하고 싶은 말이었으리라. 정말 그러한지는 이제부터는 이 책을 읽는 이들의 판단에 따를 일이겠다.

*

목차를 결정하기까지 오래 걸렸다. 평론집의 전반적인 구성과 각 부마다의 흐름을 고려하는 일이 쉽지 않았다. 2023년으로부터 멀게는 칠 년 전에 발표한 글을 한데 수록하자니 과거의 글이 거칠게 느껴진 탓도 있다. 한 동료가 내게 미흡하게 느껴지는 글 또한 자신의 글이라고 말해주어서 어떤 서투름—그조차 내 것인—을 받아들일 수 있었다. 페미니즘, 노동, 문학 비평 등은 과거부터 지금까지 글을 쓰면서 점진적으로 다뤄온 주제다. 투박하게나마 과거로부터 시작한 질문이 있었기에 보다 정교한 오늘의 질문도 가능했으리라 여긴다. 오늘에 이르러 어떠한 이야기를 하기까지, 그간 어떤 생각과 마음이 엎치락뒤치락했는지 그 흐름을 수록하고 조망하는 일로서 이 평론집이 만들어졌다는 사실은 스스로에게 의미가 크다.

평론집의 흐름을 크게 네 갈래로 나눠 잡았다. 시대 감각, 젠더 비평, 나와 비평, 시대 마음이 그것이다. '시대'는 평론집을 가로지르는 키워드 중 하나인데, 기실 모호한 개념이다. 유동하는 시공간 속에서 공통의 감각을 다르게 배태시킴으로써 구획되기에 그렇다. 이를 문학과 연결짓건대 이 시기에 이 작품이 이렇게 읽히는 근간일 것이다. 하여 1부에서는 비평가-나는 자신을 어떤 시대의 존재라고 여기며 작품을 읽는가와 관련해, '읽는 감각'으로서 시대를 소환하고자 했다. 문학, 비평, 주체, 노동 등과 같은 개념어는 시대를 초월하여 사용되는 말이었을지언정, 시대의 규범을 바탕 삼아 그 말을 체험하는 이의 감각 속에서 다르게 해석될 것이며 그게 '시대 감각'일 것이다.

2, 3, 4부는 이러한 시대에 대한 메타 인지적 감각을 토대로 주요 테마를 선정했다. 2부에서는 젠더와 관련한 글을 묶었다. 작품활동을 시작한 2016년은 '문단 내 성폭력' 고발 운동이 본격화된 해였다. 내게 문학은 젠더 폭력의 과오를 저지르고(저질러올 만큼 많은 위계를 허용했고) 고발당했으며 그것을 잊지 않으면서 이다음의 언어를 찾아나가는, 이 모든 일을 수행하는 어떤 것이다. 그렇기에 젠더에 대한 이야기는 자연스럽고도 무겁게 이 시대 우리에게, 그리고 나의 비평의 한 자리에 위치한다. 젠더와 관련한 글을 쓸 때마다 뻣뻣하지 않게, 옳다고 하는 것만을 옳게 하지 않기 위해 자신의 내재화된 이분법과 고투했다. 얼마나 성공적이었는지는 알 수 없지만 이 책 이후에도 고투를 그만두지는 않을 것이다.

3부에서는 시대 한가운데의 '나'에 대한 이야기를 다루었다. 달리 말하면 시대와 주체라고도 말할 수 있을 텐데, '주체'보다는 '나'라는 표현이 적실하게 느껴진다. 비평이 자아를 압도하는 시기를 지나, 저마다의 자아가 비평을 향하고 비평으로 모이는 것으로서 나는 문학을 상상한다. 다른 부에 비해 묶인 글의 수는 적지만 '나'를 구성하는 비평, 비평을 구성하는 '나'를 교차시켜보고자 했다.

4부에서는 이 책의 키워드 중 나머지 하나인 '마음'과 관련된 글을 배치했다. 시대라는 거대한 시공간의 언어를 통과해나가면서 건져올린 것은 겨우 마음, (어쩌면) 대단하게도 마음이다. 돌이켜보건대 시대의 사명도, 시대의 책무도 아닌 시대의 마음을 매만지는 것을 비평의 일로 삼았던 것이지 싶다. 매 시대마다 훼손과 절망이 없었던 것 아니나 그때마다의 언어로 그 이후를 상상하고 구축해나가고자 했던 것처럼, 이 시대의 훼손과 절망을 건너는 일로서 마음을 헤아리는 일이 더없이 소중하게 여겨진다. 시대-감각-나를 거쳐, '시대의 마음'에 도달할 때, 각각의 '나'들은 '우리'로 연결될 수 있을 것이다.

마지막으로 대담을 수록했다. 양경언 평론가가 선뜻 대담을 수락해주어 마음이 든든했다. 대담을 진행하는 동안에는 지레 혼날 것을 예상하고 쩔쩔매는 기분이 되기도 했다. 비평이 고립의 언어가 아님을, 같이 하는 일임을, 나는 대담을 통해 새삼 환기했다. 얼마간 내가 비평에 결코 가까워지지 않는다고 여겼던 스스로의 생각과는 달리, 대담을 하는 동안 양경언 평론가가 비평을 '통해' 건넨 말이 곧장 내게 건넨 말처럼 느껴졌다. 글을 매개하여 사람을 잇는 경험이었다. 유쾌하고 즐거웠으며, 또 앞으로의 의지를 밝히는 대화의 시간이었다. 이제는 이 책을 읽는 분들께 이 '잇는 대화'가 가닿기를 바란다. 양경언 평론가께 감사의 인사를 전한다.

*

책의 제목을 결정하는 일부터, 표지, 목차, 글을 선고하는 일 등 한 권의 책이 만들어지기까지 오롯이 혼자 해낸 것은 없다. 담당 편집자님, 대담을 꾸려주신 양경언 평론가, 친구들, 가족, 귀찮도록 이것저것을 물었던 내게 선뜻 의견을 들려주신 모든 분들께 감사를 전한다. 원체 마음만큼 감사를 드러내지 못하는 사람이라 생각하며 살고 있다. 적힌 말은 소박하고 간략하나 담긴 마음은 훨씬 깊다는 것을 거듭 밝혀 적는다.

'어떤 비평을 쓰게 되었는가'가 아니라 '어떤 비평을 쓰고 싶었는가'를 확인하는 시간이었다. 누군가에게 '어떤 비평을 원했는가'를 발견하는 시간으로 이 책이 주어진다면 더할 나위 없이 기쁘겠다는, 욕심을 적어둔다.

2023년 1월
선우은실

차례

2부 젠더 비평

3부 나와 비평

4부 시대 마음

1부
시대 감각

오늘날의 시와 비평의 가능성
—자신의 비평에 대한 소고

1. 문학이라는 사상

그러나 아무리 생각해봐도 나에게는 기이하게 생각되는 일이 있다. 그것은 문학에 종사하는 사람들이, 어째서 젊은 몸으로 정신의 낭비에만 힘쓰고 있는가 하는 점이다. 너무나도 아깝다는 생각이 든다.

(……) 만약 문학도 일종의 인간의 유희라고 본다면, 이 또한 얼마나 빠져들기 어려운, 그래서 본전을 뽑기 힘든 유희인가. 노력만 하면 손해는 안 본다는 말이 있다. 이것은 노력하기만 하면 잘못돼도 손해는 없다는 의미이다. 현실적인 노력을 하면 피로조차 현실적인 내용을 갖는다. 그 내용은 언제나 교훈으로 넘친다. 그렇다면 피로조차도 벌지 못하는 게 문학인가?[1)]

---

1) 고바야시 히데오, 「비평에 대해서 I」, 『고바야시 히데오 평론집—문학이란 무엇인

1930~1940년대에 활동했던 일본의 비평가 고바야시 히데오의 글 「비평에 대해서 I」(1932)은 '비평가'이자 '창작자'의 자의식을 토대로 한 가감 없는 비평이다. 이 글에서 그는 언뜻 무용한 문학 따위를 왜 하느냐고 불평하는 것 같지만 그뿐만은 아니다. 문학이라는 유희가 도대체 무슨 얻을 것을 주냐는 툴툴거림은 (특히 비평가가) 있는 힘껏 '문학-함'에 빠져들지 않고서는 그 작은 유희를 얻을 수조차 없으니 도대체 '나의 문학'이라는 것은 무엇이냐를 더 열심히 말해 즐겨야 하지 않겠느냐는 뜻이리라.

나는 문학이 빠지기 어려운 유희라는 그의 말 위에 문학이 일종의 '사상'이라는 말을 얹으려 한다. 비평이 작품의 성취에 기대어 수행되는 것은 사실이나, 그와 동시에 '마음가짐'의 문제라는 고바야시 히데오의 말을 좀더 살펴보자. "마음가짐이라고는 하지만, 비평문도 자기가 쓰는 것인 이상 자신의 훌륭한 작품이어야 한다는 극히 당연한 마음가짐이겠지만, 이런 당연한 마음가짐조차 나는 오늘날의 모든 동인 잡지의 비평문에서 발견할 수가 없다"[2]라는 그의 일갈이 철 지난 말로 느껴지지 않는 이유가 여기에 있다. 비평문이 훌륭한 작품이어야 한다는 말은 글 안에서 다루는 작품을 폄하하거나 과잉 해석하지 않고 비평가 자신을 돋보이도록 이용하지 않으면서 논리적 분석을 하자는 것이다. 요컨대 비평은 작품을 '읽는 자' 자신에 대해 말한다는 점에서 온전히 그 자신의 글이어야 한다.

"피로조차도 벌지 못하는 것이 문학"이냐고 물었는가. 이는 인간

가』, 유은경 옮김, 소화, 2003, 126~127쪽.

2) 같은 책, 128쪽.

의 감정을, 생각을, 체험을 추상적으로 재구성하는 문학이 '추상'으로 떠버리지 않고 언제나 현실 감각을 가져야 함을 생각하게 한다. "피로"가 '직접 현실'에서 뭔가 해야지만 느낄 수 있는 육체적 감각이듯 온몸으로 하지 않는 관념의 문학은 피로조차 벌지 못한다. 비평가에게 자신의 글을 쓴다는 마음가짐과 더불어 '피로'할 수 있는 문학-하기의 문제란 '문학을 어떻게 읽고 있는가' 하는 자문을 항시 염두에 두도록 한다. 무슨 당연한 말인가 싶을지도 모른다. 그러나 우리는 정말로 지금까지 '어떻게 읽고 있는가'에 대해서 논해왔을까. '어떻게(혹은 무엇이) 쓰여 있는가'에 훨씬 많이 몰두해오지는 않았는가?

나는 문학이 하나의 사상이라고 말했다. 사상은 사유 체계이며 사유 구조이다. 문학은 인간의 내면을 다루고, 내면은 타인(혹은 타자)으로 규정되는 존재에 의해 발견되고 완성되는 것이자 사회구조와 국가 체계, 역사 등이 총집결된 것이다. 이런 차원에서 문학이 사상이라는 의견은 어느 정도 받아들여질 수 있을 것이다. 가령 '시'는 그 시대적 배경, 작가의 시대 인식 및 시선과 태도, 역사적 차원에서 국가-개인(주로 작가)의 관계, 사회-개인의 관계가 반영된 결과물이다. 작품 자체가 이미 사상이다. 비평은 그것을 사상적으로 더욱 견고하게 만든다. 시는 시대 배경, 작가 자신에 대한 내력, 국가/사회와의 관계를 '보여줄 뿐' 일일이 설명하지 않지만 비평은 시의 문학사적 위치 등을 함께 논하기 때문이다. 따라서 그 비평이 얼마나 적확하게 '텍스트의 사상'을 드러냈는가 하는 것은 고사하더라도 보다 뚜렷하게 '사상'을 드러내는 역할을 하는 것임에는 틀림없다.

그것을 수행하는 '비평가'는 어떤 사람인가? 그는 시대와, 역사와, 국가와, 사회와, 그리고 텍스트와 어떻게 관계 맺는 자인가? 비평이 비평가의 관점 및 사회와의 관계망 속에서 구축된 하나의 '사상'이라면 문학이라는 사상은 '문학을 말하는 비평의 언어'와 밀접한 관계에 놓인다. 그리고 그것은 그가 텍스트를 '읽는 방식'에서 드러난다. 기이하지 않은가? 작품 자체가 자생적으로 사상적 영향력을 내재하고 있음에도, 텍스트에 대한 비평 담론—'그것이 어떠한 문학이다'라는—의 영향력이 크게 작용하고 있다. 그런 이상 문학에 대해 말한다는 것은 오로지 '텍스트'에 대해 말하고 있는 것 같지만(그에 대해 많이 주목해왔지만) 사실은 '텍스트에 대해 말하고 있는 비평'에 의해 구성된 관념을 말하는 것이기도 하다. 그러므로 작품을 말할 때에는 작품'이' 말하고 있는 것과 동시에 작품'에 대해' 말하고 있는 것을 함께 살펴야 하며 따라서 비평가는 '자신의 언어'가 무엇인지 고민하고 파악해야 한다.

2. 시를 그렇게 읽는 '나'는 누구인가: 시와 시대 담론

간단히 말해서, 과학을 제외한 모든 인간의 사상은 문학에 지나지 않는다는 말이야. (……) 세상에서 말하는 시라든가 소설이라든가 기타 예술이라고 이름 붙은 모든 인간의 표현들은 이 다양한 표정 중의 하나야. 내가 이 하나의 표정에 가장 마음이 끌리는 것은, 이 일종의 표정을 목숨처럼 여기는 사람들이, 자신의 작업은 엉터리 추상을 토대로 삼고 있음을 알면서도, 작업의 결과는 반대로 인간의 현실적인 체험을 직접적으로 암시하고 있어야 한다고 믿는 사람들이기 때문이야.[3)]

문학은 그야말로 사상적인 것이다. 사상이 꼭 민족주의나 민주주의, 공산주의 같은 '주의'가 독점하는 것만은 아니듯 기본적으로 인간의 감정과 생각을 글로 표현하여 아름다움에 대하여 감히 논하려 들고자 하는 것을 '사상적'인 것이 아니라고는 말할 수 없을 것이다. 그것을 더욱 완전하게 '사상적인 것'으로 만드는 것은 비평이다. 한 작품을 사회적/미학적인 맥락에서 말할 때, 또는 문학사적인 차원의 역사적 맥락에서 말할 때에도 그렇다. 작품이 역사의 어디쯤에 놓여 있고 어느 담론/가치/시대 요청의 자장 안에 있는지 등을 말해왔던 것이 비평인 한 그러하다.

'무슨 문학이 쓰였는가'를 말하는 것은 '그 문학에 대해 무어라 말하고 있는가'와 밀접하다. 인용된 고바야시의 글을 빌려 말하건대 이는 문학의 "표정"을 무어라 읽고 있는가를 말해야 한다는 뜻이다. 이 질문을 스스로에게 돌려 묻는다면, 나는 비평가로서 과연 시 비평을 제대로 쓰는가가 될 것이다. 이는 글쓰는 자의 일반적인 고민이기도 하겠지만, 내게는 다음의 문장과 등치되는 의미이다.

비평이 어떤 사회적 현상이나 이론(또는 담론), 문학사를 언급하지 않고 텍스트를 분석해도 괜찮은가?

괜찮지 않을 연유도 없겠지만 이런 고민을 하는 이유는 문학이 '사회'와 긴밀한 관계를 맺는 것이라는 전제를 수용하기 때문이다. 그렇다면 질문을 바꿔보자.

어떤 담론으로 텍스트를 읽는 대신 텍스트 내부 구조에 집중하는 것은 '사회'와 밀접한 관련을 갖지 않는가? (혹은 그 텍스트가 사회와

3) 「X에게 보내는 편지」, 같은 책, 74쪽.

밀접하지 않음을 담보하는가?)

만약 내가 일종의 사회 담론을 적극적으로 경유하여 텍스트를 읽는 비평을 하지 않고 있다면—이는 공부가 부족하거나 글쓰는 재주가 그쪽으로는 특화되지 않은 이유도 있겠으나— '나'라는 사람을 구성하는 국가, 사회, 세대 등과 같은 감수성과 관련된 문제와 결부된 것이기도 하다. 가령 나는 시에서, 문장의 구조, 어미 등을 포함한 문장의 형식에서 발견되는 화자의 고뇌나 세계에 대한 태도에 주목하는 경향이 있다. 즉 발화하는 '나'라는 화자(와 그 방식)에 주목하여 시를 읽는다. 이러한 현상은 오늘날 '나'와 세계의 관계에서 발생한 감수성 차원의 문제일지도 모른다.

> 이 같은 '정치와 문학' 또는 '정치와 사상'의 '관계' 상황에 하나의 큰 전기를 그은 것이 제 1차 세계대전 이후의 노동운동·사회운동의 발흥과, 뒤이어 숨쉴 틈도 없이 밀어닥친 마르크스주의와 코뮤니즘의 '태풍'이었다. '국세國勢', 즉 국가의 대외적인 발전이 답보상태에 놓이게 됨에 따라 **대내적인** 정치가 강한 이미지를 사상계에 불러일으키게 되었다. 그것은 '국가'와 구별되는 '사회'의 의식을 성장시킴으로써, 다양한 문화영역에 새로이 등장한 '사회'와 관련하여 자신의 현주소를 설정하는 임무를 어쩔 수 없이 부과하는 것이었다.[4]

마루야마 마사오의 글의 문제의식을 참고하여 문학의 사상에 대하여 얼마나 가치 있게 말할 수 있겠느냐는 질문을 건져올린다. 수많은

---

4) 마루야마 마사오, 『일본의 사상』, 김석근 옮김, 한길사, 2012, 141쪽, 강조는 원문.

시인과 비평가, 연구자에 의해서 마침내 어느 정도 규격화된 '시 담론'에서 발견해야 하는 것은 작품이 지시하는 내용은 물론이고, 어째서 그 작품에 대하여 그렇게 말하게 되었으며 '그렇게'라는 것이 무엇이고 어떻게 정당성을 얻을 수 있는가 하는 점이다. 이러한 질문을 중심으로 소략하게나마 근대문학의 출현부터 몇몇 시기별 시 담론의 형태를 개괄해본다.

'근대문학'의 발생을 역어로서의 '문학'의 출현을 기준으로 잡고 범박한 차원에서 개인과 세계의 관계를 살피기로 하자. 1910~1940년대의 문학은 '국가'와 강력하게 관계 맺는다. 근대로 나아가는 과정에서 근대 국민국가nation로의 주체적·자발적 성취가 요청되었던 식민지 조선의 상황에서, 시는 부르는 것sing-낭독되는 것-묵독되는 것으로 이행하면서 사상적 미디어의 역할을 수행한 바 있다. 시가 묵독되는 것으로 정착하는 과정에 '나'라는 서정시의 주체 형식이 가로놓여 있음은, 당시 시대상을 고려할 때 '(근대)국가'와 그리 다르지 않은 '나'를 세우는 일과 관련돼 있다고 볼 수 있다. '국가 만들기'와 '국민 주체로의 자각'은 해방 전후와 한국전쟁의 혼란기를 거쳐 '사회' 만들기의 과제로 이어진다. 1960~1980년대 민주화운동 시기의 문학은 국가 억압에 대한 비판과 개인의 자유, 즉 '국가의 해방'에서 '개인의 해방'으로 옮겨갔다. 김수영의 「"김일성 만세"」[5]를 보라.

---

5) "한국의 언론자유의 출발은 이것을/인정하는 데 있는데//이것만 인정하면 되는데//이것을 인정하지 않는 것이 한국/언론의 자유라고 조지훈이란/시인이 우겨대니//나는 잠이 올 수 밖에//'김일성 만세'/한국의 언론자유의 출발은 이것을/인정하는 데 있는데//이것만 인정하면 되는데//이것을 인정하면 되는데//이것을 인정하지 않는 것이 한국/정치의 자유라고 장면이란/관리가 우겨대니//나는 잠이 깰 수 밖에"(김수영, 「"김일성만세"」 전문, 『김수영 전집 2』, 민음사, 2018).

이 시는 정치사상으로 억압되지 않는 개인의 자유에 대한 외침이다. 이 시기의 문학 또는 문학하는 자의 사상은 '민주주의로의 걸음'이라는 사회의 요청으로 인해 '나=사회'의 도식을 수행토록 했다. 몇 년 전 한 문학 시상식 뒤풀이에서 어떤 사람이 내게 출신 학교를 묻더니 "그러면 시대정신에 대해서는 잘 모르겠다"라던 말에서의 '시대정신'은 아마도 이 시기를 거쳐온 사람이 사회와 자신을 동일시할 수 있을 때 공유되었던 일종의 '사상'일 것이리라. 이 시기 시 창작과 비평은 '사회 만들기'의 요청을 공유하고 있었고 그러한 측면에서 문학과 사회/정치의 밀접한 관련성의 담론이 만들어진 것은 마땅하다. 그러한 측면에서 이 시기의 '시 읽기'는 '쓰인 시'의 정신과도 크게 다르지 않았으므로 정합성을 지닌다고도 말할 수 있다.

한편 유성호는 1980년대 시의 사유 지표를 '민중/권력' '민주/독재'의 이분법으로 정리하고, 이와 대별되는 '해체시'를 언급한다.[6] 그는 해체시를 "탈정치적이지 않고 오히려 선명한 정치성을 지향"하는 것으로 설명하며 "현실을 해체한 것이 아니라, 현실을 수용하면서 그 수용하는 방법을 해체"[7]한 것으로 보아야 함을 주장한다. 이러한 시각은 1980년대의 감수성을 충분히 이해하였기에 가능한 것은 아닐까? 육체적 체험은 부지불식간에 정신을 구성하기 마련이다. 1990년대생이 이 시기를 제아무리 열심히 이해한다 한들 그때의 '감각'을 온전히 추체험하기란 추상적인 차원에서야 겨우 가능한 일일지도 모른다.

---

6) 유성호, 「1980년대 시의 전개와 전환」, 『서정시학』 2017년 봄호.

7) 같은 글, 234쪽.

'국가'에 이어 '사회'라는 어젠다agenda에 독재정권 퇴진과 노동법 관련 투쟁으로 희생을 수반한 성취를 이어오며 1990년대가 도래한다. 1990년대는 호황과 불황의 시기이다. 1970~1980년대에 내외로 국가 경제 성장에 박차를 가하며 '한강의 기적'은 물론 1985년을 전후하여 삼저 호황(저금리, 저유가, 저달러)을 누리게 된다. 1990년대에 '개인=사회'의 도식은 이전 시대와 비교하여 상대적으로 무뎌졌지만 당장 성취해야 할 국가, 사회라는 거대 담론의 요청을 발견하기도 쉽지 않았다.[8] 이전의 적폐는 어느 정도 청산되었고 경제적으로 호황을 맞았고 당장 해결될 것으로 요청되는 것은 없었던 시기에 '개인'이 국가와 사회 위로 떠오르기 시작한다. 유성호는 "1980년대에 대한 질적 대타의식에서 출발한 1990년대의 시는 서정성의 강화, 일상적 삶에 대한 관심 증폭, 시적 형상화의 확보를 위한 노력"으로 드러났으며 "'우리'보다 '나'의 절실한 문제"[9]로 옮겨갔다고 판단한다.

장석주의 시론[10]은 90년대의 감수성 담론을 보여주는 한 사례다. 그는 "80년대는 지나가버렸다"라고 말하며 1980년대 후반 기형도, 송찬호 등을 이을 1990년대 "새로운 서정의 움직임"을 논하고자 한

---

8) 이는 미국의 '비트 세대'와 감수성의 차원에서 유사하다. 윌리엄 버로스, 루시엔 카 등으로 대표되는 비트 세대는 1950년대 미국 청년의 감수성을 공유한다. 이전의 '전통'을 모조리 부정하고 해체하며 전위적인 문학을 선보이는 데 탁월한 성과를 거두었다. 이들은 이전의 것에 강력히 반발했고 탈-전통에 성공했지만 추구해야 할 그다음의 것이 분명하지 않았다. 이러한 '방향 없음'은 비트 세대의 문학(특히 소설) 중 유독 미국을 종횡으로 가르며 목적지 없이 영원히 헤매는 '로드 픽션'을 설명하는 근거가 된다. 한국의 1990년대 시의 주체도 사정은 비슷했으리라 여겨진다.

9) 같은 글, 237쪽.

10) 장석주, 「미리 보는 90년대 한국시의 신서정」, 『출판저널』 60호, 1990, 16~17쪽.

다. 이른바 '신서정'론에서 1990년대의 서정을 "탈이념화/탈중심화의 가속, 그리고 새로운 낙관주의"로 보는 것은 흥미롭다. '명명'의 온당함과 별개로 이 지면에서 강조하고 싶은 것은 '해당 시대의 시'를 말하는 목소리들이 완성시키는 '해당 시대의 시 사상'이다. 신서정이라는 말에 동의 여부를 떠나, 비평가가 그 국가와 사회 체계가 복잡하게 사상화된 '개인 주체'의 감각으로 '한 시대의 시'를 말한다는 것을 확인하는 차원에서 이 검토가 의미 있다고 하겠다.

2000년대에 접어들면 '미래파 논쟁'이 발생한다. 권혁웅의 「미래파—2005년, 젊은 시인들」(『문예중앙』 2005년 봄호)로부터 2000년대 한국 시단을 지칭하는 용어로서 '미래파'가 사용된다. 이 용어의 사용에 동의하지 않더라도, 적어도 권혁웅이 무엇을 '읽어내려 하는가' 하는 점은 주목을 요한다. 그는 "1980년대 시인들이 걸머져야 했던 역사와 시대에 대한 채무 의식이 없고, 1990년대 시인들이 내세운 그럴듯한 서정, 고만고만한 서정이 없다"라고 말한다.[11] 김민정 등으로 대변되는 '미래파'는 '나=국가'나 '나=사회'의 등식이 더이상 성립하지 않고, '나'라는 개인에 집중하는 시대의 감수성을 공유하는 듯 보인다. 시가 언제나 '나'를 기준으로 하는 것이라지만 '국가/사회 둘 모두에 '나'가 우선하는 것은 이전과 구분된다. 세계와의 동일시가 불가능(불필요)한 '나'의 발화는 설령 같은 사건에 대해 말한

---

11) 권혁웅, 『미래파—새로운 시와 시인을 위하여』, 문학과지성사, 2005, 149~150쪽. '미래파'에 대한 정확한 설명으로는 박선영의 글 「미래파 현상의 운명에 관한 소고」(『비교문화연구』 제44집, 2016, 240~241쪽) 참조. 20세기 러시아 미래파와 비교하여 한국의 미래파를 비판적으로 검토한 이 글에서 "유토피아즘의 시대"로 규정되었던 20세기 러시아와 달리, 21세기 한국은 "탈유토피아적 환멸의 정서"가 지배적이었다고 본다.

다고 하더라도 무게나 태도가 다를 수밖에 없다. "아버지, 동료들, 국가, 민족, 이데올로기" 등의 타자로부터 구성되는 "자아"과 구분되는 "주체"[12] 탄생인 것이다.

'나'(개인)의 존재는 2010년에 들어서면서 더욱 두드러진다. '나'라는 개념이 최우선되고 국가나 사회는 주변으로 후경화된다. 이때 주체는 세계가 '나'(개인)를 어떻게 구성하고 억압하는지에 주력한다. 이우성의 시에서 '나'라는 특별한 존재를, 최정진의 시에서 '너'로 확장되는 '나'를, 황인찬의 시에서 하지 않는 '나'의 자리를 발견해내는 이재원의 비평 「'나'라는 이름으로 자라난다는 것—이우성·최정진·황인찬의 시」(계간 『시작』 2013년 봄호)는 제목에서 단적으로 2010년대의 사상을 드러낸다. 이러한 읽기는 '취사선택하는 나'가 가능해졌기 때문이라고 추측해볼 수 있다. 말하자면 이는 '인스타그램식 큐레이팅 감각'을 토대로 한다. 스마트폰 시대에 SNS는 스마트폰 유저라면 익히 알 만한 소통 창구다. SNS는 실시간으로 '힙'한 것을 자신의 영역에 취사선택하여 구성할 수 있다는 특징을 지닌다. 대체로 짧은 글, 영상, 사진 등으로, '읽는 것'이 아니라 '보는' 형태의 콘텐츠를 큐레이팅하는 '나의 감각'이 단적으로 드러난다. 주목할 만한 것은 SNS나 큐레이팅이라는 별도의 설명 없이도 이 감수성이 어떤 것인지 알고 있는 상태에서는 자연스럽게 '나'를 전위에 내세우고 자신의 이미지를 취사선택하여 세계를 재구성하는 방법을 알고, 쓴다는 점이다. 이러한 감각 위에서라면 그것을 굳이 인식하고 쓰는

12) 신형철, 「전복을 전복하는 전복—2000년대 한국시의 뉴웨이브」, 『실천문학』 2006년 겨울호, 113쪽.

(읽는) 것이 아니다. 쓰고자 하는 것으로 시작했다가 쓸 수 있는 것으로 끝나는 것뿐이다. 이러한 방식의 세계(혹은 시) 쓰기/읽기는 비단 '시'의 영역뿐만 아니라 비평에서도 수행된다. 2010년대의 물질적 토대 변화를 수용하는 '그냥 아는 감각'은 이런 방식으로 발견된다.

3. '해보기'로서의 비평

해보기 1—독자

비평은 문학을 읽는 자를 무엇이라고 생각하는가? 독자를 생각함에 있어 비평은 '비평가'만을 생각할 수 없게 되었다. 나는 비평의 제1독자가 비평가라고는 생각지 않는다. 읽어볼 만한 글이라면 문학 전공자가 아니고 문학에 관심이 없어도 최소한 이해할 수 있도록 읽혀야 한다. 또한 '1인 미디어 시대'의 비평이라면 그리하는 것이 가능하다고 생각한다. 작품이 (비평가를 포함한) 불특정 다수의 독자를 향해 쓰인 이상 그것에 대해 말하는 비평 또한 (작가와 비평가를 포함한) 불특정 다수의 독자를 향해 열려 있는 것은 자연스럽다. 글이란 손을 떠난 이상 의도와 달리 읽혀도 그에 대해 저자가 변명할 수 있는 것은 거의 없으므로 뭐가 됐든 내용을 이해할 수 있는 차원은 되어야 하고, 그런 이유에서라면 굳이 제1독자로 비평가를 염두에 두어야 할 이유가 없다.

그것은 (……) 아무리 일상적이고 아무리 미세한 정치 상황에서도 '해보지 않으면 알 수 없다'는 '도박'의 요소가 하나하나의 결단에 따르게 된다. 그리고 '해본' 순간에 이미 행위는 상황 속에 편입되어 '해보

기' 전의 상황, 즉 '이론적' 분석의 대상이 된 상황과는 달라져 있다.[13)]

'비평가'를 제1독자로 두지 않는 것이 과연 가능한지 묻는다면, 비평 역시 '해보기'의 문제라고 답하겠다. 위의 글을 단편적으로 해석하여 문학을 말하기 위해 시나 소설 같은 것도 써보라고 말하고 싶지는 않다. 다만 이 소설이 어떻게 쓰였는지, 만약 시라는 것이 어떠해야 하며 '어떻게 쓰였다'고 말할 때에는 결국 '해보기'의 참여적인 행동과 맞닿게 된다는 것을 말하고 싶다. 비평은 내 온몸의 감각과 정서를 이용하여 이 문학작품을 자기 감각 안에서 '해보기' 하는 것이다.

덧붙여 비평가 또한 한 명의 '독자'다. 이에 대해서라면 고급 독자와 같은 표현에 썩 개운치 않은 생각을 갖고 있다. '고급 독자'라는 표현이 어떤 맥락에서 부득이하게 쓰일 수밖에 없는 사정은 알고 있지만 그런 독자는 결국 없는 것과 마찬가지 아닐까? 알아듣게 쓴 글과 그렇지 못한 글이 있을 뿐이며, 잘 모르겠지만 그래도 한 구절 언어걸려 마음을 동하게 하는 문장과 그렇지 않은 문장들이 있는 것이라고 생각한다.

해보기 2—'모르겠다'는 비평의 언어

'해보기'와 관련한 다른 불만은 이것이다. '요즘 시'가 너무 어렵고 무슨 소리인지 몰라서 시를 안 읽게 된다는 말을 들으면 마음속으로 비판이 인다. 나 역시 어떤 종류의 시에 대해서는 '취향'의 문제를 들어 선호하지 않기도 하지만 최소한 그것에 대해 어떤 말이라도 해야

13) 마루야마 마사오, 『일본의 사상』, 164쪽, 강조는 원문.

할 상황이 온다면 최대한 나의 감각으로 읽었을 때 이 시는 어떠한가에 대해서는 설명하게 된다. 가령 예전에 어떤 시가 자연적 풍류와 정서를 말하는 것으로 이해될 수 있었다면 지금은 좀더 '인간성'을 투영하여 읽게 된다든지 하는 식으로도 가능할 것이다.

'모르겠다'는 말은 좀더 어렵게 뱉어져야 한다. 모르겠다는 마음속의 감각을 마침내 단 한 순간이라도 확신하게 되기까지, '내 취향은 아니다'라고 말할 수 있기까지. 문학은 이해의 차원보다도 자신의 문학적 사상과 감각으로 읽었을 때 어떻게 독해되는가 하는 문제와 관련된다. 이러한 연유로 사회적 담론을 통해 말하는 것이 언제나 더 사회적이고 시대적인 맥락 속에서 정당한 위치를 제공하는 것 같지는 않다. 별수없이 내가 나라서 읽게 되는 것들이 있다면, 이러한 관점들이 더 많이 쌓인 후에 보이는 (그때 공유되는) 감각이 있을 것이다.

도저히 모르겠다는 생각이 드는 시도 있을 것이다. 그러면 나는 그 시에 대해 '나의 감수성으로는 도저히 이해할 수 없습니다'라고 말하는 것이 옳을 것이다. 그러나 당장은 아니다. 설령 그런 시가 있더라도 그것이 어째서 나의 감수성으로는 도저히 파악될 수 없는 것인지 먼저 물어야 한다. 도저히 설명할 수 없을 다른 감수성의 결이 있음을 그렇게 인정해야 한다. 그러나 지금은 아니다. 이해할 수 있는 부분과 없는 부분을 보고, 개인의 집결된 사상과 감수성으로 파악하기 위해 노력하고 그 노력이 어떤 때에는 과하거나 모자라고 비판받을지라도 시도해야 한다. 그렇게 다 해본 뒤에야 '정말로 이 부분은 모르겠습니다'라고 말하게 '된다'. 우리는 도대체 작품에 대해서 무어라 말하고 있는가? 무엇을 보고 있는가? 그것은 정말로 '지금'의 사상인가?

'나의 사상이 문학을 무어라고 규정하는가'를 비평가는 생각해야만 한다. 자신의 비평은 무엇인가.

4. '나'를 굳이 설명하겠습니다, 에 덧붙임

'굳이 설명해야 하나?'라는 생각이 드는 어떠한 감수성을 설명하는 일에 주춤했던 것은 그런 거대한 이야기를 지금 내가 할 수 있을 만큼 거리가 확보되었는가 하는 의문 때문이었다. 그러나 생각보다 '그것을 읽는 나의 감수성'은 설명을 요하는 듯하다. '나의 비평'이란 무엇인가에 대해 말하게 된 것도 이러한 연유에서다.

시대 감수성, 문학 사상으로서의 비평의 위치나 담론 같은 것을 '사상'적인 측면에서 살펴보고자 애쓰며 최초에 던졌던 고민을 떠올린다. 문학사적인 맥락에서 읽지 않으면 나의 비평은 무의미해지냐는 질문에 나는 그렇지 않다고 대답한다. 1990년대생인 나의 감수성으로 읽는 '요즘 시' 또는 '이전의 시'는 ① 지금의 감각을 공유하는 사람이 읽는 지금의 시라는 측면과 ② 지금의 감각을 지닌 사람이 읽는 이전 시대의 시는 당대의 시 읽기와 어떻게 다른가 하는 점에 효용이 있다. '언제 쓰인 누구의 작품이냐'보다도 '그것을 읽는 자의 감수성이 어떠한가'에 초점이 있는 한 비평가의 자리가 한층 과감하게 드러나 보이고 그러한 측면에서 '나의 글'이라는 의식이 강조된다.

'나'라는 것은 사회와 국가의 무엇으로 구성되어 있는가, 그것은 정말 '나'인가. 이런 질문을 수반하는 '큐레이팅'의 감각 속에서 출구 없다고 여겨지는 '청년 담론'을 애써 거치지 않고 시 자체에 몰두하는 것은 어쩌면 내가 취할 수밖에 없는(그렇게 쓸 수밖에 없었던) 사정이기도 하다. 88만원 세대, N포 세대, 비정규직 세대와 같은 표현이 사회 현실을 보여주는 것임이 분명하나 그러한 '세대'의 특징을 온몸으로 '받아들이고' 있는 인간의 입장에서 그 담론에 달리 반응하기 어렵다. 88만원을 받고 싶지 않지만 그러한 고용 형태가 과연 '내 손'에 의해 구축된 것인지 묻고, 이러한 현실 속에서 '자가 주택'은커녕 거실 있는 곳에서 살 수 있을까를 고민한다. 이는 부동산 투기 등에 대한 기성의 책임과 무관하지 않음에도 청년의 '포기'로 말해진다. 그것이 과연 '선택적'(N포)인 것이었는지 반성적 성찰을 거듭하는 입장에서 애초에 '포기'라는 말을 쓰는 게 맞는가 하는 생각도 한다. 그러니 이런 맥락을 다소 괄호 치게 된다고 하더라도 '시'의 내용에 보다 몰두하려는 것은 이러한 소용돌이 속에서 과연 '나'가 무엇을 말하고 있는가와 관련하여 청년을 탈주체화하는 담론의 언어를 거치지 않고 읽는 자의 시대적 맥락이 어떻게 투영되는지 탐구하는 것이 중요하다고 여기기 때문이다.

이를 토대로 '미래파' 이후 시의 지형도를 그리는 비평의 작업에 대하여 다음과 같은 의견을 보태고 싶다. 최근 여러 참고점이 되는 담론 중 하나인, '무기력 속에서 모든 것을 포기하는 방식처럼 읽힐 수도 있을 2010년대의 시'라는 의견을 다시 읽자는 것이다. "전능감"의 상실이나 무력감 같은 말에서 의심스러운 것은, 정말로 황인찬, 송승언의 시가 "더이상 꿈꿀 미래가 없다는, '하강하는 시대감각'"을 가지고 "타자와 세상에 대한 기대 자체가 사라져버린 세대의 '무능감'"을 말하고 있느냐 하는 점이 아니다.[14] 더 나빠질 것이 없어서 기대할

14) 박상수, 「기대가 사라져버린 세대의 무기력과 희미한 전능감에 관하여—2010년대 시인들의 무기력 혹은 무능감 2」, 『문학동네』 2015년 여름호, 365쪽.

것도 없다는 논리는 일견 옳지만 그것을 '무능감'이나 '무기력'으로 환원시키는 것은 최소한 미래에 뭔가를 걸어볼 수 있었던 자의 감각에서 가능한 말인 것 같다는 찜찜함이 있다. 『문학과사회 하이픈: 발생-흐름』(2018년 가을호)의 '시인론'에서 많은 필자가 2010년대 시의 '무능감-전능감'에 관한 논의를 참조하고 있다는 사실은 무척 흥미롭다. 그러나 이런 '진단'은 '시 자체'에 대해 무어라 말하고 있는가가 좀더 축적된 이후 나중의 총체적인 관점에서 아울러져야 하는 것은 아닐까.

개인사적 경험과 사상적인 면모를 확대할 수밖에 없겠지만 이것이 이 시대 이 문단에서 '새롭게' 여겨질 만한 청년의 감각이라는 선에서 위의 주장을 보론할 수 있을 것 같다. 『발생-흐름』에서 한 필자는 백은선의 시에 대하여 "자신에게 고통을 안겨준 타인과 세계에 대한 절망적인 분노"[15]로 읽고 죽음으로 달려가는 화자에 대하여 "'작은 무수한 실패(죽음)를 통해 '절대적인 끔찍한 감정(죽음)'을 대체할 수 있다"[16]는 것을 차라리 다행으로 여긴다. 그러나 두 죽음—"작은 실패"와 "절대적" 감정—의 차이가 정말로 있는가? 백은선의 시에서 느껴지는 분노와 절망 그리고 절규는 그렇게 해야만 하는 '나', 그렇게 할 수밖에 없어서 그렇게 하는 '나', 차라리 모두 죽었으면 좋겠다고 생각하는 '나'에 있다. 세계에 대해 어떤 기대도 없다는 것은 이 세계에 '나'가 책임질 수 있는 부분이라는 게 실로 없기에 불가피한 것이고, 그러나 어떻게든 해보려 했음이 전제된다. 이것은 "전멸"보다

15) 박상수, 「얼마나 끔찍하고 얼마나 좋은지—백은선론」, 『문학과사회 하이픈』 2018년 가을호, 30쪽.

16) 같은 글, 37쪽.

는 '시작되는' "절망"에 가깝지 않은가.

또는 '안태운론'에서 "주체가 아무것도 할 수 없다는 무능감"[17]에 대하여 "아무것도 하지 않기를 선택함으로써 자신이 여전히 모든 것을 할 수 있다는 환상을 방어"[18]한다는 설명은 매우 매력적이다. 하나 그 '아무것도 할 수 없다'는 것이 주체적 감각임을 상기하기로 하자. 내가 초래하지 않은 세계라는 짐을 얹고 있는 상황에서 '산다'는 것은 그 자체로 '아무것도 하지 않음'이 될 수 없다. '자 이제 어떻게 할 거냐'라는 말이, 지금 이 상황을 초래한 외부인에 의해 갑자기 사건 사이에 떨어져버린 '나'에게 주어진다면 어찌하겠는가? '하지 않음'은 하나의 행동이 되지만 그것이 "전능감"으로까지 확대되어야만 할까. 단지 '하지 않음의 행동'으로 읽을 수는 없을까.

안미옥의 시 속 "진짜 마음"[19]에 관한 논의에서 "진짜 마음"을 가지고자 하는 "진정성을 보증받는 주체가 출현"[20]하는 듯이 보인다는

17) 안서현, 「취소선이 그어진 문장들—안태운론」, 같은 책, 43쪽.

18) 같은 쪽.

19) "어항 속 물고기에게도 숨을 곳이 필요하다/우리에겐 낡은 소파가 필요하다/길고 긴 골목 끝에 사람들이 앉아 있었다/작고 빛나는 흰 돌을 잃어버린 것 같았다/나는 지나가려고 했다/자신이 하는 말이 어떤 말인지도 모르는 사람이/진짜 같은 얼굴을 하고 있었다/반복이 우리를 자라게 할 수 있을까/진심을 들킬까봐 겁을 내면서/겁을 내는 것이 진심일까 걱정하면서/구름은 구부러지고 나무는 흘러간다/구하지 않아서 받지 못하는 것이라고/나는 구할 수도 없고 원할 수도 없었다/맨손이면 부드러워질 수 있을까/나는 더 어두워졌다/어리석은 촛대와 어리석은 고독/너와 동일한 마음을 갖게 해달라고 오래 기도했지만/나는 영영 나의 마음일 수밖에 없겠지/찌르는 것/휘어감기는 것/자기 뼈를 깎는 사람의 얼굴이 밝아 보였다/나는 지나가지 못했다/무릎이 깨지더라도 다시 넘어지는 무릎/진짜 마음을 갖게 될 때까지"(안미옥, 「한 사람이 있는 정오」 전문, 『온』, 창비, 2017)

20) 안지영, 「진정성을 대리보충하기—안미옥 시를 경유하는 질문들」, 『문학과사회

주장에서 필자는 '마음'에 방점을 찍고 있기는 하지만 '진짜'와 연결되는 '진정성'을 그냥 지나치기 어렵다. "진짜 마음"에서 중요한 것은 진짜'나 '마음'에 있다기보다도 '진짜 마음'이라는 것을 말할 수밖에 없는 것으로 현실을 파악하는 화자에 있다. "자신이 하는 말이 어떤 말인지도 모르는 사람이/진짜 같은 얼굴을 하"는 이곳에서 화자에게 진짜/가짜의 경계는 매우 불투명해 보이며 그것을 구분해내는 것이 아주 중요해 보이지도 않는다. 그런 얼굴들 앞에서 넘어지고 깨지는 자기를 바라보면서 뭔가를 믿는다(혹은 믿지 못하겠다)는 마음에는 어떠한 확신이 깃들기 어려울 것이다. 이런 마음만 아니라면 하는 '바람'으로서 "진짜 마음"이 호명되고 있을 따름이다.

요컨대 무엇도 할 수 없는 주체가 아무것도 하지 않음을 선택하는 것을 수용할 수는 있어도, 그것을 '전능함의 방어기제'로 보는 것은 정말로 누구의 시각에서 가능한 말인지 묻는다. 흙수저론, 죽창으로 대변되는 '초래하지 않은 세계에 대한 불합리한 책임'에 대한 의식과, 물리적 공간 이상으로 추상적 차원(컴퓨터, 전자기기 등)에서 '개인 공간'의 확보가 이루어지고 자기를 큐레이팅하는 것이 자연스러워진 감각 위에서, '사회적' 차원의 주체를 논하는 것은 정말로 당대성을 토대로 하는 문학적 수행인가. 자기 자신이 1인 미디어가 되어 스타가 되고 돈을 벌고 콘텐츠를 만들어내는, 기획자이자 출연자이자 기업가 모두가 될 수 있는 감각을 가진 시대 위에 우리는 있다. 그 무엇보다도 '개인' 영역의 확보가 뚜렷하게 이루어진 시대를 거친 자가 문학을 바라볼 때, 또는 문학을 쓰거나 문학을 읽거나 문학에 대해

하이픈』 2018년 가을호, 66쪽.

서 '말할 때' 어떤 방식을 취하게 되겠는가. 이것은 이 글을 맺으며 생겨나는 또하나의 고민이다.

(2018)

기후 위기와 문학이라는 서사/시나리오

기후 위기와 인류세

인간에 의해 지구 환경이 극적으로 변화되고 있다는 사실은 지금껏 지속되어온, 그리고 앞으로 계속되는 문제적 전망일지언정 아주 최근의 이슈라고 말하기는 어렵다. 적어도 지질학계와 층서학계[1] 에서는 인간이 지구의 환경에 극적인 영향을 미치기 시작한 시점을 1950년 무렵으로 보고 인간이 지구의 환경 변화를 주도한 원인이라는 여러 가지 자료를 발표해왔다. 약 1970년대부터 2021년 현재 시점에 이르기까지 이산화탄소 배출에 따른 지구온난화에 대한 우려 또한 언론을 통해 계속 제출되었다. 플라스틱 등 각종 썩지 않는 쓰

1) '층서' 또는 '층서학'과 관련하여 『인류세』(얼. C. 엘리스, 『인류세』, 김용진·박범순 옮김, 교유서가, 2021)의 3장 '지질시대'를 참고. 내용에 따르면 지질시대는 "층 혹은 '층서'로부터 추론"되는데, 오랜 시간에 걸쳐 쌓아진 층은 "'층서학적' 기록"을 만든다. "지질학자 중에서 층서 기록을 전문적으로 연구하는 사람들을 층서학자라고 부르며 지질시대 구분이 바로 층서학자의 담당 업무"다. "지질시대의 재구성" 문제를 다룰 때 층서학이 중요한 역할을 맡고 있다. 이하 이 책에서 인용시 본문에 쪽수만 밝힌다.

레기로 인해 수질·토양·대기 오염이 가속화되어왔으며 지금부터라도 이 모든 '인간 행위'에 경각심을 가지고 국제적으로 행동 양식을 변화시키지 않으면 예측할 수도 대비할 수도 없는 급격한 기후변화에 따른 인류적 재앙을 막을 수 없다는 사실은 몇십 년간 꾸준히 경고되어온 셈이다. '변화시키지 않으면 정말로 큰 위기가 찾아올 것'이라는 경고는 '이제는 기후 위기 자체에 대비하기는 늦었고 이 상황을 어떻게 조금이라도 수습하기 위해 노력할 것인가'를 논하는 시점에 접어들었다.

이러한 전 지구적 변화에 대해 지질학계와 층서학계는 '인류세'라는 개념을 검토한 바 있다. 노벨상 수상자인 대기화학자 파울 크뤼천과 생태학자 유진 스토머가 발표한 2000년의 한 논문에 의해 '인류세' 개념이 본격적으로 도입되었으며 이는 사회과학 계열의 학문 영역에까지 큰 파장을 미쳤다. 지질학계는 지구의 역사를 누대累代/eon-대代/era-기紀/period-세世/epoch로 구분하는데 이 기준법에 따르면 현재 우리가 사는 지질시대는 신생대 제4기 홀로세다. 이러한 구분법에서 새로운 지질학적 시대 구분은 복합적 지구 환경의 변화를 기준으로 결정된다. 어떤 생물종의 등장 이후 생물권, 수권, 토양, 암석, 대기 등의 변화 전반을 과학적으로 증명해낼 수 있을 때, 그 생물종의 출현에 의해 지구에 대대적 변화가 초래되었다고 보고 그 시점을 이전과는 구분되는 새로운 시기로 구분한다. 그렇다면 홀로세 다음으로(혹은 갈음하는 것으로서) '인류세'를 설정해야 한다는 주장은 인간적 생활양식이 지구를 인위적으로 변화시켰음을 인정하는 일이다.

인류세 설정의 문제와 기후 위기 시대의 문학을 논하는 일의 근접성

그런데 인류세를 설정하는 일은 과학계에 어떤 변화를 일으키는가? 인류 발생 이래로 지구 생태계의 변화가 총체적으로 인류 문명의 흐름에 따라 좌우되었다는 근거는 많이 밝혀진 상태다. 그런데도 인류세라는 새 시대의 전환을 손쉽게 선언하지 못하는 이유는 그러한 명명이 궁극적으로 얼마나 효과적으로 학계의 변화를 초래할 것인가에 대한 회의적인 관점이 공존하기 때문이다. 과학계의 관점에서 인류에 의한 기후 위기는 지구 생태계의 교란 및 환경 변화의 일부 사례다. 오랜 시간 생물이 발생하고 진화했다가 멸종하는 일은 수없이 거듭된 일이므로 이번 사례만이 특수하다고 볼 수 없다. 그럼에도 인류세를 설정하는 것 즉 인류에 의해 지구가 변화했다는 사실이 지질시대 구분의 기준점을 변화시킬 정도로 중요한 일로 평가될 수 있다면 그것은 이것을 설정하는 이가 바로 그 인류이기 때문일 것이다. 나아가 이는 단순히 자연과학적 분류의 문제가 아니라 (인류가 지구 생태계와의 관계 속에서 자신을 전능한 존재로 선언하는 일이 되지는 않을지 염려하면서) 인류세를 선언함으로써 전 지구적 위기에 대해 인류가 좀더 적극적으로 책임져야 하며 지구에서 일어나는 환경문제와 기후 위기 및 지구 사회의 각종 불평등의 심화 등에 대해 조금 더 경각심을 가질 필요가 있다는 정치적 행위로 이해할 필요가 있다.

인류세를 설정하는 문제는 이제 인문학적 가치판단과 무관한 과학 영역만의 것은 아니다. 어떻게 과학적 관점이 인문학적 문제로 연결될 수 있는가와 관련해 인류세와 관련한 지구 시스템 과학의 관점을 언급해본다. 지구 시스템 과학에 따르면 생물은 일방적으로 지구 환경에 적응하거나 도태되는 방식으로만 지구에서 생존하지 않는다. 생물은 신체 기능을 조절함으로써 대기질이나 수질에 영향을 미쳐 생태계를 유지하는 데 관여한다. 이와 마찬가지로 지구 환경의 문제에서 인류세라는 시대 구분은 단지 과학적 관찰 결과로서 수용되는 것이 아닌, 인문학, 사회과학 등과 연결됨으로써 '지구와 인류의 관계'를 어떤 식으로 정립할 것인가에 대한 정치적 의제로 전환된다. 요컨대 인류세의 도입과 관련한 학계의 논쟁에서 "지질학계와 층서학계 밖에서 현안"으로 떠오르며 "자연 안에서 인간의 위치가 무엇이며, 인간을 제외한 지구의 나머지 부분과 어떤 관계를 맺어야 하는지 새롭게 설명하는 일"(239쪽)로 '인류세' 문제가 전 인류적 학문에 걸쳐 이해되고 있음을 보여준다.

기후 위기 시대의 문학의 역할

『인류세』에서는 위의 내용과 더불어 인류세에 반대하는 몇 가지 이유와 대안에 대해 언급한다. 이는 인류세적인 패러다임의 전환 속에서 '문학'의 역할이 무엇일 수 있는가를 묻는 데 참고가 된다. 인류세 설정에 반대하는 여러 이유 중 하나는 '인류세'라는 정의가 인간의 전 지구적 주도권을 확인시키는 방향으로 작동함으로써 기술 만능주의, 인간 중심주의를 강화할 우려에서 비롯된다. 나아가 어떤 이름을 붙이는 것이 가장 효과적으로 인류세를 정의하는 방법이 될 것인가가 중요한 문제가 된다. 인류 발생 이래로 지구 생태계가 각각의 생물권을 위협하는 수준으로 변화해왔음은 사실이지만 과연 인류라는 단일한 정체성으로 묶이는 개개인이 동등하게 이러한 변화에 기여했느냐고 묻는다면 그렇다고 답하기 어렵기 때문이다. "부유한 국가, 부유한 사람들은 가난한 사람들보다 에너지를 훨씬 더 많이 소비하고 이산화탄소를 훨씬 더 많이 배출"(222쪽)한다. 따라서 모두에게 동일한 무게의 책임을 물을 수는 없다. 이런 관점에서 인류세는 인간 사회 내 불평등을 정확히 파악하거나 지적할 수 있는 개념이 아니므로 '자본세'라는 대안을 제시하기도 한다. 또다른 대안적 개념으로는 도나 해러웨이의 '툴루세'가 있다. 부분적으로 인류세의 대안으로서 자본세를 받아들인 해러웨이는 인간 종種 중심의 사고를 탈피해야 한다고 주장했으며, 인류라는 종의 동일성 자체도 비판적으로 바라보았다. 이는 포스트 휴머니즘으로 전개되는데 "'종 사이의 위계'를 거부하고 동물 해방이라는 의제를 설정하며, 인간의 가치 체계를 넘어서 '자연의 고유한 가치'를 인정하자는 새로운 형태의 생물 윤리를 지향"(233~234쪽)한다.

요컨대 인류세의 개념과 연관하여 기후 위기 및 지구 생태계 파괴 문제를 다루고자 할 때 중요한 것은 환경문제 그 자체를 어떻게 해결할 것인가에 앞서, '위기'를 의식하거나 이러한 객관적 현실 변화를 토대로 인식적 개념의 틀을 새로이 제공하는 일(인류세 도입과 같은)이 오히려 인간 중심주의적 사고를 강화할 수 있다는 점이다. 지질학과 층서학이 과학적 관점에서 인간에 따른 지구 환경의 변화를 객관 수치화했다면, 사회과학은 이러한 토대로부터 단일한 '인류'에 대한 환상성을 지적하고 인간이 초래한 이러한 문화적 자본 안에서의 불평등한 위계에 대해 지적했다.

이러한 시점에 문학은 과연 무엇에 대해 말해야 하는가? 문학을 통해 구성해내는 디스토피아적 세계는 단순히 오염된 세계와 그에 따른 현실적 대응을 드러내는 것만을 목적하지 않는다. 물리적으로 망가진 세계에서 인간 종이 어떻게 불평등을 심화하는지, 그에 따라 사랑하는 이와 함께 사는 삶이 어떤 식으로 불가능해지는지를 상상하는 일은 지극히 인간적인 사고 작용 안에서 인간의 생존과 삶의 가치를 구현하는 데 기여한다. 그런데 사실 그러한 상실감을 상상하는 일보다는 당장 내일부터 식량난에 시달리고 더워 죽거나 얼어 죽을 수도 있다는 생존의 위협에 대한 사실의 전달이 더 '위급'한 현실 인식을 고취시킬 수 있을 것이다. 그런 점에서 기후 위기에 대한 경각심을 주는 것이 목표라면 문학보다는 과학적 사실에 근거한 보도자료가 훨씬 효과적이다. 또한 기후 위기는 미래의 한 지점으로 예측되지 않고 이미 손쓰기 어려운 바로 당장의 현실 문제이기에 직접적으로 현실 운용의 방식을 변화시켜야 하는 시급한 일이다. 그렇다면 즉각적 생존과 결부되는 문제와 관련하여 문학이 하고자 하는 일은 무엇인가? 기후 위기를 문학 서사화한다는 것의 의미는 무엇이며 어떻게 그렇게 할 수 있는가? 기후 위기 시대의 문학을 묻는 일이란 위기의 현실 앞에서 문학이 무엇을 할 수 있고, 그것이 어떤 의미가 있으며, 왜 그러한가를 성찰하는 일과 멀지 않다.

본고는 궁극적으로 문학이 기후 위기 시대를 얼마나 잘 보여주고 있는가를 살피는 것을 목표하지 않는다. 대신 문학적 사고로서 서사 또는 시나리오의 개념이 기후 위기를 통해 인간 존재를 성찰하는 하나의 관념적 틀을 제공하는 것이라고 가정할 때, 바로 이 서사화의 기능 자체가 문학이 오늘날 지구적 위기를 파악하는 데 '문학적'으로 기여할 수 있는 주요한 지점이 아닌지 검토하려 한다. 글의 전반부에서 인류세와 관련해 지면을 많이 할애한 것 역시 이러한 이유에서다. 인류세가 단순히 지질학적 연대 구분을 위한 것이 아니라 '인간 종을 어떤 식으로 정의할 것인가(그 정의에 따라 환경과 관계 맺는 인류를 다시금 위치 지을 수 있다는 것까지 포함하여)'라는 문제에 가까운 것이라 이해할 때 이러한 인류세의 도입 혹은 이와는 다른 대안을 검토하는 흐름에서 흥미롭게도 '서사' 또는 '시나리오'의 개념을 사용하고 있음에 주목해본다. 과학적 검증을 통해 근미래를 예측하고 또 과거의 영향 요소를 해석하는 과정에서도 일종의 인류 중심의 '서사'가 그 기틀에 자리하고 있음은 매우 흥미롭다. 이는 객관적 관찰의 결과와 그에 따른 논증의 결과가 그 자체의 사실로 남지 않고 특정 이데올로기를 생산하는 '서사화'에 기대어 담론으로 구성된다는 것을 보여준다. 문학이 인류세 논쟁으로 대변되는 기후 위기에 가장 문학다운 방식으로 끼어들 여지가 있다면 바로 이 '서사화'의 측면이 아닐까? 무엇을 서사화하고 있느냐만큼이나 무엇을 '서사화할 수 있는가'와 관련한 기능의 측면에서 문학을 다시금 성찰할 필요도 있다는 것이다. 이러한 문제의식에 따라 이 글에서는 기후 위기를 반영하는 작품의 경향을 돌아보고 이로써 기후 위기에 대한 문학적 서사란 과연 무엇일 수 있는지를 논해보고자 한다.

기후 위기를 다루는 문학 서사를 검토할 때의 주의점

기후 위기 시대 문학의 주요한 행위로 서사화의 기능을 꼽을 수 있다고 할 때, 소설은 과연 무엇을 서사화하고 있으며 그것은 기후 위기에 대해 어떠한 변화의 가능성을 타진하고 있는가? 주제에 대해 이야기하기 전에 먼저 짚고 가야 할 것이 있다. 이 글에서는 기후 위기에 대한 진단 자체보다도 그와 관련하여 인류세의 출현과 수용 여부에 관한 인류 중심 이데올로기적 맥락을 보려고 하는데, 언급했다시피 기후 위기는 행성의 인위적 변화와 그로 인한 지구 시스템의 고장/위험을 초래한다는 사실에 국한되지 않는다. 전 지구적 (이상) 변화를 초래한 인류를 학문적으로 언명하는 것은 인간중심주의로의 회귀를 의미할 가능성이 농후할 뿐만 아니라 무엇보다도 기후 위기 자체를 곧 '인류의 위기'와 등치시키는 것을 넘어서지 못한다는 비판점을 발생시킨다. 그렇다고 인간의 힘을 공언함으로써 사회적/정치적 불평등으로 인해 초래된 환경 파괴의 여러 결을 삭제하고 그저 인류가 초래한 멸망의 시나리오를 따라야 한다고 주장하려는 것은 아니다. 이러한 주장의 경우라도 과연 인류적 위기로서 기후 위기가 공언되지 않았다면 이만큼 종적 책임에의 경각심을 일으킬 수 있었겠는가를 수긍할 여지는 있다.

이러한 의구심은 문학의 영역에서도 마찬가지로 제기된다. 문학의 관점에서 기후 위기가 인간성의 어떤 지점을 망가뜨리는지를 살피고자 할 때 문학만이 형상화할 수 있는 캐릭터 간 관계 양상, 내면, 감정이 있을지언정 그것은 '인간적'인 것과 얼마나 거리를 확보할 수 있는가? 이런 식으로 접근하면 인간적 사고 작용에 기초한 서사화 작업이나 언어적 표현, 예술 분야 자체가 인간 문화의 소산이므로 근본적인 측면에서 인간중심주의를 벗어날 길은 없을 것이다. 다만 앞서 인류세 논의에서 살펴보았던 것처럼 순전히 생물학적으로 어떤 개체군이 인류에 속한다고 해서 모든 인간이 환경과 관계 맺는 방식이 동질적인 것은 아니라는 점, 그리고 다른 종과의 관계 속에서 인류를 성찰하려는 시도는 어쩌면 가장 인간적인 방식으로 인간을 대타화하는 최선의 노력일 수 있다는 점을 염두에 두고자 한다.

이러한 노력의 예시로 가부장제를 근간으로 삼는 자본주의, 기술만능주의, 인간중심주의가 특정 젠더와 종을 '자연화'함으로써 그들을 착취하고 억압하는가를 비판하며 탈인간적 가능성을 타진하려는 에코 페미니즘이나, 인간의 능력치를 넘어서는 것을 의미할 뿐만 아니라 인간이라고 하는 종적 사고로부터의 해방을 추구하고자 하는 포스트 휴머니즘 담론을 들 수 있다. 이와 같은 사고 확장의 시도를 고려하면 기후 위기 서사란 좁은 의미에서 환경오염, 기후변화를 소재나 주제로 삼는 것에 더해 이러한 관점을 공유하며 만들어지는 (포스트) 디스토피아/아포칼립스 서사, 사이보그나 상상된 외계 종을 등장시키는 SF 서사까지도 포함한다. 궁극적으로는 인간에게 최적화되게끔 움직였던 행성이 파괴되어 인간 종이 더이상 행성에 대한 통제권을 행사하지 못하거나 행성으로부터 스스로 추방되는 위기에 놓인 상황을 가정하는 것, 또는 그러한 상상된 미래에 타자화된 인간의 모습을 보여주는 것 자체가 기후 위기를 사유하는 궁극적인 문학 서사화의 지점이 될 것이기 때문이다.

(근미래) 포스트 아포칼립스를 배경으로 하는 서사의 경우

인간에게 최적화된 행성이 파괴되어 더는 인간에게 이로운 환경이 아닌 상태에서 생존을 그리는 서사(「말과 소리」), 인류가 다른 종과의 우열 관계에서 열등한 종족으로 타자화된 상황(「블러드차일드」 「특사」) 등은 옥타비아 버틀러의 소설집 『블러드차일드』(이수현 옮김, 비채, 2016)에서 다채롭게 다뤄진 바 있다. 그중 표제작 「블러드차일드」에서 인간은 '틀릭'이라고 하는 종족의 보호와 지배 체제하에 놓여 있다. 인간 남성은 틀릭의 숙주가 되어 알을 품도록 계약되어 있으며, 그러한 틀릭의 숙주인 남성을 낳기 위해 인간 여성의 임신과 출산이 장려된다. 이러한 설정을 통해 전달하려는 것이 젠더 억압에 대한 미러링만은 아니다. 인간과 틀릭은 종족의 우열에 근거해 관계 맺고 있지만 인간 소년 '간'과 틀릭 '트가토이'의 관계는 그러한 단선적 종적 위계로만 환원되지 않는다. 이들은 서로의 힘의 격차를 인지하면서도 서로에 대한 소속감과 책임감, 호감을 복합적으로 느낀다. 트가토이는 간에게 강제력을 행사하지 않고 간은 종적 우열 및 위계에 근거한 계약 관계 속에서도 그저 착취당하는 입장으로 트가토이와의 관계를 설정할 수 없음을 확인한다. 이는 인간이 상대화된 세계에서 동질적 집단인 인류가 착취당하는 것이 아니라, 종적 구분 안에서도 개별성이 존재하며 이들이 다른 종과 관계 맺는 과정에서 수치심을 느끼는 동시에 주체성을 가지려는 양태를 복합적으로 보여준다. 직접적 기후 위기를 드러내는 소설은 아니지만 이렇듯 종적 다름의 경계에서 단일화된 정체성과 거리 두는 서사화를 시도했다는 점은 '인류'라는 종과 인류로서의 개인을 분리해서 사유하게 하는 참조점이 된다.

이렇게 기후 위기 소설을 폭넓게 설정할 때 최근 한국 소설에서 이러한 주제를 다루는 경향이 짙어졌다는 진단을 내리는 것은 무리가 아니다. 한 예로 변이 바이러스 발생 이후 가상의 시점을 배경으로 삼아 가금류를 살처분하는 노동자의 모습을 중심적으로 묘사하는 서이제의 「두개골의 안과 밖」(「두개골의 안과 밖」, 『자음과모음』 2021년 여름호)을 보자. 이 소설은 조류 바이러스가 인간을 감염시키지 않지만 그것의 '변이'에까지 그러한 기대를 할 수는 없으리라는 미지의 상황에 대한 공포를 다룬다. 게다가 변이 바이러스에 감염되면 인류가 살처분하고 있는 대상인 가금류가 되어버린다는 설정을 통해 급격한 위계의 전도를 보여준다. 또한 "鷄"(170쪽)라는 글자의 반복적 나열과, "~~아무런 예고도 없이, 그들이 우리를 급습했을 때. 살려줘. 살려주세요. 우리는 목청이 터져라 외쳤지만, 그 소리는 아무에게도 들리지 않았다~~"와 같이 닭의 목소리를 대변하는 취소선이 그어진 문장, "인간이 나와 인간을 만나 인간에 대해 사유하는" "오직 인간만을 위한 문학"(171쪽)과 같은 구절은 문학적 표현이 현실의 위기를 충분히 타진하기에는 지나치게 인간 중심적 관점의 발화 양식이지는 않느냐는 질문을 던진다.

생태계가 완전히 망가져버린 시공간을 배경으로 한 포스트 아포칼립스 서사의 사례로는 강영숙의 『부림지구 벙커 X』(창비, 2020)가 있다. 소설은 큰 지진으로 인해 완전히 망가져버린 '부림지구'를 배경으로 설정하여 망가진 세계 안에서 인간 사회가 혐오와 배제의 원칙을 어떤 방식으로 적용하는지 보여준다. 부림지구에서 살아남은 이들은 이미 황폐해진 땅에서 목숨을 겨우 부지하고 있다. 그런데 부림지구를 오염 지역으로 격리하는 정부의 지침에 따라 부림지구 거주민은 관리/감독의 대상으로 전락해 사라지거나 생체칩을 이식받을 것을 요구받는다. 더는 인간에게 우호적이지 않은 세계의 파괴가 다름 아닌 지진이라는 자연재해로 드러난다는 점에 착안할 때 이 소설은 기후 위기에 기초한 이상 징후의 문제의식을 내재하고 있다. 인류를 압도하는 자연재해는 그 자체로도 경각심을 들게 만드는 사건인데, 지진 이후 사회구조를 재편하는 인간이 상생이 아니라 다수의 완전한 안전을 위해 소수에 대한 차별적 분리 정책을 취하는 계기로 재해를 의식화하고 있다는 점이 중요하다. 모두의 공평한 파괴처럼 보이는 상황에서마저도 불행은 모두에게 평등하지 않으며 인류가 구축해놓은 사회 시스템 안에서 가장 차별받는 쪽에서부터 망가져간다는 사실은 비단 전쟁이나 전 지구적 전염병 사태뿐만 아니라 행성 파괴의 범주에서도 마찬가지다.

이처럼 기후 위기 서사 중에서는 포스트 아포칼립스를 배경으로 삼아 SF 장르를 표방하는 사례가 비교적 많다. 그러면서도 각각의 서사는 기후 위기에 더해 애도, 사랑, 퀴어 등과 같은 키워드를 얹음으로써 변별된다. 한 예로 조시현의 「어스」(『AnA』 1호, 2021)를 보자. 이 소설은 환경오염에 대한 안일한 인간적 대응이 종래에는 기존의 인간적 방식의 애도나 사랑조차 허용하지 않는 상황에 이르게 할 수 있음에 대한 경고처럼 읽힌다. 각종 유해 물질 및 쓰레기에 의해 생물종 사이의 균형이 무너지면서 인간을 지구에 매장埋葬하는 것을 금지하는 2047년, 인류는 개선이 아니라 존속을 위해 사람을 묻어 애도하는 일을 금지한다. 인간의 몸은 존엄한 신체로 취급되지 않으며 더욱이 죽은 몸은 일정 시간이 지난 후 유해 물질을 내뿜는다는 것이 밝혀지면서 공해의 주원인으로 지목된다. 이런 상황에서 '나'는 사랑하는 '안나'를 잃고 자신을 묻어달라던 그녀의 유언을 이뤄주기 위해 불법적인 일인 인체의 매장을 감행하고자 위험 지역으로 분류된 매립장에 드나드는 공장 동료의 도움을 구한다. 당장의 생존이 인류의 가장 긴급한 현안이 될 때 인류 또는 인간적 가치의 동질성은 유지되지 않는다. 소설 속 인물의 계급으로 따져보건대 소설 속 세계에서 그나마도 가치 있는 인간은 아직 죽지 않아 오염 물질로 분류되지 않는 노동할 수 있는 육체를 지닌 이뿐이다. 또한 기존의 인간이 문명화해온, 인간을 기리는 방식인 매장이 환경과 인간에게 위협으로 간주되는 총체적 위기 상황에서 인류의 문화유산이란 지극히 '인류'만을 위한 제도였음을 역으로 드러내는 장치로 해석할 수도 있다.

또다른 예로 퀴어 앤솔러지 『언니밖에 없네』(김지연 외, 큐큐, 2020)에 수록된 작품 중 조해진의 「가장 큰 행복」이 있다. 이 소설은 반복되는 폭염, 화재, 홍수에 의해 생태계의 균형이 무너지면서 식량난이 발생하자 강대국이 자신의 이익을 선취하고자 약소국을 약탈하는 침략 전쟁을 벌이면서 세계를 망가뜨리고 마침내 원인을 알 수 없는 바이러스의 창궐로 하릴없이 망해버린 세상을 배경으로 삼는다. ('작가 노트'에서 '전염병의 시대'를 언급하고 있는 것처럼 특히 코로나19 이후에 발표되는 소설 중에서는 전염병 이전의 세계로 영영 돌아가지 못할지도 모른다는 불안감과 무력감이 기후 위기 등을 종합한 전망 없는 미래로 그려진 경우가 적지 않다는 사실도 참고해볼 만하다.) 소설은 지구가 완전히 망해버리기 전부터 연인 관계였던 '나'와 '그'가 몰락의 시기를 살아가다가 끝내 이별한다는 내용을 담고 있다. 본래 결혼해 가정을 꾸렸던 '그'는 '나'와 같은 공항의 직원이었다. 그들은 함께 시위를 하면서 연인으로 발전한다. 대재앙 선포에 따른 실내 타운이 조성되면서 가정을 정리하고 '나'와 함께 지금껏 살아왔던 '그'는 딸이 혈액암에 걸렸다는 사실을 알고 그 곁을 지키러 가야겠다고 말한다. 이 서사에서 볼 수 있듯 위기 상황에서도 인간은 관계에 대한 지향을 포기하지 않는다. 이로써 기후 위기를 배경으로 관계를 성찰하는 서사가 '공존'에 대한 감각을 상기한다고 본다면 인간의 관계 지향성을 행성 단위의 위기를 타진하는 하나의 가능성으로서 검토할 여지가 있다.

지금까지 언급한 서사들은 지구적 위기 상황이 다름 아닌 인간에게 위협이 되는 방향으로 작동하고 있다는 공통점을 지닌다. 지구적 위기 상황 속에서 또다른 인간의 안위를 위해 위험을 감행하거나 최소한의 인간적 가치를 잃어버리지 않으려는 모습을 보면서 우리는 위기 상황일수록 공존과 공동체의 삶에 대한 수평적 패러다임의 전환이 필요하다는 지평을 확보할 수 있다. 하나 이는 다음과 같이 이야기될 수도 있다. 기후 변화 및 생태계의 교란에 따른 지구 시스템의 고장이 비단 인간 종만을 위기의 상태로 몰아넣은 것은 아니나, 이를 위기로 의식하고 그에 따른 혐오나 훼손에 노출되는 등의 추가적인 상실을 겪는 주체로 언급되는 것은 다름 아닌 인간이다. 그렇기에 기후 위기 서사라는 발화 방식 자체가 실제로 눈앞에 다가온 지구적 위험 상황에 대한 경각심을 얼마나 효과적으로 고취시킬 수 있느냐는 물음 앞에서 쉽게 답을 내리기는 어려워 보인다. 다만 이는 각 작품별 성취 차원에서 비롯되는 문제는 아니다. 차라리 현실의 삶과 직결된 생태 위기를 전환하는 계기로서 문학적 형식 자체가 얼마나 탁월하게 연결될 수 있을 것인가에 대한 염려에 가깝다.

종적 패러다임을 활용하는 서사의 경우

그렇다면 인간 중심주의를 어떻게 서사적으로 대타화할 수 있는가? 문학적 서사가 인간 언어에 기반하고 있다는 점에서 인간적 사고를 벗어나기 어렵다는 근본적인 문제를 감안하고 종적 개념으로 세계를 설계하는 소설을 살펴본다. 지금껏 살핀 바와 같이 포스트 아포칼립스를 살아가는 인간을 다루는 것이 인간 중심적일 수밖에 없다면 최소한 인간이 아닌 다른 존재가 서사를 이끌어가는 경우는 어떨까? 『두 번째 달—기록보관소 운행 일지』(최이수, 에디토리얼, 2021)은 여덟 손가락 종족, 열 손가락 종족, 열두 손가락 종족과 같이 인간 종이 세분화되는 방식으로 유전적 형질을 구성하게 되는 먼 미래에, 마침내 인류에 의해 지구가 인간 맞춤형 행성으로의 기능을 모두 마치고 휴식기에 접어든 시점에서 서사를 시작한다. 인류가 오랫동안 심혈을 기울여 만든 AI는 우주정거장에 생존했던 최후의 2인이 사망한 이후 지구 복원 및 인류 재생 프로젝트를 실행한다. 소설은 많은 지면을 할애하여 인류가 발생하는 조건이 갖춰지기 위해 때맞춰 복합적으로 일어나야 하는 사건이 상당함을 보여준다. 이를테면 일정 시간 이상 초식동물이 지구에 남아 있게 되면 탄소 배출 증가로 지구의 온도가 높아져 인류의 기원이 되는 생물종의 탄생이 불가능하기에 육식동물이 등장해 초식동물의 개체수가 적시에 조절되어야 하는 식이다. 이 주요 서사 사이에 전개되는 인류 문명 발달사, 여덟 손가락/열 손가락/열두 손가락의 분화된 인간 종의 영역 구축의 역사, 인간이 지구를 완전히 망가뜨린 이후 계속해서 이러한 위기를 경고해왔던 이들이 영영 인류를 복원시키지 않는 방식의 반인류적 입장을 표방한다는 이야기, 인간이 인간다운 능력을 갖추기 위해서는 다만 생존과 관련한 유전학적 형질뿐만 아니라 감정에 대한 습득이 필요하다는 내용도 주목해볼 만하다.

AI의 인류 복원 프로젝트를 읽어나가다보면 한번 조절 능력을 잃어버린 지구라는 행성이 다시 복원되기까지 많은 지구 시스템이 적시에 지구 온도를 높이거나 낮추고 때맞춰 생물권의 변화를 도모해야 하며, 무엇보다도 약 수억만 단위의 시간이 필요하다는 것을 알게 된다. 과학적 사실에 근거한 전개인 만큼 이러한 방식으로 인류라는 '종'에 이르는 환경의 변화를 서사화한 것은 충분히 흥미롭다. 그러나 지구가 다시 생명체가 존재할 수 있는 행성으로서 변모하는 것이 오직 인간만을 위한 작업으로 그려지고 있으며, AI가 하필이면 '지구' 복원이 아닌 '인류' 복원을 최우선으로 목표하여 프로그래밍되어 있다는 사실이 인간의 전능감의 회복으로 환원될 여지는 없지 않은지 되짚어보아야 한다. 결국 지구 행성의 복원이란 오직 인간만을 위한 것일 수밖에 없는가? 혹은 이러한 인간적 사고로 돌아올 수밖에 없는가?

아포칼립스적 상황에서 인간적 가치를 추구하는 것이 기후 위기를 다루는 서사에서 여전히 '인간성'의 유능감을 기준 삼을 수 있음을 고려하는 것과 마찬가지로, 인류를 철저히 하나의 생물권으로서 복원시켜야 하는 특수한 '종'으로 고려하는 서사 역시 인간적인 것에서 좀체 멀어지기 어려운 작업은 아닐까? 이와 관련하여 김초엽의 『므레모사』[2]를 이어 읽어본다. 『므레모사』는 다리를 다친 후 의족을 달고 다시 무대에 선 댄서 '유안'이 위험한 물질로 오염된 다크 투어리즘을 갔다가 어떤 진실을 마주하는 이야기다. 다크 투어리즘 참여자들이 향하는 곳은 전쟁의 폭격으로 인해 "유출 사고가 일어났던 오블라 협곡"(17쪽)이다. 이곳에 머무는 '므레모사의 생존자'는 그 오염된 곳에서 살아남은 이들을 일컫는다. 유안은 투어의 일원인 '레오'가 사실은 이곳에서 알 수 없는 목소리에 홀린 자신의 동료를 찾으러 재차 방문했다는 사실을 알게 되면서 므레모사 주민과 이 투어가 방문객에게 무언가를 숨기고 있음을 눈치챈다. 이후 유안은 모종의 모험을 겪으며 다음의 진실을 확인한다. 오염 물질에 노출된 인간은 "흉측한 외모를 갖게 되었고, 느리게 움직였고, 발성기관을"(174쪽)을 잃고 흡사 나무 같은 모습이 된다. 더는 인간이라고도,

2) 김초엽, 『므레모사』, 현대문학, 2021. 이하 인용시 본문에 쪽수만 밝힌다.

인간이 아니라고도 부를 수 없게 된 새로운 형태의 존재인 귀환자들은 그들을 다시 인간적 모습으로 정상화하고자 하는 이들에게 암시를 걸어 므레모사에 정착하고 자신들에게 복종하도록 만든다. 레오는 이러한 정황을 동료가 이상한 암시에 걸려 이곳에서 착취당하고 있다고 해석한다. 이들의 삶은 결코 자발적으로 택한 것일 수 없다는 믿음하에 레오는 그들을 본래의 인간적 규범에 맞는 존재로 되돌리기 위해 마을을 파괴하는 행위도 망설이지 않는다. 레오와 같이 어떤 이들의 삶이 '정상화'하려는 방향으로 흘러가던 서사는 므레모사에서의 탈출이 가능할 것인가에 대한 긴박함 속에서 유안이 레오를 해치고 기꺼이 '그들'의 무리가 될 수 있도록 간청하는 것으로 마무리된다.

이 서사를 기후 위기 소설로 보는 것에 다소 무리가 있을 수 있다. 이 글에서 정의하는 폭넓은 의미의 기후 위기에 부합할 만한 소설적 설정은 전쟁으로 인한 오염물질의 폭발과 그로 인해 일정한 경계 밖에서 관리되고 있는 환경이 전부이기 때문이다. 또한 이 소설에서 주요하게 반복되는 유안의 신체에 대한 성찰도 일차적으로는 기후 위기와 직접적 연관성을 지니지는 않는다. 그녀가 두 다리로 걷는 인간의 모습으로 '회귀'하기 위해 의족을 착용하는 일에 거부감을 가지고 의문을 던진다는 점에 기초할 때, 보편 규범화되어 있는 신체성에 대한 질문이 서사의 주된 주제처럼 보이기에 그렇다. 그러나 이것을 단순히 신체 변형에 대한 이해에 국한하지 않고 인간적 규범을 상대화하는 서사로 해석할 수 있지 않을까. 유안이 자신의 변형된 신체를 '보편 인간'의 모습으로 회귀시켜야 할 결여로 보는 것을 거부하는 장면과, 인간이었던 이들이 더이상 인간이 아닌 그러나 인간으로 돌아오기를 거부하고 오히려 인간 종족 자체를 상대화하는 이 새로운 권력 관계의 전환을 포개어보자. 인간이 초래한 오염으로 인해 변형된(인간 관점에서는 '탈인간화된') 존재가 인간이 표준이 아닌 새로운 생태계의 질서를 구축한다는 상상으로 이 서사는 다시금 정리된다. 인간적 인지를 넘어서는 서사가 가능하다면 그것은 가장 반反인간적 측면에서가 아니라, 가장 인간적인 사고를 겨냥하여 뒤집는 것에서 가능할 것이다.

*

소략하건대 이 글이 궁극적으로 기후 위기를 다루는 문학과 그 서사화의 양식이 실제 기후 위기를 개선하는 데 얼마만큼의 실질적인 효과를 주느냐는 물음 앞에서 여전히 그 답이 모호하다는 것을 인정할 수밖에 없다. 또한 이 문제에 대해 문학의 무용성이나 미학성을 논하는 것은 어쩌면 당장의 위기를 낭만화하는 일이 될지도 모른다는 우려도 여전히 떨치기 어렵다. 그러나 '인류세'와 관련해 서사화/시나리오화 하는 작업의 정치적 수행성을 고려하면 문학이 추구하는 이러한 종적 타자화의 상상력은 적어도 인간이 끊임없이 자신을 권력화하는 방식으로 써왔던 서사와 시나리오를 무너뜨린다. 애초에 문학이 지닌 수행성이 실질적 행동에 이르게 하는 의식적 변화를 추구하는 데 있다면 문학은 가장 문학다운 방법으로 이 위기를 심각하게 진단하고 있는 것일지도 모른다. 인류는 앞으로 어떤 서사를, 어떤 시나리오를 써낼 것이며 그것은 우리에게 어떤 현재와 어떤 미래를 가져다줄 것인가? 그런데(혹은 그리고) 이 위기의 시대에 이러한 질문이 과연 누구에게 왜 중요한가? 아직 해결하지 못한 질문을 붙여둔다.

(2021)

약자-되기로서의 개인적 정치성과 에세이라는 언어 형식

최근 에세이에 대한 관심이 뜨겁다. 에세이가 완전히 낯설거나 새로운 장르는 아닌데다 지난날 '힐링' '위로' 등의 키워드를 중심으로 조명받은 과거 또한 있는바, 2021년 현재 에세이 열풍을 어떻게 기존과 다른 것으로서 해석할 수 있을까? 이 글에서는 최근 화두가 되는 에세이의 내용을 분석하는 대신 2010년대 후반부터 현재까지의 주체에 대한 감각의 변화와 에세이라는 형식이 어떤 방식으로 조응하는지를 살펴보고자 한다.

'에세이 열풍'을 키워드로 한 빅카인즈(뉴스빅데이터 분석 서비스)의 검색 결과에 따르면 1990~2021년 사이 해당 단어를 언급하는 기사가 100건 이상으로 눈에 띄게 많은 해는 2011년(117건), 2012년(168건), 2018년(123건), 2019년(100건)이다. 최근 십 년간 2011~2012년 전후, 2018~2019년 전후의 에세이 열풍에서 각각의 사회적 분위기나 사정도 달랐거니와 문학 장르로서의 에세이의 역할 역시 조금 달랐다. 2011~2012년의 에세이 열풍은 김난도의 『아프니까 청춘이다』(쌤앤파커스, 2010)와 그 후속작 『천 번을 흔들려야 어른이 된다』(오우아, 2012), 혜민 스님의 『멈추면, 비로소 보이는 것들』(쌤앤파커스, 2012)로 대표된다. 이 시기 에세이의 저자는 주로 '사회적 기성세대'이거나 '어른'으로 불리는 사람이며 그들이 청년에게 전하는 치유의 메시지로서 에세이가 집필된다. 한편 어른-멘토에 의해 호명되는 '청년'은 2000년대 초반부터 꾸준히 니트족, 88만원 세대, 3포 세대 등으로 표현된다. 이로부터 한 시대의 '주체'를 호명하는 방식으로서 에세이가 일종의 징후성을 지니고 있음을 전제하고자 한다.

이러한 전제가 조금 더 설득력을 얻을 수 있는 까닭은 2018~2019년[1]의 에세이가 이전과는 다른 태도를 지향하고 있기 때문이다. 비록 김난도에서부터 시작했을지언정 "'~해도 괜찮아'라는 에세이 특유의 문법은 점차 기성세대가 만들어놓은 일정한 질서에 대한 이탈과 거부의 방향을 가리키는 언명"[2]이 된다는 정주아의 견해는 이 두 시기의 에세이 형식이 차용하는 언어의 변화 양상을 예리하게 짚어내고 있다. 정주아는 나아가 이러한 현상을 "일인칭이라는 시점의 선택이 곧 세계를 향한 입장stance의 선택으로 보편화되는 사태, '나'를 중심으로 세계가 해석되고 시야가 제한되는 특징을 삶의 태도로

---

1) 이 글에서는 그 범위를 잠정적으로 현재 지점까지로 확장하고 있음을 밝혀둔다. 뒤의 본문에서 상세히 다룰 것이나 오늘날 지속적으로 이어져오는 에세이 형식의 강세는 쓰는/읽는 주체의 욕망과 관련하여 지속적으로 변모하는 양상을 보이기 때문이다. 2017년부터 비교적 뚜렷하게 감지되는 에세이의 특징은 청년의 결핍과 욕망을 자신의 목소리로 직접 대변한다는 것인데, 이는 2021년에 가까워지면서 '약자 되기의 주체성'을 보여준다.

2) 정주아, 「일인칭 글쓰기 시대의 소설」, 『창작과비평』 2021년 여름호, 54쪽.

기꺼이 수용하려는 추세"[3]로 보는데, 이를 작금의 에세이에만 국한된 문제가 아니라 소설 글쓰기의 한 특징으로 넓혀 사유한다.

정주아의 논지에 부연하건대 2010년대 초반의 에세이와 달리 2010년대 후반의 에세이는 청년 당사자가 자기 자신 혹은 비슷한 조건 속에 묶여 있는 이들을 향해 발화하는 형태를 취한다는 점에서 차이를 보인다. 구체적 현실에 대한 실질적 개선으로 이어지기 어려운 조언 대신 지금 이 삶에서 앓고 있는 자기 자신의 상태를 그대로 적시하는 것이 2010년대 후반 에세이의 특징인데, 이러한 자기 내부의 약자성을 발견하는 일은 지금 이 시대의 '주체-되기'가 어떻게 가능한지 보여준다는 점에서 중요하다. 문학이 현실의 반영인 한 왜 지금 에세이가 약진하며, 그것이 어떠한 문학적 태도로 발현되는가에 대한 규명으로서 이 글의 목적을 재차 언급하며 본론으로 들어가본다.

'탈조선' 담론에서 현재까지, '주체-되기'의 변화

'헬조선' '탈조선' '노오력' '인생 리셋' '죽창'과 같은 표현을 들어본 적 있을 것이다. 다소간이나마 여전히 유효해 보이는 이러한 표현은 2015년을 기점으로 폭발적인 공감대를 형성하며 너나 할 것 없이 이곳의 삶과 이곳의 존재로서의 고충을 토로하는 데 사용됐다. 노력만으로 안 되는, 그나마 노력하고도 최소의 삶조차 보장받기 어려운 이 지옥 같은 현실을 어떻게 벗어날 수 있을까. 이 질문에 제출된 하나의 답은 개인을 규정하는 소속을 벗어던져야 한다는 것이었다. 재외국민 혹은 외국인 되기라는 분노의 생존 전략으로 제출된 '탈조선'

3) 같은 글, 56쪽.

은 이방인이 되는 것을 선택해서라도 '여기'에 소속되고 싶지 않은 일종의 자기 부정을 동반한다는 점에서 근본적인 절망과 냉소를 드러낸다.

이우창은 '헬조선 담론'과 관련하여 역사 만들기의 주체를 탐문하는 것으로서 청년(세대)론을 정리한 바 있다.[4] 민중 사관과 뉴라이트 사관을 비교 분석하는 이 글은 서로 다른 두 입장이 유사한 '구도'를 지니고 있음을 지적한다. 그것은 주체(A), 주체가 대결하는 대상(B), 지향하는 세계(C) 사이의 관계성이다. 민중 사관에서 청년은 발전론적 역사 유물론 위에서 "노동자와 농민"뿐만 아니라 "지식인·학생·청년"[5]을 포함하는 '민중' 개념으로 편성된다. 이러한 개념 체계 위에서 민중 사관은 "주체(A)가 지배 세력(B)과 투쟁하여 해방(C)에 이르는 과정"[6]을 하나의 서사로 삼는다. 한편 뉴라이트는 소수 엘리트에게 통치 권한과 역사 발전 주체의 자격을 부여하여 후진의 극복으로서 선진, 야만과 미개의 극복으로서 문명이 역사의 필연적인 흐름임을 강조한다. 역사 왜곡도 서슴지 않는 이러한 논리 구조 속에서 "통치 엘리트 주체"(A)가 "주어진 어려움"(B)을 극복하여 "정상 근대국가"(C)로 나아가는 "발전론적 서사"[7]를 생산한다.

서로 다른 두 입장이 '주체'를 호명하는 방식이 유사하다는 사실은 '헬조선 담론'을 거치며 주체에 대한 감각의 변화가 어떠한 방향으로

4) 이우창, 「헬조선 담론의 기원—발전론적 서사와 역사의 주체 연구, 1987-2016」, 『사회와 철학』 32호, 2016.

5) 같은 글, 114쪽.

6) 같은 글, 120쪽.

7) 같은 글, 129쪽.

촉구되는지를 보여주는 주요한 참조점이 된다. '헬조선 담론'에 이르면 '누가' 역사의 주체가 되느냐가 아니라 '왜' 역사의 주체가 되어야 하는가로 주체에 대한 물음이 바뀌기 때문이다. 국가 공동체의 발전과 성장에 이바지하고자 함을 기준 삼는 이른바 진보(민중 사관)와 보수(뉴라이트 사관)의 청년 주체 세우기의 서사는 '헬조선 담론' 시기에 접어들면서 주체로 호명받아야 하는 청년으로부터 '호명하기'의 권력을 거부당한 셈이다. 이는 국가를 위해 '어떤 것'을 추구할 것이냐의 문제가 아니라 어느 쪽에서든 완전히 주체로 설 수 없는 현재의 삶 속에서 기성세대가 만들어놓은 '기울어진 판'을 왜 청년이 '미래의 주역'이 되어 해결해야만 하는가에 대한 분노의 응답이기도 하다. '헬조선 담론'이 단순히 세대 간의 대립이 아니라 정부로 대변되는 국가 공동체에 대한 불신과 그 안에 소속된 개개인의 국민성에 대한 비판으로 연결되고, 이를 타개할 방법으로 국가의 개선이 아닌 '국가로부터의 탈출', 즉 내부의 균열과 훼손을 선택하기를 망설이지 않는 모습은 기존의 모양대로 요구되는 '주체 되기'[8]의 거부다.

'헬조선 담론'에서 극적으로 보여주었던 공동체에 대한 불신과 반감 그리고 더 나은 미래를 이끌어나갈 수 있으리란 책임에 대한 근본적인 거절의 의사 표시는 약 육 년이 지나는 동안 얼마나 다른 모양으로 변했을까? 2014년 세월호 참사에 대한 정부의 진상 규명 방식, 박근혜 정권의 비선 실세를 통해 드러난 부패 정부의 민낯, 2016년 강남역 살인사건을 거치며 촉발된 여성 혐오 범죄에 대한 인식은 삶이

8) 궁극적으로는 '국가와 기성의 체제를 수호하는 혹은 더 나아가 2016년 이후에는 젠더 불평등을 양산하고 재생산하는 기왕의 공동체를 수호하는~'이라는 수식이 붙는다고 보아도 좋겠다.

꾸준히 나빠져왔음을 부정할 수 없게 만든다. 게다가 2019년을 기점으로 갑작스레 맞이한 전염병 시대의 삶은 결코 만인의 평등한 불행이 아닌 계급적 약자에서부터 시작되는 순차적인 피해 양상을 보여주며 사회구조적 결함을 드러냈다. 이러한 좌절적인 상황에서 '미래 주역'으로 호명되곤 했던 청년은 '공동체의 미래'가 아니라 당장 오늘과 바로 내일을 걱정하기만도 벅찬 삶의 과제들을 겪어내고 있다고 해도 과언이 아닐 것이다. 이런 상황을 고려하면 '헬조선 담론'으로 표상되는 역사적 주체 되기의 거절이란 현시점에도 여전히 유효해 보인다.

그러나 이때의 '거절'이 분노, 불안, 다소간의 무기력함을 동반하고 있다곤 해도 정치적 존재로서 자기 자신을 포기한다는 것과 동일한 의미는 아니다. '죽창'으로 사방을 찌름으로써 간신히 해소될 것 같았던 분노가 그저 타인을 해하는 것으로서 공중분해된 것만은 아니기에 그렇다. 세월호 참사 이후 한 줄기 '진실'을 규명하고자 하는 목소리는 예컨대 '304 낭독회'와 같은 형태로 여전히 이어지고 있으며, 박근혜 탄핵 소추는 공동체에 대한 모두의 책임을 다시 한번 절감하고 시민 주체를 새로이 인식하는 계기가 되었고, '강남역' 이후 '여성 혐오 범죄'를 똑바로 발음함으로써 오랫동안 다져온 혐오 정서의 기반들을 한 꺼풀씩 벗겨내고 있기도 하다. 이를 두고 절망적 삶이 미래를 추동한다는 것으로 비약해서는 안 될 것이다. 이는 혼란한 자기부정의 시대감각 속에서도 한 줌 자기의 가치를 잃지 않고자 하는 주체 세우기의 일환으로 진단된다. 즉 이는 기득권에 의해 호명됨으로써 특정 계층의 가치를 대물림하는 이데올로기의 (재)생산자로서의 '주체 되기'를 거절하고, 가장 작은 '나'의 존재 가치에서부터 다시 시작하는 '주체 되어가기'로 구분되어 살펴질 수 있음을 보여준다.

미디어 발달과 소비: 생산자로서의 '나'의 감각

이런 사회적 맥락을 통과하면서 집단의 단위가 아닌, 지금 '당장' 삶을 바투 버티고 있는 가장 작은 단위로서의 '나'에 대한 인식은 정치적 주체로서의 자기 감각과 밀접한 관계성을 띤다. 혼돈과 좌절이 쉴새없이 끼어드는 자기 성찰의 과정에서 무엇보다도 뚜렷하게 감지되는 것은 자신의 '약자성'이다. '나'가 어느 곳에 어떤 방식으로 속해서 어떻게 호명되고 어떻게 취급되는지를 따져보는 일은 그간 잠시나마 누린 전능감—이를테면 '아무것도 하지 않는 것'을 선택하는 행위에 대한 유능감—까지도 일종의 착시였을지 모른다는 의구심을 발생시키면서 '자신의 의지 바깥으로부터 부과된 나'의 모습을 직시하게 만든다.

'약자성'을 논하기 전에, 기술 발달에 따른 물리적 문화생활 양식의 변화가 이러한 자기 성찰에 영향을 준 바가 적지 않다는 사실을 먼저 짚고자 한다. 2020년대는 단순히 디지털 미디어가 '강세'인 시대가 아니다. 1인 (최소) 1전자기기 시대의 개인이 SNS와 같은 소통 플랫폼을 통해 자신이 원하는 이미지로 자신을 전략적으로 노출할 수 있는 시대가 2020년대다. 이러한 문화양식은 오로지 자기 노출만을 목적으로 한다든가 사람 사이의 접점을 마련해주는 것을 단일하게 수행하는 것이 아니라 '노출되는 자기 자신'을 하나의 콘텐츠 삼아 경제 가치까지 창출할 수 있는, 소비자이자 생산자를 겸하는 시스템의 본격적인 도입을 가능케 한다. 즉 전자기기의 보편화 및 그에 맞물려 발전중인 미디어 시스템의 보급은 '자기'에 대한 감각을 송두리째 바꾼다. 앞서 살펴본 바대로 기성 정치 주체에 의해 선택받는 종류의 '주체 되기'의 정합성은 이렇듯 기술 발달에 토대를 둔 인식론적 체계에 근거하여 자기가 원하는 모양대로 자기를 드러낼 수 있다는 (무)의식적 자각을 통해 거부된 것이기도 하다. 누군가의 승인 없이도 '원하는 자기 자신이 될 수 있는' 감각으로서 '자기'에 대한 감각의 변화는 이미 자연스럽게 수용되고 있었기 때문이다.

이러한 자기 감각과 관련해서라면 '뭐든 될 수 있다'는 유능감이 촉발하는 신자유주의 체제의 노력/성과주의로의 회귀를 지적하지 않을 수 없겠으나 이를 충분히 유념하며 '생산자=소비자'를 가능하게 만든 물질적 토대에 대해 고찰하는 방향으로 이 현상을 해석하는 길을 잡아보기로 한다. 청년 세대를 종종 무능감과 무력한 주체로 언급하곤 하는 세대 담론은 적어도 이 시점에 와서는 그러한 판단이 청년을 타자화하고 있다는 비판으로부터 멀어질 수 없어 보인다. 디지털 미디어에 적응하는 기성세대 뒤에는 그러한 환경에 적극적으로 적응하고자 하는 선배 세대 뒤에는 날 때부터 그러한 환경 속에서 개인과 삶에 대한 감각을 구축하고 있는 세대가 존재한다. 이들 후속 세대에게는 존경하고 본받을 만한 선례로서의 '신화적 개인'에 대한 탐색이 시대의 환멸을 해결해주는 방향으로 재고되지 않는다. 자신을 이 세계의 적합한 후계자로 점지할 이를 찾는 것이 아니라 차라리 자기를 정의하는 인물이 '되는 것'으로서 개인성이 발현되고 있기 때문이다. 이때 어떤 개인성의 발현은 끝내 순위와 경쟁으로 점철된 자본주의에 무릎 꿇는다는 점에서 다소간 속물주의에 대한 헛된 열망일지 모른다. 그러나 적어도 자기의 토대를 되돌아보고 스스로의 목소리로 자기 자신을 세우려고 한다는 점에서, 즉 자기 자신에 대한 어떠한 권리

나 권위를 부여하는 과정에서 타인의 승낙이 아니라 자신의 약자성을 성찰하고 드러냄으로써 그 너머의 극복의 지점을 도모하려 한다는 점에서 정치적이라 할 수 있다.

처세 불가능한 시대, '나'가 지닌 약자성을 드러내기

최근 에세이 장르의 확장 및 약진의 사례는 이러한 '자기 세우기'의 감각과 연관된 문학적 반응으로 해석되는데, 이때 유독 눈에 띄는 것이 '약자성'을 드러내는 방식이다. 2017~2018년에 캐릭터를 내세운 힐링 에세이가 급부상했다. 곰돌이 푸, 보노보노 등의 유명 캐릭터의 목소리를 차용하는 방식의 에세이는 인간관계에 치이고 지친 독자를 타깃으로 삼는다. 친근한 캐릭터를 내세운 힐링 메시지의 전달이란, 필승 처세술에 초점을 맞추는 대신 '처세'로는 더는 해결되지 않는 내면의 상처를 들여다보게 한다는 점에서 '위안'을 겨냥한다. 다만 이 경우 캐릭터를 경유하고 있기 때문에 쓰고 읽는 이의 역사가 특정되지 않는다. 이러한 익명성은 다수에게 적절한 위로를 건네줄 수 있을지언정 자기 정체화를 개별적 언어로 확보하려는 개인의 정치적 특수성을 발견하게 해주지는 못한다.

이러한 에세이 언어의 변화가 '더 잘살기'에 대한 조언에서 '덜 못살기'에 대한 위로의 시대로 진입하고 있음을 보여준다면, 2018년 무렵 등장하기 시작한 '~해도 괜찮아'라는 메시지를 표방하는 에세이 종류는 개인의 삶을 보다 적극적으로 끌고 나온다는 특징이 있다. 『죽고 싶지만 떡볶이는 먹고 싶어』로 대표되는 에세이의 흐름에서 중요한 것은 '괜찮지 않은 나'에 대해 말하는 이가 자기 고백적인 수사를 취함으로써, 현실에서는 '건강한 보편'에 가려 없는 듯이 취급되는 소진된 이들의 경험을 가시화한다는 데 있다. 이 책은 서두에서 "기분부전장애(심한 우울 증상을 보이는 주요 우울장애와는 달리, 가벼운 우울 증상이 지속되는 상태)를 앓는"[9] 저자의 치료 기록을 담았다고 밝힌다. '선생님'과 '나' 두 명이 등장해 직접적으로 이야기를 주고받는 방식으로 구성된 이 직접적인 자기 고백이 (이러한 자기 고백적 글쓰기가 자기방어적이라는 점을 들어 비판하는 의견도 존재한다) 대체로 많은 이들의 마음을 움직이는 포인트로 작용할 수 있었던 것은 이 지극히 개인적인 정체성의 전면화 때문일 것이다.[10] 사회생활, 가족 관계, 또 친구 관계에서 누적되어온 피로감은 더는 '이렇게 하면 나아진다'는 전략을 세우는 것으로 향하지 않고, 그러한 관계에서 반복적으로 희생시킨 자기 자신에 대한 인식, 즉 자기의 약자 됨에서 공명의 지점을 만들어냈으리라 추측된다.

그런데 이러한 자기 준거형 에세이의 발화 안에는 자기의 삶을 하나의 근거로 제출함으로써 다수가 훼손되는 삶을 견디고 있음을 옹호하려는 의지와, 표면적으로나마 '정상 규격'에 속하고 싶은 (사회적) 욕망이 길항하는 듯 보인다. 이는 '정치적 올바름'에 대한 2000년대의 논의에서 발견되는 충돌의 지점과 비슷하게 여겨진다. 지금까지 세계를 지속시켜온 근대의 이분법적 체계에 대한 무의식적 학습과, 그에 대한 해체로서 의식적 비판의 경합은 시대감각으로 해석된

9) 백세희, 『죽고 싶지만 떡볶이는 먹고 싶어』, 흔, 2018, 8쪽.

10) 이후 최근까지 이어져오고 있는 자신의 병력 고백 형식의 에세이(정지음, 『젊은 ADHD의 슬픔』, 민음사, 2021; 리단, 『정신병의 나라에서 왔습니다』, 반비, 2021 등)는 탈보편/탈정상화된 것으로서 명명되는 자기 자신을 살피는 내용이다. 개인의 '특이점'을 발견하고 수용하는 이러한 과정은 개인적으로/사회적으로 자신이 지닌 약자적 정체성을 성찰하는 일과 멀지 않다.

다. 이를 고려하면 '~해도 괜찮다'는 말을 통해 '사실은 전혀 괜찮지 않음'의 상태를 드러내는 것은 정상성의 표상에 대한 성찰을 요구하게 한다는 점에서 하나의 시대성을 표방한다고 볼 수 있다.

지금 이곳에서의 괜찮지 않음은 그 자체로 괜찮지 않은 이들끼리의 교집합을 만드는 데서 그치지 않고, 이 괜찮지 않음을 동력 삼아 앞으로 나아가게 만들 것인가 하는 지점까지 그 고민을 끌고 간다. 최근 논의되고 있는 일인칭(시) 및 당사자성(소설)과 관련한 문학장의 담론에서 시/소설의 서술 방식을 의미화하는 과정이 '에세이 열풍'과의 모종의 연관성을 띠고 있다고 진단하는 것은 이러한 연유로 가능하다. 에세이를 주된 형식으로 삼아 표출되는 '약자 됨'의 정치성은, 어떤 존재를 해결해야 하는 문제적인 것이 아니라 훼손되지 말아야 하는 것으로 부상시킨다. 약자 됨을 '해결(하는)solve' 관점으로 접근하면 그것은 '문제trouble'의 틀을 벗어날 수 없다. 그러나 이러한 식의 자기 부정은 이미 '노오력' 하지 않는다는 말로 채찍질 당한 바 있다. 이에 대한 거부는 약자성이라는 개념이 권력과 마찬가지로 특정 상황과 조건에 의해 구성되고 강요되는 것임에, 그것 있음을 받아들여 정상 이데올로기를 해체하는 것으로 시도된다. 구성적 약자성을 받아들이는 일은 정상 이데올로기의 구도('정상-보편-강자' VS. '비정상-소수-약자')를 해체하는 것과 맞물리는 것이다. 이렇듯 '누가 문제인가'에서 '누가 문제라고 말하는가'로 논점을 바꾸면 약자 됨의 정치적 주체를 구축하는 과정에서 물어야 할 것은 '누가 나를 약자로 만드는가'가 된다.

약자로서의 자기 이해와 에세이라는 언어 형식

위에서부터 이어온 '약자성'에 대한 논의에서 '약자'는 좀더 섬세하게 이해될 필요가 있는데 관련해 김원영의 『실격당한 자들을 위한 변론』(사계절, 2018)의 논의를 적극적으로 참조해보기로 한다. 이 책은 장애라는 정체성을 수용한다는 것의 의미가 무엇인지 정치하게 짚어간다. 이때 하나의 주제인 '자기 정체성'이 저자와 외따로 떨어져 있지 않고 저자의 실존적 정체성과 밀접하게 연관되어 있다는 점에서 이 책은 자기 정체성을 주제로 삼은 자기 서사의 일종으로 볼 수 있다.[11] 이 책에서 김원영은 '자기 자신-됨'의 경험(이자 삶)을 하나의 근거로 하여 '나'가 외부에서는 무어라 (혹은 어떤 방식으로) 호명되고 있으며 그것이 실제 '자기 됨'과 얼마나 무관/유관한지 가늠함으로써 '되고자 하는' 자신의 욕망이 '저항'이 아닌 논의의 기본값으로 설정되어야 하는 까닭에 대해 말한다.

주요 인터넷 서점의 표기에 따르면 이 책은 에세이, 사회학, 사회비평 등으로 구분되는데도 이 책을 '에세이'의 예로 든 이유가 있다. 이 텍스트는 자기 정체성에 대한 해석에 기초하여 그 자체를 글감 삼아 제출된 자기 비평의 일종이라는 점에서 본원적인 의미의 '에세이'[12]라 통칭해도 큰 무리는 없겠다. 이러한 에세이의 성격과 관련하

---

11) 김원영은 "골형성부전증으로 지체장애 1급 판정"을 받고 연극배우로 활동한 바 있으며 현재 변호사로 활동하는 사람으로 자신을 소개한다.

12) 에세이의 기원인 몽테뉴의 『수상록*Le Essais*』(1580)은 비평적 자기 해석 및 자기 서사의 본격적인 장르 개척의 사건으로 받아들여진다. 고전의 예술과 수많은 서적들에 대한 자기 해석과 노트, 직관적인 성찰의 언어로 만들어진 이 책은 경전의 해석이라는 측면에서 일차적으로 '신의 언어'의 만인 보편화로서의 '번역'을 거치는데 이때의 '번역'은 문자를 해독한다는 좁은 의미에만 머물지 않고 '해석'에 방점이 찍혀 있

여 특히 참조하고 싶은 책의 한 내용은 '푸른잔디회'와 관련된 것이다. 푸른잔디회는 1957년 친목을 목적으로 설립된 일본의 뇌성마비 장애인 중심의 단체다. 이들은 1970년 요코하마에서 일어났던 친모의 장애 아동 살해 사건[13]을 기점으로 저항운동을 시작했고 그러면서 그들의 행동 강령인 '푸른잔디회의 사상'이 알려졌다고 저자는 소개한다.

다고 이선희는 말한다.(이선희, 「몽테뉴의 『에세』를 통해 본 해석하는 주체 연구—타자의 예시를 통한 자기 연구」, 『프랑스고전문학연구』 23권, 2020 참조.) 이선희의 연구에 따르면 경전에 대한 해석으로서의 주해가 주해자마다 조금씩 의견차를 보이며, 이러한 서로 다른 해석에 대해서는 "전적으로 독자의 활동 영역"(96쪽)으로 간주한 흐름이 있고 이에서 더 나아간 형태로 '에세'라는 장르를 파악한다. 그런데 이때 이러한 해석과 주해가 병행될 수 있었던 것은 "인쇄기술의 발명과 급속한 발전" 때문이다. 이 기술로 "'독서하는 개인'"이 탄생하여 독자의 "내면의 사유 작업"(95쪽)으로 연결될 수 있는 발판이 되었다고 본다. 유물론적 관점에서 해석하면 기술 발전의 변화가 사유의 변화 방식을 이끌어내고 그러한 시기에 가장 정치적인 것으로서 문학적 양식인 '에세이'라는, 자기 비평적인 해석의 작업이 하나의 장르로서 등장했다고 이해해볼 수 있다.

13) 일본의 장애 운동을 소개하는 기사(정희경, 「일본장애인운동의 역사를 알아봐요—일본장애인운동의 전개과정② 푸른잔디회와 후츄료육센터 투쟁운동」, 에이블뉴스, 2008. 2. 5. http://abnews.kr/mVm)에 따르면 '푸른잔디회'의 본격적인 운동의 기폭제가 된 장애 아동 살해 사건은 다음과 같은 맥락을 가지고 있다. 1970년 5월 요코하마에서 2세 장애 아동을 "엄마가 키우기 힘들다는 이유로 살해"했다. 이에 대해 "가나가와(神奈川)현 심신장애아 부모의 모임은 장애 아동을 키우는 부모의 힘겨움을 주장하며 살해한 아동의 엄마에 대한 감형탄원운동을 전개"한다. 이에 푸른잔디회의 저항이 본격화되었으며 주로 "70년대 장애인들의 자립 생활운동"을 전개했다. 요컨대 푸른잔디회의 저항을 통해 표출된 분노는 어린이에 대한 살해 사실뿐만 아니라 장애 아동을 키우는 일이 힘들다는 이유가 죄의 참작 사유로 제출될 수 있었다는 인식에 대한 것이다. 이 일련의 사건에서 장애는 하나의 정체성으로 이해되는 것이 아니라 장애인 자신의 삶과 비장애인 가족의 삶을 훼손하는 '사건'으로 받아들여짐으로써 부정성을 가진 것으로 취급된다.

1. 우리는 우리가 뇌성마비자라는 것을 자각한다.
2. 우리는 강렬한 자기주장을 행한다.
3. 우리는 사랑과 정의를 부정한다.
4. 우리는 문제 해결의 길을 선택하지 않는다.
5. 우리는 비장애인 문명을 부정한다.[14)]

저자는 강령을 보고 어떤 충격을 받았다고 밝힌다. 강령이 "모든 것에 대한 철저한 부정"으로서 "자신을 소외시킨 사회에 대한 부정에 그치지 않고, 그것을 해결하겠다는 의지조차 부정하는 순수한 부정"을 드러내고 있기 때문이다. 자신을 바라보는 시선으로 자신의 약자성을 거듭 재현하지 않고 스스로의 판단으로 약자성을 발음하는 것, "자신의 가능성과 실천 능력, 의지까지도 부정하는 이 완전한 부정"이야말로 장애라는 정체성을 '이해'하거나 '해결'해야 하는 종류의 것으로 만들지 않고 '수용'하는 것이다.[15)] 이때의 수용은 외부에게 승인의 권위를 쥐여주는 방식 즉 자신의 정체성이 일정한 보편적 기준 안에 포섭되는 것으로서의 행위가 아니다. 김원영이 장애라는 정체성의 수용에서 강조하고자 하는 것은 "그렇게 받아들이는 것이 유리하지 않을 때조차 삶의 전반적인 기획의 일부로서 그것을 자신의 책임으로 기꺼이 감당하는 결단"[16)]을 의미한다.

김원영의 이러한 '자기 정체성'에 대한 해석을 참조하여 문학장에

14) 김원영, 「푸른잔디회」, 『실격당한 자들을 위한 변론』, 사계절, 2018, 78쪽.
15) 같은 글, 81쪽.
16) 「장애를 수용한다는 것」, 같은 책, 151쪽.

서 '에세이'라는 장르 형식을 택하는 이유를 헤아려볼 수 있다. (문자 그대로도 비유적으로도) '아주 작은 개인으로서의 나'의 정치성을 확보하는 일은 단순히 시대에 저항할 수 없는 무기력을 느낀 결과가 아니다. 앞서 주석에서 약술한 바 있듯 몽테뉴의 『수상록』을 기원으로 삼는 에세이 장르는 개인의 자기 고백적 글쓰기로 통용된다. 소설이나 시, 비평의 형식과 완전하게 부합되지 않는 개척된 장르로서 에세이는 신의 말이라는 절대 정언과 그것을 전달할 수 있는 자격이 주어진 소수의 적격자 혹은 적자(이를테면 중세의 사제)에 부여되어 있던 권위가 인쇄술을 토대로 한 기술 복제 시대를 건너면서 해석으로서의 번역 그리고 번역에 대한 자기 해석의 가능성을 열어놓게 됨으로써, 마침내 다수가 저마다의 언어를 손에 쥐고 '주체 되기(주체적 해석)'를 실현케 한다. 이때 에세이 형식이 '해석'에 방점을 찍는 만큼 자기 집중적이되 자기의 권위를 세우기 위한 글이 아니라 차츰 완성되는 사유로 나아가기 위한 수많은 가능성의 노트인 것은 아닌가. 에세이식으로 사유하는 것은 정언하기 위함이 아니라 가능 양태를 살피는 과정으로서 자기 탐구를 반드시 요청하며 여기서 발견되는 완결되지 않은 주체적 사유를 통해 자기 약자성을 발견하는 일이기도 하다.

약자성을 가진 존재로서 자기 자신에 대한 수용을 보여주는 에세이의 대표적인 흐름은 페미니즘과 관련된 저서의 출간 흐름에서 두드러지게 관찰된 바 있다. 이는 오늘날 시민 윤리로서의 젠더 감수성에 대한 촉구에 응답하는 것으로서 자기 정체성을 탐문하는 문제와 긴밀하게 결합된다. 혐오의 시대를 건너가고 있는 현시점에 여성의 자기 서사(또는 자기 성찰)의 일종으로서 리베카 솔닛의 가벼운 에세이[17]가 연속적으로 발간되었다. 또 젠더 폭력의 경험이 어떻게 여성으로서의 자기 신체의 훼손으로 이어지는지를 고백하는 록산 게이의 『헝거—몸과 허기에 관한 고백』(노지양 옮김, 사이행성, 2018), 여성 신체에 대한 규율 및 규제와 여성의 욕구-욕망의 관계를 성찰한 캐럴라인 냅의 『욕구들—여성은 왜 원하는가』(정지인 옮김, 북하우스, 2021), 이혼한 뒤 글 쓰는 여성이자 어머니이자 이 모든 것을 복합적으로 수용하는 과정을 보여주는 데버라 리비의 『살림 비용』(이예원 옮김, 플레이타임, 2021)을 보라. 이러한 여성의 이야기는 자신의 삶 자체를 재료로 삼아 지금 이 세계에서 자신의 정체성이 어떤 식으로 규정되어 있는지에 대한 자기 분석이며, 궁극적으로는 이러한 정체성의 이름으로 묶이는 (스스로를 포함한) 이들에게 어떤 언어들이 필요한지, 어떤 미래를 그려야 하는지를 성찰하는 자기 서사라 하겠다.

이전에도 이러한 자기 참조적 자기 서사로서의 여성의 에세이가 없었던 것은 아님을 상기한다면, 페미니즘을 중심으로 삼는 에세이의 지속적 발간은 '지금 여기'의 감각에서 요청되는 언어로서 이해된

---

17) 대표적으로 『멀고도 가까운—읽기, 쓰기, 고독, 연대에 관하여』(반비, 2016)와 『걷기의 인문학—가장 철학적이고 예술적이고 혁명적인 인간의 행위에 대하여』(반비, 2017)가 있다. '맨스플레인'이라는 개념을 소개하는 유명 저서 『남자들은 자꾸 나를 가르치려 든다』(창비, 2015)나 그 후속작 『여자들은 자꾸 같은 질문을 받는다』(창비, 2017)의 경우 특정한 개념어를 중심으로 사회현상을 진단한다는 점에서 부분적으로 '사회학'이라 인식되는 점이 있지만 알라딘, 교보문고, yes24의 분류를 각각 비교해보았을 때 '에세이'로 분류되는 경우가 많았다. 앞서 '에세이'라는 장르가 개인적 발화의 정치성과 약자성의 탐문이라는 질문을 담고자 고안된 형식임을 언급한 바 있다. 이러한 내용을 고려하면 위의 저서들을 큰 틀에서 '에세이'라 묶는 것이 리베카 솔닛의 정치성을 약화하는 일이 되지는 않을 것이다.

다. 여성의 경제적 능력으로서의 글쓰기라는 '직업'과 사유의 공간을 역설하는 고전 에세이인 버지니아 울프의 『자기만의 방』(1929)이 거의 백 년 가깝게 지난 지금 여전히 읽히고 있고 심지어 공감대를 형성하고 있다는 사실은 현실의 한 모습을 방증한다. 이전부터 여성의 글쓰기란 자기 고백적인 특징을 가진 것으로 여겨져온 바 있는데, 남성 중심적 시각을 기준 삼아 '여성성'을 훼손하는 것으로서의 의미가 아니라, 자기 선언적인 글쓰기로서 여성이라는 정체성과 에세이라는 형식이 조응한 결과라 할 수 있다. 에세이의 이러한 성격을 고려하여 2016년 '강남역 살인사건' 이후 한국사회의 흐름 속에서 여성 당사자의 목소리를 통해 발화되는 여성의 삶에 밀착된 언어로서의 에세이가 꾸준히 나오는 현상을 이해해볼 수도 있을 것이다. 2020년대에 다다르면서 젠더 감각에 대한 저마다의 사유는 누구도 외면해선 안 되는 '시민 윤리'를 이행하는 일로 요청되고 있고, 이 시점에 다시금 검토되는 고전적 여성 서사로서의 에세이, 선언문 등은 지금 이 시대와의 연결선상에서 에세이가 어떻게 개인적 정치성을 드러내는 장르로 채택되었는지를 보여준다.

약자성을 해명하거나 강자성으로 갈음하지 않고 그 자체를 자기의 것으로서 발견하는 정체성의 확보는 자기 정체성에 대한 탐구와 분석, 의미화 과정을 거치며 현실에 대한 판단과 변화의 방향까지도 탐구한다. 이 하나의 흐름은 '-되기'의 수행성 위에서 지속되는바 그야말로 연속적 행위로서 자기를 거듭 소환한다. 짧게 언급하건대 출간 이후 10만부 가까이 팔린 것으로 알려진 김소영의 에세이 『어린이라는 세계』(사계절, 2020)가 주목받는 것 또한 이러한 약자성에 대한 논의와 탐구의 지점이 오늘날 이 시대의 '주체-되기'의 사유를 어떤 방

식으로 이끌어갈 것인지에 대한 무한한 자기 탐문의 과정이 수행되고 있음을 드러낸다.[18)]

---

18) 에세이 장르와 여성 작가 에세이의 연관성과 관련해서는 이주미의 「여성 에세이를 통해 본 여성적 글쓰기의 특징」(『여성문학연구』 8권, 2002)을 참고하라. 이주미는 “생생한 삶을 자료로 한 글쓰기 방식”으로서 ‘에세이’를 정의하면서 “여성의 육체성과 경험”이 지닌 “직접성, 접촉성”(109쪽)을 실현하고 남성 중심적 가부장제의 전복적 수행성을 지닌 글쓰기의 형식으로 에세이가 요청되었다고 본다. 이 논문에서 주로 검토하는 저서는 2000년대 전후에 발간된 김정란의 『거품 아래로 깊이』(생각의 나무, 1998); 『말의 귀환』(개마고원, 2001), 김혜순의 『여성이 글을 쓴다는 것은』(문학동네, 2002)이다. 이주미는 이 논문에서 에세이가 어째서 ‘여성의 글쓰기’와 조응할 수밖에 없는지를 역설하고 있는데 2020년대의 시점에 이르러 이 질문은 조금 더 확장되어 살펴질 필요가 있다. 2000년대와 비교하여 현재의 에세이 부흥이 다른 점이 있다면 ‘여성’에서 나가아 ‘여성적 원리’를 체현하고 있는 것으로서 약자성의 외연을 넓히고 있다는 사실일 것이다.

이주미가 말하는 “여성이 경험해온 억압이 남성과는 다른 차원의 것”(110쪽)이라는 점이 바로 에세이를 여성의 장르로 적극적으로 채택하는 근거가 된다는 주장에 보태어, 적어도 오늘날의 문학 행위에서 중요한 것이 ‘누가 쓰는가’를 넘어 ‘누구에 대해서 왜 쓰는가’로 전환되고 있다는 점을 참고할 필요가 있으며 이 글의 주요 키워드인 ‘약자성’은 그러한 맥락에서 사용되었음을 밝힌다.

지금까지 살펴본 에세이 붐의 일련의 흐름—미래는 물론이고 가까운 내일을 예비할 기력조차 소진해버린 청년이 혼자 절망하는 것이 아니라 자신의 ‘앓음’의 과정을 성찰해나가는 것으로서의 ‘힐링 에세이’의 변화, 젠더 문제와 관련하여 쏟아져나오는 외국 에세이 등—은 오늘날의 특징을 보여준다. 이에 더해 본문에서는 상세하게 언급하지 못했으나 한 명의 여성이자 작가이자 한 아이의 어머니이자 누군가의 자식이자 이 모든 복합성을 안고 있는 존재로서의 그저 ‘나’에 대해 더할 나위 없이 날것의 감각을 보여주고 있는 백은선의 『나는 내가 싫고 좋고 이상하고』(문학동네, 2021)도 이 시대의 감각 속에서 추동되는 자기 성찰로서의 에세이의 대표적인 예시다. 중요한 것은 젠더 정체성에 대한 자기 판단이 ‘나’에서 시작되곤 있으나 그것이 점점 자기 안으로 파고들어가 끝내 가장 깊숙한 곳으로 숨어들어가는 것이 아니라, 각자가 지니고 있는 어떤 약자성을 공명하는 방식으로 퍼져간다는 것이다. 본문에서 언급한 김소영의 『어린이라는 세계』에 대한 뜨거운 반응 또한 2020년을 전후하여 확장된 의미의 주체 탐구 형식으로서의 에세이가 채택되는 이유를 보여준다.

나가며: 에세이라는 말하기 형식과 비평(가)의 언어

에세이를 둘러싼 열렬한 반응과 관련하여 마지막으로 살펴보고 싶은 것은 '읽는 사람'의 층위다. 지금까지 '에세이 쓰는 사람'에 초점을 맞추어 자기 정체성에 대한 자기 언어로의 정립을 논했다면 그것을 누가 어떤 목적으로 읽느냐 역시 고려되어야 한다. 에세이 장르가 해석과 판단을 동반하는 이상 읽는 자로 하여금 자기 목소리로 말하기의 욕망을 촉구하기 때문이다. 에세이의 발화 방식은 설령 쓰는 자 자신에게 바쳐지는 독백이라 할지라도 그러한 타인으로서의 저자의—그러나 읽는 자로 하여 쓴 자의 언어에 기대어 자기가 말하고자 한 바로 그것을 발견할 수 있다는 점에서 곧 자신의 욕망 그 자체이기도 한—욕망을 '읽고자 하는 욕망' 혹은 '그와 같은 방식으로 말하고자 하는 욕망'을 추동한다.

타인의 언어를 통해 발견되는 자기 정체성 및 자기 상태에 대한 탐구의 욕망이 에세이에 의해 발현된다는 가정 위에서, 에세이의 발화 형식은 독해하는 것으로서의 비평 또는 독자로서의 비평가의 정체성을 탐문하는 것에도 영향을 미치는 듯 보인다. 관련하여 조연정의 「무심코 그린 얼굴 2—최근 한국 문단에 대한 단상들」의 일부를 본다. 이 글은 백은선의 『나는 내가 싫고 좋고 이상하고』와 문보영의 『일기시대』의 고백을 둘러 '에세이'라는 형식을 언급하며 최근 문학 담론의 내용과 비평의 역할에 대해 이야기한다. 조연정은 미투 이후 작가와 작품의 밀착된 관계에 대한 요구를 문학에 요청된 과제로 해석하며 최근 눈에 띄게 많아진 '에세이 쓰기'에 대해 주목하는 한편 김봉곤 작가의 사적 대화 무단 인용과 김세희 작가의 아우팅 논란(특히 전자)에 대해서는 결코 그 윤리적 실천에 대한 비판을 희석하지 않으면서도 김봉곤을 "퀴어 정체성의 징표적 존재"로 담론화해온 "젊은 세대의 비평 욕망"[19]을 읽어낸다. 이러한 굵직한 담론 안에 배치되어 있는 시대적 요청과 문학에의 욕망을 읽어내면서 '비평과 비평가'의 정체성 사이의 거리를 가늠하는 일에 대한 고민[20]과, 최근 시 장르에서 활발하게 논의되고 있는 '일인칭 담론'을 언급하며 현재 문학과 비평에 요청된 과제 중 "'탈-보편'과 '탈-대표성'"[21]이 어떤 관점으로 재현되고 있는지 살피며 결론짓는다.

이러한 조연정의 논의에 더해 쓰고/읽는 자의 교섭되는 욕망이 공존하는 가능태의 형식으로서 에세이에 대해 말해볼 수 있다. 현시점에 요청되는 문학의 윤리가 "실존적인 각각의 '나'들을 서로 상상하는 과정에서" 발현되고 있고, "'나'와 현실 사이의 긴장을 온전히 감당하려는 시인/작가들의 책임감 있는 태도"[22]의 확장으로 에세이의 확산세를 진단하는 것에서 조금 더 적극적으로 채택될 필요가 있는 것은 '읽는 자'의 층위다. 조연정이 자신의 글 서두에서 고백했듯 여성 시인들의 에세이에 등장하는 '그녀'들이 설령 실제와 다르다고 해도, "그 담대함과 대범함은 '나'를 쓰는 행위 속에서 새롭게 재편되는 '나'를 마주하고자 하는 용기까지 포함"[23]한다. 다시 말해 에세이는 그동안 문학장 '내부'의 존재로 '써왔던 자'가 지닌 구심력으로부터

19) 조연정, 「무심코 그린 얼굴 2—최근 한국 문학에 대한 단상들」, 『문학과사회 하이픈: 하이픈-하이픈』 2018년 여름호, 43쪽.

20) 소영현, 「여성, 저자, 독자—(여성) 비평(가)의 불안 1」, 『자음과모음』 2020년 겨울호.

21) 조연정, 같은 글, 44쪽.

22) 같은 글, 40쪽.

23) 같은 글, 36쪽.

'읽는 자'로서 이곳의 규율[24] 바깥으로 뻗어가려 하는, 또 어느 정도는 새로운 방식으로 비평의 언어를 바꾸어야 하는 시점에 그러한 욕망을 추동하는 원심력을 동시적으로 발생시킨다.

생각해보면 '독자'의 자리 변화를 그 누구보다도 기민하게 포착하는 것은 비평(가)이었지 않은가. 비평은 기본적으로 작품에 기댐으로써 쓰이고 읽음으로써 구성된다. 공정한 시각을 자처하고 시대적 징후를 읽는 눈의 사회성을 추구하고 오랫동안 이성의 언어를 담당해왔던 비평의 언어란 그 어느 것보다도 '자기'에 기반한다. 작품을 통해 '자기 시대'를 규명하고 '자기 시대의 역사적 소명'을 감지하는 과정에서 중요한 것은 그 '나'가 얼마나 합리성을 구축할 수 있느냐와 관련되기 때문이다. 달리 말해 이것이 비평이 오랫동안 독자로서의 자리를 가늠해온 과정이라 한다면, 하나의 징후적인 사건으로서의 '에세이'를 해석하는 이러한 시도야말로, '엄정한 독자의 언어'였던 비평이 '쓰는 독자로서의 자기'를 바라보는 것으로 나아가야 함을 지시하는 것이겠다.

---

24) 여기서 내부적 규율이란 소영현이 「여성, 저자, 독자—(여성) 비평(가)의 불안 1」에서 "공평무사한 과학자의 자세나 객관과 보편 지향의 합리성의 세계"(300쪽)로서 구축되어온 비평 영역에서 비평가 자신의 정체성을 적극적으로 발화하는 것의 까다로움을 토로하는 것이다(그럼에도 "계급이나 언어가 그러하듯 섹스와 젠더 그리고 섹슈얼리티가 우리의 삶의 의미와 가치를 결정하는 주요 요소 가운데 하나라면 그것 자체로 문학을 구성하며 평가하는, 즉 비평의 중요한 인자라는 사실을 사유로서 좀더 밀고 나아가야 한다.", 306쪽). 혹은 조연정이 "공적인 지면에 '나'를 등장시키는 것을"(조연정, 35쪽) 여전히 두려워하고 있다고 말하는(그러나 '나'의 드러냄이 공공성을 지니지 못하는 지극히 사적인 단위로 소급되는 것이 아닌) 것에서 그 정체를 살펴볼 수 있다. 즉 비평이 문학 안에서 취해온 어떠한 '객관/합리성'을 보증하기 위해 적극적으로 숨길 필요가 있었던 '나'라는 비평가의 개인성을 의미한다.

*

오늘날의 청년/시대 담론 안에서의 사회적 주체 세우기(혹은 거절하기)의 방향, 기술 발전에 기인하여 움직이는 문화양식과 '나'에 대한 인식의 변화, 에세이라는 장르가 지닌 개인의 약자 되기로서의 정치성과 주체 호명에 대한 전복적 언어성, 그리고 이 모든 것을 진단하고자 하는 비평의 욕망은, '나'를 등장시켜 다음과 같이 말할 수 있다. 내가 독자로서 이 모든 현상을 하나의 논리 위에서 연결시켜 '읽고자 하는 것'은 곧 내가 보고 있는 것을 '쓰고자 하는 것'과 많은 지점에서 일치한다. '나'의 생산자와 수용자의 경계를 희미하게 만드는 이 시대의 미디어 감각은 비평가로서의 나의 경우에도 유효해서 여기와 저기를 완전하게 구획화하는 근대적 사유로부터 조금 벗어나 그어진 선을 자꾸만 '탈선'토록 만드는 것만 같다. 구획되는 역할에 정착하는 것이 아니라 언제든 그것을 넘나들 수 있다는 욕망은 최근의 에세이의 언어를 둘러싼 반응을 이렇게 구체화하는 것으로 드러나고 있지는 않은가. 저들의 증언의 언어를 빌려와 나는 어떻게 나의 것을 '다시 말할 것'인가. 개인적 정치성을 드러내는 '자기-쓰기'의 태도가 통용되는 시대임을 다시 한번 떠올려본다.

글의 서두에서 언급했던 이우창의 논문을 다시 불러오건대 오늘날 주체 만들기의 서사 '양식'은 분명 변화하고 있다. 오늘날 주체 A는 적체된 B를 전복함으로써 요구된 미래상인 C로 나아가는 궤도 위에 올라서지 않는다. 재발견한 자신의 지점(A′)을 보고 그다음(A″)의 지향을 향하는, 궤도를 꿰뚫는 가늘고 날카로운 '선(혹은 길)'을 가진다. 타인에 의해 강제적으로 약자의 자리에 호명되는 것을 거부하고 자기의 목소리로 자기의 약자 되기를 발음하는 것은 전혀 다른 문제다. 이런 점을 상기하면 지금껏 문학이 지향했던 약자-되기의 행위성과는 별개로 제도로서 관습화해왔던 주체의 형상(혹은 허상)은 독자/저자의 경계가 허물어지고 그 욕망이 뒤섞이는 에세이 시대의 감각 위에서 '다른 언어'를 촉구하는 것은 아닐까. 그리하여 작품과 시대, 그리고 어떤 종류의 현상에 대한 진단으로서 문학의 언어가 이제는 '다르게-되어야' 하는 시점임을 체감한다.

(2021)

'자기'라는 헤테로토피아, 내면의 장소화
—강성은, 김행숙, 이수명의 시를 중심으로

헤테로토피아와 장소

우리는 공간과 장소를 어떻게 구분하는가? 공간이 물리적인 부피를 지니는 곳을 의미한다면 장소는 시간성이 관여[1]된 곳을 의미한다. 그런 의미에서 인간이 한 '장소'를 말한다는 것은 일정한 지역, 건물, 구조물만을 지칭하지 않는다. 그곳에서의 기억, 감상 등의 실감에 대해 말하는 것이기 때문이다. 따라서 어떤 것이 '장소'로 기능하기 위해서는 최소한 그곳으로부터 빠져나온 이후라는 시간의 흐름이 필요하다. '그곳'이 어떠한지를 말하려면 비교 대상(시점)이 있어야 하는 것이다. 그곳 아닌 곳, '반反-공간' 혹은 '바깥'은 이때 만들어진다. 어떤 곳이 '장소'가 되기 위해서는 '그곳' 아닌 다른 곳을 모두 바깥으로 만들어야 하는 동시에 한번 겪어본 적 있는, 빠져나온 공간('바

1) 장소는 한시적 시간성뿐만 아니라 무제한적인 시간성(무시간성)까지 포함한다. 장소를 말할 때 일정한 부피를 지닌 공간에 이러한 '시간성'이 더해짐을 염두에 두어 '관여'라는 표현을 사용했다.

깥')이 되어야 한다. 바깥이 되어서야 비로소 안을 말할 수 있는, 안팎을 모두 취할 수 있는 곳이 바로 '장소'다.

장소는 한 개인(또는 사물)의 내력, 역사와 같은 시간성을 담보함으로써 발생하는 의미의 복합체다. 그렇다면 일정한 공간 안에서 시간의 흐름을 보냄으로써 구축/생성되는 의미가 있는 한 "우리는 순백의 중립적인 공간 안에서 살지 않는다"[2]라는 푸코의 말은 유효하다. 푸코는 '바깥'을 구획함으로써 만들어지는 공간을 '반공간'이라 칭한다. 여기에서 바깥은 상대적으로 '안'으로 위치하는 공간을 유토피아적인 것으로 만든다. 가령 교도소, 요양원, 홍등가 등은 '표준적 이상 사회' 바깥에 위치함으로써, 실제로 눈에 보이지 않으며 동시에 구체적으로 어디라고 특정할 수 없는 '이상 사회'라는 안쪽을 만들어낸다. 이를 뒤집을 때 우리는 정상성의 허구화를 꼬집을 수 있다. 안과 바깥은 상대적이다. '이상 사회'에서 탈각된 '비정상성'의 공간을 가시화할 때, 이상 사회는 저 바깥이 되어버린다. 그리고 이 '안'의 비정상성으로부터 우리는 '정상'이란 무엇인가를 물을 수 있다. 이상 사회로부터 분리되고 구획되는 경계의 장소들은 그 바깥을 헤테로토피아로 만들기도 하지만 동시에 바로 그 경계 바깥에 놓여 있는 금기의 영역들이 헤테로토피아를 직접 수행한다. 요컨대 헤테로토피아는 "다른 모든 공간에 대한 이의제기"[3]이다. 이 명제에서 글을 시작해보기로 하자.

'헤테로토피아'는 시간 위에 구축된 공간으로, 일정한 관점에 따

---

2) 미셸 푸코, 『헤테로토피아』, 이상길 옮김, 문학과지성사, 2014, 12쪽.

3) 같은 책, 24쪽.

라 구획되고 뒤집히는 안팎을 지닌 장소이다. 시 장르는 이러한 '장소성'을 잘 보여준다. 시는 시간적인 거리가 확보된 상황에서 한 공간에 내면을 투영함으로써 그것을 장소로 만든다. 장소성은 '나'라는 화자의 내면을 중심으로 실현된다. 시에 어떤 언술이 있는 한 그것을 말하는 '나'의 존재는 감춰지지 않기에 내면은 바깥으로 끄집어내진다. 결국 시가 쓰이는 방식 자체가 안팎을 뒤집는 행위다.

상호텍스트에서 발생하는 장소: 김행숙의 시 1

최근의 시에서 장소는 어떻게 드러나고 있을까. 우선 '장소'가 시간의 간섭하에 있다는 점을 떠올려보자. 문학 텍스트를 하나의 공간으로 볼 때 이것을 장소로 거듭나도록 하는 시간성의 반영을 우리는 '상호 텍스트성'으로부터 발견할 수 있다. 다른 이의 문학 텍스트를 참조하거나 오마주하는 등 텍스트 사이에 다리를 놓는 것은 단지 '반영' 또는 '영향'에 국한되지 않는다. 헤테로토피아의 개념을 다시금 떠올려볼 때 누군가의 시를 토대로 하는 작품을 쓴다는 것은 우선 그 참조된 텍스트를 구심점으로 두고 그 바깥을 확장하는 것으로, 텍스트 새로 쓰기라 할 수 있다. 즉 원심력으로서의 참조, 바깥으로의 확장이다. 이는 동시에 구심력으로서의 안쪽이 되기도 한다. 어떤 면에서 새로 쓰인 텍스트는 참조된 텍스트라는 강력한 원전原典을 지니기 때문이다.

김행숙의 「대방동 조흥은행과 주택은행 사이에서 무슨 일이 있었나?」(이하 「대방동」)[4]는 이를 잘 보여준다.

4) 김행숙, 『1914년』, 현대문학, 2018. 이하 인용시 본문에 작품명만 밝힌다.

그것은 1995년 출간된 어느 시집에 적혀 있다. 대방동 조흥은행과 주택은행 사이에는 플라타너스가 57그루, 마름모꼴 보도블록이 9504개, 길, 골목, 호텔 그리고 강물 소리……//햇빛에 반짝이는 것들. 비가 오면 모두 비에 젖는 것들. 오늘은 어느 죽은 시인이 그 모든 것들을 하염없이 세어보았던 뜬구름 같은 오후. 그것은 산 사람이 시간을 죽이기에도 좋은 일이고, 죽은 사람이 무한한 시간을 흘려보내기에도 좋은 일이다. 그러므로 우리는 언제든 대방동 조흥은행 앞에서 만나자. 마름모꼴 보도블록에 떨어지는 하얀 눈송이 같은 것들을 허리를 구부리고 하염없이 세어보는 일. 셀 때마다 숫자가 달라져서 다시 세어보는 일. 세다가 숫자를 잊어버려서 다시 처음으로 돌아가 세어보는 일. 2월의 눈사람처럼 천천히 작아지는 노인이 되는 일.//아아, 나의 처음이 어딜까, 생각해보는 일.//1897년 2월 한성은행漢城銀行이란 상호로 설립된 조흥은행朝興銀行은 기네스 세계기록에 등재된 대한민국에서 가장 오래된 은행이며 코스피 시장 제1호 상장사로서 그 종목 번호 000010은 가장 빠른 것이었으나 2003년 9월 신한금융지주회사 계열에 편입되었고 2004년 7월 2일 거래소 상장이 폐지되었다. 한국어 위키백과에서 조흥은행은 '없어진 기업'으로 분류되어 있다.//주택은행住宅銀行 역시 '없어진 기업'으로 분류되어 있다. 1967년 한국주택금고로 설립되어 1969년 한국주택은행법에 의거하여 상호를 한국주택은행(주)으로 변경하였으며 2000년 11월에 2002 FIFA 월드컵 공식은행으로 지정되었으나 2001년 11월 1일 국민은행에 합병되었다.//그러므로 없어진 조흥은행과 없어진 주택은행 사이에서 이제 우리는 살고 있다.//(……) 그러므로 우리는 사돈의 팔촌과 십육촌처럼 기어이 죽은 은행과 연결될 것이며, 그러므로 우리는 어느 날 약속 장소를 잃어버리게 되고 다시는 약속 시간을 지키지 못하게 될 것이다. (……)//죽은 사람에게 산 사람은 어떻게 보이는가. 산 사람에게 죽은 사람은 어떻게 보이는가. 오늘은 이상하지, 보이지 않던 것들이 자꾸만 보이네. 보이지 않는 조흥은행과 보이지 않는 주택은행 사이에서 흰 구름이 홀연히 없어지기도 하고, 지갑이 없어지기도 하고, 기억이 없어지기도 하는데…… (……)

—「대방동」 부분

시인이 밝히고 있듯 이 시는 오규원의 「대방동 조흥은행과 주택은행 사이」와 관련된다. 오규원이 시에서 대방동 조흥은행과 주택은행 사이에 놓여 있는 것을 쭉 나열했다면[5], 김행숙은 '이제는 없는' 조흥은행과 주택은행 사이에서 "보이지 않던 것들"을 본다. 이때 "보이지 않던" 것들은 지금은 없는 것과 거의 등가인 듯 보인다. "보이지 않던 것"에 지금은 없는 "조흥은행" "국민은행"이 포함되기 때문이다. 지금 없는 것은 과거에 있었던 것으로 일종의 흔적을 가지고 있기에 비가시적 가시성을 띤다. 이러한 과거의 곳, 과거의 맥락은 조흥은

5) "대방동 조흥은행과 주택은행 사이에는 플라타너스가 쉰일곱 그루, 빌딩의 창문이 칠백열아홉, 여관이 넷, 여인숙이 둘, 햇빛에는 모두 반짝입니다.//대방동의 조흥은행과 주택은행 사이에는 양념통닭집이 다섯, 호프집이 넷, 왕족발집이 셋, 개소주집이 둘, 레스토랑이 셋, 카페가 넷, 자동판매기가 넷, 복권 판매소가 한 군데 있습니다. 마땅히 보신탕집이 둘 있습니다. 비가 오면 모두 비에 젖습니다. 산부인과가 둘, 치과가 셋, 이발소가 넷, 미장원이 여섯, 모두 선팅을 해 비가 와도 반짝입니다."(오규원, 「대방동 조흥은행과 주택은행 사이」 부분, 『길, 골목, 호텔 그리고 강물소리』, 문학과지성사, 1995.)

행과 국민은행과 같이 비록 보이지 않는 곳일지라도 그것이 '장소'로 자리하게끔 한다.

시인은 조흥은행과 주택은행의 탄생과 소멸의 내력을 모두 적음으로써 시간의 흐름을 담지한다. '장소-되기'의 또하나의 요건인 시간성은 이렇게 발견된다. 하지만 만약 시인이 이 두 은행의 내력을 단순히 전달하기만 했다면 이는 '텅 빈 장소'라는 의미에서 공간의 구조물에 가까웠을 것이다. 그러나 시에서 두 은행은 그냥 건축물이 아니라 '오규원 시 속의 그것'으로 자리한다. 이러한 상호 텍스트성은 오규원이 보았을 은행과 은행 사이에 있던 것들을 고스란히 김행숙의 시 속으로 끌어들인다. 지금 김행숙은 보지 못하는 그 장면, 그러나 그것 대신 김행숙이 보고 있는 두 은행과 그 사이의 것들이 새롭게 생겨나고 또 겹쳐진다. 오규원의 내면과 김행숙의 내면은 두 은행(의 흔적)을 토대로 하여 교차되고 뒤섞인다. 이 과정에서 오규원의 '은행'은 김행숙이 보지 '못하는 것'에 대하여 헤테로토피아로 기능하는 한편 김행숙은 오규원은 보지 못할 '없는 은행'을 봄으로써 또다시 헤테로토피아로 기능한다. 이처럼 장소는 안팎으로 발생하고 안팎을 뒤섞는다.

내면의 물질화: 김행숙의 시 2

김행숙의 다른 시에서 '장소(성)'으로 뻗어나갈 다른 단서를 본다. 장소는 기본적으로 구조물로 이루어진 공간으로부터 발생된다. 이때 지명地名과 같은 고유명사, 벽이나 창문과 같이 물리적 공간을 나누는 일반명사는 구체적인 이름과 상징성을 가지고 지표면을 구획하고 경계를 나눈다. 그럼으로써 거대한 덩어리는 제한된 부피를 가진 공간으로 구획된다. 그런데 시에서의 장소화는 우리가 일반적으로 생각하는 철골을 바탕으로 한 어떤 것으로부터만 발생되지 않는다. 내면을 물질화함으로써 공간을 창출하기도 한다.

> 당신은 **마음을 흙이라고 생각하는가 봐요. 파고, 파고, 파다 보면 100년 전 호텔도 그곳에 들일 수 있다는 듯이,**/많은 사람들이 그곳에 다녀갔다는 듯이, 죽은 사람들도 복도를 돌아다닌다는 듯이, 한밤중의 창문에 나타나는 눈동자들은 텅 비어 있곤 했는데…… 그런 창문이라면,/그런 눈동자라면, 그곳에 하염없이 글을 쓸 수 있다고 생각하는가 봐요. 당신은 왜 글을, 글을, 글을 써야 한다고 생각하세요?/마음이 흙이라면, 눈에 들어가는 흙, 손톱 발톱에 까맣게 차오르는 흙, 뿌리가 생기고 바람 부는 들판이 생기고 어딘가에 한 마리 짐승을 숨기고 내놓지 않는 흙,/(……)/**흙 속에 뭔가, 뭔가, 뭔가가 있다고 생각하는 이 마음, 이 마음속에 뭔가, 뭔가, 뭔가가 있어서 흙을 만지듯이 당신을 만지면, 나는 자꾸 흘러내리네. 흙은 자꾸 흘러내리네.**/그런 것이 속옷 같으면, 나는 밖에 나갈 수 없네. 그런 속옷이 시간 같으면, 내가 가진 시간의 누런 팬티는 몇 번을 빨아 다시 입을까?/(……)/한 줌의 흙을 뿌리처럼 움켜쥐고 이게 뭘까, 이게 뭘까, 이게 뭘까 생각하다 보면, 내가 없어지듯이 또 졸리기 시작했어요. 다시 자라기 시작하는 것이 꿈이라고 한다면, (……)
>
> —「1914년」 부분(강조는 인용자)

"마음을 흙"이라고 생각하는 "당신"에 이어 화자는 점점 자신의 마음이 흙이라면 하는 가정으로 자기를 끌고 간다. "흙"이라는 "마음" 안에는 "호텔"도, 수많은 사람도 들어갈 수 있고 "뭔가"를 품는 것도 가능하다. 이를 두고 마음의 유물론이라 하면 어떨까. 마음은 '흙'으로 물질화된다. 흙은 공간을 받치는 지반의 역할을 하므로 건물을 쌓아올릴 수도 사람들이 지나다닐 수도 있다. 그런데 여기에 더해 자꾸 흘러내리는 "흙"이 "속옷 같으면" "그런 속옷이 시간 같으면"이라는 가정은 마음이라는 흙 위에 지은 어떤 장소들이 나이들어감을 보여주는 듯하다. "100년 전 호텔도 그곳에 들일 수 있다는 듯" 했던 것이 "당신"의 마음이었다면, 이제 그것은 자신의 마음의 지반을 흙으로 표현하는 화자에게도 해당된다. 이 흐름은 "다시 자라기 시작하는 것이 꿈"이라면 하는 가정으로까지 나아간다. 흙은 무엇이든 그 속에 품고 그것들은 스러지기도 하지만 "다시 자라기 시작"한다. 우리는 마음이라는 지면을 토대로 그 어떤 것도 쌓아올릴 수 있으며 그로부터 누구라도 만날 수 있으리란 꿈을 꾼다. 그런 의미에서 마음이라는 내면은 타자와의 약속 장소로 기능한다.

김행숙의 시는 이처럼 사물에 내면을 투영하는 방식으로 장소화된다. "저 나뭇가지에 앉은 까마귀를 전망대라고 생각해봅시다"라는 문장으로 시작하는 「다른 전망대」에서 "전망대"로 가정되는 까마귀는 '나' 아닌 자의 시각을 대변한다. 각각의 "전망대"("까마귀")가 보는 눈이 시 안에 모인다면 그것은 세계를 바라보는 각자들의 눈이 되기에 그렇다. "전망대"에 올라 세계를 조망하듯 다른 이의 시각에 올라타 세계를 바라본다. 시 말미에 서울의 야경을 보는 연인이 등장하고 이곳은 하나의 장소가 된다.

"오늘따라 서울의 야경이 너무 아름다워."/불빛에 도취한 연인의 독백이 독재자의 것처럼 느껴져 나의 사랑이 무서워졌습니다.

―「다른 전망대」 부분

"전망대"가 된 "까마귀"에서 사람들은 데이트를 하고 만나고 사랑을 속삭인다. 그곳에서 바라보는 것은 "불빛"인데, "숲이 불타고" 있다는 앞의 문장과 조응하면서 불타는 세계를 상상하게끔 한다. 타인이라는 장소에서 세계를 봄으로써 사랑의 다른 면, 이를테면 "독재자" 같은 무서운 "나의 사랑"을 발견하기에 그곳은 헤테로토피아라 할 수 있다.

거듭 담김으로 발생하는 거듭-공간: 강성은의 시[6]

공교롭게도 강성은의 시에서도 까마귀가 등장한다. 김행숙의 '까마귀'가 다른 이의 시각을 조망하는 "전망대" 역할을 수행하는 것과 유사하게 강성은의 "까마귀"는 소리로 세계를 조망한다.

까마귀 소리가 들렸다/눈을 뜨지 않았다/일어나지 않았다/어젯밤의 그 나라를 생각했다/나는 원주민이었을까 이주민이었을까/나는 왜 그 나라를 떠나지 않았을까/모두가 떠난 그 나라를/생각에 잠겨 있는데/까마귀 소리는 계속 들리고/까마귀 소리는 아주 검고/까마귀 소리는 하나의 점이 되고/그 나라의 공중을 맴돌고/눈을 떠도 어찌 된 일인지/까마귀 소리는 멈추지 않는다

---

6) 강성은, 『별일 없습니다 이따금 눈이 내리고요』, 현대문학, 2018. 이하 인용시 본문에 작품명만 밝힌다.

—「어떤 나라」 전문

시에서 일인칭 화자가 중요한 까닭은 세계를 응시하는 '나', '나'의 세계를 대하는 태도, 판단, 마음을 엿볼 수 있기 때문이다. 객관적 지표로서 현재의 시공간이 어떠한지와 별개로, 주체는 그것에 대한 태도를 달리할 수 있다. 누군가에게는 파라다이스도 지옥처럼 느껴질 수 있는 것이다. 주체는 '지금 여기'라는 시간과 공간의 축에 '나'의 관점을 개입시켜 그 존재만큼의 장소를 창출한다. '나'라는 주체는 이러한 점에서 정치적이고 또 헤테로토피아적 장소와 밀접하다. '나'의 판단이 개입됨으로써 완전해 보이는 세계의 바깥이 그려지고 저 멀리에만 있는 것 같은 세계도 내면(안)으로 끌어당길 수 있다.

강성은의 시는 이러한 안팎으로서의 헤테로토피아를 보여준다. 위의 시에서 "까마귀"는 형체로 드러나지 않고 청각으로서만 환기된다. 그 소리는 어제의 "나라"를 생각도록 한다. "원주민"과 "이주민"을 고민하는 화자의 모습에서 난민의 이미지를 떠올리기는 어렵지 않다. "원주민"이든 "이주민"이든 모두가 "그 나라"를 떠났다는 점을 고려하면 이곳은 원래 살던 사람이든 새롭게 여기에 정착한 사람이든지 간에 살기 어려운 곳으로 추측된다. 살던 곳을 떠나기로 마음먹게 된 연유가 있었고 모두가 떠났고 이제 모두는 어디론가 정착할 곳을 찾아 헤맬 것이다. 요컨대 이곳은 살던 사람도, 새로 유입되는 사람도 살기 어려운 곳이다. 그런데 화자는 무슨 이유에서인지 모두가 버린 이곳을 아직 떠나지 않았고 "까마귀 소리"를 듣고 있다. "까마귀 소리"는 원래 이곳에 있었던 사람, 지금은 없는 사람, 그러나 아직 남은 사람이라는 시간의 흐름과 공간 속에 속해 있던 요소를 불러

일으키며 현실세계와 시적 세계의 다리를 놓는다. 그렇게 '어떤 나라'의 안과 밖을 뒤집는다.

이러한 구분하기 어려운(또는 구분의 필요가 크지 않은 듯 여겨지는) 안팎의 구획은 '마음'이라는 헤테로토피아를 통해 창출된다. 한편 강성은의 또다른 시에서도 감각으로부터 공간을 발생시키고 밖과 안을 뒤섞는 형태가 발견된다.

겨울이면 옷 속에 새를 넣어다닌다는 사람을 생각했다

—「소설(小雪)」 부분

손안의 빛이 새어 나갈까봐/주먹을 움켜쥐고 있다//네가 가진 빛을 내어놓으렴 얘야//누군가 도끼를 들고/내 손목을 내리친다

—「첫아이」 부분

부스럭 문이 열리고//그가 가방을 열고 모래를 꺼낸다 가방에서 모래가 끝도 없이 나온다 어디 먼 곳 해변에서 담아 온 걸까 내 방에 해변을 옮겨놓기라도 할 작정인지 모래는 스르르 사르르 르르르 내 귓속으로도 쌓인다 나는 눈과 코와 입이 사라지고 귀만 남는다 귀는 점점 더 넓어진다 그가 가져온 모래를 다 담을 수 있을 것 같다 (……) 그가 나를 해변에 묻고

—「손님」 부분

「소설」과 「첫아이」는 무언가를 담는 행위에서 창출되는 공간의 모습을 보여준다. 옷 속에 "새"를 넣는 순간 옷 안과 바깥이 생긴다. 그

런데 담겨 있는 새의 관점에서 외투의 안쪽은 새의 바깥쪽이기도 하고 외투의 바깥은 그 바깥의 바깥이기도 하다. 안과 바깥은 한 겹으로만 생겨나는 것이 아니라 중층적으로 발생한다. 이어 「첫아이」를 읽을 때 주먹을 쥐는 행위가 일정한 공간을 구축하는 것을 확인할 수 있다. 주먹을 쥐어 외부와의 구획을 시도하고 그 안에 빛을 담고 있는 화자가 등장한다. 빛이 손'안'에 있는 한 손의 외부는 '바깥'으로 자리한다. 이처럼 강성은의 헤테로토피아는 어떤 지면이나 구체적 물질 없이도 손을 감아쥐는 것만으로도 탄생한다. 강성은은 그 안에 "빛"과 같이 소중한 것을 담고, 바깥 세계의 존재는 손목을 잘라서라도 그것을 가져가려 위협한다. 앞서 언급한 「어떤 나라」를 붙여보면 이러한 외부의 위협을 강하게 담지하는 인식은 화자로 인해 끊임없이 안전한 내부를 만들게 하는 요소임을 추측할 수 있다.

「손님」은 외부가 내부로 들어갔다가 다시 외부로 빠져나올 때, 그 외부에 갇힌—외부의 내부가 된—주체가 해체되는 모습을 보여준다. "가방" 안에서 끊임없이 "모래"가 나온다는 문장에서 확인할 수 있는 것은 어딘가에 있었을 모래가 가방 '안'에 위치했다는 것 한 가지와, 그 모래가 다시 '바깥'으로 나오고 있다는 사실이다. 모래는 "내 방에 해변을 옮겨놓기라도 할 작정"으로 끊임없이 안으로부터 쏟아져나온다. 안으로부터 쏟아져나온 것이 바깥을 가득 채울 때 바깥은 온전한 바깥이라고 말할 수 있을까? 그곳은 더이상 모래가 '안'에 있었던 바깥이 될 수는 없다. '안'의 모래가 바깥을 모래의 세계로 점령하려는 듯 안이 바깥을 재구성한다. 이제 모래로 가득찬 가방 속에 들어 있는 것같이 모래 한가운데 있게 된 화자는 "눈과 코와 입이 사라지고 귀만 남는" 모습으로 해체된다. 그런데 여기에서 두번째 안팎의 전복이 일어난다. "귀"가 모래를 담을 수 있을 만큼 넓어지는 것이다. '귀'라는 일종의 그릇은 귀에 담기는 모래와 담기지 않은(혹은 담길) 모래를 구획하는 물체가 된다. 안의 모래는 바깥으로 흘러나와 '안'의 세계를 옮기고, 그 안에서 화자의 귀는 또다른 안과 바깥을 만들어내는 식으로 강성은의 공간[7]은 거듭 구축된다.

물질화된 공간에서 실패하는 사람들: 이수명의 시[8]

아빠?/여자는 되물었지만/아파트/아파?/그러나 아이는 또렷하게 다시 말했다/아파트/(……)/여자는 아이가 배 속에 있을 때/아파트에 대해 너무 많은 생각을 했다는 것을 그제야 떠올렸다/(……)//여자는 갑자기 알게 되었다/아파트를 완성하려고 네가 왔다/네가 나의 넓고 아름다운 아파트를 지어줄 거야/그 아파트엔 푸른 나무들이 우거져 있고 친절한 이웃이 있으며/나는 죽을 때까지 거기 살 거야/어서어서 자라렴 애야/아이가 다급하게 여자를 불렀다/아파트

—강성은, 「아파트」 부분

---

7) 강성은의 시를 설명하며 장소보다 공간이라는 단어를 많이 사용했다. 뒤섞이는 안팎의 세계를 창출하는 경우 단순 공간이나 장소라는 개념보다도 '헤테로토피아적 공간'으로 설명하는 편이 적절해 보인다. 강성은의 시에서 창출되는 것은 분명 공간이나, 그 안에 소중한 것이 담겨 있고 상대적으로 위협적인 외부로부터의 경계를 추측게 하거나 주체가 구성되거나 흐트러지는 외/내부가 거듭 발생한다는 점에서 헤테로토피아의 원리를 가진 곳이다.

8) 이수명, 『물류창고』, 문학과지성사, 2018. 이하 이 책에서 인용할 경우 본문에 작품명만 밝힌다. 「물류창고」는 같은 제목의 다른 시와 구분하기 위해 인용 쪽수를 밝힌다.

강성은의 시집에서 구체적인 공간이 나오는 시는 「아파트」이다. 서사성이 강한 이 시의 줄거리는 이러하다. 여자는 "생후 9개월 된 아이"가 처음으로 발음한 것이 '아파트'라는 것에 충격을 받는다. 그녀는 아이를 가졌을 때 자신이 아파트에 대해 너무 많이 생각했음을 떠올렸으며 아이가 그 아파트를 완성시켜주기 위해 온 존재임을 깨닫는다.

"아파트"는 외부와 내부를 분리시키는 공간이자 아이로 대변되는 '가족'이 머무는 곳으로 의미화된다. 이는 더 나아가 외부 세계로부터 자신을 보호할 수 있는 공간으로 확장된다. 지금 여자가 살고 있는 곳이 "아파트"가 아니기에 "아파트"를 갈구한다고 볼 때, "아파트"는 그녀가 성취하고 싶은 유토피아적 공간이다. 실로 그녀가 상상하는 "아파트"의 풍경은 평화롭고 단란하기 그지없다. 우선 이 지점에서 "아파트"는 아이를 가졌을 때 그녀의 내부(마음속)에만 있었던 것이었는데 출산 후 아이의 발언으로 인해 여자의 내면 바깥으로 튀어나와 비가시적인 공간으로 드러난다. 여기에서 놀랍게도 이 시에는 하나의 반전(?)이 있는데, 아이가 다급하게 여자를 "아파트"라고 부른 것이다. '아파트-집-주체를 보호하는 공간'의 연결선상에서 아이에게 "아파트"는 엄마의 자궁으로 처음 접해지는 공간인 셈이고 그것은 자기를 낳은 사람 전체로 확장되어 호명된다. 그러나 그것은 엄마가 아닌 '아파트'이며, 바로 여자의 몸이라는 장소성을 갑작스럽게 환기한다.

이렇듯 강성은의 '공간'이 내부의 관념으로부터 시작해서 바깥으로 비집어나옴으로써 구체적 물질성을 띤다면 이수명은 처음부터 물질적인 공간에서부터 시작한다.

> 한 여자가 아파트 베란다에서 이불을 털고 있다. 하얀 직사각형이 위아래로 흔들린다. (……) 저 이불은 너무 많은 직사각형을 가지고 있구나, 한 여자가 아파트 베란다에서 이불을 털고 있다. 이불은 어떤 소식도 세상에 전하지 않는다. (……) 한 여자가 아파트 베란다에서 이불을 털고 있다. 커다란 직사각형을 계속해서 흔들어대고 있다. 저 이불을 누가 그만//빼앗았으면
>
> —「이불」 부분

언뜻 아파트가 강조되지 않는 듯한 이 시에서 이불을 터는 행위가 '아파트' 베란다에서 일어나고 있다는 점에 주목해본다. 아파트 베란다에서 이불을 턴다는 것은 아파트가 최소한 안심하고 잠을 잘 수 있는 곳, 무방비하게 잠에 빠져들 수 있는 공간을 제공하는 '집'으로서의 기능을 하고 있음을 전제한다. 그런데 그 안에서 사용하는 이불은 바깥에서 보기에는 그것을 "빼앗았으면" 하는 마음이 들게까지 하는 불유쾌한 것으로 비춰진다. 아파트 '안'의 물건이 그 안에서 소용되기 위하여 바깥으로 모습을 드러낼 때 안에서와 같은 의미를 지니지 않는다. 아파트 베란다 바깥의 이불은 그저 먼지가 끝도 없이 날리는 "커다란 직사각형"일 뿐이다.

이처럼 이수명은 특정 공간 안에서만 의미를 획득하는 행위를 통해 공간 자체가 지니는 유효성을 보여준다. '물류창고'라 이름 붙은 몇 편의 시를 붙여 읽는다.

우리는 물류창고에서 만났지/창고에서 일하는 사람처럼 차려입고/느리고 섞이지 않는 말들을 하느라/호흡을 다 써버렸지//(……)//무얼 끌어 내리려는 건 아니었어/그냥 담당자처럼 걸어 다녔지/바지 주머니엔 볼펜과 폰이 꽂혀 있었고/전화를 받느라 구석에 서 있곤 했는데/그런 땐 꼼짝할 수 없는 것처럼 보였지//(……)닥치는 대로 물건에 손대는 우리의 전진도 훌륭하고/물류창고에서는 누구나 훌륭해 보였는데//창고를 빠져나가기 전에 아무 이유 없이/갑자기 누군가 울기 시작한다/누군가 토하기 시작한다/누군가 서서/등을 두드리기 시작한다/누군가 제자리에서 왔다 갔다 하고/몇몇은 그러한 누군가들을 따라 하기 시작한다//대화는 건물 밖에서 해주시기 바랍니다//(……)//창고를 빠져나가기 전에 정숙을 떠올리고/누군가 입을 다물기 시작한다/누군가 그것을 따라 하기 시작한다/(……)이윽고 우리는 어느 순간 완전히 잠잠해질 수 있었다

—「물류창고」 부분, 14~16쪽

"물류창고"는 '만남의 장소'이다. 장소는 낯선 이들이 어떠한 용건을 품고 만나야 할 때 요청된다. 그런데 이 창고 속에 있는 사람들의 용건이 뚜렷하게 드러나지 않는다. 사람들은 노동자처럼 "차려입"었지만 노동을 하지 않으며 담당자인 것 같지도 않지만 "담당자처럼 걸어다"닌다. "물류창고"라는 공간 안에서 공간에 걸맞은 일을 하는 사람인 척하는 것만으로도 쓸모 있게 느껴졌던 그들의 모습과 뿌듯함을 헤아려볼 때 그 밖으로 나간다는 것이 일종의 패닉을 가져다줄 거라 예상할 수 있다. 이 공간 밖에서 "창고에서 일하는 사람" 같은 차림은 아무런 소용이 없고 의미 없이 왔다갔다해도 더이상 관리자처

럼 보이지 않을 것이다. 그들이 "창고를 빠져나가기 전"에 울고 토하고 초조하게 걸음을 재촉하는 것은 이 때문이다. 사람들은 "물류창고"라는 공간 안에서만 의미화된다. 하지만 "물류창고"의 본질과는 아무런 관계도 없다. 그런 것에 아랑곳하지 않고 자기를 특정한 곳에 '위치 짓는' 것으로서의 공간이 의미 있을 뿐이다. "아무 이유 없이" 패닉이 찾아왔다고 말하지만 사실은 아무 이유도 스스로 발견할 수 없을 따름이다. 때문에 사람들은 "물류창고" 밖으로 나갈 수 없을지도 모른다. 그들은 오직 "물류창고"의 법칙에 복무한다. "정숙"해달라는 말이 그렇다. 사람들은 그것을 내면화하고 있다.

또다른 「물류창고」에서는 어떤 일이 벌어지는가.

> 처음 보았는데 어디서나 볼 수 있는 흔한 창고였다./누가 여기서 만나자고 했지/불평이 나왔지만 왜 그런지/여기를 드나드는 사람들이 많아서/창고지기가 없어 이 건물은 언제 들어섰나요/물어볼 수도 없지만/우리가 모두 모였을 때 우선 사진을 찍었다./(……)/혼자서도 찍고/단체 사진도 찍었다./(……)/창고가 폭발하기까지는 아직 약간의 시간이 남아 있었다./밖으로 나가려는 사람은 없었다.
>
> —「물류창고」 부분, 18~19쪽

사람들은 이유도 모른 채 "물류창고"에서 만났고 이 건물에 대한 어떠한 궁금증도 충족시킬 수 없는 환경에 처해 있다. 누구인지 모를 "모두"가 모였을 때 하는 것이라고는 일단 사진을 찍는 것이다. 앞선 시와 마찬가지로 그저 만나기로 한 것, 사람을 모으는 것으로서의 공간으로만 기능하는 "물류창고" 안에서 사람들은 행위의 목적도, 행위 자체도 아무것도 알지 못하는 채로 무언가를 하고 있다. "물류창고"의 법칙이 있다면 그것은 '아무것도 모른다'인 것만 같다. 그런데 이곳은 "폭발"이 예정되어 있다. 사람들은 자발적으로 이 안에서 모두 나가야 하지만 아무도 나가려고 하지 않는다. 앞선 「물류창고」와 겹쳐볼 때, 그들이 "정숙"하라는 물류창고 내의 규칙만을 따르듯 여기에서도 물류창고의 사정—폭발이 예정된 한시적인 공간—은 전혀 고려되지 않는다. 단지 '모임'의 장소로서 "물류창고"만이 수행된다.

이로부터 추측할 수 있는 것은 물류창고 내부란 도대체 무엇인가 하는 점이기도 하지만 어째서 모두 물류창고 밖으로 순순히 나가지 않는가, 밖이 어떤 곳이기에 그러한가 하는 점이다. "물류창고"를 거대한 인간 존재에 유비해본다. 주체의 머릿속에는 수많은 타인이 개입한다. 뚜렷한 형태가 있다고 할 수 없는 세계로부터 압박을 받고 속엣것을 모두 내보이는 것에 거부감이나 불안함을 느낀다. 그러나 그것을 담는 그릇—마음 공간—은 도대체 어떻게 생겼는지 알 수 없고 어째서 존재하는지도 모르며 그에 대해 조언을 구할 데도 없다. '그런 듯이 있는 것'만이 유일하게 할 수 있는 일이다. 마음이 있다는 사실이 옳고 그름의 기준이 될 수는 없기에 이는 좋다거나 나쁘다고 판단될 수 없다. 오직 물류창고의 규칙을 지키려는 사람은 자신의 마음에 철저하게 복무하고자 하는 시적 주체의 시각이 반영된 것일 수 있다.

창고에 있을 때, 그는 속삭이듯 말한다 창고에 있을 때 아주 납작하게 바닥에 누울 수 있다 바닥처럼 될 수가 있다 바닥에서 눈을 뜬다 나는 말한다 숨이 하나도 새어 나오지 않는다 바닥에 떨어져 있

을 때, 우리는 숨을 모을 수 없다//그리고 다시 이렇게 납작한 몸으로 세워지고/우리는 서 있을 수 있다

—「물류창고」 부분, 32~33쪽

마음과 유사한 것으로서 "물류창고"를 거꾸로 되짚는다. 물질화되어 드러나는 공간은 내면이라는 비가시적이고 특정 불가할 뿐만 아니라 그저 존재함으로써만 존재를 증명할 수 있는 추상성으로 복귀된다. 직육면체 혹은 다면체의 벽과 지면으로 둘러싸인 철골로 생각되었던 "물류창고"는 그 안에 많은 장면을 품음으로써 벽과 바닥의 경계를 무한하게 나누며 확장된다. 동시에 커다란 내면 덩어리를 각각의 '물류창고'로 구획하고 공간화한다. 이 안에서 화자는 어떠한 몸의 형태도 취할 수 있다. 모순적이거나 비합리적인 형태도 가능하다. 이곳은 물리적 법칙을 따르는 곳이 아니므로 "바닥처럼 될 수가 있다". 설령 신체가 더이상 부피를 가지는 것이 되지 않는다고 하더라도 그것은 '세워지고 서 있을 수 있다'는 점에서 존재함으로써 무엇이든 가능한 것을 생각도록 한다. 이것은 앞서 살핀 김행숙, 강성은을 포함하여 최근의 시에서 보이는 내면 공간/장소 확장의 자기 인식으로 정리할 수 있다. 우리는 '자기'라는 헤테로토피아를 통해 세계를 보며 마음 안에 더 많은 '사람-됨'을 담으려는 것이 아닐까. 이수명의 시를 인용하며 글을 맺는다.

최근에 나는 최근 사람이다. 점점 더 최근이다. 최근에 플래카드를 들고 서 있는 사람들 앞을 지나갔다. 어디서 오는 길이지요 묻는 사람은 최근에 본 사람이고 펄럭이는 플래카드 텅 빈 플래카드에는 아

무것도 쓰여 있지 않았다. (……) 그리하여 나는 구겨지지 않는 사람들 앞을 지나가게 되었는데 혹은 구겨진 신체를 계속 펴는 사람들이 었는지도 알 수 없었는데 아무런 기분이 들지 않았다. 다만 펄럭이는 것이 아무것도 쓰여 있지 않으려 펄럭이는 것이 가로지르고 있는 최근을 따라 걸어가는 것이었다. (……) 조금 더 최근의 일이에요 말하는 사람을 거기서 나는 만날 수 있을 것이다.

—「최근에 나는」 부분

(2019)

‘쓰기’와 실천적 문학 행위
—박민정의 『서독 이모』

드라마투르기

이모처럼 독문과에 가고 싶다는 생각을 해본 적은 없었다. 그러나 어린 시절에는 내내, 내가 만약 장편소설을 쓴다면 그것은 다름 아닌 클라우스에 관한 이야기일 것이라고 생각해왔다. 그는 입양된 한국계 독일인이었고 지금은 없어진 동독, DDR에서 유년과 청년 시절을 보내고 통일 후 대학에 임용되었으며 한국인 유학생 출신인 이모를 만나 결혼했다. 그리고 2년의 시간이 흐른 후 실종되었다. **그 인생 자체가 나에게는 드라마투르기로 느껴졌고, 또래들 중 이런 인생을 간접 경험한 사람은 아마 없으리라고 자부했다.**(34~35쪽, 이하 강조는 인용자)[1)]

1) 박민정, 『서독 이모』, 현대문학, 2019. 이하 인용시 본문에 쪽수만 밝힌다.

소설의 화자 '우정'은 서독의 한 대학에서 베르톨트 브레히트의 희곡론으로 박사학위를 받고 교수직에 임용된 이모('이경희')와, 베를린 장벽이 무너진 즈음 이모와 결혼했으나 이 년 만에 자취를 감춘 이모의 남편 '클라우스'의 삶에 관해 전해듣고는 그것이 "드라마투르기" 같다고 느낀다. 『서독 이모』에서 '드라마투르기'라는 단어가 나오는 곳은 한 군데뿐이지만, '1980~1990년대 혁명'이라는 거대하고 추상적인 역사를 구체적 개인의 역사로 현시하는 그들의 삶 자체와, 우정이 관심 두지 않았다면 그저 낯설고 무관한 것으로 지나칠 수도 있었던 타인의 삶을 전경화前景化하는 행위는 드라마투르기와 닮아 있다.

'드라마투르기'라는 단어에 유독 눈길이 머물렀던 이유는 『서독 이모』가 한 편의 드라마투르기로 작동한다고 여겨졌기 때문이다. 공간을 기준으로 독일의 '경희-클라우스'의 서사와 한국의 '우정'의 서사로 구분되는 이 소설은 우정의 '쓰기'라는 두 층위의 행위 서사—각각 대학원 재학 시점의 '논문 쓰기'와 그 이후의 '소설쓰기'—에서 겹쳐진다. 경희-클라우스의 서사는 우정에게 이르러 대학원과 문학(또는 지식인), 통일의 상황 안에서 다시금 '해석'되는 것이다.

'드라마투르기'는 작품에 대한 여러 해석 중 하나의 관점을 채택하여 작품에 의미를 구체화하는 비평적 활동으로, 하나의 스토리에 대한 비평적 시선 및 연출을 위한 이론적 실천이다. 그렇다면 지성의 장場에서 그 책임을 다하기 위한 우정의 논문 쓰기, 그리고 그녀의 이모와 클라우스의 삶을 주제로 하는 소설쓰기의 시도는 타인의 삶을 이해하기 위한 드라마투르기라고 보아도 좋겠다.

1990년대 전후前後 독일과 2010년대 후반 한국

이 소설에는 여러 역사·사회·정치적 현안이 포진되어 있다. 클라우스와 그의 여동생을 통해 언급되는 해외 입양의 문제, 동서독 좌파 지식인의 통일 무렵의 행보, 통일 이후 전시되고 대상화되는 동독민 삶의 문제, 2010년대 한국 대학의 기업화, 2018년 남북정상회담과 통일 문제, 한국 대학원 사회 내부의 소모적 관행, 학내 성폭력과 권력의 문제 등이 그러하다. 각 사건의 전반적 맥락에 대해 이해하기 위해 1989년경의 독일과 2010년대 후반 한국의 상황을 간단하게 살펴볼 필요가 있겠는데, 서사 속 독일 공간을 중심으로 하는 장면에서부터 시작해보기로 하자. 독일이라는 공간 속 서사의 주인공은 좌파 지식인이었던 우정의 이모 경희와 그의 남편 클라우스다. 우정은 이모의 삶을 경유하여 클라우스에 초점을 맞춘다. 과거 경희와 베를린에서 함께 희곡을 공부했던 독문과 최교수의 말에 의하면 클라우스는 "동베를린에서 발군의 물리학자"였으며 "통일 당시 마지막까지 남은 인민혁명파"(61쪽)였다. 그는 신자유주의에 포섭된 서독에 흡수 통일되는 것은 곧 "자본 주도의 통일"(62쪽)임을 주장하는 통일반대노선이었다고 서술된다. 이러한 클라우스에 대한 정보는 후일 우정이 소설 「동맹」을 집필하는 것 그리고 "남북 데탕트"(10쪽)로 지시되는 한국 통일이라는 책무에 겹쳐진다.

이러한 독일-한국의 상황적 유사성을 고려하여 '동독 혁명'을 보자. '동독 혁명'은 1989년 가을 베를린장벽이 무너지기 직전 동독의 사회주의 체제를 비판하는 동독 지식인에 의해 촉발되었다. 그들의 본래적 목표는 동독 호네커 정권이 추진했던 사회주의 개혁에 대한 비판이었다. 호네커 정권의 사회주의 경제 개혁의 실패와 함께 베이징 민주화 운동(천안문 사태)을 강경 진압한 중국 정권에 대한 지지 표명은 동독민의 반발을 불러일으켰다. 이에 동독 지식인은 '주권자 국민'을 내세우는 민주주의 혁명을 추구했다. 소설에서 클라우스가 주창하는 "오늘 내리는 눈과 함께하는 공화국"(61쪽)은 당시 이러한 활동을 상징하는 '데모크라티 예츠트(Demokratie Jetzt, 즉시 민주주의)'와 같은 민주주의 조직을 참고한 것으로 추정된다. 이들은 '민주적 사회주의'라는 이름 아래 억압적 체제로부터의 혁명을 선결해야 할 과제로 삼았으므로 통일 자체는 물론이거니와 서독 자본주의에 흡수되는 통일을 반길 수 없었다. 그러나 '국민'이라는 구호는 '민족'을 중심으로 한 통일의 목소리로 변질되면서 동독 혁명은 그 본래적 의미인 '민주적 사회주의'를 이룩하지 못한 채 통일된다. 클라우스와 같은 동독 지식인은 이러한 혁명의 패배 속에서 서독에 자리잡게 된 것이다.[2)]

이러한 클라우스의 서사는 제3차 남북정상회담 이후 한국 내 통일 문제와 연결된다.

제일 중요한 건 통일보다 평화가 먼저라는 것이지요.

통일의 모습, 방법은 여러 가지가 있습니다. 흡수, 무력, 사회적 합의에 의한 통일. 과거에는 흡수통일 프레임을 가장 많이 떠올렸지요. 붕괴된 북한에 개입해서 우리식 정치·경제·문화를 정착시키는 것. 그런데 그런 식으로 접수될 나라가 아닙니다. 북한을 있는 그대로 보

2) 최승완, 『동독민 이주사 1949~1989—분단의 벽을 넘어 또 다른 독일로 간 동독인 이야기』(서해문집, 2019); 이해영, 『독일은 통일되지 않았다』(푸른숲, 2000); 김누리, 「독일통일과 지식인」(『역사비평』 2001년 봄호) 참조.

고, 신뢰를 구축하는 것이 중요하지요. (……)

자꾸 진의를 의심하는 것보단 믿어보고 협상을 해봐도 되지 않나 싶어요. 한국의 보수층에서도 이건 위장 평화공세 아니냐, 라고 하는데, 북한을 보는 시각을 새롭게 할 필요가 있어요.(97~98쪽)

"3차 남북정상회담의 성공 이후에 '남북 데탕트'라는 워딩은 언제 사용해도 적합해 보였다"(10쪽)라는 구절을 참고할 때 우정이 놓여 있는 한국적 현실은 최소한 제3차 남북정상회담이 있었던 2018년 9월 이후일 것이다. 2010년대 후반 한국 내 통일 문제를 중심으로 소설을 살필 때 '신뢰'는 중요한 키워드다. 남한이 북한의 진의를 의심하지 않고 일단 신뢰하는 방식을 통해 토지의 합일이 아닌 '평화통일'을 기대해볼 수 있다는 위의 내용을 참고해보자. '일단 신뢰하기'가 어떤 방식으로 이루어질 수 있는가 하는 질문에 우정의 '쓰기' 행위는 하나의 답변이 된다. 우정은 자신의 '쓰기'에 '문청'의 감수성을 투영하는 이모나 최교수를 결국에는 납득할 수 없고 소설을 쓰는 내내 클라우스를 완전히 이해할 수 없으면서도 그들과 관계된 '쓰기'를 시도한다. 이에 이모와 클라우스로 대변되는 독일 통일 및 동독 지식인의 문제는 우정의 '쓰기'에 이르러 한국적 상황과 겹쳐진다. 우정의 글쓰기는 '타인의 관점 되어보기'를 적극적으로 수행하는 실천적 행위라 볼 수 있고 이는 평화통일의 기치와도 무관하지 않다는 점에서 '실천적 문학 행위'이기도 하다.

쓰기 1: 논문과 대학원

실천적 행위가 사회·정치적인 의미를 내포함과 동시에 사회변혁에 기여하는 것을 일컫는다고 할 때 '쓰기'는 어떻게 실천성을 드러낼 수 있을까. 소설에서 드러나는 우정의 두 가지 '쓰기' 중 하나인 '논문 쓰기'는 학술적 글쓰기를 둘러싼 대학원이라는 공간이 함의하는 사회적 역할을 비판적으로 재검토하게 한다는 점에서 실천적 행위 요소라 할 수 있다.

우정은 대학원 석사과정 재학 내내 "순전히 대학원생이 되었다는 까닭만으로 가난해져야 했다"(14~15쪽)라고 기술한다. 그런 그녀에게 외국어과 교수들의 제1세계 유학 시절의 고됨은 현재 우정의 가난과 견줄 수 없다고 여겨진다. "그들과 나의 배경은 다르며, 그들이 자랑스러운 장자로서 집안의 적극적인 지지와 후원을 받아 유학을 갔던 1980년대와 지금은 다르"(15쪽)기 때문이다—이러한 '조금 다름'의 감각은 '쓰기'의 문제와 관련하여 내내 중요한 포인트가 됨을 기억해두기로 하자—. 비슷하지만 동일하지 않은 가난의 감각 및 대학원 생활의 경험적 유사성에도 불구하고 우정과 교수들의 '다른 입장'은 우정의 '논문 쓰기'를 중심으로 터져나온다.

이상적인 지성(인)의 장이라 할 수 있는 대학에서는 어떤 일이 벌어지는가. 학위를 받기 위해서만이 아니라 지성인으로 발돋움하는 절차라는 의미에서 대학원에서 자격을 획득하는 일은 물론 중요하다. 자격 획득과 그 절차에 대해 이와 같은 전제를 공유하고 있음에도 공부의 성과와 성실성을 확인하는 공개 발표 자리에서 교수가 확인하고 싶은 것은 지식인의 자격만이 아닌 듯하다. '논문 쓰기'에 대한 우정, 장교수, 최교수의 관점은 조금 다른데, 특히 장교수는 우정의 논문에 극단적으로 반발한다. 우정이 브레히트의 번역되지 않은 논문으로 '문화 실천과 기능 전환'을 주제로 삼아 자신의 학술적 글쓰기를 메타적 실천 행위로 드러내고 있음에 비해 장교수의 관심은 그 내용의 적합성을 확인하는 데 있지 않다. "독일어를 모르는 한국문학 전공생이 어떻게 브레히트의 번역되지 않은 저작을 이론적 토대로 논문을 쓸 수 있었느냐"(45쪽)라는 장교수의 지적은 일견 타당하다. 이는 일단 전문성을 보증하지 못하는 실력으로 인용된 중심 자료 해석이 옳겠느냐는 물음일 것이다. 그러나 이어지는 "정우정, 최교수와 무슨 관계이길래 이따위 논문을 발표하고도 졸업 예정자란 말인가?"(87쪽)라는 장교수의 발언은 자신이 뱉은 바로 앞 질문의 학술적 차원의 의문의 정당성을 스스로 무효화할 뿐만 아니라 '지식인' 또는 '지식 공간'의 실효성을 의심케 한다.

논문의 내용 및 논문 쓰기라는 행위가 '실천하는 지식인'의 기치를 반영하는 일임을 고려한다면 논문의 저자가 브레히트의 문제의식을 얼마나 자기 가까이에서 살펴 검토하고자 했는지가 평가의 핵심이 되어야 마땅하다. 그러나 '평가'를 위시하여 타인에게 모멸을 주고 그로부터 자신의 체면 및 우월감을 획득하려는 것이 '이 시대 지식인'이 수행하는 일이라면 '실천하는 것으로서의 문학'과 지식인 및 지성의 장에 무엇을 기대할 수 있을까. 소설에 삽입된 대학원 사회의 기묘한 모습은 '논문 쓰기'로 드러나는 본질적 학술 행위가 지식의 최전선에 있다고 여겨지는 대학원이라는 공간에서 어떤 방식으로 이용되는지를 보여준다. 이로써 소설은 '실천적 지식'을 어떻게 행할 수 있는지에 대한 비판적 검토를 수행하도록 만든다.

이는 제도적 완성이 이해나 신뢰 관계의 구축을 전제함에도, 실제로 그런 방식으로만 확충되는 것은 아님을 떠올리게 한다는 점에서 클라우스로 드러나는 독일 통일의 서사와 교차된다. 압제적으로 요구되는 제도적 통합은 좌절과 적응 속에서 갈등하는 클라우스와 우정과 같은 균열적 존재를 만들어낼 수밖에 없다. 그러나 제도가 내부적으로 완전한 합의에 의해 마련되어야 함에도 때때로 불완전하게 취해질 수밖에 없다면, 각자의 미묘한 '다름'의 기류를 없는 듯이 치부해서는 곤란하다는 것을 기억해야 한다.

쓰기 2: 소설과 문학 행위

'논문 쓰기'가 제도적 동일성을 요구함으로써 '조금 다름'을 무화시키는 모습을 드러냈다면 '소설쓰기'는 '문청'이라는 동일시가 끝내 '우리는 조금 다르다'는 비동일성을 강조하는 쪽으로 현시되면서 문학의 실천성을 드러낸다. 소설에서 클라우스에 대한 우정의 '소설쓰기'는 이모와 클라우스의 관계를 적시하는 정도로 언급되는 듯하지만, '논문 쓰기'가 논문의 내용이 아닌 '쓰기 행위'로서 의미를 획득하듯 동독 지식인에 대한 '소설쓰기' 역시 행위 자체의 문학적 실천의 의미를 지닌다. 이러한 토대 위에서 살펴야 할 것은 '문청'이라는 키워드인데, 관련해 최교수 이야기를 해보기로 한다. 최교수는 우정이 소설을 쓴다는 사실을 고려하여 그녀의 논문 쓰기를 평가하는 인물이다. 우정에 대한 최교수의 시선은 통일과 관련한 소설을 써보면 좋겠다던 이모와 마찬가지로 우정에게는 철모르는 '한때 문청'의 낭만으로 느껴진다.

내가 만약 등단한 소설가가 아니었다면 최교수의 신임을 받을 수 있었을까? 최교수 자신이 한때 희곡을 습작하던 문청이 아니었다면 내게 관심이라도 가졌을까? 최교수는 나를 연구자 제자로 인정한 게

아니라 자신이 과거에 저버린 문청의 환영으로 여기고 있는 게 아닐까?(59쪽)

도서관에 앉아 있다 불쑥불쑥 지난 논문심사 현장이 생각났다. 장교수의 말이 떠오르면 펜을 부러질 듯 쥐었고, 소설을 쓴다는 것이 마치 키를 쓰고 있는 오줌싸개로 보였으리라는 사실을 덤덤히 인정해야 했다. 왜 대다수의 사람들이 창작을 경멸하거나 창작을 궁정풍 사랑하듯 숭배하는 것일까, 란 새삼스러운 고민에 빠지기도 했고 최교수와 이모에게 창작이란 뭐였을까, 궁금해지기도 했다.(71쪽)

유학 시절 함께 희곡을 썼던 '문청' 경희의 모습을 기억하는 최교수는 우정을 "경희의 조카" 운운하며, 마찬가지로 한때 문청이었던 자신의 모습을 우정에게 투영한다. 그런 그의 모습에서 우정이 창작에 대한 세간의 숭배에 대한 의구심을 드러내며 '한때 문청'에게 문학이 무엇이었을지 궁금해하는 것은 어쩌면 당연하다. 그들이 문청 감수성을 자신에게 투영하는 것을 우정이 이해할 수 없음과 별개로 그들이 그러한 낭만을 투영하는 것이 비판받을 일은 아니다. 이는 '문청'을 무어라 이해하냐에 달려 있다. '문학청년'에서 '청년'은 젊음의 시기만을 의미하지 않는다. 그것은 자기를 둘러싼 국내외적인 정치·사회적 문제가 우리의 삶을 어떤 방식으로 이끌어가고자 하는지를 예민하게 포착하고, 더 나은 사회를 만들기 위해 목소리를 낼 각오가 되어 있으며 행동으로 실천하고자 했던 마음을 가졌던 시절을 말한다. 이때 행동과 실천은 '문학-하기'로 드러난다. 물론 오늘날 그들은 더이상 생물학적 청년이 아니고 현재의 정치·사회적 사태를 마주함에 있어 이전만큼 예리하지 않을 수 있다. 그럼에도 '그때와 같이, 그때에 이어, 그때와는 다르지만' 하는 여전한 문청의 감수성이 젊은 연구자 또는 젊은 작가에게 포개어져 (어쩌면 언제나 미완일 수밖에 없는) 혁명적 태도를 보여주기를 바라는 것이 지나친 기대는 아니다.

이에 '문청'을 전세대와 현세대의 교섭점으로 볼 수 있다면 최교수/이모의 극 쓰기 그리고 우정의 클라우스에 대한 소설쓰기는 다음과 같은 의미를 얻는다. 최교수/이모의 창작은 독일 통일 당시 민족주의에 대한 경계와 더불어 미국발 자본주의 침식에 대한 우려이자 좌파 지식인이 문학에 기대하는 '소설의 실천적 기능'에 대한 것으로, 문학의 사회적 영향력을 생각하도록 만든다. 한편 우정의 소설쓰기는 타인을 이해하는 시도로서의 쓰기이다. 우정은 클라우스에 대한 소설을 쓰고자 몇 번이나 시도하고 또 실패한다. 그녀는 '입양아'라는 클라우스의 역사를 고려하는 동시에 혁명의 좌절을 견디지 못하고 이모를 떠나버린 동독 지식인의 마음을 이해하기 위해 분투한다. 그 노력의 결과를 보장할 수 없을 우정의 소설쓰기는 당대를 경험하지 못했다는 한계를 안으면서도 그때 그들의 마음을 헤아리려는 행위로 드러난다. 타인의 삶을 자기 가까이로 끌어오고자 하는 시도로서 '소설쓰기'인 것이다. 이러한 측면에서 우정의 글쓰기는 이른바 정치성을 전면에 드러내지 않을지라도 문학이 어떠한 방식으로 '우리의 문제'를 현시화하는가 하는 점에서 최교수/이모의 '희곡 쓰기'와 맞닿고, 또 완전하게 맞물리지는 않는다. 그들이 어떤 문청 감수성을 투과시키려 했든지 간에 우정의 '쓰기'는 '문청 감수성'을 이해해보고자 하는—이해할 수 없는 것에 대한 실천적 행위라 할 수 있을—실천적 앎이기 때문이다.

우정의 '소설쓰기'가 1990년대 독일과 2010년대 후반의 한국적 맥락을 한데 모으는 기능을 함에 다시금 강조되는 것은 '조금 다름'의 층위이다. 가령 대학원의 기업화를 비판하며 "동독 사람들이 그런 심정"(28쪽)이었을 거라고 말했던 한 교수의 말은 반反자본주의라는 측면에서 독일의 그것과 유사하면서도 완전히 동일시될 수 없다. 정확히 말해 대학의 사기업화를 우려하는 한국 지식인과, 독일이 자본주의에 침식당하는 것을 우려하는 동독 지식인의 포지션이 유사성을 띨지언정 완전히 겹쳐지지는 않는다는 것이다. 교수 사회의 태만(논문 발표장의 사건, 날인 과정에서의 강짜)과 기만적 태도(성폭력 및 그에 대한 방관)는 지식의 최전선에서 벌어지는 '지식인 사회'의 허구성을 드러낸다는 점에서 동독 지식인의 혁명 실패와 겹쳐지지만 그들과는 '조금 다른' 비윤리성을 드러내고 있음을 놓치지 말아야 한다.

『서독 이모』라는 소설쓰기와 실천적 문학 행위

최교수의 연구실을 나오기 직전, 나는 그에게 따져 물었다. 지금도 그 논문 때문에 마음이 괴롭다고. 왜 깜냥이 안 되는 나를 졸업시키려 애쓰셨냐고. 최교수는 그때나 지금이나 우정이가 함량 미달이라는 생각을 해본 적이 없으며, 그 인간 말종인 장교수의 악담 때문에 그러는 거라면 봐라, 지금 그 인간의 실상이 드러났잖니, 라며 앞뒤가 안 맞는 말을 했다. **나는 그날의 악담과 지금의 고발은 서로 다른 차원의 일이라고 대꾸하려다가 그만두었다.** 대자보에서 장교수의 이름을 발견했을 때, 내심 다행이라고 생각했던, 그런 울혈진 마음

이 내게는 없었나, 생각해보면 차마 자신이 없었다.(101~102쪽)

우정은 장교수의 "악담"과 현재 고발된 그의 성폭력 문제를 뭉뚱그리는 최교수의 나이브한 시선에 비판적이지만 심정적으로나마 그것을 이해하기를 그만두지는 않는다. 다만 그녀는 그것이 "서로 다른 차원의 일"임을 생각한다. 그것은 '조금 다른 것'이다. 비슷한 윤리의식과 혁명적인 감수성을 공유하고 실천적 행위로서 논문을 쓰거나 문학을 하고, 또는 '문청의 꿈'을 후대에 투영시키면서 '지성의 빛'이 꺼지지 않도록 독려하는 것은 의미가 있다. 그럼에도 그것이 "서로 다른 차원의 일"이기도 하다는 것은 사소하지 않다. 그들이 소설과 문학에 투영하는 문청 감수성으로서 '실천 행위로서의 문학'은 그때와 지금이 다르다. 우정이 동독 지식인의 삶의 문제를, 이모의 심정을, 한국과 비슷한 상황에서 비슷한 맥락으로 이해해보려고 하지만 그들을 완전하게 헤아릴 수 없는 것도 마찬가지다. 그러나 '완전히 이해할 수는 없음'을 안고서 계속 소설을 쓰며 우정은 그들에 대해 생각한다. 문학의 실천적 기능이란 '이론적 앎'이 아닌 '깨우침으로서의 앎'에 있는 것은 아닐까. 교수들이 동독과 현재 대학의 현실을 겹쳐놓듯, 최 교수가 자기의 과거와 우정의 작품 쓰기를 겹쳐놓듯.

상황과 감수성의 유사성으로 형성되는 교차점을 보는 것은 중요하다. 그러나 동일한 반복은 없다. 우리는 '비슷한' 감각으로 서로에게 투영하는 자기의 (부분적으로 낭만화되어 반복되는 듯 보이는) 혁명적 열망 또는 지식인으로서의 사회적 책무를 보는 것과 동시에 서로의 '작은 차이'에 기민하게 반응해야 한다. 나와 타인의 조금 다른 감각을 사려 깊게 보아야 한다. 대충 보아서는 안 되고, 한번 겪었던 것이므로 다 안다고 생각해선 안 되며, 계속해서 모르게 되는 것이 있음을 언제나 염두에 두면서 자기가 만들어놓은 접점에 대해 생각해야 한다.

이제 우정의 '쓰기'는 『서독 이모』를 쓰는 작가의 행위로 확장된다. 우정의 쓰기가 어떤 동일성과 차이를 직접 겪어내며 만들어낸 결과물이었다면, 『서독 이모』는 그것에 대한 드라마투르기로서 우정의 경험과 소설 바깥의 현실을 연결하는 동시에 미묘한 쓰기의 차이를 소설의 존재 자체로 보여준다. 우정은 「동맹」을 쓰는 것을 그만두었지만 박민정은 이 소설을 우정의 '씀'과 '쓸 수 없음'으로서 이 소설을 끝끝내 적어냈다는 차이에 모쪼록 주목했으면 한다. 이러한 쓰기의 행위가 이 글을 읽을 독자에게 가닿아 또다른 비평적 의식을 낳을 때 『서독 이모』는 비로소 실천적 문학 행위로 거듭날 것이므로.

(2019)

reset의 조건 re-set의 태도

"인생 리셋하고 싶다." 심심찮게 들리는, 다시 태어나고 싶다는 말이다. 직장이 너무 힘들고 근무 환경은 보통 이하이며 대우가 나쁜 것을 버텨가며 돈을 벌긴 버는데 고작 자기 하나도 먹여 살릴 만큼의 생활을 유지하기도 어렵다. 설상가상으로 연애, 결혼의 압박은 끊이지 않으며 국가 복지는 형편이 없고 등등. 거창한 삶을 살겠다는 것도 아니고 그저 하고 싶은 일 하면서 살겠다는데 그걸 해내는 것조차 녹록지 않다. '노오력'의 문제라고 하기에 오늘날 소위 개천에서 용 나는 일이 일종의 허상임을 모르는 사람은 없다. 사회구조가 이를 뒷받침하지 않는다. 한마디로 이번 생은 망한 것 같다. 인생 최초의 시기로 돌아갈 수 있다면 이렇게 살지 않으리라는, 이런 미래에 도달하지 않으리라는 다짐으로 '리셋reset'이 욕망되곤 한다.

'리셋'은 더 나은 삶에 대한 욕망의 발현이지만, 아이로니컬하게도 그러한 삶을 가능하게 하는 사회구조의 쇄신을 요청하기보다는 삶의 '처음'으로 돌아가 기득권에 속하게 되기를 바라는 쪽에 가깝다. '리셋'은 사회구조의 문제를 해결하고 앞으로 나아가는 시간성을 가지는 것이 아니라, 처음으로 돌아가 기득권에 속함으로써 나은 삶을 보장한다는 점에서 의미가 있을 뿐이다. 이러한 리셋에는 미래가 없다. 발전 없는 과거로의 회귀만이 남는다.

'처음으로 돌아가기'는 리셋의 기본적 기능이다. 그러나 이것이 전망 없는 세계로의 회귀일 뿐이라면, 조금이라도 희망적인 현재와 미래를 확보하기 위해 '리셋'의 다른 의미를 읽어내야 하는 것은 아닐까. 'reset'은 're-'와 'set'이 결합된 단어로, 두 단어를 떨어뜨려놓고 보면 '다시re-' '준비하다set'로 풀이가 가능하다. 암울한 현실 위에서 '리-셋re-set'의 태도를 가진다는 것은 좀처럼 망하지도 갱생되지도 않는 다만 현실일 뿐인 현재의 시간을 다시 살아낼 준비를 한다는 뜻으로 재독할 수 있다. 그러한 의미의 리-셋은 미래 지향성을 가진다.

이러한 의미를 안고 리셋과 리-셋의 두 가지 층위를 모두 살펴볼 필요가 있다. 따라서 새 삶을 요청하게 하는 '리셋'의 배경을 보고 이를 토대로 회귀 불가능성을 가지는 '리셋' 앞에서 지금까지의 시간을 모두 안고 앞으로 나아간다는, 다시 준비한다는 뜻에서 '리-셋'의 태도는 어떻게 드러나는지를 살펴보려고 한다. 이는 다수의 사람들이 리셋을 욕망하는 이 시점에서 유의미한 검토가 될 것이다.

'리셋'을 강하게 욕망하게 하는 시대를 배경으로 강화길의 『괜찮은 사람』과 권여선의 「손톱」은 '리셋'하고 싶은 현실을, 황정은의 중편 「웃는 남자」는 '리-셋'의 태도를 보여준다.[1] 강화길과 권여선의 소

---

1) 강화길, 『괜찮은 사람』, 문학동네, 2016; 권여선, 「손톱」, 『문학과사회』 2017년 봄호; 황정은, 「웃는 남자」, 『창작과비평』 2016년 겨울호. 이하 인용시 본문에 쪽수만 밝힌다.

설은 리셋을 욕망하게 하는 조건으로서 현실을 드러낸다. 리셋은 주로 '결핍'된 존재에 의해 갈구된다. 이때 (자신의 의지와 무관하게 정의 내려진 것으로서)결핍된 존재란 성소수자, 장애인, 여성 등의 사회적 약자로 확장하여 연결될 수 있는데, 강화길은 특히 여성에게 가해진 사회적 억압의 모습을 현시한다. 이로써 강화길이 리셋 욕망의 첫번째 조건을 보여준다면 권여선은 경제적 곤궁에 주목하며 그 두번째 조건을 제시한다. 공교롭게도 권여선 소설의 주인공 역시 여성이다. 권여선의 소설에서는 사회적 약자(여성)라는 위치에 경제적 곤궁까지 더해진 인간의 극도로 결핍된 현실을 보여준다. 황정은은 이러한 현실을 살아가는 개인이 어떤 태도를 가져야 하는지를 묻는다. 즉 '리-셋'의 태도를 적극적으로 구현한다. 이러한 작품을 경유하여 어떤 태도를 취해야 거의 망한 것이나 다름없다고 여겨지는 현실에 대응할 수 있는지, 또 문학은 어떻게 그것을 수행할 수 있는지 이야기해보기로 한다.

리셋 욕망의 조건 1: 실수하는 사람

강화길의 소설에는 여성이라는 사회적 약자의 층위가 전면으로 드러난다. 소설 속 여성들은 물러날 곳 없는 처지라는 공통점을 지닌다. 그들은 종종 밀폐된 공간에서 위협을 느낀다. 「호수—다른 사람」(이하 「호수」)과 「괜찮은 사람」 「방」의 여성 화자는 한 남자와 밀폐된 공간에 있거나 고립된 장소에 놓인다. 주로 여성 화자의 시선을 취하는 세 편의 소설에는 긴장감이 감돈다. 한 공간에 있는 남성이 여성을 위험에 빠뜨릴지도 모른다고 추측되기 때문이다. 그런데 이런 긴장감이 감도는 것이 공간 속 두 사람이 완전히 낯선 사람이기에 그런 것은 아니다. 직접적 연관성이 높지 않은 친구의 연인과 한 공간에 놓이게 되는 「호수」와 달리 「괜찮은 사람」 「방」의 경우 연인 관계이거나 최소한 연인 관계로 발전 가능성이 있는 사이인 두 남녀가 등장하는데 이들 사이에서도 긴장감은 발생한다. 즉 여성들은 친분의 정도와 관계없이 어떤 두려움을 느낀다.

여기에서 중요한 것은 가해자가 누구인지, 구체적인 정황을 어떻게 확보할 수 있는지와 같은 것들이 아니다. 주목해야 하는 것은 바로 그 '정황 없음'이다. 불확실한 두려움은 정황 없음에 기인한다. 어느 정도의 신뢰성을 보장하는 관계라 할 수 있는 연인 사이임에도 불구하고 소설 속 여성들이 두려움을 느낀다면, 이는 특별히 수상한 개인에 의해 비롯되는 것이 아님을 말해주는 동시에 여성들이 그 어떤 관계에서도 폭력의 위협을 느끼는 위치에 놓임을 암시한다.

연인으로 상정되는 사람이 휘두를 수 있는 폭력을 경계하고 언제든 그러한 폭력이 자신에게 행해질 수 있다는 사실을 '알게 하는' 외부의 조건에 의해 여성들은 공포심을 느낀다. 이때 외부적 조건이란 사회적 억압 및 그에 대한 합의와 관련된다. 「호수」는 이러한 사회적 억압의 모습을 상징적으로 드러낸다. 「호수」에는 알 수 없는 폭행을 당한 '민영'과 '나'('진영')가 등장한다. '나'는 민영이 호수에서 폭행당했다는 소식을 듣고 민영의 남자친구 '이한'과 함께 단서를 찾으러 호수로 향한다. 민영이 왜 호수에 있었는지, 누구에게 폭행을 당했는지 등 구체적 정황을 아무것도 확보하지 못한 상황에서 진영은 그동안 민영이 정체불명의 어떤 것을 "분명 무서워했다"(22쪽)라는 것을 떠올린다.

이를테면 민영은 버스에서 이상한 남자를 봤다고 말한다. 그날 민영이 탄 버스에는 "단발머리 여자아이" "날씬한 여자"와 어떤 "남자"가 함께 있었다. 남자가 느닷없이 "아, 씨발!"이라 소리치며 계속 욕을 지껄였음에도, 버스 기사를 포함해 그를 저지하는 사람은 아무도 없었다.(23쪽) 다음 정류장에서 민영을 제외한 두 여자가 내리면서 민영은 극도로 예민해졌고 결국 내려야 할 정류장보다 앞선 정류장에서 하차하고 만다. 사람들은 제법 소란스러울 여지가 있는 일에 대해서는 "귀찮은 일에 휘말리고 싶지 않"(24쪽)다는 이유로 개입하지 않는다. 누군가에게 위협이 될 수도 있는 상황에 대해서도 말이다.

소설에는 이러한 에피소드가 여러 개 배치된다. 진영이 전 남자친구에게 폭행을 당했으나 숨겼던 사실, 얼마 전부터 그 남자에게 다시 연락이 왔고 사과를 받기 위해 그를 만나러 간 자리에서 "장난도 못 받아"(32쪽)주냐며 그가 손등으로 자신의 볼을 건드렸던 일, 전화번호를 달라며 '그 여자'의 집 근처까지 쫓아온 남자에게 모욕감을 주지 않기 위해 애써 웃어야 했던 일 등. 분명 위협적인 일이지만 상대가 직접적으로 폭행을 가했는지의 여부를 확언할 수 없다고 여겨지는, 그러나 행위 자체로 누군가에게 충분히 위협이 되는 일들이다.

여기에서 두드러지는 것은 정황보다도 두려움이다. 이 두려움은 "실수"라는 말로 하여금 그 정체가 암시된다. 이러한 상황 속에서 그녀와 그는 모두 '실수였다'는 말을 연발한다. 남자가 한 여자에게 폭행을 가했던 것은 그저 "장난"이자 실수로 발화된다. 반면 여성의 경우 자신이 폭행당하거나 위협을 느끼게 된 사실에 대해 자신이 상대 남성에게 뭔가 '실수'했을지도 모른다는 검열을 수행하며 이윽고 자책하기까지 한다. 무엇이 그것을 '실수'로 여겨지게 하는지를 물어야 하지만 대개의 경우 어떠한 정황이 그것을 실수처럼 보이게 했는가에 더욱 집중한다. 민영에게 가해진 폭행은 이러한 사건들의 종합으로서 상징성을 띤다. "멍자국이 언제 생겼는지 알아내는 것보다, 왜 생겼는지를 살펴보는 일이 더 중요하다고 생각"(19쪽)하는 진영과 달리 언제 멍이 생겼는지 알리바이에 집중하려고 하는 남자친구가 있고 진영이 그에게 혐의를 두는 것, 그로 하여금 발생하는 긴장감은 실수에 의한 것이 아니다.

이한과 진영은 민영의 폭행 사건의 아주 작은 실마리라도 얻기 위해 민영이 호수에 두고 왔다는 무엇을 찾으러 간다. 이 과정에서 진영에 의해 서술되는 민영이 남자친구를 두려워했을지도 모른다는 에피소드를 포함하여 수많은 '그녀'들의 사례는 이한이 민영을 폭행했을지도 모른다는 분위기를 형성하고 호수에 간 진영이 위기에 빠질 수도 있다는 긴장감을 유발한다. 구체적인 정황 없이 자신이 느끼는 위협감을 증명해야 하는 여성은 '왜'에 집중하게 된다. 그러나 어떤 위협감을 느끼는 것이 결코 누군가의 '실수'에 의해 벌어진 것은 아니며, 그것을 실수처럼 보이게 하는 폭력적 세상에 의한 것임을 소설은 암시한다. 진영이 찾고자 한 것은 은유적으로는 민영의 폭행과 관련된 범행의 증거이지만 이를 사회적 의미로 전환한다면 '왜 실수여야만 했는지'에 관한 이유가 된다. 어쩌면 여성 존재가 약자로 상정되지 않았다면 몰랐을 두려움에 대하여 '실수'라는 프레임은 그녀들이 선택할 수밖에 없는 방어책으로 작용한다. 폭력의 세계에서 살아남기 위한 일종의 생존 전략이라는 점에서 그러하다.

리셋 욕망의 조건 2: 최소 생존비

강화길의 소설과 마찬가지로 권여선의 「손톱」에서도 여성 주인공이 등장하는데 여기에서는 열악한 경제적 조건이 두드러진다. 권여선은 한 명의 인간이 하루, 일주일, 한 달의 삶을 이어가는 일의 힘겨움을 묘사함으로써 1인 생활자의 생활고生活苦를 드러낸다. 그런데 이 생활고는 개인의 잘못이나 능력 부족에서 비롯된 일이 아니다. 설령 개인의 잘못으로 인해 벌어진 일이라고 하더라도 다음의 질문들을 우선적으로 던져야 한다. '한 개인은 어째서 잘못을 저질러야만 했는가?' 즉 어떤 세계에서 인간은 잘못을 저지르지 않으면 그야말로 생존이 불가능하기에 그랬던 것은 아닌가.

소설의 주인공 '소희'는 중학교 때부터 아르바이트를 했다. 엄마와 이복언니 '본희'와 함께 살았지만 엄마가 딸들의 돈을 들고 도망가고 그 이후 언니가 소희의 돈을 들고 또다시 도망가버리면서 소희는 혼자가 되었다. 소희는 엄마와 언니를 기다리며 매일 일을 나간다. 소희는 S 쇼핑테마파크의 스포츠 매장에서 일하며 월 백칠십만원을 받는다. 소희는 그 돈으로 다음과 같이 생활을 꾸린다.

갚을 것 갚고 낼 것 내고 뺄 것 빼면 소희 손에 남는 돈은 오십만 원 정도다. 본희가 들고 튄 대출금 천만 원과 지금 사는 옥탑방 보증금으로 대출받은 오백만 원, 합계 천오백만 원이 앞으로 소희가 갚아야 할 빚이다. 대출상환금이 매달 사십칠만 원 나가고, 옥탑방 월세가 사십만원 나간다. 교통비와 회사 식대를 합치면 이십만 원, 통신료와 공과금과 건강보험료 합이 십삼만 원. (……) 이전 매장에서 백육십만 원 받을 때도 매달 이십만 원씩 저금했으니까 이번 달부터는 삼십만 원씩 저금해야 한다. (……) 겨울이라 난방을 하니까 이만 원 더 든다. 그러면 십팔만 원 남는다.(「손톱」, 73쪽)

백칠십만원은 '빚'을 갚아야 하는 본희의 상황에서는 보잘것없는 액수다. 조금이라도 저축해서 빚을 갚지 않으면 이자가 늘어나고 결과적으로 필요 이상의 금액을 손해 보게 된다. 때문에 소희는 1원 한 푼도 허투루 사용할 수 없다. 이러한 처지의 소희는 짬뽕 한 그릇 사 먹는 것도 망설일 수밖에 없다. 소희가 짬뽕 곱빼기를 주문하면서 "아주 맵게" 해달라고 하자 주인은 오백원을 더 받겠다고 한다. 주인 입장에서 이렇게라도 하지 않으면 수지가 맞지 않기 때문이겠지만 소희에게 오천오백원이 아닌 육천원은 지불 용의willingness to pay를 초과하는 액수이다. 소희는 결국 짬뽕을 먹지 않는다.

이처럼 소희는 오백원을 감수하지 못할 정도로 극도의 경제적 압박에 시달리는 캐릭터로 그려진다. 그러나 이를 어디까지나 '캐릭터'가 처한 문제라고 할 수만은 없다. 분명 소희라는 캐릭터만이 가지는 불우한 가정사 등의 조건이 고된 생활 위에 추가적으로 설정되어 있지만, 그러한 요소를 "상의"할 사람이 없는 것, 요컨대 문제가 일어나도 의지할 곳이 없다는 것으로 해석한다면 이는 소설 밖의 현실에도 적용되는 문제이기 때문이다.

대학 졸업 후 취업을 한 이십대 후반 1인 생활자를 예로 들어보자. 집을 구하려면 보증금이 필요하다. 수천 단위에서 억대까지 설정된 보증금이 뚝딱 마련되어 있는 경우는 거의 없다. 그렇다면 방법은 대출, 즉 '빚'을 지는 것뿐이다(물론 빚을 지는 것마저도 쉬운 일은 아니다). 여기에 학자금 대출은 보통 추가적으로 얹힌다. 이쯤만 하더라도 알 수 있는 것은 얼마간의 돈이 없으면 몸 하나 누일 작은 방조차 얻을 수가 없으며 그 돈은 빚이 아니고서는 구할 방법이 거의 없다는 것이다. 그래도 소희가 그랬던 것처럼 '짬뽕'과 같은 외식 정도는 할 수 있을 것이다. 그런데 자신을 위한 소비가 최고의 만족도를 부여하지 않는 경우 그것은 최악의 '비합리적' 소비가 된다는 데 있다. 사실 최소한 한두 번의 시행착오를 겪어도 괜찮을 정도로 경제 수준의 여력이 있다면 몇 차례의 소비 시행착오를 겪는다고 해서 최악의 기분을 떠안지 않아도 된다. 달리 말해 액수를 떠나 단 한 번의 '완벽한 소비'를 해야 하고 그러지 못할 때의 작은 만족도조차 포기하고 마는 것은 지긋지긋한 생활고에서 비롯된 생존 방식에 준한다. 이런 점을 살필 때 '소희'의 난처함은 그저 극화된 캐릭터만의 문제만은 아닐지도 모른다.

강화길과 권여선의 소설은 물러날 곳 없음, 혹은 더이상 차선을 택할 수 없음의 감각을 공유한다. '리셋'을 욕망하기에 충분한, 비관적 세계는 '차선을 선택할 수 없음'이라는 명제로 드러난다. 차선을 택할 수 없다는 말은 두 가지를 함의한다. 강화길의 경우 약자와 강자에 비대칭적으로 적용되는 폭력에 대한 이유로서 '실수' 프레임과 관련된다. 어떤 폭력적 상황을 빠져나오고자 할 때 선택의 기준선은 약자가 아니라 폭력의 주체를 기준으로 제시된다. 약자는 폭력 주체에게 최선일 수 있는 선택지를 수행함으로써 그 위기에서 빠져나오게 된다. 또 권여선은 자신을 위한 어떤 소비에서 반드시 '최선'의 조건을 충족할 때만 소비를 승인할 수 있다는 의미의 '차선 선택 불가능'과 맞닿는다. 이와 같이 위의 소설 속 사회·경제적 약자의 위치에 놓인 두 인물은 개인의 노력으로 해결될 수 없는 현실을 살고 있음을 보여주는 '전형성'을 띤다. 그리고 이것이 실제 삶을 살아가는 우리 사회의 다수에게 겹쳐지는 문제라면, 누구나 '리셋'을 외칠 수밖에 없는 상황에 처해 있다고 말할 수 있겠다.

리-셋의 태도

그러나 말했듯 그들이 욕망하는 '리셋'이 반드시 회귀의 의미일 필요는 없으며 그래서는 안 되기도 하다. 이유는 크게 두 가지이다. 우선 현실적으로 인생 최초 순간으로 돌아가는 것은 불가능하다. 또한 문제가 사회적 맥락, 구조, 이데올로기 등에 있는 것을 알고 있는 상황에서 기득권을 쟁취하기 위한 회귀는 결국 또 누군가에게 리셋을 욕망하게 한다. 즉 결국 달라지는 것이 없다.

실제로 회귀할 수도 없고 리셋으로 해결될 수 있는 현실도 아니라면 망해가는 세계 안에서 우리는 어떠한 태도를 지녀야 할까. 암울한 현실일지라도 삶을 지속해야만 하는 이상 어떤 식으로든 재기하기 위한 태도가 필요하며 이는 리-셋과 연결된다. 황정은의 중편 「웃는 남자」에는 거의 망해버린 것이나 다름없는 비관적 세계의 모습과 그것을 견뎌나가는 d, 여소녀, 박조배가 등장한다. d를 중심으로 전개되는 서사에서 황정은은 리-셋의 태도란 어떠할 수 있는지를 보여준다.

d는 사랑하는 연인 dd를 잃은 뒤 "소음"만이 가득하다고 느껴지는 세상에 산다. '소음'은 가치 있는 존재를 느낄 수 없는 현실에서 다른 이의 소리, 즉 삶의 기척이 무의미하게 느껴지는 것을 의미한다. 그런데 엄밀히 따져보면 d에게 dd의 죽음 이전의 세계가 어떤 식으로든 의미 있을 수 있던 것은 '사랑'으로 인해 간신히 의미를 획득했기 때문이다. 사고가 나기 전 d와 dd는 "각자의 직장에서 정확히 중간에 위치한 동네였고 다른 방들이 그 방보다 훨씬 비쌌기 때

문"(212쪽)에, 사실상 반지하임에도 "지층이라는 핸디캡이 적용되지 않은"(같은 쪽) 월셋집을 구해야만 했다. 벽지가 들뜨고 손잡이의 도금이 벗겨지고 "욕실 천장 한구석에서 흙탕물이 타일의 골을 따라 흘러내"(213쪽)림에도 불구하고 그 집은 그들의 지불 수준과 지불 용의 안에서 최선이었다. 그런데 이러한 현실을 간신히 버틸 수 있게 해주었던 연인 dd가 사고로 죽은 것이다.

보잘것없는 최선을 선택해야 하는 삶 속에서 사랑 같은 가치조차 사라져버린 세계는 무의미하다. dd의 죽음은 d가 삶을 '리셋'시키고 싶은 충분한 조건이 될 수 있다. 그러나 황정은은 여소녀와 박조배를 d의 주변에 배치함으로써 그런 세계를 어떻게 견뎌나갈 것인지, 우리는 어떤 태도로 세상을 마주해야 하는지 이야기한다.

> 여기를 제대로 재생하려면 거짓말하지 말고 그것을 보여주어야 했다. 그들이 되살리려는 것을 그들이 제대로 알아야 했다. 제대로 알려면 말이지 제대로 하려면…… 최소한 이 공간에서 인생을 보낸 사람들의 이야기 정도는 펼쳐져야 하는 거 아니냐…… 그들이 각자 어떤 질병을 앓고 있는지 여행은 몇번을 가보았는지를 알아보고 가족도 다 만나고 그들의 자녀는 어떤 학교를 다니고 어떤 직업을 얻었는지, 그중에 비정규직은 몇 퍼센트인지까지도 다 알아봐야 했다.(「웃는 남자」, 255~256쪽)

쇠락해가는 세운상가에서 오래도록 일해온 여소녀는 세운상가 재정비 프로젝트를 준비하는 사람들을 보며 "재생"에 대해 생각한다. '재생'이 다시 준비한다는 의미를 가지는 한 이는 리-셋의 의미와 맞닿는다. 그런 차원에서 위의 인용을 다시 읽는다면, 거의 절망밖에는 없어 보이는 세계에서 인간이 어떤 것을 다시 준비하기 위해 그간 어떤 절망이 있었는지, 그 절망은 어떻게 발생한 것인지, 결국 '왜' 그렇게 된 것인지를 물어야 한다는 말로 읽힌다. 요컨대 강화길의 약자의 정황 없는 두려움, 권여선의 극한 생활고와 같은 이야기는 이 시간을 사는 사람의 이야기이며 이 시대 사람의 모습을 토대로 한다. 소설이란 결국 '재생'을 위해, 리-셋의 태도를 다지기 위한 기록이기도 한 셈이다.

> 지금이라는 것은 이미 여기 와 있잖아요. (……) 내가 현재나 과거를 생각할 때, 그것은 매번 죽음이고, 죽음을 경계로 이 세계와 저 세계로 나뉘는 것이 아니고 죽음엔 죽음뿐이며, 모든 죽음은 오로지 두 개로 나눌 수 있을 뿐이다. 나는 그렇게 생각합니다. 목격되거나 목격되지 못하거나. 그렇지 않나요?(같은 글, 266쪽)

"저세상을 상상해본 적이 있느냐"(262쪽)라는 여소녀의 질문에 대한 d의 대답이다. 리-셋의 연장에서 이야기해보자. 회귀 불가능의 '리셋'이라면 선택할 수 있는 것은 두 가지이다. '리-셋'할 것인가, 이 세상을 버리고 저세상으로 향할 것인가. d에게 주어진 질문이 궁극적으로 이런 뜻이라면 그의 대답은 자못 의미심장하다. 저세상을 생각할 겨를도 없이 지금은 이미 여기에 도착해 있다. 그러므로 애초의 선택지는 지금을 살아내야 하는 것밖에는 없다. 망하거나 망하지 않은 채로 지속되는 '지금'은 여기 주어져 있고 그걸 살아내는 태도로서 '리-셋'을 고민해야 하는 이유가 된다.

이후 이어지는 박조배와 d의 대화는 그 태도가 어떠해야 하는지를 보여준다.

> 불시에……라는 것은 내 생각에……우리가 모르는 척을 하고 있었다는 것을 의미할 뿐이다. 우리 일상을 말이다. 일상에 조짐이 다 있잖아. 전쟁을 봐라. 맥락 없는 전쟁이 없고…… (……) 내게는 언제나 지금이 그래…… 지금은 꼭 전간기 같다. (……) 말하자면 내가 지금 느끼는 것, 대기 속에서 다가오는 재앙을. 나는 지금이 그때와 비슷하다고 생각해…… 한마디로, 직전이고…… (……)
>
> 이 상황을 봐라. 얼마나 투명하고…… 얼마나 좆같냐. (……) 그냥 조용히 아닌 척하고 망해가는 것보다는 낫다고 나는 생각한다……. (같은 글, 275쪽)

박조배는 지금이 어떤 식으로든 망해가고 있으며 이번만큼은 확실하게 그것이 느껴진다고 말한다. 그러나 그의 말에는 어폐가 있다. 이명박 정권 때를 회상하며 그때가 최악인 줄로만 알았다는 그의 말은 최악이란 언제나 경신되고 세계는 쉽사리 망하지 않음을 반증한다. 때문에 d가 의아해하는 것은 일견 자연스럽다.

> 망한다고?
>
> 왜 망해.
>
> 내내 이어질 것이다. 더는 아름답지 않고 솔직하지도 않은, 삶이. 거기엔 망함조차 없고…… 그냥 다만 적나라한 채 이어질 뿐.(같은 글, 278쪽)

이러한 태도는 의지적인 '리-셋'의 태도를 기대한 사람에게는 실망스러울지도 모르겠다. 그럼에도 리-셋의 태도란 그런 것이다. 망함이나 망하지 않음도 없이 늘 망하기 직전인 것 같은 현실 위에서 과거로 회귀하지 않고 이미 도착해버린 지금을 견디는 것이다. 지금들을 견뎌나가다보면 그것을 견딘 시간이 차곡차곡 쌓이고 하나의 인간의 생애로 계속해서 쇄신된다. 망하거나 망하지 않으리라는 신념이 지금을 있게 하는 것이 아니라, 지금 여기에 있는 인간 존재만이 그 시간을 있게 한다. 소설은 그런 늘 망하기 직전과 같은 시간을 살았던 사람들이 어떤 생각을 했고 얼마만큼이나 처절한 현실 속에 던져졌었는지를 돌아보고 인물들에게 묻고 응답을 듣는다. 리셋을 갈구할 만한 현실의 문제를 보여주고 인간의 목소리를 들려주는 일을 소설은 한다. 그러는 한 아무 소리로도 들리지 않는 소음과 같은 세계 속에서 d와 같은 인간은 "소리가 좀, 다르"(283쪽)다는 것을 느끼게도 되는 것이다. 세상에서 유일무이한 빈티지 오디오가 내는 소리처럼, 그것이 가진 "진공관"이 조금 다른 소리를 가지는 것처럼 그러하다. 다른 소리를 내는 진공관처럼 단지 도래한 지금을 살아내겠다는 '뜨거운' 마음으로 자기의 시간을 쇄신하는 것, 이것을 '리-셋'이 아니면 무어라 말할까.

(2017)

외부적 조건과 노동, 노동과 인간, 인간과 인간의 관계에 대하여
—김혜진의 『어비』와 『9번의 일』을 중심으로

1. 유물론에서 힌트 얻기: 노동, 개인, 관계

부당한 권고사직을 요구받는 사람, 수차례의 인사이동 끝에 가차 없이 잘리는 사람, 최저 시급 아르바이트로 생활을 유지하는 절대적 '을'의 입장에서 폭언을 감수해야 하는 사람 등. 『어비』(2016)에서 최근작 『9번의 일』(2019)에 이르기까지 김혜진 소설 속 인물들의 노동은 순탄하지 않다. 그들에게 노동은 그들의 삶 자체를 좀먹는 것처럼 보인다. 과연 노동이 무엇이기에 그러한가.

> 그[마르크스—인용자]는 신체를 가진 실재라는 개인들이 그들이 처해있는 상황 아래서 자신의 활동을 통하여 그들의 삶을 유지시키는 것들을 생산한다는, 경험적으로 관찰되고 검증되는 이것들을 전제하면서 그의 사회철학을 전개시켜나갔으며 (……)
>
> 마르크스는 이 실천적 유물론을 唯物史觀이라고 부르기도 했다. 여기서의 〈物〉이란 (……) 실제로 효력을 발휘하는 인간의 생활 조건

을 의미한다.[1])

인간의 존재를 규정하는 '외부적 조건'이란 이른바 '물적 토대'를 의미하고 이것은 위의 인용에서 "物"로 표현되어 있다. 인용에 따르면 物은 "실제로 효력을 발휘하는 인간의 생활조건"이다. 큰 관점에서 본다면 자본주의, 사회주의와 같은 경제체제가 바로 物일 것이다. 그런데 이 "생활 조건"을 좁은 차원에서 이해하자면 당장 내 삶을 둘러싸고 있는 경제적인 현실이다. 이러한 제도를 바탕으로 인간은 '노동'을 실현함으로써 그 토대와 관계 맺는다. 그런데 예컨대 비정규직을 양산하는 외부적 조건은 한 인간을 이른바 알바생, 백수, 무급 생활자, 보따리 강사 등으로 호명한다. 문제는 이러한 호명 방식에 혐오 정서가 내재되어 있으며 그것을 재생산한다는 것이다. 즉 특정 지점에 이르러서 외부적 조건은 인간의 의식적 조건을 규정하는 것을 넘어 인간의 의식과 물적 토대가 견고하게 결탁하는 듯 보이기까지 한다.

고전 마르크스주의를 부분적으로 받아들여 물적 토대 위에서 인간이 노동이라는 실천적 행위를 통해 관계를 맺는다고 할 수 있다면 ① 그것은 누구(무엇)와의 관계이며 ② 노동은 관계 형성에 어떤 방식으로 관여하는가? 김혜진의 소설은 노동 현실의 암울함을 드러내는 것에서 나아가 '구조-인간' 및 '인간-인간'이 어떠한 관계를 형성하며, 그러한 관계가 어떻게 뒤집히는지 보여준다. 이러한 주제의식은 소설집 『어비』에서부터 시작되어 장편 『9번의 일』에 이르러 그 결

1) 車仁錫, 「독일 觀念論과 실천적 唯物論의 社會哲學」, 『人文論叢』 19, 1987, 111쪽.

을 조금 달리하며 노동 안에서 개인-개인, 그리고 개인-집단으로 확장된다.[2)]

2. 노동 환경이라는 외적 조건은 '인간-노동' 그리고 '개인-개인'의 관계를 규정한다: 「어비」[3)]

소설 「어비」에서 단기 아르바이트 자리를 전전하는 '나'는 책을 포장하고 컨베이어 벨트에 올리는 업무를 하다가 어비를 만난다. 딱히 동료애를 요하지 않는 일자리였고 그중 어비는 유독 사람들과 말을 섞지 않았는데 사람들은 그런 어비에게 괜한 핀잔을 준다. '나'는 그들이 "지나치다는 생각이 들었는데 그렇다고 어비를 편들고 싶지는 않았다"고 생각하며 "저렇게 침묵을 지키는 게 사람들을 계속 자극하는 게 아니고 뭔가"(15쪽) 하고 책임을 어비에게 슬며시 떠민다. 어비를 안타깝게 여기지만 그에게 간섭하지는 않던 '나'는 어느 날 어비가 불미스럽게 아르바이트를 그만두었음을 알게 되고 이후 우연히 인터넷 방송의 한 채널에서 그를 목격한다.

> 이 사람 뭐죠? 이거 무슨 방송이죠?
> 사람들은 그렇게 몇 번 묻다가 나가버렸다. (……)

2) 이 두 권의 수록 작품에서 어떤 것을 특히 앞세우거나 뒤세우지 않고 노동 환경 안에서의 개인들의 관계를 보여주었다면, (시기적으로는 『9번의 일』보다 일찍 출간되었으나) 『딸에 대하여』에서는 퀴어 인물을 등장시킴으로써 보다 폭넓은 사회 정서로서의 '혐오 정서' 및 배제의 감각으로 그 주제의식을 확장한다. 이 글의 주제와 다소 결을 달리하는 글감이므로 본고에서는 『딸에 대하여』(민음사, 2017)와 혐오 정서까지 다루지는 않을 것이다.

3) 김혜진, 『어비』, 민음사, 2016. 이하 인용시 본문에 작품명과 쪽수만 밝힌다.

뭐든 좀 하지.(「어비」, 25쪽)

'나'는 아르바이트를 그만두고 "정말이지 이젠 좀 제대로 된 일이 필요"(23쪽)하다고 느껴 선배를 통해 어쩌다 들어가게 된 한 회사에서 뭐든 좀 하라는 소리를 들은 참이었다. 그가 들은 그 말 그리고 말 속에 담긴 환멸과 한심함은 사람들을 자극해야만 돈을 벌 수 있는 인터넷 방송을 하면서도 아무것도 하지 않는 화면 속 어비를 향해 뻗어진다. 이때 물론 '나'의 PC(Political Correctness)하지 못함이나 도덕적 기준, 방관자적 태도는 문제적이다. 단 이를 노동환경이란 외부적 조건이 일방적으로 개인에게 부과하는 '인간성'의 성격으로 해석하거나 그러한 환경을 이유로 삼은 '개인'의 문제로 치부해서는 곤란하다. 이는 고정불변의 인간성이나 한 명의 개인적 문제가 아니기 때문이다. 이와 관련해 다음 장면에서 노동의 조건 및 인간의 '인간'과 '노동'에 대한 이해가 어떤 방식으로 관계되는지를 본다.

한심하다는 생각이 들었는데 방송이 꺼지고 고요해진 방에 우두커니 앉아 있는 동안 점점 더 설명하기 힘든 기분이 됐다. 뭐 저런 식인가. 저런 걸로 어떻게 돈 벌 생각을 하나. 벌어도 되나. 벌 수 있나. 얼마나. 얼마만큼. 그럴 필요가 없다고 생각하면서도 나는 자꾸만 따져 보게 됐다. 가만히 방 안에 앉아 배달 음식을 시켜 놓고 그걸 먹는 대가로 단 몇 시간 만에 어비가 벌어들인 돈과 앞으로 벌어들일 돈을 카운트해 보는 거였다.(같은 글, 28쪽)

얼마 뒤 '나'는 인터넷 방송에서 "뭐든 좀" 하고 있는 어비를 본다.

그는 먹을 것을 잔뜩 차려두고 게걸스럽게 '먹방'을 하고 현금 가치로 환원되는 별풍선을 쏴주는 사람들에게 감사하다고 외친다. '나'는 사람들과 사사로운 말 한마디도 나누지 않던 어비가 모르는 사람들을 대상으로 자극적인 방송을 하고 모르는 사람의 돈을 받고 감사하다고 거듭 외치는 장면에 "한심"함을 느낀다. 그런데 그것은 정말로 '나'의 표현대로 '한심함'인가? "저런 걸로 어떻게 돈 벌 생각을 하나"라는 질문이 삶을 영위하는 노동의 형태가 어떤 것이어야 하는지에 대한 것이자 인간으로서 최소한의 가치를 훼손하지 않는 노동이어야 하지 않은가에 대한 물음이었다면 그것은 찰나에 "벌 수 있나"로 뒤바뀐다. 노동이 훼손되지 말아야 할 인간성에 대해 묻는 대신 이렇게 한다면 '먹고살 수 있나'를 고민하는 순간 어비에 대한 '나'의 한심함은 '섭식 행위로 돈을 번다는 사실에 대한 부적절함'에 대한 분노이자 열패감으로 뒤바뀐다.

어비의 행위가 과연 노동인지, 또는 '나'가 어비에게 느끼는 복잡한 감정이 온당한가를 묻기에 앞서 무엇이 이러한 감정을 추동했는지가 중요하다. 이 질문은 노동이라는 외부적 조건에 의해 개인이 자신 및 타인의 존재/삶과 어떤 식으로 관계 맺는가와 관련돼 있다. 여기에서 신자유주의가 초래한 고용 불안정이 청년 세대의 비틀린 노동 감수성, 노동환경과 결합되는 과정에서 곧잘 혐오를 등에 업는다고 손쉽게 결론내리고 말 것은 아니다. 또한 이와 조금 다른 결론을 낸다고 해도 외부적 조건이 인간의 의식을 규정한다는 전제를 승인할 뿐이므로 대신 또다른 질문을 던져보기로 한다. 이러한 조건 속에서 발생되는 인간의 의식—이 글에서는 '관계 맺기'라 표현되고 있는—이 역작용할 가능성은 없는가.

3. 역작용의 아이러니

김혜진의 또다른 소설은 바로 이 '역작용'의 가능성을 타진한다. 『9번의 일』에서보다 무겁고 본격적으로 드러나는 의식이기도 한 역작용의 가능성은 첫 소설집의 「아웃포커스」에서 한 차례 드러난 바 있다.

> 이빨이 뽑힌 것처럼 텅 빈 책상은 질서나 순서도 없이 늘어났다고 엄마는 두려워했다. 그래도 버텨야지, 이를 악물었고 정말 버텨야 해, 하루 200통 이상의 상담 전화를 받기도 했다. 어쨌건 그렇게 3년을 더 버티다 다른 사람들처럼 해고를 당한 거였다. 사유는 업무 불이행과 업무 능력 상실이었다.(「아웃포커스」, 40쪽)

소설은 엄마의 급작스러운 해고 소식으로 시작된다. 엄마는 알 수 없는 이유로 우수수 해고를 당할 때 그 대상이 되지 않으려고 애썼으나 결국 부정확한 이후로 해고된다. 급작스러운 해고, 퇴직금 한푼 받지 못하고 쫓겨나는 엄마의 상황은 어느 것 하나 빠짐없이 모든 게 문제적이다. 그러나 강조하고 싶은 것은 소설이 그것을 '어떻게' 드러내고 있는가 하는 점이다.

> 언젠가부터 엄마 회사엔 명단이 돌았다. 만든 사람도 없고 본 사람도 없지만, 누구나 다 아는. 이름이 오른 사람은 알 수 없고, 이름이 오르지 않은 사람만 알게 되는 이상한 명단이었다. 이름이 오른 사람들이 상황을 파악하는 동안 이름이 오르지 않은 사람들은 발 빠르게 움직였다. 별다른 지침이 있을 리 없었지만 사람들은 스스로 배우고 알아서 했다. 어쨌든 이름이 오르지 않았으니까. 계속 이름이 오

르지 않으려면 적극적으로 행동할 필요가 있었다. 엄마는 이름이 오른 사람들과 천천히 거리를 두었다. 그러면서도

나 너무 나쁜 사람 같지?

잠들기 전에는 꼭 나와 눈을 맞추었다.(같은 글, 44쪽)

엄마는 이전에 "이상한 명단"이 돌고 있었을 때 "이름이 오르지 않은" "스스로 배우고 알아서" 하던 사람 중 한 명이다. 이러한 부당한 현재가 언젠간 닥쳐올 자신의 근미래가 될 수 있음을 모르지 않으면서도 '모른 척'해왔다. 그들의 행동에 책임을 묻기 이전에 개인에게 마지못한 선택권을 강요하는 시스템이 문제라는 것을 알고, 이러한 현실 안에서 타인의 문제적 현실을 외면함으로써 이 사태를 피할 수 있지 않으리란 점 또한 안다. 그런 과정에서 엄마는 눈앞의 문제이나 온전히 자기의 것이 아니기를 바라는 이 상황에 대해 자기 입장을 합리화하기도 하고 그런 태도에 번뇌하기도 한다. 엄마가 자신이 해고 대상이 아니었을 때 모종의 죄책감으로 매일 저녁 행해왔던 '눈 맞춤'은 그러한 맥락에서 독해될 수 있다. 그런데 이제 엄마가 그런 입장이 되었고 엄마는 덜 과격한 방식[4]으로 부당함을 호소하며 현실을 마주본다. 만약 소설이 여기까지만 쓰였다면 이를 '입장 바꿔 생각하기'의 전략으로 보고 타인의 문제가 곧 내 문제와 다르지

---

4) "저쪽에서 인사말을 다 끝내기도 전에 엄마는 말을 쏟아냈다. 민원 분류표 서식은 내가 만들어 놓은 걸 쓰면 돼요. 내문서에 저장해 놨는데. 아 참 폐건전지는 따로 수거했다가 버리는 거 알죠? 경비가 싫어해요. 휴게실에 조각 비누 모아 놓은 게 있는데……. 전화를 받은 사람들은 황당해하다가 결국엔 엄마의 이야기에 귀를 기울였다. 통화를 마칠 때는 고맙습니다, 공손하게 인사까지 했다."(48쪽)

않음을 상기시킨다는 점에서 효과적이라 말할 수 있을 것이다.

그런데 이러한 입장의 전도가 한번 더 일어나며 상황이 아이러니가 발생한다.

그러지 말고 주호야, 이번에도 네가 대신 가보면 안 될까?

(……)

편의점에 나가야 하잖아. 그냥 이번엔 못 간다고 하지 뭐.

내가 대답하면 엄마는 또 한참 생각에 잠겼다가 고개를 가로저었다.

할머니잖아. 엉뚱한 사람을 이장하고 할머니가 도로에 깔리면 어째.

나는 편의점 사장에게 자주 양해를 구해야만 했다. 이쪽에서 양해를 구하고, 저쪽에서 선뜻 양해해 주면 좋겠지만 사장은 대체로 노발대발하는 편이었다.(같은 글, 50~51쪽)

아무리 그래도 그렇지, 널 보내면 어쩌냐, 혀를 차기도 했다. 그때마다 나는 엄마가 회사에서 퇴직금 없이 쫓겨났다는 사실과 매일 본사 앞에서 1인 시위를 해야 하는 상황을 설명했다. 지난번에도 하고, 지지난번에도 한 이야기였지만, 큰 외삼촌은

저런, 큰일이구나.

처음처럼 놀란 표정을 지었다. 어쩌니, 이모도 마찬가지였다.(같은 글, 51쪽)

엄마는 자신의 부탁—주호의 할머니를 묻은 묘소 이장移葬의 문제로 긴급 소집된 가족 회의에 참석할 것—을 주호에게 별다른 죄책감 없이 미룬다. 그저 "네가 대신 가보면 안 될까"라는 말로 이 모든 내

용을 함축한다. 자신의 1인 시위를 위해 그녀 삶의 문제에 비하면 그다지 중요하지 않아 보이는 이장 문제를 다른 사람의 노동 현실을 담보로 처리하고자 할 때 '나'는 과연 어떤 표정으로 상대를 대할 수 있을까? 죽어서도 인간의 존엄을 훼손당하지 않도록 노력해야 한다는 의미에서 이장 문제가 중요하다고 하더라도, 내 앞에 닥친 노동 현실을 해결하기 위해 타인의 그것을 내어놓기를 '부탁'하는 것에 대해 어떻게 이해하면 좋을까. 이는 가족들이 어떻게 자기 가족 문제에 "아무리 그래도 그렇지, 널 보내면 어쩌냐"라고 한탄하는 동시에 아무리 말해도 기억되지 않는 엄마의 1인 시위에 안타까워하는 모습과 크게 다르지 않다. 이렇듯 소설에서 엄마를 중심으로 드러나는 현실의 노동 문제라는 주제는 이렇듯 쉬이 대답하기 어려운 질문을 독자의 눈앞에 내어놓는다.

4. 열악한 노동 조건 속에서 발생하는 특수한 관계는 노동이라는 외부적 조건을 바꾸기도 한다

타인에게 닥친 현실이 비로소 '내 일'이 되어 심각성을 비로소 진지하게 마주보게 되더라도 그것이 '앞서 해고당한 자'와 '그들과 같은 방식으로 해고당한 나'의 문제에 머무를 뿐임을 「아웃포커스」가 보여주었다면, 『9번의 일』[5]은 조금 다른 처지인 듯 보이는 타인의 문제가 언제 어떻게 자신의 문제로 닥쳐오는지를 본격적으로 묻는다. 이 소설은 「아웃포커스」의 엄마가 겪은 부당한 노동 현실의 문제의식을 이어가는 동시에 더욱 세세하고도 확대된 시야를 확보한다. 이를

5) 김혜진, 『9번의 일』, 민음사, 2019. 이하 인용시 본문에 쪽수만 밝힌다.

테면 단편에서 아이로니컬하게 처리된 '내 일 아닌 것'에 대한 의식은 이 장편에 와서 한 인물 내부에서 더욱 복잡하게 구현된다.

소설의 주인공인 남자에 대한 정보를 하나하나 짚어볼 때, 우리는 그를 단지 노동자, 피해자, 불의의 노동 현실에 저항하는 사람, 가장, 직장 동료 중 하나의 이름만으로 표현할 수 없음을 깨닫는다. 남자는 어떤 구체적 환경 안에서 분명하게 노동자로 자리할 것이나, 그가 '어떤 노동자'인지에 대해서는 분명하지 않다. 사측과 관계 맺을 때 근면한 노동자라고 해서 여타의 노동자 사이에 있을 때 선량하다고는 할 수 없듯이 말이다. 이런 이유로 남자를 일률적 정체성으로 규정하는 것은 그를 정확하게 파악하는 것이 될 수 없다. 대신 그의 처지를 상기시키는 몇 구절을 참고하여 이 소설이 지닌 개인 정체성의 복잡성과 함께 사회적 조건이 어떻게 인간의 의식을 규정하는지, 그 역으로 인간의 의식은 그 자신과 타인을 어떤 방식으로 관계 맺도록 추동하는지를 아울러본다.

> 장인이 살던 주택을 처분하고 작은 빌라로 이사한 뒤 최소한의 생활비 정도만 남기고 그들 부부에게 목돈을 마련해준 게 10년 전이었다. 여전히 장인이 일을 하고 있을 때였고 그는 거듭 거절하다가 그 돈을 받았다. (……) **해선이 말한 것처럼 병원비가 아주 많이 나온 것도 아니었다. 그럼에도 자신이 왜 이토록 사소한 것에 마음을 쓰고 옹졸하게 굴게 되는지 알 수 없었다.**(30쪽, 강조는 인용자)

> 해선은 은행 대출을 받고 세입자들의 전세금과 보증금을 떠안는 조건으로 그 건물을 구입했으며 지금은 대출 이자를 갚는 것도 빠듯

하고, 아직 1년도 되지 않은 건물을 되팔 수도 없지 않느냐며 [세입자에게—인용자] 애원조로 매달렸다.(72쪽)

그는 한때 장인의 도움을 받아 생활을 꾸렸다. 퇴직 시기가 다가오자 그는 "은행 대출"의 부담은 물론이고 "전세금과 보증금을 떠안는 조건"으로 건물을 구입한다. 소유한 지 일 년이 채 되지 않은 낡은 건물은 전셋집의 기능을 충분히 하지 못했고, 건물 노후로 인해 나가겠다는 세입자에게 돌려줄 전세금이 없어 쩔쩔맨다. 이런 그의 세부적 맥락을 덮어두고 소유 수준에 대해서만 말하자면 그는 '건물주'다. 그러나 나열된 그의 사정으로부터 '건물주도 불쌍한 사람'이라는 식의 상투적 일반화를 읽어내려는 것이 아닌 이상 구체적 맥락 속 인간과 노동, 인간과 인간의 관계에 주목해볼 필요가 있다. 그런 점에서 인용의 강조 표시된 구절은 흥미롭다. 그는 장인이 재산을 보태줌으로써 자신의 삶을 돌봐주었다는 것을 충분히 인지하고 있다. 그런 장인이 입원을 하게 되었을 때 그는 장인에 대한 연민을 지니고 있으면서도 어쩐지 "옹졸"하게 굴게 되는 자신을 이해하지 못한다. 하나 있는 건물이라고는 처분도 하지 못하는 애물단지일 뿐이어서 사실상 권고사직이나 다름없는 부서 이동을 강제당하고 있는 이 구체적인 상황은, 그가 장인을 떠올리며 내심 야속하다는 생각을 내비친 사례와 같이 타인을 인지하고 이해하는 방식에 영향을 준다.

그렇다면 역작용은 과연 가능할까? 그의 이러한 인간 인식에 대한 토대가 달라지지 않는 이상 의식은 물질적 토대에 영향을 미치지 못할까? 고통스러운 현실에서라면 한 인간은 타인에게 야멸차게 굴 수밖에 없는 걸까. 이에 대해 소설은 한 장면을 제시한다. 다음은 '나'가

끊임없이 반복되는 부서 이동을 견뎌내는 중에 한 팀으로 엮이게 된 "황여사"와의 에피소드다.

> 내가 작업 차량을 고장 냈다나. 폐차 직전의 차를 작업차라고 줘 놓고는 타이어가 펑크 났네 어쩌네 하면서 차도 안 주더라고요. 그때부터는 버스를 타고 다니라고 했어요. 나는 고혈압에다 당뇨까지 있는데 그 땡볕에 몇 시간을 걸었는지 몰라요. 가도 가도 통신주 안 보이지, 버스도 없지, 국장한테 전화를 했더니 그런 지리감도 없이 무슨 일을 하느냐고 소리를 지르는 거 있죠. 그 산을 내가 걸어서 넘었어요. 내가 그만한 각오도 없이 여기까지 왔겠어요?(140쪽)

남자에게 새로 할당된 업무는 전신주에 오르는 것이다. 영 딴판인 부서에 있다가 어느 산골짜기에 배정되어 숙련자가 해야 할 이런 업무를 주는 것이 곧 '관두고 알아서 나가라'는 회사의 메시지임을 아는 사람들이 삶을 버티다 마주하는 현실이다. 사람들은 버티는 것만이 목적이고 나가떨어지는 사람을 심심찮게 봐왔기에 새로 온 사람과 통성명조차 하지 않는다. 황여사는 노동도, 노동의 가치도 재단할 수 없을 것 같은 이러한 현실을 버티는 사람 중 한 명이다. 그녀가 버텨온 삶은 누구를 적으로 삼아야 할지조차 분명하지 않다. 그녀가 넘어서야 할 대상이 '회사'라고 하면 너무 추상적이고, 당장 그녀에게 소리를 치고 폐차를 지급한 "국장"이라고 하면 과연 그가 이 모든 상황의 책임자일 수 없다는 결론에 이르게 된다. 아무도 책임지지 않고, 책임지는 사람도 없고, 책임질 필요도 없어 보이는 이 총체적 난국에서 추적하고 문책해야 하는 것은 결국 유일한 책임자일까? 누군가의 판단에 의해 서로에게 모욕을 주는 방식으로만 자신의 자리를 지킬 수 있는 사람들이 생겨났고 또 그러한 구체적 현실이 만들어졌다고 하더라도, 과연 그 한 명을 찾아내 책임을 물으면 모두 해결되는가. 소설이 황여사를 통해 무엇이 그녀를 이런 구렁텅이에 몰아넣었으며, 그녀가 무엇과 투쟁해야 하는가를 묻는 데는 그 대답이 간단치 않으리란, 그래서 모든 게 불명확하게 보일지 모른다는 각오가 따른다.

그런 각오는 언제까지나 제도의 피해자이거나 부당 해고자로만 남지 않을 '나'의 다면적인 모습을 그려내면서 조금씩 앞으로 나아간다.

> 무슨 일이든 처음엔 서투르지만 한두 번 해보고 나면 누구나 배울 수 있다고. 경험이 쌓이고 요령이 생기면 다 별거 아닌 일이 된다고. 아니, 사실 이런 업무는 경험과 경력이 긴 자신에게도 벅찬 일이고, 처음부터 할 수는 없는 일을 시킨 회사 탓이라고. (……) 그래서 스스로 그만두게 하려는 회사의 의도가 너무 괘씸하고 화가 난다는 자신의 말을 거기 모인 사람들이 다 듣는다는 걸 알면서도 그는 멈추지 않았다.(144~145쪽)

전신주에 올랐다가 곤경에 빠지고 만 황여사를 위로하기 위해 그는 누구에게랄 것 없는 말을 부려놓는다. 그녀가 어떻게든 배워야만 이 자리에서 물러서지 않을 자격을 획득할 수 있음을 알고 있기에 "배울 수 있다고" 격려하면서도, 하지만 그러한 버팀과 배움이 그들이 삶과 노동에서 궁극적으로 얻고자 하는 것이 아님을 알기에 "처음부터 할 수는 없는 일을 시킨 회사 탓"이라고 말한다. 이러한 노동 현실에 놓인 황여사를 그는 어떤 마음으로 바라보고 있나, 실질적으로 무용하든 아니든 그러한 말이 추락 직전의 인간에게 어떠한 '연결됨'을 확인시켜주는가 하는 점에 이 장면의 성과가 있다.

이어 『9번의 일』은 두번째 국면으로 접어든다. 지금까지 살펴온 첫번째 국면에서 남자는 일을 그만둘 수 없는 상황에서 회사로부터 자발적 퇴사를 강요당한다. 이 과정에서 그 누구도 책임지지 않으려는 개인의 삶은 물론, 모두가 하고 싶어서 하는 것이 아닌 회사의 방침이므로 어쩔 수 없이 모멸을 주어야(받아야) 함을 역설하는 부조리를 보여준다. 첫번째 국면에서 남자는 철저하게 배제되는 쪽, 권리 없는 노동자의 위치에 있었다면 두번째 국면에서는 그 위치가 전도된다. 두번째 국면은 회사가 그를 복직시키면서 시작된다.

> 기존 월급의 80퍼센트 보장, 단일 직무 제공, 단 그곳에서 일하는 동안에 그는 본사 소속이 아니라 하청업체 소속으로 일해야 했다. 그럼에도 현장 업무가 모두 완료되면 본사 소속으로 복귀한다는 조건이 붙었다.(176~177쪽)

황여사가 전신주에 올랐던 사건 이후 그는 더는 출근하지 않아도 된다는 전언을 받는다. 이후 그는 노조에 가입하고 시위를 하며 버텨왔고 마침내 대법원의 일부 조합원을 복직시키라는 판결에 따라 인사 담당자를 마주하게 된다. 판결에서 '일부 조합원' 복직이라는 말이 못내 미심쩍지만 법적 효력이 발생했다는 결과만 놓고 보면 남자는 자신이 싸워온 어떤 신념에 대한 성과를 거둔 듯 보인다.

그런데 실로 그러한가. 남자는 더는 사측으로부터 퇴직을 강요받는 사람이 아닐뿐더러 복직의 대상인 '일부 조합원'이 된다. 사측으로부터 해고당하는 사람과 같은 층위의 비교 대상이 될 수 없음에도 잘린 사람'보다는' 나은 입장이 된 듯 보이고, 복직되지 않은 조합원에 '비하면' 나은 입장처럼 여겨진다. 이런 상황에서 보다 나은 입장들을 줄 세우는 것은 문제의 본질을 흐린다. 중요한 할 것은 누가, 어떤 이유로 분열을 조장하고 논점을 흐리는 줄 세우기를 감행하는가다. 여기에서 좀더 나은 처지란 '좀더 나은 나쁜 처지'이다. 회사가 그에게 제안한 것은 조건 없는 복직이 아니다. 그는 하청업체 소속으로 일할 것을 요구받았고 "현장 업무"를 완료해야만 복직할 수 있다.

그가 완전한 복직을 위해 수행해야 하는 "현장 업무"는 실제 2013년 밀양에서 있었던 송전탑 건설의 사례를 떠오르게 한다. 그의 업무는 한적한 도시에 철탑을 세우는 것이다. 그곳에서 그는 이름이 없다. 그는 "78구역 1조 9번"(181쪽)의 이름을 부여받고 현장에 투입된다. 익명이 지우는 개인의 고유성에 대해 우리는 익히 알고 있다. 이 구역에서 "9번"이라 지칭되는 한 그가 납득하기 어려운 일을 하게 될 가능성에 대한 것이다.

'9번의 일'이란 철탑을 세우고, 그 때문에 삶이 피폐해진 주민들과 대치하는 것이다. "철거하면 세워지고 또다시 세워지는 움막을 사이에 두고 주민들과 똑같은 싸움을 되풀이"(200쪽)한다. 삶을 위협하는 철탑 공사를 철수시키려는 주민과 철탑을 완공해야지만 복직할 수 있는 남자의 삶 한가운데서 우리는 일과 사람과 어떤 종류의 관계를 성찰할 수 있을까. (이 사이에 공동체와 무관하지 않은 삶들을 고려하지 않고 건설을 승인한 지방 정부와 송전탑 건설을 밀어붙인 기업이 가로놓여 있음은 물론이다.) 관계가 늘 구체적인 현실을 토대로 지어 올려진다고 할 때, 현실의 핍박은 그들에게 한 줌 인간성을 앗아가는 식으로 작동하기도 한다. 그러면 그다음은 무엇인가. 해고 대상자였던 남자에게 중간 관리자들이 수도 없이 해왔던 말과 비교해 이제 복직 대상자가 된 그가 직원들을 설득하러 온 주민측 대표자에게 하는 말을 나란히 놓아본다.

이런 말씀을 드리는 제 입장도 이해해주셨으면 합니다. (……) 젊은 사람들은 취업난이라고 아우성이지. 나이 든 분들은 정년을 보장해달라고 하시지. 회사라고 그 모든 사람들을 다 안고 갈 수는 없지 않습니까. (……) 제가 회사를 대변하려는 게 아니고 객관적인 상황을 말씀드리는 겁니다. (……) 그런 다음 자신도 일개 직원에 지나지 않으며 왜 이런 업무를 맡게 됐는지 모르겠다고 중얼거렸다.(62쪽)

그는 보란 듯이 3번의 다리를 걸고 힘껏 떠밀었다. 3번이 중심을 잃고 비틀거리다가 이내 바닥으로 고꾸라졌다. 그는 무릎을 감싸 쥔 3번을 가리키며 말했다.

봐요. 일이라는 건 이런 겁니다. 얘 다리가 왜 이렇게 된 줄 알아요? 그까짓 옳고 그른 것 구분을 못 해서 다리 병신이 된 줄 압니까? 일이라는 건 결국엔 사람을 이렇게 만듭니다. 좋은 거, 나쁜 거, 그런 게 정말 있다고 생각해요?

(……)

양보요? 내가 뭘 양보합니까? 내가 뭘 더 양보할 수 있을 거라고 생각해요?

(……)

내가 이 동네 노인들과 싸운다고 생각해요? 난 이 동네 사람들과

싸우는 데에는 아무 관심 없습니다. 그만 가요. 더이상 할 말 없습니다.(206~207쪽)

그는 자신을 설득하러 온 사람들 앞에서 다리가 불편한 동료 "3번"을 넘어뜨린다. 그가 겪어온 이 모든 과정을 생각하면 그는 이 일의 옳고 그름을 구분하지 못하기 때문에 이러는 것이 아니다. 또한 그가 겪은 일을 생각하면 자기 처지에서 옳고 그름이 중요하지 않게 느껴진다는 말에 즉각 반박하기 어렵다. 굶어 죽지 않으려고 뭔가를 하나 선택해야 한다면 그것은 그저 죽지 않는다는 선택지여야 하기에 자기가 선택한 적 없어 보이는 딜레마 앞에서 '또다른 나쁜 선택지'를 골라 손에 쥐어야만 한다.

이런 종류의 삶을 이해하는 것이 소설을 읽으며 수행해야 하는 것의 전부는 아니다. 삶이 이런 방식으로 굴러간다는 사실을 확인하는 것과 그런 사정을 모두 알고 났으니 옳고 그르고가 중요하지 않음을 승인하는 것은 다른 일이다. '어쩔 수 없음'으로 몰아넣어지는 삶의 과정을 살피는 것과 그러한 선택적 삶이 파생한 나쁜 종류의 영향력을 옹호하는 것 또한 다르다. 외부적 현실이 이러한 한 인간은 끝내 서로의 삶을 끝장내는 방법으로, 공생이 아닌 약육강식의 논리에 의해, 버티는 자가 강하고 강한 자만이 살아남는다는 논리에 굴복할 수밖에 없는 걸까? 남자는 "실체도 없는 회사를 대면하"고 "그런 것을 누군가와 공유할 수 있을 거라고 기대"(243쪽)하지도 않고 이해받기를 원하지 않으면서, 그가 직업과 삶에 대해 지닌 어떤 종류의 신뢰가 모조리 박탈당하는 것을 목격하며 끝까지 가려고 한다. 그 끝이 무엇인지, 왜 그것에 도달해야 하는지 모르는 채로 그러하다. 이로써 소설은 외부적 조건으로부터 발생한 인간 의식이 역으로 어떤 관계를 갈망하는지 보여준다. 이 모든 것을 선택해오면서도 자기가 믿어온 것에 대한 신뢰를 아주 놓아버리지 않는 인간 의식으로부터 자신의 삶을 둘러싼 외부적 조건을 변화시킬 가능성을 본다. 그가 종래에 이런 딜레마와 자기 부정, 분투의 과정을 거쳐 쌓아올린 철탑의 나사를 하나하나 풀어 무너뜨리는 마지막 장면은 이러한 가능성을 보여준다.

기실 이 변화의 가능성은 이미 소설 곳곳에 흩뿌려져 있다. 장인이 오래도록 해온 일에 대한 자타의 신뢰, 남자가 회사에 성실하게 복무한 만큼 마땅히 자신에게 돌아올 것이라 믿은 것들—가정의 평안, 적당히 벌고 보통의 행복을 누리는 삶 등—이 그러하다. 자신이 신뢰해온 것들이 하나둘씩 무너지며 그 자신이 삶에 지닌 신뢰란 도대체 어떤 방향과 어떤 모양으로 남아 있어야 하는지 묻는 장면과 소설의 마지막을 나란히 두면서 글을 맺는다.

> 자신이 지켜야 할 것들에만 충실한 삶.
>
> 그가 보는 건 그런 자신의 삶이 누군가에겐 너무나 차갑고 혹독했을지도 모른다는 깨달음일지도 몰랐다.(172쪽)

> 그가 느끼기에 중요한 것은 하나도 남지 않은 것 같았다. 다만 언젠가부터 어디까지 얼마나 해내는지 보자는 심정으로 집요하게 자신을 지켜보는 데에 골몰한 사람 같았다. 그건 그가 스스로 선택한 것이었다. 그렇게 생각하면 비로소 일할 준비를 마친 기분이 들었다.(239~240쪽)

한참 만에 꿈쩍도 하지 않던 너트가 탁 하고 돌아가기 시작했다. 그는 다음, 그다음, 또 다음 너트를 분리했다. (……)

마침내 마지막 열두번째 너트를 풀었을 때 구조물이 완전히 분리되었고 그것이 추락하기 시작했다. (……)

그 순간 어쩌면 이런 식으로 아주 오랫동안 이 일을 계속할 수 있을 거라는 생각을 그는 했다. 정말이지 이런 식으로. 그동안 자신이 세워 올린 것들을 무너뜨리면서. 이 일을 길게, 아주 길게 이어갈 수 있을 거라는 생각을 그는 하고 있었다.(254~255쪽)

(2020)

노동을 해보았느냐고
—시에서 노동 읽기

그러면 노동을 해보았느냐고. 노동문학에 대한 이야기를 나누던 중 면접관이 내게 물어왔다. 요즘 노동하지 않는 사람이 있기는 한가 싶었기에 당시 나는 그 질문이 잘 이해가 되지 않았다. 사서, 과외, 판촉 판매 등 나의 아르바이트 이력을 듣던 그는 '정신노동'과 '육체노동'을 분리해서 운운했다. 그가 보기에 노동문학을 이해하기 위해서는 '노동'의 경험이 중요한 요소인 모양이었다. 나는 고민에 빠졌다. 도대체 노동이란 무엇이기에?

(1950년대 후반~1960년대 초반 출생으로 추정되는) 그가 말하는 노동의 경험이란 구분컨대 '육체노동'임과 동시에 1970년대 이후의 집중 산업 발달 시기 노동의 대표 형태인 '공장 노동'[1]이었다. 이때

1) 그의 '노동'이란 말 속에서 '노동'은 어째서 공장/육체 노동을 의미하게 되었는지 묻는다. 노동이란 단어가 곧 '공장 노동'의 형태로 직결되는 현상은 1970년대 한국 정부의 공업 발달 추진 및 도시화 계획과 밀접하다. 개발독재시대의 정책으로서 공장 산업은 인간의 권리에 대한 투쟁을 촉발했다. 당시 국가 산업 발전을 모토로 한 공업 노

'노동'은 산업화 시대를 거치며 인간의 삶을 영위하기 위해 수행해야 하는 인간적인 행위(인간으로서의 행위)이면서, 인간의 삶을 삶답게 만들기 위하여 존재해야 하는 행위이므로 기본적인 권리를 침해해서는 안 된다는 함의에의 요청과 관계된 것이라 보아도 좋을 것이다. '노동'과 관련하여 이러한 사회 격변기를 거쳤을 것이 분명한 그에게 '노동'이 공장/육체 노동을 지시하게 되었으리라 추측하기는 어렵지 않다. 다만 문제적이라 느낀 것은 어째서 나의 노동은 '노동'의 경계 바깥에 있는 것으로 구분되는가 하는 점이었다.

일전의 '노동' 개념 형성의 과정에서 도달하고자 했던 최종적 목표가 육체노동인지 공장 노동인지를 구분하는 것은 아니었을 것이다. '노동'이 노동운동의 맥락을 끌어안으며 성취한 것은 인간적인 것의 박탈에 대한 비판이다. 여기에는 사회에서 인간 이하로 생각되는 존재가 누구인가에 대한 질문이 따르기 마련인데, 이는 우리 사회에서 하위 주체란 누구이며 그 위계는 무엇으로부터 비롯하였는가 하는 질문과 관련돼 있다. 따라서 '노동'의 함의를 따져보는 일은 생계를 위한 벌이 활동이라는 의미를 넘어 사회 내부의 하위 주체에 대한 시선과 그 자리를 되짚어보는 행위와 같다.

그렇다면 '노동을 해보았느냐'는 질문은 고쳐 적어져야 할지도 모른다. 노동은 육체냐 정신이냐로 판가름되는 것이 아니기 때문이다.

동의 장려 및 활성화가 초래한 인권 탄압의 문제 때문이었다. 전태일 노동자 분신자살, 동일방직파업과 같이 노동자의 노동권을 보장받기 위한 '운동'의 사례를 볼 때 노동/운동은 인간의 살 권리 및 종합적인 인권 문제와 긴밀한 관계를 맺는다. 이들의 투쟁은 기본적 노동권—가령 쉬는 시간, 밥 먹는 시간, 자는 시간 등—에 대한 보장이 되어야 한다는 것부터 시작하여 파업할 권리를 보장하는 것으로까지 나아간다.

그보다는 삶의 한 조건으로서 노동이 인간 주체가 자신을 인식하는 태도 및 감수성에 따른 문제이다.[2] 본질적으로 인간적 삶을 영위하기 위해 수반되는 (인간적) 활동이라는 근원적인 명제가 '노동'에 있는 한 오늘날의 노동이 배제될 이유가 없다. 수많은 청년들이 행하는 각종 아르바이트, 사회적으로 그 가치를 제대로 인정하지 않으려 했던 가사노동, 육아노동 등 '무급노동'까지도.

'노동'에 대한 확장적 이해와 마찬가지로 '노동 시'의 개념의 구성 또한 그렇다. '노동 시'를 말할 때 (의식적이든 아니든) 어떠한 것들을 기준 세워 시를 분리했는가? 일전의 '노동 시'가 산업화 시대를 전면적으로 겪어내는 노동자의 열악한 노동 현실을 다루는 것이었다면, 그것을 전면화하지 않는 최근의 시들은 '노동 시'가 아니게 되는가? 글은 이러한 질문에서 시작된다. 나는 단어 '노동'의 직접적 사용이나, 파업, 공장을 다루지 않아도 시에서 장면화되는 노동을 읽어내는

---

2) '노동' 개념의 형성이 1970년대의 상황 안에서 구체화된 것—산업경제의 조건 등—과 밀접한 관계가 있는 것은 사실이나 당대의 사회 구성적 맥락과도 연관되어 있다. 1970년대의 공장/육체 노동은 대체로 가정의 부양—남편, 아내, 아이로 구성되는 핵가족과, 시골에 있는 부모, 친척, 가족을 포함한다—과 국가로 대변되는 공동체 혹은 집단에게 기여할 때 구체적인 성과를 부여한다. 이때의 노동은 다수의 발전을 위한 누군가의 '희생'을 가치화하는 것이다. 이러한 관점에서 '노동'에 관한 관념이 굳어졌다면 오늘날의 노동은 그 조건과 부합하지 않는 것처럼 보일 수도 있다. 최근의 노동은 다수의 안녕을 위한 개인의 희생이 강조되는 방식이기보다도 그 자신의 가치를 위해 개인의 노력 등을 감수해야 하는 것에 가깝기 때문이다.(이는 이른바 '노동 시'의 기준 안에서 오늘날의 시들을 그 안에 쉬이 포섭하지 못하는 인식과도 관계된 사실일 것이나 지면 관계상 자세한 이야기는 후속 작업으로 남긴다. 이 지면에서는 최지인의 시 분석에서 그러한 주체 인식의 변화를 짧게나마 살피겠다.) 그러나 노동의 양상이 이렇듯 다소 달라지고 있다고 해서 어떤 것을 '노동' 아닌 것이라 말하는 것은 온당한가?(마찬가지로 최근의 시들을 '노동 시'로 보지 않을 이유가 있을까?)

것으로 '노동-시'를 말할 수 있다고 주장한다. 이 과정에서 '노동 시' 개념의 범주를 완전히 파기할 필요는 없다. 이 지면을 통해 수행코자 하는 것은 '그날의 노동'에 기원을 두되 그곳에 머무르지 않고 외부로의 확장 지점을 찾는 것이다. 그날'의' 노동에서 그날'로부터'의 노동을 꾀해본다.

어떻게 '그날로부터의 노동 시'를 말할 수 있을까. '노동'이 인간/삶/인간성/인간 군집(사회)과 관련하여 억압되고 착취당하는 자의 목소리에 귀기울이는 방식으로 언어를 갖도록 하는 것으로 의미화되어 있다면, 그러한 것을 다루는 시는 '무엇을 어디까지 말할 수 있게 하는가(보는가)'와 관련된다. '노동-시'는 하위 주체의 발언에 귀기울이는 문학적 작업이다. 따라서 '노동-시'를 읽는다는 것은 시 안에서 노동이라는 형태를 통해 시적 주체의 감수성을 읽는 작업이 될 것이다.[3)]

이 글은 이러한 문제의식을 토대로 최지인, 정한아의 시에서 드러나는 노동의 장면을 살피려고 한다. 최지인은 시에서 노동하는 장면을 자주 등장시킨다. 노동의 장면을 경유하여 시적 주체의 입지가 어떻게 드러나는가와 관련해, 전통적 노동 시의 명맥에 놓여 있다고 할 수 있는 김해자의 시와 비교할 때 최지인의 시 속 주체 인식이 흥미롭

---

3) 관련해 최현식의 「노동의 시, 시의 노동」(『시는 매일매일』, 문학과지성사, 2011)을 참조. 최현식은 노동 시를 "언어의 감옥을 파쇄하고 탈출하는 고립적 반란보다는, 감옥 내부로 노동자를 비롯한 하위 주체들의 실존을 재구성"(83쪽)하는 것으로 보았다. 이에 근거하여 '낯설게 하기'로 깨뜨려야 할 감각에의 충격으로서 '노동 시'를 독해하고자 한다. 본 글은 이러한 최현식의 논의를 참조하여 '노동 시'라 여겨져온 것을 검토하는 대신 최근의 시에서 노동의 장면을 살피는 방식으로 '노동-시'를 말해보고자 한다.

다. 최근의 시를 '노동 시'라고 생각하는 것이 어렵다고 말하려는 경우 그것은 노동의 장면을 통해 주체가 자신을 인식하는 방법, 또 노동하는 장면을 거쳐 주체가 서정화되는 방식의 차이 때문일 것이다. 김해자의 시 속 주체가 '나'로부터 세계를 호명하고 그로부터 분노의 감정이 도출된다면, 최지인의 경우는 다르다. 노동의 장면은 언제나 지금 당장, 많이 나아가봐야 내일은 출근을 해야 할지 말지의 문제로 드러난다. 노동을 하는 '나'로 주체의 인식이 모아지는 것이다. 이것은 생존이자 실존의 문제다. 최지인의 시에서 이와 같은 노동의 장면은 '나'를 잃어버리는 것으로 뻗어나가고 그러한 '나'의 상실은 슬픔을 불러온다. 한편 정한아의 시 속 '노동'의 양태와 주체 인식의 연관고리를 살핀다. 정한아의 시에는 이전에도 결코 없지 않았던 '공부 노동'이 언급된다. '공부 노동'은 그 명칭을 얻으며 본격적으로 '노동'으로 다루어질 수 있음을 짚고 넘어간다. 이때 시에서 언급되는 공부 노동의 특성은 '나'라는 주체로의 귀결과 관계된다.

최근 시의 노동의 장면과 그것을 거쳐 향하게 되는 일종의 슬픔/자기 상실과 같은 감수성은 추측건대 장기 불황 시대의 삶을 영위하는 감각과 무관하지 않다. 노동을 통해서 무엇을 실현할 수 있고 또 할 수 없으며, 그것이 개인에게 어떠한 무력감을 주며, 그럼에도 불구하고 개인들은 그러한 노동을 겪어내며 어떠한 자신을 지키려고 하는가. 이는 현 노동이 인간에게 어떠한 인간적인 것을 심어주고 거두어가는지를 살필 수 있는 하나의 관점이 될 것이다.

노동의 장면-주체의 인식-감수성: 최지인

김해자는 '노동 시'의 전통[4]을 유지하면서 시적 발화를 지속하는 시인 중 한 사람이다. 이른바 전통적 노동 시의 특징이 '노동자-개인'에서 '노동자-우리(세계)'로 옮겨가는 주체 인식이라고 할 때 최근 김해자의 시는 이를 잘 보여준다.

한 집 건너 고시원 한 건물 걸러 고시학원인 노량진, 포구보다 생물 냄새 펄떡거리는 저마다의 침묵 속에 종이컵 든 동그란 호떡들이 우적우적 지나가고, (……) 하필 그때 나도 몰래 흘러나온 말이 꼭 시험을 봐야겠니, 였는지 난 정상적으로 살고 싶어(……)//저 의자에 앉기 위해 너는 밤새 잠도 자지 않았나보다 길 잃은 한 마리 양만 찾으면 되었던 예수는 행복한 사나이였다(……)//모든 정상은 수직의 높이, 제 발밑을 파먹은 만큼 올라가는 정상들 때문에 너희 디딜

---

4) 전통적 노동 시란 '노동' 개념이 형성되어온 과정과 연관된다. 가령 1970년대에 노동자 본인이 강조된다거나, 노동 체험 및 고된 삶 등을 고발하는 것으로서 '노동'을 떠올려보자. 이 시기 시적 주체의 자아 인식은, 지금 현실에 대한 '나'의 처지에서 시작될지라도 '세계의 노동자에 대해 우리는 어떠한 태도를 취해야 하는가'라는 질문으로 나아가게 된다. 이러한 방식의 '노동 시' 개념화는 그 한계가 뚜렷하지만 그것이 시사하는 바도 분명하다. '시'의 발화 주체(노동자)가 누구인지, 어떤 것(노동문제)을 말하고 있는지가 일종의 미적 충격으로 다가오기 때문이다. 그러나 이를 결과적인 성과가 아니라 그 역으로 적용하여 노동자가 아니면 혹은 노동문제를 전면화하지 않으면 노동 시가 아니라고 하는 것은 시적 주체의 언어를 제한하는 일이 되고 만다. 이는 '노동'이 지닌 함의에도 불구하고 '시'의 원론적/내재적인 생동에 위배되는 일이 아닌지 생각한다.

이 글에서 한정하고자 하는 '전통적 노동 시'란 '세계'로 뻗어나가는 주체 인식과 관계된다. 1970~1980년대의 노동 시가 노동하는 인간의 생존권을 문제화하는 것으로 작동했다면, 시에서 그것은 '나'에서 시작했을지라도 '노동자 우리'로 나아갈 수 있는 필연적인 조건이 된다. 독자가 '노동 시'라는 단어를 떠올렸을 때 쉽게 떠올릴 법한 노동자, 파업, 노동환경 개선 등의 생존권과 직결되는 구호적인 이미지는 이러한 맥락에 의해 구축되었다고 할 수 있다.

땅이 없어질까봐 내 몸은 신열이 나고 으슬으슬 떨려오는데 비몽 속에서 빠져나오려 팔 휘저으며 헛소리 내지르며 헉헉, 양, 양들을 구하라…

—「지상에 의자 하나」 부분(『집에 가자』, 삶창, 2015)

화자는 노량진에서 "정상"의 궤도에 오르기 위해 공부하는 청년들을 바라보는 기성세대로 추측된다. 1970~1980년대 노동의 현장에서 청년이었던 자가 오늘날 "딸"을 가진 부모가 되었다는 것은 예상하기 어렵지 않다. "딸"을 포함한 노량진의 젊은이들은 '노동자'가 되기 위해 시험을 준비하는 자로 관찰된다. 이때 화자의 시선은 어떤 청년 한 명에 집중되지 않고 '청년문제'로 확산된다. 그들이 노동자가 되기 위한 절차를 치르기 위해 씨름하는 장면을 거쳐 '나'라는 개인이 아닌 "너희"라는 불특정 다수의 주체가 호명되고 그들은 "양들"로 확장된다. 이를 기존 노동 시의 관점을 이어온 화자가 개인 및 세계와 관계 맺는 방식으로 볼 수 있다.

최지인의 시적 화자는 김해자 시에 등장하는 '청년'에 상대적으로 가깝다. 관찰 대상의 입장이 아닌 직접 발화하는 자로서 청년은 노동을 어떻게 실감하는가. 최지인의 시에서 '노동'이라는 장면은 고발성을 강조하지 않고 시적 주체에게 노동 자체로서 분노나 절망을 일으키지도 않는다. 이러한 이유로 김해자와 비교할 때 최지인의 시 속에서 노동은 전면화되지 않는 듯 보일지도 모른다. 그러나 그의 시에서 수차례 장면화되는 노동은 시적 주체의 자기 인식과 관계된다.

당신은 식당을 했었다/그 식당에서/오도독, 오도독/내가 자랐다//(……)//나의 잘못을 고백하지 않았다면/나는 좀 더 편안한 사람이 되었겠지/당신과 다투지 않았다면/다정한 사람이 되었겠지/울지도 기쁘지도 않았겠지/평온했겠지//(……)//열심히 일하길 바라네/자네는 고민이 많은 게 흠이라네/임금 체납이 불가피하고 나는/지하철 타고 무사히 출근했다//식구들 모여 있었다/두루뭉술/당신 발이 차가웠다

—「이리」[5] 부분

「이리」에는 주체가 어떻게 자라왔는지, 그렇게 자란 자신의 서정이 어떠한 것인지를 서술하면서 노동자로서의 청년의 맥락이 짧게 부연된다. 우선 시적 주체가 성장할 수 있었던 데에 "당신"이 "식당을 했었다"라는 사실이 놓여 있다. 이는 특정 노동 현장을 전면화하지 않고도 누군가의 노동으로 인간이 성장한다는 것을 보여준다. '나'가 그렇게 성장했다는 것을 암시하는 장면을 언급함으로써 시적 주체는 일단 누군가의 노동에 기대어 자라온 사람이다.

이 시에서 시적 주체가 자신의 성장과 연관되었다고 묘사하는 이 노동의 장면은 자신의 서정과 직결된다. "잘못"의 내용이 분명하게 나오지는 않더라도 그는 '~되었겠지'라는 표현을 통해 그 반대 상태에 자기가 있음을 고백한다. 편안하지 않은 사람, 다정하지 않은 사람, 우는 사람, 평온하지 않은 사람이 지금의 화자인 것이다. 이로부터 추측할 수 있는 것은 화자가 말하는 "잘못"이 '나'가 '나'라는 것에

5) 최지인, 『나는 벽에 붙어 잤다』, 민음사, 2017. 이하 인용시 본문에 작품명만 표기한다.

준한다는 점이다. 인사 담당자의 "자네는 고민이 많은 게 흠"이라는 말이 이 "잘못"의 단서가 된다. 따라서 '고민이 많은 존재로서의 나'라는 존재가 곧 문제라는 인식이 강조된다.

"임금 체납이 불가피"한데 "무사히 출근했다"라는 말은 아이로니컬하다. 아슬아슬하게 걸려 있는 "임금 체납이 불가피하고 나는"이라는 구절에 주목해보자. 이 구절은 두 의미로 해석된다. 먼저 "나는"이 다음 행에 걸리는 경우, 나의 임금은 체납될 것이고 그럼에도 나는 출근을 무사히 한다는 의미로 읽을 수 있다. 한편 "나는"이 쓰인 행까지를 하나의 문장으로 본다면 임금 체납이 불가피하다는 사실이 고용주의 입장에서가 아니라, 그러한 대우를 받는 '나'로 집중되어 있다고 읽힌다. '나'는 임금 체납이 불가피한 존재다. 하나 임금 체납이 불가피한 존재가 어디 있을까. 스스로를 그러한 존재라 인식하는 주체의 자기 인식은 거의 자기 상실에 가까워 보일 만큼 작아져 있다.

> 아버지와 둘이 살았다/잠잘 때 조금만 움직이면/아버지 살이 닿았다/나는 벽에 붙어 잤다//(……)//아버지는 가양동 현장에서 일하셨다/오함마로 벽을 부수는 일 따위를 하셨다/세상에는 벽이 많았고/아버지는 쉴 틈이 없었다//(……)//(……)/외근이라고 말씀드리면 믿으실까/거짓말은 아니니까 나는 체하지 않도록/누런 밥알을 오래 씹었다//그리고 저녁이 될 때까지 계속 걸었다
>
> —「비정규」 부분

이 시에서 아버지와 '나'는 모두 노동자이다. 아버지는 벽을 부수는 일을 했고 "세상에는 벽이 많았"다고 서술된다. 이는 일차적으로

는 아버지가 깨야 하는 벽이 많았기 때문에 쉴새없이 일했다는 의미다. 그런데 '벽'은 물체 이상의 의미를 지닌다. '나'와 아버지 사이에 가로놓여 있는 것과 같은 심리적 장벽의 분위기 때문이다. '나'는 "외근"을 빙자하여 어디에선가 일을 하는 것으로 추정되는데 이는 "거짓말은 아니"지만 완전한 진실도 아니다. 완전히 거짓만은 아니지만 완전히 진실만도 아닌 것을 내어놓거나 내어놓지 못하는 관계에 '벽'이 놓여 있다는 해석이 가능하다.

일하는 장면 서술을 거친 시적 주체는 슬픔의 서정을 내보인다. 아버지는 쉴 틈이 없었고 지금도 마찬가지인 것 같은 상황에, 나는 외근이라고도 아니라고도 말할 수 없는 일을 수행하느라 거짓말도 참말도 아닌 것을 말해야 한다. 여기에서부터 발현되는 '슬픔'이라는 감수성은 시적 주체의 지극히 자기라는 개인으로 모아지는 인식과 연결된다. 최지인의 시에서 노동의 장면은 노동함으로써 떠받쳐지는 '개인의 삶'에서 삶보다는 개인에 힘이 실린다. 이 시에서도 '아버지-나'라는 가족에서 시작되었던 것이 끝에 가서는 계속 걷는 '나'로 좁아진다.

후경화된 노동의 장면을 돌아 나오면서 거시적인 차원의 주체 인식으로 뻗어나가는 대신 지금 당장 여기의 '나'로 집중되고 그 안에서 주체는 슬픔을 느낀다. 이것이 최지인의 시가 구축하는 정서적 지점이라고 할 때 그 슬픔이 주체 상실 감각과 관계될 수 있음을 보여주는 장면을 이어 살핀다.

횡단보도를 건너는데 트럭이 속도를 줄이지 않았다.//(……)//파란색 배경 앞에 있으려니까 입술이 제멋대로였다. 입술을 가지런히 놓아두면 눈과 코가 달아났다. 귀라도 얌전하니 다행이었다. 사진사가 셔터를 눌렀다.//인사 담당은 당황하겠지. 이런 부류는 녹슬지도 않는다며 흉을 볼 거야.//(……)//공원에 있는 벤치는 여든일곱 개, 그중 스물세 개는 등받이와 팔걸이가 있었고, 서른한 개는 등받이와 팔걸이가 없었고, 열네 개는 망가졌고, 아홉 개는 사라졌고, 나머지는 실수였다.//죄를 고백하고 죗값을 치렀을 땐 이미 늦었다.//몸통이 날아올랐다. 긴 시간, 찌그러진 범퍼를 보았고, 트럭 운전수의 표정을 따라했다.

—「이력서」 부분

시의 제목이 '이력서'라는 점에 주목하거니와, 시에서 사진을 찍는 행위가 이력서에 부착하기 위함임을 상기해본다. 이력서에 쓸 사진을 찍는 과정에서 '나'의 눈 코 입은 "달아"난다. 주체는 해체되고 분해되어 총체적 존재로서 '나'의 모습으로 얌전히 있어주지 않는다. '나의 상실'로서의 주체 인식은 이런 방식으로 드러난다. 자기 해체의 장면은 눈, 코, 입에서 시작하여 "공원에 있는 벤치", 그러나 온전한 벤치에서, 그렇지 못한 벤치, 사라진 벤치 등으로 해체되어 가는 사물로 시선을 옮겨간다. 이 과정에 이력서에 쓸 사진을 찍었다는 사실과 "이런 부류는 녹슬지도 않는다며 흉"을 보리라 예상되는 "인사 담당"이 언급된다는 것을 지나치지 않도록 하자. 그가 말하는 "이런 부류"란 주체 상실의 위기에 놓여 있으면서도 그것을 잠시만이라도 제자리에 붙잡아놓고 온전한 듯 보이려는 사람을 말하는 듯하다. 수많은 벤치 중 등받이나 팔걸이가 하나씩 없어지고 조금씩 망가졌지만 그렇지 않은 척 완전히 사라지지는 않고 그곳에서 기능하는 의자들처럼 말이다.

'인사 담당자'는 시적 주체가 상정하는 가상의 인물임에도 '나'의 삶을 강력하게 현실 속에 붙들고 또 동시에 해체되는 '나'를 목격하게 하는(주체 해체에 일조한다고도 할 수 있을) 자로 기능한다. 그만큼 인간다운 삶에서의 노동이, 이중적이라 할지라도—인간의 삶을 구속하고 이 시의 화자처럼 해체되는 자기를 갖다 바쳐야만 겨우 얻을 수 있을 무엇이라는 점과, 그렇게라도 해야만 '인간다운 삶'을 영위할 수 있는 세계에 살 수 있다는 차원에서—'인간다움'을 구축하는 데 영향을 미친다. 때문에 이 시에서도 슬픔의 정서가 지배적인데, "실수" "젓값"이라는 단어를 통해 볼 때 시 속 슬픔은 모종의 죄책감에서 비롯된 것으로 보인다. 그런데 그것은 '나'가 '나 자신'이라는 것에 대한 죄책감이다. 주체의 자기 상실의 감각은 이러한 연유로 사라지고 싶지 않고 그러나 자꾸만 사라지고 흩어지는 것만 같은 자기에의 감각 때문에라도 슬픔을 내포한다.

이처럼 최지인의 시는 최종적으로 주체의 자기 존재에 대한 죄책감과 자기 상실의 감각, 나아가 그것이 복잡한 형태의 슬픔을 구성한다. 군데군데 놓여 있는, 마치 배경처럼 스쳐지나가는 노동과 관계된 장면의 배치를 세계 안에서 주체가 자기를 인식하는 것의 반영으로 본다면, 시에서의 노동 읽기란 이와 같이 시적 주체의 자기 감수성을 중심으로 다시금 독해될 수 있다.[6]

---

6) 대담 「새로운 작가들의 젠더 · 노동 · 세대감각」(『창작과비평』 2019년 봄호)을 참조해본다. 대담에서는 최근의 소설을 논의의 대상으로 삼고 있으나 여기에서 나온 이야기들은 최근의 시에도 적용될 수 있다. 서영인은 "사회가 더 견고하게 체계화되는 만큼 개인은 개별화될 수밖에 없"다는 근거를 들어 최근 소설에서의 화자의 '개인화'를

'나'의 노동, 진단: 정한아

주체의 '개인화'와 슬픔, 상실 등으로 발산되는 것이 최근 노동의 양태 및 성격과 관련되어 있다면 그 구체적 내용은 어떻게 드러나고 있을까? 정한아의 시[7] 속 프리랜서의 (공부) 노동에 관한 장면을 본다.

> ① 쓰는 일을, 읽는 일을/게을리해도 아무도 벌하지 않고/생각을 중단해도 누구 하나 위협하지 않는/더러운 책상 앞/(……)//남의 땅이 흔들리는 일에 익숙해져간다/누군가의 선택이 어쩔 수 없는/운명이 되어 모두에게 돌아온다/(……)//(……)사랑, 무엇보다/사악한 흑심 알고 보면/이름 없는 나를 생각하며 천천히 연필심을 가는 일/이게 모두 한마음이라니//도무지 장난칠 맛이 안 나는 날/밥 먹는 일을 등한히 하여도 누구 하나/엄포를 놓지 않는/임투도 등투도 없는/더러운 책상 앞//(……)//일이란 무엇인가/사람의 일이란 대체 무엇인가
>
> —「봄, 태업」 부분

> ② 당신은 오늘도 구립 도서관의 같은 자리에 앉아 있더군. 당신은 오늘 생각했다. 공부가 노동이 되고 문학이 되고 상품이 되어버린 현

설명하는데 이는 (김해자와 비교할 때) 최지인의 시적 주체 인식이 '나'로 좁아진다는 것과도 연관된다. 또 강지희는 한 소설의 장면을 "인간성이나 품위에 대한 최소한의 존중과 배려가 불가능해지는 지점까지 내려간 자신을 발견"하는 것으로 보고, 이전의 "압도적인 학살이나 재난의 상황"과는 다른 현 상황에서의 화자의 세계 인식을 말한다. 이는 최지인의 시적 화자가 죄책감으로서 자기 자신을 인지하는 듯한 태도와도 겹쳐진다.

7) 정한아, 『울프 노트』, 문학과지성사, 2018. 이하 인용시 본문에 작품명만 밝힌다.

실을. 야근하듯 읽고 쓰다 자기의 공부와 문학으로부터 소외돼도 파업할 수도 없는 현실을. 파업해도 당신 말곤 아무도 타격받지 않을 현실을. (……) 당신은 자기 자신을 증명할 손쉬운 방법으로 옆 사람의 불성실과 위선을 고발하더군. (……) 거듭 자기의 거대함을 증명하기 위해 두근거리는 일을 저지르는 건 방화범들의 특기. (……) 어쩌나. 요절하기에도 전향하기에도 늦은 나이. 당신은 기억할 수도 없는 어느 젊은 날에, 세상으로부터 잊히기 두려워 자기 자신을 영원히 잊어버리기로 서서히 결심해버렸던 것이다. 충분히 고독하지 않았기 때문에. 고독 속에서만 가능한, 영혼을 보살피는 일에 등한했기 때문에. 그 작고 여리고 파닥거리는 나비처럼 엷은 것을.

—「나는 왜 당신을 선택했는가—론 울프 씨의 편지」 부분

(이상 번호는 인용자)

두 시에서 서술되는 쓰거나 읽는 일은 공부 노동, 프리랜서, 창작 등을 떠오르게 한다. 그러한 노동의 특성은 무엇인가. ①에 의하면 태업을 범한다 한들 그 자신 말고는 누구도 타격받지 않는다는 점이며, ②에서는 그러한 특성을 "자기의 공부와 문학으로부터 소외"되었다고 표현한다. 그 소외에 대해 반기를 들고 파업을 해도 지장을 받는 것이 자신뿐인 노동을 하는 사람은 그 안에서 자기를 잃어버리기 십상이지 않은가. 나 아니고는 누구도 행하지 않을 이 노동을 했을 때 타인으로부터의 인정이나 성과를 바라기 어렵지만, 하지 않는다고 하면 자기 자신에게 책임감이 가해지는 종류의 일. 이러한 일을 자기를 실존하게 하기 위한, 그것을 하는 '나'로서 '나'를 존재하게 하는 것이라 말해볼 수도 있을까. 다른 누구의 인정으로 유지되는 것이 아

니기에 자신을 붙들고 있는 것이 노동의 유일한 내용이 되는, 언제나 고독하고 그러나 기만에 빠져서는 안 되는 일이 이들이 행하는 노동의 특성으로 보인다. 그것이 ②에서는 자기 자신에 대한 "증명"이라는 말로 표현된다.

이러한 노동의 성격상 '나' 혹은 인간이란 무엇인가 하는 질문은 필수적이기에 ①에서의 "사람의 일이란 대체 무엇인가"를 묻는 것은 자연스럽다. 그에 대한 보다 구체적인 대답은 ②의 "자기의 거대함을 증명하"는 것은 미혹적이지만 빠져서는 안 되는 것, "고독 속에서만 가능한, 영혼을 보살피는 일"에 더욱 집중해야 하는 것이다. 이는 공부 노동에 국한되는 성질은 아니다. 어떤 형태의 노동을 하든 인간은 왜 노동을 하는가, 나는 왜 이것을 (해야만) 하는가를 생각하고 스스로를 설득하거나 납득시켜야 하는 것이 노동으로서 실행되는 인간성—생각하는 인간—인 한 그러하다. 다만 자신의 노동을 수행하면서 자기를 기만하지 않고, 아주 고독해야만 하는 것이 '나'라는 주체를 이해하는 데 필요한 일이라고 말하는 것은 정한아의 시가 주목하는 한 지점이다.

> 마지막 인간이라는 피로와 자각 속에서/가능한 한 명백한 농담을 거듭 각오하느라//우리는 순식간에 모이고 또/순식간에 흩어진다, 그렇다면//당신은 나날의 햇볕을 미분하며/작은 기쁨들을 발명해야 하지만//그것은 막대한 노동이지만//그 작은 기쁨들에//당신도 모르는 악마가 숨어 있을지 모르지만//생각보다 자주/당신은 당신의 적이지만//비유 속으로 풍자 속으로 환상 속으로/이제 더는 도망갈 수도 없는 노릇이어서

—「돌림노래」 부분

시에서 노동의 장면을 읽는 것은 결국 '인간됨'의 문제를 생각하는 일이다. 현장 노동만이 인간의 삶을 지시하는 것이 아니듯, 인간으로 살아가는 것 자체가 하나의 노동이어서 인간의 삶으로부터 '인간의 노동'을 길어올릴 수 있는 것은 아닌가. 이 시에서 화자는 "당신" 자신을 "마지막 인간"이라 인지함을 밝힌다. 더 나아갈 곳 없는 유일한 인류로서의 "마지막 인간"은 바로 앞의 시에서 남에게 폐 끼치지 않고 오로지 사랑을 위해 그 모든 고독을 바치는 종류의 '나'라는 집약된 자기 인식과 닮아 있다. 그러한 고독한 상황에서 "당신"이 해야 할 일은 "기쁨을 발명"해야 하는 "노동"이다.

시인은 이 일에 '노동'이라는 단어를 쓴다. 노동은 막다른 곳에 도달했을 때마저도 인간임을 잃(잊)지 않는 것이고 그런 사람들이 모여 '우리'가 되는 것이며 그러한 막다른 상황 속에서도 끊임없이 기쁨들을 "발명"해야 하는 것이다. 인간은 인간됨을 위하여, 인간 자신을 존재토록 하기 위하여 "막대한 노동"을 해야 한다. 그러나 그 "노동"을 수행하는 것은 녹록지 않은데, 유일하게 남은 "마지막 인간"으로서의 당신 혹은 '나' 자신의 존재마저 배반하기 때문이다. "당신도 모르는 악마"가 튀어나와 이것이 정말 인간인지 의심스럽게 할 수도 있을 것이며 그 자체로 "당신은 당신의 적"이 된다. 그러니 인간이 인간됨을 안다는 것은 이 모든 인간 내부의 배반과 자기를 저버리는 자기를 목격하는 것이고 그런 와중에도 사랑, 발명된 기쁨 같은 것을 발견하는 일이다. 제목이 지시하듯 삶은 사랑과 기쁨을 발견함과 동시에 악마 같은 자기 자신을 마주보는 것이 반복되는 노동이다. 이러한 루틴으로서의 삶-노동은 인간이 인간으로 기능함을 승인하는 것이자 그 행위의 결과로서 '인간다운' 삶을 살게 한다.

*

무엇을 노동이라 말하려는가. 시대나 세대, 사람들이 실제로 삶을 영위해나가는 일이라는 것의 성격이나 양식에 따라 그 의미가 조금씩 달라질 것이다. 그러나 본질적으로 인간이 인간의 삶을 영위하기 위해 수행하는 것이자 때로 인간적인 것을 내어놓아야 겨우 수행할 수 있는 무엇이라는 공통점을 갖는다. 그러한 한, 구호이자 상징으로서의 '노동'만이 아니라 인간은 모두 삶으로서의 노동을 행하고 있음을 생각한다. 이것은 그때나 지금을 막론하고 언제까지고 이어지는 일일 것이다. 그렇다면 '노동 시'의 최근 흐름을 읽는 것 대신 시에서의 '노동'을 읽어보려는 시도는 노동과 삶과 그것의 가장 가까운 곳에 가닿고자 하는 문학 작업은 아닐까.

'노동 시'라 불려왔던 것이 1970~1980년 당대의 요청 속에서 구체화되었다는 점을 부인할 필요는 없다. 문학이 '삶'에 의문을 품는 것이기에, '(당시) 이게 삶인가, 이게 노동인가' 하는 것은 마땅한 의문이다. 하나 그것이 지닌 성과가 분명히 있음에도 언제까지고 '노동 시'를 말함에 특정 장면만이 언급된다면, 그것은 문학이 '이러한 방식으로 읽는 것이 과연 문학(적)인가' '노동 시가 과연 무엇인가' 하는 질문을 거쳐 또다시 뒤집어야 하는 무엇일 수 있다. 이 글에서 규명코자 했던 시에서의 노동 읽기가 그와 관련하여 또다른 독해의 가능성으로 제시될 수 있다면 기쁘겠다. '노동'과 '시'의 조합은 '노동

시'의 둘레를 견고하게 하는 것으로 완성되지 않는다. 시에서 어떤 노동을 읽어낼 것이며, 시란 무엇이고 노동이 무엇인지를 생각하게 하는 것이 '노동 시'에 대한 이해를 도울 수 있을 것이다.

그리하여 이번에는 내가 묻는다. 노동을 해보았느냐고? 삶은 무엇이고 노동은 무엇인가? 시에서 노동 읽기가 가능한 한, 삶이 노동임을 누군가의 인준 없이도 인간이 인간 존재로서 인식하는 한, 사는 일과 노동은 무관하지 않다. 타인의 승인과 별개로 개인이 삶으로써 노동을 행하는 이상 우리는 시로부터 삶으로 점철된 노동을 목격할 수 있다.

(2019)

생활 전선 보고서

—최지인의 『나는 벽에 붙어 잤다』를 중심으로

"어제오늘 같고/그런데 우리 뭐 먹었더라"(「검은 나라에서 온 사람들」[1]) 하는 삶의 아득한 불안함을 안다. 하루가 '일/일이 아닌 것'으로 점철되면 어제와 오늘이 다르지 않고 어제 먹었던 것이 기억나지 않는 하루만이 남는다. 어제 먹은 것조차 기억나지 않는다는 것은 어제오늘이 하등 다르지 않다는 뜻이리라.

만약 돈을 버는 행위가 '일'이고 그것 외에 밥을 먹고 이야기를 나누는 생활의 영역이 '일이 아닌 것'이라면 어제와 오늘이 구분되지 않는 일은 일어나지 않을 것이다. 어제 무엇을 먹었는지 기억할 여유가 있고 어제를 기억하는 오늘이 있을 것이다. 그러나 실제로 일과 일이 아닌 것의 경계는 모호한데 '일'을 무엇이라 명명하느냐에 따라 달라지기 때문이다.

'일'은 노동과 완벽하게 불일치하지 않지만 완전하게 겹쳐지지 않

1) 최지인, 『나는 벽에 붙어 잤다』, 민음사, 2017. 이하 인용시 본문에 작품명만 밝힌다.

는다. 마르크스는 노동을 인간의 인간됨을 실현하는 행위라고 했지만 요즘 세상에 그러한 '노동'은 희귀하다. 요즘 우리는 마르크스가 말하는 그것만이 '진정한 노동'이라고 말할 수 없는 세상에 살고 있다. 마르크스적 의미의 인간됨을 실현하는 '진정한 노동'을 하지 못한다고 해서 노동이 가치 없거나 불필요하다고 말할 수는 없다. 차라리 오늘날 노동이라는 행위는 자기를 끊임없이 타자화시키는 경험에 가깝다. 이런 세계에서 '진정한 노동'이란 말은 일견 사치스럽게 느껴지기까지 한다.

'일'을 한다는 것은 마르크스식의 '노동'일 수도 있고 아닐 수도(그렇지 못할 수도) 있지만 기본적으로 노동을 한다는 점에서는 공통의 영역을 취한다. 노동을 한다는 것은 돈을 버는 일이다. 자본주의사회의 구성원은 돈을 벌어야만 '정상적'으로 삶을 기능할 수 있기에 돈을 번다. 이는 생활과 생존의 이유와 맞닿는다. 요컨대 '생활을 한다=일을 한다=돈을 번다'는 공식이 통용되기에 '일을 한다'는 말과 '생활을 한다'는 것은 거의 같은 의미로 통한다.

이러한 등식하에서라면 '일/일이 아닌 것'의 경계는 더욱 모호해진다. 일이 아닌 것은 돈을 벌지 않는 것, 여기까지는 큰 무리가 없다. 그러나 돈을 버는 것 외의 다른 행위는 생활이 아닌가? 밥을 먹고, 어제를 기억하고, 어제 먹은 밥을 기억하고, 앞으로 무엇을 하고 살지 고민하고, 가깝고 먼 사람들과 대화하고 그들을 생각하는 모든 것이 생활이 아니라고 할 수 있을까. 생활生活은 직역하면 살아 있음을 활동한다는 뜻이고, 결국 '산다'는 의미다. 사는 데 돈이 필요함은 이제는 반박마저 불필요하게 여겨질 만큼 참으로 굳어진 명제가 되었다. 문제는 이것이 손쉽게 왜곡된다는 데 있다. 때때로 그 왜곡에 의해 삶은 점점 사라지고, 정말 생활이라고 할 수 있는 것들도 사라지고, 오로지 일과 일 아닌 것만이 남는다. 이는 곧 가치와 쓸모의 차원에서 가치 있는 것과 그렇지 않은 것의 극단적 위계로 받아들여진다.

이런 세계에 대해 말한다는 것은 무엇을 의미할까. 뭔가를 말한다고 세상이 변하지 않는다고 생각하는 사람도 있을 것이다. 저마다의 사정이 있기에 손쉽게 단정할 수는 없더라도 '그런 이야기' 자체가 불편하고 불필요하다고 생각할 수도 있을 것이다. 그런 식으로 세상의 많은 '불필요'한 것들은 주목받지 못할지도 모른다. 그러나 역으로 말해 일과 생활에 대해 말한다는 것은 별수없이 그런 세계에 속박되어 있는 몸임에도 불구하고 그 '불필요'를 밀고 나가보겠다는 태도의 문제다. 이러한 행위는 '일'과 '일이 아닌 것'의 경계를 되찾는 일에 가깝다. '(불필요한) 생활'을 되찾기로 마음먹는 것이며 일과 일이 아닌 것의 경계에 대해 다시 생각하는 것이다.

'생활이 전혀 안 된다'고 생각해본 적 있다. 단지 '돈'이 없었다는 의미만은 아니다. '일'을 하지 않았다는 말도 아니다. 오히려 일을 하고 돈을 벌고, 그래야만 한다는 압박 때문에 제대로 살 수가 없다, 원하는 방향대로 살지 못해 불행하다는 쪽에 가깝다. 우리는 '생활'을 되찾아야 하며, 최지인의 시에서 그 의지를 발견할 수 있다. 다만 그의 시는 '생활'을 어떻게 되찾을 수 있는지에 대해서 말해주지는 않을 것이다. 대신 최지인은 이 세계에서 일을 하는 것에 관해 말하고, 일을 하거나 하지 않는 것을 고민하며 사는 삶에 대해 쓴다. 그의 시를 읽는다는 것은 우리의 생활 혹은 그것을 지배하고 있는 것이 무엇인지를 들여다보는 일이다. 우리가 과연 생활하고 있는지 묻는 일. 이로써 어제 먹은 밥을 기억하지 못하는 삶이 왜 불행한지에 대해 스스로 생각해볼 수 있게 될 것이다.

생활의 전선

> 1
> 그는 깃발에 적었다
> 당신이 아이들에게 물려준 혐오가 모두를 망친다
> —「마카벨리傳」[2] 부분

우리는 '무엇'을 물려받았다. 태초에 그것이 옳은지 그른지 판단할 기회는 주어지지 않았다. 세계가 그러하며 그러한 세계에서 태어났기 때문에 살아남으려면 그 '무엇'을 받아들여야 한다는 것에 익숙해질 뿐이다. 최지인의 시 「마카벨리傳」에서 물려받은 혐오가 모두를 망친다는 구절에 힌트를 얻자면 우리는 좋거나 싫거나 '혐오'를 물려받은 셈이다. 그러나 '혐오'란 무엇이냐 묻기 이전에 그러한 태도를 요구하는 사회가 있다는 점에 주목하자. 혐오는 누군가의 삶을 배제하고 부정不定함을 의미한다. 이때 이 사회에서 부정되고 배제되지 않기 위해 구성원은 무엇을 요구받는지를 살펴야 한다. 사회의 요구에 합당한 사람임은 어떠한 방식으로 증명되는지 묻고, 동시에 그러한 방식으로만 자기를 증명해야 하는 삶이란 문자 그대로 '죽고 사는' 문제가 아닌지를 따져볼 필요가 있다. 우리는 어떤 식으로 전선戰線에 내몰리는 삶을 살고 있는가.

---

2) 최지인, 『일하고 일하고 사랑을 하고』, 창비, 2022.

일을 그만두고 여행이라도 다녀오자 나의 실업을 증명하고 차를 몰고 정처 없이 떠돌자 슬픔은 지겹지 않다(……)//새 삶을 살고 싶다고 흥얼대는 취객처럼/그는 그가 진짜라는 걸 증명하고 싶었다//(……)//세상을 바꾸겠다, 얘기하면/좌중에서 웃음이 터졌다//(……)여동생이 46.5대 1의 경쟁률을 뚫고 9급 공무원이 됐다/어머니가 기뻐했다/살아 돌아오리라 약속했다

—같은 시, 부분

우리가 사는 세계란 무언가를 끊임없이 증명해야만 삶을 지속할 수 있도록 해주는 곳이다. "실업을 증명하"는 세상에서 화자는 자주 슬프기에 "슬픔은 지겹지 않다"고 말하는데, 이곳에는 술에 취해 "새 삶을 살고 싶다"고 말하는 사람이 산다. 지금 삶에 만족하지 못하며 새 삶을 살 기회가 거의 없을 거라는 사실을 아는 사람만이 술에 취해 그런 말을 "흥얼"거릴 텐데, 실현 가능한 목표라면 부단히 진지해질 수밖에 없을 것이기 때문이다. 어떤 사람은 세상을 바꾸겠다고 말한다. 그것을 말하는 자신이 "진짜"임을 증명하고 싶어했지만 그런 것은 증명되지 않는다. 앞서 화자가 실직 상태를 증명해야 한다는 상황과 연결해보면 이 세계에서 증명해야만 하는 것은 오로지 나의 '실직/취직' 상태일 뿐, 그 사람이 진짜인지 가짜인지 얼마나 진심인지 따위는 중요하지 않다. 이런 세계는 전쟁이나 다름없다.[3] 사는 게 전

3) 이러한 세계관은 다른 시편에서도 공유된다. "저편에서 관람차 멈추고/컹컹, 쏟아지는 수백 발의 총알", 그리고 "아홉 명 중 한 명은 채용되었다"(「공백기」)라는 구절을 들 수 있다.

쟁'이란 말은 언제부터인가 너무나 흔하게 들린다. 모두 전쟁을 치르느라고 이 전쟁을 어떻게 해야 그만둘 수 있는지 생각할 여력은 없어 보인다. "46.5대 1"의 경쟁률을 뚫고 취직한 곳에서 살아남겠다는 다짐만이 유효하다. 결국 사는 것이 아니라 '살아남'거나 '죽는 것'의 문제이다. 인용문에는 생략되었지만 위의 시에서 화자의 아버지는 실종되었다. 실종되었다는 것은 (유사 전쟁과 같은) '사회'적 의미로 환원하면, 죽은 것이나 다름없다. 무엇도 그가 생활 전선에 투입되었는지(될 수 있는지) 그렇지 못한지를 증명해주지 못하기 때문이다.

생활이 전선에 내몰리는 상황에서 각 개인의 의미는 자연스럽게 '쓸모'와 연관된다. 어떤 한 사람은 이 사회에 쓸모 있는가 없는가? 쓸모 있는 존재인가 아닌가라고 쓰지 않은 이유는 생활이 곧 전선인 세계에서 쓸모가 없는 존재란 '존재' 증명이 불가한 것으로 받아들여지기 때문이다. 그렇다면 사회는 우리에게 어떠한 '쓸모'를 요구하는가. 이는 역설적인 방식으로 발화된다.

> 성실히 일하고 바르게 살아야 한다 이야기할 땐/너희가 시간을 낭비하게 될까 봐/언젠가 이 일을 그만둬야겠다 다짐하고//그런 날은 혼자/맥주 한 캔에 통닭을 뜯어 먹으며/다신 그러지 말자/시간을 헛되게 쓰지 말자 되뇌고//(……)//모든 게 잘못된 곳에 놓여 있어서/나는 그것을 어떻게 설명해야 할지 고민했다//(……)//도대체 무엇 때문에 인간은 인간이 옳다고 생각하는 걸까/힘센 아이가 힘 약한 아이를 괴롭히는 것은 잘못되었다/자본가가 노동자를 착취하는 것은 잘못되었다

—「종례」[4] 부분

화자는 학생들에게 "성실히 일하고 바르게 살아야 한다"라고 말한다. 그런데 성실하다는 것, 일한다는 것, 바르다는 것과 살아야 한다는 것은 구체적으로 어떠한 삶의 모습을 그리는가. 학생들이 "시간을 낭비하게 될까봐" 우려하는 구절은 여러 해석을 가능하게 한다. 먼저 이 사회에서 요구하는 성실한 노동자, 바른 삶이란 실은 사회에 '적합한 사람'으로 살아남는 것으로 읽어본다. 이 경우 화자는 아이들이 그런 세상에 순응하지 않고 저마다 독자적인 사람이 되는 것을, 세계에 대해 '생각'하게 될 것을 "시간을 낭비"하는 것이라 비틀어서 말한 것이다. 한편 세계가 요구하는 '노동자'로서의 삶을 철저하게 살아냄으로써 "시간을 낭비하게 될" 것임을 우려한 것일 수도 있다. 바로 뒤에 따라오는 구절에서, 일터에서 그런 말을 한 자신을 두고 "시간을 헛되게 쓰지 말자 되뇌"는 것으로 보아 두 개의 해석은 어느 쪽이든 타당성을 지닌다.

한 가지 확실한 것은 이 모든 해석은 세상에 대한 화자의 일관된 판단 위에서 가능하다는 점이다. 그가 겪어내는 세상은 온통 잘못처럼 보인다. "모든 게 잘못된 곳에 놓여" 있기에 그는 그것을 표현하는 데 많은 고민을 쏟는다. 그는 힘센 자가 약한 자를 괴롭히는 것이 잘못되었고, 노동 착취가 잘못되었다고 말한다. 이런 곳에서의 '쓸모'란 시인이 앞서 말했던 것처럼, "시간을 낭비하지" 않는 것이다. 변하지 않는 것에 저항하지 말고 "성실"하게 살아갈 것. 그랬을 때

4) 창작동인 뿔(최지인 외), 『한 줄도 너를 잊지 못했다』, 아침달, 2019.

세상에 쓸모 있게 쓰일 수 있기 때문이다.

> 열심히 일하길 바라네/자네는 고민이 많은 게 흠이라네/임금 체납이 불가피하고 나는/지하철 타고 무사히 출근했다
>
> —「이리」 부분

"쓸모"의 차원에서 볼 때, 즉 사회의 관점에서 볼 때 이 시는 "쓸모" 없는 고민을 하는 것처럼 보일 것이다. 세상이 잘못되었다고 진단하고 있기 때문이고 세상의 부조리에 대해 너무 많은 생각을 하기 때문이다. 그에게는 좀더 "성실"할 것이 요구되며 직장 상사의 독려는 이러한 압박을 일축하여 보여준다. 세상에 의문을 갖는 사람을 거부하는 세계에서 생활 노동자로 살아남는 일은 녹록지 않다. 세상에 자신의 가치를 입증해야 하는 한편 그렇게 하는 것이 어딘가 정당하지 않다는 것에 저항하고 싶은 마음은 자주 부딪친다. 그러한 충돌은 시의 말미에서 잘 드러난다. 생각이 많은 사람이란 이유로 생활에의 불이익을 감수해야 하는 경우가 생기고("임금 체납이 불가피") 그럼에도 생활을 지속하기 위해 생각을 이고서 다시 일터로 "무사히" 향해야만 한다.

우리의 이름: 쓸모와 생각에 붙여

생활과 생각이 자주 어긋나고 삶과 신념이 자주 충돌하는 세상에서 이 시는 어떠한 의미를 입증할 수 있을까. 중요한 것은 누구나 벗어날 수 없는 삶의 압박—세계에서의 쓸모로 압축되는—에도 불구하고, 그것으로부터 자주 절망을 느끼고 좌절함에도 '우리'의 이야기

를 포기하지 않는다는 점에 있다. 시인은 '우리'가 우리 자신이 되는 것에 관한 시를 쓰고자 한다.

무엇이 문제일까 가끔 나는 내가 사라지는 꿈을 꾼다/내가 없는 세계에선 모든 게 평온해서

—「병상」 부분

자신이 존재하지 않는 곳은 평온하다. 이를 뒤집어보면 이런 세상은 온당한가 그렇지 않은가 혹은 이곳은 엉망이 아닌가, 하는 질문을 던지는 사람이 없는 곳은 평온해 보인다는 말이 된다. 실제로 평온하지 않을지라도 노동문제나 생활문제, 사는 문제를 들고 나서서 '피곤'하게 하는 사람이 없는 곳은 아늑해 '보인다'. 물론 다들 자신의 생활을 책임져야 하므로 모든 옳은 것에 대해 말하며 살 수는 없을지도 모른다. 그러나 그렇게 함으로써 제자리에 있어야 할 것들이 계속해서 다른 자리에 가 있는, 엉망인 상태가 지속되는 것 또한 목격되는 사실이다. 삶은 긴장의 연속이다. 타협할 수 있는 것과 없는 것의 선을 정확하게 긋고 그것을 지켜가며 사는 삶은 매번 고뇌를 겪게 하겠으나 그런 다짐은 모두에게 필요하다. 모두가 각각 '자기'로 남기 위하여 그러하다. 그러므로 시인은 이제 이렇게 말한다.

"한번 생각해보자(「병상」)".

소원을 빌 때마다/네 이름 중얼거렸다/눈 감은 사람들 돌 쓰다듬으며/무언가 떠올렸다 우리는(……)//여긴 정말 넓구나/수많은 네가 있구나

—같은 시, 부분

비가 쏟아졌다 파도가 선박을 집어삼켰다 흔들리는 삶 우린 작업실에서 죽으려고 했다 고통스럽지 않게 구조조정이 있을 예정/박 선배는 팔걸이가 없는 의자에 앉아 허리를 굽히고 나에게 속삭였다/나는 내가 아무도 아니어서 억울해/엉엉 울었다

—「리얼리스트」 부분

화자는 사람들의 "이름"을 중얼거린다. 세상에서의 쓸모에 의해 가치가 결정되는 것을 거부하고 저마다의 이름을 부름으로써 그들의 존재 가치를 새삼스럽게 일깨운다. 누군가를 그 자체의 인간으로 기억하는 것은 필요하다. 노동하지 못하면, 순응하지 못하면 쓸모없다는 세계의 규칙과 무관하게 존재해야 하는 개인 몫의 자리가 있다. 개인을 온전하게 호명하지 못하면서 쓸모를 주장하는 것은 말 그대로 비인간적일뿐더러, 개인의 존재란 쓸모의 유무를 벗어나서도 여전히 유효해야만 한다.

이러한 생각을 바탕으로 우리는 "박 선배"가 엉엉 우는 것을 조금은 이해할 수 있다. 그는 회사에서 '그 자신'으로 존재할 수 없음을 이야기한다. 이 안에서 개인은 다만 언제든 대체 가능한 노동력으로써 기능할 뿐 그 외의 존재 가치로 인정받지 못한다. "내가 아무도 아니"라는 말은 비극적이게도, 사람을 노동력 그 이상의 무엇으로 보지 않음을 함의한다. 내가 일할 수 있는 능력을 상실하는 순간 그는 가치를 잃는다. 아무것도 아니게 된다. 우리 모두는 '노동자 1'이기 이전에 오롯이 그 자신으로 불리는 이름을 가진다. 최지인은 누군가의 이

름을 부르는 행위를 통해 이러한 삶과 자신의 삶을 겹쳐보고 또 함께 보듬어나간다.

「리얼리스트」에 붙여 '죽음'을 조금 더 언급해보려고 하는데, 이에 앞서 읽은 「마카벨리傳」의 내용을 떠올려보자. "아버지는 실종"되었고 취업 전선에 뛰어든 동생은 "살아 돌아오리라 약속했다". 개인을 노동력 이상으로 호명하지 않는 세계에서 그것이 부당한 것이라 외치는 사람들, 좀더 나은 미래를 말하고 비웃음당하는 '아버지'와 같은 존재의 실종은, 물론 그러한 세계에서 도태됨을 의미한다. 그러나 '박선배'의 상황 설명에서 보듯 투쟁하는 삶을 사는 것은, 차라리 '죽음'을 택하는 편이 나을지도 모를 만큼 고통스러운 것이다. 인용한 부분의 "고통스럽지 않게"는 '죽음'과 '구조조정' 두 단어에 모두 걸쳐진다. 어느 쪽이든 모두 고통스러울 것이다. 즉 사는 것이 죽을 만큼의 그것과 다르지 않다고 여겨질 정도로 끔찍한 고통을 수반한다. 최지인의 시에서 실종되거나 죽은 사람들을 손쉽게 생각할 수 없는 것도 이러한 현실 인식이 저변에 있기 때문이다.

공통된 현실 의식과 또 마땅히 외쳐야 한다고 생각하는 것 사이의 불균형, 생활을 위한 투쟁과 그것으로 인해 생활을 유지할 수 없게 되는 것 사이의 긴장과 갈등이 계속되는 여러 시에서 최지인은, 그러므로 어떤 메시지를 던지는 것에 조심스러워 보인다. 반복적으로 제시되는 유사 전쟁과 같은 생활과 삶 속에서 가장 '사소한' 우리의 삶을 지키는 방법은, 최소한 그 전쟁에 뛰어들지 않고서는 성립될 수 없다. 동시에 그 근본적인 원인 자체에 의문을 가지는 이상, 생활과 생각을 하는 개인은 내적으로 계속 부딪칠 수밖에 없다. 그러한 갈등 자체가 삶일진대 무엇에 관해 손쉽게 진단 내리는 것은 한편으로는 불가능하고 또 부당한 일처럼 여겨진다. 그럼에도 최지인이 구석구석에 숨겨놓은 작은 손을 놓치지는 말자. 이런 인사를 말이다.

> 나는 베개 끝에 머리를 대고/만기일 따위를 헤아려 보며 기도했다/검붉은 철봉에 매달려 있는 우리가 무사하길
>
> —「종례」 부분

(2017)

2부

젠더 비평

페미니즘-비평이라는 태도

태도

지금은 오전 2시 34분입니다. 저는 늦게 깨어 있는 편이 아닙니다. 정확하게 설명할 수 없는 이유로 이 글을 시작하지 못하다가 이러다가는 정말로 쓸 수 없을지도 모른다는 생각이 들어 이 시간 자리에 앉아 있습니다. 어쩌면 고민은 밤늦은 시간에 가장 깊어지는지도요.

최근 자신의 컨디션이나 정신 상태를 말하는 것은 구구절절할 뿐이라는 생각이 듭니다. 하지만 나의 컨디션이 요즘 고민하는 문제와 무관하지 않음을 나날이 깨닫고 있습니다. 그 문제란 지극히 개인적인 것인 동시에 나를 넘어서는 차원의 것입니다. 예컨대 다른 사람과 관계를 맺을 때 상대(또는 나)에게 기대하(고 있다고 깨닫게 되)는 남성성/여성성에 대해 더 기민하게 생각하게 된다든지, 나의 이러한 발상이 옳은지 그른지 또는 옳고 그름을 넘어서는 문제라면 어떤 방식으로 나(의 사고방식)를 이해하고 부분적으로 수정해나가야 하는지와 같은 것입니다. 요컨대 저는 이것을 태도의 문제라고 부릅니다.

말하기의 방식

저는 이 지면에서 『문학은 위험하다—지금 여기의 페미니즘과 독자 시대의 한국문학』(소영현 외, 민음사, 2019)의 소영현 평론가의 글을 다룰 것입니다. 이 리뷰 작업에 돌입하면서 저는 소영현의 글에서 제가 최근 고민하는 주제와 연결 지어 생각해볼 지점을 발견했습니다. 그리고 그 부분들에 말을 거는 방식으로 써내려가야겠다고 마음먹었으며 이와 같은 글의 형태를 취하기로 했습니다. 고백체를 쓴다고 고백을 더 잘하게 되진 않지만 스스로에게 조금 더 진실된 태도를 요청하게 되는 것은 같습니다.

'리뷰'라는 글 형식은 최근 곰곰 생각중인 문제 가운데 하나입니다. 저는 리뷰를 요청받았습니다만 리뷰가 1차 텍스트를 기준으로 하여 부차적인 위치에 놓여 있다고 생각하지 않습니다. 리뷰는 정말로 '중심'에 대한 보조적이고 추가적인 논의이기만 할까요? 그것은 담론을 무엇이라 이해하고 있느냐에 따라 다를 겁니다. 제가 생각하기에 담론이란 단일하고 커다란 무엇이 아닙니다. 그보다는 그것에 대한 논의와 질문의 과정 전체에 해당합니다. 한 주제에 대한 (비)동의와 이견異見, 지금 너머의 문제 상황에 대한 고려와 질문, 조금씩 다른 입장과 태도 그리고 수용과 이해의 범위를 설정하는 것, 때로 좀처럼 의견이 좁혀지지 않는 사안에 대해 그 거리 때문에 한쪽을 완전히 배제하지 않고도 각자의 위치를 견지하며 이 주제를 가지고 가는 것까지. 이러한 작업은 나와 당신의 공존을 위한 삶의 원리가 될 수도, 어떤 주제에 대한 논의를 지속적으로 이어나갈 수 있는 지침이 될 수도 있을 겁니다. 이러한 '담론'에 대한 이해를 바탕으로, '리뷰'라는 또다른 의견의 제시를 1차 텍스트와 마찬가지의 무게를 지닌 것이자 수평적 위치에 놓인 것으로 받아들일 수 있지는 않을까요?

저는 이 프로젝트의 취지를 계속해서 이야기를 바깥으로 뻗어나가도록 하자는 것으로 이해합니다. 이 글은 프로젝트에 대한 위의 해석을 전제로 쓰였습니다. 이 전제가 얼마간 동의를 얻을 수 있다고 할 때, 저는 제 최근의 작업과 이 프로젝트가 어떠한 포인트를 공유하고 있으며 부분적으로 합치되는 부분이 있다고 판단했습니다. 이러한 연유를 거쳐 저는 소영현의 글 위에 저의 고민들을 겹쳐보려 합니다.

죽느니 죽이는 게 낫지 않나, 그렇지만

「비평 시대의 젠더적 기원과 그 불만」은 재현과 노동의 관점이 두드러지는, 제게는 최근 발견된 저의 상태와 밀접하게 읽히는 글이었습니다. 소영현은 문학이 어떠한 폭력성을 재현하는 것에 대해 그 자체에 문제의식을 느낀다기보다도 "그 재현에 어떤 의미가 부여되고 있는가"(32쪽)를 묻습니다. 이에 저는 몇 달 전 제게 일어났던 한 사건을 떠올렸습니다. '여성 문학 특집'이 실린 1990년대 문학잡지를 읽은 날이었습니다. 한 소설을 읽었는데 어촌에 사는 여성이 남편에게 맞아 죽는 장면이 있었습니다. 그 장면에 이르러 저는 소설을 단숨에 읽어낼 수 없었습니다. 그 짧은 소설을 읽는 데 자주 기운이 빠졌고 마음을 진정시키기 위해 노력해야만 했습니다. 이전에는 좀처럼 경험해보지 못한 일이라 컨디션이 좀 나쁜가 생각하는 동시에 당황했습니다. 그리고는 짜증과 화가 불쑥 치솟았습니다. 왜 이렇게 사실적으로 썼지, 맞아 죽는다고? 맞아 죽느니 죽이는 게 낫지 않나. 여기까지 생각했을 때 저는 저의 밑바닥을 마주한 것 같았습니다. 죽느니 죽이자고 생각하는 게 과연 맞는가. 아니라면 저 여자를 맞아 죽지 않게 하기 위해 어떻게 해야 하나. 누구를 살리기 위해 누군가를 죽이는 상상력으로 괜찮은가?[1)]

문제의 핵심인 '재현'으로 돌아가보지요. 저는 단순히 폭력을 묘사하는 소설을 비판하고 싶은 것이 아닙니다. 다만 어떤 장면이 구체화될 필요가 있다면, 그에 대한 최소한의 응답 역시 작품 어딘가에서 발견되어야 한다고 생각합니다. 폭력적 현실이 '실제(사실)'라고 해서 그것을 그대로 드러내는 것이 '재현'의 충분한 이유가 될 수는 없습니다. 어째서 그 '사실'이 그와 같은 방식으로 재현되어야 하는가라는 물음 앞에서 모두가 같은 응답을 하거나 그것을 수용치는 않을 것입니다. 때문에 재현 방식에 관해 얼마나 치밀하게 고민했는가 하는 물음은 엄정하게 다가올 수밖에 없습니다. 동시에 이는 꼭 폭력의 재현에만 적용되는 의문이 아닙니다. 소위 '페미니즘 소설'—그것이 도대체 무엇이냐는 질문에 대한 확답은 여기에서 차치하더라도—에서 여성의 문제를 어떠한 방식으로 살피고 있는지를 따져볼 때, 단지 소재나 주제가 하위 주체로서의 여성(문제)을 다룬다는 사실만으로 '재현'에 정당성을 부여할 수 있는가 하는 의문도 마찬가지입니다. '무엇'에 대한 고민이 중요한 만큼 '어떻게' 보여줄 것이냐라는 방법적 고민은 더 까다로울 수 있다고 생각합니다. 그것은 여성과 여성 문제, 페미니즘, 페미니즘 문학을 어떻게 바라보고 해석하고 또 내어놓겠느냐는 태도의 문제와 관련되기 때문입니다.

---

1) 이와 관련하여 선우은실, 「너무 오래된(1990~2019) 폭력」, 인천투데이, 2019. 3. 18. (http://www.incheontoday.com/news/articleView.html?idxno=113672) 참조.

문학 내 '노동(자 여성)'을 발견한다는 것

'노동'의 맥락에서 작품을 분석하는 것이 문학적으로 필요한 접근법이라는 관점에 저 역시 동의합니다. 문학에서 '노동'에 주목해야 할 필요성을 주장하는 것은 까다롭게 느껴질 수 있습니다. '어째서 사회과학이 아닌 문학에서 노동을 논하는가'와 같은 질문이 주어졌을 때, 타 학문 분야와 문학의 연결 지점을 만들고 학문 간 경계를 허무는 작업이 될 것이기 때문이라는 대답은 중요한 포인트입니다. 경계를 넓히고 허물고 또 어떤 교류와 참조의 지점을 만들어내는 것은 제가 이해하고 있는 페미니즘적 접근법 중 하나이기 때문입니다. 위의 질문은 나아가 '문학이라는 자리'를 고민하게 합니다. 만약 문학 작품 안에서 어떠한 여성 노동의 양상을 '노동'의 측면으로 다시 읽었을 때 무슨 일이 벌어질까요?

당장 확답을 내릴 수는 없겠습니다만 이야기해보자면 이렇습니다. 소영현이 지적하듯 "노동이 이미 남성적으로 젠더화된 의미망 속에 놓여 있음"(45쪽)을 짚는 것은 젠더화된 노동 공간이 여성의 노동을 이른바 '여성적인 것'으로 만들어버림으로써 '노동'의 의미를 삭제했다는 맥락을 확인할 수 있는 유용한 관점입니다. 만약 특정한 장소에서 수행되는 노동 혹은 성격으로 규정되는 노동을 '노동'의 관점에서 조명하여 그것에 덧씌워진 젠더화의 관점을 벗겨낸다면, 인식적 차원에서 '여성의 노동'이라는 경계 역시 허구적인 것이어서 얽매이지 않아도 좋을 것으로 여겨지지 않을까요?

제게 이 주제는 『문학3』 원고[2]를 쓰는 동안 더욱 구체화되었습니

2) 이 책에 수록된 「노동을 해보았느냐고—시에서 노동 읽기」를 참조할 것.

다. 최근 시에서의 노동을 다루는 글이었는데, 저는 이른바 '노동문학'의 경계가 오늘날 더 확장될 필요가 있다고 생각했습니다. '만국의 노동자', 단결, 파업과 같은 내용이나 이미지 또는 구호가 나오지 않으면 '노동문학'이 아닐까 하는 것이 질문의 시작이었습니다. 이 질문으로부터 제가 쭉 뻗어나가고 싶었던 지점은 특정 노동이 젠더화되어 있다는 사실을 경유하여 이를테면—육아노동을 시에서 '노동'으로 접근했을 때—이 노동이 시적 주체에게 어떠한 삶의 태도를 취하게끔 하는가 하는 점이었습니다. 제가 기대하는 효과는 어떤 장면을 '노동'으로 읽어냄으로써 그간 쉬이 '노동'의 영역으로 인식적으로 환원되지 못했던 노동을 제자리에 올려둘 수 있을 것이란 점이었는데요, 미처 다 못 쓴 원고는 앞으로 차차 진행시켜볼 예정입니다.

여성 문학이 무엇이냐는 물음: '접근 방식'으로서의 평론

결국 여성 문학이 무엇이냐는 물음은, 무엇이어야 하냐는 물음과 등치되기 쉽고 그것은 '여성 문학이란 어떤 것'이라는 답변을 요구하는 것처럼 보이기도 합니다. 범주화된 문학의 명칭에 대해—예컨대 노동문학, 여성 문학, 퀴어 문학 등—떠올려봅시다. 어떤 범주의 명칭들은 일종의 명명이 필요했기 때문에 발생한 것일 텐데 그 명칭이 오히려 어떤 문학을 일정하게 틀 지우고 가두는 것으로 작용하고 있다면 어떻게 해야 할까요? 갱신의 여지를 지닌 질문을 계속 던짐으로써 끊임없이 유효한 지점을 발생시켜나가야 한다는 것이 지금까지의 고민 끝에 내린 소결입니다.

일말의 여지없이 정확하게 설명해내려는 욕망은 특히나 평론의 영역에서 무시하기 어려운 유혹입니다. 그러나 저는 여지없는 명확함이란 독선적 허술함이라는 치명적인 약점을 지니고 있으리라 생각합니다. '여성 문학'이 무엇이냐는 질문은 앞으로도 계속 가지고 가야 할 주제입니다. 완고하게 정의내리고자 하는 태도 및 담론에 의해 구성된 '무엇'에 대해 생각해봅시다. 그러한 태도에 이견으로서 '그것이 무엇이냐'라는 질문이 제출되었다면, 그것을 다르게 정의하는 것은 완고한 틀에서 벗어나기 위한 방법인 동시에 이전의 것과 같은 한계를 지닌, 이전과 동일한 원리의 작업이 될 소지를 지니기도 합니다. 소영현이 「페미니즘이라는 문학」에서 말했듯 "결과적으로 제거하고자 한 '성차를' 다시 '생산'하게도 되는 것"(220쪽)입니다. 그렇지만 그 시도가 전혀 무용한 것은 아닐 겁니다. 계속해서 대화와 논의의 지점을 발생시킨다는 그 태도 자체가 저는 일련의 페미니즘이라고 여기고 있습니다. 태도를 비평의 방법론으로 가져간다는 것은 좀처럼 상상하기 어려운 일일 수도 있겠습니다. 그러나 오로지 '무엇'이 골자가 아니라 '무엇'을 '어떻게' 말할 것이냐는 태도가 논의의 진전을 발생시키고 지속시키는 것이라면 어떨까요. 확장을 위한 정의내리기가 "페미니즘이 직면한 피할 수 없는 역설의 일면"이면서도 "이 역설을 해소하려는 시도가 페미니즘을 진전시키는 힘"(220쪽)이라는 데 동의할 수밖에요.

페미니즘 역시 일종의 담론이라면 저는 그것이 '무엇'이냐는 질문에 기여하는 것은 단지 '무엇'에 해당하는 작품만이 아니라고 생각합니다. 페미니즘 문학이라 이름을 붙인다거나, 그렇게 이름 붙은 작품을 선별한다거나, 그 선별한 것에 어떠한 페미니즘적 해석을 가하는 이 모든 작업은 그 모든 것을 어떠한 방식으로 '의미화'하고 있느냐 하는 방법적인 태도의 문제처럼 보입니다. 이것은 비평의 영역과 관계되어 있습니다. 작품이 실제로 어떻게 쓰였느냐, 읽히느냐라는 차원과 더불어 그것을 '어떻게 읽어내고 있느냐'라는 것은 어떠한 경계를 공고하게 만들기도, 경계를 확장하거나 무너뜨리기도 합니다. 그러므로 평론이 완고하게 만드는 문학의 영역이 있다면, 역으로 그것을 완전히 허물어뜨릴 수 있는 가능성 또한 평론 영역에 있는 것이 아닐까요? 접근 방식, 태도로서 경계의 문학을 탐색하는 것이 필요한 까닭입니다.

어쩌면 이 글은 소영현의 글을 그다지 자세히 설명하지 않는 것처럼 보일 수도 있을 겁니다. 다만 저는 소영현의 글을 보면서 제 고민과 맞닿는 지점들을 찾아낼 수 있었고 그것에 대해 이러한 방식으로 정리할 수 있었습니다. 또 누군가 이 글을 읽고 자기의 고민과 겹쳐놓을 수 있다면 좋겠다고 생각합니다. 우리는 이렇게 대화할 수 있습니다. 이것은 제가 이리저리 해석하는 중인 페미니즘의 접근법 혹은 태도입니다.

(2019)

우리가 우리의 문제에 대해 말할 때 필요한 것
—'당사자성'을 중심으로

1. 『82년생 김지영』과 당사자성 문제

2010년대의 소설을 조망하고자 할 때 빼놓을 수 없는 작품은 『82년생 김지영』(조남주, 민음사, 2016. 이하 『김지영』)일 것이다. 이 소설은 대한민국 국적의 1982년생 김지영이라는 여성의 일대기적 삶을 다루고 있다. 예컨대 유년기와 청소년기를 통과하며 겪었던 사회적 불평등/불공정 인식 차별의 사례부터, 여학생이었기에 겪었던 성추행의 위협, 여성 혐오 범죄에 대한 사회 제도(경찰)의 부적절한 조치 및 친인척의 피해자 여성에 대한 폭언 경험 등이 그렇다. 이러한 삶의 위험/위협은 김지영의 현재로까지 이어진다. 결혼 이후 경력 단절은 물론이고 가사 및 육아 노동의 부담이나 주부/아내/어머니로서의 여성 역할에 대한 요구는 감당하기 벅찬 수준이다. 그러나 가까스로 이 일을 해내더라도 밖에 나가면 '맘충' 소리를 듣는, 내외의 다중 억압에 시달리는 삶이 김지영의 현재다.

이런 현실을 겪어온 김지영이 호소하는 분열적 증상의 원인을 찾는 리포트적 구조를 띠는 이 소설은 출간 이후 뜨거운 반응에 휩싸였다. 어째서일까? 온/오프라인 서점에서의 기록적인 판매 부수(2018년 11월 기준 100만부 이상)와 영화화(2022년 6월 네이버 검색 기준 367만 명)로 인해 더 많은 이들에게 다가가게 되었다는 사실은 과연 '이 시대의 요구' 일면을 보여준다 할 수 있다. 그러나 '뜨거운 반응'이란 작품에 대한 열렬한 호응만을 의미하지 않는다. 작품에 대한 백래시도 적지 않았다. 『김지영』을 읽는 여성 연예인에 대한 적대감을 드러낸 사례[1]나, 『김지영』을 겨냥한 '90년생 김지훈'이라는 콘텐츠의 제작 시도, 영화 〈82년생 김지영〉에 대한 별점 테러 등이 그 예다.

『김지영』이 국내뿐만 아니라 일본·중국·미국·독일을 포함한 18개 국가에서도 큰 반응을 얻고 있는 현재 시점에 이러한 반응을 되짚어 볼 때 앞서 던진 질문을 다시 뜯어봐야 하겠다. '세계는 왜 『김지영』에 뜨거운 반응을 보이는가'라는 질문의 구체적 내용은 '출간 당시 반응이 양분화된 까닭이 무엇이며, 여전히 그 대립이 잔존하는 현재에 어째서 이 소설이 세계적으로 환영받게 되었는가'가 될 것이다. 이는 특히 미투 운동이 본격화된 2016년부터 현재에 이르기까지의 소설의 흐름과 소설적 탐문의 방향을 가늠할 수 있는 지표가 될 수 있으리라 판단하는바 이 질문에서부터 글을 시작한다.

당사자의 말

『김지영』에 대한 여러 기사와 리뷰 등의 반응을 참조해볼 때, 서사

1) 이재호, 「아이린 '82년생 김지영' 독서 인증에 사진 불태운 누리꾼들」, 한겨레, 2018. 3. 20. https://www.hani.co.kr/arti/society/women/836851.html

를 반긴 많은 이들은 '또다른 김지영으로서의 나'의 이야기로 그것을 받아들였던 것으로 보인다. 『김지영』의 서술상의 특징이라 할 수 있는 여성 차별에 대한 기사 자료를 각주로 다는 소설적 형식은 '다수의 여성'이 기사에서 말하는 차별을 겪고 있음을 소설의 근거로 삼아, 보다 '삶에 가까운 소설'이 집필되었음을 뒷받침한다. 인물과 유사한 정체성으로서 '김지영'과 다르지 않은 독자 다수가 이 소설에 열광할 수밖에 없는 현실적 근거는 이미 지금 여기의 삶으로서 증명되고 있었다는 뜻이기도 하다. 즉 이 소설에 호응한 이들은 '김지영'을 자신의 과거이자 미래로서 받아들였다는 점에서 당사자성을 확보/부여한다.

이때 '당사자성'은 일차적으로 자기 자신과 인물의 동일성을 의미하지만 그 이상의 의미를 지닌다. 특히 문학에서의 '당사자성'은 '재현'의 문제가 걸려 있는바 그 둘의 관계 규명에 따라 논의의 방향이 달라진다. 가령 문학에서 당사자성은 '작가'와 '인물'의 등가 여부를 따지는 것으로 작동할 수 있다. '인물=작가'라는 조건을 살피는 것이다. 이런 접근은 서사의 실재성을 보증하기 위한 근거로 설득력을 얻을지는 몰라도 서사의 궁극적 목적이 '현실의 재현'에 있다고 볼 때 독해의 폭을 오로지 '작가'의 그것으로 제한하는 결과를 낳는다. 작품의 주제에 대해 말할 '자격'이 오로지 인물과 동일자인 작가 단 한 사람에게만 주어지기 때문이다. 인물과 작가의 동일성 문제에서 확인되어야 하는 조건은 한 치 어긋남 없는 인물과 작가의 일치 여부가 아니다. 서사는 설령 재현에 대한 고민 없이 현실 그대로를 적어 내려고 시도했다고 해도 언제나 '틈'을 내포한다. 문학으로 옮겨지는 현실은 단순한 사실의 전달이 아니라 사실에 대한 해석과 판단을 일정한 문학적 약호 위에서 구성해낸 결괏값이기 때문이다. 따라서 인물과 작가의 동일성 문제는 '인물이 곧 작가인가'가 아닌 '작가의 정체화로서의 인물은 작가의 자기 이해의 지점과 어떻게 착종되어 있는가'로 고쳐 물어야 한다.

이 이야기를 『김지영』에 적용시켜보자. 여기서 작품에 호응하고자 하는 독자가 내건 판단의 기준은 김지영이 곧 작가 자신이냐는 일차원적 질문은 아니었을 것이다. 그보다는 '대변'의 문제에 가깝다. 이 시대 여성으로 대변되는 캐릭터가 오늘날의 여성의 경험과 얼마만큼 호응되느냐는 점에서 그렇다. 그렇다면 판단의 기준은 다음과 같다. 소설 속 '김지영'이 곧 내가, 네가, 우리가 될 수 있는가 하는 것. 바로 여기서부터 '당사자성' 문제는 2010년대의 소설 쓰기와 읽기의 한가운데를 관통하는 키워드로 채택된다. '동일자인가'가 아니라 '공동의 목소리를 가졌는가'의 문제다.

당사자-되기

서사가 재구성된 인식의 산물이란 점을 토대로 한다면 작가가 아무리 자기 밀착형 글쓰기를 했다 할지라도 (또는 인물이 곧 작가 자신을 모티프 삼았다 할지라도) 인물은 작가와 완전히 일치하지는 않는다. 문학이 '문학적 형식'을 거치며 현실의 주제들을 약호화해 그 진실을 말하기 위해 직조된 세계인 것과 같이 그 안에 놓이는 인물 또한 엄밀하게 말해 작가가 승인한 자기 자신의 드러냄이기에 그렇다. 그렇다면 작가의 당사자성을 작품의 주제와 나란히 놓고자 할 때 따져봐야 할 것은 무엇인가. 하나는 작가의 정체성이 소설의 주제와 일치하는가이기에 앞서 작가가 해석한 해당 인물의 정체성이 얼마만큼 현실적 존재와 조응하는가이고, 다른 하나는 그로써 작가의 해석이 반영된 인물의 설정이 소설의 주제를 현시화하는 데 설득력을 지니는가다.

이러한 맥락에서 『김지영』의 '뜨거운 반응'에 백래시 역시 있었다는 사실을 다시 불러와보자. 이러한 반응을 두고 여성 서사가 이 시대의 남성들에게는 설득되는 언어를 지니지 못했다는 방식으로 해석되는 것은 오류다. 『김지영』에 대한 전반적 반응을 둘러볼 때 이는 분명 현실 독자의 자기 해석적 정체성 안에서 융화되는 측면이 있다. 다시 말해 이는 일부 독자를 설득하는 일에 실패한 것이 아니라 '김지영'이란 사회적 현상을 '저들의 일'로 여기는, '그들과 다른 나'로 정체화하는 자기 인식이 발생한 것으로 볼 필요가 있다.

문학의 책무 중 하나가 현실의 목소리를 반영함으로써 지극히 개인적이면서도 사회적인 '우리'의 이야기를 해나가는 것이라 이해할 때, '당사자성'이라는 기준을 '나' 아니면 '나 아닌 너'로 구분되는 척도로 삼는 것만으로는 부족하다. 『김지영』은 이것을 읽은 세계의 독자로 하여금 범세계적 차원에서 젠더 차별의 문제를 떠올려 어떤 식으로든 '공통된 문제의식'을 제기할 수 있도록 만드는 구심점의 역할을 한다.[2] 이때 누군가는 '김지영'에 개별 존재의 문제를 투과시킨다. 그것이 '나'의 대입인 동시에 '나'와 관계하는 내 옆의 누군가로 확장되고, 나아가 사회 전반의 문제여서 '우리 모두'가 숙고

---

2) 문학이 지닌 정치성 또는 정치적 미학성 역시 이런 지점에서 확장적으로 이해될 필요가 있다. 이제 텍스트를 중심으로 한 문학의 미학성이라는 것도 종래에는 정치성과 무관한 것이 아닌데다, 그러한 논의에는 '작품의 내적 원리'만이 검토의 대상이 되는 것이 아니라 작품이 발표되는 시대에 대한 해석과 그에 개입하는 독자의 존재 및 반응 양상이 고려되어야 하기 때문이다.

해야 할 문제로 나아간다면 '당사자성' 논의가 건강하게 발산된 경우라 할 수 있을 것이다. 그러나 이는 우선적으로 이것이 (자신이 해석한) '나'의 문제로 여겨져야 가능한 것인데, 위에서 언급했다시피 누군가는 이것을 '나'의 문제로 소급하지 않는다. 이러한 일이 벌어지는 까닭은 근본적으로는 '자기 정체화'가 충분히 이루어지지 않았기 때문일 수 있다. 자기 정체화의 과정이란 '자기가 그렇게 될 수밖에 없는' 과정을 옹호하기 위함이 아니다. '자신이 이렇게 되었다'라는 것도 일종의 판단이므로 내가 '나'를 인식하고 있는 그 요소를 메타화해서 바라보는 것이 먼저 수행되어야 한다. 그 과정에서 타인을 소거하는 대신 자기 자신 안에 얼마나 자신 이외의 것들이 구성적으로 개입하고 있는가를 보는 일이 바로 '자기 정체화'다. 그러니 그것이 제대로 되지 못했다고 한다면 자신이 의도했거나 그렇지 않았다고 판단되는 일들 안에 실제로 자의와 타의가 어떻게 결탁(혹은 결속)되어 있는지를 목도하는 데까지 나아가지 못했다는 의미겠다.

하나 이 글에서 논의코자 하는 것은 '자기 정체화를 하는 방법'이 아니다. 자기 정체화의 결여는 문학에 대한 하나의 현상이자 반응의 원인으로 지목한 요소이고, 2020년대로 이어지는 2010년대의 문학적 흐름을 보는 과정에서 필요한 접근은 다음과 같다. 어떤 현상이 '당사자 아님'의 감각 위에서 벌어지는 일이라고 할 때, 이 시점에서 취해야 하는 태도가 당사자 아닌 이들을 끝내 저편에 남겨두거나 역으로 당사자가 아니기에 이편에 남을 수밖에 없음을 고수하는 것은 아닐 것이다. 대신 어떻게 '당사자-되기'를 추구할 수 있는지 물어야 한다. 문학의 현실 반영의 작동 원리와 자기 정체화에 대한 이야기를 부려놓은 이유는 이 때문이다. 우리가 '나'의 이야기이자 '당신'의 이야기이자 '우리'의 이야기를 통해 한자리에 모여 이야기 나눌 수 있도록 하는 것이 일종의 '문학 행위'라 한다면, 문학의 참여자가 궁극적으로 해내야 하는 것은 '나는 (적어도 물리적 차원의 존재론적 의미에서) 타인이 아니지만 그의 말을 어떻게 이어나갈 수 있을 것인가'에 있다.

2. 여성이 여성의 이야기를 하는 방법: 박민정의 「세실, 주희」, 강화길의 「음복飮福」

위의 문제의식을 토대로 2016년 이후 이른바 '여성 서사'에 대한 이야기로 넘어가보자. 2016년 (특히 #문단내성폭력 해시태그 운동) 이후 여성 서사가 소설적 주제로 채택되어 다루어진 바가 적지 않다. 젠더와 위계 폭력이 늘 여성 피해자와 남성 가해자의 구도만을 취하지는 않지만 적어도 이 문제를 젠더 불균형으로 초점화한다면 '여성'이라는 정체성을 중심으로 삼은 서사가 전보다 적극적으로 조명될 필요가 있었던 것이 사실이다. 이는 '강남역 살인사건'을 기점으로 '여성 혐오 범죄'라는 명명이 사회적으로 통용되면서 젠더 불균형의 문제가 매우 특수한 맥락에서만 발생하는 것이 아님을 주지하게 된 것과도 연관된다. 여성 혐오와 범죄는 여타의 범죄와 달리 개개인의 원한에 의한 것만이 아니라 성별에 대한 위계적 인식에 기초하는 측면이 있다. 이렇게 벌어지는 범죄는 단순히 개인의 윤리성 상실의 문제가 아니라 사회적 학습과 관련돼 있다. 가령 남아 우월에 기초한 여아 살해의 역사는 가정 내 여아와 남아의 차별 대우로 이어지고, 이는 '여성의 역할'과 '남성의 역할'을 학습하는 것에 영향을 미치는 식이다.

이러한 사례 자체가 새로운 것은 아니나 이를 전면적이고 적극적으로 주제 삼는 것으로의 변화는 주지할 만한 사항이다. 이러한 맥락에서 2010년대 중반 이후 여성 서사의 전면화와 더불어 여성 폭력의 현실을 다루는 소설이 다수 쏟아져나왔다는 사실을 이해할 필요도 있다. 어떤 작가의 경우 자신의 여성 당사자로서의 생애 주기적 체험이 소설 창작에 적극적으로 참조되기도 했을 텐데 만약 그렇다손 쳐도 이는 오로지 그들이 여성이었기 때문만은 아니다. 2016년을 기점으로 한국문학계에서 젠더 폭력과 문학장 내에서의 위력 관계가 결탁되어 있음을 공통의 문제의식으로 확인함으로써 자신이 몸담고 있는 현장에서 '여성'과 '서사'가 어떤 식으로 이 문제들을 현안 삼아 집필될 수 있는지 고민하는 과정을 가능케 한 측면이 있다.

이러한 배경을 토대로 이 글에서는 박민정의 「세실, 주희」와 강화길의 「음복」을 여성 당사자와 서사의 관계를 표명하는 대표적 사례로 언급하고자 한다. 두 작품을 고른 이유는 크게 두 가지다. 첫번째, 「세실, 주희」와 「음복」이 각각 2018년, 2020년 '젊은작가상' 대상 수상작임을 고려했다. 앞의 내용에서 2016년 이후 문학장에서의 당사자성 논의, 나아가 폭넓은 차원에서의 문학성/정치성/미학성의 논의란 텍스트 내부적인 것만일 수 없음을 언급했다. 다시 말해 작가가 어떤 식으로 현재의 문제를 자기 정체화하는 것으로서 작품이 집필되고 있는가와 동시에 그것에 대한 독자의 반응 역시 '이 시대의 요구'의 한 반응으로서 살펴져야 한다. 이에 최근의 문학적 동향을 살펴보기 위해 다수의 독자에게 참조되곤 하는 『젊은작가상 수상작품집』은 하나의 지표가 될 수 있을 것이다.[3]

---

3) '이상문학상 수상 거부 사태'를 거치면서 한국문학계는 '문학상'에 대한 담론들을

두번째 이유는 '당사자성'과 관련한 것이다. 두 작가가 여성이면서 작가인 자신의 정체성에 대해서 언급한 기사를 찾기는 그리 어렵지 않다.[4] 여기서 중요한 것은 이들이 적어도 '여성'이란 점에서 당

검토하는 추세다. 이 과정에서 다음과 같이 물을 수 있겠다. 문학상이 과연 얼마나 공정할 수 있는지, 혹은 질문 자체를 바꿔 문학상이 표방하고자 하는 것이 한 치의 오차 없는 공정성의 실현인지, 애초에 '공정성' 자체가 객관적으로 제시될 수 없는 '제도로서의 문학'이 구축한 일종의 문학적 권위(이는 반드시 부정적인 의미로만 해석되는 것은 아닌데, '제도로서의 문학'이 성립되어온 역사를 토대로 할 때 그러하다)와 어떤 식으로 결합되어 있는지. 본고의 주제를 고려할 때 이러한 내용을 상세히 다루지는 않을 것이다. 다만 『젊은작가상 수상작품집』의 수록작이 두 단편을 고르는 하나의 기준이 되었다는 것에 보태 말하건대, 이 책은 점점 독자들에게 그 영향력을 확대하는 것으로 보인다. 인터넷 서점 알라딘이 보고한 결과에 따르면 2020년 상반기 판매 서적 1위로 집계되었는데, 기사에서 해당 도서가 1위를 한 이유에 대해 "최근 젊은 소설에 대한 독자의 관심이 큰 폭으로 상승했다. 젊은작가상 수상작품집이 1위에 오른 것 역시 수상작가들 전반에 대한 독자의 큰 기대감이 반영된 결과로 볼 수 있다"는 MD의 설명이 덧붙어 있음을 참고해보자.(임종명, 「상반기 서점가, '젊은작가상 수상작품집' 판매 1위」, 뉴시스, 2020. 6. 11. https://newsis.com/view/?id=NISX20200611_0001055878&cid=10700) 이 책이 한시적으로 특별 보급가로 팔린다는 경제적 이점에 더해 MD의 설명에서 두 가지를 확인할 수 있다. '젊은 작가'에 대해 독자들이 주목하고 있다는 것, 그리고 이 이유는 '자신과 연관된 시선에서' 한국문학이 어떤 지점을 바라보고 있는가에 촉각을 세우고 있다는 점이다. 『2020년 젊은작가상 수상작품집』에 수록된 작품 대다수가 '여성'과 관련한 문제를 고찰하고 있다는 점을 고려한다면 다음의 소결을 얻을 수 있다. '여성'과 관련한 문제를 자기 삶의 그것으로서 뚜렷하게 경험한 독자들이 문학에 요구하는 것(혹은 문학으로부터 발견하는 것)으로서 『젊은작가상 수상작품집』은 분명 일종의 시대정신의 발현(적어도 반영)이라 볼 수 있다는 것이다.

4) 박민정은 '여성주의, 스토리텔링을 질문하다'라는 행사에 패널로 참여해 생물학적으로 여성이 다수인 문예창작과를 나온 자신의 경험을 이야기하면서 "생물학적 여성으로 글을 쓴다는 것, 여성의 이야기를 쓴다는 것, 여성주의적 탐구로서 글을 쓴다는 게 조금씩 다르거나 같다고 볼 수 있는데 ('여성 작가'란 말로) 한꺼번에 퉁치는 그런 것도 있는 것 같다"고 말한다.(김수정, 「영혼 관람 등 '여성서사 밀어주기', 여성 창작자들 생각은?」, 노컷뉴스, 2019. 7. 10, https://www.nocutnews.co.kr/news/5180473) 강화길은 한겨레문학상을 수상한 『다른 사람』을 중심으로 한 인터

사자로서의 입장을 드러내고 있기는 하지만 그 자신을 원인과 결과로 소설 창작의 전략을 설정하지는 않는다는 데 있다. 요컨대 그들이 자신의 당사자적 정체성으로서 발견된 '여성'과 관련된 어떤 문제를 기술하고자 함에도 그러한 시각에서 포착되는 것은 언제나 피해자로서의 여성의 모습만은 아니라는 것이다. 궁극적으로 이들의 여성 작가로서의 당사자성이란 소설에서의 여성 정체성을 어떤 식으로 타자화하지 않고도 '여성 억압'에 대해 말할 수 있는가에 있다.

'여성'이란 정체성에 개입되는 다른 조건: 박민정, 「세실, 주희」

박민정 소설의 경우 다수의 작품이 여성 인물을 주인공 삼고 있기는 하지만 그들의 여성으로서의 당사자성을 보증하는 것을 목표로

뷰에서 여성이면서 작가이기에 늘 들어왔던 질문이나 요구에 대해 다음과 같이 말한다. "그러니까 그 말이 문제인 거죠. 이런 작품을 쓰는 게 (창작 영역을) 축소시킨다는 말이요. 이제 '누가, 왜' 그런 말을 하는지에 대해서 이야기해야 한다는 생각이 들었어요. 제가 등단 이후 줄곧 여성 문제를 이야기하고 있다는 건 맞는 말이기도 하고 틀린 이야기이기도 해요. 여성 작가이고 직면하고 있는 이야기를 했기 때문에 당연히 녹아 들어가 있죠. 그게 마치 목적성을 가진 것처럼 이야기하는 건, 결국 '그런 작품을 쓰면 (창작 영역이) 축소된다'는 말을 하는 것과 똑같다고 생각해요."(임나리, 「강화길 "말하지 못할 뿐, 너무 흔한 일이에요"」, 채널예스, 2017. 9. 13, http://ch.yes24.com/Article/View/34296)

두 작가의 인터뷰에서 다음의 두 가지를 알 수 있다. ① 그들이 여성이면서 작가라는 존재론적 사실은 '여성'과 관련한 문제를 문학의 방식으로 풀어내는 작업 방식에 어떤 식으로든지 영향을 미친다 ② 그러나 그 당사자로서의 '영향'이 '그들이 여성이며 작가이기 때문에 단일하고 일관된 주제를 다룬다'는 명제를 참으로 성립시키는 것은 아니다. '여성이자 작가'로서 자기 인식은 작품의 당사자성의 윤리적 지점을 확보하는 일로 곧장 귀결되지 않는다. 오히려 자기에 대한 일련의 '해석'이 작품 형성에 '반영'되었다는 점에 근거할 때, 어떤 종류의 (작가와 인물 사이의) 불일치성을 볼 수 있게 만든다. 이는 '당사자성'의 다면성을 환기하는 근거로 참조될 수 있다.

서사가 구성되지는 않는다는 특징이 있다. 「세실, 주희」에 등장하는 두 여성은 생물학적으로 동일하며 유명한 화장품 매장의 판매 직원으로 일한다. 그러나 화장품 가게에서 근무하는 여성이라는 점이 이들이 공유하는 균일한 정체성이라고 말할 수는 없다. 이를테면 세실과 주희가 각각 일본, 한국 국적을 지녔다는 점은 그들의 '다름' 중 하나다. 이는 국적과 역사의식 그리고 그것들과의 관계 속에 '여성'이 자리하고 있음을 드러내는 조건이다. 이러한 소설의 설정은 여성이라는 공통 의식을 주지하면서도 제각기 '다른 여성'의 층위를 동시적으로 보여준다. 따라서 여성이 여성에 대해 말하는 것에 대해 획일적으로 사고해서는 안 된다는 점에 유의하며 소설의 장면을 살필 필요가 있겠다.

먼저 범세계적 차원에서 '여성'을 기준 삼은 공통 경험의 강조는 주희가 포르노 사이트에서 자신의 모습을 발견하는 장면을 통해 드러난다. 주희는 몇 년 전 뉴올리언스의 축제 현장에 찍힌 자신이 포르노 사이트에 동영상으로 올라와 있는 것을 보고 충격을 받는다. 그녀는 포르노 사이트에서 자신이 아시안이면서 여성이란 점에 기인해 관음의 대상이 되고 있음을 본다. 그런데 이는 실상 서구 남성의 시선에서만 벌어지는 대상화가 아니다. 포르노 사이트에 접근하는 것에는 국적이 없다는 사실은 그야말로 이 문제가 '인터내셔널'하며 모두가 책임 당사자가 될 수 있음을 드러낸다. 즉 이 사건은 오히려 아시안 여성과 유럽 남성에게만 해당하는 일이 아니며, 성적 대상화가 어떻게 '우리의 문제'가 될 수 있는지를 보여준다.

이어 세실과의 만남을 떠올려보자. 그들이 대상화의 경험을 공통적으로 겪을 확률이 높다는 '같음'의 층위는 "코리안 뷰티의 상징 중에서도 상징인 명동 쥬쥬하우스"[5]에서 만났다는 사실과 연관지어볼 수 있다. 쥬쥬하우스는 자본화되고 타자화되는 성性의 영역이 상징화된 공간이다. 뉴올리언스 사건과 겹쳐 볼 때 쥬쥬하우스는 여성에게 주어지는 '꾸밈'이 여성에 대한 관음증적 요구와도 무관하지 않다는 것을 떠오르게 한다. 그렇게 본다면 언뜻 이들의 노동은 여성의 대상화에 대한 복무처럼 읽힌다. 그러나 여기서 한 가지 염두에 둘 것은 여성 당사자성이 언제나 한 가지 방향성만을 지시하는 것은 아니라는 점이다. 성적 대상화의 시선과 무관하지 않은 사업임은 분명하나 그것이 과연 여성 주체성을 박탈시키는 일면만을 가지고 있느냐고 묻는다면 적어도 세실과 주희의 경우 마냥 그렇다고 말하긴 어렵다. 그들은 쥬쥬하우스가 여성과 꾸밈을 직결시키고 재생산하는 공간이란 사실을 완전히 누락하지 않겠지만(적어도 그들이 여전히 그곳에서 '아름다움'을 추구하고자 한다는 점에서), 그럼에도 그곳에서 일한다는 사실은 이들에게 일종의 자부심을 부여하기도 한다. 주희가 성공한 '코즈메틱 덕후'라 자인하고, 세실이 한류 스타를 보기 위해 한국행을 해서 한류를 이끄는 또다른 범주인 코즈메틱 회사에서 일하게 된 것이 그렇다.

여성 당사자의 시선이 늘 온당하고 유일한 정의를 발화할 때만 유효하진 않다는 점은 이들이 서로가 어떤 식으로 대상화되고 있는지 발설하는 장면에서 잘 드러난다. 세실은 주희의 외모를 칭찬하기 위해 한국 여자와 성형을 연결시키고, 주희는 그러한 대상화의 오류를 꼬집기 위해 일본 여성과 AV 배우를 연결 지어 발화한다. 이는 서로

5) 박민정, 「세실, 주희」, 『바비의 분위기』, 문학과지성사, 2020, 47쪽.

의 국적이 어떤 식으로 둘의 여성성을 각기 다른 방식으로 혐오 재생산하는지를 보여주는 한 장면이며 당사자성 안에도 얼마나 수많은 외부가 개입되고 있는지 짐작하게 한다.

한일 관계에서 위안부 피해자의 문제가 세실을 축으로 하는 일본 역사 안에서는 국가를 향한 숭고한 희생으로 둔갑되어 있음을 드러내는 구절 역시 마찬가지다. 세실과 주희는 각각 전범국가의 가해/피해자의 직접 당사자적 관계에 놓여 있지만 그들이 이 사건을 이해하는 방식은 너무나 다르다. 이는 단순히 세실을 무지한 가해 당사자, 주희를 피해 당사자의 자리에 두지 않는다. 관련해 세실이 자부심을 가지고 히메유리 학도대에 대해 말하는 구절을 보자.

> 1945년에 돌아가신 이마이 사쿠라코 할머니는 히메유리 학도대의 인솔 교사였습니다. (……) 1945년 오키나와 전투에서 미군의 공격을 받기 전에 여학생들을 인솔해서 명예롭게 자결하신 우리 할머니, 사쿠라코 할머니의 군대 '히메유리 학도대'를 기억하는 탑 말입니다. (……) 사쿠라코 할머니는 지금 야스쿠니 신사에 있습니다.(62쪽)

세실이 주희와의 한국어 교습 시간에 과제로 제출한 글에서 히메유리 학도대는 나라를 위해 자결한 자랑스러운 선조로 묘사된다. 세실의 글에서 드러나는 자긍심도 사실은 국가에 의해 희생을 강요당한 여성에 대한 역사 왜곡의 결과이며, 그런 점에서 세실의 무지 역시 일종의 국가 폭력의 한 사례일 수 있다. 그럼에도 세실에 대해 전범 사실을 영웅화하는 방식으로 이데올로기화된 국가 폭력의 희생자일 뿐이라 말하기 어려운 이유는, 적어도 주희 입장에서 야스쿠니신사에 안치된 이들이 저지른 전범 행위는 엄중하게 심판받아야 하는 역사적 사실이기 때문이다. 이러한 맥락 속에서 '여성-피해자'라는 징표는 이데올로기에 의해 또다시 상대화되는 것이면서 동시에 그런 방식으로만 자리하지 않는 국가와 역사의식 속에 재배치된다. 이제 이들의 여성이란 공통의 자의식은 그 자체만으로는 당사자성을 옹호해주는 것이 될 수 없다. '순결'이 강조되었던 히메유리 학도 '할머니'를 둔 세실의 증언이라는 모순성도 그러하거니와, 그러한 할머니를 자랑스러워하면서 한국의 반전 집회 행렬을 따르는 모습은 당사자성 내부에 존재하는 수많은 균열의 지점을 드러낸다. 이처럼 박민정 소설에서의 여성의 당사자성은 내·외부적으로 '여성'에게 요구되고 학습된 이중적 시선들로 인해 자기 균열적이고 모순된 지점들이 발생한다는 사실을 드러낸다.

여성 당사자의 경험이 알게/모르게 하는 것: 강화길, 「음복」

강화길의 「음복」은 여성 화자의 시선을 적극적으로 취한다는 점에서 박민정 소설의 인물들과 일치하는 지점이 있다. 그러나 강화길 소설에서의 '당사자성'은 여성을 구성하는 외부적 요인들을 다시 내부의 균열로 집중시키는 박민정의 인물들과는 달리 바깥의 방향성을 취한다. '음복'이란 제목에서 알 수 있듯 시댁에 제사를 지내러 가는 여성의 이야기를 다룬 이 소설은 '도처에 깔려 있지만 누군가는 끝내 모르며 그래도 괜찮은 것'의 진실을 보여준다. 도처에 깔려 있는 것이란 무엇인가. 소설의 주인공이 가부장제 안에서 남편과 '한 세트'로 묶여 그 강제적 노역으로부터 벗어날 수 있었던 이유는 시어머니의 (제사로 대표되는) 가부장제에의 철저한 복무에 의해서였다. 시할

아버지를 모시던 시절부터 가부장제란 치매에 걸렸다던 시할머니가 보는 바로 그 '망령' 같은 모습으로 존재하고 있었다. 이 사실을 여성 가족 구성원들은 '알고' 남성 식구들은 '모른다'. 이 젠더간 앎의 불균형[6]이 「음복」에는 놓여 있다.

이 서사에서 여성의 당사자성은 세나가 한평생 '여성으로서' 살아왔기 때문에 갖추게 된 눈치 -주기/-보기/-채기로 드러난다.

> 왜냐하면 나는 엄마가 우는 걸 자주 봤으니까. 외할머니가 외삼촌을 너무 사랑해서, 자신의 큰딸을 여러 번 아프게 했다는 걸 알았으니까. 대학교를 갈 수 없게 했고, 결혼식에 돈을 보태주지 않았고, 사위를 마음에 들어하지 않았다는 걸 알고 있었으니까. (……) 그러면서도 할머니는 누군가에게 화가 나거나 속상한 일이 있으면 엄마에게 전화를 걸어 몇 시간이고 떠들어댔다. (……) 그리고 엄마는 외할머니가 보는 앞에서 외삼촌의 아이들에게 말했다. 너는 성적이 어느 정도니. 친구는 있니? (……) 그래. 내 엄마가 우리집의 악역이었다.[7]

세나는 남편 정우가 한평생 몰랐던, 악역을 자처하는 '고모'의 위

---

6) 이에 대해 오은교는 "가부장이라는 권력이 절대적인 사회에서 앎은 온전히 젠더화되어 있다"라고 말한 바 있다. 남편이 제공하는 시댁의 정보만 가지고도 시댁 내 알력관계를 파악하여 "그에 맞는 전략을 세"우는 '나'(며느리)에 비해, 남편은 "정작 자신의 삶에서 수십 년째 벌어지는 드라마를 보지 못"한다. 이 격차가 바로 젠더에 의거한 권력(의 무지)이라는 것이다. 오은교, 「여성주의 가족 스릴러」, 강화길, 「음복」 해설, 강화길 외, 『2020 제11회 젊은작가상 수상작품집』, 문학동네, 2020.

7) 강화길, 「음복」, 『화이트호스』, 문학동네, 2020, 37쪽.

치를 눈치챈다. 이는 세나가 엄마와 딸로서의 유대 관계 안에서 자신의 의지와 다소 무관하게 '알게 된 것'이다. 세나는 그녀의 모친과 마찬가지로 '딸'이었기 때문에 자신의 엄마가 겪은 부조리한 일들을 겪거나 보고, 그로써 엄마가 남자 형제의 가족에게 못되게 구는 것에 나름의 이유가 있다는 것도 알게 된다. 그리고 그 모습을 이번에는 정우의 고모에게서 본다. 그리고 이는 다음의 사실을 반증한다. 정우와 정우의 아버지가 마치 "외삼촌"과 같이 무지해도 되고 그렇기에 어떤 이의 삶에서는 유해할 수밖에 없었던 사람으로 오랫동안 자리할 수 있었다는 것. 이들 무지의 권력이란 바로 이런 층위가 뒤섞여 가능했을 것이다.

이렇듯 인물을 앎과 모름의 두 층위로 나눠볼 수 있다면, 세나와 세나 모친 그리고 정우의 고모는 '딸'이면서 여성이라는 점에서 공유된 당사자성을 지닌 인물로 묶인다. 그러나 이 사이에 세나는 결코 따르지 않을 시어머니의 철저한 가부장제의 복무자로서의 삶도 끼어들어 있다는 사실이 무엇보다 중요하다. 엄밀하게 말해 세나는 정우 고모를 이해할망정 완벽한 그녀의 편이 될 수는 없다. 세나가 결과적으로 같이 살아야 하는 것은, 고모가 미워해 마지않는 그녀 오빠의 아들인 정우이기 때문이다. 여성 차별을 그 누구보다도 삶의 경험으로 알고 있는 세나는 정우와 함께 들들 볶이는 처지에 동시적으로 걸쳐져 있다. 이때 고모에게서 세나 부부를 보호하는 입장으로 시어머니가 가로놓여 있다. 시어머니 역시 여성 당사자란 점에서 세나나 고모와는 공통된 입장이지만 적어도 고모와 대치 상황에 놓여 있는 이 시점에 그들의 당사자성은 차이 나는 결을 드러낸다.

'당사자성'을 좀 다르게 볼 수 있는 여지는 바로 이로부터 발생한다. 세나는 가부장제가 여성에게 복무하도록 요구하는 노동을 거부하기로 한 여성이지만 동시에 결혼이란 제도를 통해 이성애 중심의 가부장제 사회 안으로 진입한 존재이기도 하다. 물론 사랑에는 죄가 없다. 그러나 세나가 제사상을 앞에 두고 본 풍경은 사랑만으로 감싸지지 않는 그러나 사랑 없음으로 소급되지도 않는 남성 가족의 순진한 무지함이다. 치매에 걸렸다던 할머니가 너무나도 뚜렷하게 사리분별을 해가며 정우에게서 한사코 밥상에 까탈을 부렸던 그의 남편을 본다는 사실은 정우와 정우의 아버지만 모른다. 그리고 이 사실은 시어머니의 헌신을 볼모 삼아 정우는 몰라도 되는 것으로 감춰진다. 이제 세나가 '눈치챈' 것은 여성이기 때문에 희생을 강요당했던 엄마/고모의 삶임과 동시에, 좀 다른 층위에서 자신의 남성 가족이 어떤 진실을 모르도록 만드는 또다른 층위의 희생을 강요당한(그러나 전자의 경우와 대치하게 되는) 시어머니의 삶이다. 그녀들의 당사자성은 당사자이기 때문에 공유하게 되는 어떤 것이 있는 한편 그것이 서로를 겨눌 수도 있음을 보여준다.

덧붙이건대 세나가 알고 싶지 않았음에도 눈치'채게' 된 것과 같이 정우의 모름도 오로지 타인의 의도의 결과인 것은 아니다. 세나의 앎과 정우의 무지는 서로 비견되면서 '몰라도 문제없는'의 층위를 확보한다. 이 모든 것은 세나의 시각에서 포착되므로 세나의 당사자성이란 이렇듯 몰라도 되는 이와 함께 산다는 것으로까지 나아간다. 세나는 자신이 이성애 규범 속 여성 당사자로서 무엇을 보는 존재인지와, 어떤 것을 '아는' 존재인지를, 그 '앎'이란 단순 학습이 아니라 몰라서는 살아남을 수 없는 이 세계의 젠더 윤리로 공고하게 자리한 권력의 비대칭성에 의한 것임을 보여준다. 즉 여성이 처한 현실은 여성 그 자체에 의해 불합리한 것으로 드러나는 것이 아니라 그녀가 너무나 사랑해 마지않는 남편의 존재가 그 배경에 깔려 있을 때에야, 그 순진무구함이 설정되어 있을 때에야만 그 정체가 드러난다.

이처럼 여성 작가가, 여성이자 작가임을 자인하며 쓰인 '여성 당사자'의 이야기는 소설적 형식 안에서 충분히 작가의 당사자성과 교류되고 있으면서도, 바로 자기 자신이어서 할 수 있는 이야기를 돌아 종래에 자기 자신 바깥의 질문으로 향해간다. 이 과정에서 자기모순적 상황은 지속적으로 발견되고 이것을 목도하는 한 이제 '당사자'는 자기 정체성에 대한 재탐색을 통해 그간 자신을 규정해왔던 내·외부적인 조건을 '어떻게' 재검토할 것인가로 향해갈 수 있다.

3. 나가며: 2020년대의 당사자성 논의 방향

이번 논고의 목적은 2010년대 후반에서 오늘날에 이르는 소설 전반의 흐름을 '당사자성'의 키워드로 살피는 것이었다. 그런데 '자기 정체화'의 과정을 탐구하며 타인 되어보기(혹은 타인의 자기화)로서 당사자성의 논의의 범주를 넓힐 필요가 있다는 이 글의 주장을 고려할 때, '여성 작가가 고발하는 현실의 여성 문제'를 다루는 소설을 채택한 것이 어폐가 있다고 느껴질지도 모르겠다. 그러한 비판의 타당성을 유념하되 다음의 설명을 덧붙인다.

① 작가 인터뷰에서 알 수 있는 것은 이들이 여성이므로 작품이 윤리적 적합성을 가진다는 것이 아니다. 삶의 단면을 해석하고 제안하는 작가가 본인의 '쓰는 여성'이라는 정체성을 어떻게 인지하여 작품을 보여준다는 데 있다.

② 또한 이들의 '여성과 사회'에 대한 소설적 재현은 꼭 '윤리적'인

여성적 성찰로 귀결되지 않기에 더 중요하다. 결혼 제도의 내부자로서 그 생활의 기묘함을 목격하지만 결혼을 파기하는 대신 결혼으로 결속된 공동체에 몸담는 방식으로 종결되는 「음복」이나, 코즈메틱 산업이 여성의 섹슈얼리티를 남성 중심적 관점으로 종속화한다는 것을 주지하면서도 해당 산업의 종사자로서 프라이드를 지니는 「세실, 주희」 속 인물의 모순적 교차성을 보라. 이는 당사자성을 구성하는 면면이 실로 다각화되어 있음을 드러낸다. 두 작가의 '여성 작가'로서의 자기 증언 및 그와 무관하지 않은 두 편의 소설은 당사자성의 입체성을 사유하는 참조점이 되므로 '당사자성' 논의의 분화의 기점으로 잡아보고자 했다.

이 외에 다른 작품들의 방향성을 간략하게 검토하며 이다음의 지점을 마련하고 글을 마무리짓고자 한다. 이 글에서 다룬 '당사자성' 논의를 이어 살필 때 윤이형의 『붕대 감기』(작가정신, 2020)와 이현석의 『다른 세계에서도』(자음과모음, 2021)는 특히 주목을 요한다. 『붕대 감기』는 여성 연대의 과정에서 각기 다른 위치에 있는 여성—미혼, 기혼, 서비스 노동직 여성, 중산층 여성, 화이트칼라 여성, 젊은 페미니스트 등—들이 '여성'이란 공통점 안에서 사실은 얼마나 수많은 교차성을 가지는지를 보여주는 서사다. 그들 안에서의 의도치 않은 갈등과 이어지는 화해의 시도는 균열 그 자체를 말끔하게 봉합하는 것은 아니지만, 다름 아닌 그들이 여성이란 당사자성 위에서 스스로 보듬어보려는 도모를 가능케 한다. 이는 당사자성의 논의가 '너'와 '나'의 동일성에 그치지 않고 비동일성까지를 끌어안을 수 있는 지점을 마련해준다는 점에서 참고할 만한 흐름이다.

이현석은 의사이자 소설가로 알려져 있다. 이현석의 소설집에는 의료계에 종사하는 인물들이 다수 등장한다(「정원에 그들을 남겨두었다」「다른 세계에서도」「부태복」「너를 따라가면」「참站」). 이때 그는 여성의 시선을 적극적으로 취해 일련의 논의를 이끌어간다. 의사의 시선을 전면에 드러냄으로써 지나친 엄숙주의를 탈피하는 방식으로 임신 중단 논의를 이끌어갈 필요가 있음을 강조하는 「다른 세계에서도」나, 1980년대 광주민주화항쟁의 한가운데 선 간호사 인물을 중심으로 하여 삶의 한가운데를 가로지르는 '살고자 함'의 감각이 당대 여성의 생애 주기 안에서의 사회적 존재 가치에 대한 인식과 무관하지 않음을 보여주는 「너를 따라가면」은 특히 인상적이다. 이러한 소설들에서 '당사자의 관점'은 쓰는 주체와 인물의 동일성에 기초하지 않고 '당사자-되기의 관점'의 가능성을 가늠하는 일로 나아갈 수 있다.

「정원에 그들을 남겨두었다」는 현재의 퀴어 담론과 관련해 재독하면 좋을 작품이다. 이 소설은 이성애 중심의 가부장제 한가운데 뛰어들었다가 자신의 퀴어 정체성을 받아들이고 기존과 다른 삶을 선택한 남성 환자와 그의 자녀, 그의 애인을 중심으로 벌어지는 병원 내 소란과 그것을 소설화하고자 하는 화자를 통해 '당사자 문제의 소설적 재구성'에서의 윤리 문제를 다룬다. 이는 최근 퀴어 문학이 마주하고 있는 당사자성의 소설화 과정에서의 윤리적 문제들을 떠올리게 한다는 점에서 그 문제의식을 이어갈 수 있을 것이다.

당사자성과 윤리의 문제는 특히 섬세하게 살펴져야 할 필요가 있다. 당사자성의 윤리 문제란 분명 '작가 당사자와 소설의 인물'의 논점으로부터 뻗어나온 것이기는 하나 뒤섞어서 생각할 수 없고 그래서는 안 되는 지점 역시 존재하기 때문이다. 이와 관련해서는 김병운의

「기다릴 때 우리가 하는 말들」[8]의 주제의식을 참고할 만하다. 이 작품은 퀴어 당사자인 윤범 그리고 그와 동일한 퀴어 정체성을 공유하며 알게 된 친구 주호와의 관계를 다룬다. '나'는 게이에서 에이섹슈얼에서 바이섹슈얼로 현재를 살아가고 있는 주호의 집에 초대받고, 주호가 잠시 자리를 비운 사이 그의 아내인 인주와 이야기를 나눈다.

윤범은 인주와 과거의 주호에 대한 이야기를 나누는 과정에서 자신이 주호를 '우리'의 범주에 넣었다가 그 바깥으로 범주화했음을 불현듯 알게 된다. '나'가 처음 주호에게 동지애를 느꼈던 것도 잠시, 게이 아닌 다른 정체성을 표방하는 주호에게 못내 서운한 마음을 가지는 것으로부터 '우리'라는 말이 퀴어성 내부로 작동할 때 어떤 식의 배제의 인식을 배태하는지를 보여준다는 점에서 오늘날의 '우리-당사자성'이란 키워드를 폭넓게 사유할 수 있게 한다.

주호의 아내 인주는 주호가 윤범을 좋아하고 있었다는 사실을 전달하며 이 이야기를 소설로 쓸 것이냐는 질문하는데 이는 우리 모두 앞에 주어진 것이기도 하다. 인주는 망설이는 윤범에게 "제3자나 목격자로" 자신을 남겨두지 않기 위해, 이것은 자기 자신만의 이야기가 아니며 이 현장에는 '나' 또한 있었으니 "우리에 대해 쓰면" 좋겠다고 말한다. 이로부터 우리가 앞으로 물어가야 할 것은 무엇일까? 당사자이기 때문에 말할 수 있는 것이란 분명 강력한 지향점을 가지는 일이므로 힘을 실어주어야 하는 일인 것은 사실이다. 그러나 그것이 '당사자가 아니면 말해서는 안 된다'로 향하는 순간 '당사자성'은 '당사자 이외의 존재'를 만들고 그들을 '지금 여기의 일을 말하고 들음

8) 김병운, 「기다릴 때 우리가 하는 말들」, 『릿터』 2021년 2/3월호.

으로써 책임을 다해야 하는 우리'로 향하지 못하도록 한계를 그어버리는 것일지도 모른다.

2010년대를 건너 2020년의 소설에서 '당사자성'이란 어떤 식으로든 의식할 수밖에 없는 주제가 되었다. 그것은 지금껏 어떤 종류의 '당사자성'이 그 자체로 도태되거나 무력하게 맥락화되어온 과거가 있기 때문이고, 더이상 그런 방식으로 '당사자'를 내버려두지 않아야 한다는 현재의 인식이 있기 때문일 것이다. 이런 상황에서 당사자성의 목소리에 귀기울이고자 할 때 우리 앞에 놓인 것은 무엇인가. 그것은 내용과 발화의 방식을 탐구하면서도 '당사자성'을 협소한 것으로 만들지 않기 위해 해당 개념을 확정하는 방향이 아닌 비-확정적으로 나아가는 방향으로 던지는 질문이어야 할 것이다. 우리는 어떻게 우리의 이야기를 할 수 있고 해야 하나, 그리고 어떤 것은 어떻게 '우리'의 이야기가 될 수 있나. '우리'의 게토화를 넘어선 질문을 여기서부터 시작한다.

(2021)

세계적 위기의 공통 감각 위에서 읽는 질병 시대의 여성 서사

—이주혜의 「자두 도둑」과 이현석의 「너를 따라가면」 읽기

2020년 3월을 기점으로 아무것도 예비되지 않은 채 질병과 상존하는 일상이 시작됐다. 전 세계를 강타한 코로나19는 초반에는 전염되면 죽을지도 모른다는 공포감을 불러일으켰고, 점차 질병으로 인한 죽음이 어디 먼곳의 일이 아니라 언제라도 겪을 수 있는 일상적인 일이라는 경각심을 심어줬다. 그런데 우리가 오늘날 마주한 질병적 상황은 병에서 비롯되는 공포감이나 두려움, 불안이 이러한 즉각적 '생명의 상실'로만 드러나지 않는다는 특징이 있다. 이는 전염병이 장기화되는 일상 속 변화한 생활양식과 더 깊게 관련된다.

대비되지 않은 전염병에 대한 대응은 시시각각 변화하는 전염의 차도에 따라 그때마다 대처하는 방식으로 이행되는데, 이렇게 유동적인 상황에서 일정한 체제를 구축한다는 것은 쉽지 않다. 백신과 치료제가 개발되지 않은 상태에서라면 후속 처리보다도 예방에 더욱 적극적일 수밖에 없고 그렇기에 마스크와 손 소독제 사용, 외출 시 2미터 이상 거리 두기 등을 강조하는 것이며 이는 가급적 외출 자제로 귀결된다. 이렇듯 예측되지 않는 전염병의 위기 속에서 최대한의 대응이라 할 수 있을 '가급적 외출 자제'가 코로나 시대의 삶의 한 양식이 되자 흥미로운(?) 현상이 포착된다. 가족 단위 생활공동체의 경우 구성원이 집에 머무는 시간이 길어지자 생활 동선이 겹치는 불화를 피할 수 없는 사례가 많아져 '코로나 시대의 집안 불화'가 대두되고 있다는 것이다. 한 예로 미국과 유럽에서 특히 다수 발생했다고 하는 코로나 이혼covidivorce이 그렇다. covid-19와 divorce의 합성어인 이 단어는 코로나로 인한 이혼율 급증 현상을 지칭한다. '코로나 이혼'에 대한 보고를 참조하면 가정 내 부부의 역할 분담 불균형이 주원인으로 꼽힌다. 이는 코로나로 인한 경제 위축 및 노동시장의 감축으로 생활의 위기가 목전에 닥쳤다는 심리적 압박감을 드러내는 한편, 구성원 모두가 집안에 있는 시간이 장기화되면서 특정 젠더의 가정 내 돌봄노동 및 가사노동의 비중이 늘어난 데 비해 그 노동이 분담되지 않음을 의미한다.

그런데 가정이라는 공간 내에서 여성 젠더에 부과되는 노동의 양이 훨씬 많고 그것이 불합리하다는 사실은 그다지 새롭지 않다. 중요한 것은 전염병 시대를 맞이하면서 그간 계속해서 외면하고자 했던 사회의 고질적인 문제들이 더이상 숨길 수 없이 폭증하고 있으며 특별히 더 조명되고 있다는 사실이다. 이는 '코로나 시대의 삶의 위기'라 이름 붙은 현재의 감각 위에서 이전에도 명백하게 존재했던 젠더 문제가 '현재의 위기 상황을 드러내는 하나의 사례'로 담론화되고 있음을 뜻한다. 완전히 새로운 형태라 할 수는 없을 젠더 문제가 지금 우리의 보편적 위기 상황을 보여주는 문제로 조명될 수 있었던 것은 젠더 문제의 본질이 변했기 때문이 아니라, 위기와 문제적 상황을 직감하는 태도가 변함으로써 그것을 바라보고 담론화하는 시각이 달라졌기 때문이다.

이렇듯 변화하는 시대감각을 고려할 때, 현재 발표되는 소설 가운데 상당한 비중을 차지하는 '여성 인물'에 초점화된 서사에 대해 다른 시선으로 접근할 필요가 있다. 소설이 '문제적인 것' 자체를 강조하는 대신 '무엇을 문제적인 것으로 바라볼 것이냐'에 초점을 맞춰 서사를 전개하고 있다는 사실은 흥미롭다. 점점 더 많은 소설에서 발견되는 전염병 시대 한가운데 놓인 인물들의 삶도 그렇거니와, 그러한 현실 맥락 속에서 이전부터 존재했던 차별의 문제나 애정의 양상 등이 다른 방식으로 다뤄지고 있다. 이러한 현상은 '코로나 시대'라는 위기의식 위에서 특정 장면을 '문제적인 것'으로 재독하는 시선에 기반한 것이라 할 수 있다. 이에 '질병과 문학'이라는 주제를 다루며 '질병 시대 감수성에 기대어 담론화되는 문제적인 것'으로서 여성 젠더 서사를 읽고자 한다. 문자 그대로의 '질병'(및 질병의 속성)과 여성의 관계에 대해 살피고 각 서사에서 새롭게 읽히는 것과 새롭게 말하고자 하는 것을 짚음으로써 그간 누적되어왔던 젠더적 문제의식이 어떤 식으로 담론화될 수 있는지 살펴보기로 한다.

위기의 시대감각 위에서 무엇이 새롭게 읽히는가: 경계 속 여성과 경계를 허무는 여성

이주혜의 「자두 도둑」(『창작과비평』 2020년 여름호)은 담도암 환자인 시아버지가 병원에 입원하자 며느리인 '나'가 그를 보살필 간병인을 구하면서 겪는 일에 관한 서사다. 이 소설은 질병 시대 자체를 배경으로 삼고 있지는 않다. 그러나 소설이 구현하는 '가부장제와 여성 젠더'의 층위는 '전염병적 위기의식'이라는 현재적 공통 감각 위에서 담도암이라는 병으로 인한 죽음과 그것 가까이에 있는 여성 서사로 독해할 수 있음을 염두에 두기로 한다.

소설은 은아의 독백으로 전개된다. 은아는 프리랜서 번역가다. 시아버지의 담도암이 급격하게 악화되는 바람에 남편 세진과 은아가 돌아가며 간호하는 것으로는 손이 부족해지자 그들은 거의 삶을 구원하듯 간병인 영옥을 맞이하게 된다. 오륙십대일 거라는 예상과 달리 은아와 거의 비슷한 나이대로 보이는 영옥은 능숙한 간병인이다. 영옥이 온 뒤 한시름 놓았지만 머지않아 시아버지가 담도암 치료의 부작용으로 섬망 증세를 보이면서 다시 위기가 찾아온다. 시아버지가 영옥에게 폭언을 하기 시작했기 때문이다. 영옥은 예상했다는 듯이 그 상황을 다뤄내려고 하지만, 은아에게 자신을 딸처럼 대하며 언제나 온화하고 신사적으로만 보였던 시아버지의 폭력적인 모습은 당황스럽고 경악스럽기만 하다. 그러던 어느 날 섬망을 겪는 시아버지가 젊었을 적 이웃집의 자두를 훔쳐먹던 시절로 퇴행하여 "기순네 자두" 타령을 하다 시아버지의 동생 병희를 불러 자두를 나눠주고 밥을 먹게 되는 장면에 이르러 우려했던 상황이 기어코 터지고 만다.

그때였을 겁니다. 내내 시아버지의 인식 범위 밖에 머물렀던 제가 불쑥 시아버지의 눈에 띈 것은요. 시아버지가 저를 빤히 노려보더군요. 겁이 더럭 났지만, 한편으로는 시아버지가 무슨 말을 하든 그건 나를 향한 게 아니다, 다른 사람으로 오해하는 것이다, 그러니 상처받지 않아도 된다, 하고 자신을 다독였습니다. 시아버지가 저를 계속 노려보며 유난히 또렷한 목소리로 말했습니다.

(……)

"저 애가 우리집에 시집와서 지금껏 뭐 한 일이 있나? 박사님과 결혼하면서 열쇠 세개를 해왔나? 애를 낳았나? 저 애 때문에 우리집 귀한 손이 끊겼다."

시아버지는 제가 누군지 정확히 알아보고 있었습니다. 시간도 정확히 현재에 머물러 있었습니다.(「자두 도둑」, 260~261쪽)

"병희야, 기순네 자두다. 알지? 달큼하고 새콤한 기순네 피자두."

영옥씨가 탁자 위에 자두를 내려놨습니다. 그 순간 시아버지가 갑자기 팔을 뻗어 영옥씨의 머리채를 낚아챘습니다.

"이 도둑년!"

저와 세진이 동시에 일어나 그쪽으로 뛰어들었습니다. 세진이 시아버지의 손을 붙잡고 말렸지만, 시아버지는 한사코 영옥씨의 머리채를 움켜쥐고 놓아주지 않았습니다. 영옥씨가 시아버지의 손아귀에서 벗어나려고 몸부림치며 소리를 질렀습니다.

"도둑년!"

사람들이 전부 이쪽을 쳐다봤습니다. 세진은 시아버지를 이기지 못했습니다. 그 모습을 보니 화가 머리끝까지 치밀어올랐습니다. 저도 모르게 시아버지의 가슴팍을 확 밀쳤습니다.

"그만하세요, 제발! 부끄럽지도 않으세요?"

시아버지는 놀랐는지, 아니면 제 완력에 밀렸는지 영옥씨의 머리채를 놓아주었습니다.

"무슨 짓이야?"

세진이 저를 노려보았습니다.(같은 글, 262쪽)

연속해서 인용한 두 장면은 질병과 여성의 관계를 다시금 고찰하게 만드는 서사의 하이라이트다. 시아버지는 은아를 내내 '딸처럼' 대했지만 실상은 자신에게 태양이나 다름없는 아들에게 한참 부족한 여자애일 뿐이다. 자신을 돌보는 간병인 영옥씨는 그나마 집안의 환영받지 못하는 외부인인 은아만도 못한, 세진의 가족 범위에 들어가지도 않는 완전한 이방인이다. 시아버지의 섬망 증세는 분명히 현재적 상황과 주변 사람들과의 관계를 완전히 망각하지 않은 채 그간 차곡차곡 쌓여온 가부장적인 권위 및 욕망과 뒤섞인다. 시아버지와 세진, 그리고 그들의 직계가족으로 구성된 '가족'이라는 성벽 프레임을 우뚝 세우고, 은아와 영옥 같은 외부인 여성을 경계 바깥으로 밀어내면서 그 '바깥'에 있는 존재에 대한 혐오를 숨기지 않는다.

담도암 말기 시아버지가 죽음을 목전에 둔 상황에서 어쩌면 절박하게 여기는 가장 소중한 것에 대한 집착이 이런 방식으로 드러난다고 할 때, 문자 그대로 병을 앓는 남성 존재, 그리고 그와 관계 맺는 여성이 어떤 방식으로 서로를 의미화하는가와 관련하여 소설은 '질병과 젠더'를 새롭게 독해할 수 있는 여지를 준다. 질병에 대한 은유가 일종의 환상적 낭만성을 만들어내고 역으로 병과 연루되지 않은 어떤 종류의 인간을 타자화하고 경계 바깥에 두는 혐오 정서를 내포한다는 수전 손태그(『질병으로서의 은유』)의 설득력 있는 논의를 어느 정도 감안하는 선에서, 오늘날 '질병적인 것'이 과연 무엇인지 생각해보자. 여성이 그 자체로 질병적 존재로 치부되어온 역사는 길지만, 이 소설에 이르러 우리는 질병적인 것은 여성이 아니라 남성중심주의적 가부장제 시선에 포착되고 그들이 기입하고자 한 여성의 모습임을 본다. 여성의 시선에서 그들이 속해 있는 남성 중심적 맥락은 이제 자연스러운 배경이 아닌 그 자체로 문제적인 것으로 가시화된다. 시아버지가 '태양'이라 여겼던 아들에 한참 미치지 못하는 보잘것없는 며느리, 그리고 아들이 박사가 된 것을 보지도 못하고 죽었지만 고작 "와이셔츠는 다려놨냐"는 역할로 섬망 증세 속에서 호출되는 시어머니가 시아버지의 시선으로 상징되는 가부장제의 경계 안에 있지 않다면, 그들은 가부장적 가치를 위해 복무하거나 희생하지 않아도 되는 전문직 직업인 여성이자, 엄마나 아내 아닌 한 명의 여성 개인이기 때문이다.

이즈음에서 소설의 이중적 장치에 대해 짚을 필요가 있다. 돌봄이 필요한 약자 시아버지와, 성심성의껏 그를 돌보고자 하는 헌신적인 며느리라는 전형적인 구도는 담도암과 섬망이라는 질병적 현상을 매개로 하여 가부장 사회 내부의 여성이 끝내 어떻게 승인될 수 없는 존재인지를 보여준다. 소설은 언뜻 낭만화되기 좋은 죽음과 망각에 가까워져가는 노인 남성의 삶을 비추는 듯하다가 그 장면이 내포하는 문제적 지점에 포커스를 맞춘다. 소설은 시아버지의 섬망이라는 장치와 그를 보살피는 여성 화자를 두 겹으로 배치하여 설사 결혼을 통해 제도적으로 여성의 가부장제로의 편입이 승인되었다 하더라도 엄밀하게는 절대적인 남성 영역의 경계 안으로는 포섭되지 않는 여성 존재의 층위를 바로 보도록 만든다. 그러니 시아버지의 섬망 증세를 보는 시선과, 철저히 가부장제의 직계 존속으로서 자기를 정체화하는 남편이라는 남성 인물을 바라보는 시선은 가부장제 사회 안에서 적자 남성만이 일종의 가부장의 성역에 자리할 수 있다는 견고한 '경계'를 남성 스스로가 드러내고 있음을 일차적으로 보여준다. 그리고 이 남성 스스로가 폭로하는 가부장적 혐오의 정서를 여성적 시선에서 재구조화한 것이라 볼 수 있다.

이런 맥락을 놓고 볼 때 소설의 후반부 내용은 다르게 정리된다. 이 소설은 은아가 가부장제 안에서의 고난과 역경을 딛고 마침내 세진과 결별에 이르게 되는 일종의 탈출기가 아니다. 이것은 경계에 대한 서사이며 궁극적으로는 경계 긋기로서의 가부장제 안에서 그것이 얼마나 구성적이고 담론적이며 허구적인 것인지를 제시하는 은아-영옥의 경계 허물기의 서사다.

소설에서 경계는 남성 중심적 가부장제 사회를 중심으로 그어진다. '시아버지/세진/시아버지의 여동생인 병희/돌아가신 시어머니인 순이'가 표면적으로는 하나의 공동체로 묶이지만 그 안에는 나열한 순서대로의 경계선이 그어져 있다. 이는 직계 가족과 젠더를 반영한 위계적 경계다. 나아가 이들을 한데 묶는다면 그 밖에 은아가 놓인다. 은아는 세진의 아내이지만 시아버지에게는 아들을 훔쳐갔을 뿐인 타자다. 그러니 소설에서 여러 번 반복해서 언급되는 '딸 같은 며느리'라는 표현은 사실상 은아에게 하등 유리한 수식어가 아니다. 가부장제를 공통 감각으로 하는 사회 안에서 '딸 가족'이 언제나 일정한 범위 이상으로는 포섭되지 못하는 경계 바깥의 존재이자 외부적 존재로 환원되는 것을 생각하면, 은아가 처음부터 세진을 중심으로 하여 시아버지의 세계에 포섭될 가능성은 거의 없었다고 봐야 한다.

그럼에도 은아와 세진이 하나의 공동체로 묶일 수 있다는 점을 고려해볼 때, 재고할 여지 없이 은아보다도 더 바깥에 있는 자는 영옥이다. 이 소설이 그어놓은 여러 경계, 가령 노인 세대와 그들을 부양하는 젊은 세대, 남성과 여성, 가부장 중심의 공동체와 그 바깥의 존재,

고용인과 피고용인 등의 경계를 중심으로 구축한 관계에서, 영옥씨는 이들 가족과 하등 무관하며 심지어 그들에게 피고용인으로서 자본의 거래로 종속되어 있는 완벽한 '바깥 존재'다. 이렇게 소설은 인물 간 보이지 않지만 몸소 감각되는 경계를 중층적으로 그어놓는다.

그런데 여기에서 계속해서 그 경계를 긋고자 하는 것은 남성 중심주의의 가부장제의 시선이다. 이때 가부장적 시선이 작동하는 바깥에서 보면 그 경계는 실제로는 존재하지 않는 허구적인 것에 가까워진다는 점이 중요하다. 관련하여 앞의 인용과 이어지는 장면을 보자.

> 그때 제 어깨 위로 손 하나가 올라왔습니다. 영옥씨였습니다. 저들은 영옥씨도 남겨두고 갔습니다. 영옥씨 머리카락이 엉망이 되어 있었습니다. (……) 영옥씨가 제 손을 잡고 휴게실을 벗어났습니다. 저는 울면서 영옥씨 손에 이끌려 어디론가 가고 있었습니다. (……) 탁트인 옥상은 아니고, 환풍 장치와 에어컨 실외기와 이런저런 구조물이 정신없이 엉켜 있는 옥상의 구석진 공간이었습니다. (……) 영옥씨가 실외기 더미를 덮은 작은 지붕 구조물 틈에 손을 집어넣더니 놀랍게도 담뱃갑을 하나 꺼냈습니다. 그리고 담배 하나를 꺼내 불을 붙여 제게 내밀고 연달아 두번째 담배에 붙였습니다. 우리는 잠시 아무 말도 없이 담배 한대를 피웠습니다. 어느 순간 서로 눈이 마주쳤고 우리 두 사람은 동시에 풋 하고 웃음을 터뜨렸습니다. (……) 말 한마디 없이 담배를 두대씩 피우고 잠시 숨을 고르고 병실로 돌아왔을 뿐입니다. 어떤 말도 나누지 않았지만 모든 것을 말해버린 기분이었습니다. 영옥씨도 그랬는지는 모르겠습니다.(같은 글, 263쪽)

세진을 중심으로 한 '공동체' 안에서 자신의 자리는 처음부터 있지 않았다는 것을 분명하게 알아버린 은아가 영옥의 손에 이끌려 옥상에 가 담배를 나눠 피웠을 때, 그들은 더이상 가족/가족 외 사람으로 구분되지도, 고용자/피고용자로 나뉘지도, 나/나와 전혀 다른 타인으로 구획되지도 않는다. 그들이 겪은 폭력적 상황이란 분명 세진의 가족으로 대변되는 가부장제의 맥락 속에서 벌어진 일임은 틀림없다. 그러나 이들이 세진 가족과 떨어져 있을 때 두 사람 사이에 가로놓여 있던 모종의 경계는 허물어진다. 이때 우리는 과연 '경계의 실체'란 무엇인지 묻는 동시에, 그들이 여성-되기를 선택함으로써 그것이 허구적인 것으로 판가름될 수 있음을 목도한다. 세진 가족과 함께 있지 않은 이들은 가부장 안팎의 존재로 구분되지 않으며 그들은 여성이라는 젠더를 공유하는 존재가 '된다'. 이로써 시아버지가 완고하게 그어놓았던 경계란 그들과 같이 있지 않게 되는 것만으로 효력을 잃으며 그것은 어쩌면 모두가 망령처럼 사로잡혀 있던 가부장제라는 허구적 이데올로기가 부여한, 모두가 학습하고 내재하여 마치 있는 것처럼 작동시켜왔던 실체 없는 경계임을 보여준다.

어디에 시선을 줄 것인가: 위기 상황에서 여성 젠더의 시선이 미치는 곳

'어디에 시선을 주는가'와 관련하여 이현석의 「너를 따라가면」(웹진 비유, 2020년 5월호)을 읽는다. 이 작품은 여성 젠더의 관점에서 다시 쓴 광주 서사다. 이 작품과 비교할 때, 기왕에 쓰였던 광주 서사는 주로 군부 독재의 폭력, 그에 스러져간 무고한 시민, 각계각층에서 분투했던 시민들의 민주화 운동, 이 모든 맥락 속에 놓여 있다가 죽지 않고 살아남은 사람이 가지는 죄책감 등을 다루었다. 이러한 주제 의식은 삶/죽음, 합리/불합리, 민주/독재라는 일종의 '경계'를 넘나드는 방식으로 전개되며, 이현석 소설 또한 이러한 경계성에 대한 탐구와 역사적 사건과 진실에 대한 해석적 태도를 보인다.

그런데 여타의 서사와 구분되는 이현석의 광주 서사의 특이점은 '광주민주화항쟁'을 여성 젠더의 시각에서 재구성했을 때 그간 거대 담론으로서 내내 젠더 문제를 소거한 방식[1]으로 다뤄졌던 광주 서사가 재해석될 수 있는지를 묻게 한다는 데 있다. 여성의 시선으로 광주 서사를 다시 본다는 것은 그저 여성 인물을 등장시키거나 여성 인물에 시선을 준다는 의미는 아니다. 여성 인물을 등장시키고 조명한다는 사실 자체가 여성 젠더와 시대적 문제를 '잘' 포착했음을 의미하지는 않기 때문이다. 즉 '무엇을 등장시킬 것이냐'보다 누군가의 시선을 통해 특정한 서사적 주제를 '어떻게 다룰 것이냐'가 더 중요하다.

언뜻 '질병과 여성 서사'와는 무관해 보이는 이러한 이야기에서 시작하는 이유는 핵심 주제에 가닿기 위해 설명되어야 할 층위가 있기 때문이다. 그것은 우선 이 소설에서 크게 조명하고 있는 '정혜', 그리고 실제 삶에서 정혜와 비슷한 층위에 놓여 있었을 1970~1980년대의 청소년~청년층 여성에 관한 내용이다. 소설은 1980년대 청소년에서 어른으로 성장하는 여성 정혜를 주인공으로 삼는다. 광주민주

1) 그러나 이는 정확하게 말해 젠더 자체를 소거했다기보다는 '여성 젠더'를 소거했다는 의미로 해석된다. 민주화 운동과 관련한 서사가 주로 남성 인물에 의해 전개되면서 여성의 삶이 그다지 조명되지 않거나 그간의 여성 젠더에게 기입하고자 했던 일련의 모습들(모성적 존재 등)을 평면적인 방식으로 재생산하기 때문이다. 그렇다면 이것은 '여성 젠더의 소거'를 의미함과 동시에 일반과 등치되는 남성 젠더 중심적 시각에서 포착되고 담론화된 결과물이라고도 볼 수 있을 것이다.

화항쟁이 전개되는 상황에 병원에서 간호사로 근무하는 정혜의 존재는 그저 '광주항쟁'의 한가운데 있기에 유의미한 것이 아니다. 그 한복판에 있게 되기까지 딸로서, 여학생으로서, 직업인 여성으로서 1980년대의 여성이 어떤 삶의 질곡을 겪어왔는지를 조명하여 '광주항쟁'과 연관시킨다는 점이 중요하다. 여성 인물이 자신을 여성 젠더화한다는 것은 세계에서 여성으로서의 자기의 삶이 어떤 방식으로 다뤄지는지 경험한다는 것을 의미하며 그러한 경험에 삶으로써 노출된 자가 어떤 다른 삶을 눈에 담을 수 있는지 보여준다는 것을 의미하기 때문이다.

과연 정혜의 삶은 어땠는가. 팔 년 전 정혜는 외삼촌 댁에 얹혀살게 되었는데 구청 직원으로 있던 아버지가 일을 그만두고 사업에 손을 대며 가산을 말아먹었기 때문이다. 정혜의 과거는 아버지가 "빚을 내어 오래전 유곽으로 쓰인 건물을 사들였"고 "수십 명에게 사글세"를 주었다가 이리저리 손댄 사업이 망하면서 "사글셋방으로 옮겨가야 했다"고 요약된다. 그런데 이 서술의 앞머리에 이런 구절이 있다. "그 무렵 정혜가 원래 살던 B직할시에 수출 호황을 타고 골덴, 벨베틴, 홀치기, 쓰므기 등 각종 직물 공장이 들어서면서 전국에서 모여든 여공들은 마땅한 거처를 찾지 못해 발을 동동 굴렀다"는 것이다. 아마 아버지가 사글세를 준 대상은 바로 여기에서 언급되는 여공들이었을 것이다. 별 의미 없이 지나가도 좋을 정보로 보일 수 있지만 '여공'과 '유곽'이 불려나온다는 사실은 자못 의미심장하다. 소설이 전지적 작가 시점을 취하되 특히 정혜의 시선을 빌리고 있음을 고려할 때 이러한 서술은 여성 젠더적 관점을 취했을 때 비로소 발견되는 삶의 형태이기 때문이다.

정혜의 시점을 취한다는 건 이러한 당대의 여성들의 삶이 '보인다'는 의미다. 이에 더해 정혜가 1970년대 후반 언저리에 가세가 기운 집안의 막내딸이라는 층위 역시 그녀가 다른 여성의 삶을 '볼 수 있게' 하는 경험적 근거가 된다. 앞서 아버지의 사업이 망하자 막내딸 정혜가 집안에서 "덜어내야 할 입"으로 취급되며 외삼촌의 집으로 가게 된다고 설명한 바 있다. 사실 당대 이러한 여성의 삶을 심상하게 조명한 것이 비단 이현석만은 아니다. 질병으로 죽음을 맞이한 천주교인 마리아의 삶을 다른 인물들의 진술로서 재구성해내는 권여선의 소설 「하늘 높이 아름답게」에서 마리아의 내력은 다음과 같은 방식으로 서술된 바 있다.

> 일흔두 살에 죽은 마리아는 지주 집안의 오남매 중 막내딸로 태어났다. (……) 시집가기 전까지 알뜰히 착취해야 할 딸들의 노동력은 가축이나 토지와 마찬가지로 그 생산성의 크기에 따라 가치가 매겨졌으므로, 맏딸에 비해 막내딸은 훨씬 열등했다.[2]

권여선 소설 속 마리아가 파독 간호사로 일한 적이 있다는 소설의 정보와 함께, 이현석의 소설 속 정혜가 외삼촌의 집에서 머무는 동안 만났던 동네 간호보조원[3] '그 언니'를 통해 이곳에서 벗어나 독일로 건너가는 꿈을 꾸고 그러나 모든 파독 간호사를 귀국 조치하게 되면

---

2) 권여선, 「하늘 높이 아름답게」, 윤성희 외, 『2019 김승옥문학상 수상작품집』, 문학동네, 2019, 43~44쪽.

3) 원문에 '간호보조원'으로 표기된 것에 따라 동일한 용어를 취했으나, 현재 '간호조무사'라는 표현이 권장된다.

서 그 꿈이 좌절되었다는 이야기를 겹쳐본다. 두 서사의 각기 다른 인물이 1980년대라는 시간적 배경을 비슷한 시기에 경유했으리라 생각되므로 이 둘을 비교하는 것이 무리는 아닐 것이다. 요컨대 1980년대 전후의 '막내딸'은 안에서나 밖에서나 덜어내야 할 잉여적 존재로 취급된다. 이러한 세계의 시선 한복판에 있던 자기 자신과 비슷한 층위의 인물들을 포착하게 되는 것은 자연스러운 일이다.

권여선의 소설을 언급하며 1980년대 막내딸이자 노동자로서 여성의 층위를 짚은 것은 자신을 여성 젠더로 정체화한 인물이 포착하는 인간 군상의 모습과, 그런 측면에서 다시 쓰이는 광주 서사를 설명하기 위함이다. 그런데 여기까지 읽었을 때 이 글의 큰 주제인 '질병과 문학'과는 도대체 무슨 관계가 있는가 의아한 생각이 들 것 같다. 질병과 여성 서사와 관련해서 이현석의 소설에서 주목해야 할 것은 '나'가 학창 시절에 우연히 만난 '그 언니'에 대한 이야기다. 정혜와 1980년대 성장기·청년기를 보낸 여성의 삶을 조명한 까닭은 바로 '그 언니' 같은 인물을 포착하게 되는 경험적 차원을 설명하기 위함임을 덧붙이며 글을 잇는다.

소설은 광주민주화항쟁의 한복판에서의 정혜가 자신의 과거를 교차하는 방식으로 전개된다. 정혜는 죽음이 밀어닥치는 위기 상황에서 청소년기에 만났던 '그 언니'를 떠올리는데, 정혜가 '그 언니' 나이 즈음이 되었기도 하고 일탈적 존재로 받아들여졌던 그 언니의 삶의 바람이 정혜에게도 마찬가지로 받아들여졌기 때문이기도 하다. 정혜가 중학교 시절 우연히 마주쳤던 '그 언니'는 "동네서부터 몸매가 훤히 드러나는 유니폼을 입고 출근"한다며 수군거림을 당했던 외삼촌댁 근처 병원의 간호보조원이었다. 그녀는 송창식을 좋아했으며 가끔 대마를 피웠고 '후랑크후르트'에 가 새 삶을 찾고자 한다. 그런 언니에 대해서 동네 사람들은 대놓고 손가락질하기도 했지만 그 삶은 불필요한 잉여적 존재로 환원되었던 정혜에게 한 줄기 희망과 같은 것이기도 한데, 바로 이 차이 나는 시선으로부터 '질병적 여성'의 환상성이 부서진다.

> 정혜도 언니처럼 거기 가고 싶었다. 후랑크후르트든, 백림이든, 어디든 정혜는 지금쯤이면 자기도 구라파 어딘가에 있으리라 믿었다. 중학교를 마치고 본가에 돌아왔을 때, 빵 가게를 차려 갓 운영하기 시작한 계화는 간호원이 되어 독일로 가겠다는 정혜의 뜻을 격렬히 반대했다. 일손이나 거들다 시집이나 가야 할 년이 헛꿈 꾸지 마라, 아프레걸입네 비트니크입네 떠들어대니 너 따위 계집이 뭐라도 될 것 같으냐, (……) 그렇게 저주를 퍼붓는 계화에게 진탁이 내가 못난 탓이다, 저 하고 싶은 대로 하게 해주라 소리치며 계화가 차린 밥상을 엎어버리지 않았다면 독일은커녕 집에서 멀리 떨어진 C직할시로 가겠다는 계획부터 무산됐을지도 몰랐다.(「너를 따라가면」)

"아프레걸"은 전후戰後 시기 여성의 한 양상을 지칭하는 용어로, 미국 문화를 소비하는 여성에 대한 부정적 가치관이 내포된 표현이다. 자본주의에 물들어 퇴폐적 소비문화를 향유하는 여성을 일컬었기 때문이다. 실제로 그런 여성이 있었느냐 없었느냐의 문제에 앞서 특정한 단어가 특정 시대의 문화를 소비하는 여성에 대한 공공연한 비판적 명명으로 자리하고 있다는 사실에 주목해야 한다. 위의 인용에서 실제로 정혜가 소비와 향락을 추구한다는 의미의 "아프레걸"이 아님에도 불구하고 그녀가 한국적 가부장제 사회를 벗어나 직업인 여성의 길로 접어들겠다는 의지는 "아프레걸입네 비트니크입네"와 같은 표현으로 일갈된다. 정혜에게는 그저 탈출구로 여겨졌을 간호사의 꿈과 독일행은 분명 '그 언니'로부터 이어진 여성의 '새 삶의 가능성'으로 발견된 것이다. 이렇게 볼 때 정혜와 '그 언니'는 "아프레걸"과 같은 세상 물정 모르고 사회에 유해한 향락적 존재로서 매혹적이면서도 위험한 문제적 존재로 묶인다.

그런데 이러한 담론화가 여성에 대한 질병적 환상을 덧씌운 프레임에 입각한 것은 아닐까? 사실상 여성을 질병적인 존재로 취급한다는 것은 이상한 매혹이 있는 존재지만 가까이하지 말아야 할, 이를테면 '저런 사람이랑 같이 다니면 저런 사람이 된다'와 같은 위험한 전염력이 있는 존재로 보는 질병적 사고방식과 연관되어 있다. 그러한 오염된 존재이자 일탈적 존재로서 음험한 매혹적 존재로의 프레임을 거쳐서라도 이들은 어떻게든 자신의 삶을 인정받지 못하는 이 사회에서 벗어날 필요가 있었다. '그 언니'의 독일행, 정혜의 파독 간호사에의 꿈, 그리고 독일이 간호사 수급을 중지하며 그 꿈이 불가능해진 이후에도 단지 자신을 옭아매는 영향력에서 벗어나고자 선택했던 광주병원에서의 간호 인력으로의 활동은, 그러므로 "어떤 사명감 때문이 아니었"고 "어떤 책임감 때문도" "어떤 숭고함 때문은 더더욱" 아닌, 살기 위한 행위다.

이런 방식으로 구축된 여성이라는 젠더 정체성 위에서 포착된 광주항쟁의 일면으로서 의료진의 행위는 "그곳에서 그렇게 하는 것 외에는 달리 할 수 있는 일이 없었기 때문"으로 다시금 의미화된다. 그들이 1980년 광주에서 최선이나 최악의 선택지조차 아닌 주어진 삶 자체를 살아내는 것을 선택한다고 해석되는 장면은, '그저 살기 위해 여기를 선택해야만 하는 여성'의 시선을 거치며 의미 층위를 달리하게 된다. 이제 우리는 광주항쟁에서의 삶과 죽음의 문제에 여성 젠더가 개입된다는 것이 단지 여성 인물의 시선을 취함을 의미하지 않으며, 안팎의 시선으로 구성된 여성의 삶의 구성적 원리로 세계를 본다는 것을 의미함을 안다.

밥만 축내고 별 가치 없는 존재로 가부장 공동체 내에 기입되어 있는 막내딸의 층위, 착실한 여성의 규범을 벗어난 것처럼 보여 언제나 예의 주시해야 할 대상으로 소비되고 경계되는 간호보조원 '그 언니'에 대한 묘사에 서사의 핵심 주제가 있기도 하지만 서사의 말미에 지나가듯 언급되는 장면 역시 놓치지 말아야 하겠다. 피가 모자라 헌혈을 하겠다고 몰려든 사람들 사이에 소동이 일어나는데 그 내용은 다음과 같다.

> 내 피가 더러워, 더럽냐고!
>
> 아저씨들 중 하나가 앞에 서 있던 역전 유흥가의 작부들과 실랑이가 붙은 모양이었다.
>
> 네 피만 피고 내 피는 피 아니야!
>
> 작부 한 명이 내지르는 고성에 아저씨가 할 말을 잃고 담배만 뻑뻑 피워댔다.(같은 글)

글의 서두에서도 언급했듯 어떤 위기의 순간에 다시금 조명되는 혐오의 장면들은, 그때가 '위기의 순간'이기 때문에 더 극적으로 조명된다. 1980년 광주에서 당시 의료 체계로는 대응되지 않을 정도로 환자가 급격하게 증가해 시민들에게 생명을 구하기 위한 헌혈을 부탁하는 위기 상황에서도 '작부의 피는 더러우니 헌혈을 거부해야 한다'는 태도는 무엇을 말해주는가. 생명의 존엄이 당장의 현실로 닥쳐온 그 급박한 시점에도 누군가의 피는 더럽고 어떤 존재는 다른 존재보다 더 무가치하다는 혐오와 위계로 범벅이 된 사고방식을 보여준다. 이렇듯 위기 상황에서 극적으로 드러나는 혐오 정서는 그러한 존재에 대한 혐오와 위계가 얼마나 헛된 것인지, 혐오를 위한 위계를 작동시키고 유지하려 담론화했던 그 모든 작업이 얼마나 허황된 것인지를 마주보게 한다.

*

전염병의 시대에 문학을 다시 읽는다는 것은 무엇을 의미하는가. 나는 이 글에서 질병으로 인해 일상의 생활 감각 자체가 변화한 시점에, '새로운 서사' 자체에 주목하기보다도 그것을 감지하고 읽어내는 감수성의 변화를 둘러 소설을 읽고자 했다. 이주혜의 소설을 통해 (비록 서사가 코로나19를 다루고 있지 않아도) 질병이 우리의 삶을 잠식시키는 과정을 목도하는 현재의 감각 위에서 가부장제가 여성의 삶을 어떤 방식으로 경계화하며 그것이 어떻게 문제적으로 재독되는지 살피고자 했다. 한편 전염력 높은 질병의 시대를 살아가는 현재, 실제 삶에 관여하는 전염성의 공포를 충분히 주지하면서도 그것을 이미지화하여 특정 젠더에 기입했을 때 어떤 혐오가 발생하는지를 이현석의 소설을 통해 보고자 했다. '질병'을 다루는 문학을 다시 읽는 것, 질병적 존재로서 인간을 환원하는 인식 구조를 보는 것은 물론 중요하다. 그러나 전 세계가 전염병에 압도되고 있는 이 시점에 우리가 가진 위기의 공통 감각을 발동시켜 '어떤 삶의 문제들을 바로 볼 것인가'를 묻는 것, 그것은 지금 이 시점에 우리에게 정말로 요원하고 절박한 미래를 위해 필요한 질문일 것이다.

(2020)

엄마 되는 상상력, 여성의 자기 서사 이해하기
—한지혜의 『물 그림 엄마』[1)]

'엄마'란 무엇인가

엄마에 대해 뭐라 말하면 좋을까. 단순히 나의 모친에 국한할 게 아니라 보편적 '엄마'에 대한 개념에서부터 시작하며 질문을 바꿔본다. '엄마'란 도대체 무엇일까?

우리는 '엄마'를 눈앞의 존재로 마주하기도 하지만 '엄마'란 좀더 개념적 차원에서 일정한 역할을 수행하는 존재 양상으로 볼 수 있다. 우리는 종종 '엄마 같은 사람'이란 표현을 쓴다. '엄마 같은'의 이러한 수식은 보통 어떤 상황에서 사용되는가. 푸근한 사람, 다정한 사람, 잘 챙겨주는 사람, 살가운 사람…… 이러한 관용적 표현에 어느 정도 동의할 수 있다면 '엄마 같다'라는 수식은 부양자이자 보호자로서의 존재가 수행하는 행동 양상으로부터 일종의 안정감을 부여할 때 사용됨을 알 수 있다. 물론 이때 지시되는 이의 젠더가 '여성'으로 모아

1) 한지혜, 『물 그림 엄마』, 민음사, 2020. 이하 인용시 작품명과 쪽수만 밝힌다.

진다는 것도 짚어야 할 중요한 부분이다.

그런데 엄마는 정말 그렇기만 할까? 엄마는 온화한 성정을 지니며 보호자로서 피부양자를 보살피는 데 삶을 다 바치는(또는 그런 것을 자연스럽게 받아들여야만 하는) 여성 존재일까? 답은 '그렇지 않다'와 '그럴 필요가 없다' 두 가지로 제시될 수 있다. 당장 우리 곁의 모친과의 에피소드를 떠올려보자. 그녀와 다투고 그녀를 도저히 이해할 수 없다는 생각에 사로잡힌 수없이 많은 비장한 순간이 있었으리라. 삶에서 우리가 엄마 '된' 존재와 맺는 관계 양상은 행복, 기쁨은 물론 좌절, 분노, 슬픔 등의 감정을 다층적으로 아우른다. 그런데도 개념적 차원의 '엄마 됨'에 대해서는 친절, 희생, 헌신 등 일정한 행위 양식의 리스트를 만들어 적용시키고자 한다면 실제 삶에서 펼쳐지는 관계 양상과는 달리 '엄마'란 존재에게 특정한 이미지를 반복적으로 생산하는 이유가 무엇일지 고민하는 일이 필요하다.

엄마-여성은 왜 분열되는가

여성은 '엄마'라는 하나의 사회적 이미지를 내면화할 수도 있고 그것을 비판적으로 검토할 수도 있다. 중요한 것은 사회적 요구의 자·타의적 수용과 해석의 과정에서 엄마란 존재는 개념적 차원의 '엄마'라는 낭만적 형상만으로 현시화되지 않는 복잡한 존재란 점이다. 그렇다면 강조된 역할과 실제 삶 사이의 간극으로 인해 압박받는 한 개인은 분열적 증상을 보이게 된다. 「함께 춤을 추어요」에서 아이를 키우는 동시에 자기 내면의 아이를 발견한 엄마 화자가 그 둘을 컨트롤해야 한다는 강박에 시달리는 모습이 그렇다. 타인의 삶에 단순하고 명쾌한 답안을 제시해주는 듯한 상담사를 통해 건강한 사고를 학습하여 더 나은 삶을 지향할 수 있을 것 같았던 화자는 내면 아이로서의 자기와, 성인이자 엄마인 현실의 자아를 봉합하지 못하고 분열하는 쪽으로 향한다. 어렸을 때 엄마와의 관계 속에서 버림받았다고 느껴질 만큼 보살핌을 받지 못했다는 사실은 자신의 불행한 결혼/육아생활에 영향을 미치면서 화자의 죄책감과 책임감을 동시에 자극한다. 가정 내 여성에게 부과되는 역할을 수행하는 과정에서 '보살핌'은 어머니-여성인 인물에게 강박으로 작용하며 자기 파괴적 행위로 드러나는 것이다.

이처럼 '엄마 됨'에 대한 일정한 속성은 '내 곁의 엄마'라는 실질적 존재로부터 추출된 측면이 있다. 그러니 결혼을 하고 아이를 낳았다고 해서 사회가 바라는 이상적인 엄마가 될 수는 없으며 애초에 엄마되는 여성의 경험·관계 층위 자체를 입체적으로 보아야 한다. 그러나 우리는 이런 사실을 자주 잊어버린다. 특정한 속성들이 한 개인의 본질을 결정할 수 없음을 알면서도 여성 젠더이자 임신 가능성이 있는 자에게 '엄마 됨'의 프레임을 손쉽게 덧씌우는 경향이 있다. 그러면 이런 구조적인 측면들을 고려하면서 우리는 실존하는 한 명의 구체적 인간으로서 '엄마'를 어떻게 이해할 수 있을까. 소설을 통해 이것을 적극적으로 묻고 답해보고자 한다.

'여럿 중 하나'의 요소로 엄마 정체성 읽기

'엄마'로서 압박을 받고 있지만 「함께 춤을 추어요」의 화자와는 정반대로 오히려 엄마의 역할을 충분히 수행하지 못하는 자기 자신을 전면적으로 인정하는 화자가 등장하는 「누가 정혜를 죽였나」(이하 「정혜」)를 떠올려보자. 이 소설에는 "글을 쓰는 정혜"와 "영화를 찍는 정혜"(138쪽)라는 동명이인이 등장한다. 그중 소설은 글을 쓰는 정혜에 시선을 맞춘다. 글쓰는 정혜는 등단한 소설가지만 정작 생계를 유지하기 위해 외주를 하느라 소설을 쓰지 못하는 형편이다. 결혼을 하고 아이를 키우면서 점점 더 소설쓰기가 요원해지자 이혼을 결심하는 글쓰는 정혜는 우연히 영화 찍는 정혜를 소개받으며 자신의 욕망을 들여다보게 된다. 글쓰는 정혜는 자신보다 젊고 커리어적으로 능력을 인정받는 영화 찍는 정혜를 질투하며 자신에게 필요한 것이 어쩌면 "시간이 아니라 관심과 격려"(145쪽)가 아니었나 하는 마음을 전면적으로 마주하며 열등감 또는 열패감을 느낀다.

「정혜」는 주제적 측면에서 여성의 삶을 아우르는 다양한 요소와 개인의 욕망에 주목한다. 이 과정에서 아내/엄마로서의 책임을 충실히 수행하지 못했다는 것에 대한 죄책감이나 책임감은 그녀의 다른 욕망—커리어에 대한 욕심, 인정욕, 영향력을 가지고 싶은 욕망 등—과 견주었을 때 그녀에게 특별히 더 강력하게 작동하지 않는다. '여성의 삶'을 이해한다는 것은 한 개인의 삶을 본다는 것에 가깝다. 이로써 소설은 여성에게 가정 안에서 요구되는 여러 사회적 책임감이 사실은 욕망 주체로 여성을 사유하려 할 때 그녀에게 작동하는 여러 요소 중 하나일 수 있다는 가능성을 제시한다.

이와 관련해 소설의 기법의 측면을 눈여겨봐야 한다. 소설은 내포 작가를 설정해 글쓰는 정혜의 생활과 내면을 초점화한다. 이는 정혜와의 일정한 거리를 확보하는 장치로 볼 수 있다. 또한 두 명의 정혜를 등장시킴으로써 초점화하고자 하는 다른 정혜를 "글을 쓰는 정혜"로 명명하고 정체화함으로써, 이후의 서술에서 더이상 정혜를 '글쓰는 정혜'라 부르지 않아도 독자는 자연스레 정혜가 글을 쓴다는 사실을 염두에 두게 된다. 이로써 내포 작가, 정혜, 독자 사이에 정혜를 정의하거나 호명하는 수많은 이름 가운데 '작가'가 정혜를 설명하는 가장 중요한 명명이란 사실을 공유한다. 이러한 모종의 합의가 발생한 상황에서 정혜는 비로소 업무와 관련해 높은 성취감을 보이고 싶은 사람이자 대내외적으로 능력을 인정받고 싶은 캐릭터로 정체화된다. 이 과정에서 정혜가 포기하는 결혼생활 및 부모로서의 역할은 타인과의 관계에서의 신뢰와 책임감으로 엮여 있는 문제이기도 해서 정혜에게도 타격으로 다가온다. 그러나 앞서 정혜의 여러 정체성을 두루 살펴온바 이제 이것을 그저 '엄마인 여성의 죄책감'으로만 한정해서 읽지 않아도 좋을 것이다.

이렇듯 작가는 '엄마'로 불리는 여성의 다양한 모습을 여러 편의 소설에서 제시한다. 그런데 그것이 엄마로서의 여성만을 조명하고자 함이 아니라, 엄마란 층위 역시 여성이 욕망하고 실현하려는 삶의 양식 '중' 하나라는 것을 강조한다. 그러한 한 소설에서 엄마는 희생이나 사랑의 헌신으로만 그려지지 않는다. 엄마 캐릭터는 '엄마'라는 이미지 자체를 주제의식으로 삼는 것에 머물지 않고 자본주의적 현실의 삶 한복판에 놓여 거래되는 '자식-엄마'의 관계를 드러내는 장치로 기능하기도 한다. 「토마토를 끓이는 밤」의 엄마는 소설의 초반에 언뜻 경제력을 완전히 상실하고 군식구로 들어온 '나'와 남편 내외에게 도움을 주는 존재로 등장한다. 그런데 엄마가 아파트에 기거하는 또다른 누군가의 엄마들의 거취와 죽음을 '관리'하고 돈을 받는 장면을 거치면서, 소설은 노인-부모의 삶을 일련의 자본주의 구조 속 거래물로 포착한다. 소설의 마지막에 이르러 한 부잣집 자제가 뇌졸중으로 쓰러져 죽어가는 '나'의 엄마를 자신의 숨겨져야만 하는 엄마로 오해하여 그간의 돌봄의 대가로 '나'에게 거액을 쥐여주고 '나'의 엄마를 데려가는 장면 역시 비슷하게 독해된다. 자본주의사회 안에서 자본의 거래물로 자리하는 엄마·자식 간의 (피)부양자의 관계는 가히 블랙코미디다. 엄마가 '효도'를 거래물로 다루면서 대리 실천하는 사람으로서 또다른 엄마를 보살폈던 아이러니와 마찬가지로, '나' 역시 일종의 '효도'로서 죽어가는 엄마를 부잣집에 넘겨버리는 장면은 모녀 서사를 다양한 방식으로 풀어낼 수 있음을 보여준다.

엄마 '되는' 존재

다시 '엄마란 무엇인가'의 질문으로 돌아가보자. 나는 글의 서두에서 "엄마 된 존재"와 "엄마 됨"이라는 표현을 구분해서 사용했다. 엄마는 한 구체적 개인이 어떤 행위를 통해 특정한 순간에 '되는' 것이다. 혼인한 여성 또는 아이를 낳은 여성에 주어지는 표상적인 지시어가 아니라는 뜻이다. 한편 보다 본질적이고 고정된 의미로 사용되는 관념적 차원의 '엄마'에 대해서는 '엄마 됨'이라는 표현을 사용했다. '엄마 됨'은 '되는 중'이 아니라 '되었음'을 의미한다는 점에서 행위의 완결을 더 강조한다. 그런데 엄마라는 존재 양상에서 '되었음'이란 완성형이 사실상 불가능한 표현이라면 어떠한가? '엄마'가 어떤 자격을 얻음으로 단번에 거듭나는 존재가 아니라 그렇게 불림으로써 계속해서 '되어가는' 존재라는 인식은 한 개인의 정체성을 더 폭넓게 사유하도록 만든다.

엄마가 되어가는 상상. 이 상상 가능성을 주제의식으로 삼을 때 주목해야 할 서사의 특징은 이 '되어가는 존재'가 누군가의 엄마, 그리고 엄마가 되어갈 딸이라는 두 층위의 인물을 통해 확인된다는 것이다. 엄마와 딸은 남성 중심적 이성애주의 가부장제 이데올로기[2]와 무관하지 않은 관계 체제이자 호명 체계다. 이러한 유구한 사회적 맥락 안에서 엄마는 누군가의 딸이었고 딸은 훗날 엄마가 된다. 그렇기에 가족이란 관계 공동체 속 모녀 관계는 여성이라는 정체성을 중심에 놓고 서로를 가장 잘 이해할 수 있는 존재로 여기는 동시에 여성으로서 삶의 궤적이 흡사할지도 모른단 예측 속에서 부정하고 싶은 존재로 얽혀 있다. 이번에는 이런 복잡성을 고려하여 엄마 되어가는 존재로서 딸, 엄마, 할머니에 이르는 너른 층위를 보여주는 소설에 시선을 던져보자.

딸, 엄마, 할머니와 여성 대타자

「환생」은 엄마의 죽음[3]을 목도하는 과정을 그리는 서사로 여러 겹

---

2) 엄마가 되는 여성에 대한 인식과 관련하여 남성 중심적 이성애주의 가부장제라는 맥락은 매우 중요하다. 엄마라는 호칭이 특정한 관념으로 의미화되는 것과 밀접하기 때문이다. 엄마라는 호칭은 일반적으로 이성애를 보편으로 삼는 사회에서 남성과 결혼하여 사회제도의 승인을 받아 가정이라는 공동체를 꾸린 여성에게 부여된다. 이때 여성은 그 집에서 실제로 어떠한 역할을 수행하든(경제력, 가사노동, 돌봄노동 등) 가장이기보다는 피부양자로 인식되거나 자리할 것을 요청받는다. 또한 남편과 아이 그리고 가정 내부의 노동을 수행해야 하는 역할이자 의무로 배당받는데 이는 남성 가부장 사회를 맥락으로 하지 않으면 '보편적 여성 규범'이라 말할 수 없다.

3) 죽음은 이 소설집의 전반적 모녀 관계에 배치되어 있는 사건 중 하나다. 이 소설집에서 죽음을 매개로 하는 단편은 「환생」 「토마토를 끓이는 밤」 「으라차차 할머니」 「누가 정혜를 죽였나」 「무영에 가다」 「물 그림 엄마」로 대부분이다. 이중 「무영에 가다」는 다른 서사들이 모녀 관계에 집중하는 것과 달리 죽음 자체에 초점을 맞추고 있다는 점에서 독자에게 가장 낯설게 느껴지는 소설일 것이다. 그런데 이는 달리 이해하면 「무영의 가다」를 통해 소설 전반적 주제 중 하나인 죽음에 대한 이해를 구해볼 수 있다는 뜻이기도 하다. '와이'의 자살을 돕는다는 업무 내용으로 채용된 '케이'는 이른바 자살 보조 노동을 행하는 과정에서 내심 와이가 죽지 않음에 안도하지만, 역설적으로

의 모녀 관계를 드러낸다. 소설은 병원에서 몇 번이나 죽음의 고비를 넘기고 되살아나는(?) 엄마와 그녀를 바라보는 자식들의 상황을 통해 일종의 블랙 유머 코드를 발동시킨다. 엄마의 '진짜 임종'을 기다리는 삼 남매의 맏딸인 '나'는 계속해서 살아나는 엄마를 보며 복잡한 감정을 느낀다. "이렇게까지 엄마가 간절히 생을 놓지 않고 붙들어줘서 고맙고 다행스러운 마음"인 한편 "우리가 차마 내색하지 못하는 어떤 간절한 기대를 배반하고 눈치도 없이 자꾸 되살아나는 엄마가 피곤하고 귀찮은 마음"이 드는 것이다(11쪽). 특별히 사이가 나빴던 것도 아닌, 누구보다도 가까운 가족의 죽음을 목전에 두고 교차하는 이 두 마음은 '자식-부모'라는 한평생의 관계에 대한 요약으로도 읽힌다. 어느 시점에 이르면 부모와 함께한다는 사실만으로도 감사하지만 동시에 서로의 자장에서 벗어나야만 하고 그럼으로써 독립된 개인으로 각자의 삶이 전환될 수 있음을 강력하게 깨닫는다. 여기에 엄마의 죽음과, 화자가 다섯 살 난 딸의 엄마라는 인물 정보를 겹쳐 읽을 수 있다. '나'는 엄마의 죽지 않음이 안타깝고 곤혹스러운 동시에 언젠가 딸을 자신에 귀속된 존재가 아닌 독립적 존재로 분리해내야 할 사명이 있다. 이렇게 엄마의 죽(지 않)음을 바라보는 딸이자, 다섯 살 난 딸아이의 엄마라는 다층적 정체성을 가진 '나'의 시각은 '부모-자식' 간 애착 관계 및 개별적 인간으로 사유하는 것의 두 층

와이와의 만남은 언제나 죽음을 약속하고 이루어진다. 이는 우리가 타인의 죽음으로부터 생의 소멸뿐만 아니라 생과 삶에 대한 감각 및 그에 대한 해석적 사고를 수행한다는 것을 알려준다. 이에 근거하면 소설집 곳곳에 배치되어 있는 (조)모녀 관계 성찰에서 발생하는 죽음은 그녀들의 '살아 있음' 자체를 강력하게 환기하는 사건이라 할 수 있다.

위를 동시에 보여준다.

소설에는 삼 남매와 엄마, '나'와 나의 딸 말고도 하나의 모녀 관계가 더 드러난다. 바로 '엄마'와 외할머니와의 관계다. 이 둘의 관계는 딸이자 손녀인 '나'의 시선에서 이해된다. '나'는 외할머니라는 '여성 대타자'적 존재를 엄마와 연결 지음으로써 엄마를 딸 된 입장으로 환원한다. 현재 딸 가진 엄마 된 입장이자 엄마의 맏딸인 '나'의 복잡한 관계는 그들을 이해하는 복합적 정체성으로 자리한다. 소설의 후반부에서 밝혀지는 엄마가 사실은 혼외 자식이었다는 사실과, 외할머니가 소싯적 "큰딸은 귀애하고 작은 딸"(22쪽)인 엄마는 구박했다는 사실에 근거해 훗날 병든 할머니를 구박하는 엄마의 모습을 떠올리는 '나'의 시선으로부터 이들의 관계는 그저 보호자-피보호자만도 단순한 엄마-딸의 관계만도 아닌 가족 구성원 내 여성의 다면성을 보게 한다.

엄마의 죽음을 가깝게 예견하는 시점에 그녀의 삶을 반추하는 방식의 서사적 흐름 자체가 새로운 것은 아니다. 그러나 그간 부모 자식의 관계를 부자父子 관계로 등치시켜온 오랜 서사적 관습을 돌이켜 볼 때 한지혜가 제시하는 죽음을 둘러싼 모녀 서사는 인간 존재를 다시금 사유하게 하는 죽음이라는 사건에 젠더성을 부여했다는 점에서 중요하다. 이는 자식이 학습하고 마침내는 뛰어넘어야 할 세계의 상징 질서인 '대타자大他者/Other'가 ('아버지'적 존재가 아닌) 여성 젠더로도 사유될 수 있음을 보여준다.

대타자가 세계의 질서와 권위 및 규칙을 내면화하도록 만드는 존재로 상징된다고 할 때 '여성 대타자'는 어떤 식으로 독해가 가능할까? 여성에게 세계의 규율을 학습시키는 것은 제도적으로는 가부장제이지만 딸 된 도리를 강조하거나 어머니 되는 것의 선행자로서 '어머니 여성'은 가부장제 내부에서의 여성이란 점에서 딸 또는 자신의 엄마와 일정한 이미지를 공유한다. 그렇다면 딸 된 입장에서 엄마를 이해할 때, 엄마의 대타자는 할머니가 된다. '할머니'의 존재로 드러나는 이 여성 대타자는 일반적 의미의 '대타자'와 동일한 의미의 상징 질서로 작동하지는 않는다. 앞서 「환생」에서도 보았듯 할머니라는 여성 대타자는 엄마를 홀대하고 구박함으로써 그 존재를 억압했기도 했지만 훗날 늙고 병들어 젊은 날의 잘못을 질타받는 과정에서 마치 죄를 인정하듯 모멸을 온몸으로 받아낸다. 이로 볼 때 여성 대타자의 존재는 위계와 권력적 관계로 구축되는 상징 질서를 구현하는 동시에 죽음의 시점인 노년에 이르러 딸 된 존재에 의해 상징 질서가 전복되고 해체되는 양상까지를 포함해 드러난다.

모녀 서사에서 조모-손녀 서사로

앞의 내용을 참고하여 '외할머니-엄마-나'의 삼대 관계가 드러나는 서사를 읽어본다. 이들 관계는 딸이자 손녀인 '나'에 의해 포착되어 재구성된다는 공통점이 있다. 이렇듯 손녀의 시선을 취했을 때의 특이점은 원망으로 범벅된 엄마-할머니의 관계가 한 차례 객관적 거리감을 확보하며 각자의 사정 있음이 고려되어 이해된다는 데 있다. 이에 더해 딸을 가진 엄마인 '나'라는 인물의 설정은 이러한 이해의 과정이 엄마 되는 인물의 시선에서야 비로소 포착될 수 있는 딸/엄마의 동시적 층위임을 암시한다.

모녀 서사에서 조모녀 서사로 건너가는 흐름을 보면서, 엄마가 되어가는 딸이 엄마를 어떻게 이해하게 되는지부터 단계적으로 접근해야 하겠다. 「물 그림 엄마」의 화자인 '나'는 극장에서 죽은 엄마를 시시때때로 일상에서 마주친다. '나'가 가는 곳, 특히 극장이 있는 곳이라면 어디든 나타났던 귀신 엄마는 '나'가 결혼을 하고 아이를 가진 채 신혼여행을 떠나게 되자 딸과의 이별을 예고한다. 결혼 제도를 통과하고 아이를 가짐으로써 사회적으로 '엄마'라 호명되는 과정에 놓인 여성 화자가 출산에 가까워져가는 시점에 모친을 떠올리는 것은 비교적 익숙한 모녀 서사의 주제의식이다. 이 소설의 특징은 이 주제의식을 어느 정도 공유하는 선에서 엄마를 마냥 이해하는 딸로서 자리하지 않고 엄마의 소멸과 아이의 태동을 겹쳐놓는다는 데 있다.

> 극장 무대가 하늘로 솟구치고, 그 높은 하늘 아래에서 슬프기도 하고, 처연하기도 한 인디언 혹은 오래된 정령 같은 무엇이 위태롭게 아래로 떨어질 때 내 배 속에서도 무언가 아주 작고 미약한 무언가가 움직였다. 작은 물방울처럼 퐁퐁 시작해 북을 두드리듯 둥둥거리는 울림으로 바뀌었다. 안에서 터진 한 방울의 물은 몸 전체를 노곤하게 적시더니 어느 순간 눈 밖으로 흘러나왔다. (……)
>
> 그러나 엄마는 나타나지 않았다. 대신 배 속의 물방울은 북이 되었고, 입덧도 사라졌다.
>
> 극장에서 두번째 태동을 느낀 순간 나는 한 가지 사실을 깨달았는데, 그것은 엄마가 사라질 때 펑, 하는 느낌과 처음 태동을 느끼는 순간의 펑, 하는 느낌이 매우 비슷하다는 것이었다. 엄마가 사라지는 모습이 한 방울의 물이 온 우주로 흩어져서 사라지는 모습을 닮았다면 태동은 한 방울의 물이 온 세상을 적시는 그런 느낌이었다. 우리의 삶이란 결국 물방울로 태어나 물방울로 흩어지는 건가. 하나의 물방

울이 다른 물방울을 만나 시내가 되고, 강이 되고, 바다가 되어 흐르다가 다시 저 홀로의 몸으로 구름이 되었다가 누군가는 빗방울이 되고, 누군가는 이슬이 되어 저마다의 땅에 닿듯 그렇게 돌아오는 것일까.(「물 그림 엄마」, 236~237쪽)

신혼여행에 따라온 귀신 엄마는 "살아도 보고, 죽어도 보고, 한 번씩 했으니"(234쪽) 환생 따위는 하지 않을 거라며 라스베이거스의 극장에서 딸과 마지막 만남을 가지기로 한다. 그러나 엄마는 나타나지 않고 극장에서 엄마를 기다리던 '나'는 태동을 느끼며 불현듯 뭔가를 깨닫는다. 그것은 태동이 귀신 엄마가 느닷없이 나타났다가 사라질 때의 "펑"과 비슷하다는 사실이다. 지금 '나'의 삶에는 두 가지 삶의 변화가 예정되어 있다. 엄마의 죽음 이후 또 한번의 이별과 임신으로 인한 새 존재를 맞는 일이다. '나'는 딸로서 엄마와의 이별을 맞이하는 동시에 엄마 되는 입장에서 아이를 맞이한다. 그런데 '나'에게 이는 명백하게 구분되는 역할의 분할로 인지되지 않고 하나의 뒤섞이는 흐름으로 이해된다. 인간을 "한 방울의 물"에 비유하여 태어나 가족을 이루며 대지를 적시다가 기화되어 공기 중으로 날아간다는 발상은 무엇을 말해주는가. 딸에서 엄마가 되는 것은 일정한 단계적 절차에 따라 일어나는 일이 아니라 일정한 순환적 흐름 위에서 서로의 삶이 개입하면서 발생하는 복합적인 일이다. 소설은 엄마 되는 시점의 '나'를 주로 하여 가부장제 맥락 안에서 '모녀'로 엮여 있는 그들의 관계가 한시적으로 '펑' 하고 사라져야만 하는 일임을 암시하기도 한다.

이번에는 '엄마 되는 딸의 엄마 이해하기'의 연장선에서 손녀딸이

보는 엄마-할머니의 관계다. 「으라차차 할머니」(이하 「으라차차」)는 손녀의 시각을 취해 엄마와 특히 할머니의 삶의 역사를 돌아보는 소설이다. 각 인물은 한 명의 여성이 딸이자 어머니자 할머니로서 각각 자식 및 손녀와 어떻게 중층적으로 관계를 맺는지 보여준다. '나'의 가족이 어떻게 탄생하게 되었는지를 주된 서사로 삼는 이 소설에서, 할머니 '김순녀'의 자전적 서사가 개입한다는 점이 특징적이다. 자신의 죽음을 예견하고 손녀 '나'에게 건네는 "낡고 두툼한 공책"(108쪽)에는 할머니가 해석한 자기의 삶이 적혀 있다. '나'는 할머니의 소싯적 삶을 수차례 들었으므로 그 공책 속 내용의 일부가 거짓됐거나 각색된 것임을 안다.

실제 할머니는 부잣집 딸이 아니었고 척추 장애 때문에 상경해서도 교사가 되지 못했다. 전쟁이 터지고 모든 것을 잃고 굶어 죽기 전에 기생집에 당도해 "글 모르는 기생들 대신 편지도 읽어주고 답문도 써주"(115쪽)면서 피란 시절을 났다. 그런데 할머니의 공책 속 김순녀는 유복한 집의 자녀로 태어나 총명한 머리를 인정받으면서 교사가 되려 했으나 몸이 병약해 꿈을 이루지는 못했다고 서술된다. 김순녀의 재능을 안타까워한 주변의 도움으로 관공서에서 일을 하게 되었고, 전쟁중 삶이 피폐해진 때에는 지체 높은 사람들의 사교 모임에 관여하는 삶을 살았다고 적혀 있다.

몸이 아팠다, 머리가 좋았다, 전쟁을 겪었다는 세 가지 사실 이외에는 화자의 표현대로 "허풍"에 가까운 이 이야기를 할머니는 왜 '나'에게 전해주었을까? 할머니의 자기 서사를 언급할 때 반드시 붙어야 할 수식어는 '여성'이다. 할머니의 삶 속에서 '여성'으로서의 삶의 질곡—딸, 신체가 불편한 '여성'의 층위 등—이 드러나기 때문이고, 이 삶에 대한 기록이 다름 아닌 '손녀'에게 전해지고 그것이 소설화되어 지금 이렇게 우리의 눈앞에 펼쳐지고 있기 때문이다. 즉 이것은 여성(들)의 자기 서사다.

박혜숙에 따르면 "'자기 서사'란 화자가 자기 자신에 관한 이야기를 그것이 사실이라는 전제에 입각하여 진술하며, 자신의 삶을 전체로서 회고하고 성찰하며 그 의미를 추구하는 특징을 갖는 글쓰기 양식"[4]이다. 요컨대 사실적 삶을 준거로 삼되 그것에 대한 재해석과 의미화의 과정을 거쳐 내어놓는 이야기 행위가 자기 서사다. "살아온 것도 인생이고, 살고 싶은 것도 인생"(117쪽)이라는 할머니의 말을 참고할 때 할머니가 자기의 삶을 있는 그대로가 아닌 다소간 영웅의 일대기적 형식(뛰어난 영웅적 주인공과 그를 돕는 조력자로서의 주변 인물 등)으로 기술한 것은 그녀가 허풍선이이기 때문이 아니다. 원했으나 되지 못한 삶을 되고 싶은 삶의 모습으로 재구성한 이 한 편의 자기 서사에서 여성의 삶이 어떤 인식의 한복판에 놓여 있었으며 할머니가 원하던 삶이 가능하도록 만들기 위해 인간에 대한 어떤 종류의 숙고가 필요한지를 생각하게 만든다.

여성의 삶을 이해한다는 것은 무엇일까? 어떻게 재현하는 것이 여성의 현재 삶의 모습을 보여주고 더 나은 미래로 이끌어갈 수 있을까. 「으라차차」에 와서 보다 직접적으로 개진되는 '여성의 자기 서사'에 대한 성찰은 우리가 한지혜의 소설을 '(조)모(손)녀 서사'에 대한 것으로 읽어 여성의 삶에 대해 어떤 점을 더 숙고해야 하는가를 묻게

---

4) 박혜숙, 「여성의 자기서사와 관련한 몇 가지 문제들」, 『한국 고전문학의 여성적 시각』, 소명출판, 2017, 116쪽.

만든다는 점에서 중요하다. 책을 덮은 뒤 함께 고민했으면 하는 것이 있다. 우리는 모녀 서사를 어떻게 담론화해오고 있었으며 이를 어떤 방식으로 '인식'하고 또 '해석'할 수 있는가? 한지혜의 소설은 엄마라는 이미지에 매몰되지 않는 관계 서사를 제시함으로써 이런 질문을 촉발시킨다. 우리는 소설 속 인물들을 통해 여성을 이해하는 어떤 다른 방법 또는 가능성을 보는가. 이것이 나와, 내 여성 친구와, 여성 가족을 이해하는 '서사'로써 어떻게 기능하게 될지 궁금하지 않은가. 이 흥미로운 관계 탐구의 여정을 우리는 막 시작했다.

(2020)

우리의 자리

—조우리의 『내 여자친구와 여자 친구들』[1]

나의 자리는 어디인가. '자기의 자리'를 가늠하는 것이 삶의 전부라고 여겨도 좋을 만큼 삶은 세계에서 자기 존재의 부피를 확인하는 일로 가득차 있는 것만 같다. 자기의 자리를 확보하는 일은 스스로에 대한 이해에서 비롯되어 자기가 원하는 것을 확인하는 것으로 추구되며, 삶의 방향을 열망하는 것으로 나아간다. '자리'는 '어느 곳'이라는 구체적인 맥락 안에 자신이 '있다는 것'을 자신뿐만 아니라 타인에게서도 확인할 수 있을 때 의미를 가진다. 어떤 것과 결코 교환되지도 않고 대체되지도 않는 '나의 자리'는 누군가와의 관계망 속에서 확인되는 것이다. 이렇듯 '자리'는 타인과의 관계 속에서 그 의미를 갖는다는 점에서 관계 지향적이다.

조우리의 소설에는 '자리'를 더듬는 여러 인물이 등장한다. 이때

1) 조우리, 『내 여자친구와 여자 친구들』, 문학동네, 2020. 이하 인용시 본문에 작품명과 쪽수만 밝힌다.

'나'의 자리는 노동의 영역으로 환원되는 사회적 위치이자 친구나 연인 등 애정을 토대로 구축되는 관계 안에서 드러난다. 특징적인 점은 이러한 자리를 점유하거나 그로부터 탈각되는 양상이 사회적 층위와 관계의 층위가 서로 겹쳐지며 나타난다는 것이다. 노동시장에서 자리의 문제는 자신의 필요를 스스로 증명하라는 요구와 맞닿는데, 문제는 그 요구가 언제나 온당한 방식으로 이루어지지만은 않는다는 데 있다. 개인은 철저히 쓸모를 기준으로 노동의 자리에 기입되거나 삭제되며, 쓸모에 의해 그 자리에서 탈락되었을 때 그는 그저 노동의 자리를 박탈당하는 것뿐 아니라 사회에서 자신의 온전한 가치를 제거당하는 듯한 감각을 느끼게 된다. 조우리 소설 속 인물들은 이런 상황에서 나아갈 길을 애정과 사랑으로 형성된 관계 안에서 찾고자 한다. 물론 '너'와 '나'의 관계 안에서 각각의 자리를 다져나가고자 하는 시도가 언제나 성공적이지만은 않다. 그러나 중요한 것은 지향성이다. 이러한 지향이 흩어지고 상처받은 개인을 어떻게 일으켜세울 수 있을까. 조우리의 소설은 이 메시지를 안고 간다.

그곳과 관계된 무수한 무언가가 제대로 기능하기 위해 적당한 무언가가 놓여 있어야 하는 곳. 이러한 '자리'를 탐색하는 소설 속 인물의 특이점은 그들이 전부 여성이라는 점이다. 여성 인물이 '자신의 자리'에 대해 어떻게 감각하고 있는가는 소설을 가로지르는 주요 문제의식 중 하나다. 인물의 '여성' 젠더는 사회가 그들을 어떤 식으로 자리매김하도록 만드는지 보여준다. 또한 주 생산 활동층인 이십대에서부터 노동시장의 바깥으로 밀려나 있는 장년층까지 아우르는 인물의 스펙트럼에도 주목할 필요가 있다. 이런 점을 고려하여 인물의 '자리'가 노동, 퀴어, 경계의 문제와 어떻게 맞닿는지를 중심으로 소설을 읽어보려 한다.

노동과 젠더, 노동자 여성의 자리: 「블랙 제로」 「물물교환」 「11번 출구」

「블랙 제로」 「물물교환」 「11번 출구」는 노동 현실에서의 자리에 주목한다. 세 편의 소설에서 인물들은 자기 자신이 아닌 그 누구라도 기입될 수 있는 자리를 박탈당하지 않기 위해 스스로의 인간성을 소거해야 하는 상황에 놓인다. 「블랙 제로」는 서비스직 종사자에게 요구되는 헌신과 배려가 자본의 논리 안에서 어떠한 위계로 강제되는지 보여주고, 「물물교환」은 제도가 엄격히 적용되지 않는 '벌어먹고 사는 일'과 관련하여 장년층 여성 인물이 겪는 기묘한 일에 대해 묘사한다. 그리고 「11번 출구」는 그러한 노동 현실 속의 인물의 자리를 그려내는 것에서 더 나아가, 다정함을 바탕으로 구축되었던 관계가 오해로 인해 단절되는 과정을 통해 한 개인의 자리가 어떻게 타인에 의하여 형성되고 또 허물어지는지 드러낸다.

임노동자가 노동과 임금을 교환한다는 것은 익히 알려진 교환의 내용이다. 그런데 임금과 교환되는 것이 육체노동이기만 할까? 「블랙 제로」에는 백화점 속옷 매장에서 근무하는 인물 '나'가 등장하는데, '나'는 자신과 휴무일을 바꿔주었던 '경'이 "고객님의 시착을 돕다가 말실수"(189쪽)를 했다는 이유로 고객으로부터 폭행을 당한 뒤 해고되었다는 사실을 알게 된다. '나'의 말마따나 도대체 무엇이 "내 동댕이쳐지고 발길질을 당할 만한 실수"(191쪽)일 수 있을까. 이런 상황에서 중요한 것은 '무슨 실수를 했느냐'가 아니다. 백화점 고객은 경이 어떤 실수를 했는지와는 무관하게 그녀를 때릴 수 있다는 판단하에 그런 행동을 했을 것이다. 그 고객이 백화점 회원 중 최상위 등급인 '로얄'이라는 설명을 참고해보자. 백화점에서 경의 노동에는 물건을 판매하는 것뿐만 아니라 고객을 접대하고 그들에게 한껏 헌신해야 하는 것까지 포함되어 있다. 경은 최상위 고객의 비위를 거슬러서는 안 되고 혹시라도 그런 일이 발생했을 때는 어떤 불이익도 감수해야만 하는 '판매직 노동자'의 자리에 놓여 있다.

'블랙 제로'는 구매 이력은 없이 매일 백화점 일층을 한 바퀴 도는 등의 특정 행동을 반복하는 문제 고객을 말한다. 아르바이트생인 '윤'은 블랙 제로의 이러한 행동에 대해 "자기한테 필요한 거 찾으러, 그거 구하러 오는 거"(195쪽) 아니겠느냐고 설명한다. 경의 사례에서 알 수 있듯이 그 '필요'란 타인의 자리를 박탈할 수 있는 권위를 행사하는 것으로 자신의 위치를 확인하는 일이다. 블랙 제로와 '나' 사이에서 벌어진 소란은 자신의 자리를 확인하려는 필요가 다른 이의 인간적 자리를 훼손하는 것을 보여준다. '나'가 경과 흡사한 상황에 놓였음에도 경과 달리 해고되지 않은 것은 그 고객이 '로얄'이 아닌 '블랙 제로'이기 때문일지 모른다. 그리고 그건 이익 관계로 묶여 있는 노동현장에서 각자의 자리가 과연 서로의 어떤 인간성을 지우고 있는가 하는 질문을 던지게 한다.

한편 '노동-자리'와 관련한 세 편의 서사에서 눈여겨보아야 할 것은 인물의 젠더이다. 「블랙 제로」에서 판매직, 서비스직 노동자는 대개 여성인데, 이와 관련하여 경의 임신 사실은 노동현장에서 여성이라는 젠더가 어떤 식으로 취급되는지를 짐작게 한다. "임신을 하면 사직서를 내는 것이 암묵적인 규정"(204쪽)이라는 말에서 확인할 수 있듯 인물은 여성이라는 이유로 노동현장 밖으로 밀려나게 된다.

노동 영역에서의 젠더 문제는 「물물교환」에서도 특징적으로 나타난다. '여자'는 쉰이 넘은 장년층 일용직 노동자로 공사장에 진입하는 외부 차량을 통제하는 일을 하다 이런 말을 듣는다.

> 현장 주변에 마땅한 식당이 없다고 해서 여자도 도시락을 하나씩 받기로 했다. 대신 점심시간에 자리를 뜨지 않겠다고 했다.
>
> 출근 첫날, 도시락을 받게 되었으니 하나 달라고 했을 때 남자는 대뜸 말을 놓았다.
>
> 누님은 **이런 일** 안 하실 것처럼 생겼는데, 어쩌다 거기 앉았수?
>
> 여자는 그가 자신의 막냇동생보다도 한참은 어릴 거라고 생각했다. (……) 이런 일, 이라는 말도 조금 우스웠다. 중학교에 진학하지 않고 방직공장에 취직했던 열네 살부터 여자는 자주 그런 말을 들어왔다. **손이 참 곱다, 안색이 밝다, 고생은 안 하고 사셨을 것 같다, 라는 말들.** 사람들은 여자를 나이보다 어리게 보았다. 여자는 그것이 자신을 만만하게 여기기 때문이라고 생각했다. 그리고 그것이 재미있었다. 사람들이 참 단순하구나, 싶었다. 보고 싶은 것만 보는구나.(163쪽, 이하 강조는 인용자)

그녀가 하는 일이 '이런 일'로 취급되는 것으로부터 몇 가지 사실을 추론해보자. 그녀가 실제로 어떤 삶을 살아왔는지와 상관없이 이미지화되어 있는 여성상은 노동의 영역에서 '어리고 아름다운 여성'이라는 젠더의 위치를 드러낸다. '어리고 아름다운 여성'은 노동의 영역에 어울리지 않는 이질적인 존재로 인식되어 노동자–여성의 층위에서 소외당한다. 그럼에도 '곱다'라는 말이 여성에게 칭찬의 의미로 여겨질 것이라는 믿음이 이 상황을 가능하게 한다. 젠더에 대한 이러한 인식은 노동의 계급화에 교묘하게 기여하여 그녀가 하는 일을 '이런 일'로 압축한다.

이처럼 노동의 계급화와 젠더의 관계를 밀착시켜 묘사하는 것은 조우리 소설의 주요한 특징 중 하나이다. 노동의 영역에서의 젠더 문제와 관련하여 '교환'의 문제를 살펴보자. 앞의 인용문에서 알 수 있듯이 여자는 점심시간에 자리를 비우지 않는 대신 도시락을 제공받는다. 이는 계약서에 명시된 사항이 아니므로 현장소장의 호의가 작용했다고 볼 수 있는데, 이러한 호의가 여자에게 도시락을 나눠주는 남자에게로 그 범위가 확대되는 것은 그녀가 '여성'이라는 점과 관계된다. "출근 첫날, 도시락을 받게 되었으니 하나 달라고 했을 때 남자는 대뜸 말을 놓았다"는 구절은 호의를 매개로 교환되는 것에는 노동의 내용과 식사뿐만 아니라 '여성'이라는 젠더까지 포함되어 있음을 드러낸다. 남자는 현장소장의 지시에 따라 여자에게 도시락을 건네는 것이므로 호의가 작동하는 것 자체가 문제인 건 아니다. 하지만 어째서 그 호의는 반말의 형식과 "이런 일"이라고 운운하는 방식으로 드러났어야 하는 것일까? 이 장면은 동의하거나 합의되지 않은 젠더에 대한 인식이 일방적으로 수행되고 있다는 점에서 눈여겨볼 필요가 있다.

관련하여 또다른 교환의 장면을 보자. '노인'은 고철을 준 여자의 호의에 대해 고마워하며 여자에게 은근하게 참외를 건넨다. 여자는 교환될 수 없는 것을 일회적 호의로 베풀지만, 노인은 원하는 걸 받았으니 대가를 줘야 한다는 교환 관계를 일방적으로 요구한다. 이는 매뉴얼이나 공식적 계약만으로는 유지되지 않는 삶에 대한 연민과 그것에 기대 자신의 이익을 취하고자 하는 장면으로 읽힌다. 그러나 앞서 소설 속 교환이 젠더와 무관하지 않음을 떠올리면, 교환되어서는 안 되는 것이 일방적으로 교환의 대상이 되는 사실에 물음을 던져야 한다.

이런 교환의 의미에 「11번 출구」의 핵심 소재인 '11번 출구'의 의미를 연결해보자. 이 소설에는 경계선이 가득하다. 그것은 마치 투명도 칠십 퍼센트의 흐릿한 선과 같은 것이었다가 경계선의 저쪽과 이쪽이 더이상 서로 교환할 만한 것이 없다고 판단되는 순간 투명도 영 퍼센트의 선명한 직선이 된다. 소설의 주요 공간은 "역과 지하상가가 나뉘는 경계"(39쪽)에 있는 빵집이다. '다미'는 이 가게의 유일한 점원이자 성실한 노동자이지만 공사로 인해 가게가 기존 상권과 구분되면서 사장 입장에서는 언제 해고해도 이상하지 않은 '잉여 노동력'으로 순식간에 위치를 달리한다. 다미가 곤란한 상황일 때 종종 다미를 도와주던 '남자'는 호감의 대상이자 유일하게 다미에게 호의를 표하는 사람이었지만, 역과 지하상가 사이에 가벽이 세워지는 순간 그저 지나가는 손님 중 한 명이 된다. 인물을 둘러싼 공간이 언제든 바뀔 수 있는 인물의 불안정한 위치를 표상하는 것이라 할 때 '11번 출구'를 어떻게 의미화할 수 있을까?

> 역의 공식적인 출구는 6번까지였다. 7번부터 14번까지는 지하상가가 점점 커지면서 뻗어나가 생겨난 출구들이었다. (……) 그러던 것이 지하상가가 재정비되면서 숫자 대신 알파벳이 붙었다. 역의 출구와 구별하기 위해서였다. 7번 출구는 A 출구가 되고 8번은 B가 되는 식으로 출구의 이름이 바뀌는 와중에 11번과 12번 출구는 폐쇄되었다. 대신 출구가 있던 공간만큼 새로운 점포가 생겼다.

11번 출구는 꽤 큰 출구였던 터라 그 자리엔 세 개의 점포가 생겼는데 그중 하나가 제나였다. 폐쇄되기 전에도 공식적인 출구는 아니어서 역의 출구 안내도에는 11번 출구가 없었다. 그런데도 사람들은 자꾸만 11번 출구를 찾았다.(50~51쪽)

'11번 출구'란 공식적으로 드러나진 않지만 분명 존재하는 공식/비공식의 경계이자, 지시하는 바가 정확하진 않지만 어떤 목적지로 가는 데는 소용되는 지표이다. 하필 그것이 없어진 자리에 '제나'라는 상점이 생기고 다미와 마찬가지로 언제 잘려도 이상하지 않은 아르바이트생 '제나'가 그곳에서 일한다는 것은 우연하지 않다. 인물들을 통해 드러나는 '노동자'라는 자리는, 있지만 없고 필요하지만 공식적이거나 정확하게 표상되지는 않는 '경계'로서의 '11번 출구'로 환유된다.

연인들의 이야기, 관계의 자리: 「개 다섯 마리의 밤」「미션」「나사」

앞서 다룬 세 소설이 노동 현실에서의 자리에 집중한다면, 「개 다섯 마리의 밤」(이하 「개」) 「미션」 「나사」는 관계 지향적인 자리를 환기한다. 세 소설의 공통점은 인물들이 가까운 친구 관계 또는 연인 관계라는 것, 둘 중 한 명이 노동시장에서 부당한 일을 겪거나 해고를 당한다는 것이다. 그렇게 두 인물이 서로 불균등한 조건에 놓이면서 사회적으로도 소중한 사람과의 관계에서도 한쪽의 지분이 소거되는 듯한 상황이 생겨난다. 특히 「개」와 「미션」은 아직 탈락되지 않은 인물의 시선으로 노동시장에서의 '자리 없음'과 '애정 관계'라는 문제를 겹쳐놓는다. 두 소설에서 인물의 자리는 언제든 다른 사람으로 대체

될 수 있는 것이다.

「개」는 헤어진 연인 '준희'를 찾기 위해 시위 현장으로 가는 '지유'의 서사[2)]이다. 둘은 공장에서 만나 연인으로 발전한 사이로 처음에는 준희가, 이윽고 지유가 차례대로 해고당한다. 해고당한 준희를 위로하기 위해 지유는 "저 과자 처음 보는 거네. (……) 나 이번주에 월급날이니까 사줄게"(226쪽)와 같은 말을 건네지만 그 말은 준희에게 이중의 상실감을 안긴다. 준희가 부당하게 해고당해 갑자기 실업자가 된 현실을 상기시킨다는 점에서, 자신을 이해하고 위해주기를 바랐던 연인이 오히려 자신의 상실감을 상기시킨다는 점에서 그렇다. 해고된 준희는 연인과의 관계에서도 자신의 자리가 희미해진다고 느낀다.

지유의 경우는 어떠한가. 준희가 해고되고 얼마 지나지 않아 지유도 준희와 같은 처지가 된다. 내일부터는 나오지 않아도 된다는 조장의 말 한마디에 직장을 잃은 지유는 우연히 텔레비전을 통해 시위하는 준희의 모습을 보게 되고, 비로소 자기의 자리가 제거되었다는 사실을 깨닫는다. 망연한 상황에서 지유는 '어떻게 그럴 수 있는가'라는, 누구도 대답하지 않(못하)는 질문을 반복적으로 떠올린다. 갑자기 해고된 데 이어 더는 연인에게도 온전히 이해받지 못하리란 것을

2) '지유'와 '준희'는 조우리의 다른 소설 『라스트 러브』(창비, 2019)에 등장하는 걸 그룹 '제로캐럿'의 멤버 이름과 같다. 『라스트 러브』는 두 층위의 서사로 구성되어 있는데 하나는 처음이자 마지막 단독 콘서트를 준비하면서 각 멤버가 제로캐럿이 되기까지 겪은 개인적 고충을 짚어내는 서사이고, 다른 하나는 그들의 팬에 의해 쓰인 것으로 짐작되는 팬픽이다. 새로운 환경과 관계 속에 인물들을 자유자재로 배치하여 이야기를 꾸려나가는 팬픽의 형식을 떠올려보면, 제로캐럿의 멤버와 이름이 같은 인물이 등장하는 「개」를 『라스트 러브』의 팬픽 중 하나로 읽을 수 있다. 제로캐럿의 멤버 지유, 준희의 캐릭터를 이 단편 속 인물들에 겹쳐 읽는 것은 또다른 즐거움이 될 것이다.

깨달은 준희와 지유는 지금 '아주 추운 밤'에 놓여 있고, 그런 그들에게 필요한 건 '개 다섯 마리'이다.

> 여러분, 혹시 '개 다섯 마리의 밤'이라는 표현을 아세요? 오스트레일리아의 원주민들은 아주 추운 밤이면 키우는 개를 살아 있는 담요로 삼아 곁에 두었다고 해요. 개가 다섯 마리나 있어야 버틸 수 있는 밤은 얼마나 추웠을까요. 그래도 다섯 마리의 개들과 함께 지낸 밤은 얼마나 따뜻했을까요.(229쪽)

서로의 자리를 삭제함으로써 각자가 의미 없고 희미해져버리는 세계에서 서로를 지탱해준 것은 서로였음을 준희와 지유는 너무 늦게 알아버린 것일지도 모른다. 그러나 늦었다고 망연자실하여 자리에 주저앉는 게 아니라 어디에 있는지 알 수 없지만 준희를 찾아 나서는 지유의 걸음은 '우리'의 밤에 기꺼이 온기가 되어주겠다는 다짐으로 보인다. 소설은 이처럼 노동문제를 관계 서사에 겹쳐놓음으로써 관계의 자리를 사유하도록 만든다.

「미션」의 '미경'은 '수아'가 권고사직을 당한 뒤로도 계속 일을 한다는 점에서 지유와 대응되는 인물이다. '미경-수아'도 '지유-준희'와 마찬가지로 헤어지지만 지유가 자신을 떠난 준희의 마음을 완전히 알지 못하는 상태로 그녀를 찾아 헤맨다면 미경은 수아가 권고사직을 당하고 한국을 떠나는 과정을 함께했다는 점에서 차이가 있다.[3]

3) 이 차이는 두 소설 속 인물 간의 관계 양상이 다르기 때문에 발생하는 것이기도 하다. 애정을 토대로 한 관계이자 두 인물 중 한쪽이 직장을 그만두는 상황의 유사성으로 「개」와 「미션」을 함께 묶어 살피고는 있으나, 「미션」의 경우 「개」와는 달리 두 인물

'아주 추운 밤'을 버티게 하는 연대, 사랑, 이어져 있음, 곁에 있음, 여기에 우리가 있음을 의미하는 '개 다섯 마리'는 「미션」에서 '지키는 일'로 연결된다. 미경과 수아는 서로를 지키자는 말을 거듭하는데, 이 '지키는 일'은 '개 다섯 마리'와 같이 서로의 곁을 지킴으로써 수행되는 것이 아니라 '나'라는 인간성이 훼손되지 않도록 각자의 자리를 지킴으로써 실현된다.

소설에서 수아와 미경의 자리는 여러 번 뒤바뀐다. 박물관의 연구원으로 있는 수아에게 그것은 수아가 마침내 찾은 "하고 싶은 일"(89쪽)이었다. 하지만 이내 수아는 담당 학예사가 수아를 아무렇지 않게 다른 학예사에게 빌려주는 등 "박물관의 공공재"(87쪽) 취급을 받는다. 한편 '정준석'의 유능한 후배로 보였던 미경은 실상 정준석에 의해 "복사기처럼, 휴대폰처럼, 차 키처럼"(같은 쪽) 취급된다.

인간 존재가 쉽게 사물화되는 이런 환경에서 우리는 어떻게 스스로를 지킬 수 있을까. 소설에서 (자기 존재를) 지키라는 말은 두 번 언급된다. 수아는 자신을 그저 물건처럼 부려먹는 정준석의 비리를 고발하려는 미경에게 투서에 미경의 정보가 노출되지 않도록 조심하라고 이르며 "너를 지켜야지"(90쪽)라고 말한다.[4] '지킨다'는 표현

의 관계가 '연인'이라고 명확히 드러나 있지는 않다. 그렇다면 수아가 고통스러운 기억을 덜어내기 위해 한국을 떠나는 것과 그것을 이해하는 미경의 모습은 연인이 아닌 친구 간의 위로와 연대로 이해될 수 있다.

4) 이 소설에는 수아와 미경 외에도 자리를 이동하거나 이동당하는 사람들이 등장한다. 정준석의 경우는 미경의 익명 고발로 인해 서울에서 부산으로 좌천되는데, 이는 회사에서 제 기능을 못하는 직원에 대한 경고이기도 하지만 부조리한 일을 한껏 행한 자가 도달하게 되는 상실된 자리에 대한 경고로도 읽힌다. 한편 수아의 직장 동료는 "과로, 영양부족, 스트레스로 인한 실신이라는 의사의 진단"(84쪽)에도 아무렇지 않아하는 수아의 학예사를 보고 "너무 무섭다고, 어떻게 그럴 수가 있느냐고"(같은 쪽)

은 「개」와 「미션」에서 각각 '곁을 지킨다'는 말과 '스스로를 지킨다'는 말로 같으면서도 다르게 구체화된다. 그것은 누군가의 곁을 간절하게 필요로 하는 상황과, 스스로가 훼손되었던 기억을 떠오르게 하는 사람의 자리를 회수함으로써 자기 자신을 보호하고자 하는 상황이 다르기 때문일 것이다. 그렇기에 수아는 자신을 배웅하러 공항에 나온 미경에게 "미경을 보면, 미경과 함께 차가운 계단에 앉아 이야기를 했던 날들이, 그 이야기 속의 날들이 떠올라서 괴롭다"(92쪽)고 고백하고 "그 모든 것과 결별하기 위해서 미경과도 영영 헤어지고 싶다"(같은 쪽)고 말한다. 자신의 밤을 지켜주었던 사람을 보면서도 끝내 상처들이 떠오른다면 그것으로부터 자신을 떼어놓는 것이 자신을 지키는 한 방법이 될 수 있다.

미경이 수아에게 하지 못한 "어디서든, 너도 꼭 너를 지켜. 그게 우리를 지키는 일이 될 거야"(96쪽)란 말을 곱씹으며 "지금이 바로 미뤄둔 미션을 실행할 때"(같은 쪽)라고 다짐하는 소설의 마지막 장면에서 '미션'은 '지킴'의 의미와 연결된다. 미경의 회사 업무용 앱인 미션을 켰다는 뜻으로도 읽히는 이 구절은 미경이 자신을 지키기 위해 회사와의 관계를 정리하리라는 것을 예감하게 한다. 그녀는 어떤 '미션'을 실행할까. 퇴사, 대리 업무수행 거부 등 무엇이 되었든 그것은 그녀 자신을 지키기로 한 결심의 실행일 것이다.

앞선 두 편의 소설이 자신과 가까운 사람의 자리를 충분히 더듬어

경악하며 사직서를 낸다. 사직서는 과로를 추동하는 업무 환경에 대한 근본적인 해결책이 될 수 없을지도 모른다. 그러나 이 소설이 '나의 자리 지키기'라는 메시지를 직접적으로 던지고 있음을 생각한다면, 자신을 지키는 일은 자신을 훼손하는 곳에 자기를 더이상 내버려두지 않는 것으로도 이해할 수 있다.

주지 못했던 것을 후회하는 인물을 삼인칭화해서 쓰인 것에 비해 「나사」가 일인칭 '나'의 시점을 취하고 있음은 특징적이다. 또한 일인칭 화자가 남겨지는 자가 아니라 박탈당하는 자에 가깝다는 점도 그렇다. 보험회사 심사관으로 일하는 'K'는 아르바이트를 전전하는 '나'에게 "넌 근성이 부족해. 그래서 뭘 할 수 있겠어?"(143쪽)라고 서슴없이 말한다. 일자리를 둘러싼 둘의 묘한 신경전은 그들의 애정전선에도 영향을 주어서 '나'는 K와의 사이가 도대체 언제부터 어떻게 미묘하게 비껴나갔는지, K의 집에서 자신의 자리는 과연 있는지, K에게 자신은 어떤 의미인지 질문한다.

그러면서 '나'는 K와의 관계에서 자신이 불안정하다고 느끼는 여러 단서를 찾아낸다. 일자리 문제로 K와 다투는 것이 한두 번이 아니라는 사실, K가 자신을 한심하게 생각하고 있음을 숨기지 않을 때마다 상처받고 분노하지만 동시에 K와의 관계가 틀어질까봐 우려하고 있다는 점이 그러하다. "K는 언제부터 내게서 등을 돌리고 잠들었을까"(131쪽)라는 문장으로 시작하는 소설은 의자에서 나사가 빠지는 것을 계기로 그 답을 짐작해나간다. '나'는 그 의자가 차지하고 있는 것이 방의 물리적인 공간뿐만 아니라 K의 마음 한구석일지도 모른다고 여기며 조금씩 낙담한다. 자신과 관계 맺기 이전의 K의 삶을 생각하도록 만드는 의자는 둘의 관계가 어긋나고 있음을 직감하는 '나'에게 자신이 없는 K의 삶을 상상하게 한다.

한 가지 짚고 넘어가야 할 점은 자기의 자리를 박탈당할 것 같은 불안을 미세하게 감지하는 '나'와 K 사이의 균열에 노동의 문제가 겹쳐져 있다는 것이다. K가 자신을 사회적으로 무용한 사람으로 여긴다고 짐작함으로써 '나'가 K와 멀어지는 양상은 '관계라는 장치 안에서 기능하지 못하여 소거되는 자리'로 비유된다. "나사를 찾아야 한다"(132쪽)는 '나'의 다소 강박적인 생각과 행동은 적당한 일자리를 찾지 못해서 연인에게도 사회에도 제대로 된 자신의 자리를 증명해 보이지 못할 뿐만 아니라 K와의 관계에서 자신이 점유하고 있던 공간이 제거되리라는 불안감을 느끼는 것과 연관된다. '나'의 호프집 아르바이트 경험은 이를 보여주는 하나의 사례다. 괴상한 손님들을 상대하는 과정에서 세 명의 사장으로부터 서로 다른 지침을 받는 '나'는 도대체 어떤 위치에서 어느 정도로 손님을 상대해야 되는지 알 수 없다. 이러한 위치 상실에 대한 감각은 "K의 집에서 아직 제자리를 찾지 못한 건 나뿐"(133~134쪽)이라는 압축적 문장으로 표현된다.

퀴어와 여성, 우리의 자리: 「내 여자친구와 여자 친구들」「우리가 핸들을 잡을 때」

노동시장에서의 자리 상실의 감각을 연인과의 관계에서의 자리 상실의 감각과 포개어놓으면서 '제자리'에 대해 고민하게 하는 「나사」를 살펴본 데 이어 조우리 소설의 '연인 관계'에 대한 전면적인 이야기를 할 때가 되었다. 앞선 소설에서 명시되진 않았지만 여러 단서를 통해 인물들이 레즈비언 커플이리라 짐작할 수 있었다면, 「내 여자친구와 여자 친구들」(이하 「여친」)은 레즈비언이라는 정체성을 전면으로 내세운다. 이를 토대로 소설 속 자리에 대한 감각은 연인과의 일대일 관계를 넘어 친구들과의 관계로 넓어진다. 중요한 것은 이런 넓어진 관계망 안에서 레즈비언이라는 정체성이 애인과 친구들에게 각각 어떤 식으로 받아들여지고 있는지, 그로써 자기 자신이 이 관계 안에서 어떤 방식으로 의미화되는지다.

내 여자친구 정윤에게는 네 명의 각별한 여자 친구들이 있다. 1980년대 후반에 서울의 한 대단지 아파트에서 거주하던 부모에게서 태어나 그 근방의 초등학교, 중학교, 고등학교 동창으로 서로의 미성년 시절을 공유하고 있는 다섯 명의 여자들.(100쪽)

'정윤'과 친구들의 우정의 역사에 대한 정보로 보이는 이 구절은 사실 정상성, 보통의 것이라고 여겨지는 것이 실제로 지시하고 있는 내용을 적시한 것이다. 이 사회에서 정상과 보통의 삶이란 이성애 중심의 가부장제 사회에 기반한 '정상 가족 이데올로기' 안에서 살아온 이성애자의 삶을 말한다. 만약 이것이 구태여 설명할 필요 없이 전제되어 있는 '디폴트값'이라고 여겨진다면 그것은 다수가 이러한 삶을 선택했기 때문일 것이다. 하지만 과연 다른 선택지를 고르는 것도 그것과 동일한 값으로 사람들에게 받아들여질 수 있을까. 소설은 이와 같이 보통/일반의 디폴트값을 구체적으로 드러내 정상성의 내용을 적시함으로써 이를 묻는다.

이 소설은 레즈비언 인물을 주축으로 하여 '드러냄/드러내지 않음' '선택 가능함/선택 불가능함'에 대해 말한다. 소설에는 커밍아웃과 관련한 세 개의 장면이 나오는데 첫번째는 정윤의 커밍아웃 장면이다. 커밍아웃은 자기와 마음을 나누던 사람들에게 자신의 존재를 송두리째 부정당할 수 있다는 위험을 감수하는 일이면서 지금 이곳에 자신의 자리가 있는지 대면하는 일이기도 하다. 이렇게 생각하면 커밍아웃을 하고 친구들에게 축하받고 친구들의 반응에 감동받았다는 정윤의 말은 커밍아웃이 과연 축하하고 감동받아야 하는 일인가

하는 묘한 감정이 들게 하면서도 다소간 이해될 수 있다. 하지만 정윤이 '나는 레즈비언이야'라는 정확한 표현으로 커밍아웃을 한 것이 아니라, "그저 지금 사귀는 사람이 여자라고, 학교 동아리에서 만난 두 살 많은 선배라고, 행정고시를 준비하고 있고 졸업하면 함께 살기 위해 돈을 모으고 있다"(104쪽)고 말한 것일 뿐이라면 정작 커밍아웃한 것은 정윤이 아니라 자신이지 않으냐고 의문을 던지는 '나'에게 시선을 준다면 정윤의 커밍아웃이 정윤 자신을 드러낸 것이라고 할 수 있는지, 그것이 만약 '나'를 돌아 나온 고백이었다면 왜 그랬어야 했는지 물을 수밖에 없다.

이 물음을 안고 두번째 커밍아웃 장면을 보자. 행정고시를 준비하던 시절 '나'는 함께 시험을 준비하던 '민아'에게 "난 레즈비언이라고"(109쪽) 커밍아웃을 한다. '나'가 이렇게 고백할 수 있었던 건 행정고시를 준비하는 자신을 정상 사회라는 경계 바깥의 존재로 보는 시선을 견딜 수 없다는 민아의 경험이 레즈비언으로서 자신이 느끼는 감각과 유사하다고 생각했기 때문일 것이다. 그러나 이후 결혼 소식을 전하지 않은 민아에게 섭섭하다고 말하는 '나'를 향해 민아는 "아무래도 너한테는 결혼이란 게 더 복잡하게 느껴질 테니까"(같은 쪽) 말하지 않았다고 이야기한다. 이러한 민아의 말은 정상성/일상성으로 대변되는 제도 안에서 퀴어 정체성이 과연 그 담론에 어떤 식으로 개입하거나 관계하는 것을 선택하는 일이 가능한지 생각하도록 만든다.

"그런 말이 있잖아. 여자라서 사랑한 게 아니라 사랑하게 된 사람이 여자였다고. 그럼 여자를 사랑하는 사람이라서가 아니라 사랑하기로 마음먹은 대상이 여자일 수도 있는 거 아닐까. 너라면 그럴 수 있을 것 같아, 난." (……)

"그래서…… 날 사랑하기로 선택했다는 거야?" (……)

나는 내가 선택할 수 없는 것이 무엇인지 알고 있는 사람이었다.

"나는 네가 하는 말 이해 안 돼. 처음부터 끝까지 다. 네가 뭘 어떻게 생각하든 네 일인데, 네 깨달음에 날 이용하려고 하지 마. (……) 나, 레즈비언이야. 그러니까 헛소리 좀 작작 해."(117~118쪽)

세번째 커밍아웃 장면이자 '나'의 첫 커밍아웃인 이 장면에서 '너라는 존재'를 사랑하게 되었다는 '수지'의 말은 한껏 낭만적으로 들리지만 '나'는 그것을 치욕스럽게 느낀다. 이 낭만성 안에 레즈비언이라는 '나'의 성적 지향은 삭제되어 있기 때문이다. 연애 관계를 확정하는 과정에서 "서로 잘 알고, 잘 맞으니까"(116쪽)라는 조건이 필요한 것은 사실이지만 동시에 성적 지향 역시 필수적인 요소다. '너라는 인간을 사랑하게 되었다'는 말이 낭만적으로 들릴 수 있다면 그것은 보편/일반이란 이름 아래 승인된 성적 지향이 전제된 상황에서만 가능하다. 존재에 대한 사랑이라는 낭만성을 전면화하여 자신이 레즈비언임을 인정하지 않으면서 레즈비언인 '나'에게 연애를 하자고 얘기하는 수지의 말은 '나'가 배제된 자의 자리에 놓여 있음을, 그녀에게 선택의 여지가 없음을 확인하게 한다.

이런 장면을 톺아보면 정윤이 커밍아웃을 할 때 낭만성 뒤에 감춰져 있던 선 긋기가 이후 드러나는 것은 자연스럽다. 친구들은 정윤의 커밍아웃 이후 자신들의 삶에서 그녀의 정체성을 은근하게 감춘다. '정상'에 속한다고 여겨지는 주류의 정체성을 구현한 사람들에게 모종의 거부감을 주지 않기 위해 그녀의 자리를 '우리'의 자리에서 살짝 도려내는 것이다. '지혜' 아들의 돌잔치를 앞두고 '지영'은 "독실한 기독교"(124쪽)신자인 남편에게 정윤이 솔로라고 둘러댄다. 백번 양보해서 이것이 순전히 실수라고 해도 불편하면 돌잔치에 "안 와도"(123쪽) 되는 쪽이 어째서 정윤이어야 할까? "너 보러 가는 건 아니"(125쪽)지 않냐는 지영의 말마따나 정윤 역시 지영 부부를 보러 돌잔치에 가는 것이 아님에도 왜 잘못하지 않은 쪽이 자리를 피하도록 강권받을까. '나-정윤' 커플이 느끼는 '선택 불가능함'의 감각은 '너를 위한다'는 말이 과연 '우리'라는 공동체 안에서 너와 나의 동등한 입장을 전제하는 것인지 생각하도록 만든다.

그런데 커밍아웃과 관련한 불쾌한 경험이 여러 번 묘사되고 있음에도 이 소설이 어딘가 유쾌하게 읽히는 까닭은 무엇일까. 이 모든 상황을 겪어내면서도 '나'가 어떠한 미심쩍음도 남기지 않는 정윤을 만나 사랑하고 있음을, '나'에게 흑역사를 만들어주었던 수지가 '나'와 정윤의 이름 사이에 작은 하트를 그려넣은 비혼식 초대장을 보내는 장면을 떠올려보자. 이성애자 중심의 정상 이데올로기에 근거한 친구의 돌잔치에서 환영받지 못한 '나-정윤' 커플은 수지의 비혼식에 가기로 결정한다. 이로써 '나-정윤' 커플과 수지의 존재 양식은 선택할 수 있는 것으로 다시금 환원된다. 이 커플에게 선택의 여지를 마련하는 이 장면은 소설의 지향점을 드러낸다. 만약 이 소설을 '레즈비언 서사'라 칭할 수 있다면 이 서사를 통해 어떤 것을 추구하고 어디로 향해 나갈 것인지, 작가는 선택의 여지를 장면화하여 그 길을 열어보려는 듯 보인다.

「여친」의 레즈비언 서사에서 드러난 혐오와 배제의 시선에 맞서는

'우리'라는 단단한 관계망은 「우리가 핸들을 잡을 때」(이하 「핸들」)에서 더 포괄적으로 그려진다. 이 소설에는 세 명의 여성 '나' '엄마' '금자씨'가 등장한다. '상미'와 지방도시에서 동거하는 '나'는 운전 때문에 상미와 사소하게 다툰 뒤 서울의 엄마 집에 왔다가 엄마와 금자씨와 함께 운전연수를 받게 된다. 중국 출신인 금자씨는 엄마가 인력사무소를 통해 청소 일을 하다가 친구가 된 인물로 한국인 남편과 이혼한 뒤 한국에서 사는 노동자 여성이다. 이 인물들이 모두 여성이라는 사실과 더불어 '나'가 레즈비언이라는 사실, 엄마가 남편이나 애인 없이 지내며 청소 노동자로 살고 있다는 사실, 금자씨가 한국인 남성과 국제결혼을 한 이주여성이라는 사실은 지금까지 조우리 소설의 노동과 관계, 혐오와 배제의 층위의 '경계'를 모두 아우른다.

이들은 각자 이성애자 중심의 가부장제 사회 안에서 '여성'이라 통쳐지는 정체성이 어떤 식으로 존재 중심으로부터 탈각되는지 경험해 본 적이 있다. 그 경험은 조금씩 다르지만 본질적으로는 매우 유사하다. 여성이란 젠더 때문이다. '여성'은 중심/주류의 영역에 선을 두르고 그 선 바깥의 모든 삶의 형태들을 일축해 일컫는 말이기도 하다. 그런 의미에서 나이든 노동자 여성, 어린 여성, 이주노동자 여성은 운전대를 잡고 있는 남성에 의해 "의자에 등을 기대지 않고 꼿꼿하게 허리를 세운 채 앉아 있"(32쪽)는 경직된 상황 속에 놓인다.

중요한 것은 각자의 삶을 아우르고자 하는 그녀들의 삶의 방식이고 자신들을 계속적으로 긴장된 상태로 만드는 시선에 대항하고자 하는 삶의 태도이다. 「핸들」에서 레즈비언이라는 '나'의 정체성이 특수한 것으로서 강조되지 않는 이유는, '나'가 엄마와의 관계 속에서는 엄마를 걱정시키고 싶지 않은 딸로 그려지며 엄마 역시 '나'가 겪는 문제를 애인과 삐걱거림이 있다는 정도로 이해하고 있기 때문이다. 삶에서 '나'가 레즈비언이라는 사실은 일상적이다. 이러한 일상성은 딸, 엄마, 친구를 한데 묶어 살피는 애정 어린 시선에 의해 가능하다. 삶이 어떻게 일상적인 것이 되는가 묻는다면 이 소설은 그것은 나와 당신이 우리의 삶의 결을 끌어안아 그 저변을 점점 넓힘으로써 가능하다는 대답을 내어놓는다. 나이가 들어서도 일하는 엄마가 애인을 사귀어서 애인에게 마음을 기댈 수 있기를 바라는 마음, 금자씨가 이주여성이라는 점 때문에 침묵을 강요받지 않기를 바라는 마음은 그 대답 중 하나이다.

—조심해.

하지만 상미야, 아무리 조심해도 사고는 일어날 수 있다고 네가 말했잖아. 결국 우리는 영원히 아무것도 완전히 조심하지는 못하면서 살 텐데. 계속 조심하려고 노력만 하면서 살 텐데. 혼자서만 애쓰면 그건 너무 어려운 일이잖아. 어렵고 힘든 일이잖아. 그러면 우리가 할 수 있는 건 번갈아 핸들을 잡는 게 아닐까. 그것부터가 아닐까.(29~30쪽)

소설은 누구를 어떤 이유로 경계 바깥의 존재로 여기도록 만드는지 살피게 하는 동시에, 어디를 향해 어떤 태도로 삶을 이끌어나가야 하는지에 대해 이야기한다. 어떤 상황을 알아서 피해주기를, 굳이 말이 나올 만한 상황을 만들지 말아주기를 바라는 상황에서 그 어색함과 불편함은 사실 누군가의 존재 그 자체 때문이 아니라 특정한 사회규범과 행동양식에서 비롯됨을 떠올려보자. 그렇다면 무엇을 얼마만큼이나 조심해야 괜찮아지는 것일까. 만약 조심하는 일을 영영 피하지는 못하고 사람들이 각자 조심하는 수밖에 없는 것이라면, "번갈아 핸들을 잡는" 것처럼 우리는 서로와의 관계에서 각자의 위치를 확인하고 또 우리의 자리 있음을 서로에게 확인시키는 것을 통해 삶을 가능케 할 것이다. 누군가의 곁에 존재함으로써 나와 너의 자리 있음을 서로가 상기하도록 하는 것. 우리가 우리이기 위해 취할 수 있는 것은 이러한 마음 씀일 것이다.

운전연수를 받는 동안 욕설을 듣고 무시를 당하는 등 불쾌한 상황을 겪으면서도 "거기가 제일 가깝고 싸"(35쪽)다는 이유로 다시 그 학원에 등록하는 장면에서 우리가 웃음을 터뜨릴 수 있는 것은 이 소설이 보여주고 있는 단단한 낙관과 믿음 덕분이다. 그러니까 그런 불유쾌한 말을 듣지 않도록 '나'와 엄마와 금자씨가 과도하게 조심해야 하는 것이 아니라, 그러지 않아도 되도록 누군가가 주의해야 한다는 것이다. 그들이 운전학원을 선택하는 이유는 그러므로 아주 단순하다. 불유쾌함을 초래하는 자신들에 대한 혐오를 조심하거나 피하지 않고, 싸다는 이유만으로도 그곳을 다시 갈 수 있다는 것. 이러한 삶의 태도는 작가가 나아가고자 하는 길에 대한 하나의 이정표로 제시된다. 누군가에게 마음을 쓰도록 최선을 다하자고, 우리는 우리들에게 말할 수 있다.

(2020)

○○문학을 말하다
—페미니즘으로 시 읽기

1. 계기

포럼 〈다시, 노동문학을 말하다〉(2016. 5. 20.)는 문학의 범주화 작업에 대해 생각하는 계기가 되었다. 이 포럼의 논점은 '노동문학'이 어떤 담론에 의해 맥락화되어오고 있느냐는 것이었다. 패널로 참여한 송경동은 '노동문학'이라는 사회적 명명 자체는 필요한 일이나 "노동문학의 사회적 필요성을 거세하기, 그것이 불가능하다면 '문제적' 문학으로 특정화시키거나, 왜곡시키거나 편협한 것으로 고립시키기"는 문제라고 보았다. 이러한 그의 이야기는 (무슨무슨 문학이라는 범주 체계나 그 명명에 대한 문제 제기라기보다는) 특정 문학을 일정한 방식으로만 말해온 과정에서 생산되는 '특수화된 노동문학'이라는 타자화에 대한 비판으로 이해하는 것이 적절하다. 특정 문학의 범주를 지칭하는 이름의 발생은 사회적으로 요청되었다는 측면에서 부당하지 않지만 그것을 계속해 발화하는 과정에서 어떤 문학을 '특정 문학'의 이름 속에 가두게 될 수 있다는 것이다.

이런 문제는 어째서 발생하는가? 송경동의 다음 말은 이에 대한 힌트가 된다. 그는 노동문학에 미적 완결성 문제가 제기되는 이유를 "'노사 갈등과 투쟁 현장을 다룬 문학 부류'로 한정하여 읽기 때문"이라고 짐작한다. 이는 노동문학에 대한 한정적 인식이 '내용 중심적 분석'을 주로 행해온 비평으로 인해 생산된 것은 아닌지 생각해보게 한다. 그 결과 특정한 내용 요소를 담은 것만을 '노동문학'으로 한정하는 결과가 나타난 것이다. 그렇다면 어떤 문학을 ○○문학의 범주에 넣어 말할 때 내용을 곧 정치성으로 환원하여 평가하는 것 이상의 다른 것을 읽어냄으로써 이러한 혐의를 걷어낼 수 있지는 않을까. 내용 자체를 정치성으로 소급하는 방식뿐만 아니라 작법의 차원, 구성의 문제 등을 함께 고려하여 정치성이나 미학성을 말할 수 있는 것은 아닐까? 이는 진작 비평에 요구되었던 요청인지도 모른다.

2. 계기의 구체화

'○○문학'이라는 호명의 방식이 사회적 흐름 및 요청에 의한 것이라는 전제하에 이를 어떻게 재검토하면 좋은가 하는 고민은 소설가 천희란의 글[1]을 읽으면서 한층 심화되었다. 천희란은 최근 행해지는 여성 문학, 여성 시, 여성 소설과 같은 명명 방식에 의문을 던진다. '노동문학'의 사례에서 확인했듯 명명 및 범주화의 목적이 타자화는 아닐 것이나 '여성 문학'이라는 범주가 그 반대급부로서 총칭 남성 문학을 (부지불식간에) 일반으로 설정했기에 가능한 타자화의 작업일 수 있다는 점을 고려할 필요가 있다.

---

1) 천희란, 「아직 도래하지 않은 질문들과」, 『소녀문학』 4호, 2018.

천희란은 이러한 분류 방식이 '내용=주제=정치'로 일축되는 읽기 방식에서 비롯된 것이 아닌지 묻는다. '여성 문학'을 말할 때 여성 작가가 여성 주인공을 등장시켜 성차별을 드러낸다는 점에 주목하는 것으로 충분하냐는 것이다. 여성 문학을 말하면서 내용의 정치성 외에 다른 것에 대해 언급하지 못한다면 그것이야말로 여성 문학을 일정한 틀 안에 가두는 결과를 초래할 수 있기에 이러한 문제의식은 중요하다. 또한 '○○문학'과 같은 명명 방식이 주로 비평의 장에서 수행되고 있다는 사실은 비평이 무엇을 더 읽어내야 하는지 고민해야 하는 이유가 된다. 이는 천희란이 말하듯 고발의 성격을 가지는 작품 또는 고발의 메시지 그 자체 외에, 장르적 특성에 기인한 미학적 요소를 읽어내거나 '여성적 관점'[2]을 활용한 작법 차원의 문제를 읽어내는 것으로 가능하다. 비평이 문학의 내용을 넘어 시선의 설정, 문장의 특징, 구성 등으로부터 '여성'을 읽어낼 때 '여성 문학'이라는 범주는 그 명칭을 폐기하지 않으면서도 전략적으로 사용될 수 있다. 그러므로 '○○문학'을 충분히 설명하기 위한 또다른 관점들을 고려할 필요가 있다.

3. 문제와 방법론: 최근의 페미니즘 문학 읽기에 부쳐

최근 문학장의 흐름을 고려하건대 범주화된 문학의 이름으로서 '페미니즘 문학'을 떠올리는 것은 어렵지 않다. '페미니즘 문학'이란 명칭이 지금의 문학적 현실을 잘 설명하는 용어로서 요청된 이름이

2) 여기서 여성적 관점이란 단지 작품에서 여성 '화자'의 시각을 활용한다는 의미에 국한되지 않는다. '여성적 관점'을 무어라고 상정하고 있는지를 두루 고려하는 것을 의미한다.

라면, 우리는 그것으로부터 무엇을 얼마나 읽어낼 수 있을까. '페미니즘 문학'이 무엇인지 정의 내리는 일은 페미니즘으로 문학을 읽는다는 게 무엇인지를 논하는 과정이 쌓여 말해지는 일이기에, 이는 방법론 차원의 문제가 된다.

'페미니즘으로 보는 〈공동정범〉' 상영회에서의 대담은 바로 이 방법론을 고민하게 했다는 점에서 유의미하다. '문학3'이 주최한 이 행사에서 "〈공동정범〉을 어떻게 페미니즘적으로 볼 수 있겠느냐"는 한 사람의 질문에 김일란 감독은 다음과 같이 답했다. 그녀는 촬영하는 동안 자신이 페미니즘을 공부하지 않았더라면 보지 못했을 장면을 포착할 수 있었으며 배우들과 의견을 나누거나 갈등을 바라보는 방식에서 또한 페미니즘의 영향을 받았다고 말했다. 즉 이 영화는 페미니즘 방법론으로 구성되었다는 것이다.

〈공동정범〉(2018)은 용산 참사와 그 이후 연대 농성에 참여했던 사람들과 용산 구민의 삶을 그린 영화다. 영화는 그들이 어떤 곤경에 처했는지, 그들 사이에 어떤 갈등이 있었고 또 어떻게 해결되는지를 보여준다. 여성이 등장하지 않고 특정 성별을 둘러싼 문제가 두드러지게 나타나는 것이 아니기에 내용상으로는 페미니즘과는 아무 관련이 없어 보일 수도 있다. 그러나 감독이 말하는 '페미니즘 방법론'으로 이 영화가 탄생했다면 우리는 그 방법론에 주목해야 하는 게 아닐까? 단지 집안일하는 남성의 모습, 대화에 적극적으로 참여하려고 노력하는 남성의 모습을 보며 그것이 페미니즘적이라고 말하는 것이 아니라 '페미니즘의 관점'에서 발견될 수 있는 지점이 무엇이었을까를 상상해보는 작업이 필요하다. 〈공동정범〉을 꼭 페미니즘 영화라 명명할 필요는 없다. 다만 페미니즘 관점에서 볼 요소 또한 충분하며 그러한 점에서 이 영화를 페미니즘적이라 말할 수는 있다. 영화에 적용되어 있는 '페미니즘적 관점'을 읽어내고 그것에 대해 말함으로써 〈공동정범〉은 더 풍부한 결을 가진 영화가 될 수 있다.

4. 그러므로 ○○문학을 말한다는 것은

특정한 이름으로 불리는 작품의 범주를 좀더 그에 맞게 사용하는 일은 ○○문학의 조건을 말하는 것보다는 ○○의 관점에서 문학을 읽어보는 작업에서 시작된다. 앞의 세 가지 사건을 거치면서 '○○문학'이라는 용어를 사용하여 일정한 작품을 그 범주로 설명하려는 비평의 작업이 좀더 꼼꼼해지고 세밀해져야 할 필요를 느낀다. '○○문학'에서 ○○에 다른 이름이 들어감으로써 지속적이고 반복적으로 수행될 수 있다는 가능성이 만연하기에 '○○문학'을 설명하는 일은 작품 창작뿐만 아니라 작품을 읽는 영역에서 또한 치밀하게 수행되어야 한다.

요즘 비평장에서의 '페미니즘 문학'도 마찬가지이다. 2018년 한국문학에서 '페미니즘'이라는 키워드가 중요하게 자리한다는 사실은 문학을 공유하고 경유하는 많은 사람이 이것이 중요한 문제임을 공통적으로 인지하고 있음을 알려준다. 페미니즘이 지금 우리가 마땅히 주목해야 하는 것이라면 그것을 문학장 안으로 끌어와 설명하려는 '비평'의 작업에서 무엇을 어떻게 페미니즘적이라고 말할 것인지 고민해야만 하겠다. 이는 무엇이 '페미니즘 문학'이냐는 것에 대한 공통의 기준을 마련하는 일이 될 수도 있겠으나 그것이 전부는 아니다. 공통의 기준이란 여러 가지 방법론으로 문학을 페미니즘으로 읽어낸 끝에 잠정적으로 합의되는 것에 가깝기 때문이다. 그렇다면 비평이 수행해야 하는 첫번째는 '어떻게 페미니즘으로 읽을 것인가' 하는 문제가 될 것이다. 필자는 이러한 문제의식을 바탕으로 페미니즘적으로 시를 읽는다는 것은 무엇인가에 대해 말하고 함께 논해보려 한다. 준비한 시는 각각 조혜은의 「장마」[3] 그리고 김현의 「미래가 온다」[4]이다.

여성 화자의 말하기 방법: 조혜은의 시 읽기

조혜은의 시에는 아내로서의 여성, 엄마로서의 여성, 가정 안에서의 여성의 모습이 자주 목격된다. 문학에서 페미니즘을 말할 때 우선 고려되는 것 중 하나가 '여성(문제)'의 내용이라면 조혜은의 시는 적절한 예시다. 이에 더해 조혜은 시의 방법적 차원에 대하여 페미니즘 관점을 적용해볼 수 있다. 따라서 조혜은의 텍스트를 내용과, 그것을 표현하는 방법적 차원으로 나누어 읽어보려 한다.

> 여기는 밤이 깊어. 하지만 네가 있는 그곳에서는 밤보다 깊은 외로움이 밤낮으로 너를 베어 먹는다지. 돈으로 여자를 사거나 밤새 술을 마시거나 새로운 나라에서 일을 하게 되면 곧 버리게 될 일 년 만기의 여자 친구를 만드는 남자들에 대해 너는 이야기하고 또 이야기하지. 외로워, 외로워서 죽겠어.
>
> 아기는 자라고. 너는 휴식은 있지만 휴일이 없는 나라에서. 나는 휴일은 있지만 쉴 수 없는 오늘을 이야기하지.

---

3) 조혜은, 『신부 수첩』, 문예중앙, 2016.

4) 김현, 『입술을 열면』, 창비, 2018.

여기는 비가 내려. 그곳에서는 비처럼 흐르는 땀이 매 순간 너를 오염시킨다지. 너는 다른 나라에서 온 외국인 노동자들에게 욕을 퍼붓고, 아버지뻘 되는 그들 중 누군가의 뺨을 때리고, 이제 갓 청년이 된 어린 노동자들이 석면에서 뒹구는 것을 지켜봐야 한다고. 그들이 버는 것보다 열 배도 더 넘는 돈을 받는다고 상심하고 또 상심하지. 돈으로 여자를 사는 사람들을 이야기하고. 외로워, 외로워서 죽겠어. 너 역시 그 나라에서는 외국인 노동자일 뿐. 누구의 모국어도 아닌 외국의 말로 이야기를 나누겠지.

아기는 매일 자라고. 너는 그곳의 방식으로 날 협박하고 조롱하고. 나는 너를 모욕하는 현실의 편에서 이야기를 나누지.

여기는 바람이 많이 불어. 그곳에서는 삭막한 사막의 석양을 사진으로 찍을 수도, 도시의 밤을 거닐 수도, 시를 쓰고 책을 읽을 수도 없다지. 너는 낯선 모든 것들에 힘들고 화가 나고. 원망할 사람이 필요하고. 안약도 없이 눈은 짓무르고. 연약한 온기는 갈 방향을 잃고. 외로워, 외로워서 죽겠어. 너는 울고 나를 때리겠다고 말하지. 다시는 보지 않을 사람처럼 내게 욕을 퍼붓고. 이해할 수 없는 방식으로 너를 감싸며 나를 사랑한다 말하지. 너는 울고. 다른 남자들처럼 욕을 하거나 함부로 아내를 때리지는 않겠다고 맹세하지.

아기는 점점 예뻐지고. 여기 사람들은 그래, 남편이 무엇을 했건 아니라고 말하면 믿는 짐승이 아내라고. 지금 너는 같은 목소리를 내고 있을까. 내가 사랑한다고 답해도 너의 꿈은 돌아오지 않을 방향으로 마음을 틀겠지.

여기는 계속되는 장마야. 나는 이곳에서 아내라는 기구처럼 작동하고 타이머가 끝날 때까지 먼지를 털며 널 기다리지. 하지만 네가 사랑한다던 나는 먼지처럼 통화음 속으로 사라져버리고. 부자가 될 손금을 가졌다는 아기는 손금 가득 먼지를 끼고 잠이 들었지.

아기는 잠을 자고. 너는 오늘도 어느 먼 미래의 행성을 오가며 내게 울면서 전화를 하지. *보고 싶어. 보고 싶어 죽겠어. 네가 죽어버렸으면 좋겠어.* 너는 누구에게 이야기를 하는 걸까. 우리는 내가 아님에도 나의 모습을 가진 네가 미치도록 보고 싶었고, 서로가 모르는 공간에서 모르는 채로 죽어버리길 간절히 기원했다. 나는 장맛비 속에 유실된 나의 이야기를 찾아, 긴 잠에 든 눈을 감았다.

—조혜은, 「장마—통화」 전문

추정컨대 이 시에서 아내로 추정되는 화자는 외국에 나가 일하는 남편("너")과 통화를 하고 있는 듯 보인다. 그들은 무엇에 관해 이야기하는가. 외국에서 남자는 그의 외로움에 대해, 잦은 해외 출장으로 인해 자주 갈아치우게 되는 "여자 친구"에 대해 말한다. 또 노동의 현장에서 외국인 노동자를 비인간적으로 대하는 관리자인 "너" 자신에 대해서도 말한다. 남자는 외로워서 여자를 사기도 하는 모양이다. 때때로 "나를 때리겠다고 말"하고 "욕을 퍼붓고" "나를 사랑한다고 말"한다. 그런데 이 사랑은 순전히 "너" 자신을 이해시키기 위한 사랑이다. 한편 그 이야기를 듣는 "나"는 "너"와 멀리 떨어진 곳에서 아기를 키우고 있다. "나"는 남편들의 목소리를 경유하여 "아내"를 말한다. "남편이 무엇을 했건 아니라고 말하면 믿는 짐승이 아내"라고 말하는 방식이 그러하다. 그녀는 사물처럼("기구") 그를 기다린다. 아이를 돌보면서 그녀는 "서로가 모르는 공간에서 모르는 채로 죽어버리길 간절히 기원"한다.

이 시는 외롭다는 이유로 여성을 갈아치우거나 사거나 때리거나 죽이고 싶다고 말하는 남성이 등장한다는 점에서 분명 인상적이나 그것만으로 페미니즘적이라 말한다면 조금은 불충분한 설명일 것이다. 이 시의 방법적 차원에 주목했을 때 폭넓은 페미니즘 관점의 해석이 가능한데 이 시가 '여성 화자'의 목소리를 경유한다는 것에서부터 시작해보자. 이 작품은 여성 화자에 의해 전해지는 이야기로서의 시다. 이때 여성 화자의 말하기라는 전략을 통해 그녀가 무엇을 어떻게 전달하고 있으며 그것을 통해 우리가 알 수 있는 것은 무엇인지를 물을 수 있다.

시의 내용을 다시 떠올려보자. 외로워서 여자친구를 갈아치우고 여자를 산다는 이야기를 아내에게 하고 어떤 외국인 노동자를 모욕하며 일을 시키고 아내에게 욕을 하고 사랑한다고 말하는, 이 모든 내용이 여성 화자의 목소리를 통한다는 사실은 중요하다. 남성의 발화는 궁극적으로는 여성을 경유해 말해진다. 가령 자기를 정당화하기 위한 방식으로 드러나는 남성의 사랑과, 남성 자신의 외로움을 해소하기 위해 자리하는 여성의 존재는 여성 화자의 시선에서 포착되는 것이다. 여성 화자는 그 기저에 있는 나르시시즘과 같은 사랑의 정체를 간파한다. 즉 남성에게 비춰지는 여성성이 남성을 경유하는 여성성이라면, 그것을 다시 여성 화자의 시선을 거치게 함으로써 그러한 시각에 제동을 건다. 여성 화자는 남성 화자에 비춰지는 도구적 여성성을 말함으로써 남성성의 유약한 나르시시즘을 포착한다.

여성 화자는 이러한 시각을 취하면서도 그를 용서할 수 없는 자리에 두지만은 않는 듯하다. 그의 사랑이 "이해할 수 없는 방식으로" 자신을 "감싸"는 것이라면, 그녀의 사랑은 그러한 그의 감각을 가만히 들여다보고 이야기를 듣는 것이기 때문이다. 그렇기에 그녀는 너와 나로 명명되는 것으로부터 "우리"에 도달한다. 그녀는 "우리"로 명명되는 가정 공동체가 '나'(너)가 될 수 없는 '너'(나)로 묶여 있다는 한계를 체감하면서도, 동시에 '나'는 또다른 '나'로서의 '너'(타인)가 될 수 있고 '너' 또한 '나'의 모습을 가진 '너'가 되기를 바라는 것으로 그녀의 "사랑"의 형태를 제시한다("우리는 내가 아님에도 나의 모습을 가진 네가 미치도록 보고 싶었고"). 그녀의 시선에서 사랑이란 그의 사랑처럼 자기를 향한 사랑이 아니라 타인을 경유함으로써 타인의 경계를 허무는 또다른 자기로서의 '우리'의 사랑이다.

이를 조혜은 시 속 여성 화자의 주체성이라고 한다면, 엘렌 식수의 다음과 같은 맥락들을 참고하면 좋겠다. 이는 이런 식의 해석이 어떻게 페미니즘적일 수 있는가 의문이 해소되지 않은 독자에게도 힌트가 될 수 있을 것이다.[5)]

> 그러나 내가 여기서 말하는 여성성이란 그녀에게 의탁하는 타자, 즉 방문자를 살아 있는 채로 간직할 수 있는 여성성이다. 그녀는 그것을 타자로서 사랑할 수 있다. 타자가 되기를, 다른 사람이 되기를 사랑하는 것이다. 그리고 그것은 결코 동일한 것에 대한, 즉 그녀 자

5) 이를 참조하여 더 의논해보고 싶은 것은 다음과 같다. 조혜은 시에서 여성 화자의 말하기 방식은 개방적 주체성과 어떻게 연관될까? 그를 막연히 이해하거나 완전히 그녀의 영역에서 몰아내지 않고 그의 말을 자신을 경유해서 내뱉는 과정을 그렇게 보아도 좋을까?

신에 대한 비하를 동반하지 않는다.

—엘렌 식수, 「출구」(『새로 태어난 여성』, 나남, 2008, 155쪽)

여성성의 경제란 아낌없는 개방적 주체성이다. 결과에 대해 계산하지 않는 증여로 특정 지워지는 타자와의 관계이다.(같은 글, 165~166쪽)

'나'로 돌아오는 타인의 이름 부르기: 김현의 시 읽기

김현의 시는 언뜻 여성 화자가 등장하지도, 가부장을 상징하는 공간이나 관계(가정, 아내와 같은 이미지)도 등장하지 않는 것 같다. 그러나 내용의 차원이 아니라 시적 대상을 말하는 방식 등에 착안할 때 김현의 시를 페미니즘적이라 말할 수 있다. 김현의 시를 내용과 그 방법으로 나누어 읽어본다.

미래가 온다

은재야
신흥시장을 지날 때

불러본다
그러니까 햇빛을 받는 것

구내염으로 밥을 먹지 못하는

아이를 곁에 두는 일에 관하여

나는
일찍이 알지 못한다

동성애자는 그런 걸로 슬퍼지지 않지만
은재야 부르는 목소리를 생각하면

어디선가 바람이 그림자를 흔들어
나뭇잎이 진다

정차한 버스에서
아무도 내리지 않을 때

통닭 한봉지를 들고 선 사람을 보고도
살을 발라줄 저녁을 떠올리지 못하는 걸로

어떤 생은 슬퍼지는가
빈 택시처럼 물음이 달려들 때

은재야

하얀 와이셔츠와 검은 바지를 맞춰 입고 선교하는 서양 남자들을 보면

헬로우 손을 흔들 수 있고

어떤 나뭇잎이 하필 택시 위로
떨어져 더 멀리 갈 때 손뼉을 칠 수도 있다

그렇게 세계와 친해지기 위해 햇살을 받을 수도 있다
너는, 너를 부를 때

구내염은 다 나았을까?

아빠라서 힘이 센 아빠 곁에서 엄마라서 마음이 아빠의 두배인
엄마 곁에서 제법 울기도 했을까

우는 것과 울음을 멈추게 하는 것으로
동성애자는 슬퍼질 수 있다

점점 더 개구쟁이가 되어가는 은재야
우리에게도 사랑과 축복이 있으니까

미래에 우리는 한 택시에 합승할 수 있고
떨어진 은빛 동전을 줍기 위해 같은 손을 내밀 수 있고

엄마 친구야
아빠 친구야

물을 수 있고
말할 수 있다

버스가 신흥시장을 지나 서부경찰서 후문에서
멈출 때 이제는 내려야 할 때

잘 자라주렴
너만은 아니지만 너로도 미래가 온단다

아빠와 엄마와
우리가 있는 그대로 그러했듯 ⫯

—김현, 「미래가 온다」 전문

⫯ 오늘은 구름이 있다는 것만으로도 손을 잡을 수 있다. 돌담길을 걷는 사람들로도 쓸 수 있다. 과거와 현재와 미래라는 얼굴로. 명륜3가와 원조 꼬치오뎅과 화접몽 한의원과 아남아파트와 재능교육과 용역 깡패와 민주노총과 최저임금 1만원과 보광당과 꽃과 표구화랑과 공식 결혼 세번과 여성 편력으로도 쓸 수 있다. 환승.
⫯ 어떤 말은 너무나 큰 용기를 줘서 완전하다. 시장을 지날 때 너의 소식을 보았다. 사슴을 들었다. 우리는 차차 보게 되겠지. 그 뿔을. 우산을 든 사람이 약자석 앞에 서 있다. 눈을 뜨고 잠든 약자의 허리를 보며 굵어진 시간에 대하여 생각한다. 배꼽 위에 모은 손과 눈 위의 눈썹. 붉은 것으로 가장 멀고 검은 것으로 가장 가까운 정신. 시간은 결국 발의 끝에서 멈추고 마는 것. 눈 감은 약자를 보면 눈이 밝아진다. 귀가.

이 시에서 '나'는 버스를 타고 신흥시장을 지나면서 은재와 그의 친구로 추정되는 그의 부모를 떠올린다. 화자는 은재의 구내염이 다 나았을지 궁금해하고 동성애자가 슬퍼지거나 슬퍼지지 않는 순간을 말하며 "은재"를 포함하여 "우리"의 존재 자체로도 미래가 온다고 말한다.

여기에서 화자가 동성애자로 추정된다는 것은 주목할 만한 사실이나 그것만으로 정치적이라고 말하는 것은 불충분하다. '동성애자'라는 키워드를 이 시의 방법적인 차원과 연관지어볼 때 의미층이 두터워진다. 시는 부르기의 방법을 사용한다. 버스에 혼자 있는 화자는 "은재야"와 같이 누군가를 호명하고 있으며 이어 "불러본다"고 말하며 자신이 말하고 있음을 기술한다. 화자는 "은재"를 부르는 자신을 보고 있는 것이다. 시에서 반복적으로 드러나는, 타인("은재")의 이름을 부르고 그것을 부르는 자기에 도달하는 방식과 '동성애자'라는 정체성[6]은 어떻게 연결될 수 있을까.

이를 설명하기 위해 게일 루빈의 관점을 참고해보자. 게일 루빈은 커밍아웃의 의미를 세 가지로 제시한다. 하나는 "사람들이 자신을 게이 혹은 다른 변이 섹슈얼리티를 가지고 있다는 사실을 깨닫는 지점을 지칭"하는 것으로 "자기 인식의 한 형태", 다른 하나는 타인에게 알리는 "공적 선언의 한 형태", 마지막으로 "그들이 처음 삶을

---

6) 지면 한계상 한 편의 시만 언급하였으나 김현의 시에는 동성애자, 게이가 (화자 또는 화자가 관찰하는 대상으로) 곧잘 목격된다. 그들은 어떻게 관찰되는가? 어떤 존재로 자리하는가? 그를 바라보는 사람은 어떠한 시선을 던지는가? 이러한 질문이 "동성애자"로 정체화되어 드러나는 화자의 내면, 욕망, 바람을 드러내는 일과 어떻게 관련되는지 생각해볼 필요가 있다.

시작했던 이성애 세계에서부터 그들이 살고 싶어하는 게이나 다른 변이 세계로 떠나는 일종의 여정"이다.[7] 즉 커밍아웃은 자기 자신에 대한 인식의 형태이자 그것을 다른 이에게 알리는(소개하는) 대화적인 것이며, 발견된 정체성과 관련한 "변이 세계"를 구성하는 출사표다.

이 시에서 '나'가 알 수 있는 것, 혹은 알 수 없는 것, 슬퍼지는 것, 슬퍼지지 않는 것은 곧 동성애자의 그것과 등치되므로 이를 '커밍아웃'의 일종으로 볼 수 있다. 게일 루빈의 맥락을 적용할 때, 김현 시에서의 커밍아웃은 세계를 적대하지 않고 그것을 돌아 나오면서 자신을 인식한다는 점에서 중요하다. "은재"를 부르는 행위는 "나"를 부르는 행위로 연결되면서 '자신과의 대화'로 자리한다. '나'는 무엇을 "일찍이 알지 못"하는가, 동성애자는 어떤 걸로 슬퍼지지 않거나 슬퍼지는가, "어떤 생은 슬퍼지는가" 하는 질문들은 화자의 자기 인식과 연관된다. 가령 시의 한 구절을 '동성애자는 구내염에 걸린 아이를 걱정하는 일로 슬퍼지지 않는다'는 맥락으로 읽을 때 "은재"라는 존재를 탄생시킬 수 없는 동성애자의 생물학적 조건을 생각하게 된다. (생물학적으로) '나'는 아이를 가질 수 없으므로 내가 '낳은' 아이로 슬퍼질 수는 없다고 볼 수도 있다. 그런데 이는 '정말 슬퍼질 수 없는가' 하는 물음으로 이어진다. 자신이 낳은 자식이 아님에도, 화자가 은재가 아팠을지 그의 구내염이 나았을지를 생각한다는 것은 그 사실을 걱정한다는 것의 다른 표현이다. 이렇게 보면 화자의 '은재

---

7) 게일 루빈, 『일탈—게일 루빈 선집』, 신혜수·임옥희·조혜영·허윤 옮김, 현실문화, 2015, 264쪽.

떠올리기'는 생물학적 제한선을 넘어 자식의 존재를 곧 '곁'의 존재로 환원시키는 작업이다. 때문에 "동성애자는 그런 걸로 슬퍼지지 않지만"이라는 말은 "우는 것과 울음을 멈추게 하는 것으로/동성애자는 슬퍼질 수 있다"는 말로 환치될 수 있다.

은재를 경유하여 젠더 정체성을 확인하는 화자는 자신을 은재와 은재 부모의 친구로 자리하게 함으로써 곁의 존재로 환원한다. 자신의 고유한 정체성을 가지고 가면서 누군가를 비하하거나 타자화하지 않으면서 "우리"라는 이름으로 묶어낸다. 시 안에서 "우리"를 주어 삼는 문장을 따로 떼어 살펴보자.

> ① **우리**에게도 사랑과 축복이 있으니까
>
> ② 미래에 **우리**는 한 택시에 합승할 수 있고/떨어진 은빛 동전을 줍기 위해 같은 손을 내밀 수 있고//엄마 친구야/아빠 친구야//물을 수 있고/말할 수 있다
>
> ③ 아빠와 엄마와/**우리**가 있는 그대로 그러했듯(이상 강조는 인용자)

"우리"는 누군가를 배제하지 않는다. "우리"라는 주어는 어느 한 쪽으로만 귀속되는 사랑이 아니라 단 하나의 사랑—'우리'의 사랑을 말하면서 개별자로 인식되는 또다른 너로서의 나, 또다른 나로서의 너, 각각 '나'와 '너'의 자리에 대신 입력될 수도 있을 수많은 젠더를 생각하게 한다. '우리'의 존재란 결국 '나'로 발견되는 타자에 있으며 그러한 의미에서 타자는 엄밀하게 말해 경계 밖에 있는 것이 아니라 언제나 '우리' 속에서 '나'로 존재한다. 그런 '우리'가 무언가 대단

한 걸 하는 건 아닐지라도 택시에 타거나 동전을 줍는 친구로 자리한다. 이러한 관계는 대화적이다. 은재를 경유하여 나에게 돌아오는 질문들을 여기에 포개어볼 때, 은재에게 하는 질문은 '나'에게 하는 질문이고 이는 '우리'에게 하는 질문이자 대답이기에 곧 우리 자신과의 대화라고 할 수 있다. 이러한 대화는 우리 자신은 어떤 존재인가, 내가 이러한 존재인 한 우리는 어떤 미래를 꿈꿀 수 있는가 하는 점에서, 게일 루빈이 말했던 커밍아웃의 마지막 의미인 '또다른 세계 꿈꾸기'를 수행한다. 김현이 꿈꾸는 세계는 마지막 두 연에서 압축적으로 드러난다.

> 잘 자라주렴/너만은 아니지만 너로도 미래가 온단다//아빠와 엄마와/우리가 있는 그대로 그러했듯

타인을 경유해 '나'의 존재에 대해 질문하고 대답하며 자신을 알아가고(결코 어느 쪽에 귀속되지 않으면서 그 자신의 고유성을 가지는 방식으로), 그런 '나'를 둘러싼 세계의 미래를 말하는 것. 그것이 김현의 언어라고 할 때 우리는 이것을 페미니즘적이라고 부를 수 있을까? 여성이 등장하지 않는 이 시를 페미니즘으로 읽었을 때 의미가 두터워졌다면 무엇 때문일까? 김현 시에서의 젠더적인 특성, 대화적인 관계 등을 떠올리면서 엘렌 식수의 글 일부를 덧붙이며 글을 마친다.[8)]

---

8) 김현의 시와 엘렌 식수의 자료에 덧붙여 추가적으로 질문한 만한 내용은 다음과 같다. 『입술을 열면』의 해설에서 양경언이 언급하는 '캠프적 작법'은 어떻게 발견되는가? 김현의 시에서 반복적으로 관찰되는 요소—특정 화자(의 정체성), 문장의 방식, 시선 등—를 '캠프적 작법'으로 읽어낼 수 있다면 이것의 의미는 무엇일까? 가령 주석

나는 책을 읽는다. 확인하고 싶기 때문이다. 사람들 사이의 관계 중에서 사랑이라는 이름으로 불릴 자격이 있는 유일한 관계가 세상 저편에 존재하는지를. (……) 남성적 질서에 지배되는 전통과 다른 관계들이 분명 있을 것이다. (……) 다른 방식의 교환이 일어나는 무대, 옛날로부터 내려오는 죽음의 역사에 영합하지 않는 욕망을. 이 욕망은 '사랑', 즉 사랑이란 말로 그와 정반대의 것을 의미하지 않는 그런 유일한 사랑을 창조할 것이다. (……) 요컨대 사람들은 타자와 차이라는 위험을 기꺼이 무릅쓰게 될 것이다. 그리고 이질적인 존재 때문에 위협을 느끼는 대신, 모르는 사람, 즉 발견하고, 존중하고, 도와주고, 유지할 미지의 것이 있다는 사실 때문에, 또한 그것을 통하여 자신이 더욱 풍요해진다는 사실 때문에 기뻐할 것이다.(「출구」, 140~141쪽)

여성은 이질적인 것들로 구성되어 있다. (……) 그녀는 타자를 욕망하고 또한 타자가 될 수 있다. 미래의 그녀 자신, 또한 현재의 그녀가 아닌 다른 여성이 될 수 있다. 그가 될 수 있고, 너도 될 수 있다.(같은 글, 160쪽)

글쓰기 속에는 역사가 금지하고, 현실이 배제하거나 인정하지 않는 것이 나타날 수 있다. 그것은 타자이다. 그리고 그 타자를 산 채 보존하려는 욕망이다. 그러므로 그것은 살아있는 여성성, 차이, 사랑

은 주로 무엇에 대한 내용을 담고 있는가? 온갖 주석의 활용은 어떠한 효과를 주는가?

이다. (……) 그러므로 그곳은 비타협성과 열정의 '장소'이다.(같은 글, 176쪽)

(2018)

누가 무엇을 보는가: 역사가 되는 일
—이소호의 『캣콜링』과 주민현의 『킬트 그리고 퀼트』를 중심으로

> 역사적 진실은 두 단계로 구성된다. 첫번째 단계에는 사실fact 문제가 있고, 두번째 단계에서는 해석이 일어난다. 토론을 위해 양자를 분리할 수는 있지만 실제로는 두 단계가 서로 맞물려 있다. 사실은 중요성을 부여하는 해석이 가미되기 전까지는 무력하다. 마찬가지로, 해석이 지니는 힘은 사실을 이해하는 능력에 달려 있다.
>
> —린 헌트, 『무엇이 역사인가』[1)]

1. 지금 '이것'을 말한다는 사실로부터: 이소호, 『캣콜링』(민음사, 2018)

역사는 사실, 해석, 그리고 해석된 사실이 전달되는 방식에 따른

1) 린 헌트, 『무엇이 역사인가—린 헌트, 역사 읽기의 기술』, 박홍경 옮김, 프롬북스, 2019, 53쪽.

보편적 학습(인지)로 구성된다. 강조하고 싶은 부분은 '전달'이다. 린 헌트가 말하듯 역사는 일종의 '기억 전쟁'이다. 사건의 실재가 객관적 사실로서 증명되고 그에 대한 학자들의 해석이 어느 정도 보편타당성을 얻어 다수에게 전달된다고 할 때 그 해석이 누구에 의해 '어떤 식으로' 전달되느냐에 따라 공동체가 역사화하는 내용이 달라질 수 있기 때문이다. 객관적 증거물과 방대한 사료를 자료 삼아 적절한 의미를 기입하는 비평 작업을 거쳐 하나의 사건에 타당해 보이는 의미를 부여했다고 해도, 그것이 누구의 어떤 목적에 의해 다수에게 전달되느냐에 따라 '기억하는 것'의 내용은 달라진다. 비교적 최근의 예로 17세기 영국의 노예상 에드워드 콜스턴의 동상이 강물에 내던져진 일을 들 수 있다. 그동안 노예제에 대한 역사적 비판이 없었던 것은 아니지만 그것이 하나의 과오로 상징되거나 혹은 과오임에도 불구하고 지금의 영국을 존재하도록 만들었다는 자의식을 넌지시 드러낸 역사적 구성물이었다면, 현 시점에서 이는 물질성을 지닌 부끄러운 역사로 재해석됨으로써 그러한 상징물이 삶의 한가운데 놓여서는 안 된다는 것을 드러낸다.

이로부터 치욕적 역사는 과연 무조건 청산되어야 하느냐는 비판적 물음을 던질 수도 있겠지만 여기서의 논점은 다른 곳에 있다. 그것은 바로 역사적 평가란 이처럼 특정 맥락의 시대 감수성에 따라 계속적으로 재편(혹은 개편)된다는 점이다. 유럽발 서구 중심 진보적 역사관이 탈식민주의비평에 이르러 비판적으로 검토되고 유럽발 근대주의 비판으로서 오리엔탈리즘마저 이분법적 근대 인식 체계를 다시금 경유하는 시점에, 과연 이분법 너머의 대안적 지점이 어떻게 확보될 수 있는가를 비판적으로 검토하는 현재의 양상은 바로 이러한 역사의 개편 가능성을 보여준다.

이는 오늘날 우리가 무엇을 문제적으로 바라보고 있는가와 관계된다. 여기에서 '문제적'이란 이전에 전혀 '없었던' 것을 발견하는 것이 아니라, 전부터 있었지만 없었던 듯이 취급된 것을 의미한다. 즉 역사는 이미 존재했던 문제에 대해 '지금 여기의 현실'이란 구체적인 시공간을 토대로 이전과는 구분된 감각이 내장된 상태에서 '볼 수 있는 것'에 의해 구성된다. 그렇다면 지금 2020년 한국이란 시공간 위에서 문학과 역사에 물어야 하는 것은 무엇일까? 문학이 역동하는 구체적 시공간으로서 역사 위에서 '지금 중요한 것'을 끊임없이 발굴하고 말해져야 하는 것으로 다뤄지고 있다면, '문학과 상상력'이란 주제를 앞에 두고 시문학에 물어야 할 것은 우리는 지금 무엇을 볼 수 있는가일 것이다.

린 헌트는 『무엇이 역사인가』에서 역사가 구성적 산물이라는 점과 더불어 여성이 역사학계에 진출하게 된 시초와 그 현황에 대해 언급한다. 투표권조차 없었던 여성이 남성 중심 엘리트주의가 만연했던 학계에 어떻게 진출하게 되었는지를 살피는 것에서부터 학계에서 높은 지위를 얻을수록 여성의 비율이 낮다는 현상까지를 린 헌트는 검토한다. 언뜻 역사학계의 젠더 차별을 지적하기 위함처럼 보이는 위의 요지에 다음의 인용을 덧대보자.

> 1990년대 이후, 특히 2000년대 들어 역사학자들은 한 번에 여러 다양한 접근을 모색했다. 세계의 연결성, 환경, 종교, 인종, 식민지 통치와 독재정권 이후 사회의 운명이 관심사로 떠올랐다. (……) 1975~2015년 미국 역사학자들이 사용한 접근법 변화를 최근 연

구한 바에 따르면 여성과 양성, 문화사 접근이 가장 선호되고 있다. (……) 하지만 주요 수치를 살펴보면 다소 충격적이다. 여성과 양성 관계의 역사는 2015년에 단일 범주로는 최대 규모였음에도 역사학자의 10퍼센트만 이를 관심사로 나열했다. 이제 역사는 고대 메소포타미아에서 배출된 쓰레기에서부터 오늘날 시드니의 서핑에 이르는 모든 대상을 아우른다. 그런데 역사가 더이상 '정치력 학파'가 아니라면 대체 무엇이란 말인가?[2]

상황이 급변하여 여성 역사학 박사 졸업자 수가 늘고 교수 임용의 사례도 늘었지만 정교수의 성비 등을 다시 따져볼 때 '학계에서 높은 자리로 올라갈수록 여성의 비율은 줄어든다'는 통계와 위의 인용을 겹쳐본다. 특정 '주류'를 언제까지고 역사화하는 대신 여성, 인종 등의 다양한 사회적 요소들로 역사의 범위가 확장되고 있다고 하면서도 실제로 그 주제의 중요성(정확히는 "관심도"라 표현돼 있지만 학자가 자신이 '관심'을 가지지 않는 문제를 연구하는 법은 거의 없으니 다수의 학자에게 보편적 연구 주제로서 중요하게 고려된다고 보기 어렵다는 점에서 '중요성'이라 표기한다)이 비례관계에 놓여 있지 않음은 무엇 때문일까? 여기에 젠더 감각의 누락 또는 젠더 불평등이란 간편한 답을 내놓지 않기 위해 질문을 비틀어보겠다. 역사학계 내부의 젠더 배치와 역사 구성의 젠더 배치는 어떤 연관 관계가 있는가? 무엇보다 여성이 점점 더 많이 역사학계에 진출하게 된 것에 비례하여 역사 연구의 항목에 '여성'이 발생할 수 있었다는 점이 중요하다. 역사를 담

2) 같은 책, 119~120쪽.

론화하는 구성 주체의 시선으로 하여금 기왕의 어떤 일들이 '역사적인 것'으로 길어올려진다는 의미이기 때문이다.(같은 차원에서, 어떤 것이 '중요한 것'으로 대두되었음에도 불구하고 '주요 관심사'가 아닌 이유도 헤아릴 수 있다.)

이런 시각을 문학에도 접목시켜볼 수 있다. 2016년 #문단내성폭력 해시태그 운동을 기점으로 문학계 전반에 던져진, 문학이 발생시키고 옹호해왔던 위계와 젠더 폭력의 결탁 지점과 관련한 논의와 더불어 '페미니즘 리부트'의 시기에 우리는 여성 젠더를 사유하는 방식 자체를 보편 감각으로 학습해야 한다고 요청 하고(/받고) 있다. 이는 고발 이전으로 우리가 돌아갈 수 없음을 의미하며, 이로써 존재했지만 드러나지 않은 것이 적극적으로 '보이기' 시작했고 또 보이게끔 만드는 것이 가능해졌음을 의미한다. 이런 측면에서 젠더 체계 내부의 여성의 위치에 대해 논하거나, 젠더 폭력에 대해 다루거나, 가부장제를 기준 삼는 공동체 구성과 그 안의 여성 젠더에 대한 문제의식을 토대로 삼는 시가 발표되고 있다.

이런 맥락을 고려하며 이소호의 『캣콜링』에 주목해보자. 이 작품은 김수영 문학상을 수상함으로써 여성 젠더와 현실 구조 속 폭력을 주지하는 시의 길을 열었다는 다소간의 상징성을 얻었다. 그러나 그것은 단순히 작품이 여성과 젠더, 폭력을 다루기 때문만은 아니다. 이 작품이 일종의 상징성을 가지게 된 맥락을 함께 살필 필요가 있다. #문단내성폭력 해시태그 운동 이후 문학계 전반에 요청되었던, 없었던 듯이 취급되었지만 실제로는 다수 발생하여 누군가의 삶을 지속적으로 훼손해왔던 문제와 젠더의 연관성을 숙고해야만 하는 시점에 페미니즘을 방법론 삼아 삶 속 여성 젠더에게 행해진 폭력을 말하는 이소호의 시들이 묶여 상을 받은 이 상황을 다시 보자. 이른바 '여성 시'라 불려왔던(이 지면에서는 여성 시 자체에 대한 논의를 하려는 것이 아니니 문학사의 계보로서 여성 시에 대해 언급하지는 않겠다) 일련의 흐름을 볼 때, 규정된 여성성을 '위반하는 여성의 발화'로 폭로하고자 했던 시인들의 계보가 이미 있고(김언희, 최승자, 김승희, 김혜순 등) 그런 점에서 이소호의 등장 자체가 새롭다 할 수는 없다. 다만 새로운 것 자체가 이전과의 유일한 차별적 우세함일 수도 없고 그럴 필요도 없다. 지금 우리가 무엇을 중요한 것으로 보고 있느냐를 보여주는 한 사례로서 『캣콜링』이 획득한 구체적인 맥락의 문학적 상징성을 봐야 한다는 뜻이다.

이소호의 시가 수상할 수 있었던 것은 단순히 상황의 시의적절함 때문만은 아니다. 이성애 중심 가부장제에 뿌리를 둔 4인 가족 공동체에 대한 독특한 시적 상상력을 확보하고 있다는 점과, 이러한 가족 공동체에 대한 비판적 주제의식이 4부에서 '경진 현대 미술관'이라는 이름을 달고 가족 공동체 내부에서 여성으로서 겪었던 폭력적 경험들이 그야말로 어떤 방식으로 전시될 수 있는지를 보게 한다는 점은 분명 작품의 차별화된 특징이다. '전시하다'라는 단어는 특히 폭력의 경험과 관련하여 주의해서 사용할 필요가 있는데 이 글에서 구태여 이런 표현을 쓴 이유가 있다. 이소호는 폭력을 나열하는 것 자체를 목표로 삼지 않는다. 그보다 가족 내부의 사회 제도적인 젠더 시선의 문제를 다루면서 남성의 시선을 취해왔던 그간의 방식을 여성 젠더의 시선으로 갈음하여 보는 이를 찝찝하게 만든다. 다음의 예를 보자.

나는 자궁/대신 붉은 실 더미에서 태어났다/아빠가 운명이라 믿는 년들 사이에서 실을 꿰매는 동안/엄마의 바늘구멍은 점점 넓어지고/그년의 구멍은 점점 좁아졌다//(……)//아빠는 모두를 사랑한단다 죄라면 그게/죄란다//(……)//바늘을 들어 아빠의 말씀을 수선하는 엄마/아빠의 머리털을 쥐어뜯고 다시 꿰매는 엄마 아빠를 기르는 엄마 혓바닥이 헐 때까지 엄마는 계속해서 아빠의 기둥을 세웠다 이제 아빠의 모든 말씀은 희미하다//엄마는 가족을 사랑했단다 죄라면 그게/죄란다//(……)//너무 미워하지 마/아빠는 모두의 아버지란다/하나님 아버지가 모두의 아버지이듯

—「마망」 부분

"나는 자궁 대신 붉은 실 더미에서 태어났다"가 하나의 문장이지만 행 넘김으로써 "나는 자궁"에서 한 호흡 끊어가는 이 첫 구절에서 어떤 독자는 반발했을지도 모르겠다. 자궁이라니? 가부장제 사회 안에서 여성이란 존재 자체를 하나의 신체 기관화하는 문제, 거칠게 말해 걸어다니는 자궁, 그저 임신 가능한 육체로서 보는 시각에 대한 비판은 어제오늘 일이 아니다. 실제로 국가기관에서 '가임기 여성 지도'를 만듦으로써 여성을 출산하는 육체로 보는 시선이 예상보다 더 보편을 향해 발화되어도 괜찮은 것으로 인식되고 있다는 점에서 경악스러움을 안겨주었다. 이 경험을 떠올릴 때, '자궁'이란 표현에 대한 날선 반응을 이해하기 어렵지 않다. 시의 첫 구절에서부터 여성 젠더라면 여성 젠더이기 때문에 다소 사납게 바라보게 되는 단어를 던지고, 남성이라면 남성이기 때문에 낭만화하거나 어색해할 수 있는 단어를 던진다. 이는 이 시가 지닌 일종의 위반성이다. 그러나 이 위반의 시학이란 앞서 언급한 것처럼 김언희, 최승자 등의 시세계를 고려할 때

특별히 새롭다 할 만한 것은 아니다. 그런데도 여기서 그 위반성을 이소호 시의 한 특징으로 짚고자 한다면 그 근거는 무엇인가.

이 질문에 대답하기 위해 다른 구절을 이어 살핀다. 이 시는 아버지란 존재를 신격화하는 것을 비판하는데 아버지는 신이 아니라고 말하는 대신 아버지를 신("모두의 아버지")으로 만듦으로써 그것을 드러낸다. 그런데 사실 아버지를 "하나님 아버지"로 만드는 일 자체는 그리 충격적인 것이라 하긴 어렵고 경우에 따라서 정말로 남성 신격화의 혐의를 지니게 될 수 있다. 그런데도 이소호의 이 시가 진지한 남성 신격화로부터 비껴난 것으로 독해되는 이유는 아버지적 존재의 신성함을 말하는 자가 바로 그 아버지의 머리를 '쥐어뜯는' 어머니이기 때문이다. 어머니를 옹호해보자면 그녀는 가부장제에 어떤 식으로든 복무할 수밖에 없던 존재고 그런 점에서 자신의 생존 전략으로써 '아버지적인 것'을 내재화하고 또 딸들에게 학습시켜야 하는 자기부정과 모순적 상황 안에 놓인 존재다. 그런 어머니의 입으로 아버지를 신격화했을 때 이것은 어머니가 진짜 그것이 되길 바라거나 믿기 때문이 아님을 독자는 금방 눈치챈다. 바로 이 지점, 청자가 (이 시집 전체에서 '경진'이라 불리는 여성으로부터 독자는 자유로울 수 없으므로) 딸로 추정되고 화자는 어머니이며 그녀들이 바라보는 대상으로 아버지가 존재한다는 이 구도. 여기에서 독자는 자신의 젠더를 최소한 여성으로 대입하게 된다. 말하는 사람이 여성인데다 그들의 관찰 대상이 되는 것으로 사실상 형체도 없어 보이는(최소한 직접 발화하지 않는다는 점에서) 남성이 등장하고 있을 뿐이라, 그가 철저하게 객체화되어 있음을 눈치챘다면 그 어떤 독자도 자신을 '대상화'하고 싶지는 않을 것이기 때문이다. 앞서 던진 질문, 위반의 시학이 새로운 것이 아님에도 이소호에 와서 다시금 주목할 수 있게 만드는 지점은 바로 이것이다. 누가 누구를 염두에 두고 누구의 시점을 통과해서 '사건/대상'을 보는가. 누구의 시선을 취했는가를 묻는 것은 비평하는 입장에서 너무 간편한 질문이지만 실제로 이것을 '본다'는 것을 설명해내는 일은 까다롭게 느껴진다. 이소호의 시가 문제적으로 읽히는 이유는 단순하게는 여성의 시선을 취해 가부장제의 문제를 말했기 때문이지만, 이것이 '지금'의 젠더 감수성과 '지금'을 거쳐 역사화되어가는 젠더를 둘러싼 사건들을 경유한다는 점에서 이 시대의 역사적 상상력이라 할 만하다.

2. 시선의 젠더 정체성(정치성)은 기존의 것에서 어떤 지점을 문제적으로 보게 하는가: 주민현, 『킬트, 그리고 퀼트』(문학동네, 2020)

이소호의 시를 통해 '지금 이 시선'이 역사화될 수 있는 근거가 있음을 말하고자 했다면 주민현에 이르러 그러한 시선이 '보아내는 것'이 과연 무엇인가에 대해 말할 수 있다. 이소호가 여성 젠더의 시선 및 발화를 통해 주목하고 있는 것이 가부장제와 가족 공동체, 부모와 딸 사이의 관계, 이성애 관계 속에서 벌어지는 젠더 폭력과 위계의 문제였다면, 주민현은 주제 자체를 확장한다는 점에서 차이가 있다.[3] 주민현은 여성 젠더의 시선에서 계급을 보고, 인종을 보고, 노동

---

3) 본문에서 언급하지는 못했지만 이 차이는 각각 "이 시는 이란 출신 예술가 쉬린 네샤트의 작품 「격동」이 보여 주는 바와 같이 공공장소에서 노래를 부르는 것이 금지되어 있는 **이란 여성의 율법을 모티프로 삼았을 뿐** 해당 종교와는 관련이 없음을 밝힌다."고 달아둔 「가장 격동의 노래」(이소호)와 "**이란에서는 여성이 공공장소에서 노래하는 것을 법으로 금지하고 있다.**"(이상 강조는 인용자)라고 밝힌 「철새와 엽총」(주민현)을 비교함으로써 확인할 수 있다. 두 시는 모두 이란 여성이 공공장소에서 노

을 본다. 중요한 것은 우리가 이러한 시편을 읽고 각각을 여성 시, 사회참여 시, 노동 시라고 확정적으로 느끼지는 않는다는 데 있다. 다시 말해 주민현의 시선에서 사회문제로서 인종이나 노동은 하나의 젠더적 시선을 전제한 상태에서 포착되고 발화된다. 이는 두 가지를 말해준다. 하나는 인종/노동/폭력 등의 사회적 현상을 문제적으로 다루는 많은 영역에서 비판 없이 젠더를 소거해왔음을 의미한다.[4] 보편

래를 부를 수 없다는 현실에서 착안한 것이다. 이소호는 이 현실을 "남편"을 관찰의 대상으로 삼아 "*남편을 향한 기도/니가 먹기 좋게 털도 다 뽑아 둘게/돼지 새끼처럼 보채지 않을게/마른 상추로 얼굴을 감싸고 너는/나를 뜯어 삼킨다*"고 서술하는 한편 주민현은 "오늘은 나의 이란인 친구와/나란히 앉아 할랄푸드를 먹는다//그녀는 히잡을 두르고 있고/나는 반바지 위에 긴 치마를 입고/(……)//오늘 친구와 나는 나란히 앉아 피를 흘리고/우리는 가슴이 있어서 여자라 불린다//(……)//우리는 나란히 앉아/이 세계에 허락된 음식을 먹는다//(……)//그녀가 작은 목소리로 노래를 부르기 시작하면/내 발바닥엔 글씨가 적히기 시작한다"고 말한다. 보고 말하는 자를 여성으로 삼아 가부장제 속 여성이 남성(남편)을 향해 그들의 발화법을 다시 말하게 한다는 점에서 이소호의 시가 특정한 위반의 시학을 지닌다면, 주민현은 여성의 관점에서 보이는 정체성과 관련한 요소들에 시선을 던진다. 내 '친구'가 '할랄푸드'를 먹는다는 것, '히잡'을 쓴다는 것 등의 문화적 요소가 그러하다. 이것은 크게는 문화권 간의 차이 자체로 이야기될 수도 있지만 '여성 젠더와'라는 수식어를 빼놓고는 부족한 설명이 될 것이다. 주민현은 이처럼 무성화 혹은 탈성화되어 있는 문제적 지점에 젠더성을 기입한다는 점에서 특징적이다.

4) 가령 인종 문제에서 흑인, 백인 등의 구분은 쉽게 덧대면서도 흑인 여성, 백인 여성 등의 구체적 젠더 계급성을 언급하는 경우가 많지 않다는 것을 어떻게 해석할 수 있을까? 마찬가지로 노동문제에서도 노동자 여성에 대한 구체적 인식이 늘 확보되는 것은 아니다. 이는 단순히 여성의 관점에서 다룬 인종에 관한 시가 있지 않느냐, 여성 시인들이 해왔던 노동 시의 작업들이 있지 않느냐는 말로 반박될 수 없다. 왜냐하면 오히려 그 반대의 사례가 이것을 입증해주기 때문이다. 나는 그간 젠더를 기입해오고자 했던 작품의 사례를 없는 것으로 만들려는 것이 아니라, 인종문제를 말하면서도 여성 젠더를 함께 언급하지 못하고 노동문제를 말하면서도 젠더 문제를 함께 언급하지 못하는 수많은 사회문제를 다루는 시선에 의문을 던져야 한다고 말하고 싶다. 어째서 젠더는 늘 '특정적'인 것으로 조명되는 것일까? 노동 시가 보편(?) 노동의 삶을 조명하는

성/일반성을 쉽게 무성으로 취급해온 오래된 관습 안에서 무성이란 것이 과연 탈남성 젠더적인 것을 의미할 수 있는지, 최소한 무성이 양성적일 가능성이 있지 않느냐는 시선에서마저도 더이상 젠더 체계를 양성화해서 받아들이기 어려운 현재의 젠더 감각을 고려한다면 '무성성=양성성'의 가능성마저도 비판적으로 보아야 하는 것은 아닌지, 그래서 젠더를 기입해서 (보통의) 사회문제를 말한다는 게 과연 어떤 것인지를 주민현의 시는 사유하게 만든다.

두번째로, 바로 그런 의미에서 여성 젠더의 시선으로 세계를 본다는 것이 '○○시'라 시를 구분짓는 방식으로 분류되는 것이 아니라는 점이다. 다시 말해 여성 젠더의 시선으로 세계를 본다는 것은 이런 것을 의미한다. 표제 시의 일부를 보자.

> 치마 입은 남자들과 춤을 추었지/스코틀랜드의 어느 광장에서//치마는 넓게 퍼지고/돈다는 것은 계속된다는 거지//(……)//그리 길지는 않은 역사를 간직한/무늬의 치마를 입고/춤을 추는 우리가 남자이거나 여자이거나//(……)//돌았니, 하고 물었던 사람이 있었지/조용히 하라는 말도 들었지/치마를 입고 상스럽게 앉은 어느 날이었지//치마를 입고 함께 춤을 춘다고 해서/우리의 성이 같아지는 건 아니지만//한때 노동복이었던/치마를 입은 내가 스코틀랜드에 선/남자여도 이상할 건 없지//(……)//킬트, 그리고 퀼트/그리 길지는 않은 전통에 대하여//허리나 엉덩이 주변을 감싸는 천/또는 그

것인 한 왜 '젠더와 노동'에 대한 성찰은 대개 누락되어 있는 것일까? 이것은 이미 보편과 보통, 무성의 영역이라는 것 자체가 너무 쉽게 남성화되어 있기 때문은 아닐까?

런 손에 대하여//체크무늬의 치마, 우리를 깁지

—「킬트의 시대」 부분

이 시에서 '치마'는 어떤 역할을 하는가. 이 시에서 치마가 그냥 치마가 아닌 전통복 '킬트'라는 사실은 해당 의복이 단순히 젠더 고정관념에 국한해 말하려는 게 아님을 보여준다. 물론 시에서 직접적으로 치마를 입고 "춤을 추는 우리가 남자이거나 여자이거나"라고 언급하고 있기 때문에 시가 의복이 강제하는 젠더 규범을 전혀 겨냥하고 있지 않다고 말할 수는 없다. 그러나 킬트가 전통복이란 점이 더 강조되어 그것을 입고 춤을 추는 자가 구태여 '여성화'되지 않는다는 점에 방점이 찍힌다. "남자이거나 여자이거나" 할 수 있다는 말은 의복의 젠더 정체성의 고정적 인식에서 벗어나야 한다는 것을 말하기 위해서가 아니다. 대체로 치마를 입은 여성이 "치마를 입고 상스럽게 앉은" 날이면 '돌았냐'는 말을 듣곤 했음에도, 치마를 입고 광장 한복판에서 빙빙 돌아도 아무도 미쳤냐, 조용히 해라, 얌전하게 굴어라 하고 말하지 않는다는 사실을 함께 보아야만 한다. 치마에 스코틀랜드의 전통성이 가미될 때 그리고 그 전통성에 남성 젠더가 명징하게 기입되어 있을 때, 정확하게 말해 남성이 킬트를 입고 광장에서 춤을 추는 것에 여성이 합류했을 때 치마 입은 여성이 광장에서 춤을 추는 것은 경박하지 않은 것이 된다. 여성의 시선으로 뭔가를 '본다'는 것은 이러한 전통성에마저도 하나의 젠더적 경험을 기입할 수 있음을 의미한다. 이는 나아가 "그리 깊지는 않은 전통"으로 재정의됨으로써 치마 입은 남자의 역사가 그리 유구하지 않은 것이듯 남성 자체에 대한 신화가 그리 유구하지 않을 것임을 선언적으로 제시하는 것이기도 하다.

이런 시는 어떨까.

> 자전거를 타고 미끄러질 때/운동장이 기울어져 있다는 걸 알게 되지//한쪽 눈을 감고 타도 좋아/기울어진 세계를 살아가기 위한 규칙//그러나 오늘은 우리의 식탁을 멈추고서/부드러운 날씨로 상을 차리겠네//유치원의 문을 닫고서/푹신한 구름으로 운동장을 만들겠네//계산원이 없다면 마트는/항의와 전화로 창문에 조금씩 금이 가겠지//아무도 간호하지 않는다면 아이를 보지 않는다면/공장으로 출근하지 않는다면//여성들이 일을 멈춘다면/세상의 절반으로만 눈이 내리겠지 (……)
>
> —「오늘 우리의 식탁이 멈춘다면」 부분

전면적인 사회구조적 성차별을 비판할 때 쓰는 관용어인 '기울어진 운동장'이 직접적으로 드러나는 이 시는 어떤 구호 없이 노동하는 여성에 대한 이야기를 다루고 있다. 독자로서 스스로 흥미로웠던 것은 가사노동을 하지 않는다는 의미로 해석되는 "식탁을 멈추고서"라는 표현과 육아와 돌봄노동을 멈추겠다는 "유치원의 문을 닫고서"는 물론이고, 마트에서의 "계산"과 "공장" 출근을 하는 인물을 별다른 의심 없이 '여성'으로 상상하고 있다는 점이었다. 새삼스러운 말이지만 밥을 차리고 애를 보는 것이 왜(어떻게) 여성의 일이어야만 할까를 외치는 세상에서, 우리는 그러한 세계의 한복판에 있기 때문에 이런 상황에 있는 인물을 자연스럽게 여성으로 상상한다. 또 언뜻 무성의 노동처럼 읽힐 수도 있는 마트 캐셔 일과 공장의 출근 장면에서도 일정한 젠더를 기입한다. 이것은 독자의 인식적 한계를 의미하는 것일까? 동시에 이렇듯 특정 젠더가 기입되어 읽힌다는 사실을 굳이 짚어내는 것만으로 비평적 인식의 한계를 드러내는 것일까? 물론 이 두 질문에 대한 답이 모두 '그렇다'일 수 있다는 가능성하에, 정말로 새삼스럽게 생각해야 할 것은 다음의 지점이다. 이 시에서 "여성들이 일을 멈춘다면"이 나오기 전까지 한 번도 젠더가 언급되지 않음에도 특정 젠더를 상상하는 우리 모두를 염두에 두고 이 시가 쓰였을 가능성과, 실제로 그렇게 생각한 나 같은 독자가 있다는 사실, 무엇보다도 '노동'이란 보편 사회적 주제를 다룰 때 시인과 독자에게 여성이라는 젠더가 특수한 것으로 취급되어 외따로 떨어지지 않는다는 점이다. 다시 말해 화자, 화자를 구성한 시인이 자신을 특정 젠더로 정체화하는 한 노동문제에서 젠더는 지극히 당연하게 소환되어야 하는 문제란 뜻이다. 그런 점에서 이 시를 단순히 '여성 시'나 '여성 노동 시'의 계보 속에 넣어 읽는 것을 다시 검토해볼 필요도 있다. 왜 그러한가는 다음의 시를 보면서 이야기해보기로 하자.

꿈속에선 이상하지, 사랑을 나누는 데 실패하고 열리지 않는 화장실 문을 열려고 애쓰지 무너진 계단을 오르내리거나//무너진 가슴을 모래성처럼 두드리지 세탁기 때문에 줄어든 스웨터 때문에 싸우고 나와 가슴을 두드리는 나날//(……)//싸우는 이유는 대개 사소한 이유고 침묵하는 이유는 그럴듯한 이유지 애 버리고 승진해서 좋기도 하겠다/그 말에 울기 시작했고 당신은 늦게까지 울음을 그치지 않았다//이렇게 많은 인파를 헤치며 사는 이유가 뭔가? 지하철에서 한 번씩은 질문을 하게 되고,//(……)//차가운 창문에 입김을 불어

무엇하겠나, 나도 아저씨 같은 것은 되고 싶지 않았다네, 혼잣말로도
소용없는 것을

—「사소한 이유」 부분

먼저 이 시를 자기 자신에 대입해서 읽은 스스로를 남성 정체화한 독자가 얼마나 있을지 궁금하다. 시를 잘 읽어보면 "세탁기 때문에 줄어든 스웨터 때문에 싸우고 나와 가슴을 두드리는" 사람, "애 버리고 승진해서 좋기도 하겠다"고 말한 사람, "그 말에 울기 시작"한 사람과, 엄밀하게 말해 "늦게까지 울음을 그치지 않"은 "당신"은 모두 같은 사람이 아닐 가능성이 있다. 결론부터 말해 이 시는 세계의 문제를 바라볼 때 여성 젠더의 시선을 훨씬 적극적으로 취하고 있다. 이렇게 판단하는 까닭은 우선 "침묵"하는 사람이 아무래도 최근에 승진을 하고 아이를 제대로 돌보지 못했다는 욕을 먹은 사람인 것 같기 때문인데, 우리가 자타의 삶을 반성적으로 돌아볼 때 커리어와 돌봄노동 사이에서 선택을 강요받거나 비판받는 것이 아주 높은 확률로 여성 가족 구성원임을 자각하는 한 그러하다. 이것은 가정마다 사정이 다르다는 말로 방어되기도 어려운 수준이다. 아이가 있는 기혼 여성의 경력 단절 사례와 관련하여 육아/출산 휴직이 제도적으로 노동자의 경력에 위협을 주지 않고 얼마나 효율적으로 배분되고 있는가를 고려할 때 이는 사회적으로 재생산하는 젠더 인식으로 봐야 하기 때문이다.

이런 현실의 문제들을 고려하는 동시에 저 상황에 감정을 이입할 수 있는 것은 비슷한 경험이 있는 경우여야 할 텐데 그런 점에서 이 시는 여성 젠더의 관점을 십분 활용했을 것이다. '여성 젠더의 시선

에서 쓰였다'고 단언하지 않은 이유는 인용의 끝부분 때문이다. "나도 아저씨 같은 것은 되고 싶지 않았다네"라고 말하는 사람은 누구인가? 만약 이것이 저 수많은 발화를 하는 사람 중 한 명이었다면 이 시는 남편과 아내의 발화가 뒤섞여 있는 것이라 볼 수 있다. 즉 이 시에서 발화하는 사람이 한 명이 아니라는 가능성이 발견되는데, 물론 그렇다 해도 저 시의 문제의식의 상당 부분이 여성 젠더의 시선을 따른다는 주장이 흔들리지는 않는다. 바로 이 사실이 중요하다. 누구의 관점으로나 독해될 수 있는 이 시가 특정 젠더의 시선을 더 많이 소환하는 쪽으로 읽힌다는 것은 '현실'을 지각하는 과정에서 반드시 젠더적 이해를 거친다는 의미다. 그러므로 주민현이 확장하고 있는 일반/보편의 사회문제들은 결국에는 젠더적으로 읽힐 수밖에 없다.

뜬금없이 펭귄 얘기를 하는 것 같다가도 그게 아니라 이것은 여성에 대한 얘기를 하고 싶은 건가 싶은 「아무 해도 끼치지 않는 펭귄」에서 "화내지 말라고 작은 목소리로 중얼거린다면/너는 그게 안 들리는 소리라고 하겠지//그러나 나는 하나의 귀로도 아무도 듣지 못하는 소리를 들어왔다"라는 구절은 이제 전혀 다르게 읽힌다. 우리가 그 어떤 시도 결코 무성적으로는 읽을 수 없으리란 것, 지금껏 문학이 특정 젠더를 소거하면서 사회문제와 역사성을 다뤄왔다는 역사가 오히려 다른 특정 젠더를 강력하게 의식해온 반증이 된다는 점을 이 구절은 드러낸다. "아무도 듣지 못하는 소리"란 없는 소리라는 것이 아니다. 애초에 없는 소리라는 말 자체가 모순이다. 그저 '소리'고 소리는 파동이고 감각될 수밖에 없는 것이므로 처음부터 없었던 것일 수 없다. 다만 "듣지 못"했던 것뿐이라면 그것을 듣는 귀는 어떻게 얻어지는가. 이것은 곧 문학이 어떤 역사를 써왔으며 쓸 수 있는가와 관련해서도 중요한 문제다. 우리는 그간 무엇을 들어왔고 무엇을 역사화해왔는가? '젠더'의 문제가 (비록 서로 다른 의견을 견지하고 있음에도) 없는 듯이 취급될 수 없고 앞으로도 이것을 의식하게 되리라 예측하는 이 시점에 우리는 지금껏 역사화해온 것으로부터 어떤 것을 '역사화하지 않고자' 했는지를 함께 목도한다. 그리고 그것이 지금부터 우리가 '들을 수 있는 것'이 될 것이며 이것이 문학이 가진 역사적 상상력이다.

……그런데 어째서 지금 이 이야기를 해야 할까? 나는 '문학과 역사적 상상력'이란 주제를 역사화된 주제를 다루는 시에 대한 현재적 재평가로 해석하는 대신 지금 여기에서부터 만들어나가는 역사성에 초점을 맞췄다. 이소호와 주민현의 시를 통해 하고 싶었던 말은 여성 젠더의 시선으로 세계와 폭력을 바라보는 일의 중요성이 지금 이 시점에 말해져야 하는 것으로 요청되었고, 그에 따라 최근의 여성 시가 (시)문학사에 기입될 만한 특징을 지닌 미래 구성적 역사성을 지닌다는 것이었다. 이런 주장을 뒷받침하기 위해 참조가 될 시집을 선정하고 그 작품의 내용을 통과하여 시의성을 언급했지만 어쩌면 관습적 비평 행위를 재생산하고 있다는 생각이 든다. 그렇다면 이러한 시편을 둘러 '비평의 언어'로 말해야 하고 말할 수 있는 것은 무엇일까? 진짜로 하고 싶은 이야기는 여기에서 시작된다.

(2020)

여성 시의 분절적 언어성
—백은선의 시를 중심으로

1. 분절된 언어에 대한 힌트

소설 『바르도의 링컨』은 이승과 저승 사이에 있는 '바르도'라는, 이른바 중천을 중심으로 분절된 세계관을 드러낸다. 서사의 주무대를 바르도로 옮기는 사건은 에이브러햄 링컨의 어린 아들 윌리의 죽음이다. 윌리는 어린 나이에 죽음을 맞고 승천되기 이전에 머무는 곳인 바르도에 이른다. 특이하게도 소설은 윌리를 내세워 바르도에 진입하면서도 윌리의 시선에 초점화하지 않는다. 대신 윌리가 중천에서 만나는 이들의 목소리를 하나하나 직접 발화하는 방식을 취한다. 즉 소설은 하나의 흐름으로 단정하게 흘러가지 않는 분절된 목소리들의 총집합으로 드러난다.

억울하게 죽은 이들은 승천하지 못하고 시간이 흘러 강제적으로 소멸하게 되기까지 바르도에서 허락된 시간 동안 점점 불완전해지는 문장으로 그들의 삶을 되풀이해 말한다. 이들의 점차로 분절되어가는 발화란 존재하지만 존재-되지 못하고, 말해져야 하나 들리지 않는 것의 발화 양식인 셈이다. 그런데 이들의 분절된 발화는 '죽음'이란 거대하고도 본질론적인 사건에 기초하지 않고 개별자의 구체적 맥락을 토대로 한다. 시대, 젠더, 계급 등 한 개인을 지시하는 사회적 양태 속에서 분절된 형태로라야 발화되는 이야기가 있다는 뜻이다.

소설에는 수많은 반半-존재의 말들이 등장한다. 어떤 인물은 하층 계급 남성이기도, 하층 계급이자 주부인 여성이기도 하며 흑인이면서 하층 계급이면서 여성인 여자아이이기도 하다. 이러한 여러 발화자 중 가장 분절된 형태로 발화하는 인물은 릿지 라이트다. 어린 나이에 사망한 그녀는 바르도에 남아 자신의 삶과 죽음에 대해 이야기하고자 한다. 그런데 그녀의 이야기는 이렇게 처리되어 있다.

> ********
>
> 릿지 라이트[1]

별표 아래에 "릿지 라이트"라는 표식이 있음으로 하여 독자는 이것이 릿지 라이트의 쪼개진 말임을 유추할 수 있다. 어떤 연유에서 릿지의 말은 보편적 언어기호로 표기되지 않고 깨진 언어로 드러난다. 이 말은 끝내 독자에게 '깨져 있는 말'이란 것 이상의 어떤 것을 전달해주지 못하는가? 그렇지 않다. 이 표기에 이어 프랜시스 호지 부인은 릿지 라이트의 말을 '대신' 전한다.

> 이 여자애가 당한 짓, 이 아이는 그걸 여러 번 당했어요. 여러 명한

---

1) 조지 손더스, 『바르도의 링컨』, 정영목 옮김, 문학동네, 2018, 317쪽.

테. 이 여자애가 당한 짓은 저항을 할 수가 없었고, 아이는 저항하지 못했어요. 가끔 저항했지만, 그것은, 가끔, 이 아이가 훨씬 나쁜 곳으로 내쳐지는 결과를 낳았고, (……)[2]

자신을 비로소 자유롭게 하기 위해(이승에 자신이 존재했음을 말하기 위해 부단히 애쓰는 것) 자신을 이토록 바르도에 묶어두도록 한 바로 그 이유(릿지가 죽게 된 전말)는 릿지 라이트의 이야기를 곁에서 오랫동안 듣고 번역하고 말해온 프랜시스 호지 부인에 의해 전달된다. 릿지의 분절된 언어는 호지 부인을 통해 다시 기호화되어 이해가 가능한 말로 '번역'된다. 릿지를 죽음에 이르도록 한 생전의 일이 그녀가 사회적 약자로서 여성이자 아동이었다는 사실과 무관하지 않다면, 즉 그러한 릿지 라이트의 구성 양식이 한 명의 온전한 인간으로 삶을 영위할 수 없게 하는 과정에서 고려된 요소라고 짐작해본다면, 릿지 라이트의 분절된 발화 양태는 삶에서의 '발화 불가능하게 했던 것'을 말하는 가장 적확한 언어일 수 있다.

2. 여성 시와 분절된 언어

다소 길게 설명한 소설 속 발화의 묘사 방식은 '분절된 언어'를 이해하는 참조점이 된다. 어떠한 사회적 조건 속 개인은 분절된 언어에 기대어서야 비로소 '말할 수' 있다. 이때 언어는 단순히 소통 혹은 표현의 도구가 아니라 '자기 자신'이다. 이러한 원리를 시로 가져와 적용하고자 할 때, 분절성으로부터 특수한 개인의 정체성을 소거한 채

2) 같은 쪽.

시의 기호와 곧바로 등치시키는 것에 주의해야 한다. 기호화된 시의 언어가 종종 분절된 언어와 동일하게 여겨지지만 엄밀한 의미에서는 같지 않기 때문이다.

시의 언어가 일종의 기호라는 것에서부터 시작해보자. 이는 시의 언어가 일상어라 인식되는 일정한 보편 법칙 위에서 통용되는 기호로서의 언어 관념에 기대어 그 기표를 빌려올지언정, 기의를 특수한 시적 맥락 위에서 재법칙화하고 있음을 말한다. 예컨대 '사랑'이라는 말을 보통의 언어생활에서 말할 때 그것이 일종의 풍요로움, 풍족함, 애정, 따뜻함, 끌어안음 등의 의미로 통용되곤 한다면 시 속에서 발화되는 '사랑'이란 그것과는 전혀 다른 의미일 수 있다.

> 너랑 나는 화단에 앉아 사랑에 대해 이야기했다. 사람의 목소리를 녹음해서 틀고 그걸 다시 녹음하고 녹음한 걸 다시 틀고 다시 녹음하고 또 틀고 또 다시 녹음하고 이런 식의 과정을 계속해서 거치면 마지막에 남는 건 돌고래 울음소리 같은 어떤 음파뿐이래. 그래 그건 정말 사랑인 것 같다. (……)//너는 내가 진통할 때 전화를 했다. 나는 죽을 거 같아 전화 같은 건 안중에도 없었다. 너는 내기에서 이겼다고 그럴 줄 알았다고 좋아했다. (……) 나는 오늘 유 캔 네버 고 홈 어게인을 다시 읽었다. 그 시가 제일 좋다. 나는 그렇다.//(……)// 오늘은 너랑 소파에 앉아 시간이 길게 길게 늘어지다가 뒤집혀버리는 순간에 대해 이야기했다. 어쩔 때는 림보에 갇혀 있는 기분도 든다. 그치만 행복한 무엇이 무형의 뿔처럼 조금씩 자란다. 나는 현상과 감정에 무연해지고 있다. (……)//(……) 사랑에 대해 말하고 싶다.//외계인이 있다고 생각했다.

—「사랑의 역사」[3] 부분

이 시는 몇 개의 장면으로 구성돼 있다. 첫 장면은 "너"와 "나"가 "사랑에 대해 이야기"하는 것이다. 첫 장면에서 "사랑"은 사람의 목소리를 반복 녹음하여 남는 더는 사람의 목소리 '아닌' "돌고래 울음 소리 같은 어떤 음파"로 정의된다. 즉 "사랑"이란 사람의 말이었다가 더는 사람의 말로 '알아들을 수 없이 변형된 언어'다. 이후에 이어지는 다른 장면들이 모두 "사랑"에 관련된 것이라고 여겨볼 때 어긋나는 감정이 그려지고 있음에 주목해야 한다. "진통할 때 전화"한 이는 수신자의 아픈 상태에 신경조차 쓰지 않고 킬킬대고, "사랑에 대해 말하고 싶"어하는 이는 오히려 "현상과 감정에 무연"해지는 중이다. 그야말로 "림보"다. 사랑의 풍요로움이나 따스함과는 거리가 먼 이러한 파쇄되고 분절된 어긋남의 상태가 '사랑'을 향할 때, 시에서의 "사랑"이란 오히려 '사랑의 흩어짐'의 상태에서야 말할 수 있는 무엇이며, 일상어로서의 '사랑'과는 분절된 것으로 존재한다.

위의 시에서 볼 수 있듯 시의 언어는 기의를 시의 맥락에 따라 재구성한 새로운 '기호'로 존재하며 일종의 분절적 관계 속에서 의미를 획득한다. 그런데 위의 시에서 발견되는 분절성을 시의 기호라는 일반론적 특징으로 귀결시키지 않고 다른 가능성 하나를 더 개입시키기로 하자. 시의 화자는 왜 "사랑"을 이토록 분열적이고 고통스러운 것으로 인식하는 것일까? 릿지 라이트의 언어가 다만 죽음에 이르는 이의 언어가 아니라 여성이자 아이였기 때문에 더욱 그러한 형태를

3) 백은선, 『가능세계』, 문학과지성사, 2016.

취할 수밖에 없었던 것처럼, 이 시의 기호를 해석하는 데 '여성'이라는 키워드를 덧입혀볼 수는 없을까? 즉 시의 기호화된 언어가 분절적으로 표현되는 것을 여성 시 읽기와 관련된 것으로 연결하여 해석해볼 수는 없을까?

여성 화자가 등장하거나 여성의 삶을 다룬 것을 통상적 차원에서의 '여성 시'로 읽어온 바 있고 그것이 어느 정도 유효한 관점이었던 것은 사실이다. 그렇다면 (위의 시에서처럼) 여성에 대해 구체적인 언급이 없는 경우는 어떠한가. 이것은 여성 시가 '될 수 없는' 것일까? 여성 시가 창작의 순간에서부터 창작 의도와 일치하여 탄생하는 것이 아니라 '읽히는 것'이며 그럼으로써 '되는 것'이라 가정한다면 여성 시의 범주는 작가/주제/소재에서 나아가 그 외연을 확장할 수 있다. 그리고 이때 분절적 언어는 여성 시의 확장적 독해에 대한 하나의 힌트가 된다.

여성과 연관되는 시의 '분절성'을 이해하는 데 들뢰즈의 '차이' 개념을 참조해보자.

> 들뢰즈는 차이를 비동일한 개념적 차이로 묶어두는 이분법과 이원론을 비판하고 벗어날 뿐 아니라, 차이를 존재론적 역량으로 설명한다. 그는 그 방법으로 변주variation과 전복reversal이라는 개념을 채택한다. (……)
>
> 변주는 동일성의 논리를 해체하는 것에 그치지 않고, 해체의 효과를 통해서 새로운 차이를 만들어 내는 생산이다. (……) 전복이라는 단어에는 '뒤집다overturning'와 '압도하다, 넘쳐 더 나아가다overcoming'라는 두 의미가 공존한다. (……)

(……) 차이 개념에 대한 새로운 이해는 동일성에 근거한 사유하는 자아로서 개인인 인간 개념의 문제점을 드러내며, 불변적 보편성을 원리로 삼는 체계를 비판하면서 새로운 가치를 생성한다.[4)]

김은주에 따르면 들뢰즈의 차이 개념은 근대 이항대립의 의미 구조를 해체한다. 차이는 'A'와 'A가 아닌 것' 속에서 'A'의 의미를 가능케 하는 의미 관계성은 물론이고, 그렇게 내부 동일성을 띠는 의미를 갖춘 A가 우월성을 획득하는 방식의 구조까지도 해체한다. 들뢰즈의 차이는 자기 자신의 변형이자 변주에서 발생한다. 이를 자기 부정을 포함한 자기 변형으로 이해한다면 변주 이전의 A란 언제나 항상성을 가진 것으로서 의미를 얻는 것이 아니라 그 스스로가 바뀜으로써만 그 외연을 확보하고 의미를 얻을 수 있는 역동적인 것이 된다. 이 위에 '여성 시 읽기'라는 행위를 얹어보자. '여성 시'라는 말이 그 용어를 완전한 하나의 언어로 규정하는 대신에 '읽기'를 통해 여성의 외연을 넓히거나 여성을 부정하거나 또다른 여성을 발견하는 쪽으로 확장될 수 있다면 어떨까. '여성'이라는 언어는 그저 시 안에 명기되어 있는 하나의 단어가 아니어도 '읽힐 수 있는 것'의 자리를 확보하게 된다.

3. 『가능세계』의 분절적 언어와 여성성에 대한 물음

이러한 점에 착안하여 분절적 언어 형식을 취하는 여성 시의 예로 백은선 시의 이야기를 이어가본다. 백은선 시는 대부분 분량도 길거

4) 김은주, 『여성-되기—들뢰즈의 행동학과 페미니즘』, 에디투스, 2019, 24~25쪽.

니와 묘사의 방식이 하나의 뚜렷한 이미지로 모아지지는 않는다. 유일하게 일관된 것이 있다면 서로 유기적 연관성을 가지지 않고 각각이 토막 난 채 드문드문 장면이 이어진다는 점이 될 것이다. 이는 첫 시집의 해설에서 조연정이 짚듯 다소간 "즉흥적으로 씌어지고 있다"라는 인상을 준다. 그러나 조연정은 이어 이렇게 쓰일 수밖에 없는 이유가 "재현할 명백한 대상을 애초에 갖지 않은 시, 시를 쓴 시인조차 무엇을 쓴 것인지 알아채기 힘든 시, 결국 절대 똑같이 반복해 쓸 수 없는 시"[5]이기 때문이라 말한다. 이에 얼마간 동의할 수 있다면 백은선 시의 자기 확장성이란 정확하게 말할 수 없음, 하나만을 변함없이 이야기할 수 없음, 그러나 (앞선 시의 '사랑'과 마찬가지로) 그것을 이야기하기 위해 그것 아닌 이야기를 많이 늘어놓을 수밖에 없음을 향한다.

이렇게 짚어진 시의 특징을 분절적 언어의 나열과 조합으로 다시 말하는 데 무리는 없을 것이다. 중요한 것은 과연 이러한 분절된 언어들이 여성성과 얼마나 유관할 수 있는가를 묻는 것에 있다. 여성과 관련된 이미지의 반복적 등장 횟수를 기준으로 둔다면 첫 시집에서는 그 이미지가 결코 많다곤 할 수 없지만 아주 없다고도 할 수 없다. 자매를 등장시켜 "서로의 이름을 바꿔 부르기"로 하면서도 서로의 이름을 가진 자매가 역설적으로도 "너는 이제 영영 네가 되어야만 할 거야!"란 선언 속에서 자기 분열성을 드러내는 「자매」를 보라. 두 여성 가족 구성원은 어긋나는 서로의 이름을 가질 때 가장 자기 자신으로부터 벗어날 수 없음을 지시하는, 내·외부가 비동질적인 존재로

5) 조연정, 「소진된 우리」, 『가능세계』 해설, 212쪽.

드러난다. 이어 「성스러운 피」의 장면을 보자. 이 시는 가족 구성원을 등장시켜 자궁이나 질과 같은 여성의 신체 이미지를 활용하여 엄마를 "엄마,라는 이름의 여자" 즉 '여성'으로 호명한다. 시에서 "엄마"는 "검은 남자"와 모종의 관계성을 띠는데, 그 둘은 아이 낳는 '나'를 바라보는 기괴한 모습으로 드러난다. 그러한 출산 이후 "나는 공포의 얼굴을 아이의 두 눈 속에" 새기고 이를 "검은 낙인"이라 말한다. '엄마-검은 남자-나-나의 아이'가 지닌 연관성에도 불구하고 이들은 서로를 타자로 관찰할지언정 결코 통합된 정체성으로 묶이지는 않는다. 따라서 이들의 관계성은 모종의 분절성을 전제해야만 설명이 가능한데 이 안에 기묘한 가족 이미지가 활용되고 있다는 것을 참고하여 백은선 시의 분절적 언어가 여성 정체성과 완전히 동떨어진 것일 수 없음을 추측하는 근거로 삼을 수 있다.

그런데 엄마나 엄마 곁의 남자와 전혀 소통되지 않고 도구적으로 분열되는 가족 구성원의 기괴한 조합은 애초에 '가족'이라는 균질성이 이렇게 분열된 방식으로밖에는 말해질 수 없기 때문은 아닐까? 그리고 그러한 발화 방식을 취하는 것이 다름 아닌 아이 낳는 '나', 즉 여성 화자임을 참고하며 「저고」를 보자.

> 변형된 것은 저고라고 불리는 청각실험기 안에서 발생합니다. 저고는 사람도 아니고 사물도 아닙니다. 저고가 생겨난 것은 영혼을 발명하고자 하는 시도로 인한 것이었습니다. (……)//(……)//*우아아주치하가지두라기아파거다리지이키하져아정라무비이리다눕아부우치* 이런 식의 무의미한 소리들을 계속해서 받아 적는 저고 ver. 509를 만들던 날, 우리 중 한 명이 실종됩니다. (……)// *우리의 우리라*

고 우리가 천명한 소리수집가들은 소리를 갖지 않는 기형에 몰두하게 되었습니다. (……)//(……)//저고는 저고를 지킨다./저고는 저고 이외의 것에서부터 저고로 단단해진다.//(……) 우리 중의 가장 우리가 우리에게 묻기 시작합니다. *저고는 저고에 대한 사랑*인가요. 사랑이라는 관념은 우리에게 심각한 재난과 같았습니다. 그렇다면 영혼은 사랑인가. 이렇게, 멀리 나아갈 수도 있을 테니까요.//(……)//어떤 이계에서 수백 년 전 무전으로 보낸 신호와 같이. 지직거리는 소리들 속에서 우리는 이해할 수 없는 도무지를 이해 속으로 끌어 올리고자 하였던 것 같습니다. (……) 우리는 우리의 실종을 우리의 사랑과 같다고 느끼기 시작합니다. 그런 것이 가능하다면.//(……)//실종된 우리는 실종되지 않은 우리 안에서 발생합니다. 저고를 향한 관심은 저고 이후로 분화되면서 점점 뒤틀리기 시작합니다. (……) *영혼에 가닿는 불가해를 영혼으로부터 시작해 되짚어 나가야 한다.* 이것은 우리가 사라진 다음 우리에 대해 기록된 일부입니다.

—「저고」 부분

「저고」에는 여성 또는 그와 관련된 단어가 직접적으로 등장하지 않는다. 그러나 "저고"라는 일종의 기호에 여성이 개입될 여지가 있으므로 그러한 방향에서 시를 재독하기로 한다. "저고는 사람도 아니고 사물도" 아닌 어떤 것이다. 이것을 일종의 관념성 안에서 존재하는 실체라 여겨보자. 그것은 일반적인 언어 체계로는 알아들을 수 없는 소리를 받아 적는 것이고 궁극적으로는 그것을 보는 "우리"에게 "사랑"을 묻게 하는 것이다. 이때 "저고"로 인해 발생하는 사랑에 대한 물음은 "재난"같이 여겨지고 이러한 물음을 던지는 행위 자체는

"우리의 실종"으로 연결된다. "실종된 우리는 실종되지 않은 우리 안에서 발생"한다는 말을 잘 뜯어보자. '발견'이 아니라 '발생'이다. 사랑에 대한 물음을 담은 어떤 것이 우리 안에서 '발생'한다면 그러한 질문을 가지기 이전의 "우리"의 연장선상에서 그 변주로서 달라지고 분열된 '우리들'이 탄생한 것이라 볼 수 있다.

여기까지의 일차적 분석 위에 "저고"라는 관념적 실체이자 사랑을 필두로 삼은 것에 관념어로서의 '여성'을 기입하고 실제 삶에서 여성이라 불리는 실물 주체에 그것을 바라보는 "우리"를 기입해보자. 여성이라는 관념은 뚜렷하게 단정될 수 없으면서도 명징하게 이름 붙은 "저고"와 같다. 그 안에 우리는 여러 가지 가치를 두어 그것을 특정한 존재로 규격화하고자 한 역사가 있다. 여성적 원리로 긍정되어 받아들여지거나, 신화화의 방식으로 왜곡돼 고착화되기도 하는 양면의 사례로 '사랑'의 기입을 들 수 있다. 여성의 온화함, 이해심, (여성 신체 기관과 직결되는 것으로서 협소한 의미를 포함한) 모성애 등은 '여성성'이란 말로 포괄되고 실체 없는 관념으로 고착화되어 실재하는 여성을 틀 지우기도 했다. 그러나 여성이 그러한 여성성 혹은 여성적 사랑에 대해 직접 질문하기 시작하면 어떻게 되는가? 그러한 요소가 여성의 본질이냐 아니냐 하는 질문에서 중요한 것은, '무엇을 본질적인 것으로 정의할 것인가'를 목적하는 것이 아닌 '긍정 혹은 부정의 과정에서 어떻게 각기 다른 여성성을 훼손하지 않을 것이냐'에 있다. 지금까지 무비판적으로 신화화된 여성성을 학습했다 할지라도 그것을 통째로 부정하지 않고도 자기 안에 사랑 있음을 발견하는 것, 또는 그러한 학습의 폐해를 목도하고 강요된 사랑 있음으로부터 벗어나는 것은 공존할 수 있다. 둘 중 하나를 채택하는 문제가 아니라 A가 있고

A′가 발견되는 일이다. 이것이 여성이 여성성에 대해 물을 때 일어나는 일이다.

4. 분절+관계로 확장하기

백은선의 첫 시집에서 이런 방식으로 주어진 분절된 언어와 여성성을 기입해서 읽는 '여성 시 읽기'의 확장은 두번째 시집인 『도움받는 기분』(2021)에서 더 뚜렷하게 드러난다. 앞선 시집이 분절된 언어성 자체에 집중되어 있다면 두번째 시집에서는 관계성 안에서 성찰되는 것으로서 분절된-여성의 언어가 드러난다. 특히 시집에서 여러 차례 언급되는 '아이'는 그러한 여성-관계성을 드러내는 시어다. 이를 참고하여 대표적인 예로 「비천의 형식」을 읽는다.

> 꿈속에서 만난 노란 돌은 화를 냈다 너는 왜 그 모양이냐고 너는 왜 돌이 아니냐고 왜 그렇게 어둡고 뾰족뾰족하냐고 혼을 냈다 나는 내가 이렇게 돼먹지도 못하게 돼먹은 게 죄라고//(……)//쓸 수 없다고 믿길 땐 죽은 사람들 책 읽었어 선생님들 언니들 시집 읽었어 진짜를 이야기할 수 있을 것 같은 순간도 왔어 (……)//(……)//사람들은 보이지 않는 것을 보이게 만드는 일에 왜 이렇게 환장할까 생각하다 나도 그렇다는 사실에 조금 슬퍼졌다 그렇지,//묻고 싶었다//물을 수 없어서//책을 읽었어 크고 무거운 것이 마음을 꾹 짓누르는 내 성분은 오로지 분노뿐인 것 같고//아들은 내 마음 안에 빨강이 있다고 사랑이고 약한 거라고 했다 얘가 뭘 아는 것 같다는 생각이 들었고 하루는 엄마가 싫다고, 이상해서 싫다고, 몇 시간이나 울었다 이상해서, 이상해서, 이상해서 싫어 그 말이 그토록 나를 찌르

는 말이었고//(……)//검은 새들은 자신의 색을 알지 못한 채/검정에 가까워질 수 있다/동생들과 조카/함부로 악보를 팔아넘기는 손들/난도질되는 음 찢기는 음/말할 수 없는 비천//(……)//시인이고 음악가의 삶을 생각한다/내 아이의 마음도 알지 못하면서/오래전 죽은 사람의 슬픔을 고독을 이해하려고//삶 전체가 거대한 진동이었다고//그게 너무 이상해/그렇지 않니//(……)//그렇지 않니,라는 말은 이제부터 끝날 때까지/다시 쓰지 않을 거라고 다짐했고//다짐 같은 게 얼마나 쉽게 손상되는지 너도 알지/사랑을 해봐서 알지//(……)//진실/사랑/진실/사랑//도래하는 매일의 절박//(……)//구체성을 잃은 말들 담담히 적어 내리며 괜찮다고 괜찮다고

—「비천의 형식」[6] 부분

이 시에서 강조되는 것은 '진짜'이지만 그와 대조되는 '가짜'가 언급되지는 않는다. "돼먹지도 못하게 돼먹은 게 죄"라는 '나'의 말로부터 외부에서 '나'에게 요구하는 것이 진짜 인간성, 진짜 사람, 진짜 애정 같은 것이라면 나는 가짜라는 말 없이 진짜 아닌 것으로 낙인찍힌다. 이런 상황에서 '나'는 '과연 그 진짜라는 것이 무엇이며 어떻게 얻어지는가' 하는 질문을 갈구하게 된다. 이것을 사유하는 과정 한가운데 "아들"과의 관계가 가로놓여 있다. "아들"과의 연관성 속에서 "엄마"로 자리하는 '나'는 "아들"의 말로부터 "마음 안에 빨강이 있다고 사랑이고 약한" 것이 있는 사람이 되었다가 "이상해서 싫"은 사람으로 뒤죽박죽 설명된다. 여기서 처음 등장하는 "사랑"은 뒤에 가

6) 백은선, 『도움받는 기분』, 문학과지성사, 2021.

서 쉽게 손상되는 다짐과 관련해 다시 언급된다("다짐 같은 게 얼마나 쉽게 손상되는지 너도 알지/사랑을 해봐서 알지"). 이 장면의 연결로 볼 때 "사랑"의 형태란 "쉽게 손상되는" 무엇이다. "아들"의 말로부터 한껏 충만해졌다가 완전히 파상되는 과정 안에서 느껴지는 분절성이 바로 그것이다. 그러니까 구하고자 하는 '진짜'란 이렇게 파편화되어 드러날 수밖에 없는 하나의 '상태'다.

여성(성)의 맥락 안에서 '사랑'이란 그것이 왜곡된 것이든 왜곡되어 학습된 것이든 또는 그와 별개로 무결한 것일 수도 있으나 일정한 관계 안에서 성찰된다. 백은선의 시에서 강조하고 싶었던 것은 바로 그 파상적 사랑을 발견하게 하는 '일정한 관계'가 여성으로서의 '나'의 정체성과 무관하지 않고 그러한 정체성과 관계 맺는 이와의 관계 속에서 쉽게 손상되거나 파열되기도 한다는 것이다. 그리고 그 구체성을 찾기 위해 여러 말을 부려놓을 수밖에 없는 이러한 시 쓰기의 방법 자체가 사랑을 찾고자 함의 일환이라 본다면 우리는 이것을 여성-시-쓰기의 일환으로 보지 않을 이유가 없고 이로써 여성-시-읽기의 관점 또한 하나 더 열릴 수 있다.

여성 정체성을 중심으로 한 관계에서 찾아지는 분열적인 것으로서의 사랑의 갈구는 비단 백은선만의 것은 아니다. 가령 조혜은의 시에서는 백은선만큼의 분절된 언어 기록을 활용하지는 않으나 일정한 관계성 안에서 여성 정체성을 확인하거나 '여성'이라는 것에 보내는 시선을 발견한다. 조혜은의 시는 가정 공간 내부의 여성의 존재 양상에 착안한다. '일가'를 이루는 남편 및 아이 사이의 아내-여성 화자의 사랑이란 적어도 여성 그 자체에 기입되어 탄생되는 것과는 거리가 멀다. 특히 그녀의 존재 의미를 묻고 사랑의 가치를 묻는 것과 관련하여 아이와 화자의 연관성 속에서의 확장이 두드러진다.

> 나는 무엇을 사랑하지? 우리는 거짓말을 한다. 아기가 잠든 척 나의 목을 쥐어뜯었다. 상처를 닮은 수십 개의 눈이 엄마의 목에서 번뜩였다. 동갑내기 언니는 내 삶에 찬물을 끼얹었고, 나이가 적거나 많은 미혼의 여자 친구들은 내 삶에 끼어들어 완만하고 완벽한 조언을 했다. (……) 엄마는 진실만을 말한다지만. 그래도 우리 정도면 행복하잖아. 아니, *이방인의 말을 나는 믿지 않아.* (……) 내가 벗어놓은 구두를 신고 달아나는 엄마. 현관에 남아 맨발을 버리고 더러워진 신발의 바닥을 빠는 아기. 신발을 사줘야지. 우리에게서 더 멀리 달아날 수 있게. 아기의 발밑에 이방인을 닮은 눈물이 고인다.
>
> —「이방인—엄마에게」[7] 부분

이 시에서 아기는 절대적으로 '나'의 보살핌을 받아야 하는 존재이기도 하지만 그러한 보호 속에서 사랑으로 자신을 보살펴야 하는 보호자 '나'에게 상처 내는 존재이기도 하다. 가정에서 아기를 키우는 것은 분명 행복일 것이다. 그러나 그것은 결코 생채기 없는 사랑이 아니며 구속 없는 자유가 아니다. '나'와 같은 삶을 살거나 살지 않는 여성들은 각자의 자리에서 "내 삶에 끼어들"고, "진실만을" 말하는 존재로서 "엄마"인 '나'는 자신의 삶에 개입하는 모든 구성 요소가 흠결 없이 완전한 행복이나 사랑을 의미한다고는 결코 말할 수 없다. 이렇듯 적어도 지금의 사회가 승인하고 권장하는 것이라 여겨지는 가정

7) 조혜은, 『신부 수첩』, 문예중앙, 2016.

공간의 여성 역할 안에서 이뤄지는 여성 정체화는 타인과의 관계에서 자기의 유일성과 동일성으로 자리할 수 없는 진실을 말하는 과정을 통해 드러난다. 그렇기에 그는 행복하다는 말을 믿지 않는다고 말하고, 다른 이들이 달아나도록 하기 위한 신발을 놓아둘 수 있다.

또다른 예시로 정다연의 시를 본다.

> "이 개의 견종이 뭐지요?"/역시 개를 데려온 여자가 묻는다//"……믹스견입니다"//"그래도 뭐랑 뭐랑 섞였는지는 알 거 아니에요/보더콜리, 파피용, 스피츠?"//"……잘 모릅니다"//"우리 개는 자연임신되지 않고 유전자 변형으로만 임신 가능한 개예요 아주 값이 비싸고 귀해요"//(……)//개와 나는 그저 함께 걷는다//"이리 와 이리 와"//모르는 남자들이 손짓하고//뒤따라와 휘파람을 분다//만져보고 싶어 말한다//나와 개는 그냥 계속 갈 뿐인데//"개새끼네"//노란 승합차에서 내린 아이가 말한다//(……)//나는 집으로 돌아와//개의 발을 닦아주고, 물과 사료를 따라준다//"개 키우는 거 보니까 애도 잘 키우겠네"/할머니는 말하고//"개를 키우는 일과 아이를 키우는 일은 관련이 없어요"/내가 말한다
>
> —「나는 개와 함께 공원으로 간다」[8] 부분

정다연의 시가 백은선이나 조혜은만큼 파편화되고 분절적인 문장을 구사하지 않는다고 해서 이 시가 분절성과 멀다고 보기는 어렵다. 이 시가 앞선 두 시에 비해 비교적 알아듣기 쉽게 읽히는 것은 사실인

---

8) 정다연, 『내가 내 심장을 느끼게 될지도 모르니까』, 현대문학, 2019.

데 바로 그 '쉽게 읽었다'는 것을 의심해야 한다. 시는 한 여성과 개의 산책의 여정을 담고 있다. 견종을 묻는 다른 여성 산책자는 자기의 개에 자부심을 갖고 있고 얼마간 그것을 그녀의 사랑이라 말할 수도 있을 것 같다. 그런데 그 자부심의 정체란 자기의 개가 특수하게 임신되어 탄생했다는 사실이며 그 이면에는 "유전자 변형"이라는 외부의 작위적 손길로 인한 존재의 훼손이 전제되어 있다. 그렇다면 사랑은 일방적 훼손에 의해서야 수신의 자격을 얻는 것일까? 화자는 개와 계속 산책을 한다. "모르는 남자들"이 행하는 모든 희롱 행위의 대상이 명확하게 규정되지 않기에 이 희롱은 개/화자 둘 중 하나(또는 둘 모두)에게 행해지는 것으로 읽힌다. 만약 그들이 개를 사랑하는 이들이고 관심의 표현을 그렇게 한 것이라면 사랑은 대상과의 종種적 다름의 권력관계에 기초하여 불쾌를 유발하고 존재를 폄하하는 것일까? 개를 보고 육아를 떠올리고 자연스레 애를 낳으리라 가정하는 할머니의 말 속에서 보살핌이란 것이 여성의 사회적 책무로 낙인찍혀 있고 그것이 외부에 의해 이렇듯 강제될 수 있는 현실을 본다. 사랑은 강제됨으로써 이룩되는 것일까?

각각의 장면에 끼어든 사랑에 대한 의문을 함께 곱씹어볼 수 있다면, 우리는 이 시의 분절된 언어에 대해 이제는 말할 수 있다. 각각의 상황 속에서 화자는 분노하거나 위협을 느끼거나 불쾌감 혹은 수치심을 느꼈을 수도 있다. 그런데 그러한 감정은 시에 전혀 서술돼 있지 않고 그럼에도 독자는 그 행간의 감정들을 기입할 수 있다. 즉 이 시에서 분절되어 괄호쳐져 있는 것은 바로 이 '감정 상태'이며, 감정의 생략을 감지하는 순간 시는 더이상 쉽게 자리하지 않는다. 돌보고 반려하는 존재인 '개'와의 관계에서 사랑이란 그 무엇으로도 대체할 수 없는, 이 모든 모욕을 마주하면서도 산책을 포기하지 않는 방식으로 감내되는 것으로 드러난다(하지만 사랑은 이런 모욕을 감내하는 것일까?). 이렇듯 정다연의 시에서도 여성성은 일정한 대상과의 관계성 속에서 발생해 사랑에 대해 의문을 던지며 전개되고, 그것은 가정 영역에서 호명되는 여성의 역할에서 더 멀어져 '개와 같이 사는 사람'으로까지 확장된다.

*

우리는 여성 시에 대해 무어라 말할 수 있을까? 이제 이어지는 물음은 무엇이 여성 시인가가 아니라 어떻게 여성 시-될 것이며 여성 시-할 것인지로 바뀌어야 할 것 같다. 분절성이 여성 고유의 글쓰기와 등가라 할 수는 없다. 또한 그런 '전제' 위에서라면 여성 시 되기/읽기는 그 조건을 만족시키느냐의 여부에 따라 다시 축소될 것이다. 중요한 것은 구체적인 삶의 맥락 안에서 여성의 사랑이 어떤 식으로 분절성을 가질 수밖에 없는지를 보는 것이다. 그러한 시선을 던져볼 때 분절의 언어로서의 여성과 시에 대해 이전과는 차이 나는 독해의 변주 가능성도 열릴 것이다.

(2021)

보(이)는 자-되기: 전시성展示性의 전략
—이소호의 『캣콜링』을 읽는 한 방법

시인과 화자의 비동일성

정치적 주제가 두드러지는 시를 읽을 때, 일인칭 화자와 시인 당사자를 동일시함으로써 정치성을 확보하려는 독법이 쉬이 사용되어온 듯하다. 이른바 '시인=화자'의 도식은 당사자성을 정치(적 미학)성의 근거로 삼는 경우다. 실세계의 사람이 겪은 일을 발화하는, 구성된 정체성으로서 작가와 동일시해도 '무방해 보이는' 일인칭 화자에 대한 의미 부여는, 시를 읽는 과정에서 현실성을 부여할 수 있다는 점에 한해 타당하다고 할 수 있다. 그러나 이러한 독해는 단순한 함정을 수반한다. 그것은 작가와 화자를 등가의 단일자로 인지하는 것이다. 이 경우 화자에 대입할 수 있는 주체의 영역이 좁아질 수 있고 작가에게 권위를 쥐여주는 방식으로 환원될 우려가 있다. 최근 시의 일인칭 화자와 관련한 양경언의 논의에서 언급되는 바대로, 시 속 일인칭 '나'란 단일한 존재가 아닐뿐더러 작가에 의해 만들어진 자아라고 해도 그와 동일시되는 방식으로 주체를 한계 지을 필요가 없으며, 오히려 독자가 작품을 탐험하며 만들어내는 시인의 존재 역시 '구성된 존재' 일 수 있음을 염두에 둘 필요가 있다.[1)]

작가라는 현실적 존재에 의해 화자가 구성된다는 점에서 화자는 시인의 문제의식이 반영된 존재임은 분명하다. 그러나 일련의 문제의식을 집중적으로 탐문하는 화자를 탄생시켰다고 해서 '탄생된 정체성'으로서의 화자의 발화가 시인의 의도에 따라서만 좌우되는 것은 아니다. 주지하다시피 작품이 작가에 의해 탄생할지언정 온전히 작가에 속한 것만은 아니며 작가의 의도 너머를 발생시킨다. 작가가 말하고자 했던 것을 '더' 또는 '덜' 보여줌으로써 창작자의 의도를 뛰어넘는 '해석의 지대'를 만들어내는 것이다.

작가에 의해 영향을 받았을지언정 그 결괏값이 작가의 그것과 동일하지 않듯 화자와 작가는 양방향적 영향 관계에 있다. 때로 서로를 부정하거나 서로에 대한 모순적 발화를 하기도 한다. 그렇다면 시집 전체를 관통하는 '나'는 단 하나의 정체성일 리 없고, 작품이 발생시키는 정치성과 그것을 드러내는 원리로서 미학성은 이러한 화자와 작가의 어긋남을 인지할 때 더 풍부하게 발화될 수 있다.

현실+작품+공통 경험+α

소략하게나마 정치성과 미학성에 대한 이 글의 전제를 확인하기로 하자. 여기에서 사용하는 두 용어는 작품이 지닌 정치적 구호이자 메시지로서 '정치성'이나, 정치적인 것과 대별되는 것으로서 유미주의를 강조하는 '미학성'을 의미하지 않는다. 새삼스럽지만 정치성과 미

1) 양경언, 「나의 모험—최근 시의 '나'들이 만들어내는 자장들」, 『문학3』 2020년 3호.

학성이 상호 영향 관계를 이루고 있다는 익숙한 명제를 이 글에서 다시금 강조하고자 한다. 구분컨대 '정치적인 것의 미학성'이 메시지와 주제가 특히 강조되어 작품에서 보여주는 현실 및 그러한 현시화가 이끌어내는 폭발적인 (독자의) 반응이 하나의 예술성을 담보한다는 의미라 할 수 있다면, '미학적인 것의 정치성'은 반드시 작품이 현실과 동등한 주체 및 언술에만 기대지 않더라도 충분히 현실적인 문제의식을 도출해낼 수 있음에 초점화돼 있다. 즉 후자는 추상적 언어에 수많은 현실 경험의 이미지가 끼어듦으로써 의미를 확보한다.

용어 설명을 덧붙인 이유는 '정치성이냐 미학성이냐'를 논하기 위함이 아니다. 정치성과 미학성에 대한 구분된 두 개의 조어가 각각의 의미를 구성할 수 있는 것은 단순히 선험적 현실이 존재해서만도, 작가나 화자, 구성된 세계로서 제출되는 작품에 의해서만도 아니다. 작가가 만들어내고자 했으나 발생한 간극(으로서 화자), 현실 틈입이 가능한 시적 세계, 이러한 세계관 구축에 일차적으로 영향을 미쳤을 실재하는 현실이라는 통로, 이 만들어진 세계에 '뛰어들어' 시인/화자/세계를 자신의 경험에 기반하여 비슷하고도 다르게 의미를 겹쳐놓는 '읽는 자'가 있어야 의미가 발생한다. 즉 작품의 정치성/미학성이란 현실이냐 구축된 가상이냐의 문제이기에 앞서 세계의 틈에 얼마나 많은 해석의 여지가 끼어들고 있느냐에 따른 것이다. 그렇다면 비록 완전히 동일하지는 않을지언정 현실에서 작용하는 특정한 경험의 원리가 얼마나 공통의 것으로 작동하고 있느냐는 점은 '어느 정도 합의된 의미를 발생시키는 독해'의 필수적 성질이다. 이 '공통 경험'의 정서는 한 작품을 통해 '공통의 것'이란 구체성을 얻거니와, 작품에 유사하고도 다채롭게 개입되어 그 작품에 대해 일정하게 동의할 수 있는 해석을 가능케 만든다.

지금까지의 이야기는 이소호의 『캣콜링』에 대한 뜨거운 관심을 설명하는 데 참조 삼을 수 있다. 실재하는 현실의 문제에서 시작해보자. 만연한 여성 혐오, 문제 상황에 대한 구조적 폭력 인식, 실세계의 젠더 폭력 사례로서 '강남역 살인사건'과 #문단내성폭력 해시태그 운동, 작가의 여성 정체성 등은 작품을 읽을 때 고려하게 되는 현실/사실 맥락이다. 열거한 모든 요소는 분명 작품의 배경과 밀접한 맥락이지만 이것이 전부는 아니다. 다수가 이 작품을 읽음에 이러한 요소들을 자연스레 고려하는 상황 즉 공통 경험적 감각에 의해 『캣콜링』은 의미화된다. '지금 여기'라는 역사적 흐름에 함께 몸담고 있는 (저자를 포함하는 개념의) 독자는 동시대인이자 폭력의 원리에 대한 공통 경험이 있는 한 사람으로서 『캣콜링』이 말하는 젠더 폭력의 현실에 자신의 삶을 투영하며 의미를 형성한다. 이 과정에서 개념적 차원의 '문제 현실'에 대한 공통 의식은 유지되되, 각 개인이 겪은 현실의 '조금 다른' 디테일이 작품에 동시적으로 개입된다. 때문에 익숙하게 느껴지는 작품 속 묘사도 결코 진부한 것으로 작동하지 않고 '예상치 못한 것'으로 드러난다.[2)]

요컨대 『캣콜링』에 대한 성과는 다음과 같이 정리될 수 있다. ① 실재하는 현실에 기초하여 구축된 세계관에 근거해 ② 비슷한 현실의

---

2) 앞서 언급한 양경언의 글에서 "이소호에 대한 독자들의 뜨거운 환호는 일인칭 화자의 고정된 현실 인식 때문이라기보다는 일인칭 '나'에게서 으레 기대했을 법한 모습을 넘어선 자리에서 만들어지는 의외의 모습들, 그러니까 과격한 열정을 적극적으로 '참지 않는' 이의 시적 폭발력에서 기인"(45쪽)한다는 내용 역시 이렇듯 미묘하게 다른 디테일을 가진, 그러나 원리적 공통 감각을 형성한' 의미 형성자'들에 의해 가능하다.

구조적 원리를 습득한 독자들에 의해 '나'의 것이자 '우리'의 경험으로 공통적으로 인식될 만큼의 공유성을 확보하되 ③ 시 속에서 펼쳐진 유사한 젠더 혐오가 90퍼센트 이상의 동질성을 가졌다 하더라도 각자의 실경험 및 해석의 미묘한 디테일의 차이에 의해 작품은 일정한 주제 위에서도 다변적인 해석의 틈을 열어낸다. 그런데 이 정리는 일반론적으로 들릴 수 있다. 다시 말해 독자가 공통 경험이라 여길 만한 2020년 전후의 사회적 의제를 다루기만 한다면 모두 『캣콜링』에 보낸 것과 같은 반응이 주어졌을까? 여기에 '그렇지 않다'는 대답을 내놓음에, 『캣콜링』의 서술 방식이 이러한 세계관을 구축하는 기초 현실과 어떤 식으로 조응하는지 이야기할 차례다.

전시성展示性과 위반의 시학

나는 과거를 재의미화하는 것으로서의 역사 쓰기가 아닌 현재에 대한 해석을 축적해나가는 것으로서의 역사 쓰기를 주제로 했던 일전의 글[3]에서 『캣콜링』의 '전시' 방식에 대해 언급한 바 있다. 이는 가부장제에 대한 비판을 단순히 성별 교환의 미러링이 아닌, 그렇게 보이도록 '연출'하여 말 그대로 의도된 시적 주체에 의해 '전시하고 있음'을 드러내는 전략이다. 해당 글에서 언급했던 이소호의 전시 전략은 가부장제하에서 폭력을 행사하는 주체가 남성 가부장이 아닌 '어머니'나 여동생, 언니로 표상된다는 점에 주목하되, 독자를 그 상황에 개입시킴으로써 여성이 여성에게 폭력을 행하는 것에 대한 '꺼

3) 이 책에 수록된 「누가 무엇을 보는가: 역사가 되는 일—이소호의 『캣콜링』과 주민현의 『킬트 그리고 퀼트』를 중심으로」를 참고할 것.

림칙함'을 스스로 해석하도록 만드는 것과 관련된다. 독자는 여성이 여성에게 폭력을 가하는 장면의 표면적 메시지가 그 시의 주제라 단정하지 않음에도 폭력의 적나라함에 충격을 받는다. 그야말로 이것이 가부장제를 비판하고자 그들의 폭력을 전유하는 '흉내내기'란 사실을 알고도 속는 셈이다. 나는 이를 이소호의 시에 와서 '다시금 구축된 위반의 시학'이라 정리한 바 있다.

가부장제를 전복시키는 역할 교환의 적나라한 파괴성이 이전에 전혀 본 적 없는 것은 아니다. 예컨대 "상징 질서 안에서 자신에게 부여된 위치에 대한 파괴적인 전복성"을 지적하며 '압젝션abjection'의 개념을 활용해 "'추방된 것들의 귀환'"[4]으로 최승자 초기 시의 가부장제에 대한 위반성을 시적 미학으로 보는 김승희의 논의를 참고해보자. 이소호의 '위반성'이란 선배 여성 시인들의 전략 및 목적과 유사한 지점이 있다. 달리 말해 이른바 '여성 시'의 계보 속에서 시적 주체가 이성애 중심 가부장제 사회의 기준에 어긋나는 금지와 위반의 정동들을 적극적으로 수행함으로써 보여주는 '위반의 시학'을 『캣콜링』에서도 취하고 있다는 의미다.

위반의 시학이 일찍이 최승자에서부터 발견되는 것임을 고려하면 이 전략의 활용이 이소호에 와서 그 자체로 새로울 것은 아니나 기존의 '위반성'과 다른 것이 하나 있다. 폭력을 '하는 자'의 목소리를 일인칭으로 취하고 있다는 점도 그렇거니와, 가부장제 폭력을 행하는 여성 주체가 마치 퍼포먼스를 하듯 그것을 보고 있는 저 바깥의 누군

---

4) 김승희, 「상징 질서에 도전하는 여성시의 목소리, 그 전복의 전략들」, 『여성문학연구』 제2호, 1999, 151~152쪽.

가를 상정하는 '재현 주체'로 드러난다는 점이 그렇다. 이 두 가지는 모두 독자를 일종의 참여자의 자리로 앉혀놓게 된다는 점에서 위반성에 '전시성'을 더한다.

'전시'라는 행위는 작가가 세계를 재구성한 작품의 나열만을 의미하지 않는다. 일정한 규칙이 작동하는 장소에, 특정한 작품에 주목하는 방식—작품의 위치 설정, 조명, 동선 등—까지도 구조화한다. 개별 작품이 하나의 메시지를 담고 있다면 그것에 일정한 순서를 지정하거나 그것이 '보이는 방식'을 재차 구성해낸다는 점에서 '전시'는 다층적인 의미 구조를 형성한다. 이를 고려하면 이소호 시가 취하는 특징 중 하나인 일인칭 전략—남성 가해자의 일인칭을 취해 독자에게 말하듯이 서술하는 것과, 동생이 언니에게 이와 유사한 방식의 폭력을 행하는 것—이란 누구를 일인칭 삼느냐에 따라 독자가 '어떤 위치'에 놓이도록 만들었느냐는 연출적인 것으로 보아야 한다. 시라는 규격 안에 잘 짜인 퍼포먼스로 인물들이 재배치되어 있음을 의미한다고 하면 독자 역시 이것을 다만 관람하는 것이 아니라 필수불가결하게 참여자의 자격을 얻게 되기 때문이다.

클리셰와 전시

앞서 이소호 시의 어떤 장면은 '익숙하고 진부한 현실에 기초하면서도 예상치 못한 것으로 다가온다'고 적었다. 여기서 '익숙'과 '진부'를 '클리셰'와 구분해서 사용하고자 한다. 어디선가 본 것 같은 뻔함을 넓은 의미에서 클리셰라 말하기도 하나 클리셰가 늘 지루한 것만은 아니다. 영화 〈그랜드 부다페스트 호텔〉(2014)에서 인물 구성이나 서사 구도는 전형성을 띠고 있지만 그 클리셰를 효과적으로 배치함으로써 이미 알고 있는 사실과 예측되는 장면의 연속 속에서 관람객은 '아는 쾌감'을 느낀다. 이처럼 클리셰가 장면 묘사의 전략으로 활용될 때, 바로 그 '익숙함'은 코드를 이해하는 카타르시스를 통해 순간적 정념을 발생시키며 이 장면을 '알고' 있다는 데 기초하여 참여자의 적극성을 발생시킨다.

『캣콜링』의 클리셰는 여성 혐오적 발언, 캣콜링, 플러팅에서 시작된다. 가령 아프다고 하는 여자친구에게 "오빠가차근차근알려줄게다널위한거야너나못믿는거야?농담인데왜정색을하고그래전에도말했지만니가기세고예민해서우리연애까지불행해진거야다른남자였으면진작헤어졌겠다"라며 가스라이팅을 행하는 '오빠'가 등장하는 「오빠는 그런 여자가 좋더라」, "*헤이뷰티풀* 순백의 빅토리아 시크릿 이매진" 등 여성을 대상화하는 각종 캣콜링 표현을 밀집해놓은 「캣콜링」, "소호 뭐해?"로 시작해서 "예술하는 여자들은 보통 여자들이랑 다르잖아. 자유롭잖아. (……) 그러니까 구속하지 말자. 마음이 서로 맞는다는 게 중요한 거잖아. 그냥 이렇게 만나서 술 먹고 더 맞으면 자고 그러자"라고 지껄이다가 "됐어 기분 다 망쳤어. 너는 있는 그대로의 우리를 볼 줄" 모른다고 끝맺는 「마시면 문득 그리운」 등을 보라.

(불행하게도) 이 화자들의 레퍼토리는 익히 들어봤을 만한 것들이다. 그럼에도 이 '알 만한 것'은 독자에게 분노를 일으킬지언정 지루함을 느끼게 하지는 않는다. 이 구절의 표면적 내용이 곧 시의 메시지와 일치하지 않음을 눈치챘기 때문이다. 이것은 '그들'의 발화 방식을 빌려 여성 혐오 발화의 불쾌감을 보여주고자 쓰였다는 것을 독자는 우선 이해한다. 중요한 것은 독자는 이러한 발화문 앞에서 강제적으로 '듣는 자'가 된다는 점이다. 일인칭의 효과란 이런 것이다. 저 지

겹임을 단박에 끊어낼 수 없이 그것을 다 읽어내야만 하는 '듣는 자'로서 독자의 입장에서 분노를 끓어오르게 하는 것이 이 일인칭 연출이 유도하는 효과다.

이렇게 쓰인 몇 편의 시를 거쳐 독자는 이제 이 시의 발화자가 말하는 표면적 내용 그 자체가 이 시의 메시지가 아님을 알게 되고, 이 발화자들이 상황을 설정해 일종의 퍼포먼스를 한 것일 수 있음을 납득한다. 이러한 토대 위에 가부장제 폭력을 내면화한 동생이 폭력에 함께 노출되어 있는 여성 가족 구성원에게 같은 방식의 폭력을 행하는 장면 역시 연결된다.

> 언니랑 자매로 태어나면 정말 좋겠다 그치? 잊지 마 너 같은 거 사랑하는 건 나밖에 없어 우린 가족이잖아 엊그제 내가 프라이팬으로 네 머릴 친 건 사랑하니까 그런 거야 내가 얼마나 사랑하는지 이제 알겠지
>
> —「우리는 낯선 사람의 눈빛이 무서워 서로가 서로를」 부분

> 아냐 언니/내가 언니를 위해 거실에 천원점도 박아 놨어/이제 여기 기둥서방만 박아 넣으면 돼/잊지 마 나는 언니를 사랑해//(……)//나쁜 년//우린 너를 이렇게 사랑하는데/정말 아무것도 기억이 안나?
>
> —「시진이네—죽은 돌의 집」 부분

여동생은 앞의 예시에서 보았던 '오빠'들과 같은 화법으로 언니에게 가스라이팅을 한다. '내가 너를 신경 써서 이렇게 직언하는데 네

가 몰라준다, 네가 이상한 사람이라서 내가 이런 말을 하도록 만드는 것이 아니냐, 내가 이렇게 폭력적으로 구는 것은 다 너를 사랑해서다'로 요약되는 이 혐오 발언을 '여동생'이 하고 있을 때 우선 우리는 뜨악함을 느낀다. 이 가부장제 폭력을 내파하는 방식이 비판하고자 하는 바로 그 폭력을 전유하는 듯 보이기 때문이다. 이런 방식은 궁극적으로 폭력성을 수반할 수밖에 없다는 점에서 일견 한계라 할 수도 있겠으나 이 또한 일종의 연출된 장면으로 본다면 어떨까. 언니를 죽이겠다고 협박하는 동생을 보면서 우리는 동생의 패악질 너머 가부장제를 연출하는 악의성을 본다. 독자는 앞서 혐오 발언자를 일인칭으로 삼은 시의 형태나 '경진 현대 미술관'이라는 본격적인 관람 형태를 장려하는 챕터를 염두에 두는 식으로 이 시 곳곳의 맥락을 총동원해 동생의 악의성을 해석할 단서를 얻는다. 캐릭터가 하는 행위 그 자체로 메시지를 읽고자 하는 것이 아닌 행위의 구성을 보게 된다. 따라서 이것이 하나의 연출된 상황이라는 전제하에 동생의 행동은 단순히 피해자/가해자의 역할 바꾸기가 아니라 여성에 대한 폭력을 여성을 향해 행사하는 여성의 모습을 통해 드러냄으로써 그것을 보는 자에게 불쾌감을 유발하는 것에 궁극적 목적이 있다. 이는 마치 우리가 어떤 전시를 볼 때 자신의 현실적 맥락을 모두 동원하여 작품을 해석하고자 함에, 때로 작품이 '보이는 것 그대로'를 의미하지만은 않으며 그것을 보는 자가 창작자의 입장이 되어보거나 저기 그려진 형상에 자신을 투영해보기도 하고, 그것을 보는 관람객의 위치를 완전히 잊지는 않으면서 의미를 확장해나가는 행위와 같다.

전시성에 덧붙여: 되어-보기

『캣콜링』의 조금 다른 위반성을 설명하기 위해 '전시성'이란 표현을 사용했지만 그보단 '퍼포먼스'라 말하는 것이 더 적합하다는 의견이 제출될 수도 있을 것이다. 이는 어느 정도 타당한 지적이다. 이소호의 시는 가해자 일인칭을 취하거나 그들의 폭력성을 하나의 역할로 소화해내는 '동생'을 설정함으로써 여성 연대체로서 자매가 이 폭력을 극복해나갈지도 모른다는 독자의 기대 지평을 무너뜨리면서 위반성을 얻는다. 이렇듯 그들이 수행하는 '역할'에 방점을 찍는다면 정적인 의미의 전시성보다는 좀더 극적인 의미의 퍼포먼스처럼 보이기도 한다.

그러나 이러한 가능성에도 불구하고 이 글에서는 다음의 두 가지 이유에서 전시성이란 표현을 선택했다. 하나는 이 시의 4부 '경진 현대 미술관'을 적극적으로 근거로 채택하고자 했기 때문이다. 4부의 모든 시에는 각주가 붙어 있다. 각주에는 실존하는 원본이 언급되고 그것에 영감을 받았거나 그 일부를 시 안에서 변주했음이 적혀 있다. 그런데 각주는 단순히 출처 표기만을 위한 것이 아니다. 거미 이미지를 중심으로 "그년들과 아빠가 붙어먹는 모습을 훔쳐"보는 '나'에게 "아빠는 모두의 아버지"라 말하는 어머니의 모습을 다룬 시 「마망」의 두번째 각주에는 이런 내용이 적혀 있다.

> ** 경진 현대 미술관(KOMA)의 작가 이경진은 작품 「마망」에 대해 이렇게 말했다. "나는 루이스 부르주아의 수많은 작품 중 바늘, 모성, 붉은 방의 키워드만을 가져왔다. 단지 그뿐이다. 밝히건대 이것은 루이스 부르주아의 이야기 아니다. 아주 사적인, 나의 이야기

일 뿐이다."

—「마망」 부분

「마망」이란 원본 작품을 참조해 쓰인 이 시는 두번째 각주가 부연됨으로써 이 시가 원본의 이미지를 차용했을 뿐만 아니라 '경진'이란 화자에 의해 다시 한번 변주됨으로써 원본에서 더 먼 지평으로까지 뻗어나가 새로이 창작된 것임을 드러낸다. 주지하다시피 여기서 '경진'은 곧 작가가 아니니 이것은 여러 차례의 구조화가 진행된 시다. 이것이 '경진 현대 미술관'의 파트에 실려 있음을 고려해 한 작품에 대한 주석이라는 지시적 의미를 그대로 따라가보자. '경진 현대 미술관'의 전시란 단지 관람과 설명으로만 이루어져 있는 것이 아니라 원본에 적극적으로 개입해서 그것을 (때로는) 훼손하거나 재창조하는 수준으로까지 '참여'하는 일이다. 그리고 좋으나 싫으나 독자는 이 시집을 펼쳐든 순간 이러한 퍼포먼스적 전시에 참여하게 된다. 이소호의 전시성이란 이렇듯 퍼포먼스적이라는 것이 중요하다. 그런 의미에서 이 글에서 사용된 '전시성'이란 퍼포먼스를 두루 아우르는 넓은 개념이다.

또하나, 실제적인 이유에서 전시성이란 표현을 사용하기도 했다. 실제로 최근의 전시는 단지 작품을 걸어놓는 정도의 정적 연출을 하는 것에 그치지 않고 독자 참여적인 수행성을 접목시키고자 한다. 현대미술관 청주관에서 진행했던 〈보존과학자 C의 하루〉(2020)라는 전시를 예로 들어보겠다. 현대미술관 청주관은 수장고 형태의 공간으로, 작품을 전시/연출하기보다는 일정한 주제에 따라 벽에 걸어놓는다는 말이 더 적절할 만큼 말 그대로 수장고로서의 전시 시스템을 드러내는 방식으로 운영된다. 이렇듯 거대한 아카이브로 기능하는 곳이다보니 작품이 많이 드나들고 그 작품을 보존하거나 다시 원본의 모습대로 복원시키는 것이 그곳의 주된 업무 중 하나이고 실제로 실험실과 복원 처리를 하는 공간이 미술관 내부에 존재한다. '보존과학자 C의 하루'는 그러한 미술관의 정체성을 콘셉트로 한 기획 전시다.

'보존과학자 C'의 업무 내용 역시 흥미의 대상이지만 무엇보다도 이것이 하나의 전시에 의해 만들어진 정체성임을 고려할 때 궁금해지는 것은 'C'의 정체다. C는 누구인가? 그는 미술관 직원이거나 미술관 그 자체를 의인화한 것일 수도, 보존과학자 아무개 씨이거나 전시에 참여한 작가, 또는 이 전체를 대변하는 것이기에 '모두'이자 그 누구도 아닌 주체일 수도 있다. 보존과학자가 하는 일이 이 전시의 주제라 할지라도 이것을 하나의 기획 전시로 꾸린 이상에야 전시 참여자의 사고思考의 편리를 위해 어떤 인물을 가정해낼 필요가 있는데, C란 바로 이 과정에서 관람객이 자신을 동일시할 수 있는 정체성으로도 기능한다. (선택 사항이지만) 전시실 바깥에 있는 실험복을 입고 입장하는 것에서 시작해 보존과학자가 복원해야 하는 물품을 보고 괴로워하는 것을 청각화한 전시실에 입장해 C의 괴로움을 느껴본다든가, 직접 자외선/적외선을 책자에 쏘여보고 그 차이를 목격함으로써 관람객은 한 명의 C가 된다.

이런 식으로 최근의 전시에서는 독자가 가상의 화자에 자신을 직접 투영시키는 감각을 극대화하거나, 해당 전시에서 펼쳐놓는 하나의 상황 안에 적극적으로 들어가 있다고 느끼도록 만드는 설치[5]를 전

5) 또다른 예로는 일민미술관의 전시 〈황금광시대〉(2021)의 몇몇 코너를 들 수 있다.

시에 적극적으로 사용한다. 여기서 강조하고 싶은 것은 기술 발전에 따른 실감나는 증강현실적 일인칭화이기도 하지만 기본적으로 관람객과 선을 긋고 여기 이상 넘어오지 말라고 제한하는 대신 꾸며놓은 상황에 적극적으로 '참여'하는 장치를 마련한다는 것이다. 다시 말해 오늘날의 전시는 다만 '보는 것'이 아니라 '되어-보는 것'이다.

이런 식의 '되어-보기'는 전시로부터 시문학에 접목된 게 아니라 실은 일찍이 문학의 영역에서 비롯된 측면이 있다. 퍼포먼스 및 전시 방식이 기술 발전에 의거한 것이라면 그 기술 발전의 시작에는 '인쇄술'이 있다. 인쇄술의 발전은 근대의 문화양식으로서 '묵독'을 가능

1층에 마련된 제1전시실과, 2층 한구석에 설치된 VR이 그렇다. 「소설가 구보씨의 일일」을 VR로 만들어 기기를 장착하고 열차에 타고 내리고, 카페에 들어가서 둘러보는 등 구보씨 일인칭을 관람객이 직접 경험하게 하는 것에 대해 '되어보기'에 대한 추가적 설명이 필요하지는 않을 것이다. 핵심은 일인칭을 체험하게 한다는 것인데, 이때 우리가 구보씨의 시점이 되어본다고 해서 조금의 틈없이 '나=구보씨'가 이뤄지지는 않는다. 그보다 1전시실에 대한 보충 설명을 할까 한다. 1전시실은 화자가 자신이 예전에 어떤 가옥을 인터뷰하러 갔던 그 장면을 현재의 시점에서 내려다보면서 그때의 기억을 '생생하게' 회고하는 콘셉트이다. 직선형 등(燈) 여러 개를 직육면체로 배치해서 마치 해당 공간을 몇 개의 방처럼 구획해두고, 관람객이 착용한 헤드폰에 "저기 대문으로 들어서는 제가 보이는군요"와 같은 음성을 흘려보낸다. 가옥을 인터뷰하러 간 자신을 바라보는 콘셉트이기에 직사각형 구획은 발자국 소리, 전화 소리 등에 따라 점멸하며 시각의 공간적 감각을 극대화해서 보여준다. 관람객은 눈앞에 거대하게 설치된 그것을 다만 앉아서 보고 듣는 것만이 아니라 그 구조물 안에 들어가볼 수 있다. 여기서 핵심은 관람객을 '과거를 회상하는 화자'에 덧입혀 그 스스로 화자가 되어보게끔 하는 역할을 부여한다는 데 있다. 물론 그렇다고 관람객이 화자와 자신을 완전히 동일시하게 되지는 않지만 얼마 정도는 화자가 된 듯한 체험, 그리고 여전히 끝내 화자와 동일하지 않은 관람객 자신으로서의 낯섦이 뒤섞인다. 이는 마치 독자가 시를 읽으면서 화자에 자신을 투영하여 그 상황 속에 있는 스스로를 놓아보거나, 그럼에도 끝내 가상의 화자와 완전히 동일해지지 않는 부분들을 바라보면서 무한 증식하는 '나'를 생성해내는 체험과 유사하다.

케 한다. 이야기를 입에서 입으로 전하는 것이 아니라 다량으로 활자화해서 배포할 수 있게 되었고 이에 따라 시는 불러 전해지는 것이 아닌 눈으로 읽고 머리로 상상하는 것으로 바뀌어간다. 이 전환은 사고의 패러다임을 변화시키는 중대한 사건이다. 생각해보자. 시를 이루는 기초적인 물성이 종이와 활자라면 독자가 보는 것은 실제로는 어떤 '장면'이 아니라 '글자'일 뿐이다. 그러나 독자는 '읽음으로써' 글자가 아닌 이미지를 '본다(상상한다)'. 보이지 않는 것을 보는 것. 이것이 일찍부터 문학이 가져온 주요한 수행성임을 떠올리며 재차 묻는다. 과연 우리는 이소호의 시-전시실에서 무엇으로 보이는 혹은 무엇을 보는 사람이 '되는가'.

(2021)

'아버지' 세계와 '어머니'적인 것을 바라보는 두 공통 감각에 대하여

—페미니즘과 문학

'페미니즘'과 '문학'이라는 두 단어를 앞에 두고 글을 시작하기까지 오랫동안 망설였다. '페미니즘'으로 문학을 읽는다는 행위를 어떻게 해석하면 좋을지 모르겠다고 생각했던 것이 하나의 이유였고, 설령 어떤 시각으로든 '페미니즘'적 관점으로 문학을 읽는다고 하더라도 그것이 해석의 여지를 좁히게 되는 것은 아닐까 하는 우려가 다른 하나의 이유였다.

후자는 전자의 고민이 해결되지 않았기 때문에 따라오는 의문이다. '페미니즘으로 문학 읽기'는 크게 두 가지로 해석할 수 있다. 먼저 페미니즘의 관점에서 문학을 읽는 것이다. 이 경우 문학작품이 페미니즘을 염두에 두고 쓰였는가 하는 문제에서 다소 자유로울 수 있다. 작품 자체의 페미니즘적 의도나 성과보다는 읽는 행위에 초점이 맞춰진다. 말하자면 '페미니즘의 관점'에서 작품이 의도하지 않은 가치를 끌어낼 수 있다. 두번째로 페미니즘에 의거한 의도가 있거나 그러한 가치가 충분하다고 여겨지는 작품을 선정하여 의미를 논하는 것이다. 이 경우 작품이 이미 페미니즘적 해석의 근거로 자리한다. 그러나 '페미니즘적 문학 읽기'는 이 두 가지의 관점이 완전하게 분리된 채로 이루어지지는 않는다. '페미니즘 관점'으로 문학을 읽든 '페미니즘적 문학'을 읽든 일정한 시각을 필요로 하며 작품 선정의 기준이 있어야 하기 때문이다. 결과적으로 작품이 의도한 '페미니즘'적 성과와 그와 별개로 페미니즘적으로 읽어낼 수 있는 여지가 복합적으로 얽혀 있으므로 이를 분리해내는 것은 쉽지 않고 꼭 분리해야만 하는 것 또한 아니다.

이 지면에서 수행하려는 '페미니즘 문학 읽기'의 작업은 '페미니즘의 관점'에서 문학을 읽는 행위에 가깝다. 이 관점을 따를 경우 이현령비현령이라고 비판받을 수도 있을 것이다. '굳이 이 작품을 선정한 이유가 뭔지' 혹은 '어느 작품이라도 이런 식으로 의미 부여를 할 수 있는 것은 아닌지'에 대한 의문이 제기될 수 있다. 따라서 한 가지 조건을 덧붙여보려고 한다.

그 질문은 다음과 같다. '우리가 어떤 작품을 '페미니즘 관점'으로 읽어낼 수 있다면 그것은 어떠한 맥락에서 그렇게 되는가?' 이에 대해 자세히 설명하려면 '페미니즘'이란 무엇인지부터 따져나가야 하지만 이 지면에서 요구하는 작업은 아니다. 다만 '페미니즘'이 우선 '여성 문제'의 구호를 외치고 있다는 데에서 이야기를 시작하기로 하자. '여성 문제'라고 하면 주로 억압과 소외라는 키워드가 함께 따라나온다. 이는 객관 사실에 근거한 일이기도 하다. 실제로 많은 여성은 '여성'이라는 이유로 차별받거나 희생을 강요당한 경험이 있고 그러한 행태에 대한 여성 개개인의 경험 및 이를 둘러싼 사회의 암묵적 동의의 시간이 쌓여 '여성' 존재는 억압되고 소외된 형태로 드러난다.

'여성 문제'를 이러한 객관 사실 위에서의 문제 제기라고 볼 때, 페미니즘적 관점으로 세상을 바라보는 것은 억압된 존재의 해방과 맞물린다. 추상적으로 말하자면 억압되고 소외된 자의 해방 내지는 주체화의 작업이다. 그렇다면 이를 '여성'이라는 성별에만 국한되지 않고 한 존재를 비주체화하는 다양한 억압과 소외로부터의 해방이며 주체화의 외침으로 확장해볼 수 있다.

이러한 관점을 이 글에서 사용하는 '페미니즘 관점'이라고 할 때 한 가지 유의사항이 있다. 페미니즘은 '여성문제' '여성 평등'에서 나아가 소외되고 억압된 존재의 언어를 수면 위로 끌어내고 '소수자'로 취급되고 억압받는 존재들에 대해 주목하고자 한다. 이를 뒤집어 말하면 여성 존재가 지금 현실에서 '소외된 자' '억압된 비주체'로 상정되어 있음이 객관 사실로 전제되어 있다는 의미다. 또 한 가지 작품에서 반드시 '여성'이라고 지칭하고 있는 경우 외에 약자로 언급할 수 있는 존재—아이, 동생 등—에 대하여 추상적 맥락을 부여할 수 있으리란 점을 부연해둔다.

'아버지'의 폭력적 세계와 '어머니' 부재의 현장

어떤 요소가 한 작품을 페미니즘의 관점으로 읽히게 하는가. 관련하여 강지혜의 시집 『내가 훔친 기적』[1]에 관한 유계영의 서평[2]이 인상적이다. 유계영에 따르면 강지혜의 시집은 흡사 전시戰時와 같은 '폭력'의 감각을 특징으로 한다. 이때 '폭력'은 주로 '아버지'라는 시

1) 강지혜, 『내가 훔친 기적』, 민음사, 2017. 이하 인용시 본문에 작품명만 밝힌다.

2) 유계영, 「무쇠 손가락을 녹여 시를 쓴다는 것은」, 『시인동네』 2017년 6월호.

어와 연결된다. 이에 강지혜의 시편에서 '아버지'라는 존재, 나아가 부계사회가 흡사 '전쟁'이나 '폭력의 대물림'으로 현시되는 것에 주목해보기로 하자.

강지혜의 시에서 '아버지'는 주로 폭력과 연관되어 등장하며 그 폭력을 대물림하는 존재로 드러난다. 또한 '어머니의 부재' 혹은 '어머니'의 파괴와도 맞물린다.

> #. 0/아버지가 방에 못을 박는다 밥통에도 달력에도 시계에도 신발에도 창문에도 못을 때려 박는다//(……)//#. 0-1/못은 이 땅의 아픔입니다 나는 장도리와 교감하는 존재지요 못 박는 행위는 고행과 동시에 완성 그러니까 나의 작품은 철저히 계산된 미행이지요 아름다움은 어디에도 없다는//(……) '어머니의 부재', '가슴에 박힌 대못'
>
> —「장도리 든 자」 부분

이 장면은 유계영이 한 차례 읽었듯 '아버지' 세계의 폭력성을 대물림하는 장면으로 보인다. 유계영의 논의에서 나아가 "어머니의 부재"에 주목해보자. 위의 시에서 아버지의 폭력적 세계는 '어머니'적인 것의 "부재"와 거의 동일한 선상에서 이야기된다. '어머니'적인 것이 부재한 세계에서 대물림되는 것은 못을 때려박는 행위로 상징되는 공격성, 폭력성이며 이는 "장도리"로 드러난다. 다른 시편 「아버지와 살면」의 제목과 그 내용을 이어보건대 그와 산다는 것은 "새로운 자루를 꺾으며 터질 것 같은 울음을 삼키는 심약한 전사로 키워진다는 것"을 의미한다.

그런데 '어머니'의 부재 상황 또한 대물림되는 것으로 읽힌다.

> 아프니 아가? 괜찮아. 좀 간지러워. 어른이 되는 거란다. 살살할 순 없어? 피가 나니? 괜찮아. 약간 매스꺼워. 더 빨리//바늘처럼 뾰족해진 엄마가 구슬과 함께 혈관을 돌아다녀서 숨이 막혀 엄마를 찾아 때릴 거야 (……)//구멍 사이로 엄마의 마른 손가락이 보이자 해머를 들어 발을 내리쳤지 사랑해, 엄마. 사랑해.
>
> —「커다란 발을 갖게 되었다」 부분

어른이 되는 것, 즉 "장도리"를 삼킨 존재가 되는 것은 그것으로 '어머니'적인 존재를 내리쳐 깨부수는 것과 같다. 인용한 부분의 첫 연은 "엄마"의 독백이자 화자와의 대화로도 읽을 수 있는데 전자로 읽는 것이 더 타당한 듯하다. 화자는 "해머"로 "구슬"과 함께 "혈관"을 돌아다니는 엄마를 때린다. 이 행위는 자신이 물려받은 어머니적인 것을 파괴하는 행위다. 어머니적인 것을 생리학적 관점의 유전자, '여성'이라는 성별, 또는 화자를 또다른 어머니적인 것으로 자리매김하는 사회적인 인식으로 읽어도 좋을 것이다. 무엇이 되었든 아버지의 세계에서 성장하여 살아남기 위해 즉 "어른"이 되기 위해 화자는 어머니적인 것을 파괴해야 하는데 아이로니컬하게도 자신 스스로를 파괴하는 행위와 겹쳐진다. 이 점에서 화자는 어머니적인 것과 분리될 수 없는 존재이며 그것을 제거해야만, 곧 자신의 일부를 스스로 파괴해야만 그녀를 사랑할 수 있고 또 이 세계에서 성인으로 인정받을 수 있음을 암시한다.

자신과 일부 동일시되는 존재이자 파괴의 등가로서 '어머니'가 부재하는 상황에서 자식들은 '아버지'로 인해 잉태된다.

> 장마철이 되면 아버지가 내 방 천장을 임신시켰다 비가 올 때마다 천장이 부풀어 올랐다 엄마가 없는데 동생이 생길까 봐 무서워 많이 울었다 하지만 쌍둥이들의 울음소리에 옆집 굿하는 소리까지 아무도 나 같은 거,
>
> —「장마」 부분

어머니 부재의 상황은 곧 '아버지'가 '제2의 아버지'를 낳는 사태로 이어진다. 어머니적인 것이 제거된 아버지의 "방"에서 그 주니어의 탄생은 아주 그로테스크하게 그려진다. 이때 아버지적인 것이 잉태될 것이라는 점, 또 생겨날 것이라는 사실에 대한 두려움의 정서가 지배적이다. 화자는 "동생이 생길까 봐 무서워 많이 울"고 있지만 비극적이게도 이미 어딘가에서 "쌍둥이"가 태어나 울고 있다. "아버지"의 "임신"에 대하여 화자는 강하게 거부감을 드러내는 한편 "동생"이 계속 태어날 것이라는 사실을 인지하고 있기에 더욱 두려움을 느낀다.

> 나와 동생과 푸른 별과 아름답게 찰랑이는 금빛 물과 붉은 상아와 수치심이 있는 방//그 방은 아버지가 없으면//빈방//(……)//아버지가 돌아와 가득 찬 곳이 된 방에서 동생은 아버지에게 무수히 많은 날 구타당했다 나는 그 일을 매번 목격했다 나는 아버지를 지우고 싶었다 나의 배를 때렸다 나는 그 순간 태어나지 않았는데
>
> —「방(房)」 부분

그렇게 한방에 모이게 된 어머니 없는 사회, 부계 중심의 사회에서 "아버지"는 "동생"을 구타하고 "나"는 그것을 "매번" 목격한다. 그런데 화자가 "아버지" 제거의 열망을 가지면서 자신의 "배를 때리는 행위"는 어쩌면 화자 자신이 '아버지' 세계에 길들여진, 자신이 살아남기 위해 파괴했던 어머니적인 것을 내재하고 있는 존재임을 짐작하게 한다. "그 순간"이란 화자가 자신의 배를 때린 순간으로 읽힌다. '아버지'를 잉태하는 존재, 나아가 아버지의 방에서 아버지에게 구타당하는 동생의 존재를 은유적으로 탄생시키는 존재로서 화자는 '아버지의 방'의 질서를 내재화해야만 살아남을 수 있다. 이러한 화자가 선택의 여지 없이, 어머니의 부재와 등가로서 아버지의 폭력성을 받아들여야만 하는 처지의 누군가로 읽힌다는 점이 의미심장하다.

아버지의 세계에서 어머니적인 것이 생산하는 것

한편 유계영의 시편[3]에서 강지혜의 이러한 아버지적 특성과 유사하게 얼마간의 공유의 지점을 가지는 것이 눈에 띈다. 이는 동시대를 살아가는 두 시인이 가지는 공통적 시대감각과 정서적 감각에서 비롯된 듯하다. 이러한 맥락에서 유계영의 시를 강지혜와의 연관선상에서 읽어볼 필요도 있다.

염하려다/다시 살아난 아버지/자주 뒷목을 잡곤 했던 일/아버지 한 번 더 돌아가셨다는 소식을 듣고/아버지의 유머 감각에 감탄하

3) 유계영, 『온갖 것들의 낮』, 민음사, 2015. 이하 인용시 본문에 작품명만 밝힌다.

> 는 일/거리의 보도블록에서 밟은 껌을/집안까지 끌고 들어오는 일/죽음까지 끌고 가는 일//공 앞에서 아주 잠깐 애국하고/다시 저주하는 일/(……)//아버지가 도넛처럼 요염하게/다리를 꼬고 팔짱을 끼고/나를 보는 일/용서를 빌 때는 반말이 좋다는 걸 깨닫는 일//대부분의 코미디가/운 나쁜 캐릭터의 수치심으로 마무리되는 일
>
> —「퍼니스트 홈 비디오」 부분

유계영의 시에서 "아버지"는 쉽게 죽지 않고 그렇기에 여러 번 죽는다. 그 죽음이란 농담 같다. 누군가가 죽은 '척', 그의 죽음을 슬퍼하는 '척'하는 것에 불과하기 때문이다. "아버지"는 죽지 않고(여러 번 죽고) 화자는 그의 죽음을 슬퍼하지 않는 기묘한 코미디 같은 상황이 지속된다. 그리고 그 코미디란 "아버지"의 권위를 근거로 화자를 쳐다보는 사람에게 "반말"로 용서를 비는 장면으로 드러난다. 여기에서 "운 나쁜 캐릭터"가 '아버지'에게 마음 없는 용서를 빌고 있는 화자 자신임을, 결국 "수치심"을 느끼는 것 또한 그임을 짐작하기란 어렵지 않다. 이처럼 '아버지'의 존재는 누군가에게 수치심을 주고 폭력을 전가하는 모습으로 그려진다.

한편 어머니의 모습은 어떠한가. 강지혜의 시에서 어머니는 파괴되는 모습으로 등장하며 이마저도 어머니를 전신으로 둔 '제2의 어머니'라 할 수 있는 화자의 목소리로 묘사된다. 이때의 화자는 아버지의 폭력을 견디거나 그것을 내면화한 '제2의 아버지'의 속성을 띤다. 유계영의 시에서 '어머니' 또한 화자의 시선을 빌려 포착되고 있다는 점에서 유사하다.

괜찮은 부모를 가졌다는 건/게으름에 대한 핑계가 부족해지는 일/왜 하필 옮겨 적을 수 없는 나무의 독설처럼/사려 깊을까 어머니//아침은 그렇게 오는 게 아니죠/모퉁이를 돌 때마다 열리는 새로운 골목의 끝에/내가 발가벗고 서 있는 거예요/아침은 그렇게 밝는 거예요

—「생일 카드 받겠지」 부분

부모를 가진 화자는 무언가를 대물림 받는 위치에 놓여 있다. 이른바 '자식'의 포지션에 화자가 있다. 이때 "어머니"의 "사려" 깊음은 긍정적이고 온화한 듯 여겨지지만 "옮겨 적을 수 없"다는 점에서 치명적이다. 부계사회의 맥락을 부여해서 볼 때 어머니의 "사려" 깊음이란 그 자체로 전달되지 못하며 어머니 자신의 '희생'의 맥락 안에서 의미를 획득한다. 이다음으로 전달되지 않고 그녀의 희생으로 치부되는 "사려" 깊음은 부계 질서가 지배적인 이 세계의 앞날을 밝혀주지 못하는 것이다. 이는 매번 막다른 골목("새로운 골목의 끝")을 마주치는 것과 같은 좌절로 읽힐지도 모르나 반드시 그렇지만은 않다. 부계사회의 영향 관계에서 벗어난 발가벗은 '나' 스스로를 발견하는 것으로부터 아침은 밝는다고 시인은 말하고 있기 때문이다. 부계사회의 억압과 그런 사회 안에서 어머니적 존재에게 요구되는 끊임없는 사려 깊음이라는 맥락을 고려했을 때 유계영은 한결 간결하고 또렷한 태도로 벌거벗은 자신, 온전히 그 자신의 모습을 발견하고자 한다.

이를 위해 시인은 아버지적인 것은 물론 어머니적인 것까지 거부하고 있는데 이를 해명하기 위해 다른 시를 붙여 읽는다.

우리 놀이의 이름은 '전생이 되어 보기'입니다/저금을 모르고 산 어머니가 물려준 단어들, 공산품, 돌연변이, 서커스처럼/당신과 자식을 많이 낳아야겠다고 생각합니다/병든 아이와/병을 지켜볼 아이를 골고루//우리 애들은 우애가 깊을 겁니다/다투듯이 양보하고 증상을 나눠 가며/둥근 가계도를 완성하는 겁니다/당신과 나는 원의 중심에 깃발을 꽂고/한 아이는 반드시 백발로 태어날 겁니다

—「늑대」 부분

유계영의 시에서 "어머니"는 "단어"를 물려준다. "공산품, 돌연변이, 서커스"는 각각 다량으로 (재)생산되는 것, 정상의 외부 범주에 있는 것, '쇼'의 장場이라 이야기할 수 있다. 이 셋이 서로 연관성을 가지고 있으며 또 화자가 그것을 물려받은 존재라고 할 때 이는 세계에서 현시되는 화자의 모습을 짐작하게 해준다. 부계사회에서 "공산품"처럼 찍혀 나오는 (무의미한) 존재, "돌연변이"와 같이 정상을 초과하거나 그에 미달하는 모습으로 "서커스"에서 아슬아슬하게 묘기를 보이는 존재가 그것이다. 특히 "돌연변이"를 이처럼 해석할 수 있는 것은 "병든 아이와/병을 지켜볼 아이" 모두 조금은 기괴하고 건강하지 않은 모습이라는 점에서 그러하다. 이 시 자체를 또다른 가정의 탄생으로 본다면 누군가는 '쇼'에 올라 소비되는 어떤 '역할'로 존재할 뿐이며 특히 '어머니'로부터 물려받은 '제2의 어머니'적 특성을 가진 자의 생산, "증상"을 재생산하는 병든 무리衆의 모습으로 읽을 수 있다. 이런 관점에서 어머니적인 것, 앞선 인용의 "사려" 깊음과 같은 것을 반드시 긍정할 수만은 없어 보인다. 어머니의 사려 깊음은

어머니를 둔 화자로 하여금 병든 "애들"의 어머니가 되도록 하는 요소로 작용하기 때문이다. 자못 명쾌하게 느껴지는 시인의 '자기' 발견에 대한 단언적 문장은 이러한 지점을 포착했기에 가능한 것이리라.

*

두 시인의 시편은 아버지적인 것의 폭력성, 어머니적인 것과 자기동일시 혹은 그것의 파괴와 부정否定, 재생산으로 해석될 만한 지점을 공유한다. 이러한 공유점을 가지는 것이 두 시인이 발붙이고 사는 세계에 대한 공통된 문제의식이자 지금 이 세계를 객관화하여 보여줄 수 있는 하나의 서정적 관점이라 할 수 있다면, 페미니즘이 '의도'되지 않았더라도 그런 시각의 독해가 필요한 기 현실이 존재한다는 차원에서, 페미니즘적 독해가 이루어질 수 있음을 의미한다.

지금의 현실을 '객관화'하여 바라보는 일은 몇몇 지표나 숫자만으로 가능한 것이 아니며 그 시대를 살아가는 사람들의 감각에 의해 가능하다. 이 감각이 결국 누군가를 향한 공격이 아니라 궁극적으로 누군가에 대한 구원으로 흘러가도록 격려해야 한다. 이러한 의미에서 '어째서 이러한 시편을 특정 맥락으로 읽게 되는가'에 관한 질문이 자기 연민과 (타인을 공격하는 형태로 드러나는) 자기 멸시로 향하지 않고 객관적 현실의 문제와 개인의 위치를 확인할 수 있으며 나아가 '인간 존재'에 대한 고민으로 나아가는 하나의 독법이 될 수 있으리란 희망을 품는다.

(2017)

3부

나와 비평

다시 문학과 제도 구축에 대한 지금부터의 질문들
—문학과 노동/등단/매체 그리고 개선할 '문학 제도'에 대하여

1. 문학이라는 제도에 대해 질문할 사항들

소개

안녕하세요. 저는 문학평론을 쓰는 선우은실입니다. 저를 소개할 수 있는 수많은 수식어 중 '문학평론을 쓰는'을 자주 사용합니다. 그것은 제가 어떤 형태의 노동을 하든 문학이란 매체를 주로 경유하기 때문이고 그에 대해 무언가를 말하거나 쓸 때 비평적 방식을 기본으로 삼기 때문입니다. 따라서 '문학평론가'라고 말할 때 이것은 일차적으로 노동으로서의 문학평론이라는 활동을 전제합니다. 그런데 저는 평론 행위를 통해 인간이라는 존재가 뭔지, 삶은 뭔지, '나'는 무엇이며 무엇이어야 하는지에 대해 묻습니다. 즉 '평론가'로서의 스스로에 대한 정의는 제 삶을 견인하는 문제와도 연관되어 있습니다.

이 자기소개 한 단락 안에는 코로나19 이후 일상의 세계적 위기 감

각 속 문학예술에 대한 여러 논점이 응축되어 있습니다. 예술과 노동, 예술과 생활 등이 그 구체적 예시일 겁니다. 이러한 주제는 문학의 경제적 가치, 문학(예술)성, 등단 제도, 문학 행위와 매체 변화 등의 주제를 모두 끌어안습니다. 이러한 논점을 최대한 다각적으로 풀어나가는 것이 이 글의 궁극적인 목표인데요, 그 이전에 조금 전의 표현을 토대로 하나의 전제를 확인하고자 합니다. 저는 방금 '오늘날' 대신 '코로나19 이후' 일상의 세계적 위기라는 표현을 사용했고 그러한 상황 한가운데서 삶을 '감각'하는 것과 문학예술의 연관성에 대해 언급했습니다. 이로부터 '오늘날'이란 무엇이며, '오늘날 문학예술을 한다는 것'에 어떤 질문이 이어져야 하는지 보겠습니다.

오늘날-제도

오늘날 현실이란 일 년 전과도 다르고 (확진자 수의 변동폭을 떠올린다면) 하루 전과도 다릅니다. 전염병으로 인한 일상의 전면적 개편이 이례적인 일이라는 점을 감안하더라도 우리가 '현재'라고 부르는 것은 매우 유동적인 개념입니다. 그렇기에 매번 구체적 '현재'에 대한 설명과 얼마간의 동의된 전제가 필요합니다. 만약 여러분이 제가 말한 현재, 코로나19와 일상의 전면적 개편이라는 말로 현실을 표현하는 것에 동의할 수 있다면 우리는 현재 '위기'와 '변화'를 공통된 감각으로 가지기 때문일 겁니다. 이런 변화 속에서 우리는 전면적인 경제 위기를 겪고 있습니다. 무슨 일을 하든(아르바이트, 계약직, 정규직, 일용직 무엇이든 간에) 당장 생존하기 위한 조치가 취해져야 한다고 생각합니다. 정부 및 지자체에서 전 국민에게 지급했던 보조금 역시 그런 공통의 위기 감각 속에서 이루어진 일이겠지요.

다시 말해 오늘날 우리는 제도화된 것으로부터 단지 생존하는 것만을 요청하지 않습니다. 사회 구성원은 생존을 넘어 조금 더 안전하고 생활을 안정적으로 영위할 수 있는 조치를 제도로부터 기대합니다. 예술도 생활을 기반으로 하는 것이기에 크게는 국가적 차원, 작게는 예술 영역의 차원에서 마련된 제도에 기대는 바가 있습니다. 가령 예술 생산과 향유 활동은 곧 누군가의 삶을 위기에 처하게 만드는 것과 등가가 되어서는 안 되며, 제도는 그러한 역할을 수행하기를 요청받습니다. 최근에 문학을 제도로 사유하고자 하는 흐름 속에서 자주 등장하는 문학과 노동, 등단 제도, 독립 잡지의 발생과 존속 문제에 대해 제도적 차원의 점검을 요청하는 담론은 이러한 의식과 닿아 있습니다. 이것은 예술 계열 종사자가 생존을 넘어 생활을 하기 위해 '어떤 제도'를 구축해야 하느냐는 물음으로 이어집니다.

문단-제도-문학성

저는 앞의 소개에서 자신을 문학평론가라고 소개했습니다. 문학평론가라는 직함은 신춘문예를 거치며 획득되었습니다(다만 그뿐만은 아니겠지만요). 여기서 알 수 있는 사실은 제가 문단이라는 제도에 발을 걸치고 있다는 것입니다. 저는 신춘문예에 응모한 평론이 당선되어 문학평론을 생산하기 시작했고 그때부터 제가 발표하는 대개의 글은 평론으로 분류되고 있습니다. 그런데 문단이란 무엇일까요? 단순히 글을 쓰는 집단이라 말하기에는 그간 한국의 역사에서 문학 활동의 의미와 문필가가 가졌던 역사적 역할과 위상이 높아 보입니다. 왜 그럴까요? 문학에 부여되는 전위성이나 인식적 충격은 디지털 시대 이전에 더욱 큰 영향력을 행사했습니다. 1990년대에 영상 매체가 보편 문화로 자리잡으면서 대중문화와 영화(영상) 매체가 이끄는 자본주의적 대중성에 대한 비판적 성찰을 촉구하고 '대중성에 영합하는 문학'에 대한 비판이 있었음을 떠올려봅시다.(이것은 1인 1전자기기 시대이자 영상 매체와 SNS의 시대인 오늘날의 관점에서는 생경하게 느껴지겠지만 모든 것이 그렇듯 디지털 매체 역시 그것이 보편적 감각이 되기 이전 '처음'의 시기가 있었습니다.) '언어+활자 매체화'된 문화 요소로서 문학이, 영상과 같이 새로운 매체 감각이 생기기 이전 시기에 영향력 있는 매체였음을 짐작하기는 어렵지 않습니다.

문학이 압도적으로 영향력을 행사하는 매체였던 역사를 어림잡자면 일제강점기부터 시작해야 할 것 같습니다. 활자와 인쇄 매체가 유일하거나 보편적인 문화영역의 물질적 토대를 이루고 있었던 시점인 일제강점기를 통과하면서 문학은 매체와 형식, 그 속의 내용을 통해 가상의 '국민'이란 공동체를 창출함으로써 일제의 억압으로부터 벗어나고자 하는 정치적 행위성을 지닌 것으로 기능했습니다. 이러한 문학의 정치성/예술성의 역사는 1980년대 독재 정권을 비판하는 것으로 이어졌습니다. 다수가 문학을 일종의 전위적 예술이나 정치 행위로 볼 수 있다면 이러한 역사 위에 문학이 하나의 역할을 해왔기 때문입니다. 역사의 흐름 속에서 문단은 문학에 대한 영속적인 역사적 관념 위에 형성된 정치 공동체로 구체화되어왔을 가능성이 큽니다. 문단이라는 집단의식은 이러한 역사적 사명감과 그것을 실제로 문학이 충분히 해낼 수 있었고 그만큼 파급력을 가진 유일무이한 매체로서 기능할 수 있었던 맥락 안에서 이루어진 것입니다.

위와 같은 역사적 정황을 고려한다면 소속 (불)가능한 것으로서의 문단에 대한 문제 제기에 앞서 문단을 중심으로 구축되는 공유된 집단의식의 구성 자체가 전혀 납득되지 않는 것은 아닙니다. 그렇다면 우리가 문단이라는 제도를 비판하고, 문단이 오랫동안 고수해왔던 활자 형태 및 인쇄 잡지 중심 문학 행위에 대해 다른 가능성을 염두에 두고 비판적으로 검토하고자 할 때는 이러한 '정치성을 가진 글쓰기 행위'와 관련한 오랜 관념을 염두에 둘 필요가 있습니다.

문단-문학-제도-독립 잡지

관련하여 독립 잡지 이야기를 해보지요. 현재 여러 형태로 발간되고 있는 '독립 잡지'[1]는 분명 이러한 기왕의 문학 행위가 굳건하게 만들어온 구시대적 문학 제도에 의문을 제기하고 있다는 점에서 공통점을 갖습니다. 등단한 작가에게만 허용된 것이 문학인가? 문학은 꼭 유수의 출판사를 거쳐야만 상품화될 수 있는가? 문학은 꼭 활자여야만 하나? 문학잡지는 꼭 인쇄물로 존재해야만 하나? 이는 기왕의 문학 제도가 발생시키는 위계, 이로 인해 그들이 추구하고자 하는 문학 행위가 실제로 자신들이 말하는 문학 행위와 모순된다는 것을 지적한다는 점에서 유의미합니다. 그러나 동시에 이런 질문만으로 독립 잡지를 이해한다면 기왕의 문학과의 대타적 관계에서 벗어나기 어려울 것입니다. 기존 제도를 비판적으로 성찰하고 그 너머를 실행코자 하는 것은 중요합니다. 그러나 우리가 문학-하고자 함은 과거의 영

1) 이 글에서 독립 잡지는 광의의 개념으로 쓰였습니다. 국가지원사업을 통해 출판 유통의 자금을 충원하는 사례를 포함하되 기성 문단 및 문학의 형식이나 체제에 대해 비판적으로 사유하여 그러한 방식을 따르지 않고 새로운 문학 행위와 형식을 고려하는 매체를 두루 아우릅니다. 따라서 활자가 주된 표현 방식으로 사용되지 않는 경우와 종이와 인쇄물을 주된 매개물로 활용되지 않는 사례도 포함합니다.

광을 현재적 관점에서 비판적으로 사유하고 미래를 내다보면서 더 나은 가능성을 구성하는 것과 관련되어 있지 않은가요? 그런 관점에서 독립 잡지가 발생시키는 질문은 이제 기존 문단 비판이라는 주제에 매몰될 필요는 없으며 이다음으로 넘어가는 과정에서 기왕의 문학 제도를 비판하고 현재 문학을 다시 '제도'로 사유하고자 하는 담론으로 참조 삼을 수 있습니다. 이에 저는 '이다음'을 위해 고민해볼 만한 문제에 대해 적어보려고 합니다.

독립 잡지는 기성 문단이 사유해온 문학 행위를 비판적으로 고찰하고 탈권위, 탈위계, 어느 정도는 문학이라 불려왔던 것의 새로운 표현 가능성을 고려한다는 점에서 탈-'구舊'문학적 성격을 지닙니다. 새로운 가능성의 도래란 그것이 필요한 상황, 즉 '기왕의 것'에 대한 대타 의식으로부터 가능하다는 것은 어렵지 않게 동의할 수 있습니다. 그런데 우리가 독립 잡지를 통해 기존 문학 제도의 저 너머를 타진하고자 할 때 읽어낼 수 있는 것은 이것으로 충분한 걸까요? 기왕의 것과 대별되는 것으로서 시작된 새로운 가능성이 지속되기 위해서는 그것의 대별자를 괄호 치는 것에서 더 나아가야 하는 것은 아닐까요? 다시 말해 기왕의 것과 비교되는 새로운 것 너머의 문학이란 행위와 형식, 표현, 소통의 가능성 등을 다시 검토하는 것입니다. 그런 점에서 독립 잡지라는 매체의 출현은 (구-문학이 해결해야 하는 것을 독립 잡지가 대신 해결해야 한다는 의미가 아니라) 그 자체로 문학을 제도로 보고 더 나은 문학-함을 생각하게끔 하는 독특한 지점을 확보합니다.

그런데 여기에서 이 지면의 주제인 제도를 다시 떠올려봅시다. 새로운 감각의 가능성을 꾸준히 가늠한다는 것은 문학의 내용을 새롭게 하는 것만을 의미하지 않습니다. 기성의 잡지가 안정적인 자금처와 출판 환경을 갖춘 상태에서 잡지를 만들어왔다면 기왕의 제도에 기대지 않는 독립 잡지는 그러한 환경을 어떻게 구축할 수 있을까요? 잡지를 만드는 개개인이 별도의 수입으로 잡지를 운영하는 것이 불가능하지는 않겠지만 문학 행위는 인간과 인간성과 인간의 삶을 축내는 것이 아니라 그것을 더 나은 것으로 만드는 일이라는 신념과 연관되어 있습니다. 우리가 기성 제도로부터 '독립'한다는 것은 단지 그들과 다른 것을 만든다는 것뿐만 아니라 그들이 고려하지 않았던 대안적 제도를 상상하고자 함을 의미하지는 않을까요? 재차 언급하지만 이것은 물론 개인의 노력만으로 구축되지 않으며 개인의 역량에 기대는 것이 올바른 방법인지도 생각해보아야 합니다. 그러면 어떻게 해야 할까요? 바로 이 지점을 논의할 수 있을 때부터 우리는 문학이라는 제도를 고쳐 쓸 수 있는 방법을 만들어내게 됩니다.

2. 다시, 문학이라는 제도에 대해 질문할 사항들

문학을 제도로 사유한다는 것은 엄밀하게 말해 이미 존재했던 문학이라는 제도를 현재 실정에 맞게, 그리고 문학의 실정에 맞게 적극적으로 개입하여 고친다는 것을 함의합니다. 그런 측면에서 문학과 문단에 대한 이야기와 노동에 대한 이야기를 보태보겠습니다. 문학장에서 문학이라는 제도와 문단 또는 노동이란 주제를 숙고한 것이 어제오늘 일은 아닙니다. 근간의 잡지를 대략 살펴보아도 벌써 여러 차례의 기획이 있었습니다.[2] 관련 주제의 오프라인 문학 행사도 있었

2) '글쓰기의 윤리, 문학상의 윤리'(『기획회의』 519호, 2020년 9월); '예술과 노

을 테니 생각보다 이 두 안건을 문제시해온 것이 그리 낯설거나 완전히 새로운 일은 아닌 것 같습니다. 물론 문학과 노동, 그리고 문학과 등단에 대한 이야기가 더 많이 더 자주 제출되어야 한다는 데 이견이 없습니다. 다만 우리가 몇 년째 같은 주제로 이야기를 하고 있는데 비슷한 이야기가 반복되고 있다고 판단된다면 질문의 방향에 대해 논의할 차례가 됐다는 뜻이라 생각합니다.

다시 문학성과 매체

이 이야기를 하기 위해 (고리타분해 보일 수도 있는) 문학성/예술성에서부터 시작하겠습니다. 우리가 문학에 대해 흔히 접해온 이야기가 있다면 그것은 문학이 일종의 문학성(예술성)을 가지고 있고, 그것은 사회 변혁적인 힘을 가지고 있다는 것일 테지요. 문학은 현실에 안주하지 않고 문제를 바로 보게 만드는 힘이 있고, 그러므로 옳지 않거나 억압적인 행위에 저항하고 인간다운 삶을 살 수 있도록 사유 체계의 근간을 흔듭니다. 이러한 '문학'에 대한 이해에 동의할 수 있다면 우리는 문학을 활자가 아니라, 언어 체계를 기반으로 하여 '문학 장르'라는 일정한 형식을 토대로 하는 '행위'로 보고 있다고 하는 편이 더 옳겠습니다. 즉 문학(행위)은 활자 매체, 언어라는 형식을 경유하여 더 나은 '인간다운 삶'을 위해 내어놓는 많은 담론을 의미합니다.

동'(『포지션』 2020년 가을호); '작가-노동'(『자음과모음』 2020년 봄호); 『문학과사회 하이픈: 장치-비평』, 2020년 여름호; '독자를 다시 생각한다'(『문학동네』 2019년 겨울호); '문예지의 안과 밖'(『포지션』 2019년 겨울호); 『문학과사회 하이픈: 시-인』 2017년 여름호.

그러면 이러한 문학성을 현재라는 시간에 대입할 때 무엇이 문제가 될까요? 앞서 언급한 것처럼 문학이 이러한 행위성을 얻게 된 데는 한국에서 '문학'이 그간 어떤 시간 속에서 역사적 사명감을 배태했고 또 실행할 수 있는 위치에 있었는가와 관련되어 있습니다. 제국발 오리엔탈리즘적 사고로부터 촉발된 근대화 담론 속에서 조선은 오랜 식민지 시기를 거쳤습니다. 이러한 억압적 상태로부터 벗어나는 것이 근대로 가는 길목에 조선에 주어진 가장 큰 과제였습니다. 독립된 국가 체제를 형성하려는 과정에서 위기의 공통 감각을 촉발할 수 있었던 것은 인쇄 매체인 신문, 잡지, 책 등에 의해서였습니다. 즉 문학이 사회변혁적 정치성을 가질 수 있게 된 데는 당시의 매체적 환경의 영향이 컸습니다. 책이 많이 팔리는지, 읽는 것 이외에도 듣거나 (영상이나 사진 등 이미지를) 보는 방식으로 문학을 향유할 수는 없는지 고민하는 2020년 현재 시점에는 그저 '읽는 것'이 어째서 예술성을 가질 수 있었는지 의문일 수 있지만, 그때는 영상 촬영 기술이 지금처럼 보편화되어 있지 않았고 거의 모든 사람이 한 개 이상의 디지털 매체를 소유하고 있지도 않았습니다. 당대 인쇄 매체의 센세이션은 현재 우리가 문학을 다양하게 재구성하고자 하는 디지털 매체적 감수성에 견줄 수 있었던 것이라 생각하면 적당할 것 같습니다.

오늘날 문제가 되는 것

다시, 이 시점에 문제시되는 것은 다음과 같습니다. ① 매체 환경이 변했고 그에 따라 사람들이 어떤 개념을 사유하거나 소통하는 방식 자체가 달라졌습니다. 이제 문학성은 반드시 활자화되어 드러나는 것은 아니며 따라서 인쇄 매체 위주의 오랜 역사성을 가지고 온 기존 제도 문학의 형식 자체에 대한 근본적인 성찰이 요청됩니다. ② 이와 관련하여 등단 제도 역시 폭넓은 '문학의 형식'으로서 고민해야 할 사항에 들어섭니다. 문학이 삶다운 삶, 인간이라는 존재에 대한 폭넓은 이해를 바탕으로 하고 있기에 활자로부터, 언어화된 것으로부터 경계를 넘나드는 시도를 수용하는 공간 자체가 될 수 있다고 했을 때, 또 기본적으로 '배제하(되)거나 억압적인 것'에 대한 비판적 시각을 견지하는 것이라고 했을 때, 현재의 '문학장'이라는 문학 사유의 공간은 비판적으로 검토되어야 합니다. '낮은 자를 향하는 언어적 행위'로 문학을 이해하고 있음에도 불구하고 그간 문학예술을 담보 삼아 자행된 폭력과 그것을 일종의 문학적 방랑으로 낭만화하고 두둔해왔던 관행이 그 하나겠지요. 지금은 하나도 웃기지도 재밌지도 않은, 타인의 권리를 침해하는 범법의 온상일 뿐인 행태와 문학성이 도대체 어떻게 결합될 수 있었는지는 #문단내성폭력 해시태그 운동을 기점으로 하여 격렬하게 제출된 질문일 것입니다. 또 문학계가 등단이라는 제도를 기준 삼아 다른 참여자를 배제했고, 어떤 권위를 드러내 보였는지와 관련하여 독립 잡지의 행보를 고려할 수도 있을 겁니다. 요컨대 문단의 성립, 문학의 정치성에 대한 역사, 윤리적 문제 등이 모두 뒤섞여 있으므로 이런 지점들에 면밀하게 시선을 던질 필요가 있다는 것입니다.

낭만성 그리고 다시 문학-노동

문학과 노동의 경우는 어떨까요? 이 문제를 얘기하기 위해 낭만성 이야기를 조금만 하겠습니다. 저는 낭만성이라는 것이 언제나 나쁘(빴)다고는 생각지 않고, 만약 낭만성이 이상적 세계를 상상하는 것과 관련되어 있다면 저 너머(이를테면 마음이라는 추상적인 것을 언어 물질화하거나 현재의 문제에 어떤 상상력을 발휘하여 나아갈 미래적 대안을 꿈꿀 수 있을 것인지를 보여준다는 점에서)를 상상할 수 있게 하기 때문에 가치가 있다고 생각합니다. 그러나 대개 문학에서의 낭만성은 현실과 유리된 듯 보입니다. 낭만성은 종종 탈현실화된 예술성과 결합됩니다. 극단적으로 이런 예시가 있습니다. '굶어죽어도 문학만 할 수 있다면 좋아!' 저는 누군가가 생계와 목숨을 다 바쳐 문학예술에 열의를 보이는 것을 비판할 생각이 없습니다. 단지 문제는 굶어죽으면 문학을 할 수 없다는 것입니다.

우리는 지금은 고전classic이 된 작품을 쓴 작가 중 지독하게 궁핍한 상황에서 글을 쓸 수밖에 없었던 이들을 알고 있습니다. 또는 극심한 스트레스 및 심리적/정신적 문제로 인해 단명한 작가도 알고 있지요. 바로 이 점, 그들이 그런 식으로 단명했는데도 21세기에 우리가 그들의 작품을 읽고 있다는 사실이 그들의 경제적/정신적 위기가 훌륭한 문학을 만들어냈다고 생각하게끔 만드는 것 같습니다. 한번 생각해봅시다. 소설, 시, 평론 등 대개의 문학작품은 '쓰는 주체'를 담보합니다. 그 주체가 무엇을 겪었으며 그것을 어떻게 해석했고 어떻게 드러내고자 했는지를 보여준다는 점에서 일정 정도 메타성을 지닙니다. 내·외부적인 곤란은 그 자체로 작가에게 하나의 영감이 되진 않았을 겁니다. 그보다는 그것을 경험한 사람이 어떤 이유로 '쓰기'를 통해 그 경험을 재해석하고자 했으며 '어떤' 쓰기를 통해 그것을 행하고자 했느냐에 따라 작품이 쓰인 것은 아닐까요? 즉 가난과 불행, 육체와 정신의 어려움이 반드시 아름다운 문학을 만들어내지는 않는다는 것입니다.

물론 진실을 알 길은 없습니다. 다만 제가 믿는 것에 대해 설명했을 뿐이지요. 저는 가난이 과연 좋은 문학을 만드느냐를 논증하고 싶은 게 아닙니다. 과거 예술가들의 가난과 요절, 정신적 위기가 곧 문학성으로 치환되는 것에 대해 다시 생각해보자는 것입니다. 선후 관계를 따지기에 앞서 이런 생각을 해보면 어떨까요? 문학이 환경적인 조건에 의해서 결정적으로 좌우되는가 묻기 이전에 여러 내·외부적인 위기 상황의 사례로부터 우리가 해야 할 것은, 인간이 무엇으로든 노동력을 제공하고 임금을 받는 생활을 오랜 세월 지속해오고 있다는 것, 인간은 글 읽기와 글쓰기만으로는 물리적으로 생존할 수 없다는 점, 만약 살 수 있다고 주장한다 해도 그러한 개인의 열의를 담보 삼아 무급 노동으로 글쓰기를 다루어서는 안 된다는 점, 인간이 조금이라도 더 나은 삶을 만들어낼 수 있는 존재임을 믿고 또 문학이 더 나은 인간적 삶을 위한 것이라면 불행하지 않아도 글쓸 수 있는 제도적 환경을 마련해야 한다는 점 말이지요.

문학을 포함한 예술은 '경제적 교환 가치'가 없는데 왜 우리가 예술 생산 활동에 돈을 지불해야 하냐는 의문에 종종 맞닥뜨립니다. 이것은 생산자가 아무거나 만들어냈다고 해서 모두가 그것을 필요로 하거나 가치 있는 것이라 판단하지는 않는다는 점에서 어느 정도 수긍할 수 있습니다. 아이로니컬하게도 이 점에서 '문학성'이 다시 불려나오고 그간 문학장을 구성해왔던 여러 제도(그 안에는 현재 비판적으로 숙고되는 문단이란 개념, 그리고 출판 윤리 등이 포함되어 있습니다)가 호출됩니다. 우리가 문학을 최소한 교환 가치가 있는 상품으로 인식하기 위해서 그것의 가치를 보증하는 최소한의 '제도적 표식'이 요청되기에 그렇습니다. 유수의 출판사의 저작물, 신문이나 잡지 등으로 등단을 했다는 사실 등은 그간 그러한 '보증서'의 역할 또한 해온 셈입니다.

앞서 다소 분주하고 산만하게 낭만성, 문학예술의 사회·경제적 가치, 문단이라는 제도, 독립 잡지와 매체 변화 현실을 뒤섞어 말한 이유가 바로 여기에 있습니다. 저는 문학이 이미 제도로서 사유되어왔다고 생각합니다. 그간 문학을 구성해온 제도의 내용은 이렇습니다. 상품으로서 또는 예술성을 다소간 갖추었다는 최소한의 표식으로서의 등단 제도, 그 입사식(?)이 담보하는 사회 비판을 수행하는 문학의 예술성, 이러한 전위적 문학성을 위해서라면 (사실은 문학 그 자체가 추구하는 억압적인 것에 대한 저항과, 불합리한 현실에 대한 비판과, 더 나은 삶을 위한 변혁의 가능성에 배반되는 것인데도) 문학은 그 예술성 자체를 가지고 있기 때문에 어떤 윤리로부터 좀 벗어나 있을 수도 있고 노동의 가치를 금전적으로 덜 환산받아도 개의치 않다는 일종의 낭만성.[3)]

우리가 현재의 시점에서 이 모든 것을 다시, 비판적으로 사유하려는 이유는 이러한 과정에서 문학이란 제도가 저질러온 윤리적 문제, 오히려 더 공고하게 만든 위계적 질서, 소위 '그들만의 리그'에서 벗어나지 않으려는 소통 불가능성, 분명히 누군가의 노동력을 담보해서 생산된 '생산품'으로서 문학이 자리하는데도 원고료, 활동비, 기획비 등 그러한 문학적 행위에 금전적으로 가치를 부여하지 않으려

---

3) 이러한 구제도적 문학이 보여준 비인간성과 시대착오적인 행태의 대표적인 예시가 바로 문학상과 관련한 사태일 것입니다. 이와 관련해서는 선우은실, 「공정 거래로 사유하는 문학상과 문학상의 구성 요소—문학의 윤리와 비평 행위를 아우르며」(『기획회의』, 519호, 2020년 9월)에서 다룬 바 있습니다.

는 행위와 관련한 것입니다. 그러므로 지금 문학을 제도로 사유하자고 했을 때의 '제도'란 단순히 예술을 교환가치 체계에 귀속시켜 경제적 가치로 환산할 수 있는 상품으로 만들자는 것이나, 예술이 세상을 지탱하는 것이므로 특권을 주자는 것 중 어느 쪽도 아닙니다. 문학 제도의 과거를 돌아 글쓰는 인간의 권리 문제를 생각하고 사실상 사회가 합의하고 있는 법적 차원의 근거가 충분히 마련되지 않은 문학장의 제도의 부분적 영역을 수정해나가야 한다는 것에 가깝습니다. 그렇기 때문에 예술성이 노동화될 수 있느냐 없느냐의 문제를 차치하고 문학 행위에는 최소한 임금의 가치가 매겨져야 하고 그것으로 문학장의 참여자는 생존할 수 있어야 합니다.[4]

3. 다시, 문학을 제도로 사유해야 하는 이유: 무엇을 왜, 어떻게 변화시킬 것인가?

세상은 변화합니다. 문학이 과거를 돌아 미래를 상상하며 현재를

4) 문학, 노동, 노동력과 관련해서는 임승수의 「마르크스주의 관점에서 본 글쓰기 노동의 정당한 대가」(『포지션』 2020년 가을호) 참조. 임승수의 논의에 따르면 노동과 노동력은 구분되는 것으로 문학은 분명 한 사람이 정신/육체적 수고를 쏟는다는 점에서 노동이지만 임금은 노동에 부여되지 않는다고 설명하고 있습니다. 임금은 노동의 대가가 아니라 노동력의 대가로, "임금은 결국 인간이 자본주의 사회에서 생존하고 번식하며 노동력을 유지하는 데 소요되는 비용, 즉 생계비"로 요약되는 동시에 (거칠게 말해) "노동자가 죽지 않고 다음날 나와서 일할 수 있게 만드는 비용"이라고 설명하고 있습니다. 이런 관점에서 보면 문학이 과연 사회적으로 그만큼 돈을 지급받아 마땅한 것인가 하는 고급 예술에 대한 사회적 가치 측면의 질문에 앞서, 문학 행위에 부여되는 값인 십수 년째 상승될 기미가 없는 원고료(원고료 지급의 기준이 GDP를 반영하고 있는 건지의 기준조차 없는 것이 현실입니다), 으레 생략되곤 하는 회의비, 대체로 고려된 적이 없는 것 같은 기획비 등이 과연 다음 원고를 쓸 수 있게 필자를 생존시킬 수 있는 만큼은 지급되고 있는가 하는 점을 물어야 하겠습니다.

진단하는 것이라 했을 때, 현재는 늘 변하고 있으니 우리가 문학이라는 제도를 어떻게 과거와 미래를 고려하여 지금 실정에 맞게 고쳐나가야 하는지 생각해야 합니다. 문학을 사유하는 이유나 방법은 제각각이겠으나, 문학을 '생산'하는 입장에서 이것이 일정한 계약을 통해 이루어지는 것이라면 최소한 생존비를 약속받아야 합니다. 또 작품을 출판하고 상품화하는 과정에서 타인의 삶에 폭력을 가하지는 않는지 윤리적인 의견을 여러 차례 주고받아 많은 이들이 작품이 생산되고 향유되는 과정에 개입할 수 있어야 합니다. 타인의 삶을 해치지 않는다는 기본적인 전제하에 누군가가 만들어낸 질문의 결괏값으로서 문학이라는 하나의 형식이자 행위이자 매체가 어떠한 파급 효과를 가지는지 살피고 그러한 담론을 적극적으로 만들어나갈 수 있어야 합니다. 이 모든 것이 최소한의 법적 효력을 가져야 하며 그것이 이 판에 뛰어드는 구성원이 수긍할 수 있는 제도적 안전망으로 작동하는 것을 우리는 '문학이라는 제도'에 기대합니다. 우리가 비판하는 문학이란 제도가 구시대적인 것이라면 지금 실정에 맞게 고쳐 쓸 수 있어야 합니다. 그리고 그것은 당연히 과거를 디딤돌 삼고 미래의 더 나은 삶을 상상할 수 있는 방향으로 제안되어야 하는 것이겠지요. 우리가 현시점에 문학을 제도로 사유한다는 것은 이런 것을 말합니다.

우리는 문학을 왜 제도로 사유하고자 할까요? 그리고 제도로 사유한다는 것은 무엇을 말하는 것이고, 그것은 구체적으로 어떤 방식으로 가능한 것일까요? 저는 얼마간은, '문학과 제도' 논의와 관련한 여러 의견이 '어떻게 내용을 다르게'에 다소 치중되고 있다는 생각을 한 적이 있습니다. 문학이 개인의 자율성을 드러내는 것이자 자유로움을 드러내는 틀로서 고려되어야 한다는 주장 안에서 가장 중요한 것은 아무래도 '나를 틀에 가두지 않고 얼마나 자유롭게 드러낼 수 있으며 그것이 어떤 방식으로 소통될 수 있는가'일 것입니다. 이것은 물론 중요하지만 우리가 문학을 제도로 사유한다는 것이 개인의 자유로움만을 위한 것일 수는 없을 겁니다. 무엇보다도 문학예술이 공공성을 지니기 때문에 그렇습니다. 누군가의 작품을 보고 윤리적인 문제를 제기하거나 숙고할 만한 의견을 제시하는 것은 이러한 공공 영역의 파급력을 문학이 지니고 있음을 알기 때문입니다. 또 예술이 인간의 삶을 영위하는 데 무슨 하등의 쓸모가 있느냐, 무슨 경제적인 가치를 부여해야 하느냐 하는 회의적인 시선도 코로나19 이후 여느 때보다 일상을 염원하게 된 시점에서 (타 분야를 포함하여) 문학/예술 분야의 책 판매량이 증가했다는 사실을 통해 조금 수월하게 설명될 수 있을 것 같습니다.[5)]

---

5) 코로나 이후 책 판매량이 크게 늘었다는 기사에 따르면 인터넷 서점 yes24 기준 2020년 상반기 도서 판매 동향은 지난해보다 16% 증가했으며 문학 분야의 경우 지난해 대비 21.4% 증가했다고 합니다.(배문규 기자, 「코로나19로 '어린이/청소년' '건강/취미' '문학' '주식' 책 판매량 급증」, 경향신문, 2020. 6. 2. http://news.khan.co.kr/kh_news/khan_art_view.html?art_id=202006021118001) 기사에 따르면 주식·재테크 분야의 판매량이 가파르게 상승했고, 건강·취미, 어린이·청소년 문학 또한 유의미한 상승폭을 보였으며 소설·시·희곡·에세이 분야에서도 전년 대비 판매량이 늘었다고 합니다.

이로부터 문학이 공공 예술로서 받아들여진다는 결론을 곧장 낼 수는 없겠습니다만 다음과 같이 이야기해볼 수 있겠습니다. 적어도 '책'이라는 물질이 사람들의 여가 행위에 유효한 영향력을 행사하고 있다는 점, (아동·청소년 분야를 포함한 문학 분야의 유의미한 판매 상승량을 고려할 때) '문학 읽기'라는 행위가 기초적 여가 활동으로 채택될 만큼이라는 점을 고려해볼 필요가 있습니다. 즉 코로나19와 같이 활동이 제한되는 시기에 유희로서 문학-책이 읽힌다는 것은 문학-예술이 일상의 영위에 도움이 된다는 판단 위에서 선택되었으리라 추측해볼 수 있습니다.

우리가 인간답게 살기 위해서는 뭔가를 만들어내는 사람의 목숨을 위협하지 않으면서 그 결과물로서 타인이 정신적으로든 육체적으로든 희열, 만족감, 위로 등 어떤 위안을 얻을 수 있어야 합니다. 그런 점에서 상세히 논하지는 못했지만 자생적 문학 플랫폼 경영에 대해서도 자구책이 아닌 제도적 차원의 개입이 필요하다고 판단됩니다. 내가 바라는 플랫폼을 내 손으로 만들고자 했을 때 충분한 자금과 인력이 없다면 생산자는 또다시 생존의 문제에 직결하게 됩니다. 하지만 재차 말했듯 우리는 겨우 생존하는 것만을 목표로 하지 않으며, 이것이 과연 개인의 역량 문제로 해결될 수 있는 것인지부터 따져볼 필요가 있습니다. 문학예술이 다양한 가능성을 시도하는 것, 경계를 넘나드는 것이라고 할 때 그것은 단지 글 한 편의 형식에만 국한되는 것이 아닙니다. 우리는 그저 굶어죽지 않는 삶만을 희망하지 않고 그것은 모두가 마찬가지입니다.

무엇을, 왜, 어떻게 제도로 사유해야 하느냐는 질문에 아주 단순하게 저는 이런 대답을 내놓겠습니다. 저는 언제나 살고자 하는 문학이기를 바랍니다. 문학을 제도로 사유한다는 것은 제게 이런 지향점과 관련되어 있습니다.

(2020)

잡지를 뭐라고 생각하는 걸까?
—문예지와 매체 감수성의 변화에 대한 단상

최초에 약속된 주제는 문학잡지가 어떻게 변해왔는지, 어떻게 다양화되었는가 하는 것이었다. 문학잡지의 발생과 소멸, 그 사이의 혁신과 매체 변화에 따른 잡지의 형태 변화를 연대기적으로 살피는 것은 중요하다. 다만 이 모든 변화는 '도대체 잡지란 무엇인가, 왜 읽고 왜 만드는가' 하는 궁극적 질문에서 시작된다. 따라서 이 질문을 중심으로 최근 잡지의 변화와 양상에 대해서 살펴보려고 한다. 이 글을 통해 지금 이 잡지를 선택해서 이 지면을 읽고 있는 참여자와 함께 우리는 잡지를 왜 읽고 왜 만드는지, 잡지를 무어라 생각하는지 함께 고민해볼 수 있었으면 한다.

1. 문학이라는 콘텐츠

문학, 재미있나요?

지난여름 사람들을 만나면 언제나 이렇게 물었다. *문학 왜 하세*

요? 문학 재미있나요? 문학할 때 어떤 점이 재미있나요? 그즈음 문학에 흥미를 느끼지 못해서 이런 질문을 던졌던 것은 아니었다. 요즘 같은 시대에 읽고 쓰는 것 이외에 자기를 표현하고 재미를 느낄 만한 콘텐츠가 비일비재한데 어째서 문학을 읽는가 하는 궁금증이 컸기 때문이었다.[1)]

나는 어째서 왜 문학을 하는지, 그것이 어떤 점에서 재미있는지 질문을 던졌는가? 그것은 문학이 재미없다는 인식과는 분리된 측면에서, 재미를 주는 다른 콘텐츠가 이토록 많은데 어째서 '문학'이라는 활자로 점철된 인쇄 매체를 선택했느냐는 질문으로 구체화된다. 그렇다면 우선 문학 이외에 다른 재미있는 콘텐츠가 무엇이 있는지부터 생각해봐야겠다. 개인적인 경우를 따르자면, 나는 아무 생각 없이 쉬고 싶을 때 유튜브에 올라오는 짧은 영상 콘텐츠를 본다. 심리적인 부담이 덜하기 때문이다. 집중하지 않아도 된다는 편리함도 있다. 장면을 부분적으로 놓치거나 소리를 흘려보내듯 들어도 괜찮다. 그러다가 구미가 당기는 주제에 대해 듣거나 관련 장면이 눈에 띄면 그때부터 집중해도 아무 문제가 없다. 영상이 시각과 청각을 동시에 자극

1) 이후 전개될 콘텐츠의 향유 방식과 그 효과에 대해서는 학술적 데이터에 기반하거나 다수의 의견을 정치하게 수집한 것이라기보다 필자 개인의 관점에서 발화되는 것임을 밝힌다. 즉 이 글은 콘텐츠에 대한 개인적 감상이므로 나와 비슷한 감각을 사유한다고 여겨지는 집단을 대변하지는 않는다. 그러나 '나'라는 한 명에 국한된 감수성/감각을 토대로 했다고 해서 이것이 문학/콘텐츠/문예지에 대해 판단을 내리는 일에 무용한 근거라 단정할 수는 없다. 2019년의 시점에 1990년대생 문학평론가인 '나'가 어째서 이러한 문학/콘텐츠 감수성을 가지게 되었는가 하는 '개인의 렌즈'를 통함으로써, 그 시선을 구성하게 된 사회/시대적 맥락을 포착할 수 있기 때문이다. 콘텐츠로서의 문예지를 보는 시각 자체가 그 '변화'에 대해 제출된 하나의 답안이 될 수 있지 않을까?

하고 또 필요로 하기 때문에 어느 한 자극을 놓쳐도 다른 자극이 그것을 보완하는 측면에서 용이하다.

감각 중 한 가지를 주로 자극하는 콘텐츠로서 음악(청각)이나 미술(시각)의 경우는 어떨까? 음악 같은 경우 플레이리스트를 잘 짜둔다면(이마저도 요즘에는 사용자의 취향에 맞게 앱에서 추천을 받을 수 있다) 배경음악처럼 깔아만 두어도 괜찮다. 음악을 감상할 때 청각만 활성화된다면 큰 무리가 없다는 의미이다. 미술의 경우(회화에 한정한다) '본다'는 감각만 있다면 일차적으로 그것에 접근할 수 있다. 연상이나 해석을 부차적인 활동이라 할 때 작품을 '보고' 그로부터 흥미를 느끼거나 강렬한 '인상을 받는다'는 판단에 이르기까지 시각이 기능하기만 한다면 그렇다.

음악/미술이 한 가지 감각만으로도 직관적으로 작품에 진입하고 감정을 불러일으키는 장르라면 문학의 경우는 다르다. 문학은 '글자'를 알아야 하고 글자를 문맥화/구조화할 줄 알아야 하며 마침내 독해력을 발휘해야 최소한의 의미 체계에 접근할 수 있다. 직관적 감상에 도달하기 위해 문자 교육부터 언어 질서의 획득 및 이해를 요구하는 복잡한 장르인 것이다. 이러한 문학-활동은 사전 교육을 반드시 거쳐야 한다는 점에서 까다롭다. 그런 의미에서 내가 최초에 던졌던 의문은 다시 읽힌다. *사람들은 왜 문학을 읽는가?* 타 매체나 장르에 비할 때 더없이 번잡한 활동을 감수하면서까지, 어째서 읽는가?

'문학/잡지'에 무엇을 기대하는가

이는 사람들이 문학이라는 장르에 대해 기대하는 바와 연관된다. '누가 왜 문학을 하는가'라는 질문에서 '누구'라는 행위자, '왜'라는 행위 이유와 더불어 '문학을 한다'는 표현에 주목해보기로 하자. 문학을 한다는 것은 기실 문자 체계의 습득을 전제하는 것만은 아니겠으나[2] '시각(읽기) + 관념적 감각'의 실행으로 가능한 것이라는 의미로 좁혀 살핀다. 우리는 문학으로부터 무엇을 기대하는가?/범박하게 말해 세계 안에서 '나'를 이해하기 위한 한 노력으로 문학이 선택되는 것은 아닌가? 즉 이것은 '내가 이 세계의 어떤 부분을 이해하고 싶어하는가'라는 질문이며, 따라서 '세계' 전체에 초점화되지 않는다. 그러니 이 질문에는 주체가 왜 그러한 세계의 단면에 주목하고자 하는가라는 의문이 뒤따를 수밖에 없다. 이는 이윽고 '주체'가 '무엇'을 '왜' 보고 있는가로 질문이 뒤집히면서 '나'에 대한 이해로 귀결된다.

그런데 '나-세계'를 해명하는 과정에서 '나'를 이해하고 살핀다는 것은 '나'를 구성하는 '타인(으로서의 세계)'을 이해한다는 것과 다르지 않다. 이렇듯 우리가 '나(타인/세계)'를 이해하기 위해 문학을 한다는 전제하에 질문을 오늘의 주제와 가까운 곳에 놓아보도록 하자. *'문학잡지'는 그러한 문학 활동에 어떠한 참조점이 되는가?* 문학잡지는 무엇보다도 동시대적 감각을 환기한다는 점에서 중요한 역할을 해왔다. 최근 어떤 글이 쓰이고, 어떤 주제가 문학장 안에서 중요하게 떠오르며, 현재 문학은 사회와 어떻게 소통하고 있는지가 문학잡지 내 창작란/리뷰난/비평란 등을 통해 드러난다. 그런데 이는 '최근 문학장'에 대한 정보 전달의 기능에 국한되지 않고 각 문예지

2) 문학이 무엇이냐는 질문에 '활동' '태도' 자체를 답변으로 내어놓는다면 반드시 문자 체계를 거치지 않아도 '문학-하기'는 설명될 수 있다. 그러나 이 지면에서 문학이란 무엇인가를 더 묻는 것은 잠시 멈춰두고 '문학잡지'로 논점을 옮겨가겠다.

가 '문학'을 어떻게 해석하고 있는지 그 태도에 따라 달리 선택되고 구성된다. 즉 문예지는 기획 과정에서 '문학에 대한 해석적 태도'를 필연적으로 요청받는다.[3] 잡지의 구성은 필자 섭외의 공정성의 문제 이전에 '문학'에 대한 기획자의 가치판단이 개입된 결과라는 측면에서 그들이 '문학'과 '잡지'를 무엇이라 이해하고 있는지를 보여준다.

문예지의 참여자?

따라서 '문예지'는 '문학'에 대한 해석적 태도를 밑바탕으로 하여 그 내용을 구성한다는 점에서 '매체'라 부를 수 있다. 매체를 정보를 전달하는 도구라는 좁은 의미에 국한시키는 대신 정보를 전달하는 '방식'을 포괄하는 개념으로 볼 때 그러하다. 이때 물어야 할 것은 '무엇'을 전달하는지보다 '*누가 누구에게*' 전달하는가다. 누구를 문예지의 독자로 생각하고 있는가? 만드는 자와 쓰는 자와 읽는 자를 '참여자'라고 총칭할 때 각각은 참여자에게 어떤 것을 기대하며 누구를 참여자로 상정하고 있는지를 물어야 할 것이다.

관련하여 신경숙 표절 사태(2015)를 기점으로 문예지에 혁신이 요청되었다는 사실을 떠올려본다. 비평가 중심인 문예지 편집위원의 구성이 내포한 관습적, 위계적 위험성이 제기되면서 정말로 문학이 인간을 억압해온 헤게모니로부터 비판적 관점을 건강하게 유지해왔

---

3) 이와 관련하여 장은정은 '설계'라 표현한 바 있다. 장은정은 문예지를 기획-설계하는 것에 가치판단이 작동한다고 본다. 비평적 행위가 잡지 구성에 선행되는 이상 잡지의 기획은 '문학적인 것'에 대한 해석이 관류된 결과물이다. 따라서 잡지 구성은 곧 '설계-비평'을 수반한다.(장은정, 「설계-비평」, 『창작과비평』 2018년 봄호)

는가 하는 점이 화두로 떠올랐다. 이러한 질문을 던지고 문학장을 점검함으로써 우리는 문예지에 권위와 제도로 대변되는 '억압적인 것'으로부터의 비판적 성찰을 기대했다. 이후 문예지 구성의 폭력성에 대한 반성적 고찰을 통해 편집위원을 교체하거나 '혁신호'를 내어놓는 등의 대안을 제출한 것은 (그 성공 여부를 판단하는 것과 별개의 차원에서) 이러한 까닭에서였을 것이다.

그런데 이러한 혁신에의 요청은 문예지를 *읽는 입장*에서도 동일한 내용과 무게를 지녔다고 말할 수 있을까? 독자가 문예지의 혁신을 요청하지 않았다는 의미가 아니라 *'누구를 위한 혁신*[4]*인가'*를 따져봐야 한다는 뜻이다. 문예지가 제도를 통과한 자들을 위한 것만은 아니라는 점과 함께 '잡지를 읽음으로써 참여하는 자'라는 의미의 독자를 떠올린다면 '혁신'은 그들을 위한 것이기도 해야 한다. 여기에서 잠시 '독자'란 누구인가 묻도록 하자. '독자'는 넓은 의미에서 잡지에 참여한 모든 사람으로 다음과 같이 나열할 수 있다. 편집위원, 편집자, 작가는 물론이고 이 잡지를 통해 문학적 동향을 살펴보고 싶은 사람, 해당 잡지의 '방향성'을 참고하여 문학적 이슈에 대한 가치판단을 고려하고 싶은 사람, 자기의 문학관을 구성해나가는 데 여타의 시/소설/평론을 참조할 필요를 느끼는 사람 등을 포함한다. 그런데 그들에게도 만드는 자들에 의해 설명되는 '혁신'에의 요청이 충분히 설득

4) 이 글에서의 '혁신'은 혁신호 출간에 한정된 의미가 아니다. 본고에서 사용하는 '혁신'은 편집위원 교체, 혁신호 출간, 새 문학잡지의 출범 등 전방위적인 차원에서 이뤄진 문예지의 변화와 관련한 용어이다. '문학 제도' 및 '문예지 제도'의 관습적 운영에 비판적 사유를 촉구하는 행위로서 2016년 가을~2017년 초 즈음 문예지의 전반적 변화 양상을 의미한다.

력 있게 받아들여졌을까? 여기에는 문예지를 만드는 사람이 누구를 독자로 상정하며, 어떤 행위를 문예지의 독해로 생각하는가 하는 질문이 따라온다. 그런 측면에서 문예지에 요청되는 혁신, 새로움 같은 지표들의 실제적 수용 여부는 문예지를 중심으로 모인 참여자가 이 문예지를 통해 무엇을 소통하고, 어떤 의미를 창출하고 싶어하는지, 어떠한 정체성을 확인하고자 하는지 같은 문제가 충분히 '교류'되고 있는가 하는 지점에 있다.

2. 잡지를 무어라고 생각하는가

지금까지의 고민은 다음과 같이 정리된다. ① 왜 하필 읽고 쓰는 '문학'인가, ② 우리는 문예지로부터 어떠한 문학적 태도를 길어올리기를 원하는가, ③ 문예지의 참여자는 누구인가. 이로부터 *위계, 제도, 정체성('나'), 교류,* 소통과 같은 키워드가 도출되었다는 점에 미루어보건대 문예지에는 '문학을 한다'는 행위가 전제되어 있음이 확인된다. 이제 '문예지를 통해 무엇을 어떻게 하고 싶은가'라는 질문으로 옮겨가보자. 앞서 문학을 한다는 의미가 곧 '나'라는 정체성을 확보하고 확인하고 또 구성하는 일일 것이라 언급한 바 있다. 그런 측면에서 '자기에 대한 탐구'가 반드시 인쇄 매체로 드러날 필요가 없을 뿐만 아니라 종이가 아닌 다른 미디어를 통해 '글자'가 가진 감각을 청각과 이미지(영상, 사진 등)로 확장할 때 더욱 효과적이라면 어떤가? 이는 매체 향유 감각과 관련된다. 활자보다 영상 매체를 더 익숙하게 생각하는 집단, 종이보다 휴대폰 또는 웹으로 뭔가를 읽고 보는 것을 더 익숙하게 느끼는 집단, SNS를 향유함으로써 자기 자신을 '큐레이팅'하는 방식에 익숙한 집단의 등장을 고려해보도록 하자.

문예지-웹

웹을 기반으로 하는 잡지에 주목해본다.[5] 크게 문예 웹진을 고려할 때 떠오르는 것은 '문장 웹진' '웹진 비유' '문화 다'가 있다.[6] '잡지를 무어라 생각하는가'라는 질문에 부쳐볼 때 '웹진 비유'의 '하다' 코너는 특히 주목을 요한다. '하다'는 문학을 읽고 쓰는 일에 국한하지 않고 '행위'로 확장한다. 이 코너는 운영위원이 필자를 섭외하는 방식이 아닌 기획자를 모집하는 형태로 이루어진다. 웹진의 한 코너에 실을 기획 공모를 받고 일정한 심사를 통해(주최측이 기대하는 '하다'라는 행위가 기획자의 그것과 얼마만큼의 연관성을 지니는가를 진단하고 선별하는 행위로 심사 제도를 이해한다면 실제적으로 '하다'의 의미망이 좁아질 수 있다는 비판점이 있을 수 있겠다) 일정 기간 동안 그 프로젝트에 지면을 할애하고 지원하는 사업이다.

---

5) 현재 어떤 웹진이 있고 각각의 특징이 무엇이며 그것이 가진 공적 역할이 무엇인가에 대해 이 지면에서는 논의하지 않는다. 이에 대해서는 장은영의 「온라인 문예지의 확장과 공공성의 구현」(『한국문예비평연구』 제62집, 2019) 참조.

6) 위의 예시와 같은 층위에서 비교되기에는 여러 다른 점이 있지만 소설가 차현지가 운영하는 SRS 페이지(https://www.s-r-s.kr, 해당 페이지는 2021년 2월 운영을 중단했다)는 문학적 참여의 저변을 확대하고 있다는 측면에서 주목할 만하다. 이 페이지는 시, 소설, 리뷰, 평론 등을 자유자재로 싣고 무료/유료로 운영한다. '잡지를 무어라 생각하는가'라는 질문에 어떻게 답변하는지에 따라 'SRS'를 일종의 잡지로 볼 수도 있고, 기존의 잡지 체계(편집위원/운영위원이 존재하고 기획을 하고 필자를 섭외하는 일정한 방식)를 고려하면 잡지라고 말하는 것이 적당하지 않을 수도 있겠다. 다만 '설계'와 큐레이팅 감각의 차원에서 이러한 플랫폼에 대해 언급할 필요가 있음을 밝혀둔다.

웹진의 특수성을 고려할 때 우선 '웹'에 게재함으로써 접근성 및 활용도를 높임으로써 참여자 유입의 길을 크게 확보하고 있다는 점이 기존의 종이 문예지—종이 문예지가 실물을 확보해야 하며, 서점에 가야 직접 내용을 확인해볼 수 있다는 점을 고려할 때—와는 다르다. 그러나 웹 활용이 단순히 접근성 차원에서만 특이성을 지니는 것은 아니다. '하다'에 게재되는 여러 프로젝트 중 어떤 것은 연재 지면에 BGM을 삽입하기도 하고 영상을 첨부하기도 한다. 웹이어서 가능한 표현의 형태가 있고 '하다'는 그것을 문학적 표현의 한 형식으로 적극적으로 권장한다. 이는 단순히 문자의 감각을 시청각적인 것으로 확장한다는 의미를 넘어선다. 표현하고자 하는 '나'의 측면이 다면화되고 있으며, 그러한 자기표현의 욕구를 충족시키기 위해 문학잡지가 '매체-지면'의 변화를 도모하고 있다는 의미로 이해할 수 있다.

문예지에 '나' 그리고 자기의 질문을 적극적으로 타인과 공유하고 싶어하는 독자는 '수용자' 너머로 나아간다. 이에 문예지 기획자는 '독자'라는 말을 다시 이해해야 한다. 기존의 '독자' 개념이 '읽는다'는 감각에 집약되어 구성되었고 또 '읽는 자를 염두에 두고 글이 쓰인다'는 측면에서 소극적 의미로 고려되었다면, '독자'는 웹진과 같은 참여형 플랫폼을 만나 적극적 개입을 수행하면서 참여자로 확장된다. 독자는 언제든 창작자, 기획자가 될 수 있고, 문예지는 그러한 적극적 참여자로서의 독자를 위한 창구를 마련하는 매체로서 기능하기를 요구받는다.

웹진은 '웹'과 '모바일'이라는 기술적 토대를 기반으로 삼으면서 그러한 감수성을 적극적으로 표출하고자 하는 *'문예지 참여자'의 확*

장에 기여한다. 문학을 읽는 것에 한정하지 않고 '한다doing'는 행위에 가까운 것으로 보고 그에 대한 창구를 마련해주는 역할을 문예지가 수행한다면, 문예지는 이제 본격적으로 *어떻게 '하는 것'과의 연결점을 찾을 것인가 고민해야 한다*. 이는 인쇄 매체를 벗어나야 한다는 의미가 아니다. 웹진이 '웹/모바일'을 통해 정보를 수집하는 것, 의미를 생산하는 것, 내용을 다양한 방식으로 전달하는 감수성을 적극적으로 수용하는 것은 '소극적 독자'의 의미를 허물고 잡지를 통해 적극적으로 기획의 자리를 내어주고 대화를 나누기 위해서가 아닌가? 웹진을 통해 '잡지란 무엇이어야 하는가'라는 질문을 다시금 던지기 시작했을 때 이것이 비단 '웹진'만의 질문이어서는 안 된다는 의미다.

문예지-플랫폼

웹에 기반한 '문학 플랫폼'과 관련해, 웹진을 표방하지는 않으나 『문학3』의 웹 플랫폼[7]이 복합적 형태로서 웹진의 한 부분을 점유하고 있음에 주목할 필요가 있다. 『문학3』은 종이 잡지 형태인 '문학지'와 더불어 웹 플랫폼을 운영한다. 이 플랫폼은 선별된 작가들에게 300매만큼 자유 지면을 주는 '3×100', 세 개의 키워드를 중심으로 자유롭게 비평적 사유를 주고받는 '키워드3', 현장의 목소리를 듣고자 하는 '현장 에세이', 독자들이 어떤 글이든 자유롭게 올릴 수 있는 '그냥 올려본다' 등으로 구성되어 있다.

각 코너의 공통점은 우선 '웹'을 통해 누구나 쉽게 접근할 수 있도

7) 『문학3』은 2017년 발간을 시작해 2021년 10월 홈페이지 운영을 종료하며 종간했다.

록 한다는 점이다. 편집위원이 특정 필자를 섭외하여 웹 지면을 할애하는 방식의 코너(3×100, 키워드3, 현장 에세이)의 경우 '독자-창작자'의 영역이 적극적으로 확보되는 듯이 보이지는 않으나 댓글난을 열어둠으로써 해당 글에 즉각적인 의견을 표명할 수 있고 또 확인할 수 있도록 하고 있다. 또한 '키워드3'에는 섭외된 필자의 글에 대해 다른 의견을 제출하고 싶다면 적극적으로 참여해주기를 바란다는 안내문이 함께 적혀 있다(이는 문학지에서 원고를 모집할 때도 마찬가지다). 『문학3』은 이러한 코너를 활용해 글에 대한 피드백 및 적극적인 반응을 기대하고 있음을 알 수 있다. 더불어 문학지에서 각각 소설과 시에 대한 '중계'를 싣고 있음을 고려할 때 이들에게 문예지는 모두가 함께 참여하여 이야기를 생산하는 매체로 이해되는 듯 보인다.

문학-매체는 그것을 발표하는 지면의 물질적/기술적 토대를 무엇으로 하고 있느냐에 따라 구분되기도 하겠으나, 근본적으로는 '왜 그러한 물질적 토대를 필요로 하느냐'라는 질문을 선행하면서 구성된다. *누가 문예지를 구성하는가, 누가 문예지에 참여하는가, 문예지는 참여자에게 무엇이어야 하는가*. 이러한 질문은 궁극적으로 '문학이 무엇이며 어떠해야 하는가' '문학을 구성하는 자는 누구인가' '독자/필자/기획자란 무엇인가' 같은 질문을 이끌어낸다는 점에서 중요하다. 달리 말해 이러한 고민이 수반되지 않는다면 문예지는 그저 '문예' 장르를 글로 모아놓은 '모음집'에 불과할지도 모른다는 경각심을 가져야 한다는 뜻이기도 하다.

독립-잡지[8)]

'문예지-매체'를 말함에 독립 잡지를 살피지 않을 수 없다. 최근의 독립 잡지가 수행하고 있는 다매체적 활용의 양상 면에서도 그렇지만 그 이전에 '왜 독립 잡지인가' 묻는 것으로 시작하기로 하자. '문학 제도'가 지닌 경직성과 권위에 대한 비판적인 시각으로, 제도 바깥에 엄연히 존재하는 삶과 언어를 말하기 위해 만들어진 것이 '독립 잡지'라면 이는 일종의 제도에 대한 대안 형태의 잡지로 볼 수 있다.[9)] 컴필레이션 잡지를 표방하는 『be:lit』, 여러 예술 장르의 교섭을 도모하는 『토이박스』, 등단 제도 바깥의 저변을 살피고자 원고를 공모받는 형태의 『베개』 등 최근의 독립 잡지는 각자가 문제의식으로 삼고

---

8) 이 글에서 '독립 잡지'란 메이저-마이너의 이분법을 적용한 개념이 아니다. 문학계 내에서 관습적으로 발행해왔던 '문예지'는 그 명성과 더불어 나름의 역할을 수행해왔지만 그 내용(기획)과 형식이 경직되어 있다는 점이 한계로 지적되곤 한다. 신경숙 표절 사태, '문학계 내 미투'를 거치면서 평론가 중심의 문예지 내부 위계질서가 비판점으로 떠올랐으며 '등단/비등단'의 구분이 어떻게 '문학 제도'의 위계를 강화하였고 또 폭력으로 작동하였는가에 대한 비판이 쇄도했다. 이는 편집위원 체제를 내부적으로 갖추고 있으며 문자 문학에 내용이 국한되고 명성 있는 작가(시인, 소설가, 평론가) 중심으로 잡지를 구성해온 '문학잡지'에 대해 '문예지는 무엇을 해야 하고 또 할 수 있는가'에 대한 비판적 물음이라 볼 수 있다. 이러한 문제의식을 받아 '기존 제도'라 일컬어지는 문예지에 다른 문학적 태도를 제출하고자 하는 문예지를 통틀어 '독립 잡지'라 부르고자 한다. 물론 '독립 잡지'라는 용어가 제도에 의문을 가하는 모든 문학잡지를 포섭하는 단어가 될 수는 없겠다. '독립'의 의미를 우선적으로 살펴야 하거니와, 단순히 대타항으로서 문예지를 언급하는 것이 아닌 '문예지라는 매체'에 대한 너른 상상력을 수반한 문학적 해석과 태도로서 '독립 잡지'를 이해할 때 더욱 그러하다. 이러한 태도의 문학(잡지)을 무어라 이름 붙이느냐에 대해서는 별도의 고찰이 필요한바 여기에서는 다루지 않는다.

9) 이에 대해서는 의견이 분분하리라 예상된다. 반드시 '대안'이라는 말이 필요한가, 그 자체로 동등한 잡지로 이야기될 수 있지는 않은가 하는 여러 세밀한 문제점들을 함께 고려해야 함은 물론이다. 지면 관계상 여기에서는 자세히 다루지 않는다.

있는 것이 조금씩 다르다. 각각의 독립 잡지가 어떻게 여타의 문예지와 다른가, 독립 잡지가 어떤 역할을 수행하는가 하는 고민이 독립 잡지의 콘셉트와 구성에 상당 부분 영향을 미친다고 가정한다면 이들이 잡지를 통해 도모하고자 하는 내용과 방향은 '문학을 다루는 매체란 궁극적으로 어떤 태도를 지향해야 하는가'를 고민하게 한다는 점에서 중요하다.

독립 잡지가 기존 문예지로 충분히 해소되지 않는 지점에 대한 비판적 검토를 통해 촉발된 것이라면 *'기존 문예지'란 무엇이었는가, 기존 문예지의 기획이 어떠했는가, 문예지 구성자는 누구로 상정되어 있었고 또 얼마만큼의 문학적 행위를 추구했는가* 하는 점 역시 고려되어야 한다. 이제 잡지는 글만을 수용하는 매체로 한정되지 않는다.[10] 이로써 문학은 '종이 위에 쓴 글자' 감수성에 국한되지 않고 그것을 다른 예술 분야로 확장할 여지를 지닌다. 즉 오늘날 문학은 '문학적 내용' 못지않게 그것을 다른 분야와 연결하고 다른 언어로 해석하고 서로 소통하고자 하는 행위 자체를 일컫는 것에 가까워지지 않았는가 물어야만 한다. 이것이 '문예지'여서 가능한 질문이라면 '잡지란 무엇이어야 하는가'라는 질문은 문예지-매체-감수성의 문제로 이어진다. 이러한 질문을 발생시킴으로써 (매체-감수성을 온전히 이해할 수 없다고 하더라도) 나는 문예지를 통해 무엇을 기대하며 무

---

10) 이와 관련하여 '문학의 시각화'를 표방하는 비주얼 잡지 『Motif』를 예를 들 수 있다. 문학과 더불어 '화보'를 주요 콘텐츠로 삼는 이 잡지로부터 문학적인 것이 문자적인 것에 한정되지 않을 수 있다는 가능성을 검토하게 한다. 『토이박스』 2호의 경우 한 편의 글자 문학(시, 소설)을 중심으로 음악, 무용으로 재차 해석하고 창작한 콘텐츠를 싣기도 했다. 음악과 무용은 QR코드를 첨부하여 접근할 수 있도록 했다. 또한 사진과 영상 기술을 적극적으로 활용했다.

엇을 할 수 있으며 '어떻게' 그것을 수행할 것인가를 매번 고민한다. 그러므로 다시 묻도록 하자. 우리는 독자로서, 수용자로서, 기획자로서, 창작인으로서, 참여자로서 문예지를 뭐라고 생각하는 걸까?

(2019)

해설을 얼마나 신뢰할 수 있을까?
—작품 해설과 소통 가능성

해설을 쓸 때 고민하는 것

주로 해설을 읽는 입장이었다가 어느 시기부터는 쓰는 입장을 겸하게 된 나는 해설 원고를 쓸 때마다 몇 가지 고민에 봉착한다. 그것은 두말할 것 없이 '해설을 어떻게 쓸 것인가'다. 어떻게 쓰겠느냐는 질문은 해설을 쓸 때 무엇을 고려하겠느냐는 의미로, 다음의 질문들로 분화된다. ① *내가 독자라면 어떤 이유로 해설을 볼까?* 조금 더 설명이 필요하다고 느껴지는 작품이 해설에 한 줄이라도 언급되어 있다면 책을 전체적으로 소화하는 데 도움이 될 것 같다. 그렇다면 (소설집/시집의 해설이라면) 가급적 많은 수의 작품을 다루는 것이 좋을까? ② *책을 읽는 다수의 독자에게 해설은 '선택 사항'이다.* 작품의 기초적인 방향을 짚어나가기 위해서 참고하거나, 깊이 있는 독해를 위해 적극적으로 읽을 수는 있지만 해설을 읽기 위해 작품을 읽는 것은 아니다. 그렇다면 선택 사항으로서 해설은 어느 수준의 역할을 자처해야 할까? ③ *한 권의 책은 독자에게 내어놓는 상품이면서, 일*

정 기간 동안 작가의 작품세계를 보여주는 물질이다. 이 두 가지 점을 모두 고려하는 책의 참여자는 편집자일 것이다. 책에 매번 해설이 붙는 것은 아닌데 해설을 붙였다면 한 권의 책을 기획하는 입장에서 작가/작품의 어떤 점을 조망하고 싶었기 때문일까? 작가가 자신의 작품집에 해설을 붙이는 것에 동의하여 쓰이는 해설이라면 작가는 해설로부터 어떤 단서를 얻을 수 있을까? ④ *그리고 이 해설 쓰기는 해설자에게 어떤 도움이 되는가?*

이 질문을 앞에 두고 여러 상황을 가정해보지만 늘 같은 대답이 도출되지는 않는다. 이 점이 해설 쓰기의 과정에서 수반되는 흥미로우면서도 곤혹스러운 점이다. 한 권의 책에 참여하는 (폭넓은 의미의) 독자, 편집자, 작가, 해설자의 입장에 각각 질문을 대입해본다 해도 결국에는 눈앞에 있는 작품이 중심이 되기 때문이다. 이 부분은 왜 이렇게 쓰였을까, 왜 이렇게 구성했을까. 내가 작품을 읽으며 던진 이러한 질문을 독자도 마찬가지로 할 것인가를 생각할 때, 마주하는 텍스트의 특징이 매번 다르기 때문에 각 질문에 대한 답도 다를 수밖에 없다. 또한 주제, 작품의 전반적인 특징, 시/소설의 장르 구분에 따라서도 해설의 방향이 달라지고, 쓰는 입장에서 이 글이 리뷰나 평론, 연구가 아닌 '해설'임을 고려할 때 짚어나가고자 하는 점들이 수정되기도 한다.

작품과 마찬가지로 해설에 대한 반응이 어떠할 것인가도 숙고하는 내용 중 하나다. 한 편의 해설이 작품과 함께 묶여 나왔을 때 해설에 대한 독자의 반응은 어떠한가? 해설을 읽는지, 읽는다면/읽지 않는다면 그 이유는 무엇인지, 해설을 읽었다면 그것이 작품을 이해하는데 도움이 됐는지, 또 해설 자체를 한 편의 글로 취급한 독자가 있다면 그런 의미에서 해설이 어땠는지 등. 문제는 해설을 비롯해서 리뷰나 평론 등에 대한 피드백은 시와 소설에 비하면 그리 많은 편이 아니어서 출간 전후로 반응을 확인할 수 있는 경로가 적다는 것이다. 그야 해설이 다루는 '작품' 즉 1차 텍스트에 집중하는 것이 일반적이기에 그렇기도 하다. 하나 이런 현상이 지속적으로 이어져왔다고 생각하면 해설은 '반응을 얻는 것'과는 조금은 무관한 영역에 놓여 있는 것처럼 느껴진다. 이러한 해설의 위치(혹은 쓸모/인식)를 익숙하게 받아들이는 것은 독자만이 아니어서 해설자 또한 해설에 대한 큰 반응이 있을 것이라고 생각지는 않을 것이다. 그러나 해설이 독자/텍스트/작가 사이 첫번째 대화의 물꼬를 트는 역할을 한다면 그 시작점이 적절한지에 대한 의견을 주고받는 것은 그간 누락해온 행위 중 하나일 수 있다.

해설을 하나의 안내서이자 작품에 대한 최초의 (최소한 편집부를 통과해서 책에 묶였다는 점에서) 신뢰할 수 있는 리뷰라고 할 때, 해설을 거친 작품이 어떤 의미를 더 발생시킬 수 있을 것이냐는 점을 독자는 해설에 기대한다. 그런데 바로 이 '의미 생산'의 측면에서 해설자가 모두 같은 요소를 고려하는 것은 아니며 비슷한 글쓰기의 방향을 취하는 것도 아니다. 누군가는 작품의 성과를 짚는 데 주력하는 한편, 독자에게 말 걸기를 더욱 적극적으로 수행하려는 경우도 있고, 평론가 자신의 활동 양상 안에서 이 해설이 어떤 방식으로 하나의 위치를 점할 수 있을 것인가를 살필 수도 있으며, 최근의 문학적 경향 위에 이 작품의 위치를 잡아보려는 시도를 할 수도 있다. 이런 식으로 작품에 대해 어떤 방식으로 말을 붙일 것인가에 있어 해설은 해설자와 가까워지는 대신 독자와는 약간 멀어지는 입장을 취하기도 한다. 이를테면 문학을 보는 해설자의 시선을 강력하게 투과시켜 해설자가 그간 작품을 보아온 하나의 독법을 이 텍스트에도 적용하는 것이 한 사례다. 독자층의 요구를 두루 아우르지 못해도 문학사적 차원으로 접근하거나, 해설자의 문학관과 완전히 일치하지는 않는 글이라도 공과를 짚는 경우도 비슷한 사례라 하겠다. 이런 접근법이 분명 작품을 의미화하는 과정에서 무용하다 할 수는 없을 텐데 그만큼 독자와의 거리가 더 멀어지는 것은 어느 정도 분명해 보인다. 그렇다면 어떤 경우든지 충분히 소통하는 해설은 불가능하다는 말일까? 또 어쩔 수 없이 그런 측면이 강조될 수밖에 없다고 한다면 그것대로 괜찮은 것일까?

해설 쓰기(와 그 결과)에 대한 이 길항하는 욕망을 다뤄내기 위해 해설자는 '해설'을 어떻게 이해하면 좋을까? 해설을 쓸 때 '고려 대상'으로 자리한 이른바 독자에게 던지는 질문을 해설자 자신에게 돌릴 때, '쓰는' 입장에서의 해설 쓰기가 지속적인 집필 동력으로 작동할 수 있다는 데서 단서를 얻어본다. 해설은 주로 작품/작가/독자의 층위를 고려하는 글쓰기라 인식되곤 하지만 이와 동시에 쓰는 자 그 자신을 위한 것일 수 있어야 한다. 이는 해설에 작품이 바쳐져야 한다는 뜻이 아니라 해설자는 해설을 통해 과연 무엇을 얻고 있는지 점검해볼 필요가 있다는 뜻이다.

신뢰의 문제 1: 독자와 해설자

한 편의 글이 꼭 모두를 만족시켜야 하는 것은 아니다. 모두에 대한 만족을 목표하는 것이 글의 최선일 수도 없고 실현 가능한 것도 아니다. 그럼에도 해설이 독자/작가/작품에 다가가고자 할 때 중요한 것은 신뢰의 문제가 아닐까? 이에 질문을 고쳐보기로 한다.

작가와 편집자를 포함하여 한 권의 책을 읽는 독자들은, 또 해설자 자신은 책 말미에 붙은 해설을 얼마나 신뢰할 수 있을까?

이 질문을 기반 삼아 앞서 던진 질문 중 일부에 답하는 방식으로 논의를 전개해본다. 먼저, 쓰는 입장에서 독자를 어떤 방식으로 고려하는가를 보자. 쓰는 행위에서 독자를 고려한다는 것은 지극히 일반적인 일인 것 같지만 핵심은 독자를 무어라 이해하고 있느냐에 달렸다. 누구를 독자로 설정하고 있는가에 따라 글의 방향도 강조점도 달라진다. 독자를 문학에 큰 관심이 없다가 우연히 그 책을 집어든 사람으로 설정할 것인지, 어느 정도 시/소설의 문법에 익숙한 사람으로 설정할 것인지에 따라서 해설을 통해 조명하고자 하는 내용에 차이가 생긴다. 이때 우선적으로 궁금한 것은 과연 해설자가 독자의 층위를 이렇게까지 세분화해서 접근하고 있을까 하는 점이다. 해설자는 문학적 독해에 익숙한 사람이다. 예컨대 시/소설의 문법에 익숙한 사람이 시/소설의 해설을 쓴다. 이러한 입장에서 상정하는 '일반적인 독자가 궁금해할 만한 지점'은 실제 독자가 고려하는 것과 얼마나 일치할까? 해설자의 입장에서 상정하는 독자의 독해와 실제 독자들의 독해 과정에는 간극이 있을 수 있다. 이 간극의 문제에 다다르면 우선은 해설자가 정말로 독자와 소통하고자 하는 목표점을 가지고 있는지부터 점검해야 한다. 해설은 독자의 반응을 필요로 해왔는가? 해설에 대한 독자의 반응이 크지 않았다는 건 어쩌면 독자와 적극적으로 소통하는 것으로서 해설이 더 기능해야 함을 시사하는 것일 수 있다.

해설의 소통 가능성과 독자에 대한 이해 및 실제 독자 반응의 간극을 짚고자 함에 실상 '해설 쓰기'가 수행되는 과정을 살펴보자. 우선 주로 해설을 맡아왔던 적격자로서 평론가 및 평론 활동에 대해서 간략히 짚고, 구체적 쓰기와 소통 가능성에 대한 이야기로 넘어가본다. 먼저 '해설'에 주목해보자. 시집의 경우를 예로 들 때 해설자가 시인인 경우도 있지만 '해설의 역할'을 상기할 때 떠오르는 것은 해설자로서 평론가다. 이런 점을 고려하면 어쩌면 독자가 해설을 그다지 반가워하지 않는 이유는 평론이란 영역의 특성과 관련되어 있으리라 짐작된다. 작품의 책무와 구분되는 평론의 책무가 있다면 (이 지면에서 상세하게 논할 것은 아니나) 오랜 문학사적 흐름 속에서 갖춰져온 담론 생성의 역할이다. 전망을 요청하는 비평의 역할이란 정치적 행위로서 이해되는 작품이 어떤 방향으로 나아가야 하는지를 지시한다는 점에서 정치와 문학이 동일시될 수 있었던 시대의 요청과 맞물렸다. 그러나 이러한 태도는 어느 시점에 이르러서는 지도비평으로 비판받는다. 다시 말해 문학사에서 평론은 독자와 소통하는 것이기 이전에 작가와 작품세계에 적극적으로 개입하는 것으로 여겨질 수밖에 없었던 사정이 있었고 그런 점에서 해설이나 평론의 1차 독자는 '미지의 다수'가 아닌 작가 혹은 평론가로 상정된다.

평론이라는 영역에 그러한 문학적 직무가 요청되었고 또 충분히 그것을 수행할 수 있었던 맥락을 생각하면 이러한 비평의 태도를 그저 비판하고 말 것은 아니다. 다만 시대 감수성은 변한다. 그에 따라 지금 평론이 하고자 하는 것의 내용이나 태도 역시 점검되어야 한다. 담론을 생성하는 평론을 그만두어야 한다는 의미가 아니라, 그 역할을 수행해나가려 한다면 '지금 이 시점'에 수정되어 고려해야 하는 것 혹은 추가적으로 고려해야 하는 것이 무엇인지 보아야 한다는 것이다. 요즘처럼 자기 자신을 하나의 콘텐츠 삼아 큐레이팅이 자유로운 시대감각 위에서 독자에게는 어떤 책을 읽는지, 어떤 독서 목록을 보일 것인지, 그 안에서 어떤 글귀를 인용할 것인지가 자기 정체성을 구현하고 드러내는 데 중요한 요소가 된다. 이때 어떤 해설이 이러한 독자의 욕망과 얼마나 회동할 수 있는지가 관건이 될 것이다. 물론 여기서 욕망은 독서욕 하나만으로 설명되기는 어렵다. 지식 생산의 욕망일 수도 있고 담론 형성에 참여하고자 하는 욕망일 수도 있다. 또는 지금 읽는 자의 현재적 감각과 충분히 동화될 수 있는가 하는 동질성의 감각을 확인하려는 욕망일 수도 있다. 어떤 것에 의해서든 독자가 작품만큼이나 해설을 유의미하게 읽었고 그것이 작품에 대해서든 해설에 대해서든 또는 그것을 읽은 독자 자신의 세계관에 관해서든 추가적인 논의의 생산점을 만들어냈다면 어떨까? 이것이 가능해질 때 해설은 그저 작품에 바쳐지는 것이거나 상품의 끝에 덧붙은 보아도 좋고 보지 않아도 좋은 사은품 같은 것이 아니라 작품의 의미 생산에 타인을 적극적으로 끌어들이게 하는 하나의 입구로 기능하며 담론 생성의 지평을 연다. 이런 현재적 감각을 살펴 평론이 상정한 독자의 층위에 대해 적극적인 자기 검토가 필요하다.

신뢰의 문제 2: 해설과 해설자

해설이 독자를 작품의 세계로 끌어들이는 '문文/門/問'의 역할을 제대로 수행해냈을 때 해설은 작품과 독자의 독서 활동에 기여한다. 여기까지 완료되었을 때 궁금한 것은 해설자의 층위다. *해설 쓰기는 해설자에게 어떤 도움이 되는가?* 관련해서 해설에 대한 유구한 비판점을 떠올려본다. 해설에 대한 비판점은 크게 두 가지다. 작품과 작가에 헌신하는 이른바 '주례사 비평'과, 자기만의 문학관에 갇혀 잘 알아들을 수 없는 글을 써냈다는 평이 해설에 대한 대표적 비판이라 할 수 있다. 다시 말해 작품/작가에 지나치게 복무하거나 또는 해설자 자신에 지나치게 함몰될 때 해설은 빈축을 산다. 그렇다면 해설 쓰기라는 것은 해설자에게는 어떻게 써도 그다지 효용성이 없는 쓰기 행위일까?

해설자는 쓰는 입장임과 동시에 자신의 해설을 그 누구보다도 먼저 '읽는' 사람이다. 모든 글의 첫 독자는 자기 자신인 만큼 해설의 경우도 마찬가지다. *그렇다면 해설은 최소한 독자로서 자기 자신에게 어떤 유용함을 지니는가.* 나는 앞서 생각보다 오랫동안(동시에 많은 경우) 독자의 실질적인 반응이 누락되고 있는 것 같다고 말했다. 이때 결여된 '독자의 반응' 범주 안에는 독자로서의 해설자 자신도 포함된다. 해설을 읽음으로써 해설자의 쓰기는 어떤 가치를 획득할 수 있을까? 독자는 작품의 내용 및 작가의 의도를 헤아리기 위해서 해설을 읽고, 작가는 자신의 세계관을 확인하는 데 도움을 얻고, 편집자는 한 권의 책이 상품으로서 또 작품으로서 그 구성 요소가 잘 어우러지는지 확인하는 과정에서 해설을 살핀다. 그렇다면 해설자는 무엇을 위해서 해설을 쓰는가. 해설을 쓰는 과정을 낱낱이 알고 있는 한 명의 독자로서 해설자를 이해하고자 할 때 스스로를 위해 해설을 쓰는 것은 불가능하거나 윤리적이지 못한 일일까? 해설은 언제나 해설자 바깥에 바쳐질 때 가장 훌륭한가?

여기에 답하기 위해 별수없이 쓰는 행위와 해설자의 관계에 대한 얘기로 우회해야겠다. 독자로서 해설자의 입장은 '쓰는 행위의 결과물'에 대한 메타비평으로서 해설을 이해하게 된다는 점에서 특수하다. 이에 해설 쓰기에 대한 개인적인 경험을 되짚어보고자 한다. 먼저 *장르에 따른 해설 쓰기의 문제.* 나는 시의 해설과 소설의 해설을 모두 쓴다. 이 글의 앞머리에서 '해설'을 말할 때에는 특별히 시/소설을 구분하지 않았으나 분명 장르에 따라 해설 쓰기에 고려되는 지점이 다르다. 작품을 몇 편 언급할 것인가만 따져봐도 그렇다. 소설집은 수록 작품의 수가 8편 내외이기 때문에 해설의 구조를 잘 잡으면 모든 작품을 부분적으로라도 모두 다룰 수 있다. 그러나 시의 경우에 한 챕터에 수록되는 것만 해도 10~18편이어서 해설에서 모든 시를 언급하는 것은 불가능하다. 또 모든 작품을 다루는 것이 가장 좋은 방법도 아니다. 작품집의 주제를 구조화하고 그에 따라 대표되는 작품 또는 구절을 적절히 언급함으로써 하나의 '독법'을 제안하는 것이 해설인 이상 더욱 그렇다.

소설이 매 편마다 일정한 줄거리를 가지고 있어서 흐름을 꿰는 방식으로 읽게 된다면, 시의 경우는 좀더 구성적이다. 여러 편에 흩어져 있지만 반복되는 은유의 지점을 묶어서 볼 수도 있고 같은 이름이 붙은 시들을 묶어서 하나의 흐름으로 읽을 수도 있다. 다만 해설을 쓸 때에는 각 작품의 개별적인 특징을 나열하는 것에 그치지 않고 이 시집 전체를 관통하는 주제와 얼마나 유기적으로 연결될 수 있는지를 함께 고려한다. 그럼으로써 각 시의 개별적 특성에서 시집 전반의 특징으로 나아가고, 좀더 넓게는 시인의 작품세계 안에 이 시집이 어떻게 배치될 수 있는지 살피거나 첫 시집인 경우 최근의 시적 경향 안에서 어떤 식으로 이야기될 수 있는지로 이어진다. 이 시도가 성공적일 때 해설은 전문적인 리뷰인 동시에 친절한 평론이고 접근성이 좋은 문학사적 검토의 측면을 두루 갖춘 결과물이 된다.

문제는 이런 과정에서 수시로 마주하는 질문이다. '그래서 이 시집의 해설을 쓰는 것이 쓰는 자에게는 어떻게 유효할 수 있는가.' 추측건대 해설자에게는 연구자로서의 정체성, 평론가로서의 정체성, 독자로서의 정체성이 혼합되어 있다. 이 중 어떤 정체성 간의 욕망은 '해설한다'는 행위에서 한 권의 작품집 안에서 고려되어야 할 요소—독자, 작가, 문학작품, 상품으로서의 책—를 설명하는 것과 대치되기도 한다. 시를 독해하는 것과는 별개의 글로 해설을 받아들이게 되거나, 해설의 내용이 어렵게 느껴지는 것은 이런 이유에서다. 시의 독해 유용성과 담론 형성 사이의 경합이 가치 없다고 할 수 없지만 독자를 수용하는 입장에서 논쟁의 지점을 타협하거나, 작품의 가치를 말하기 위해 독자 수용의 지점을 타협하는 방식을 택할 필요는 없다. 해설 역시 하나의 문학 행위여서, 글쓰는 자가 문학을 어떻게 이해하고 있으며 어떤 식으로 추구해나갈 것인지를 보이는 한 사례임을 떠올리면 더욱 그렇다. 그렇기에 해당 작품집의 해설 쓰는 행위를 통해 작품/작가/편집자/독자와 어떤 질문을 주고받을 것인가를 고민하는 과정 자체는 해설자 자신에게도 평론가/연구자/독자로서의 문학적 삶 및 자기 이해와 밀접하게 연관돼 있다. 해설을 쓰는 과정에서 고민하는 이러한 것들이 해설자가 문학을 무어라 이해하고 있는가를 보여준다는 의미다. 읽는 사람에게 가치 있는 문학이 쓰는 사람에게 가치 없는 것이어도 괜찮을 리 없다. 문학은 희생과 타협의 결과물이 아니다. 여러 해설에 대한 후기 중에는 종종 자신이 하고 싶은 이야기를 하기 위해서 작품을 그저 '대입'했을 뿐이라는 혹평도 있고, 지나치게 작가의 의도를 헤아리거나 작품을 과대평가(혹은 평가절하)한다는 비판도 있다. 누군가가 해설을 읽고 이러한 비판점을 내어놓는다면 한 권에 모인 여러 요소와 어느 정도 소통에 실패한 결과일 수도 있고 또는 타협하지 않은 것일 수도 있겠다. 그러나 궁극적으로 자신을 위한 해설이 어느 한쪽의 가치를 절하시키지 않는 채로 가능하다는 것을 보이고자 하는 것, 그 시도가 곧 문학을 읽고 쓰는 주된 이유이지는 않은가? 문학은 자기 감각을 토대로 현상을 판단하고 그것을 끊임없이 점검하는 대화를 시도하는 것이다. 비록 리뷰, 비평, 해설, 연구의 범주에 따라 조금씩 언어와 전제를 달리하기는 하지만, 내가 해설이란 쓰기의 형태를 취해 얻는 기쁨이 있다면 이러한 것이다.

"리뷰나 비평과 달리 해설을 읽거나 쓸 때 특별히 고려하게 되는 것은 무엇인가요?"

이 글을 쓰기 위해 주변의 사람들에게 일종의 설문 조사(?)를 했다. 일정한 형식을 갖춘 것은 아니었고 여러 사람에게 '리뷰나 평론이 아닌 해설을 읽거나 쓸 때 특별히 고려하는 것이 있다면 무엇인지'를 물었다. 개별적으로 묻기도 했고 SNS를 통해 불특정 다수에게 응답을 부탁하기도 했다. 응답자는 평론가, 작가, 시인, 편집자, 어떤 직군에 속하는지 정확하게 알지 못하는 다수의 독자다. 이들의 응답을 토대로 읽는 자로서의 나는 다른 사람들이 어떤 목적으로 해설을 읽는지 알 수 있었고, 쓰는 자로서는 해설을 쓸 때 무엇을 더 생각해야 하는지도 알 수 있었다. (이 글은 그 응답에 대한 또하나의 대답인 셈인데 적절한 대화의 지점을 만들어냈을지 궁금하다.)

응답자들의 의견을 그대로 이곳에 옮겨 적는 대신 내용을 일정하게 구분해 정리해서 적는다. 또 앞서 미처 다루지 못했던 몇 가지 질문에 대해 짧게나마 의견을 붙이고자 한다. 한 가지 유의해야 할 점은 응답자들의 정체성이 단일하지 않다는 것이다. 독자로서, 작품 생산자(작가)의 입장에서 질문을 받아들이기도 하고 쓰는 입장이 적극적으로 투영되기도 했다. 또 정체성이 두 개 이상 겹쳐져 있기도 해서 답안을 매끈하게 구획할 수는 없었지만 크게 독자와 필자로 구분했다. 창작자와 편집자는 독자로 구분했다.

*

응답 중에는 독자의 층위가 강조되는 답변의 비중이 훨씬 컸다. 먼저 (1-1) *작가의 작업물로서 작품을 이해하는 것 및 텍스트의 기본적인 독해 내용 확인*과 관련한 답변을 요약하면 다음과 같다.

—작가의 의도와 방향을 살핀다.
—막연하게 읽은 작품을 독해하는 하나의 예시로 참고한다.
—쓰거나 읽으면서 놓친 부분이 있는지 확인한다.

이는 작품에서 드러나는 기본적인 정보를 얼마나 정확하고 성실하게 파악하고 있느냐와 관련된 응답이다. 해석이라는 것은 모두가 함께 읽은 '사실'로서의 텍스트에 기반하여 그 정보를 일차적으로 정확하게 파악한 뒤에야 가능하다. 텍스트에 쓰여 있는 것, 그 안에서 단서로 무리 없이 이야기될 수 있는 지점에 대해 먼저 파악하는 것은 첫 독해에서 헤아리게 되는 주요 정보 중 하나다. 텍스트가 작가의 소유물이라는 것과 구분되는 층위에서, 작가에 '의해' 쓰인 것이라 하면 작품의 1차 의미를 확인하고자 할 때 작가/작품의 의도를 확인하는 것 역시 기본적 내용의 파악과 연관되어 있다.

*

다음으로 (1-2) *독자의 입장에서 해설을 보되 해설을 작품에 대한 참고 사항이 아닌 한 편의 글이자 책 한 권으로 묶인 작품으로 간주하여 작품과의 연계성을 보거나, 해설을 통과하여 추가적인 논의점을 얻을 수 있는가*와 관련한 답변이다.

—지나치게 낯선 용어를 사용하지 않고도 작품에 대해 말하는지 검토한다.

—혐오 표현이 있지 않은지 유의하며 읽는다.

—작품과 관련하여 어떤 논점을 제시하며 그것이 내가 작품을 사유함에 얼마나 추가적인 질문을 생산할 수 있는지 확인한다.

—작품과 별개이거나 설명으로만 읽지 않고 한 권의 작품으로서 읽는다.

—해설이 이 작품집의 길을 얼마나 잘 열어줄 수 있는지 묻는다. 독자와 마찬가지로 작가 역시 자신이 어떤 작업을 했는지를 해설이 타당하게 제시하는지 본다.

—해설에서 언급한 작품들을 살폈을 때 전체적인 작품의 유기성을 잘 보여주는지 확인한다.

—해설자가 그 자체로 독립적인 글을 쓴 것 같다는 인상을 받을 때 설령 그것이 흥미로운 글이라 해도 작품과의 연관성이 없다는 점에서 '해설'로서 좋은 것인지 잘 모르겠다.

—해설은 언뜻 비슷비슷하게 읽힌다. 작품의 내용에 주목하는 것 외에 다른 측면에 주목하는 해설이 있을 수 없을까? 담론을 형성하는

것이 비평의 역할이라면 그야말로 독해의 방법 자체, 작품을 해석하는 관점이나 기준을 다르게 두는 방법론적인 것도 함께 고민해야 한다.

위의 답변은 독자가 단순히 작품을 얼마나 잘 읽었는지 스스로 확인하려는 목적이 아니라 적극적으로 의미를 부여하고 해석하려는 행위와 연관된다. 개인의 경험이나 소회를 적용하는 것 이상으로, 독자 여럿의 의견이 어떤 공통 감각을 기반으로 하기에 이러한 의견에 동의하거나 그럴 수 없는지를 물을 때 해설은 다음 대화의 지점을 포착할 수 있다. 이 답변들은 일종의 비평 행위로서 해설이 담론 형성에 얼마나 타당하게 기여할 수 있는가라는 물음과도 관련되어 있다. '내용에 어떻게 접근하고 있는지'는 물론이고 '어떤 식으로 작품을 해석할 수 있는지' 또한 해석 방법의 차원에서 고려해볼 만한 문제다.

*

(2) 마지막으로 *필자의 입장이 특히 강조된 답변*이다.

—상품으로서 책의 가치에 어느 정도 기여할 수 있는지 생각해본다.

—해설은 주로 작품 읽기만으로 충분하지 않을 때 참고하므로 작품의 내용을 충분히 다루는 데 초점을 두되 동시대적 감각을 함께 고려한다.

—아주 새로운 해석을 시도하기보다는 작품의 특징을 전반적으로 잘 확인할 수 있는 방향으로 쓴다.

쓰는 입장이 강조된 답변은 위와 같다. 답변을 들으며 흥미로웠던 부분은 한 권의 책을 읽는 독자의 입장, 글의 일부를 함께 집필하는 참여자의 입장(그러나 결코 작가와는 같지 않은 해설자의 층위에서), 또한 하나의 상품으로서 책 만들기에 가담하는 입장, 담론을 형성하는 평론가의 입장이 두루 섞여 있다는 점이었다. 이는 기본적으로 해설에서 어떤 요소를 가장 크게 고려하는가와 관련된 문제인데 이를 결정하는 것은 해당 단행본이 작가의 첫 책인지 아닌지, 작가가 독자에게 얼마나 익숙한 사람인지, 이 작가의 작품이 그간 어떤 방식으로 다뤄져왔는지 등과 연관된다. 이때 쓰는 자는 주로 길잡이의 역할을 한다. '어디로 향하는' 길잡이가 될 것이냐는 작품의 어떤 요소에 방점을 찍느냐에 따라 달라질 것이다. 그런데 이때 방향성의 설정이 반드시 한 가지의 목적을 실현하는 것을 의미하지는 않는다. 독자의 독해를 고려하는 동시에 최근 문학적 흐름도 고려할 수 있다. 만약 여기까지의 이야기를 큰 이견 없이 수용할 수 있다면 그것은 비평 내지는 해설이 작품을 하나의 흐름 안에 위치시키는 데 기여하는 담론 형성의 역할을 한다는 것에 우리가 어느 정도 동의한다는 의미일 것이다. 그렇다면 비평/해설은 과연 어떤 방식으로 담론을 형성할 수 있을까? 주제를 집중적으로 탐구하거나 내용의 정치적 의제에 집중하는 방식으로? 형식상의 특징과 시적 주체의 태도를 연관지어서? 분명 해설에서 오랫동안 취해온 '해설의 방식'이 있을 텐데 이것이 여전히 독자와의 소통 가능성을 충분히 지닌 채 일종의 비평 담론으로도 기능하고 있는지 점검해야 한다. 설문 조사를 토대로 이 원고를 내어놓으면서 위의 질문을 이다음의 과제로 가져간다.

(2020)

'문학성'과 문학비평

'미학성'과 곧잘 연결되곤 하는 문학의 자율성 문제는 문학의 정치성과 대립하면서 꾸준히 화두에 오르는 주제이다. (명명의 방식에 대한 논란을 포함하여) '미래파'에 관한 논쟁이나 뒤따라 등장한 '시와 정치'에 관한 논쟁 역시 그러하다. 소략하면 미래파의 시는 '알아들을 수 없는 언어'로 여겨지며, 시가 문학의 자율성 영역에서 작은 개인으로 소급되어버림으로써 정치성을 상실했다고 비판받았다. 동시에 그럼에도 불구하고 이러한 시가 가지는 '새 (주체) 언어로서의 미학과 정치성'의 차원에서 높게 평가받았다. 이어지는 시와 정치 논쟁에서는 낯설게 대두된 시적 형식의 정치성에 관해 의논했다. 가라타니 고진의 '근대 문학의 종언' 선언에 이어, 한국문학이 1970~1980년대의 정치적 격동기를 거치면서 누적해온 정치성이 2000년 이후 지나치게 개인의 언어로 집중되며 그것을 잃은 것이 아니냐는 것이었다. 이와 관련하여 문학의 자/타율성에 대한 랑시에르적 접근이 진은영의 논의를 중심으로 이어졌으며, 거칠게 요약해서 문학은 예술적 자율성을 가지면서 동시에—타율적이라 여겨져왔던—정치성을 띨 수 있는가를 의논했다.

이러한 논의는 큰 맥락에서 보면 문학성에 관한 것이다. 무엇이 문학을 문학답게 만드는가 하는 오래된 주제는 시대의 흐름을 타면서 그 내용과 주장이 조금씩 변형되어왔다. 그렇다면 지금, 우리는 문학성을 무엇으로 진단하고 있을까. 조연정의 글[1]은 최근 '문학성에 관한 논의를 정리한다. 최근의 문학장에서 문학의 '자율성-정치성'에 관한 논의는 '미학성'을 필두로 벌어지는 듯하다. 조연정은 페미니즘을 화두로 문학의 정치성 및 정치적 올바름에 대한 판단과 미학적 자율성에 관해 두루 다룬다. 요컨대 "문학은 어떤 형태를 띠든 궁극적으로는 정치적으로 올바른 의도를 지닌 것이라는, 즉 문학하는 행위 자체가 공동체에 선한 의지를 보태는 의도의 산물이라는 믿음을 의심"해봐야 한다는 것이다.

비교적 최근의 논의를 가져온 이유는 이것이 지금까지 문학장에서 이어져온 문학성에 관한 현재적 국면을 보여준다고 판단했기 때문이다. 단지 '자율-미학'의 변주로서가 아니라, 문학에 내재된 정치성과 자율성, 그리고 미학성의 영역을 '지금 여기'의 관점에서 이어받았다는 의미다.

조연정의 논의는 가까운 시일에 있었던 시와 정치 논쟁의 맥락과도 이어볼 수 있다. 시와 정치에 관한 논의는 일종의 새로운 문학 형식이 주는 낯섦과 문학성을 견주는 문제라 할진대, 이는 문학의 내

---

1) 조연정, 「문학의 미래보다 현실의 우리를—문학의 정치적 올바름에 대하여」, 문장 웹진 2017년 8월호.

용-형식 논쟁과 맞닿아 있다. 가령 불가해하다고 여겨지는 시의 언어들이 사회와 세계를 바라보는 시대 감수성을 반영하는 집단의 시적 표현 양식이라면 이것을 폐쇄성 내지는 내면으로 숨어버린다는 표현으로 일축하기에는 무리가 있다. 어떠한 기치를, 반드시 부르짖는 형태를 취하지 않고도 의미는 전달될 수 있다. 직접적이고 당위적인 형태에 다만 익숙해져 있는 것은 아닌가를 물을 필요도 있다. 동시에 그러한 형식의 문학이 과연 그 메시지에 부합하는지의 여부 또한 함께 따져보아야 할 문제이다.

이를 조연정의 논의에 적용해도 마찬가지이다. 이 글을 읽어보자고 제안하는 것이 응당 그 논의에 완전히 동의한다는 것을 의미하는 것은 아니다. 조연정의 글은 이러한 미학성 등에 관한 논의를 비판적으로 검토하고 문학성을 시의적인 흐름 안에서 본다는 점에서 의의가 있지만 비평의 자리를 생각해볼 때 이견을 제시하고 싶은 부분도 있다. 조연정의 "소설의 태만을 지적하는 일보다 태만한 현실에 분노하는 일을 먼저 해야 하는 것이" 아니냐는 의견에 심정적으로 공감한다. 무엇보다도 그러한 '현실'이 목전에 있다는 것에는 반론의 여지가 없다. 그러나 굳이 문학이라는 형식을 택해 어떤 현실을 드러내기로 했을 때에는, 왜 하필 이것이 문학으로 수행되어야 하는가에 대한 나름의 대답으로 문학성을 어떻게 드러낼 것인지 내부적인 고민을 수반할 필요가 있지 않은가? 문학 이전에 들여다보아야 할 '악한 현실'의 존재 여부나 그 '악함'의 정도가—그 정도를 줄 세우는 것만큼 나쁘고 쓸모없는 짓도 없을 것이다—예나 지금이나 덜하다고 할 수는 없다. 거칠게 말해 그러한 현실은 언제나 있었으며 문학은 그것을 어떻게 다루느냐 하는 문제에 가깝다. 이런 의미에서 문학성 내지는 문학의 미학성이란 현실감각을 토대로 이루어지는 것이며 현실감각을 더욱 날카롭게 벼려내는 것으로 작용할 수 있다. 그러므로 문학에 문학적 미학성을 요청하는 일은 "태만한 현실에 분노하는" '문학적 표현'의 영역을 넓혀가는 것이 될지도 모를 일이다. 이는 날것 그대로라든지, 심미주의적이지 않다고 해서 미학적이지 않다고 이야기할 수 없음을 포함한다.

문학 자체가 현실성을 잃지 않아야 하며, 동시에 현실감각을 잃지 않고 문학을 보는 일은 말할 것도 없이 중요하다. 문학성이란 곧 현실감각 없이는 성취되지 않는 것이기 때문에라도 그러하다. 문학 내의 자율성/미학성과 정치성의 대립되는 듯한 양상은, 실은 반드시 그럴 필요는 없을 뿐만 아니라 그렇지 않기도 하다는 것이다. 문학의 자율성과 정치성은 문학의 기원을 따져보아야 할 문제이므로 여기에서 상술하기 어려우나 소설의 탄생을 간단히 짚어본다. 저잣거리의 '작은 이야기小說'였던 소설은 중세 봉건시대의 폐단을 비판하고 그들이 향유했던 귀족 이야기를 넘어서려는 평민 주인공을 태동시켰다. 소설의 주인공은 아직 남아 있는 중세적 요소에 기인해서 신분 상승의 꿈을 꾸는데, 그것은 몰락해가는 중세와 그것을 타파하면서 등장한 근대에 의해 실패하고 만다. 소설은 이러한 근대의 아포리아적 성격을 가지면서 근대의 표상이 되었다. 끝나가는 중세와 시작되는 근대 사이에서 낡은 것으로부터 추동받은 인물의 욕망이 결국은 근대적인 것에 의해 좌절된다는 아포리아 그 자체를 문학 안에 내장하고 있다는 점에서 충분히 자율적이며 정치적이지 않은가?

마찬가지로 문학으로 드러나는 미학과 현실의 여부 또한 그러할 것이다. 현실이 중요하기에 그것을 다루는 문학은 현실도 미학도 포기해야 할 이유가 없다. 또한 비평이 작품의 가치를 파악하는 일을 천착하는 것이라면, 이러한 요청 또한 물러야 할 이유가 없다. 쉽지 않은 요청임을 알면서도 문학이 더욱 문학다워지기를 꿈꾸고 또 그렇게 되기 위해 여러 이야기를 늘어놓는 것이야말로 어쩌면 비평이 담당해야 하는 일은 아닌가. 지금 여기의 문학을 말하는 조연정의 논의가 소중한 것도 이러한 연유에서다.

보론: 「'문학성'과 문학비평」에 덧붙여

이 글은 『문학과사회』 2018년 봄호에 발표한 글이다. 이후 글의 문제의식을 시간을 가지고 검토해보았고, 윗글의 입장과 크게 달라진 것은 없으나 짧게 보론하려 한다.

문학성을 요청한다고 말할 때 오해를 살 만한 부분이 있다면 바로 '요청한다'에 있을 것이다. 이는 비평이 문학을 선도할 수 '있어야' 한다고 말하려는 것이 아니다. 비평이 과연 문학을 선도할 수 있을지, 그것이 가능하다고 하더라도 그렇게 하는 것이 늘 옳은지는 따로 논의해볼 문제이겠으나, 요점은 '요청'이 이러한 맥락에서 사용된 것이 아니라는 점이다. 위의 글로 말하고 싶었던 것은, 창작자에게 특정 방향의 작품을 '써달라'는 요청을 한다는 의미보다는 작품 안에서 특정한 요소를 읽어내고 발견할 줄 아는 비평이고 싶다는 것이다.

텍스트의 '내용'적 측면에만 정치성이 내재하는 것은 아니다. 소설의 구조, 인물의 시선, 시각point of view과 같은 작업상의 특징을 통해서도 정치성은 확보된다. 문학의 정치적인 것은 '무엇이' '어떻게' 말해지는지를 함께 살필 때 실현될 수 있다고 여기므로 그러하다. 따라서 '현실을 반영한 내용에 더불어 방법으로서의 미학성을 요청하고 싶다'로 요약되는 위의 논지는, 현실을 '어떻게 말하고 있는가'에도 주목해보자는 의미이다. 이는 쓰는 자 못지않게, 작품을 읽고 여러 의미를 부여하는 자를 향한 것이기도 하다. 등장인물의 시선, 대화의 패턴과 같은 기술적 측면 또한 문학의 특징 중 하나라는 점에서 '문학성'이라 할 수 있다면, 이러한 기법을 통해서도 문학성은 이야기될 수 있어야 한다. 비평가는 그런 것을 읽어내려고 노력해야 하며 그러한 '문학적인 시선'을 더욱 꼼꼼하게 다져가야 하는 것이 아닐까.

(2018)

4부

시대 마음

정강이를 부러뜨린 아이는 난파된 배의 조타수가 되어 조난자를 밝은 곳으로, 밝은 곳으로

—최현우의 『사람은 왜 만질 수 없는 날씨를 살게 되나요』[1]

시인에게 그의 이십대를 묶은 원고를 부탁한다는 연락을 받고 잠깐 동안 이상한 기분이었다. 공교롭게도 나는 지금 이십대의 끝자락에 와 있고 누군가의 십 년을 넘겨받은 것만 같아 마음이 복잡했다. 이십대라니. 아무래도 이 시집을 읽는 데 이십대는 중요한 열쇠가 될 것 같았다. 시인의 이십대에 대해서는 아는 바가 없다. 그래서 나의 이십대를 생각해보기로 했고, 나의 그것을 이해할 만한 단어를 찾아냈다.

초과 신뢰

언제나의 일상이 그러하듯 내게는 몇 가지 사건이 있었는데, 본질적으로 따지면 이전에 나를 괴롭게 했던 것과 결코 다른 성격의 일이

---

1) 최현우, 『사람은 왜 만질 수 없는 날씨를 살게 되나요』, 문학동네, 2020. 이하 인용 시 본문에 작품명만 밝힌다.

벌어진 것은 아니었다. 요컨대 그것은 신뢰, 구체적으로는 초과된 신뢰의 문제였다. 모든 일이 정리가 되고 난 뒤 '인간의 마음을 믿고자 했던 우리의 순수함 같은 것이 낳은 결과가 이렇다니' 같은 말을 누군가와 주고받으며 우리는 허탈하게 웃고 말았다. 우리의 대화에서 초과 신뢰는 거창한 무엇이 아니라, 그저 서로에게(어쩌면 상대에게) 최악의 인간만큼은 되지 않기 위해 더이상 신뢰를 보낼 수 없는 관계의 끝에서도 잉여 신뢰를 표하는 것이었다. 좀 쉽게 말해 가망 없는 상대이더라도 예의를 지키는 것 정도라고 할 수 있을까? 초과 신뢰를 보내거나 보내지 않는 일은 실은 의지대로 움직이는 것은 아니었지만, 이십대의 끝자락에서 나는 의지를 겨우 작동시켜 초과 신뢰를 보내는 것이 필요한 경우를 이해할 수 있게 되었다.

믿고 좌절하고 그럼에도 다시 믿는 것이 삶의 연속이고 인생의 전부라면 어느 순간 그 과정에 지치고 진저리가 나서 어찌되든 상관없이 모조리 내버리고 싶은 때를 마주하고 말리라. 좌절 없는 관계는 없고 다만 씩씩하게 다시 무언가를 믿기로 결심하게 되기까지 필요한 시간이나 태도가 삶의 시기마다 조금 다를 뿐이라면, 깊이 앓고 금방 또 누군가를 믿어보고자 하는 씩씩함을 사람들은 '젊음'이라는 이미지로부터 기대하는 것 같다. 이십대를 결코 원숙하다고 할 수는 없겠지만 그 원숙함을 거절할 수 없을 정도의 타격이 오는 시기라 말할 수는 있다. '믿고 좌절하고 다시 믿고 좌절하기'의 반복 속에서 허탈감을 잠시 덮어두거나 피할 수 없음을 마주하는 시기 말이다. 이미 망해버린 것 같은 관계에서마저 초과 신뢰를 보내는 것이 비록 내키지 않음에도, 그렇게라도 서로에게 나쁜 종류의 인간이 되는 것만큼은 하지 않는 것이 인간에게는 필요하다는 사실을 어렴풋이 알게 되었듯이.

나를 견딘다는 것

초과 신뢰를 이해한다는 것은 견디는 것이 시작되었음을 의미한다. 이전에나 이후에나 삶이란 고작 '견디는 것'에 불과한 것일지 모른다. 핵심은 무엇을 어떻게 견딜 것이냐는 점이다. 최현우의 시가 그의 이십대의 부분들을 대변한다고 할 때, 그 시를 나의 삶과 포개어 읽음으로써 '나를 견딘다'는 감각을 시로부터 만져볼 수 있었다. 타인으로부터 끔찍함을 느낀다는 것은 괴로운 일인데, 이것은 실은 타인을 그리 생각하는 자기 자신을 보는 데서 오는 고통스러움이기도 하다. '나'라는 인간이 자기 자신마저도 견디기 어려운 존재라는 사실을 알게 되는 것은 또다른 고통의 시작이다. 나조차 나를 받아주기 힘들다고 느낄 때 모든 게 끝장인 것처럼 생각되지만 세계는 망하지 않고 그런 탓에 좌절은 깊어진다. 타인에게 영원히 이해받지 못하고 버려진 것만 같은, 어딘가 좀 잘못된 존재인 듯한 느낌은 자신을 견디는 것에서 비롯된다.

이러한 '견딤'을 생각하며 「와디 럼」의 일부를 읽는다. 이 시는 시집을 읽는 내내 중요한 역할을 한다.

솥과 프라이팬
짝이 없고 구부러진 포크와 나이프
이것저것 담긴 수레에는 깨진 유리병
금을 잔뜩 담아 기르는 그 병을 끌어안고 파는 아이

냄비는 길들입니다
강인한 불에 자갈을 볶아

쇠의 틈을 닫습니다

사망이 빈번한 황무지를 사막이라고 합니다

(……)

단단하게 조인 입술 위에서

목숨에 불질을 하는 저 더러운 아이는 누구입니까

빛을 담았어

당신에게 주려고 했어

내게 가장 밝은 것은

두들겨맞아 부서지고

피멍 든 채 절뚝거렸으므로

그걸 담아 팔려고 했어

아이는 사람의 행렬을 따라갑니다

사용할 수 없는 물건과

필요하지 않은 영혼을 끌고

한줌의 음식과 한 모금의 물을 얻기 위해

(……)

하루를 다시 시작합니다

나의 입구에는 어제 팔지 못한

조용한 화병이 놓여 있습니다

—「와디 럼」 부분

시집을 읽는 동안 '아이'를 종종 마주치게 된다.[2] 이 시집에서 화자(또는 등장인물)가 소년이나 청년이 아니라 아이로 드러나는 것은 주목해야 할 사항 중 하나이다. 아이는 어떤 존재인가? '아이'라는 단어는 소년이나 청년에 비해 그것이 지칭하는 의미의 영역이 넓다. 소년과 청년을 포괄하는 의미에서 '어림'의 이미지를 수용하거니와 모종의 보호가 필요한 존재임을 떠오르게 한다. 아이가 성장하여 어른이 된다는 사실과 더불어 (좋은) 어른으로 무사히 성장하기 위해 아이는 보호나 도움이 필요한 존재이다.

그런데 「와디 럼」의 "아이"는 보호의 테두리 속에 놓여 있지 않다. "아이"의 소지품은 어디 하나 성한 것이 없고("짝이 없고 구부러진"), "아이"는 "사망이 빈번한 황무지"이자 "사막"으로 추정되는 삭막한 공간의 한가운데서 헤매고 있다. "아이"는 자신의 소중한 것("빛")을 타인에게 건네려고 애쓰지만 그에게 소중한 것은 (타인을 비롯한) 외부 세계에 의해 파괴된다("두들겨맞아 부서지고/피멍 든 채 절뚝거렸으므로"). 요컨대 "아이"를 둘러싼 세계는 그에게 혹독한 것으로 그려진다. "아이"는 누군가의 소중한 것을 망가뜨리고 그 누구도 구원하거나 보살피지 않는 세계에 놓여 있다. 시인이 자신을 둘러싼 현실의 모습을 "사막"과 같은 이미지로 수용하고 있다는 가정을 받아들인다면 그 속에 놓여 있는 "아이"도 같은 맥락에서 이해할 수 있다. "아이"는 '누군가 이토록 건조한 세계를 헤매고 있는 나를 도와주었

2) 「코」 「거짓말」 「어린아이의 것」 「섬집 아기」 「자동 나비」 등의 시편을 참고할 것.

으면' 하는 결핍에 의해 요청된 존재로 보인다. 요컨대 좌절스럽고 절망스러워 보이는 상황 안에 어떤 도움을 좀 건네받았으면 하는 마음은 "아이"로 현시된다.

우리는 이러한 절망적 세계 안에서 "아이"의 행보에 더욱 주목해야 한다. "아이"와 동일한 존재로 보아도 문제가 없을 "나"는 오늘의 비극을 겪었음에도 "하루를 다시 시작"하며 "어제 팔지 못한/조용한 화병"을 곁에 둔다. "아이"("나")를 둘러싼 환경은 좀처럼 바뀌지 않을지도 모르지만 "아이"는 그러한 것을 모두 인지하고 있음에도 삶을 버려두지 않고 "사람의 행렬을 따라"간다. 언제나처럼 자기의 소중한 것("조용한 화병")을 팔기 위해 "다시" 어딘가를 떠돈다.

이제 우리 앞에 두 가지 질문이 남는다. "아이"는 어째서 떠도는가. 그리고 그 떠돎의 끝에 "아이"는 어떤 사람이 되었는가.

희망은 자기가 가장 되고 싶은 모습이다: 떠도는 이유

「와디 럼」과 같이 어딘가 부서져 있는 주체의 모습 및 상실과 고통의 감각은 다른 시에서도 발견된다. "아프던 새가 이젠 아프지 않을 때/사과를 쪼아먹던 부리가 깨지고/발톱과 깃털이 부서질 때"(「견고한 모든 것은」), "골절된 발목을 모르고 걷지 못하겠다고 하는 팔 없는 사람과/자식의 가출이 적힌 편지를 발견 못하고 삼 년째 자식의 죽음이 아픈 맹인"(「낙원」), "너는 잘못한 일이 없었는데도/불행했다"(「고인돌」)라고 표현된다. 이렇듯 분절된 주체 인식하에서도, 「와디 럼」의 "아이"가 길을 나섰듯 파편화된 세계 속 존재가 오늘을 저버리지 않고 내일을 찾아 나서기로 했다면 그것을 희망이라 말해도 될까. 사람은 어째서 희망을 품고 또 버리며 끝내 버리지 못하는가.

이 모든 행위는 누구를 위한 것이며 어떻게 소용되는가. 희망이란 단지 자기 멋대로 바라는 것일 뿐인지도 모른다. 그렇기에 (동시에) 그러나 희망은 그저 자기가 가장 되고 싶은 모습이다. 희망은 자신이 얻지 못한 형체이며 앞으로도 구하지 못할 수도 있을 어떤 것, 비유컨대 유토피아다. 그것은 영원히 가닿을 수 없다는 점에서 근원적으로 절망적이지만 가장 완벽한 순간/존재/세계를 꿈꾸게 한다는 점에서 언제나 씩씩하며 희망적이다.

잔뜩 취해 탄 첫차에서는 사람들 속에서 종종 수치스럽고 동시에 자랑스러웠지만, 집에 와 돌아누운 사람을 보면 수치와 자랑은 망가진 꽃다발이 된다.

(……)

손을 넣고 주먹을 쥐었다 펴는 습관이 주머니 속 보풀을 일으키듯, 저 흔적들은 내가 은밀하게 만들었다. 때때로 욕망이었고 위로이기도 한 몸짓으로.

(……)

빽빽한 키스 마크로 저 등이 다 어두워지면 세상이 끝날 수도 있을 것이다.

그러나 아직은, 아무것도 끝나지 않았다. 둥글게 따라 눕는다.

—「Kissing a grave」 부분

'좋은 상태'란 늘 상대적이다. 이 시에서 화자가 "취한" 사람들 속에서 "종종 수치스럽고 동시에 자랑스러"울 수 있는 것은 그들과 자신이 상대적으로 다른 상태에 놓여 있다고 여기기 때문이다. 달리 말해 상황은 가치중립적일 수 있지만 상황 안에 놓인 한 개인은 자기를 근거 삼아 그것을 좋거나 나쁘게 '판단'한다. '취한 자-취하지 않은 자'의 구도는 변하지 않는데 수치스러움과 자랑스러움은 이 불변의 상황 안에서 동시에 발생한다. 여기에서 수치스러움이란 그들과는 다른 '나'를 상정했다는 데서 오는 죄책감일 수 있고 그렇게 볼 때 "수치"는 "자랑"스러움과 별반 다르지 않다. 즉 저 상황 안에서 수치스러운 자기가 되든 자랑스러운 자기가 되든 그것은 그가 그렇게 되고자 한 자신의 "욕망"과 "위로"의 결과물이다.

그의 되고자 하는 것, "욕망"이자 "위로"를 이렇게 짐작해본다. 이 시는 화자에게 세계의 끝("저 등이 다 어두워지면 세상이 끝날 수도 있을 것이다")을 상상하게 한다는 점에서 「와디 럼」과 흡사한 현실감각을 드러낸다. 그 이후에 이어지는 태도 역시 「와디 럼」과 유사하다. "그러나 아직은, 아무것도 끝나지 않았다"는 선언은 「와디 럼」 속 아이가 누군가에게 전하기 위해 간직한 "화병"과 같다. '변하지 않는 상황'에서 모멸과 긍지를 동시에 느끼는 화자는 이 상황을 타개하기 위해 모멸을 감수하는 긍지를 선택하려는 듯하다.

세계가 아직 끝나지 않았다면: 어떤 사람이 되었나

앞서 살핀 시를 경유하여 이제 "아이"는 세계가 절망적이지만 좀처럼 망하지는 않을 것임을 알게 되었다. 그는 어떤 존재로 자라났는가.

건조한 악몽에 촛불을 켜기 위해
성냥을 두고 싸우듯이 보여
지도가 망가진 배 위에서 우리는

냄새나는 모포를 뒤집어쓰고
냉동창고 속에 숨어 모닥불을 피운 사람들
바닥을 긁는 소리가 빙하의 손가락 같은데
무언가 끝장나게 하는 게 증오도 아니고 공포도 아니고 굶주림이라면
(……)
잠든 연인의 입속으로 과자 부스러기를 모아 넣으며 우는 사람들
마지막 빵의 썩지 않은 부분을 아이에게 물리고 곰팡이를 집어먹는

(……)

꽃다발을 닮은 표정을 지을 줄 아는
식어가는 손난로를 건네며
조용하고 근사한 자장가를 부를 줄 아는
사람들

(……)

이 계절은 다 지났고
사람들은 구출되어
각자의 여름으로 떠났지만

여전히 어떤 사람과 나는 남아서
쇄빙선처럼
얼음의 방향으로 간다

—「한겨울의 조타수」 부분

한 줄기 빛도 없는 "악몽" 같은 "지도가 망가진 배" 위에 사람들이 있다. 풍요는커녕 견디는 게 고작인 삶을 유예하는 처지인 "우리"는 그런 상황에서도 어둡고 차가운 곳("냉동창고")에 "모닥불"을 피우는 "사람들"이다. 문장의 주어가 '나'가 아니라 '우리'로 서술되었다는 점은 난파되고 고립된 곳에 화자가 홀로 있지는 않음을 알리는 단서가 되어준다. 이들을 구원할 누군가가 오지 않을 것임을 아는, 고립과 절망이 가득한 상황에서 "무언가가 끝장"날 때 그 끝장나는 것이 삶이라는 점에서 죽음이 떠오른다. 한편 여기서 '삶이 끝장난다'는 문장을 일종의 비유로 읽어, '인간성'을 잃는다는 의미로 유추할 수 있다. 버티기 위해 인간으로서 지닌 나와 타인과 공동체에게 남은 한줌의 신뢰를 저버리는 것이야 말로 끝장을 초래하는 것이다.

"증오"도 "공포"도 아닌 "굶주림"이 무언가를 끝장낸다는 가정은 인간으로 인정받고 또 대우받고 싶은 결핍감을 저변에 둔다. 오로지 죽음만이 목전에 있는 듯한, 난파된 배 위의 사람들을 보라. 그들은 한 줌 인간됨을 버리지 않는다. 죽음에 가까워져가는 "잠든 연인의 입속"에 과자 부스러기를 넣어주고, "마지막 빵의 썩지 않은 부분"을 아이에게 주며, "식어가는 손난로"를 누군가에게 건넨다. 죽음이 코앞에 닥친 상황에서도 타인을 위함으로써 자신의 인간됨을 지키고 그것이 곧 '우리'를 지키는 일이라 확언할 수만 있다면, 세계의 타인(이자 자기 자신)은 황홀하고 우아하며 고귀한 존재임이 분명하다. 실제로 이런 일이 벌어질 수 있는지를 따지는 것은 부차적 문제이다. 중요한 것은 지금 이 시에 그러한 광경이 펼쳐지고 있다는 사실이며, 그러한 상황을 믿는 누군가가 있기에 이 장면이 쓰였다는 점이다. 누군가는 상황의 가능/불가능과 별개로 그렇게 '믿겠다'고 말하고 있다. 이는 「와디 럼」의 "아이"의 태도와 유사하며 그가 자라 '조타수'와 같은 존재가 되었다는 추측에 가능성을 더해준다.

'조타수'는 이윽고 사람들을 구출해낸다. 불가능해 보였던 구원을 가능하게 한다는 점에서 이 장면은 그야말로 희망의 연출이다. 단 최현우의 희망이란 절망과 등을 대고 있다는 점에서 무척 현실적임을 생각하기로 하자. 그는 자기가 믿고 되고자 하는 인간(성)들을 밝고 따뜻한 곳("각자의 여름")으로 보내는 한편 자신은 그곳에 남아 더욱 차가운 곳으로 향한다("어떤 사람과 나는 남아서/쇄빙선처럼/얼음의 방향으로 간다"). 이 시가 그의 믿음을 은유하고 현시한 모든 연출된 것으로서 한 편의 시라면 이 시에 등장하는 사람들을 시인의 파편적인 모습들이 투영된 존재로 보아도 좋겠다. 자기의 어두운 부분을 부분적으로 밝은 곳에 보낸다고 하더라도 남겨진 어두움의 지형은 여전히 자기 안에 있다. 시인은 어둠을 내치지 않는다. 어떤 것을 밝은 곳으로 보내는 시인의 결정은 자기의 어두운 곳을 버리지 않겠다는 다짐과 공존하기에 더욱 슬프게 다가온다. 동시에 그 슬픔이 단단한 자기 신뢰에서 비롯된 것임을 우리는 「한겨울의 조타수」에서 본다.

남은 자는 어떻게 견뎌왔는가: '아이'가 '조타수'가 되기까지

시가 인간의 내면을 드러내는 것이라면 시에는 자신의 포부는 물론이고 유약하고 절망적인 모습 또한 투영된다. 관건은 자기 안에 있는 '유약한 자기'의 부분을 얼마나 투명하게 드러낼 것이냐는 점이다. 그렇게 볼 때 최현우의 시에서 어찌어찌 잘 집어넣어놓았는데도 비집어져 나오는 슬픔은 '어떻게 해도 숨길 수 없음'의 형태를 얻으며 진솔함을 획득한다. 「와디 럼」의 "아이"가 바로 최현우의 여러 목소리 중 '슬픔'을 대변하는 존재이며, 「한겨울의 조타수」에서 '조타수'는 그 "아이"가 어떤 과정을 거쳐 성장한 사람처럼 보인다. 이 시집의 큰 부분에 이와 같은 '아이-조타수'의 태도가 반영되어 있으므로 그들로 대변되는 '슬픔'의 감정을 살핀다.

그 봄의 도면에는 슬픔의 위치가 없었고

작은 의자 하나 없이 머리통들이 울고 있습니다
공중에서 벽에 이마를 찧을 때마다 가루가 되는
나와 당신
살려달라고 할까요

(……)

체온을 더한다고
한 사람이 두 사람보다 뜨거워지는 일은 아닐 텐데
착각에도 내피가 있어
가끔은 떨지 않고 잘 웃었는데

마음에 근육이 붙고 가죽과 뿔이 덮이면
금방이라도 다시 움직일 것처럼 보이기도 하였는데

(……)

꽃이 버린 몸통들이 사방을 뚫고 옵니다
나를 자르러 달려서 옵니다

—「헌팅트로피」 부분

'슬픔'이라는 단어를 직접적으로 사용하고 있고 몸 하나 의지할 "의자"도 없이 우는 사람들이 등장한다. "살려달라"고 외치는 대신 "살려달라고 할까요"라는 의문문을 사용하는 것은 그 넘쳐흐르는 슬픔을 한 차례 꺾어보려는 시인의 방책일 것이다. 왜 그렇게까지 하느냐고 하면 짐작건대 그것이 시인을 살리는 길이기 때문이다.

이 시에서 유독 눈길을 끄는 것은 "체온을 더한다고/한 사람이 두 사람보다 뜨거워지는 일은 아닐 텐데"와 바로 그뒤에 이어지는 "착각에도 내피가 있어/가끔은 떨지 않고 잘 웃었는데" 사이의 간극이다. 끝맺음되지 않은 두 문장이 연달아 이어지고 있어서 그 사이에 어떤 말이 생략된 것처럼 느껴진다. 만약 두 문장 사이에 어떤 한 문장이 삽입될 수 있다면 다음과 같을 것이다. “체온을 더한다고/한 사람이 두 사람보다 뜨거워지는 일은 아닐 텐데” 그럼에도 그것을 바란다는 것, 또는 그런 줄 알면서도 “착각”하겠다는 것이다. 체온을 보태는 행위는 시 속 난처한 상황을 해결할 수 없을 것으로 보인다. 그러나 그것은 다른 종류의 온도를 높이리라 믿겠다는 희망의 발로이다. 설령 그러한 희망에 대한 신뢰가 “착각”이고 ‘착각인 줄 아는’ “내피”를 지녔다고 해도 그는 “가끔”이나마 떨지 않고 웃는다. 이처럼 그의 시에서 곧잘 발견되는 슬픔은 모두가 죽는 결말로 가지 않는다. 이는 비록 울더라도 계속 살겠다는 의지이기에 누군가는 그의 슬픔을 보고도 주저앉지 않을 것이다.

「한겨울의 조타수」에서 난파된 배에 남은 화자에 대해 조금 더 생각해보자. 조난된 배의 ‘조타수’로 남아 타인에게 여전히 곁을 내어줄 수 있는 자들을 ‘여름’으로 보내는 것으로 책임을 다한 ‘나’는 「와디 럼」 속 “아이”의 변주로 읽을 수 있다. 「와디 럼」에서 동이 트면 어디로든 아이를 떠돌도록 만든 이유는, ‘조타수’가 그러했듯 그곳보다 더 나은 곳으로 갈 수 있기를 바라는 마음에서였을 것이다. 동시에 그 이후에 “아이”가 여전히 자주 좌절하게 될 것임을 예감하게 하고 「한겨울의 조타수」에서 부분적으로 그 예감이 실현된 셈이다.

> 아이는 사람의 밥과 사람의 말과 사람의 그림자를 따라 했다 (……) 사람은 아이를 데리고 항구로 갔다 방파제에 앉아 별이 떨어졌다던 먼 섬을 가리켰다 고뇌하던 아이는 집으로 돌아오던 길에 발목이 부서졌고 그때 깨달아 매일 바다를 마시고 정강이를 부러뜨려 모아두었다 아이는 자신의 다리들을 줄로 엮고 모아둔 피부를 바르

고 뱃머리를 입술로 장식하여 작은 조각배를 만들 수 있었고 배를 선물 받은 사람은 기뻐했으나 저어갈 노가 없었다 (……) 상심한 아이는 사람에게서 도망쳐 나는 왜 사람이 아니냐고 소리지르고 다녔다 (……) 사람은 아이가 먼 섬으로 갔을 것만 같아 항구에 조각배를 띄우고 그날부터 노를 젓기 시작했다

—「코」 부분

사막을 헤매던 아이가 어떤 시간을 거쳐 조타수가 되었다고 할 때, 이 시는 아이가 조타수가 되기 전의 이야기를 보여주는 듯하다. 「와디 럼」에서 "아이는 사람의 행렬을 따라"간다는 서술은 "아이"의 꿈이 곧 "사람"이 되는 것이라 읽힌다. 아이가 자라 어른이 된다면 또 모를까 아이가 자라 사람이 된다는 말은 어딘가 어색하게 느껴지는데, 시인이 구태여 '어른'이 아닌 "사람"이라는 표현을 쓴 이유가 있을 것이다.

"아이"가 장차 되고자 한 "사람"은 어떤 존재일까. 「코」에서 "아이"는 "사람"이 아니었다. 자신이 "사람이 아니"라는 사실은 견딜 수 없는 "상심"을 그에게 안긴다. 그 무렵 "사람"은 배를 선물 받았지만 노가 없어 어디론가 가지 못한다. 이때 "아이"는 자신이 부러뜨려 모아둔 "정강이"를 노 삼아 "사람"의 "배"를 타고 어디론가 떠난 것으로 추측된다. 그런데 지금까지의 문장에서 따옴표를 지우고 다시 읽으면 조금 다른 의미 층위가 발견된다.

아이는 사람이 되고 싶어했고 사람의 배, 즉 '사람이라는 배'를 타고 떠난다. 사람이 되기 위해서.

"아이"에게 "사람"이 된다는 것은 자기의 부분을 부러뜨려 내어놓

아야 겨우 앞으로 갈 수 있는 수단을 지닌 존재가 됨을 의미하지는 않는가. '사람'이라는 배를 이끌어나가기 위해 자기를 내어놓아야 하는 존재로서 "사람"이 "아이"가 되고 싶어했던 형상으로 보인다.

나아가 '아이=사람=조타수'의 등식이 성립된다고 할 때, "아이"는 이미 세계의 절망을 맛보았으며 이제 무엇을 품어야 하는지를 고민하는 "사람"으로 성장했다고 할 수 있다. 사람이 되기 위하여 매번 버려지고 그런 중에도 자기 자신만큼은 버리지 않기 위해서 어디 하나 망가졌더라도 그것을 주워담는 아이의 목표는 결국 누군가를 밝은 곳으로 보내는 것일 테다. 그런 이상 「한겨울의 조타수」에서 사람들을 여름으로 탈출시키고 자신은 그곳에 남은 '조타수'가, 누군가를 밝은 곳으로 보내는 것이 목표였을 "아이"가 성장한 이일 것이란 가정은 설득력을 얻는다. "아이"가 그런 목표를 가진 '사람'으로서 조타수가 되었다면 난파된 뒤 그가 행한 것은 그의 믿음의 행위이기 때문이다.

믿음의 구체적 모습과 관련하여 「지독한 자세」의 일부를 참고해본다.

> 아주 무거운 사랑이라고
>
> (……)
>
> 화석, 공포를 허우적거리다가
> 두 인간이 만들어버린 하얀 양각이
> 사랑이라고

(……)

조금씩 베어먹으면 오래 먹을 수 있다
그렇게 말하고 전부 남기고 간 사람의 크기만큼
몸을 옆으로 접어 비워둔 침대 위

(……)

지독한 자세
수억만 년 압축한 태양 밑에서
계속 눈을 뜨고 있다는 건

—「지독한 자세」 부분

화자는 "그리스 남부에서 발굴된 남녀" 화석을 관찰하고 있다. 화자는 아주 오랜 시간 동안 서로를 부둥켜안은 채 죽어 있었을 사람들을 보고, 그들이 어딘가에 묻혀 없어지지 않고 돌출된 육체를 가지고 "양각"으로 드러나고 있으며 그것을 "사랑"이라 말한다. 화자는 비극적인 죽음 앞에서도 사랑을 '보는' 사람이고 그것에 대해 '말하는' 사람이다. 말하는 사람이 되기 위해서는 그것들을 보아야 한다. 때문에 조금 괴로울지도 모를 '본다'는 감각은 화자에게는 매우 중요하게 다가온다. (이 점을 생각하면 「한겨울의 조타수」에서 사람들이 무사히 건너가는 것을 '보는' 사람이 되는 것을 선택한 '조타수'라는 사람을 더 잘 이해할 수 있다.) 그가 보는 사랑이란 자신이 가진 것 이상을 내어놓는 것이 아니라 가진 것만큼을 "전부 남"기는 것이다. 딱 자기만큼의 몫을("전부 남기고 간 사람의 크기"). 그 자신은 그가 보는 "사랑"과 결코 다르지 않다. "태양 밑에서 계속 눈을 뜨고 있"는 사람은 '그리스의 두 남녀'일 뿐만 아니라 그것을 계속해서 보겠다는 화자 자신이 된다. 요컨대 "아이", '조타수'에 이어 이 시의 화자는 뭔가를 본다는 것이 누군가를 더 밝은 쪽으로 이끌어낼 수 있다는 믿음을 지니고 있다. 자주 자신의 믿음에 배반당한 사람이 지켜낸 어떤 태도이자 마음이 이러한 방식의 '신뢰'라면, 그것은 외부에 의해 상하기도 한다는 점에서 물렁하지만 그것을 버리지 않고 또다른 기대를 건다는 점에서 단단하고 유연하다.

*

시에서 "아이"가 "사람"을 지향하고 때로 '조타수'가 되는 것과 같이, 화자가 여러 명으로 분화되어 나타나는 것은 어쩌면 자연스럽다.[3] 시는 언제나 세계와 자아의 대결의 구도 속에서 읽혀왔지만 '자기' 역시 세계의 일부이고 또 그런 '자기'의 모습이 단 하나만으로 존재하지 않기 때문이다. 가령 "아이"와 '조타수'가 한 명의 인물이라고 하더라도 그들의 발화는 단 하나의 줄기로 흡수되지 않는다는 점에서 그들은 각각 다른 자신이다. 그러한 수많은 자기를 어떻게 감당

---

3) 다음 시의 구절을 참고하도록 하자. "없는 아들이 불쑥 말하고/침대에서 튀어나와 현관을 열고 유치원으로 갔다"(「거짓말」), "처음부터/당신은 당신이 아니고/나는 내가 아니었다"(「각자의 것은 각자에게로」), "내가 늑대 새끼다. 자신의 아비에게 그 말을 듣고 돌아온 아비는 이후로 늑대는 못 하고 개처럼 굴었다."(「만월」)

할 것이냐는 게 그런 자기들이 있음을 발견한 시절을 지나온 시인 앞에 놓여 있는 문제일 것이라 생각되는데, 실은 나도 그걸 잘 모르겠다. 우리는 어떻게 해야 하나. '견딤'을 견디는 것이 어려우면 어떻게 해야 하나. 그것을 단번에 돌파할 방법은 모른다. 그렇지만 그렇게 몇 번씩 꺾이고 난 뒤에 비록 울음으로 엉망이 된 모습을 하고서라도 다치고 깨진 여남은 것을 주워 다시 기대를 걸 무언가를 찾아 나서는 것이 분명 지금 취할 수 있는 유일한 방법이자 최대의 용기이다. 도저히 견딜 수 없는 것을 견뎌야만 앞으로의 삶이 지속될 것임을 이십여 년 동안 알게 되었으나 그걸 알고서도 버텨나가겠다고. 이 시집이 이런 것을 말하려는 것이라면 나 역시 조금 더 버텨보겠다고 생각한다. 나의 부분을 내어주는 것에 대해 비록 삶은 그 어떤 것도 되돌려주리라 보장하지 않겠지만. 낙관적인 조건도 없이 깨지고 좌절하고 망가진 뒤에도 다시.

(2020)

축적 불가능한 시대의 마음
—김금희론

키워드 마음

마음은 왜 있는가. 이해할 수도 이해시킬 수도 없어서 괴로운 것이 마음이라면, '마음대로' 할 수도 없는 것을 왜 가지고 있어서 인간은 고통받는가. 김금희의 소설은 이에 대한 답을 주지는 않지만, 마음이 복잡하게 얽히는 것을 보여주며 그 마음을 자꾸만 파고든다. 특히 김금희의 연애 서사가 그렇다. 누군가와 마음을 나누는 것이라면 역시 연애인가 싶은데, 김금희의 소설에서는 유독 이것도 연애이고 사랑인가 싶은 '연애 서사'가 눈에 띈다. 한 예로 『나의 사랑, 매기』(2018)를 들 수 있다. 대학 시절 연인이었으나 지금은 유부녀인 매기와 비혼의 재훈이 다시 만나는 이야기에서 그들의 관계는 연애라 할 수 없을지도 모른다. 그들의 관계는 위태롭고 서로 이해할 수 없는 것 천지다. 그러나 중요한 것은 납득 가능한 연애 관계의 여부가 아니라, 서술자 재훈이 그에게 주어진 시간을 모두 할애하여 매기의 마음에 대해 생각한다는 사실에 있다. 매기를 향한 자기의 마음을 이해하기 위해서라도 재훈은 필사적으로 매기의 마음에 대해서 생각한다. 이처럼 자기 전부를 걸고 타인의 마음을 만져보려는 인물이 이끄는 연애 서사는 모종의 사회성을 지닌다. 재훈과 같이 타인을 경유하여 자신을 보는 인물의 언어는 여럿의 것이다. 어쩌면 이렇게까지 한 명에 대해 곰곰하고 집요하게 생각할 수가 있나 싶은 매기에 대한 재훈의 말은 타인의 마음과 격리되지 않고 '나-너'의 마음으로 뒤섞인다. 이처럼 자신의 마음을 이해하기 위해 타인의 마음에 닿으려는 것이 김금희의 소설에서는 거의 등가의 일로 수행된다.

김금희의 연애 서사는 타인에게 뻗어나가는 마음을 다룬다는 점과 더불어 사회 현실의 감수성을 반영한다는 점에서 거듭 사회적이다. 소설의 인물들은 이 시대의 감각에 대한 의인화로 읽힌다. 『나의 사랑, 매기』와 「너무 한낮의 연애」가 그렇고, 특히 『경애의 마음』(2018)이 그러하다. 『경애의 마음』은 경애, 상수의 이어질 듯 말 듯한 연애 서사가 한 줄기를 이루는 한편 경애와 상수 각각이 경험했던 세계의 상실과 폭력이 그들을 어떤 마음의 상태로 만들었는가가 또다른 주요한 줄기를 이룬다. 이 두 줄기는 공통의 사건을 중심으로 한데 엮인다. 즉 이들 마음의 마주침은 공통의 상실로부터 발생하는 듯 보인다. 이들의 연애 서사에서 중요한 것은 무너져내리는 마음을 각자가 어떤 방식으로 지켜보고 이해하는가, 일으켜 세우려고 하는가 하는 점인데 여기에 '은총/E'의 죽음이라는 사건이 가로놓여 있다. 은총/E의 죽음으로 드러나는 세계의 폭력과 상실의 경험은 사회적 차원의 것—사회의 사건/사고와 그에 대한 세간의 부주의한 반응—으로 인해 개인의 마음이 온통 망가질 수 있음을 알려준다. 오직 개인의 것인 듯 여겨지는 마음은 사회적으로 겪을 수 있는 공통의 경험을 기반으로 형성된다. 그렇다면 공통의 사건이나 상실로 인해 개인의 마음이 다쳤을 때 그것을 추스르는 것 역시 누구 한 명 개인의 몫이 아니라 같은 일을 겪은 누군가가 나누는 마음에 의해 가능할 것이다. 그렇게 개인의 마음에 사회적인 마음이 깃들 수 있다.

소설에서 현현되는 사회적 감각으로서 마음은 파업이나, 부당 해고, 권고사직에 준하는 부당 발령, 인현동 화재 사건, 세월호 참사, 삼풍백화점 붕괴와 같이 온갖 사라져버린 세계와 관계된다. 이러한 사건들을 겪으면서 자란 사람은 과거와 현재와 미래를 어떻게 연결지을 수 있는가. 김금희 소설 속 인물들은 이 문제의식을 공유한다. 달리 되었다면 좋았을 과거는 속절없이 사라졌고 현재는 겨우 이어져가며 미래는 생각도 해볼 수 없는 것이 이러한 상실을 겪는 마음의 현주소는 아닌가. '이 시대의 마음'이 그런 망가진 것 위에 위태롭게 쌓아 올린 것이라면 그것은 어떻게 추슬러져야 할까.

이 글에서는 김금희 소설이 보여주는 이러한 마음의 성질을 '마음의 사회성'이라고 발음하려고 한다. 김금희의 근작 중 연애 서사를 골자로 하는 소설, 『나의 사랑, 매기』와 『경애의 마음』을 중심으로 마음이 어떻게 사회적인 것과 연관되는지 살펴보겠다. 이런 것을 사랑이라고 할 수 있을까 싶은 관계들을 통해 그것이 이 시대의 감각과 어떻게 연관되며 어떤 것을 비유하고 있는지 짚어본다. 김금희의 서사에서 독자는 다음의 것을 보게 된다. 아주 개인적으로 보이는 마음이 사실은 그렇지 않으며, 그 마음이 무너진 뒤 이제 어떻게 해야 하는가를 맞닥뜨려야 했을 인물들의 마음은 어떻게 현현되는가. 연애의 양상에 주목하며 이 질문을 던져본다.

축적 불가능한 시대의 연애: 『나의 사랑, 매기』[1]를 중심으로

『나의 사랑, 매기』(이하 『매기』)는 매기를 생각하는 재훈의 서술로 이루어진 연애 서사이다. 재훈과 매기는 대학 시절 잠깐 사귀었던 사이이다. 당시 어떤 '홀리함'을 중시하여 혼전 순결을 지키던 재훈에게 매기는 "미래는 현재와 다른 어떤 것이 아니라 단지 긴 현재일 뿐"(21~22쪽)이며 자기는 "미래가 아니라 지금 당장"(29쪽) 섹스를 해야 하는 인간이라는 전언을 통해 이별을 선고한다. 오랜 시간이 흐른 뒤 우연히 재회한 매기와 재훈은 섹슈얼리티를 교환하는 사이가 된다. 그런데 매기는 기혼에 아이가 있는 배우고 재훈은 비혼의 편집자로, 매기에게 재훈은 언제나 숨겨져야 하는 존재가 된다.

재훈은 감춰져야만 유지되는 관계가 심히 불만스럽다. 재훈 역시 그들이 다시 만난다는 사실이 예전으로 되돌아갈 수 있음을 보장하지 않음을 안다. 그럼에도 그는 연애 시절 매기와 나누었던 그 마음을 다시 느끼기를 바란다. 불가능한 줄 알면서도 매기와의 찬란한(?) 미래를 꿈꾸려는 그에게, 그것이 불가함을 알면서도 납득은 할 수 없는 이 이상한 관계는 버릴 수 없는 모멸적 희망으로 작동한다. 여기서 한 가지 질문을 던져보자.

Q. 현재의 상황이 이런데도 그들은 왜 만나기로 했는가.

재훈의 서술에 따르면 매기는 언제나 '현재'가 중요하다. 그런 매기에게 이 관계는 지금 가장 필요한 것이라 추측된다. 미래야 어쨌든 당장 재훈을 만나는 것이 그녀에게는 중요하다. 현재를 강조하는 매

1) 김금희, 『나의 사랑, 매기』, 현대문학, 2018. 이하 인용시 본문에 쪽수만 밝힌다.

기에 비해 재훈은 자신을 미래지향적인 사람으로 여긴다.

> 우리 관계가 매기가 출연하는 그 드라마들처럼 과거를 재연하면 믿거나 말거나 재연이 가능한 듯 행동하는 것은 이 관계에서 오는 책임을 미루려는 음모라고 생각했다. 그렇게 하면 오늘은 유지될지 몰라도 내일은 아닐 것이었다. 미래는 절대 긴 현재 따위가 아니고, 그렇게 아무 일 없이 연장되는 것이 아니고 선택하는 것이었다.(37~38쪽)

재훈에게 미래는 선택적인 것이다. 매기가 자신과의 관계를 택할 것인지 말 것인지에 따라 '우리'의 미래는 달라질 수 있다. 현재는 오로지 성취하고자 하는 미래에 대한 다짐과 각오로 점철된다. 그런 현재로서 다가올 시간을 달라지게 할 수 있다고 그는 믿는다. 그러나 정말로 그러한가? 우리는 정말로 내일을 선택적으로 살아갈 수 있는 시대의 인간인가? 어쩌면 매기의 방식으로 사는 것이 최선의 용기일 수도 있지 않은가.

여기서 현재와 미래의 축에 각각 올려놓을 수 있을 또다른 인물의 이야기를 잠시 겹쳐본다. 「너무 한낮의 연애」의 양희와 필용이 그들이다.

> 필용과 양희는 성격이 전혀 달랐다. 필용이 앞으로 펼쳐질 인생, 그 과정에서 반드시 이겨내야 할 어려움, 그리고 그것을 극복하고 나서야 얻게 될 성취와 인정에 대해 상상하며 지냈다면 양희에게는 그런 것이 없었다. 양희에게는 현재라는 것만 있었다. 하지만 그 현재는 지금 생생하게, 운동감 있게 펼쳐지는 상태가 아니라 안개처럼 부옇게,

분명 있지만 확실하지는 않게 풀풀 흩어지는 것에 가까웠다.(「너무 한낮의 연애」, 『너무 한낮의 연애』, 문학동네, 2016, 15쪽.)

위의 인용은 양희의 "나 선배 사랑하는데,"(20쪽)로 시작했다가 "아, 선배 나 안 해요, 사랑,"(30쪽)으로 끝난, 필용과 양희의 연애 시절에 관한 구절이다. 여기에서 필용은 미래를 대비하는 사람으로 그려진다. 그는 (양희가 아닌 여자와) 결혼하여 아이를 낳아 기르고 있으며 대기업에 입사하여 어느 정도의 직급에 올랐다. 자신이 준비한 미래를 착실하게 현실로 가져온 그는 지금 대비한 적 없는 미래를 맞이하게 될 운명에 놓여 있다. 권고사직이나 다름없는 인사이동 때문이다. 언제나처럼 있었다가 하루아침에 없어져버린 직급처럼 교체되면 그만인 자기의 사회적 존재감에 허탈함을 느낄 무렵, 그가 양희의 느닷없이 생겨났다가 사라진 사랑을 떠올린 것은 '대체할 수 없음'의 감각이 절실했기 때문일 것이다. 양희가 아니면 안 되는 그날 그때의 마음이 필용에게는 지금 필요하다. 즉 필용이 상기하는 '양희의 마음'은 결국 지금 자신에게 필요한 '대체 불가능한 마음'이다. 이렇게 마음은 미래형 인간을 아주 강력하게 현재로 끌어당긴다.

다시 『매기』로 돌아가보자. 대체될 수 없는 마음에 골몰하는 모습에서 재훈과 필용이 겹쳐진다. 온갖 각오로 미래를 바꿀 수 있고 그로써 현재가 유의미하다고 여기는 재훈에게 가치 있는 것은 이런 것이 아닐까. 자기 역시 누군가가 성취하고 싶은 미래이고 싶다는 것. 자신이 꿈꿔온 미래를 성취해왔듯 자신 또한 누군가의 미래이기를 원하며, 상대 또한 자신의 미래가 되기를 간절하게 바라는 것 말이다. 그러나 재훈의 현재는 미래를 위한 발판으로 자리해주지 않는데 재훈과 매기의 관계가 그것을 단적으로 보여준다. 재훈이 꿈꾸는 '매기와의 미래'는 미래를 도모할 수 없음으로 인해 매기와의 현재를 유지할 수 있게 한다.

그렇다면 두번째 질문.

Q. 재훈의 주장처럼 매기는 자기의 현재만을 위해 이 관계를 선택했을까? 매기는 정말로 이기적이고 재훈과의 관계에서 미래는 전혀 생각하지 않는 무책임한 인간인가?

시간에 비유컨대 매기는 의인화된 현재이다. 매기로 비유되는 현재의 삶이라는 것은 무엇인가. 오늘만 간신히 버텨보자는 목적으로 간신히 살게 되는 때가 누구에게나 있을 것이다. 그러나 미래를 꿈꾸는 일의 막연함이 시대를 불문하고 모두에게 동일한 의미일 수는 없다. 그렇다면 2010년대의 젊은이로 산다는 것은 무엇인가 하는 질문으로 바꾸어본다. 낭만적 미래를 그릴 수 없고 어느 순간부터는 오늘만 살아내는 것도 벅차다는 것을 좀더 빈번하게 느끼는 삶은 아닌가. 이러한 맥락에서 매기와 재훈의 관계는 오늘날에 대한 직접적인 비유가 된다.

우리는 뭐든 그렇게 '축적'이라는 것을 해서는 안 되는 사람들이었다. 그래서 우리는 함께 사진도 찍지 않았다. 둘이서 다정하게 카메라를 바라보는 일, 그것이 아무리 기계의 눈에 지나지 않더라도 그렇게 제삼의 눈을 바라보는 게 차마 못할 일이었다. 그렇게 객관화했을 때 우리는 아마도 무너질 것이었다.(63쪽)

이 구절은 언뜻 재훈과 매기가 불륜 관계이기 때문에 발생하는 문제처럼 보이는데 이것이 이 시대에 어떤 의미가 있느냐 하는 질문을 함께 던져야 하겠다. 이들의 이야기가 이전 시대의 불륜 서사와 다르게 읽힌다면 그것은 '미래 없는 현재'의 시대감각 때문일 것이다. '현재'는 재훈과 매기의 관계처럼 어떤 것을 축적하는 것이 불가능한 시대다. 축적 불가능한 것이 물질이나 돈뿐만은 아니나 적어도 그것과 모종의 관계는 있다. 쌓아올릴 물질이 없는 현실은 인간의 존재론적 인식에 타격을 준다. 가령 돈이 없어도 사랑만 있으면 함께할 수 있다는 말이 비현실적 낭만으로 느껴지는 것은 우선 이 말을 믿을 만큼 자본주의하의 삶이 호락호락하지 않다는 것을 알기 때문이며, 의지와 무관하게 물질적 축적이 불가능한 세계에서는 그것이 마음의 박탈로 이어지는 것을 수도 없이 목격해왔기 때문이다. 물질 만능주의와 인본주의는 상반된 듯 보이지만 어쩌면 그 간극은 종이 한 장 차이일 뿐이다. 물질만 있다면 모든 것이 가능하다(해결될 수 있다)고 믿는 사고는 '마음의 중요성'을 강조하게 되는데, 여기에는 물질로 마음이라도 사고 싶다는 욕망이 일부 감춰져 있다. 이렇듯 그 무엇도 축적되지 않는 삶의 방식으로서 그들의 연애 관계를 보며 마음을 제한하는 것에 의한 답답함 때문에 누군가는 망연함을 느낄지도 모른다. 재훈의 가치관에 동의하든 그렇지 않든 '축적이 불가능한 관계'가 주는 허망함은 개인 차원의 문제가 아니라 세계를 살아가는 삶의 감각 차원의 문제다.

이러한 시대의 문학은 이전의 것과는 사뭇 다르게 사람의 마음을 한없이 허물어지게 하고 약해지게 하는 것일 테다. 마치 우리가 재훈, 필용과 같은 인물을 통해, 미래를 향해 각오뿐인 현재를 살아왔는데 미래는 불투명하며 그렇게나마 보장되는 미래 역시 시한부인, 미래가 불가능해 보이는 시대의 불안함을 확인하는 것처럼. 그러나 서사는 이 불안함을 내버려두지 않는다. 서사는 이 시대의 불안을 건드려 증폭시켜놓음으로써 성취해야 할 미래를 주문하는 대신 절망만 가득해 보이는 현재일지라도 꿈꿔볼 가능성으로서 '같이 꿈꿀 자'의 자리를 마련하려 한다. 지금 우리에게 필요한 것은 누군가의 희생으로 당도할 미래가 아니라 같이 꿈꿀 자로서 발견되는 미래이자 위로다. 전부 망해가는 것 같은 현실에서 도대체 어떤 미래를 그려볼 수 있을 것인가 하는 물음이 답도 없이 남아 있는데, 소설의 인물은 '같이 꿈꿀 자'를 통해 그 미래를 꿈꾸며 독자에게 위로의 마음을 건넨다.

그러한 맥락에서 다소 인공적으로 비칠 수 있는 매기, 양희와 같은 인물은 오히려 매우 현실적이다. 그들은 미래가 좀처럼 상상되지 않는 시대에 현재를 가장 중요하게 여긴다. 흐릿한 현재일지라도 오늘, 지금, 당장을 산다는 것은 그 행위가 무책임해 보이거나 위태로워 보이는 것만큼의 용기와 과감함이 필요하다. 동시에 현재를 추구하는 행위 속에는 지금 당장의 삶이 간절하게 필요한 사람의 마음이 담겨 있다. 그녀들은 누군가에게 미래를 기대하지 않고 자신도 미래가 되지 않는 방식으로, 자기를 단단하게 만드는 지금 우리의 한 모습일지도 모른다.

그런 인물이 '현재'라는 시간으로 현현되고 있다고 할 때, 그런 사람(현재)에 대해 아주 오래도록 생각하는 재훈이나 필용과 같은 인물은 뜻밖에도 위로가 되는 '같이 꿈꾸도록 하는 사람'이 된다. 그들은 그녀들의 현재를 강력하게 추동하는 존재다. 현재만이 중요한 듯 보이는 그녀들에게 미래로 비유되는 그들이 필요했던 것은 그 어느 때보다도 요원한 미래를 간절히 염원하고 있기 때문이다. 미래로서의 사람들은 누군가 한 사람, '현재'의 사람을 누구보다도 많이 생각하고 있고 그 마음에 대해 이만큼 많은 이야기를 고백한다. 미래는 현재를 감당하는 마음에서 발생한다. 그저 연애 서사처럼 보이는 『매기』나 「너무 한낮의 연애」는 현재와 미래에 대한 우리의 감각을 대변한다. 시대 현실 앞에 무심한 듯 보이지만 사실은 온통 마음을 쏟고 있지 않느냐고 묻는 듯한 그들의 이야기를 읽으며 누군가의 마음은 손쓸 수 없이 허물어지는지도 모른다.

『매기』에서 매기와 재훈이 어떤 이유를 들어 이 끝이 보이는 관계를 시작했다고 해서 그것을 그대로 믿을 수는 없다. 그들이 서로에게 바라는 것은 실은 자신이 상대에게 할 수 있는 최선의 일이다.

> 절정으로 갈 때면 매기는 나에게 사랑하느냐고 물었고 나는 매기에게 이름을 불러달라고 했다. 그 두 가지 상황은 늘 반복되지만 사실 서로가 좋아하지 않는 서로의 취향이었다.(88쪽)

재훈은 매기로부터 일종의 사랑 없음을 마주하느라 매번 곤욕을 치른다. 그중 하나는 사랑한다는 말을 들을 수도 할 수도 없다는 것이다. 그런데 매기는 절정의 상황에서 반복적으로 자신에게 사랑한다고 말해주기를 요구한다. 감정 교환을 제한해야 하는 사이에서, 그리고 누구보다도 그것을 철저하게 지키는 매기가 느닷없이 사랑을 외치는 것은 어떤 연유에서인가. 그것은 매기가 재훈에게 그의 마음을 제한하도록 요구하듯 자기의 마음도 엄격하게 제한해야만 서로의 관계를 겨우 담보할 수 있기 때문은 아닐까. 그렇게 해서라도 계속되어야 하는 관계를 사랑이 아니라고 할 수는 없을 것이다. 매기는 재훈으로부터 사랑을 갈구한다. 사랑을 제한하는 방식으로, 겨우 그 마음을 유지하는 방식으로.

> "나는 너를 그렇게 부를 수 없어. 나는 이미 남편을 '비버'라는 애칭으로 부르고 있거든."
>
> 매기는 내 질문에 담담하게 대답했다. 그리고 매기의 그 말에 내 마음이 산산조각 나려고 하는 순간 그런데 나는 너를 만나면서 다른 누구와 잔 적은 없어, 하고 덧붙였다.
>
> "하지만 그런 사실들이 이제는 누구를 위한 것들이었는지 알 수가 없네."(105쪽)

재훈은 매기가 자신들의 사이가 축적이 불가능한 사이임을 상기시키며 실명으로 자기를 부르는 것을 금지하자 마음이 내려앉는다. 그럼에도 그녀의 요구를 받아들여 그녀를 '매기'라는 별명으로 부르고 어느 날 자신에게도 애칭을 지어주면 어떻겠느냐 제안한다. 위의 인용은 그에 대한 매기의 답변이다. 매기는 왜 남편에게 하는 행위를 고스란히 재훈을 통해 자신에게 되풀이시키는가. 그것은 자신이 애정을 다해 남편을 애칭으로 부르고 있듯 누군가가 자기를 애칭으로 불러주는 것이 매기에게 필요하기 때문이다. 매기 자신이 안정적인 현재와 미래를 보장할 수 있는 사람(남편)에게 애정의 표현으로 별명을 지어준 것과 같이, 누군가에게 자신이 그런 자가 될 수 있기를 바라는 것이다. 하지만 그렇게 될 수 없는 관계에 현재가 최우선되는 행위로 '애칭 붙이기'가 행해진다. '애칭 붙이기'는 매기에게 익명성을 보장한다는 의미에서 우선 매기를 위한 것이며, 매기에게 강력한 현재성의 감각을 일깨우고 또 누군가의 미래가 되는 것을 승인한다는 제스처를 실현해보려 한다는 점에서 또다시 매기를 위한 것이다. 그러나 그 자리가 다른 누구도 아닌 재훈에게 주어진다는 점에서 재훈을 위한 것이기도 하다. 가정의 평화와 명예 등을 위한 것이기도 했으나 결국은 매기가 현재를 버텨내기 위한 강력한 수단으로서 '자신에게 애칭을 붙일 것'이 요구되었고, 재훈은 자기가 바라 마지않은 누군가의 '(불가능한)미래 되기'를 수행했던 셈이다.

누군가에게 마음을 승인한다는 것은 현재를 버티고 미래를 도모할 자리를 내어준다는 의미다. 이를 위해 자기를 전부 내던지지 않을 수 없는데 매기는 매기의 방식대로 재훈은 재훈의 방식대로 그것을 감당한다. 물질이든 마음이든 축적이 불가능한 시대에 현재와 미래를 살아보려는 자들이 교환하는 이 미묘한 감정을 사랑이라 말할 수 있겠냐는 질문에 대답을 망설이지 않아도 좋겠다. 소설은 아주 오랫동안 타인의 마음을 살펴 우리의 현재와 미래를 타진하려 한다. 이러한 소설의 지극히 개인적인 연애의 마음은 누구 하나의 것이 아니라 타인의 것을 모두 아우르는 사회성을 지닌다.

마음과 마음을 잇기: 『경애의 마음』[2)]

『경애의 마음』(이하 『경애』)은 분량이 상당하고 인물마다 상세한 사정이 있어 짚어봐야 할 요소가 적지 않으나 이번에는 '마음'이란 주제어에 더해, '사회'라는 키워드를 얹어 살피기로 하자.

---

2) 김금희, 『경애의 마음』, 창비, 2018. 이하 인용시 본문에 쪽수만 밝힌다.

『경애』에서 중요하게, 그러나 좀처럼 진척되지 않는다고 느껴질 법한 것이 경애와 상수의 연애이다. 둘은 반도미싱의 골칫거리로 여겨지며 한 팀으로 묶여 있다. 경애와 상수는 회생의 가망이 없다고 보아도 좋을 해외 업무에 파견된다. 베트남 지부에서 불성실과 부당함과 부조리를 목격하면서 그들, 특히 상수는 지쳐간다. 그 무렵 상수는 자신이 익명으로 운영하던 연애 상담 페이지인 '언니는 죄가 없다'가 해킹되면서 충격에 빠진다. 경애는 그런 그를 일으켜세우는데 이 과정에서 둘 사이에 '은총/E'가 놓여 있다는 사실이 중요하게 작용한다.

상수에게는 '은총'이라는 실명으로, 경애에게는 'E'라는 익명으로 언급되는 통칭 은총은 1999년 인현동 화재 사건[3]으로 사망했다. 상수에게 은총은 영화 캠프에서 만났던 절친이었고, 경애에게 E는 거칠고 미숙하지만 연애 감정을 공유했던 상대였다. 경애와 상수는 소설이 진행되면서 서서히 서로의 사이에 '은총/E'가 놓여 있음을 눈치챈다. 여기에서 '은총/E'는 죽음이라는 폭력적 경험을 매개하는 공통분모다. 공통의, 그러나 결코 같다고 할 수는 없을 어떤 상실의 시간을 떠나보내온 사람이 상실을 겪고 있는 사람에게 건네는 위로는 둘의 감정을 추동한다,

이런 상황에서 상수가 결정적으로 경애에게 사랑의 감정을 느끼는

3) '인현동 호프집 화재'는 인현동의 한 호프집에서 축제 뒤풀이를 하던 고등학생 포함 손님이 다수 사망한 사건이다. 학생들이 돈을 내지 않을 것을 염려한 호프집 주인이 화재 발생 후 사람들을 대피시키지 않고 혼자만 알고 있는 비상구로 빠져나가면서 큰 인명 피해로 이어졌다. 이 외에도 비상구 폐쇄 및 건물 내 소방시설 미비로 더 큰 피해가 발생했다.

장면은 다음과 같다.

> 여기에 사랑이 있었다. 이 베이지색 식탁보가 깔린 테이블에 사랑이 있다고 생각하자 상수는 눈물이 어렸는데 사랑이 있다는 느낌이 가져오는 의외의 헛헛함 때문이었다. 사랑이 있다고 하면 대개 차오른다거나 벅찬다거나 하는데 지금 상수는 무언가가 급하게 빠져나가 완연히 달라진 바깥의 온도와 내면의 온도를 느꼈다.(259~260쪽)

이무렵 상수는 온통 실패만 하는 날들을 보내고 있었다. "공상수 너 실패, 메뉴 선택 실패, 이메일 보안 실패, 언니로 살기 실패, 짝사랑 실패, 해외파견 실패, 팀장 실패, 아주 다 실패(248쪽)"라고 느끼고 있던 참이었다. 인용구는 호텔 로비에서 또다른 실패를 기다리던 공상수가 불현듯 사랑 있음을 깨닫는 장면이다.

모든 게 다 실패한다는 것은 어떤 마음이 들도록 하는가. 아무것도 남지 않았음을 숨길 수 있을 에너지조차 모조리 빠져나간 것 같지는 않을까. 괜찮지 않음을 숨기지 않을 도리가 없는 상태, 그러나 남이 알든 말든 이제 그런 것은 중요하지 않고 아무것도 하지 않은 채 겨우 삶이 가능한 상태. '나는 완전히 실패'라는 감각은 '나의 상실'과 매우 가까이에 있다. '실패'는 존재의 상실로 연결되며 사람이 존재를 상실하게 될 때 어떻게 되는가 하는 질문과 겹쳐진다. 이 지점에 은총의 상실이 놓인다. 경애와 상수는 '은총'을 공유한 사이로, 어떤 애틋함과 함께 그 소중한 존재가 더이상 없음을 상기시키는 사이이기도 하다. 그로부터 발생하는 다정함, 위로 같은 것은 그들의 마음을 추동케 하는 원인이 될 수 있다. 관련하여 상수가 자신의 사랑의 마음을 차오르는 것이 아니라 아주 고갈되어버리는 것으로 묘사하는 것에 다시금 눈길을 주기로 한다. 급하게 빠져나가는 감각은 그 빈 것에 대해 생각도록 한다. 그것이 자신에게 큰 것이었는지, 중요한 것이었는지, 어떤 것이 빠져나간 자리를 이제 어떻게 해야 하는가를 생각하는 것이다. 빈 것이 그곳에 있던 대체 불가능한 존재로 맥락화됨에 따라 연애, 사랑, 다정이 기입될 수 있다. 가령 은총이 있었던 그 자리에 이번에는 경애가 나란히 서는 것으로.

상수는 해외에 파견되어 있는 동안 성공적인 계약을 성사시키지 못하리란 것을 확인한다. 또한 '언죄다' 해킹을 어떻게 수습할지에 대한 고민으로 무기력해진다. 이에 상수는 집에 틀어박히고 경애는 반미를 사들고 그를 찾아온다.

"상태가 많이 좀 그러세요. 이왕 샀으니까 집에서라도 혼자 드시길요. 샤워도 하시고요."

(……)

경애씨,

상수가 문자메시지로 경애를 불렀다.

기다려주면 안될까요. 나가긴 할 건데요.

(……)

뒤돌아보니 상수는 베란다에 나와 경애를 내려다보면서 문자메시지를 보내고 있었다. 베란다 난간에 붙어서 휴대전화를 들고 있는, 그냥 좀 씻고 나오면 그만일 일을 하지 못하는 상수의 마음이 보일 듯 말 듯 했다.

(……)

우선 반미를 먹어요.

이윽고 경애가 상수에게 답을 보냈다.

먹고 나서는요?

먹고 나서 다시 문자해요.

(……)

경애씨, 먹었는데요.

씻어야죠.

그래야죠.

일어나는 것까지만 우선 해요. 일단 욕실까지만 가는 건데요. 근데 지금은 그것도 어려울 것 같잖아요?

경애씨, 그런 건 어떻게 알아요?

겪어봤으니까 알죠. 안 겪어보고 어떻게 알아요? 척 보면 아는 건 80년대에나 가능하고요.

(……)

맞아요, 경애씨, 경애씨도 힘들었죠?

언제를 말하십니까?

……그러니까 은총이, 그 친구가 떠났을 때나 여러번요.

(……) 그렇다면 상수도 은총과 관련한 어느 기억에서 경애를 연상할 만한 연결고리를 가지고 있을까. 있다면 듣고 싶다고 생각하자 눈물이 어렸다.(270~273쪽)

누군가가 마음을 다했던 무엇을 아주 잃어버렸을 때의 무기력함을 경애는 이해한다. 경애는 은총이 죽고 난 뒤 "씻는 것, 머리를 감고 이를 닦고 세수를 하는, 누구나 하루에 한 번쯤은 귀찮아도 후다닥 해내는 그런 일"(104쪽)마저도 해내지 못하고 틀어박힌 적이 있다. 씻고 몸을 일으켜 뭔가를 한다는 것은 자기를 잘 다독여서, 자기 마음대로 안 되는 자기의 마음을 잘 어루만져서 밥도 먹이고 씻기고 일도 시키는 것이다. 오로지 자기만을 위한 그러한 일을 손에서 놓아버렸다는 것은 어딘가를 향할 마음이 망가졌음을 의미했다. 때문에 경애는 상수의 '썼던 마음이 사라짐'에 대한 망연함과 무서움과 무기력함을 안다. 갈급하게 뭔가가 빠져나가는 것으로부터 시작되는 마음을 콕 집어 연애라고 할 수는 없을지도 모르나 채워졌다가 빠져나간 것의 낙차로부터 '사랑의 마음 있었음'을 확인할 수는 있다.

경애가 궁금해하는, 자기와 은총을 연결 짓는 서로가 서로를 떠오르게 하는 "연결 고리"는 이것이다.

> 미안해, 나는 아무래도 늦을 것 같아…… 그래서 눈을 네가 있는 곳에 먼저 보낼게. 그리고 수화기를 내려놓는 달그닥 소리가 나며 녹음이 종료되었는데 상수는 긴 침묵 끝에 여자애가 내놓은 그 말이 지금까지 들은 누구의 애도보다 슬퍼 엉엉 울었다.(113쪽)

경애는 은총이 죽은 뒤에 그의 번호로 전화를 걸어 위와 같은 메시지를 남긴 적이 있다. 상수는 그 메시지를 듣고 많이 울었다. 상수는 이 메시지를 보낸 여자애가 경애라는 것을 알게 된 이후 수도 없이 은총을 떠올렸을 것이다. 상실을 환기시키는 누군가를 매번 마주한다는 것은 큰 용기를 필요로 한다. 은총이 이제 없음을, 그가 어떻게 그렇게 되었는지를, 그리고 그 죽음을 받아들이기 어려웠던 괴로운 시간이 여전함을 떠올리게 하기 때문이다. 때문에 상수는 경애를 보며 그들 사이에 놓인 사랑이 어떤 상실의 감각과 관련되어 있음을 느낀다. 충만한 것이 아니라 어딘가 쑥 빠져나가는 것과 유사한. 자기가 사랑한 존재가 갑자기 사라지고 마음만 덩그러니 남아 있을 때 사람은 마음을 어떻게 할 수 있나. 경애와 상수의 관계는 이 질문에 대한 하나의 대답이다.

추가적인 의문.

Q. 통칭 은총은 왜 '은총'과 'E'라는 두 개의 이름으로 불리는가?

'은총'이라는 이름은 특정인, 고유명사로 인식되는 단 하나의 존재를 떠오르게 한다. 한편 E와 같이 익명성을 지닌 듯한 이니셜은 불특정 다수의 사람을 기입할 수 있는 자리로 남는다. 즉 E는 은총이면서 절친, 남자친구, 할머니의 손자이기도 한 누군가를 동시다발적으로 불러일으킨다. 특정한 동시에 불특정한 모든 것, 보편적인 구체성의 이름을 지닌 어떤 존재는 은총과 E로 각각 호명된다. 오직 한 명의 이름이면서 보편의 상실을 떠올리게 하는 이름이고, 또 그 한 명을 떠올릴 때 발생하는 아주 다양한 맥락들을 품은 세계로서 은총/E가 불린다.

『경애』는 지극히 개인적인 마음이 매우 사회적인 것일 수 있음을 보여준다. 특히 『경애』에서 더욱 부각되는 현실의 문제는 『매기』에서의 '축적 불가능한 시대 인식'을 한층 강화하고 보완하는 요소이다. 미래를 그려보기가 어려운 시대라는 것은 IMF 이후 장기 불황 시대에 산다는 의미에서 그러함을 의미하기도 하거니와 인현동 화재, 세월호 참사 등을 거듭하며 국민의 생존권을 보장하지 못하는 국가와, 누군가의 죽음을 그 죽음 속으로 불현듯 사라져버린 개개인들의 잘못으로 치부하여버리는 망가진 사회를 빗댄 것이기도 하기에 그렇다.

은총은 자동차 공장의 해고 노동자들이 시위를 하는 것을 보고 '불가피한 거 아니냐'는 상수에게 "너는 소중한 걸 잃는다는 게 뭔지 모르는구나"(209쪽)라며 탄식하고, 구걸하는 아이 엄마를 보고 불행하다던 경애에게 "니가 뭔데 그렇게 말"(73쪽)하냐며 화를 낼 줄 아는 사람이다. 사람들은 은총이, E가, 그날의 고등학생들이 술을 마신답시고 그곳에 갔다가 참사를 당한 것 아니냐는 '안 될 말'을 한다. 그러나 정작 그곳에서 불의의 화재로 사라진 것은 잘못된 것에 화를 내고 소중한 것을 앗아가는 것에 분노하고 함부로 연민하는 것에 분노하는 사람이었다. 그가 무슨 잘못을 얼마나 했다고 하더라도 누군가의 죽음을 그가 자초한 것인 것처럼 말해서는 안 되었다.

그런 '안 되는 것'들이 발생하고 '안 될 말'들이 난무하는, 살아 있는 것이 우연이 아니냐며 무겁게 자문할 수밖에 없는 세계에서 현재를 살아가는 일은 쉬이 미래를 담보할 수 없음으로 이어진다. 함께할 공동체를 상상할 수 없는 세계에서 '축적'되지 않는 것은 다름 아닌 마음이다. 그런 상실의 시대에 상수와 경애의 관계는 귀중하다. 그들은 마음을 축적하고 같이 가려 한다. 때로 누군가의 부재를 절감하게 하는 일이 될지라도 그가 어떤 사람이었는지 어떤 존재였는지 기억하기 위해, 또한 어떤 존재들이 그렇게 사라져버리도록 두어서는 안 된다는 마음을 추슬러 주어진 시간을 감당하기 위해서이다. 소설은 우리에게 아주 잃어버린 것만 같은 마음을 폐기하지 않고 가는 방법을 알려준다. 마지막까지 읽고 나서 결국 되돌아갈 수밖에 없었던 문장으로 글을 맺는다.

언니, 폐기 안 해도 돼요. 마음을 폐기하지 마세요. 마음은 그렇게 어느 부분을 버릴 수 있는 게 아니더라고요. 우리는 조금 부스러지기는 했지만 파괴되지 않았습니다. (……) 아니 그냥 잘 지내요. 그것이 우리의 최종 매뉴얼이에요.(176쪽)

(2019)

나를 망친 것, 내가 망쳐야만 했던 것, 그리고 나
—이주란론

사람을 주눅들게 하는 것을 아무렇지 않은 듯이 말하면 무엇이 괜찮아지는가.

아무것도 괜찮아지지 않는다. 별일 아닌 듯 말하다보면 대수롭지 않게 느껴지기는 하겠지만 그것은 괜찮아지기를 바라는 주문을 외는 것에 가깝다. 그리고 우리는 주문에 얼마만큼의 효력이 있는지 알지 못한다.

하지만 말함으로써 괜찮아지는 느낌을 받는 것이 효력의 전부라고 해도 그리 나쁘지 않다. 당장 닥친 고통과 난처함을 별것 아니라고 말하는 것으로 삶이 덜 과중해질 수 있다면, 근본적인 해결책을 제시해주지는 않지만 몇 분의 삶이라도 괜찮은 듯이 지속시킬 수 있다면, 그렇게 하는 편이 훨씬 나을 것이다. 주문의 효력이 처음부터 그만큼이었을지라도 말이다.

이주란의 소설에는 주눅든 사람과 사람을 주눅들게 만드는 것이 나온다. 주눅든 사람은 자신을 주눅들게 하는 것을 아무렇지 않게 말하려고 한다. 그렇게 하는 것만으로 기분이 나아질 뿐 아니라 애당초 그 요인을 '나'가 초래한 것도 아니기 때문이다. 가령 아버지, 가난, 질병과 같은 것은 '나'가 선택한 적 없다. 부모를 선택할 수 있는 사람은 없으며 부모로부터 상속되곤 하는 가난 또한 '나'가 의도하지 않았다. 담배를 피우는 사람만이 폐병에 걸리는 게 아니듯 반드시 특정 과실로 인해 불행이 찾아오는 것은 아니다. 어떤 것은 갑자기, 그냥, 운이 나빠서 벌어지기도 한다.

이주란의 소설은 선택할 수 없었으나 감당해야 하는 불행이 사람을 어떻게 주눅 들게 하는지를 해명하지는 않는다. 그것을 딱히 설명하려 하지 않고 처음부터 그랬던 것처럼 가벼운 투로 말한다. 어쩌면 그래야만 했을 것이다. 인물들이 어떤 불행을 이해하기 위해 인과를 따져보는 순간 자신이 이 불행에 얼마나 기여했는지와 별개로 자신의 존재 부피만큼 책임을 부담해야 하기 때문이다. 하지만 '나'는 자기 앞에 닥친 불운 앞에서 그것의 내력을 파악할 여유는 없고 그런 걸 따져봤자 좋을 것도 없다. 게다가 좀더 내밀한 이유로 문제를 따져보고 싶지 않은 듯도 하다. 이는 통제 욕망과 연결된다. 그는 자신이 통제할 수 없는 상황이 벌어졌음을 불행으로 인지한다. 자기가 통제할 수 없는 상황을 견딜 만큼의 틈도 의향도 '나'에게는 없으므로 자신을 지키기 위해 불행을 사소하고 단순하게 말한다. 그럼으로써 덜 상처받으려고 한다.

이러한 특징을 바탕으로 대수롭지 않은 투로 불행을 말하는 이주란 소설의 많은 화자의 마음 안쪽을 헤아려볼 수 있을 것 같다. 스스로를 이상한 사람이라 자인하는 화자는 비밀을 감추고 있다. 그의 비밀을 천천히 들여다보면 이들의 이상스러움을 조금은 이해할 수 있을 것이다. 왜 그래야만 하냐고 묻는다면 사람은 모두 조금씩 이상한 면을 안고 있고 그 이상함으로 인해 종종 혼란스럽기 때문이라 대답하겠다. 화자의 내밀함은 이 소설을 읽는 누군가의 그것에까지 닿을 수 있고, 또 이주란 소설의 경우 '왜 그 불행이 발생했을까'에 대해 생각하는 것이 오롯이 독자의 몫으로 남아 있기에 그러하다. 화자의 이상함이 우리 자신의 이상함과 닿아 있을 수 있으리란 판단하에 화자가 세계를 어떻게 인식하고 있으며 그것에 어떻게 반응하고 있는지, 왜 그렇게 하는지, 그러한 과정에서 주변인은 어떻게 그려지는지에 대해 살핀다.

1. 사소→화

각 소설의 '나'는 비슷한 상황에 놓여 비슷한 문제를 겪곤 한다. 이에 작품을 관통하는 이야기 요소를 추출하여 그것을 토대로 주인공 및 주인공이 세계를 대하는 태도에 대해 살펴보자. 관련해 이주란의 여러 소설에서 자주 겹쳐지는 요소를 먼저 정리해본다. 중심인물인 '나'는 여자로 설정된 경우가 많다. 이때 '나'는 사소한 일에 자주 화를 내며 자신이 좀 이상한 사람이라고 생각한다. '나'를 둘러싼 인물로는 언니, 아버지, 엄마, 애인 및 동료가 있다. 친언니 또는 가족은 아니지만 언니라 불리는 인물은 '나'에게 위로를 준다. 때때로 아버지가 등장하는데 그는 한심한 인물로 그려진다. 엄마도 '나'에게 그다지 도움이 되지는 않는다. '나'의 애인은 내게 이별을 통보한다. 그 외 친구나 동료도 대부분 '나'와 불화한다. 외부자와의 관계는 엉망이 된다. 왜 그렇게 되었는지에 대해서는 드러나지 않고 그들이 관계를 끊자고 통보하는 문자메시지를 한 줄 언급하는 식으로 관계의 끝이 선고된다. 반복적으로 발견되는 이러한 공통의 이야기 요소는 '사소한 일, 화(분노), 언니, 아버지, 엄마, 애인(및 직장 동료 등), 통보'[1] 라는 키워드로 정리된다.

소설집 『모두 다른 아버지』에 수록된 「윤희의 휴일」(이하 「윤희」)은 약간의 변형은 있으나 위의 키워드 중 '사소한 일, 화, 언니, 아버지'[2]를 포함한다. 이 소설의 주인공은 혼자 딸을 키우는, 언제나 가난

---

1) 이러한 키워드를 도출하기 위해 검토한 텍스트는 다음과 같다. 『모두 다른 아버지』(민음사, 2017); 「빙빙빙」(『작가세계』 2015년 가을호); 「사라진 것들 그리고 사라질 것들」(문장웹진, 2017년 6월호); 「H에게」(『릿터』 2017년 10/11월); 「멀리 떨어진 곳의 이야기」(『자음과모음』 2017년 가을호); 「일상생활」(『현대문학』 2018년 2월호); 「나 어떡해」(『문학과사회』 2018년 봄호); 「두번째 나」(『문학동네』 2018년 여름호). 이하 『모두 다른 아버지』에서 인용할 경우 본문에 책 제목, 작품명, 쪽수를 표기하며, 문예지에서 인용할 경우 본문에 작품명과 쪽수만 밝힌다. 이중 소설집의 「에듀케이션」「빙빙빙」은 연작으로 읽을 수 있다. 두 작품의 등장인물과 주요 사건이 연속된다. 소설집의 「누나에 따르면」은 앞의 두 소설과 동일한 인물이 나오지는 않지만 지방 도시에 줄곧 머물러온 이삼십대의 이야기라는 점에서 앞의 두 소설과 묶인다. 이 세 작품은 위에 나열한 키워드로 완전하게 포섭되지 않는 다른 결의 서사로 구분된다. 「누나에 따르면」이 「에듀케이션」 및 「빙빙빙」과 완전한 연작 관계에 있지 않으므로 '다른 결'을 말함에 있어 괄호를 치고 이야기하기로 한다. 두 소설에서 아버지는 다른 소설과는 달리 무능력자나 한심한 사람으로 그려지지 않으며, 분노를 조절하지 못하는 '나'의 모습이 중심 이미지로 포착되지도 않는다. 언니의 변형으로 '고모'가 등장하고 있기는 하지만 이는 언니와는 구분되는 존재이다. 이 지면에서는 이 세 편을 제외한 나머지 소설에서 발견되는 주요한 키워드들에 대해 논할 것이므로 '다른 결'에 대해서는 다루지 않는다.

2) 이 소설에서 주요 키워드 중 하나인 '아버지'가 흐릿해 보일 수 있다. 그러나 윤희의 남편이 어떻게 되었는지에 대해서는 나오지 않음으로써 오히려 '아버지'의 자리가 부각된다. 남편이 없다는 이유로 듣게 되는 "한 살이라도 어릴 때 얼른 새로 가" "하자 좀 있는 놈으로 고르면 어려울 것도 없다"(29쪽)는 사장의 말이나, "정말 사랑합니다"(35쪽)라는 문자를 보내고 윤희 주변을 집적거리는 집주인 남자의 문자는 '아버지'적 존재를 떠오르게 한다.

하고, 사소한 일에 화를 내는 '윤희'다.

윤희는 그 기자 언니와의 인터뷰 후 혼자가 아니라는 생각에 삶을 살아갈 어떤 힘이 생겼고 그래서 기분이 매우 좋았지만 그냥 이렇게 간단히 썼다. 노트가 아닌 수첩을 받았기 때문이었는데, 다행히 그것은 좋은 방법이었다. 화나는 일도 간단히 쓰면 되었기 때문이다. 그러면 그 일들은 실제로 간단해지는 것 같았다.(「윤희」, 『모두 다른 아버지』, 9쪽)

씨팔 새끼, 벨 눌렀으면 내린다는 거지, 물어보고 지랄이야.
윤희는 작은 일에 더 분노하는 타입의 인간이었다.(같은 글, 32쪽)

화나는 일을 간단하게 적으면 "간단해지는 것 같았다"라는 말에 담긴 진실은 그것이 간단해지지 않는다는 것이다. 그러나 그 말에 담긴 진심은 주인공을 화나게 하는 간단치 않은 일이 간단해지길 바란다는 것이다. 간단해지지 않을 분노를 간단한 것으로 만들어야만 윤희는 불행한 삶을 버틸 수 있다. 간단한 것으로 축소해야만 하는 윤희의 분노의 원인은 "작은 일"에 있다. 내린다는 윤희의 말을 제대로 듣지 않고 짜증을 내는 버스기사 때문에 화가 난 것과 같은 일이 그렇다. 그런데 이 사소한 일은 왜 '윤희'를 화나게 할까. 「윤희」가 이주란 소설의 키워드 중 여러 개를 포섭하고 있기에, '윤희'를 이주란 소설 세계의 대명사—세계 속의 불행한 '나'인 주인공—로 두고 다른 소설을 참조해보기로 한다.

어떤 순간이 한 번뿐이라고 생각하면 어쩔 줄을 모르겠다.

그래서…….

(……) 처음엔 무언가 중요한 선택을 해야 할 때 신중하려고 한 것뿐인데 갈수록 사소한 작은 일들에도 신중해져버린 것이다.(「멀리 떨어진 곳의 이야기」, 19~20쪽, 이하 「멀리」)

「멀리」에는 사소한 일에 지나치게 신경쓰느라 정작 중요한 일에 신중해지지 못하는 '나'가 등장한다. 사소한 일에 매몰되어 자신의 매 순간을 망치고 있다고 생각하면 그녀는 견딜 수 없다. 실수를 해도 여유가 있으면 사소함의 무게로 여기며 넘어갈 수 있을 텐데 실수할 여력이 없으니까 작은 것을 작은 것 정도로 치부할 수가 없다. '나'는 그걸 안다. "자신 없으면 자신 없다고 말하고 가끔 넘어지면서 살고 싶다. 무리해서 뭔가를 하고 넘어지지 않으려고 긴장하는 것이 싫다"(「멀리」, 20쪽)라는 그녀의 말은 진심이다. 그렇지만 그녀의 바람은 좀처럼 실현되지 않고 그 '싫은 것'을 하는 자신의 모습만 발견하게 된다.

작은 실수를 용납하지 않는 삶에 대한 분노가 '사소함'으로 드러나기에, '나'가 사소한 일에 화가 난다고 말하는 것을 그대로 받아들일 수만은 없다. 화의 원인은 더이상 사소한 일이 아니다. 사소하다고 말해야만 '사소해질 수 있을 것 같은' 일이다. 「멀리」에서 화가 나는 다른 맥락을 좀더 살펴보자.

우리는 102번 버스를 타고 모델하우스에 갔다. (……) 엄마와 나는 청약을 넣었는데 예비 어쩌고 하는 것까지 신청하는 바람에 통장에 얼마간의 돈이 들어 있어야 했다. 우리는 늘 통장 잔액이 거의 0원이나 다름없었기 때문에 엄마는 그 돈을 어디선가 빌려 넣었다. 나는 그것 때문에 그즈음 늘 화가 나 있었다.(같은 글, 25~26쪽)

'나'는 아파트를 살 것도 아니지만 청약 넣을 돈조차 없어 그걸 빌려야 하는 상황에 화가 난다. 모델하우스 경품 추첨에서 1등에 당첨되어 피아노를 받게 되었을 때도 제세공과금 낼 돈이 없었고 또 화가 난다. 따로 집을 구하게 된 내게 전입신고를 재촉하면서 이제 돈을 꿀 수 있다고 들떠 있는 엄마의 모습에 화가 나고 전입신고를 도와주던 공무원의 불친절에 화가 난다. 그야말로 '나'는 늘 "지금 무언가에 화가 나 있"(38쪽)다. 세상은 '나'의 화를 부추긴다. 내가 원해서 이렇게 된 것도 아닌데 어쨌든 살아남으려면 계속해서 이 가난을 유지해야만 하고(벗어날 방법은 없어 보이므로) 그렇게라도 살아야 한다고 생각하면 분노는 피치 못할 반응처럼 보인다.

2. 사소→화→(자책→)통제

그런데 '화'는 자책으로 이어진다. 「윤희」로 돌아가보자.

윤희는 자책을 많이 했다. 화가 날 때도 자책했다. 버스가 싫으면 택시를 타든지 차를 사면 될 텐데 그게 안 되는 건 모두 자기 탓이라고 생각했던 것이다. 다른 것을 탓하지 않고 자기를 탓하면 마음이 편했다.(「윤희」, 『모두 다른 아버지』, 10쪽)

[아이가—인용자] 분노 조절을 힘들어하는 경향이 있어요.
담임이 '경향'이라는 단어를 썼지만 윤희는 속뜻을 알아들을 수 있었다. (……) 담임이 말했다. 그러나 결국엔 웃음이 많아서 처음에 그 애의 정서에 대해 헷갈렸다는 말로 끝맺었다. (……)
저 때문이에요.
윤희는 말했다.(같은 글, 30쪽)

윤희는 사소한 일에 화를 내고 화가 나면 자책을 한다. 「멀리」의 '나'는 돈이 없어서 화가 나지만 돈이 없는 건 자기 때문에 벌어진 일도, 자기가 해결할 수 있는 문제도 아님을 알고 있다("그건 나만의 문제가 아니었고 나 혼자 해결할 수 있는 것도 아니었다.", 「멀리」, 32쪽). 그것을 안다는 사실이 늘 자책으로 이어지는 이유가 되지 않음에도 자책으로 이어진다는 사실에 주목해보자. 자기가 원인이 아닌 일에 자책하는 행위는 자기혐오에서 비롯되고, 자기혐오의 더 안쪽에 통제 욕구가 자리한다. '이 모든 불행이 발생하게 된 것은 전부 나 때문이다'라는 생각은 불행한 삶을 구원하는 대신 다음의 자기 논리를 구성하는 데 일조한다. '내가 통제하는 나의 불행'이라는 것이다. '나'는 평온한 상태를 두고 보지 못한다. 불행을 통제하는 사람이 되어 스스로의 일상, 관계 등을 망친 뒤 예상된 혹은 예견된 불행을 맞이하고는 생각한다. 이럴 줄 알았지, 내 삶이 평온할 리 없지, 거봐 결국 또 이렇게 망가졌지.

이러한 생각은 "내가 나를 스스로 보호해야 한다는 것이 너무 어렵다"(「일상생활」, 67쪽)라는 자기 인식에서도 짐작된다. 애초에 '나'는 어떻게 보호될 수 있나. 자신의 행복을 부정하는 방식으로? 나는 원래 이상한 사람이니까 이상한 일이 벌어지는 건 당연하다는 방식으로? 불행만큼은 내가 통제할 수 있다는 방식으로? 때때로 자기 자신이라는 건 애초에 내가 그 자신인 이상 보호가 불가능한 존재인 것 같다. 그럼에도 우리가 우리 자신을 보호할 수 있고 그래야만 한다면, 그것은 나를 망치려 드는 세상을 적대하고 그로부터 어떤 방어의 행동들을 취하기보다는 나를 둘러싸고 벌어지는 일을 그만큼의 무게로 바라보려는 것에서부터 가능하다. 어떤 불행은 인과관계 없이도 벌어질 수 있다는 걸 마주하는 노력이 차라리 자기보호일 수 있다.

그러나 '나'는 불행의 자기 서사를 끝내 완성하려 한다. 모든 게 나 때문에 벌어지는 불행이라는 서사는 다소 위험해 보인다. 모든 원인이 나라면, 나만 죽으면 적어도 나의 불행은 사라지는 것이기 때문이다. 소설 속 '나'는 그런 의미에서 살아 있음이 중요하다고 말한다. 삶 그 자체가 중요한 것이 아니라 죽음을 선택할 수 있다는 차원에서 삶은 가치가 있다.

> 제가 누군가를 죽이거나 의도치 않게 죽게 만들거나 한 것은 아니에요. 그러니까 가장 중요한 것은 사람이 죽고 사는 것이잖아요. 일단 살아 있어야 살든 죽든 하는 거니까요.(「H에게」, 9쪽)

"가장 중요한 것은 사람이 죽고 사는 것"이다. 살거나 죽는 것을 '선택'하기 위해서는, 즉 하나의 선택권이라도 더 가져가기 위해서는 일단 살아 있어야 한다. 어떻게 살 것인가를 고민하는 대신 살거나 죽는 선택지를 모두 가진다는 유리함을 지닌 것으로서 살아 있음이 의미 있을 따름이다. '나'의 입장에서 자기를 지키는 마지막 방법은 그 선택권을 자신이 쥐는 것이다.

이를 자기가 가진 유일한 선택지라고 여기는 모습에 자기 삶을 통제하는 데 많은 의미를 부여하는 인물의 내면이 겹쳐진다. '나'의 자책은 삶을 견디기 위한 방책이고 이는 '불행을 통제하는 나'라는 논리로 자신을 구성하며 곧 자기 삶에 대한 통제 욕구로 이어진다고 말한 바 있다. 자기가 어쩌지 못하는 일에 큰 상처를 받았다고 판단되면 자기를 상처 주는 것을 향해 방어기제가 작동한다. 어떤 경우 '모든 건 나를 제외한 다른 존재가 잘못한 것'이라는 방향으로 가기도 하지만 소설 속 많은 '나'의 경우 그 반대로 간다. 상처받지 않기 위해서 상처 주는 것들을 탓하는 대신 자신이 원래 이상한 사람이라서 이런 일이 일어나는 게 당연하다고 생각한다. 예상 가능한 불행이라고 믿는다고 스스로 받을 상처가 적어지지는 않겠지만 상처 받지 않기 위해 미리 방어벽을 세우는 것은 가능해진다. 예측을 벗어나서 통제가 불가능하고 속수무책 당할 수밖에 없는 불행까지는 아니라는, 예언된 불행을 자발적으로 초래함으로써 작은 안전감을 취한다.

키워드 '통보'(로 인한 관계의 망침)는 이 맥락과 이어진다.

최근 어떤 관계에서 아주 작은 틈을 발견한 나는 그 틈을 놓치지 않고 관계를 완전히 망쳐버렸다. 상대는 내게 어떻게 상황을 이렇게까지 만드느냐며 대단하다고 말했다. 나는 그 말을 듣고 몹시 후회스럽고 괴로웠는데, 이게 웬걸, 갑자기 웃음이 났다. 나도 내가 대단하다는 생각이 들었기 때문이다. 뭔가 어그러지거나 서로 상처를 주고받을 때 찾아오는 이 안도감. 처음부터 이랬어야 했다는 생각과 오히려 행복한 순간이 내게 찾아오는 게 말이 안 되는 거였다는 생각. 편안하고 안정적인 관계에서 느껴지는 불안함이 사라지며 오랜 불면의 밤들을 밀어내는 이상한 평화. 모르겠다. 아무리 사람이 다 다르다고는 해도…… (「두번째 나」, 104~105쪽)

'나'는 애인 또는 친구와의 관계를 망치곤 한다. 이들의 관계는 대체로 상대의 통보로 끝난다. 나와 만났다가 헤어진 남자친구로부터 만나던 여자와 다시 만나기로 했다는 말을 듣는다든가(「멀리」), 직장 동료와 술을 마시고 난 다음날 "'조 선생님은 어제 너무 우스웠고 앞으로는 그렇게 살지 마라'"는 요지의 문자를 받는다든가(「사라진 것들, 사라질 것들」, 이하 「사라진」), "몇 년 전 후배에게 "그렇게 살지 말라"는 말을 들은 적이 있다"(「일상생활」, 60쪽)고 툭 말하는 식이다. 그들 사이에 무슨 사건이 있었기에 이렇게 되었는지는 설명되지 않는다. 추측은 독자의 몫이고 관계를 망쳐버렸던 개인의 경험이나 망치기 위해 필요한 말들을 떠올리는 것으로 채워진다. 사건의 경위를 설명하지 않는 이유가, '나'와 타인 사이에 있었던 갈등 자체가 그렇게 중요하지는 않다는 의미라면, 과연 무엇이 중요한가. 바로 관계를 망치는 '나'가 있다는 사실이다. 나에게는 행복이 어울리지 않기 때문에, '나'가 생각하기에 그 자신이 "열심히 했는데도 결과가 좋지 않았을 때를 받아들이는 것을 겁내는"(「H에게, 2쪽」) 사람이기에 그렇다. 나는 어떤 균열의 조짐만 보여도 관계를 망쳐버리면서 '불행한 나'를 연기演技하며 그런 '나'에 만족한다. 연기력에 대한 만족이 아니라 불행을 통제하는 것에 대한 만족이다. 망쳐짐이 예견되는 삶은 결코 행복에 가깝지는 않으나 적어도 그 끝을 알고 달려가고 있다는 점에서만큼은 최악은 아니라며 방어의 한 부분이 된다.

3. 사소→화→(자책→)통제→통제 불가능한 '나'

'나'의 화는 불행이 통제되지 않을 때 발생한다.

E에게 연락이 왔어.[(전)남자친구의 말. E는 그의 전 애인. 둘은 지금 '나'의 집에 있다—인용자]

응.

다시 만나기로 했어.

7월엔 전입신고 말고 다른 일은 일어나지 않았으면 했다. 앞으로 내게 많은 불행한 일들이 예고되어 있다는 건 알았지만 그런 걸 내가 결정하고 싶었지 갑자기 통보받고 싶지는 않았다. 나는 내게 생길 일들을 노트에 적어두었고 그것에 대한 마음가짐을 준비하고 있었는데.(「멀리」, 37쪽)

7월의 불행은 전입신고까지였다고 결정했는데 통제 범위를 넘어선 일이 발생했다는 것을 그녀는 담담하게 서술한다. 하지만 잊지 말자. 이주란 소설 속 그녀들이 행하는 '순순히 말하기'는 그렇게 '말해져야만' 버틸 수 있는 종류의 사건에 대한 반증이다. 관계를 망치는 것은 불행을 통제하는 방식으로 불행을 견디기 때문인데 여기에서 한 차례 더 질문을 해볼 수 있다. 그녀가 견디기 어려운 불행이란 무엇인가? '나'들은 이 또한 어렵지 않게 고백한다.

힘들 때 잠깐씩 나는 배우고, 지금 연기를 하고 있어, 라고 생각하면 마음이 편해지곤 했는데요, 이제는 진절머리가 납니다. 연기였다면 저는 아마 최선을 다해 열심히 했을 거예요. 제가 맡은 배역을 사랑했을 테니까요. 하지만 저는 그러기가 싫었습니다. 저는 저같이 살아온 삶을 연기하는 배우가 아니라…… 이게 진짜 제 삶이니까요.(「H에게」, 16쪽)

나는 세상의 모든 사람들 중에 나 자신이 가장 싫다. 사실 전에는 가끔 좋을 때도 있었는데, 이제는 나 자신은커녕 그 무엇도 좋지 않은 지 오래다. 예전에 쓴 일기장 같은 것도 다 타버렸으니, 나만 기억하지 않으면 지난 행복 같은 것도 쉽게 끝인 것이다.(「선물」, 『모두 다른 아버지』, 146쪽)

윤희는 자신이 나약하다고 생각하면서 그러나 달라질 일은 없을 거라고 생각했다. 다른 삶들이 있다는 것은 알고 있었다. 윤희의 삶은 괴롭다거나 힘든 것이라기보다 버거운 채로 견디는 삶이었다. 앞으로 더 안 좋아질 일만 남아 있다는 비관적인 생각조차 윤희는 하지 못했고 그저 하루하루 버티고 있었다.(「윤희」, 같은 책, 34쪽)

진정한 불행은 통제 가능한 '나'를 연기할 수는 있어도 통제되지 않는 '나'가 여전히 남아 있다는 현실에서 비롯된다. '나'는 자기가 그 자신인 것을 견디기 어렵다. 사는 동안 어떻게 해도 자기로부터 벗어날 수가 없다. 관계를 망쳐버리는 것도 나, 그러면서 안도하는 것도 나, 바보 같은 아버지를 가진 것도 나, 불행을 초래하는 나, 불행에 둘러싸인 나, 그리고 결코 변하지 않을 나, 나아가 변했어도 별수 없었을 나까지. 「사라진」의 주인공 '조지영'의 말을 빌려오자면 "타인의 마음 (……) 그것은 조지영이 알 수도 없는 것이었거니와, 안다고 해도 통제할 수 있는 것이 아니"라는 것을 아는 그 자신, 그걸 알아서 "그녀는 지쳐갔는데 아무것도 그만둘 수 있는 것은 없었고 그만두면 그만둔 대로 또 걱정거리가 생겨"나는 바로 '나' 자신에 근본적 불행이 있다. '나'는 '나'를 감당하기가 점점 어려워진다.

이러한 진술은 모든 게 다 내 잘못이라는 것으로 돌아간다.

> 나는 커 가면서 점점 친구가 없어졌다. 어디서부터 뭐가 잘못된 건지 알 수 없었고 알고자 노력했으나 나만 그런다고 해결되는 문제도 아니었다. 그 과정에서 내가 나 자신과 가족을 포함한 모든 인간을 싫어한다는 것과 따지고 보면 모든 게 내 잘못이라는 사실을 깨달았다.(「몇 개의 선」, 179쪽)

이후 화자는 모든 것은 나 때문이므로, 간단하게 말해 미안해하기만 하면 되는 것으로 결론내리고자 한다. '나'의 자기혐오는 '나'를 감당하지 못해서 벌어졌다. 그럴 때마다 '모든 게 내 잘못'이라고 여기며 나는 원래 이상한 사람이고 잘못하는 사람이니까 하는 식으로 이유를 단순화하여 관계를 망쳤다. 이 과정에서 '나'는 자신의 불행에 대한 통제권을 얻는다고 느꼈다. 그렇게나마 통제해야 겨우 얼마간의 시간을 버틸 수 있다고 판단했기 때문이다. 이에 복잡한 다른 문제들도 단순하게 말하기를 반복한다. 통보받은 비극에 대해 이유를 묻지 않는 것으로, 통제 불가능한 영역에 있다고 여겨지는 불행은 되도록 아무것도 아닌 '것처럼' 서술해서 부담을 덜어내려 한다.

4. '나'를 구성하는—

아버지

이러한 '나'가 구성되는 데 참조할 만한 인물 중 한 명은 아버지이다. 아버지는 주로 '나'와는 반대되는 사람으로 그려진다. 「모두 다른 아버지」를 참조하면, 딱히 인과관계를 찾을 수 없는 일에 혹시 나 때문인가 하고 묻는 그녀에 비해 그녀의 아버지는 모든 게 자기 때문에 벌어진 것이 분명함에도 남 때문에 벌어진 불행이라고 믿는 사람이다. 소설의 많은 그녀들이 '모든 것, 특히 불행은 나 때문?'이라고 여기는 태도는 늘 남의 탓을 하는 아버지로부터 기인했을 수 있다. 내가 태어났을 때부터 '아버지'로 존재했던 사람이 자신의 삶에 많은 불행을 초래했을 때, 아버지라는 존재에서 영영 벗어나기 위한 방법은 아버지가 사라지거나 '나'가 사라지는 것이다. 이때 사라짐은 반드시 물리적 죽음만을 의미하지는 않는다. '나'가 세계에서 '나'만큼의 존재 가치를 지우고 모든 불행의 원인이야말로 '나'라고 말함으로써 많은 불행을 대비하려 들고 관계 맺음에서 오는 상처를 무마하기 위해 관계를 아주 파괴하는 것과 같이, 세계에서 '나'를 지우는 방식으로도 사라짐은 수행된다. '나'의 자기혐오는 일면 '아버지(라는 불행)를 견디기' 또는 '아버지 죽이기'의 일환이기도 한 것이다. 한편 처음부터 선택 불가능했던 불행에 대해 그러한 방어기제를 만들어냈다는 것은 아버지의 영향을 받는 '나' 자신이 존재한다는 것을 의미하기도 하기에 '나'는 '나'가 더욱 견디기 힘들어진다. 이렇게 원인은 또다른 것의 원인과 결과로 무수히 취해진다.

언니

자기 자신을 포함해 세계의 그 어떤 것과도 관계를 유지하지 않음으로써 자기를 지켜내고자 하는 이 기이한 관계 맺기는 다행히 이대로 끝날 것 같지는 않다. '언니'가 있기 때문이다. 친언니를 비롯한 언니들은 주로 '나'에게 도움을 주는 존재다. 특히 친언니는 '나'에게는 무엇과도 대체될 수 없는 사람으로 묘사된다. 아무리 가까운 친구가 생기더라도 친구의 역할을 하는 언니의 자리를 대신하지 못한다. 「두번째 나」와 「H에게」를 비교해서 살핀다.

생각해보면 언니는 내게 미안하다는 말을 한 적이 없는 것 같다. 그건 언니가 내게 치유가 안 될 만큼의 상처를 준 적이 없어서고 나는 그게, 문득 낯설고 이상한 일이라는 생각이 들었다. 나는 마음만 먹으면 하루에도 수십 번 상처받을 수 있는 인간인데, 정말 언니한테는 그런 적이 없다고?

이것 말고도 사실 나는 언니에 대해 궁금한 것이 있다. 수십 번도 더 했던 질문이긴 한데 돌아오는 대답에는 늘 어딘가 찜찜함이 남았다. 물론 언니는 늘 내게 자신의 기분에 대해 자세히 말해주었지만 아무튼 결론은 늘 괜찮다는 것이었다. 그런데도 나는 도저히 납득이 되질 않았다. 어떻게 괜찮을 수 있는지, 잘 모르겠기 때문이다.(「두번째 나」, 98쪽)

아무튼 어린이였던 저는 학교가 끝나면 언니의 손을 잡고 집까지 걸었습니다. 갑자기 비가 온다고 어머니가 학교로 우산을 들고 온다거나 하는 일은 초등학교를 졸업하는 6년 내내 일어나지 않았습니다. 언니와 저는 비가 오면 비를 맞았고 가끔 그런 날엔 버스를 타기도 했습니다. (……) 지금 걸어도 긴 그 길을 저는 언니와 둘이 걸었고 고학년이 될 무렵부터는 A와 걸었습니다.(「H에게」, 10~11쪽)

「두번째 나」에서 '나'는 상처를 잘 받는 사람임에도 언니에게 상처받은 적이 없다고 느낀다. 언니는 '나'에게 어떻게 이런 사람일 수 있었을까? 언니는 비 오는 날 우산이 없을 때 우산을 들고 나올 부모가 없는, 나와 같은 처지의 사람이기 때문이다. '나'는 자기와 언니가 부모라는 선택 불가능한 비극을 나눠 가진 사람이라는 데서 동류의식을 느낀다. 인용한 「H에게」에서 A와는 비교적 순탄한 관계를 맺었고 꽤 친한 친구라 말할 수도 있었지만 언니를 대체할 수 없는 이유이기도 하다. A가 아들을 낳기 위해 낳은 셋째 딸이라는 나름의 고충과 불행이 있기는 하지만 나와 같은 부모를 가진 자가 아니라는 사실만으로도 '나'와의 관계에서 상처가 공유되기는 어렵다. 그렇게 언니의 자리는 공고해진다.

한편 '나'는 '언니'가 주는 가족 관계 안에서의 질서—언니가 희생할 테니 너는 너 하고 싶은 걸 하라는 방식—를 승인한다. 이로 인해 언니는 더욱 특별해진다. 우선 언니는 책임지는 사람이자 '나'가 기댈 수 있는 사람으로 그려진다. 그런데 사실 모든 소설에서 언니가 '나'의 삶을 책임지지는 않는다. 그런데도 '나'는 언니와의 관계를 파괴하지 않는다. 이는 '나'만이 가질 수도 있었던 불행을 언니 또한 겪었다는 것 때문이기도 하지만 '나'라는 불행 인자를 가진 자, 그러한 의미에서 희생하는 존재임을 감안하기 때문이다[3]. 언니는 '나'가 존재하는 이상 그것을 감당해야 하는 자이다. 이렇게 보면 아래의 인용이 단지 '나'를 위로하는 언니의 모습으로만 읽히지는 않으며 언니를 대하는 '나'의 숨겨진 저변까지 추측해볼 수 있다.

> 뭐가 문젠데 그래.
>
> 억울해. 부잣집에서 태어나서 공부 잘하고 행복하게 살고 싶어.
>
> 음, 가만있어보자…… 만약에 두번째 네가 있다면 어떻게 살고 싶어?
>
> 진짜 내가 부자로 살고 있으면…… 두번째 나는 하고 싶은 거 하고 살 거야.
>
> 그럼 지금의 너를 두번째 너라고 생각해. 진짜 너는 어디선가 잘살고 있다고. (……)
>
> 너라도 하고 싶은 거 하고 살아. 언니가 도와줄게.(「두번째 나」, 103~104쪽)

"너라도" 하고 싶은 걸 하라고 말하는 데서 언니는 지금 하고 싶은 걸 하고 살지 않는다는 의미 층위가 읽힌다. 여기에서 언니의 힘듦이 자세히 서술되지 않는 것은 지금까지의 화자의 성격을 고려하면 그

---

3) 언니가 불의의 사고로—어머니의 자살 소동, 즉 여기서도 선택의 여지 없이 자리한 부모라는 인자가 파생시킨 불행—다리를 절단하고 난 뒤, 그 책임이 '나'에게 있는 것처럼 말하면서도 '나'를 완전히 버리지는 않는 모습(「선물」, 『모두 다른 아버지』)에서 '언니'의 존재는 희생하는 맏이를 암묵적으로 전제하는 것으로 읽히기도 한다.

것이 '나'가 감당할 수 없는 불행의 일부이기 때문일 가능성이 높다. 낯선 사람의 경우 그의 불행을 이해해보려고 노력은 하지만 결국 망쳐질 것을 아는 결말로 향하는 것에 비해 언니와의 관계는 차라리 그러한 이해의 노력을 차단함으로써 영원히 이 관계를 유지하고 싶은 바람이 있기 때문인지도 모른다.

다음의 인용 또한 언니가 실제로 원하는 삶을 살지 못하고 있음을 확인시켜준다.

> 너랑 함께 있으니까 힘이 나는 것 같아.
> 무슨 힘이 나.
> 왜. 니 얼굴 보니까 이제 다시 잘 살 수 있을 것 같은데.
> 뭘 어떻게 잘 살아.
> 지금의 나를 세번째 나라고 생각하면 되지.
> 언니.
> 진짜 나는 어디선가 되게 잘 살고 있는 거야.(「참고인」, 『모두 다른 아버지』, 251쪽)

언니는 동생에게는 진짜 하고 싶은 걸 하고 사는 게 지금의 너라고 말하면서, 정작 자기에 대해서는 '진짜 하고 싶은 걸 하고 살 어딘가의 자신을 위해 희생하는 나'를 염두에 두며 애써 자신을 위로한다. 이런 언니에게도 차마 외면할 수 없이 불행을 수긍해야만 하는 사건이 벌어지는데, 동생이 죽고 난 뒤에 동생의 자취방을 정리하러 온 언니 조지영의 이야기를 담은 「사라진」에서 그 구체적 내용이 진술된다.

말을 안 해서 그렇지 조수영도 삶에 어려움이 많았다. 기본적으로 둘에게는 어릴 때부터 공유한 좆같은 경험이 많았다. 하지만 우린 그 안에서 나름 잘 자라 왔고 비슷한 인간들이 아니었니?(「사라진」)

언니의 시각을 취한 「사라진」에서마저 언니의 내면이 많이 감춰져 있다는 것이 특이하다. 이 소설 또한 소설의 많은 '나'들의 세계관이 반영되었을 가능성을 고려하면, 이는 언니 나름의 불행을 이해해보려는 시도를 제한함으로써 관계를 망치는 결론으로 가지 않겠다는 의도로 읽힌다. 또한 언니가 이렇게 폭주하는 자신을 조금이라도 이해하고 나눌 수 있는 존재라고 믿고 있기 때문이기도 하다. 그런 존재의 불행을 들여다본다는 것은 그야말로 자신이 자신을 감당할 수 없을 만큼의 고통이 수반되는 일이며 더 큰 용기가 필요한 일이기도 하다.

'언니의 내면에 대해 자세히 말해주지는 않지만' 하는 문장으로 계속 언니에 대한 글을 이끌어왔으나 이는 달리 말해, 언니의 불행에 대해서도 말하려고 한다는 의지로 해석할 수도 있다. 언니는 동생에게 두번째 나(살고 싶은 삶을 사는 자)를 부여하는 사람이면서 그런 나를 위해 어떤 불행을 견디는 세번째 나(다른 '나'를 위해 살기 싫은 삶을 견디는 자) 같은 존재이다. 즉 언니는 '나'에 버금가는 사람이다. 그런 언니를 생각하고 그에 대해 말하는 것이 '나'를 조금 더 대면하려는 노력으로 이어질 수 있기에 언니의 존재는 이주란의 소설 세계에서 계속해서 주목해야 할 또다른 '나'로 여겨진다.

*

소설을 아우르는 '나'를 중심으로 여러 텍스트를 상호 참조하는 방식이 각 소설의 맥락을 또렷하게 붙잡는 글쓰기는 아닐 것이다. 그럼에도 이런 방식의 분석을 시도한 이유는 예외적인 편수를 제외하고는 각각의 소설 안에서 벌어지는 사건이나 인물의 관계도가 유사하다는 것, 상호 참조된 것으로 보이는 텍스트가 더러 있다는 사실 때문이다.[4] 이러한 점을 고려해서 이주란의 글이 각자를 상호 텍스트화한 거대 서사의 부분일 수 있겠다고 가정했다. 자기 자신 안에도 여러 모습의 비슷하고도 다른, 같고도 모순적인 '나'가 존재하니까 이렇게 읽는 것이 무리는 아닐 것이다. 소설의 인물들이 계속 외쳐오고 있듯 가장 위험한 상태는 타인에 질리는 것이 아니라 내가 '나'인 상태를 못 견디는 때이므로 그 어느 때보다도 '나'가 왜 이러는지 말해보고 싶었다.

「윤희」를 대표작으로 여러 차례 다루었으니 결말 또한 언급해본다. 윤희는 죽는다. 죽어야만 자신이 자신인 상태가 끝나기 때문이며 그녀가 가진 마지막 선택지를 행사할 수 있기 때문이다. 다른 소설에서 윤희와 비슷하게 조지영도 죽는다. 그러나 모든 인물이 죽는 것은 아니다. 죽는 사람이 아주 많지는 않았다. 그리고 나는 그녀들이 조금 더 살았으면 좋겠다, 라고 쓰지만 그 앞에 닥쳐올 불행들을 생각

---

4) 언니가 쌍꺼풀 수술을 시켜주었다는 구절이 등장하는 「두번째 나」와 「선물」, 두번째·세번째 '나'가 있다고 생각하라는 「두번째 나」와 「참고인」, 캐리어를 끌고 다니는 사람은 각각 나와 언니로 달라지지만 특정 사물을 중심으로 이야기가 벌어지는 「사라진」과 「선물」 등이 그러하다.

하면 이 말이 무책임하게 느껴지기도 한다. 앞으로 무슨 이야기를 마주하게 될까. 다만 때때로 소설의 인물이 현실을 받아들일 준비를 하듯이 '그런 '나'라도 괜찮다'고 생각하는 인물도 언젠가 만나볼 수도 있으리란 기대를 걸어본다. 느닷없이 암 선고를 받은 주인공 '나'가 애인 수진에게 그것을 전할 각오를 다지는 「나 어떡해」의 일부로 마무리한다.

> 있잖아, 내가 지금부터 무슨 말 할 테니까 울지 마, 알았지?
>
> (……)나는 내가 이 모든 것들을 지금에야 알았다는 것과 달라진 나의 행동이 우습다는 생각이 들었다. 말하자면 오늘 아침까지도 받아들일 수 없었던 부정하고만 싶었던 어떤 일을 내가 또 받아들이고야 말았구나 하는 생각이 들었던 것이다.(「나 어떡해」, 174쪽)

(2018)

좋은 사람 되는 방법
—조우리의 『팀플레이』

'좋은 사람 되기'의 욕망

타인에게 '좋은 사람'이 되고 싶은 것은 어쩌면 현대인의 근원적인 욕망이 아닐까. 물론 여기서의 '좋은 사람'의 범주는 매우 넓다. 직능이 뛰어나 특정 집단이나 사회에 이바지하는 이를 의미하기도 하고, 인간적으로 본받을 만한 점을 가지고 있는 사람을 의미하기도 하며, 동경과 존경의 대상이 되는 경우를 일컫기도 한다. 이 여러 층위는 동시적으로 획득될 수도 있지만 하나의 '좋음'의 가치를 우선하는 과정에서 다른 '좋음'을 해치기도 한다. 예컨대 직능인으로서는 훌륭해서 회사에 '좋은' 사람이지만 인간적으로는 좋아할 수 없는 경우라든지, 성격은 참 좋지만 업무를 같이하는 입장에서 실무 처리 능력이 떨어져 '좋은 동료'가 될 수는 없다든지 하는 식이다.

중요한 것은 사회가 요구하는 종류의 '좋음'이 무엇이든 현대인이 어느 정도는 '좋은 사람이 되어야 한다'는 명제를 가슴 깊이 새기고 산다는 것이다. 신자유주의적 성공 신화에 근거한 이데올로기적 메시지인 '좋은 사람=이로운 사람=경제적 가치 창출이 가능한 사람'이라는 명제가 교훈처럼 각인되어 결과적으로 체제에 복무하게 되든, 혹은 그러한 허황된 욕망의 재생산으로부터 벗어나고자 함이든 '좋은 사람 되기'가 현대인의 숙제임은 틀림없다. 왜 그러할까? 그것은 좁게는 자신의 안녕을 기원하기 위함이고 넓게는 사회와 인류의 미래를 위한 길이기 때문이다. 그럼 인간은 '어떻게' 좋은 사람이 될 수 있나. 『팀플레이』[1]에는 좋은 사람 되기에 대해 저마다의 바람을 지닌 이들이 등장한다. 좋은 사람 되는 방법이란 과연 어떤 식으로 존재하는지, 그들을 따라가본다.

좋은 직장 선배/동료 되기

서늘한 스릴러를 연상케 하는 「언니의 일」에는 성과주의 사회에서 자신의 사회적 능력 및 개인의 쓸모를 입증함으로써 '좋은 사람'이 되고자 하는 '은희'가 등장한다. 여기서 '좋은 사람 되기'는 '언니의 일'이라는 표현으로 갈음된다. 은희에게 언니의 일이란 손아래 동생들을 보살피는 일뿐만 아니라 회사에서 제대로 된 사수 노릇을 하는 것이기도 하다. 잘못 걸려온 옛 직장 후배 '다정'의 연락을 계기로 은희는 옛 직장 동료인 '세진', 다정과 식사 자리를 갖는다. 은희의 기억 속에서 다정은 상사 '오미연 차장'에게 걸핏하면 실수를 지적당하는 존재였다. 은희에게 그 시절 다정은 "오차장의 트집과 잔소리를 받아내면서도 주눅들지 않고 제 할일을"(18쪽) 잘해낸 기특한 존재로 기

1) 조우리, 『팀플레이』, 자음과모음, 2021. 이하 인용시 본문에 작품명과 쪽수만 밝힌다.

억된다. 한편 옛 동료 세진은 예나 지금이나 구김살 없이 제 몫을 톡톡히 해내는 능력자로, 오 차장이 다정의 실수를 지적하기 시작하면 "구세주처럼"(17쪽) 나타나 잔소리를 저지하곤 했다. 그런 기억의 되새김질 속에서 은희는 자신이 다정을 상사의 구박으로부터 보호하고 응원했으며, 세진으로부터는 퇴사 이후의 자신의 삶을 응원받았다고 여긴다.

그러나 이 소설의 핵심은 은희의 아름다운 기억이 자신의 출세욕을 무마하기 위해 작동시킨 방어적인 기억의 왜곡이었음이 드러나는 다음의 장면에 있다.

> "고장난 시계도 하루 두 번은 맞는다던데, 저 정말 다정 씨 때문에 힘들어죽겠어요."
>
> 오 차장에게 그렇게 말했던 게 은희 자신이었으니까. (……)
>
> 다정은 이제 막 인턴 생활을 시작한 초년생이니 오 차장의 잔소리가 앞으로의 사회생활에 도움이 될 수 있겠지만 자신에게는 아니었다. 게다가 오 차장 때문에 신경을 쓰느라 자신의 작업 속도가 느려지면 팀 전체가 피해를 입을 터였다. 그건 다정에게도 좋지 않은 일이었다. 은희는 대신 여유가 생길 때마다 다정을 몰래몰래 챙겨주었다. 그래도 너무 몰래 챙겼나? 기억도 제대로 하지 못하는 건 좀 서운했다.(「언니의 일」, 32~33쪽)

"고장난 시계" 운운한 것은 사실 오차장이 아니라 은희다. 은희가 생각하기에 자신이 그리 행동했던 까닭은 자신의 업무 효율이 곧 팀 전체의 효율과 연관되며 그런 점에서 결과적으로 다정에게도 이로울 것이기 때문이었다. 요컨대 이는 은희 자신이 아니라 '팀 전체'를 위한 것이자 다정'에게도' 좋은 일로, 좋은 팀원이자 좋은 사수가 되고자 하는 은희의 욕망과 연관돼 있다. 은희의 기이할 정도로 순수한 태도의 정체를 이제는 추측하기 어렵지 않다. 그녀가 말하는 '언니의 일'이란 자신이 누구에게나 좋은 사람이 되고자 함에 기꺼이 자타의 부분을 훼손시킬 수 있음을 의미하는 한 그렇다.

하지만 은희를 자기 욕망만을 실현하려는 나쁘고 어리석은 사람이라고 단정짓고 말 일은 아니다. 은희가 자신과 세진, 다정이 서로에게 좋은 사람이었다고 애써 기억하고자 하는 것이 그녀의 무지 때문만은 아니기에 그렇다. 그녀 역시 효율적 업무 생산 능력을 증명해야 하는 한 명의 노동자이므로 사회생활을 하는 과정에서 그녀 자신의 깎여나감 역시 필연적이다. 또한 애써 기억의 왜곡을 일으키고 있다는 점은 죄책감을 승화시키려는 방어적 행동으로 볼 여지를 남긴다. 은희의 '좋은 사람 되기'의 욕망 실현을 위해 훼손되는 것이 비단 타인만은 아닌 셈이다.

좋은 상사이면서 좋은 사람 되기

한편 은희와 비교해볼 수 있는 인물로 「우산의 내력」의 '희진'이 있다. 은희와 달리 희진은 인간적인 차원에서도 좋은 상사가 되고자 하는 인물이다. 희진은 곧 정규직 전환을 앞둔 인턴 '지우'에게 그야말로 빛과 소금 같은 사수다. 재계약을 앞둔 상태에서 경쟁 PT에 대한 준비가 미흡한 지우에게 희진은 위기를 해결할 방법을 일러주고, 반드시 시즌 음료를 마셔본다는 지우에게 기왕이면 먹고 싶은 걸 사주기 위해 함께 카페를 전전할 뿐만 아니라, 점심시간이 간당간당하기는 해도 지우가 원하는 초밥집에서 점심을 사준다. 그녀의 이런 호의는 "물러설 데 없는 절박한 선택지"(84쪽)가 아닌 늘 원하는 최선의 것을 지향할 수 있기를 바라는 마음에서 비롯된 것이며 그에 답하듯 지우는 "대리님처럼"(85쪽) 되고 싶다는 희망을 숨기지 않는다.

희진이 업무적으로 본받을 만한 상사에 더해 인간적으로도 좋은 사수가 되기를 바란 데는 희진의 사수였던 "회사의 에이스"(88쪽) '양민지'의 영향이 크다. 희진은 양민지의 "이해가 안 되네"(89쪽)라는 말 때문에 말문이 턱 막히는 신입 시절을 보낸 뒤 "뛰어난 업무 능력이 반드시 후배 양성에 도움이 되는 건 아니"(88쪽)라는 사실을 알게 된다. 능력은 있되 인정은 없는 사수를 거치며 희진은 훌륭한 업무 처리 능력을 가진 상사 이상의, 좋은 직장 동료이자 인간적으로도 믿음직한 선배가 되려고 노력한다.

「언니의 일」의 은희에 비하면 희진의 욕망은 비교적 비틀린 데 없이 선해 보인다. 희진은 몇 차례의 이직을 거쳐 자신이 "어제보다 나아진 내일"(같은 쪽)을 추구하는 사람임을 깨달으며 현재에 도달했고 적어도 지우에게 그런 '미래'를 열어 보일 수 있는 이상적 선배의 모습을 갖췄다는 점에서 그 욕망을 실현한 듯 보이기까지 한다. 그러나 희진이 바라는 인간적으로도 좋은 사람이란 어떻게 해야 당도할 수 있는 것일까. 자신이 지우와 같이 일을 배우는 입장이었을 때 혹독한 사수 아래에서 밥 먹듯 야근을 해야 했던 삶은 '내일'의 희망을 꿈꾸게 하는 삶은 아니었다. 오늘의 희진을 있도록 한 과거의 자기 훼손은 원하는 미래에 도달했을 때 딱 그만큼 삭감된 자기를 바라보는 일이다.

희진은 신입 시절 미처 인지하지도 못한 채 비틀린 마음을 가져본적이 있는 사람이다. 과거 양민지와의 식사 자리에서 회사 귀퉁이에 세워진 우산 아래에 있던 사람을 우연히 발견하는 장면은 이를 잘 보여준다.

> 그때 희진은 자신이 먹는 속도를 조절하는 이유가 저열한 호기심 때문이라는 것까지는 몰랐다. 그 사람이 계산대에서 계산하는 모습을 보고 싶어 한다는 걸, 분명 그때 어떤 곤란한 상황이 벌어지지 않을까 내심 기대하고 있다는 걸, 알지 못했다. 알았다면 얼굴을 붉히며 자리에서 일어섰을 것이다. (……) 그런 정도의 염치는 가진 사람으로 살고 싶으니까. 하지만 희진은 그때 스스로에 대해 잘 몰랐다. 자기 자신에 대해 항상 제때에 알 수 있는 것은 아니므로.(「우산의 내력」, 94~95쪽)

한창 업무에 시달렸던 과거 희진은 야근을 마치고 귀가하려던 길에 쏟아지는 비를 만난다. 그녀는 마침 건물 귀퉁이에 늘 놓여 있는 우산을 떠올리고 그곳으로 향한다. 그녀가 우산을 당기자 아래에 한 남자가 있었고 놀란 그녀는 결국 우산을 집어들지 못하고 비를 맞으며 집에 돌아간다. 그런데 그날 이후 양민지와 밥을 먹으러 간 식당에서 우산 속 사내를 다시 마주친 것이다. 그녀는 식당에서 비싼 밥을 시켜 먹는 남자를 보며 그가 곤경에 처하는 장면을 기대한다. 고작 우산 하나에 기대어 사는 사람이라면 이런 곳에 와서 비싼 메뉴를 그리 무던하게 시켜먹을 수는 없을 거라는, 그러니 그가 머지않아 망신을 당할 것이라는 자신의 악의가 사실로 확인되기를 기대한다.

그녀는 왜 자기도 모르게 그런 악의를 드러냈는가. 그녀가 예기치 못한 비에 흠뻑 젖어 일거리를 들고 초라하게 돌아갔던 그날의 모든 분위기와 자기의 처지에 대한 울화가, 자기보다 덜 중요한 존재라 여겨지는 남자에게 투영됐기 때문은 아닌가. 마치 「언니의 일」의 은희가 내심 다정을 자기보다 '덜' 중요한 존재로 희생시킨 것과 같이 말이다.

희진이 바라는 "좋은 사수"가 되는 길은 이러한 자기 훼손과 자기 혐오의 시간을 딛고 그것을 반복하지 않고 나아가는 노력을 포괄한다. 이제 이것은 단순히 좋은 직장 선배 되기만을 의미하지 않는다. 적어도 후배가 위기에 처했을 때 떠올릴 수 있는 의지할 만한 든든한 사람으로 기억되는 종류의 '좋은 사람 되기'로 나아간다.

끝내 서로에게 좋은 사람이 되기 위해서

앞서 언급한 두 편의 소설 속 은희와 희진을 실수하는/실수했던 선배의 형상으로 묶어볼 때 그것의 연장선상에서 「팀플레이」의 '지연'을 실수하는 언니라는, 선배의 변형으로 말해볼 수 있을 것이다. 「팀플레이」에서 지연은 과연 무엇을 실수했는가.

지연의 실수를 추적함에, 이 소설이 앞의 두 소설과 달리 업무상의 관계가 주축이 아닌 애정 양상으로 구축된 관계라는 점 또한 주목해야 한다. 지연과 은주는 한때 서로의 마음을 조심스레 확인했던 사이다. 그런데 그런 그들의 사이가 결정적으로 틀어지는 사건이 발생한다. 어렵게 K대 대학원에 자리를 잡은 지연은 어느 날 은주에게 졸업 작품을 제작하는 일에 도움을 요청한다. 지연의 지도 교수 장성수를 만나야 했던 그날의 자리에서 은주는 모든 행동거지를 "장성수의 지시 혹은 허락이 있어야만 가능한 것처럼"(55쪽) 구는 지연을 보며 당혹감을 느낀다. 언뜻 온화해 보이지만 실은 강압적 위계가 느껴지는 분위기 속에서 은주의 시나리오를 보여달라던 장성수에게 은주의 시나리오를 터무니없이 갖다 바치는 지연에게 은주는 실망감과 모멸감을 느낀다. 은주는 자신이 지연을 좋아하고 있었기에 그녀의 부탁을 거절하지 못할 것임을 알면서 간 그 자리에서 지연이 은주를 굴욕의 현장에 하염없이 방치했다는 것, 그리고 끝내 은주에게 사과하지 않았다는 것을 용서하지 못한다.

화해하지 못한 채 시간이 흘러 장성수는 사망하고 지연은 졸업했으며, 은주는 인터넷 신문사에서 딱히 검수가 필요하지 않은 기사를 반복적으로 쓰면서 자기혐오를 견디는 기자로 일한다. 이 무렵 지연은 은주에게 또다시 도움을 요청하는 연락을 해온다. 은주가 일전에 작성했던 장성수 사망 및 개인전 소식을 다룬 기사를 보고 '진실'을 밝혀달라는 것이었다.

"너 기자잖아. 진실을 밝혀줘."

(……)

"언니도 지금까지 덮어뒀잖아. 근데 왜 이제 와서 밝히고 싶어졌냐고."

"잘못된 일은 잘못된 일이니까 이제라도 바로잡아야지."

"이젠 장성수한테 **도움받을 일**이 없어서 그런 건 아니고?"(「팀플레이」, 66~76쪽, 강조는 인용자)

처음 장성수와의 미팅에 은주가 참석했던 것은 지연에게 좋은 사람이 되고 싶었기 때문이다. 이때 '좋은 사람'은 단지 프로젝트를 돕는 사람이라는 의미만이 아니라 지연이 어려운 부탁을 할 때 속수무책 그것을 수락할 만큼 그녀를 좋아하는 마음을 숨기지 않는, 그런 좋아함을 전달하는 사람의 의미가 포함돼 있다. 그런 그녀의 마음이 그저 '한 번의 도움'으로 지연에게 가닿은 것도 은주에게는 큰 상처지만 그 이면에는 그때 당시의 모멸을 '함께' 극복하는 관계로서 둘이 가진 서로에 대한 '좋음'이 일치하지 않았다는 것 또한 자리한다.

그런데 훗날 지연이 그 모멸의 기억을 다시 불러와 다시 '도움'을 요청하고자 함에, 은주는 지연이 장성수에게 갈구했던 그 "도움받을 일"과 마찬가지의 의미로 자신에게 도움을 요청하는 게 아닌지 의구심을 품는다. 은주에게 '좋은 사람'이란 단순한 정의감이나 호혜를 베푸는 사람이 아닌, 그녀의 가장 어려운 부탁을 말하고 들어주는 '소중한 존재'가 되고 싶은 바람이 깃든 것이기에 이런 '도움'의 요청은 불쾌하기 그지없다. 하지만 한때 은주의 '좋은 사람 되기'의 결착점이 지연이었음을 고려하면 지연의 두번째 도움 앞에서 은주가 무엇을 선택할지는 속절없게도 분명하다.

헤드라인을 적고 은주는 잠시 망설였다. 지금부터 하려는 일은 분명 지연을 위해서는, 오직 지연만을 돕기 위해서는 아니었다. 은주 자신을 위한 일이라고도 할 수 없었다. 그저, 녹음하고 계신 건 아니냐고 묻던 A의 목소리가 잊히지 않았고, 불 꺼진 연구실에 우두커니 서 있었던 사람이 지연뿐만이 아닐 것이라는 생각이 머릿속을 떠나지 않았다. 그리고 그때마다, 장성수의 목소리가 함께 떠올랐다.

정의 같은 걸 믿나봐요?(같은 글, 71쪽)

은주는 이후 코로나 일일 확진 현황을 전하는 기사에 장성수의 표절을 폭로하는 '팀플레이'형 기사를 싣는다. 은주가 자인하듯 이러한 선택은 일면 지연에 대한 지난날의 애정과 연결되어 있지만 오롯이 지연만을 위한 것은 아니다. 지연과 마찬가지로 작품을 도용당하고 착취당했지만 "추모전을 준비하는 일을 돕고 있으며, 이후의 거취도 정해"(70쪽)진 A가 자신은 지연과 달리 장성수를 구태여 고발할 생각이 없다고 말하던 통화 이후, 은주에게 '정의'란 이를테면 「우산의 내력」에서 자기 훼손을 건너온 희진이 좀더 나은 미래를 지향하고자 했던 마음과 다르지 않다. 그것은 다소 미묘하게 변해버렸다 할지라도 타인에 대한 애정 없이는 불가능하며, 그들에 대한 마음 씀이 결국 사회 전체의 정의正義에 기여할 것이란 믿음 역시 필요로 한다. 그리고 이 모든 것은 자기 자신에게도 스스로가 좋은 사람이고자 하는 욕망과 닿아 있다. 하지만 좋은 사람으로서의 자기 자신에 대한 바람이란 늘 자신이 꿈꾸는 이상적 상태에 미달하는 존재일 때에만 그 방향으로 나아가기를 갈구하게 만든다. 그러니 얼마간은 불가능한 '좋은 사람 되기'의 욕망과 갈구 속에서만 우리는 좀더 나은 인간이 될 수 있다.

*

모든 인간은 앞으로 누군가에게 삶에서의 선배 될 일밖에는 남지 않은 존재다. 한발 앞서 어떤 일을 겪고 불화하고 해결한 존재로부터 후대는 지혜와 조언을 구하고자 한다. 달리 말해 하루라도 세계에 더 많이 있어본 자의 가치란 그 시간을 어떤 식으로든 감내해냈다는 데 있다. 이는 그 시간 동안 벌어진 일에 대한 지혜로운 해결과는 무관한 일이다. 그러나 그 시간에 대한 고민이 이후 우리 자신의 시간을 뒤따라오는 이들에게 하나의 방향성을 제시해줄 수 있다면 그것이야말로 선배인 존재가 될 수 있는 최선의 '좋은 사람'의 형태일 것이다.

누군가의 선배이자 언니로서 살아가는 나는 늘 다른 이에게 더 다정하지 못했던 것을, 더 용기내지 못했던 것을, 좀더 현명하게 대처하지 못했던 것을 후회한다. 못하고 나서 잘해줘봤자 이미 늦은 것이란 생각과 계속 못하느니 다음번에 잘할 수 있는 기회를 가지는 게 낫다는 생각이 항상 경합한다. 이런 괴로움 속에서 도움을 구하고자 할 때 떠올리는 이들은 언니이자 (삶의) 선배 그리고 스승이다. 이 소설로부터 그런 비슷한 고민을 먼저 해본 이의 지혜를 나누어 받았으니 이번에도 '언니'에게 한 시절의 마음을 건네받았다.

(2021)

$\lim_{n \to \infty}$ 부정否定의 프레임n
—이장욱의 『기린이 아닌 모든 것』과 『천국보다 낯선』을 중심으로

0. 큐레이션 시대감각과 VR, 그리고 프레임

> 이머시브 저널리즘Immersive Journalism의 목적은 참여자로 하여금 뉴스 스토리를 대변하는 가상의 만들어진 시나리오로 실제로 들어가게끔 허용하는 것이다.[1]

인간의 상상이 구현되는 수준에 있어서 버추얼 리얼리티(이하

1) "Immersive Journalism is a form of journalism production that allows first person experience of the events or situations described in news reports and documentary film. (……) By accessing a virtual version of the location where the story is occurring as a witness/participant, or by experiencing the perspective of a character depicted in the news story, the audience could be afforded unprecedented access to the sights and sounds, and even the feelings and emotions, which accompany the news."(https://en.wikipedia.org/wiki/Immersive_journalism)

VR), 즉 가상현실이라는 개념은 2015년에 그리 새로울 것은 아니다. 다만 2015년에 이르러 VR이 뉴스 매체의 자장 안으로 들어왔다는 것은 주목할 만한 사실이다. 뉴스는 현실적 감각의 극대화를 이끌어내기 위해 VR 기술을 사용하는데, 이머시브 저널리즘이 VR로 시도하고 있는 것이 바로 이 부분이다. 범죄, 내전 등과 같이 인간의 삶의 파괴적 경험들을 전달할 때 뉴스 매체는 시각(카메라)과 청각(오디오)뿐만 아니라 시간과 공간까지 접수함으로써 극한의 리얼리티를 구현하고자 한다.

고도의 기술력이 접목되면서 미디어는 극사실주의를 향해 나아가고 있고 또 성취하고 있는 것처럼 보인다. 이와 같이 구체적 상황 속에서 특정한 정서를 이끌어내고자 하는 시도는 빅데이터 이후 큐레이션의 시대로 접어드는 시대적 감각에 부합한 결과물이기도 하다. 2010년 이후 '개인'의 표출 및 인식의 방법은 큐레이션의 감각 안에서 설명된다. 스토리텔링 욕구를 바탕으로 하는 이미지화 작업을 위해 각 개인은 자신이 구축하고자 하는 이미지와 관련된 고급 정보의 선별을 요구하게 되었다. 미술관에서 특정 테마를 중심으로 작품을 선별해서 전시하는 것과 같이 사용자에게 필요한 정보를 누군가 일련의 카드로 정리해주는 큐레이션 매체는 현 세대의 욕망을 반영한 사례다. 이와 같은 큐레이션 패러다임은 부지불식간에 수용되고 있다. VR에서 구현되는 상상력의 현실화 또한 저널이라는 전문가에 의해 선별된 인간 문제에 관한 정보를 취할 수 있다는 점에서 큐레이션 시대의 감각적 층위를 만족시키는 일이다. 저널이 제공하는 기사와 사진을 토대로 상상하는 것을 넘어 실제 그 시공간을 경험하게 해준다는 점에서 VR의 기술력과 이머시브 저널리즘의 시도는 상상의 리얼리즘화라고 부를 수 있겠다.

그러나 상상을 실제화하는 VR 같은 기술은 내전內戰과 같이 인간 삶에 대한 깊은 이해가 필요한 사안에 대하여 감각을 너무 쉽게 '제공'한다. 매체와 기술은 기술력으로 상상의 '재현'을 시도하지만 '상상' 자체에 대한 의문을 제기하지는 않는다. 요컨대 기술 덕택에 우리는 타인을 이해하려는 별다른 노력 없이 그들의 고통을 감각할 수 있게 되었고 그것은 옳지 않은 방향성까지도 내포한다. 이를테면 치열한 내면 성찰을 수반해야만 하는 인간에 대한 공감 능력은 그 힘을 점차로 상실하고 있다. 상상을 쉽게 수용하는 자가 상상을 가두는 '프레임'을 자각조차 하지 못한다는 것은 문제적이다. 소외되는 대상이 '소외됨'조차 자각하지 못하는 것과 마찬가지이다.

그렇다면 이 소외는 어떻게 자각될 수 있을까? 특정 프레임을 무한 생성함으로써 그것을 자각하게끔 한다면 세계는 하나의 규격으로 감지될 수 있지 않을까? 거울 속에 무한히 뻗어나가는 '자신'을 보는 것처럼 끊임없이 연장되는 프레임은 오히려 그것을 포착하는 방법론이 될 수 있다. 그리고 이것을 가능케 하는 것은 다름 아닌 문학이라는 감수성의 전유 방식이다. 문학은 인간을 가두는 그 '틀'을 포착하면서 기술과는 차별되는 방식으로, 기술이 전환시키는 감수성과 세계 구성에 대해 의문을 던지고 그것을 서사화한다.

프레임의 무한한 확장이라는 방법론적 측면을 활용해 인간의 상상력이 확장된 지평의 지점을 가늠해보건대 "사람은 사람이 상상할 수 있는 것만을 상상"[2]한다던 소설가 이장욱의 소설적 상상력의 범주를

2) 이장욱, 「기차 방귀 카타콤」, 『고백의 제왕』, 창비, 2010, 143쪽.

재차 묻는 것은 이 시점에 와 새로운 의미가 있다. 인간은 알지 못하는 것에 대해 아는 것을 바탕으로만 상상할 수 있을 뿐이다. 지금까지의 작업들이 이미 쌓여 있는 재료들을 토대로 다른 하나를 만들어내는 상상의 결과물이었다면 이장욱이 시도하고 있는 것은 그 반대이다. 지금까지 알고 있었던 것들을 하나씩 제거하는 방법으로 그 상상력을 확장시킨다. 즉, '상상하지 못함'의 징후를 상상한다. 특히 이장욱의 소설집 『기린이 아닌 모든 것』과 장편 『천국보다 낯선』은 귀류법을 원리로 하여 상상의 지평이 확대되는 것을 시험하는 작품이다. 다소 까다롭고 난해해 보일 수 있는 방법론이 왜 소설 속에서 시도되었어야 했는가? 이장욱 소설의 형식적 기법은 여기에 대한 답을 주고 있다. 독자와 세상에 대하여 상상력의 영역으로서 문학이 어떻게 그 지평을 넓혀갈 수 있는지를 살펴보기로 하자.

S #1. 귀류법을 통한 실재reality의 환기: 『기린이 아닌 모든 것』[3)]

이장욱은 '기린이 아닌 모든 것'을 말함으로써 상상의 바운더리를 감지하게 만든다. 소설을 관통하는 원리는 문학적 귀류법이자 '상상하지 않음'의 상상이다. '기린이 아닌 모든 것'을 이야기함으로써 기린을 떠올릴 수밖에 없게 한다. 이 소설은 반대 명제를 참으로 가정하고 그것을 논리적으로 풀어가는 과정을 통해 그 명제가 거짓임을 밝히는 것과 같은 방식을 취한다. '기린에 대한 이야기'가 아니라 '기린이 아닌 모든 것'에 관한 것을 명제로 삼고, 그것을 제외한 이야기

3) 이장욱, 『기린이 아닌 모든 것』, 문학과지성사, 2015. 이하 인용시 본문에 작품명과 쪽수만 밝힌다.

를 하겠다고 선언하는 순간 그 이후에 나오는 어떠한 진실이나 거짓은 그 본래적 의도를 잃어버리고 만다. 진실을 말해도 거짓이 되고 거짓을 말해도 진실이 되는 '크레타의 거짓말쟁이'의 역설이 발생하는 것이다. 표제작 「기린이 아닌 모든 것에 대한 이야기」의 화자는 자신이 보지 못한 것에 대한 이야기를 통해 역설적인 상상력을 이끌어낸다. "기린이 아닌 모든 것에 대한 이야기를 해드릴까요?"(111쪽)라는 주인공의 질문이 떨어지자마자 우리는 곧바로 기린을 상상하기 시작한다. 그러나 기린이 아닌 이야기로부터 탄생한 기린에 대해 주인공은 이렇게 말한다. "물론 나는 그 기린에 대해 아무런 권리가 없습니다. 그건 순수하게 당신의 머릿속에서 태어난 당신의 기린이니까요."(112쪽) 이장욱은 두괄식으로 문제를 던진다. 그러고는 기린이 아닌 모든 것을 이야기했음에도 각자가 떠올린 상상의 영역에 대해 타인은 침범의 여지가 없다고 답한다.

상상하는 대로 이루어지리라, 아니 상상하지 못함을 상상하는 대로 이루리라. '나'는 자신이 말하는 진실은 거짓으로 함몰되고 거짓을 말하면 진실로 육화되는 되는 기이한 '운명'을 타고났다고 주장한다. 부반장의 지갑을 훔쳤다는 누명을 쓴 '나'가 경찰서에 찾아가 담임선생님이 짝의 몸을 더듬는 것을 보지 못했기에 그렇다(보지 못했다)고 말했더니 추행이 사실화되는 식이다. 거짓의 발화가 진실로 변모하는 과정에서 부정否定의 양태가 중요하다. 선생님이 어떤 행위를 하지 '않았다'가 아니라 '보지 못'했다고 발화되는 순간 불순한 상상은 (거짓)진실의 형체로 육화된다. 비약적 결론을 도출하는 부실한 논리 안에서 인간의 상상력은 위험한 상상으로 뻗어나간다.

이후에 '나'에게 일어나는 일은 감각의 부정을 넘어 말 그대로 거짓이 사실이 되는 기이한 성격의 것이 되고 만다. 여기서 아버지의 말이 인상적인데, "선생님한테 혼이 났다고 해서…… 그런 말을 해서는 안 된다"라는 것이다. 그것이 "비록 사실이라고 해도" 말이다(120쪽). 사실임에도 해서는 안 되는 이야기 때문에 '나'는 아버지가 간첩이 아님에도 불구하고 아버지를 간첩으로 신고했고 아버지는 간첩 혐의로 체포된다. 사건이나 사실 혹은 진실이 있고 그뒤에 명제가 따라오는 것이 아니라, 명제가 사건, 사실, 진실을 규정한다. 본래 있었던 사건이 어떤 진실을 가지고 있든지 간에 뒤에 따라오는 명제가 이 사건의 성격을 지배하는 것이다. 이와 같이 명제와 부정명제가 뒤섞이는 서사는 잘못된 감각이 세계를 어떻게 왜곡시키는지, 어떻게 거짓된 진실을 만들어내는지를 보여준다.

이장욱은 마지막까지 감각되는 상상력에 대해 의심의 끈을 놓지 않는다. 이 이야기를 시작했을 때부터 당신의 머릿속에 떠올랐을 그 기린이 "정말 기린"(144쪽)이냐고 묻고 있기 때문이다. 우리가 지각하고 있는 '기린'은, 중국 전설의 동물인 기린일 수는 없다. 왜냐하면 사람은 아는 만큼, 즉 경험한 것을 토대로 그 안에서만 상상할 수 있기 때문이다. 기린의 사실 여부를 묻는 마지막 구절은 우리가 알고 있는 것 그 이상을 상상해볼 수 있겠느냐는 상상의 지평에 대한 일침이기에 더욱 의미심장하다.

다시 귀류법으로 돌아와보자. 「우리 모두의 정귀보」 또한 '말하지 않음에 대한 말함'에 대한 소설의 구도가 적용되어 있다. 이 소설은 대단한 미술작가 정귀보의 평전을 쓰기 위한 '나'가 정귀보의 삶을 추적하는 이야기이다. 자잘한 그의 연애담에서 시작하여 우스꽝스러운 그의 죽음에 이르는 과정에서 핵심은 '화가' 정귀보를 제외한 모든 정보가 화가의 삶으로 귀결되는 상상력 자체에 있다. '우리 모두의 정귀보'는 만들어진 인물에 가깝다. "무명이었다가 사후에 유명해진"(147쪽) 정귀보라는 표현은 정귀보의 삶을 말하는 모든 요소가 정귀보를 '훌륭한 화가'라는 상상으로 향하게 하는, 사소하지만 중요한 전제로 작용한다.

그의 과거에 대한 서술은 우선 방식에서부터 '주체의 발화'를 결여하고 있다. '우리 모두의 정귀보'라는 호명 방식에서 알 수 있듯이 정귀보는 그 자신의 주체적 발성에 의해서가 아니라 그의 삶을 추적하는 이들의 상상에 의해 '만들어진' 인물로서 지칭된다. 주체의 목소리가 결여된 삶은 그것을 추측하게 하는 많은 이미지로 구성된다. 이렇게 재구성된 '개인'의 이미지는 계속적으로 타인에게 노출되고 소비된다. 정귀보의 죽음 이후 발견된 '유서'를 해석하는 방식은 이 패러다임을 잘 보여준다.

> 구구한 논란에 종지부를 찍은 것은 정귀보 자신이 작성한 유서였다. 유서는 장위동 정귀보의 방, 그것도 책상 위에 놓인 책 사이에서 발견되었다. 의심의 여지가 없는 친필이었고, 삶과 죽음에 대한 진지한 성찰로 이루어진 글이었다.(「우리 모두의 정귀보」, 172쪽)

위대한 정귀보라는 이미지를 전제로 하고 있기에, 그의 생존을 둘러싼 모든 것들은 죽음의 음모론으로 떨어진다. 예컨대 "친필"로 쓰인 "책상 위에 놓인 책 사이"에 끼어 있는 종이는 유서가 '된다'. 실제 그 종이의 정체는 유서와 아무런 연관성도 없다. 유서는 "조간들"이 "정귀보의 유서가 발견되었다는 기사를 쏟아"(173쪽) '탄생'한 결과물일 뿐이다. 과연 그것을 유서라고 할 수 있을까, 하는 질문이 손쉽게 튀어나올 법한데도, 그러한 의문은 미처 고려될 여지도 없이 빠르게 봉쇄된다.

> 정귀보가 왜 삶과 죽음에 관한 선인들의 잠언을 베껴 쓰고 거기에 '유서'라는 제목을 붙였는지는 정확히 알 수가 없었다. 이것은 진짜 유서가 아니며 단지 책의 내용을 메모해놓은 것에 불과하다는 것이었다.(같은 글, 174쪽)

정귀보의 '유서'에 대해 세간에서는 "고급스러운 농담"(174쪽)이라든가, "죽음에 대한 글을 너무 열심히 읽다보면 정말 죽음에 대한 충동을 느낄 수 있다"(같은 쪽)더라는 식의 추측이 난무했다. 이미 "유서"라 규명하고 모두가 정귀보의 자살에 동의한 상황은 바뀔 수 없다. 정귀보의 생사의 여부나 과연 유서인가의 진위는 이미 중요한 것이 아니다. '우리 모두의 정귀보'는 죽음을 맞이했으며 다른 단서들은 그렇게 해석되어야만 하는 것이다.

이것이 사후에 구성된 '화가 정귀보'의 정체성에 부여할 수 있는 세계의 빈약한 상상의 범주라면, 아이들이 시신을 발견했다는 목격담은 정귀보의 서사에 '소설적 허구'라는 프레임을 다시 한번 덧씌운다. 정귀보의 시신은 사건 발생 후 약 4개월이나 지나서 발견됐는데 그 목격담이 기이하다.

> 시신을 발견한 것은 바닷가에서 놀던 오누이라고 했다. (……) 아이들은 정귀보가 처음에는 시신 상태가 아니었으며, 바다에서 '비틀

거리며 걸어 나왔다'고 증언했다. (……) 아마 애들이 공포에 질려 잠시 착각한 거겠지. 사장은 그렇게 덧붙였다. 나는 고개를 끄덕였다. 파도를 타고 해변에 밀려온 시신을 본 초등학생들이라면 그런 환상에 사로잡힐 수도 있을 것이다. 공포라는 감정은 우리에게 어떤 종류의 환상이든 이끌어내지 않던가.(같은 글, 176~177쪽)

어떤 것이 환상이고 어떤 것이 추론인가? '바다에서 비틀거리면서 걸어나온 정귀보' 목격담이라는 명제는 참이거나 거짓이다. 이 명제에 '아이들이 발견했다'는 조건을 잘 확인해야 한다. '나'와 '사장'은 '아이들'이라는 전제조건을 이 명제의 진실 여부를 결정하는 중요한 추론의 단서로 여긴다. 그러나 애당초 '아이들이 걸어 나오는 정귀보를 발견했다'는 사실 자체는 변함이 없다. 여기에 아이들의 공포감을 손쉽게 연관시키는 것은, 예컨대 '나'와 '사장'이 그 동안 언론에서 익히 보도되었던 사건을 보았다는 경험에서 비롯된 상상에 불과한 것이 아닌가? '4개월이 지난 후 정귀보가 바다에서 비틀거리면서 걸어 나왔다'라는 명제가 긍정된다면 정귀보는 4개월 동안 바다를 표류했거나, 그가 바다에 떨어진 시점은 훨씬 뒤라는 다른 가능성이 존재한다. 그럼에도 그들은 자신들이 상상한 결론 안에서 모든 근거를 합리화한다. 아이들의 공포가 걸어나오는 정귀보라는 환상을 만들어냈을 가능성과 동시에 걸어나오는 시신 정귀보라는 그들의 환상은 보다 본질적인 죽음의 시점을 무마시킨다.

처음부터 이 단편소설에 정귀보의 목소리는 단 한 군데에서도 드러나지 않는다. 그의 삶을 추종하고 추적하는 이들에 의해 조각으로 재구성된 정귀보는 그러한 의미에서 '우리 모두의' 대상이다. 이장욱은 정귀보 '빼고' 다른 이들의 상상과 추적을 통해서만 정귀보를 구현하는 방식을 통해 정귀보라는 대상에 다양한 (환상적) 이미지를 부여한다. '우리 모두의 것'이 되었기에 잊혀서는 안 되는 정귀보를 말이다. 끊임없이 소비할 다른 이미지를 만들어내는 삶을 지속하려면 학습된 상상력에 의존할 수밖에 없다. 주체를 대상화하는 무한대의 이미지는 '뻔한' 현실 때문에 생겨나는 빈약하고 빈약한 상상력의 소산이다. '주체'라는 심해까지 가닿지 못하고 점점 조여오는 수압에 의한 공포를 감각하느라 '우리 모두'는 정작 심해에 시선을 돌릴 틈이 없다. 여기에 목적을 잃어버린 삶에서 상상력이 눈앞에 구현되어버린다면 그 깊이는 더욱 얕아진다. VR식 상상력의 현현이 인간이 할 수 있는 상상의 최대치를 실현한 것이라 가정했을 때 이장욱의 소설은 온몸으로 그것을 부정한다. 그러한 현실에 대하여 '소설'이라는 프레임을 주면서 말이다.

S #2. 프레임1, 프레임2, (……), 프레임∞: 『천국보다 낯선』[4]

소설적 '프레임' 기법은 이전 소설집 『고백의 제왕』의 단편에서부터 시도되어왔다. 「아르마딜로 공간」에서는 "지난해의 여름을 달려가던 택시가 이십오년 전의 겨울을 걸어가던 아이를"(119쪽) 치는 방식으로 두 세계의 충돌을 그려낸다. 각각의 세계 속에 있는 인물은 서로 다른 세계를 자각하지 못하며 각각의 세계 또한 인물에게 자각될 수 있는 성질의 것이 아니다. 때문에 각 세계의 인물은 이질적인 시공간이 관여하면서 발생하는 이상異象 현상에 대하여 공포를 느낀다. 이

4) 이장욱, 『천국보다 낯선』, 민음사, 2013. 이하 인용시 본문에 쪽수만 밝힌다.

공포감은 평행 우주를 상상하지 못하는 인물의 저底차원적 상상에서 비롯된 감정이다. 더 나아가 적극적으로 프레임 사이의 간섭이 드러나는 작품은 「변희봉」이다. 교차 서술되는 만기의 이야기와 야구 생중계는, 마치 만기의 사정을 찍어내는 카메라 1, 그 사정을 두고 대면한 '나'를 찍는 카메라 2, 포장마차에서 '나'가 보고 있는 야구 경기를 찍는 카메라 3이 번갈아가면서 신을 구성한다. 서사의 말미에 카메라 3으로부터 카메라 1, 2가 있는 시공간을 침범해 날아오는 야구공은 환상이라는 구도를 무한정 확대해놓고 그 안에 현실적 이미지를 집어넣는 영화식 연출을 연상시킨다. 이렇듯 음침하고 공포스러운 분위기에서 프레임의 존재를 드러내는 영화식 소설 작법은 『천국보다 낯선』에서 한 단계 발전하여 소설적 상상력의 범주를 무한으로 확장시킨다.

『천국보다 낯선』은 시선뿐만 아니라 시간과 공간의 프레임을 교차시킨 장편소설이다. 정, 김, 최, 염의 시각이 교차되면서 서사가 진행된다. A의 죽음을 전해들은 대학 동창들이 그녀의 장례식장을 찾아가는 이 이야기는 일종의 로드픽션road fiction이다. 결론부터 말하자면 마지막 염의 목소리에 이를 때까지 반복적으로 교차되는 정, 김, 최가 진행하는 서사는 망자의 서사이다. A의 조문을 가는 정, 김, 최가 추돌 사고로 사망하기 때문이다. 이 사실은 마지막 염의 파트에 와서야 TV의 뉴스 보도를 통해 암시적으로 드러난다.

전말이 이렇다보니 정, 김, 최의 어떤 기억들은 끊임없이 오독誤讀된다. 이들은 각자의 방식으로 체험을 오독하고 상상한다. 심지어 자신들의 죽음이라는 체험까지도 잘못된 상상으로 환원된다. A의 존재가 지워지고 나서야 A의 존재를 뚜렷하게 느끼는 역설적 감각에서부터 시작하여 그들이 A를 기억하는 방식은 계속해서 현실에서 어긋나고 미끄러진다. 최가 A를 "우울증에 시달"리며 "조용하고 내성적인 애"로 기억하는 반면 정은 A가 "응원단" 출신이며 "활동적"이라고 기억한다.(60쪽) 각자의 시선과 기억에 의해 재구성된 A는 모두 A이면서 A가 아니다. A가 아닌 모든 진술로부터 '우리 모두의' A가 완성된다. A에 대한 진술이 다른 것은 기억의 왜곡이라기보다 처음부터 다른 층위의 세계의 경험 때문이라고 하는 편이 적절하다. 세 명의 망자가 각각의 세계에서 A와의 경험을 재구축하면서 오는 간극 때문에 A에 대한 서술은 삐걱거린다. 이는 '사후死後'에 재구성된 세 명의 경험적 서사가 주는 이질감에서 비롯된다. 정, 최, 김의 카메라가 담는 각각의 세계는 3인을 비추는 망자의 카메라에 담겨 유일하게 현실에 남아 있는 염의 세계와 구분된다. 망자의 세계는 현실세계에 도달하지 못하고 자꾸만 미끄러진다. 세계 저편의 오독은 조문길에 '김이 음악을 틀었다'라는 사실명제에서의 '음악'에 대해서도 그렇다. 그 음악은 "수지 서"(정)(23쪽)였다가, "레이철 야마가타"(김)(43쪽)였다가, "올리비아의 「러브(LOVE)」"(최)(56쪽)가 된다. 사실 명제에 대한 미끄러짐, 통제되지 못하고 공동의 기억으로 도달하지 못하는 이 행위들은 평행세계에 대한 상상의 결을 형성한다. 각자도생과 죽음이라는 사실적 체험은 '음악을 틀었다'는 사실 명제에 대해 평행세계적 틀로 작동하는 것이다.

「아르마딜로」에서 다른 시공간에 간섭하나 형태가 불분명하던 것이 「변희봉」에 와서 '야구공'의 형태로 공간을 넘나들었다면, 『천국보다 낯선』은 한 발 더 나아가 이들의 세계가 교차하는 지점을 포착한다.

이미 약속 시간은 지나 있었다. 나는 거의 뛰기 시작했다. 서두르는 통에 담배를 피우고 있던 중년 남자와 어깨를 부딪쳤다. (……)

저런 씨팔놈이, 눈은 장식으로 달고 다니나.

중년 남자의 욕설이 내 등에 와 박혔다. 나는 한참을 더 달려가다가 천천히 걸음을 멈추고는 뒤돌아섰다. 중년 남자와 눈이 마주쳤다. 남자는 손을 주머니에 넣고 서서 내 얼굴을 물끄러미 바라보고 있었다. 방금 욕설을 날린 사람이라고는 믿을 수 없을 만큼 무표정한 얼굴이었다. 마치 **판화 속의 얼굴** 같다는 생각이 머릿속을 지나갔다. **저 남자와 나는 서로 다른 세계에서 살아가는 사람이다.** 그런 느낌이 강렬하게 나를 사로잡았다.(51~52쪽)

이 장면은 맨 마지막 염의 파트에서 다시 서술되면서 기시감을 준다.

썅. 빼놓고 가려고 작당을 한 건가.

엊그제 A의 영화를 보고 난 뒤 술자리에서 약간의 행패를 부리긴 했다. 하지만 그렇다고 사람을 이렇게 놀릴 수는 없다고 그는 생각했다. 저녁 무렵 김과 통화할 때, K시 공용 터미널에서 기다리겠다고 분명히 말하지 않았던가. (……)

이런 씨팔놈이, 눈은 장식으로 달고 다니나.

달려가는 남자의 등을 향해 염은 반사적으로 욕설을 퍼부었다. 언제부터인지 몸에 밴 본능적인 반응이었다. 달려가던 남자가 멈칫하더니 뒤돌아섰다. (……)

남자는 가만히 염을 바라보다가, 몸을 돌려 천천히 가던 길을 걸어갔다. 뛰지도 않고, 무슨 일이 있었냐는 듯 태연한 걸음이었다. 남자의 뒷모습이 **캄캄한 물속으로 잠겨 가는 것처럼 보였다.**(238~240쪽, 이상 강조는 인용자)

불과 "엊그제" 만났던 최와 염이 서로를 알아보지 못했을 리 없다. 각자의 기억 속에서 마주쳤던 사람은 정말 염이고 최였을까? 최의 서사가 저편의 서사라면 유일하게 살아 있는 현실에 놓인 염의 파트는 이편의 서사이다. 이들은 서로를 '기억'하지 못하는 것이 아니다. 저편과 이편의 서사가 동일하거나 비슷한 시공간에 겹쳐지고 있는 것뿐이다. 공존하되 간섭하지 못하는 시공간이다. 최가 염을 "판화 속의 얼굴"로 인식하고, 염이 최를 "캄캄한 물속으로 잠겨가는 것"같다고 느끼는 것처럼 각자는 네모난 액자를 경계로 다른 차원에 서 있다. 그러므로 이들은 각자의 세계 속에서 염과 최가 아니며, 동시에 염과 최가 된다.

도플갱어를 떠올리게 하는 두 장면의 교차는 음울하고 스산한 분위기를 만들어낸다. 어딘가 어긋나고 있는 서사가 주는 묵직한 공포의 분위기, 그것을 마주해야만 비로소 그 공포에서 벗어날 수 있음을 이장욱은 마지막 염의 파트를 둠으로써 보여주고 있다. 공포의 정체, 다른 세계의 서사, 그것을 바라보는 또다른 프레임을 설정함으로써 정체를 폭로한다. 무한히 생성되는 렌즈에서 오는 또다른 기시감과 공포감은 소설이 감각할 수 있는 상상과 미지의 지평이다.

공들여 배치해놓은 정, 김, 최라는 세 카메라는 세 개의, 세 겹의 프레임이다. 이 프레임들이 만들어내는 장면의 결합을 세로로 잘라

내면 뒤죽박죽의 단층이 드러난다. 그들을 지켜보고 있는 또다른 프레임으로써 소설적 관찰자가 생겨난다. 분할된 프레임이 한곳에 모이면 세계는 더욱 혼란해지고 마침내 또다른 세계로 분열된다. 나를 지켜보고 있는 프레임을 다른 프레임이 인식하는 순간이다. 마치 미술관에서 네모난 액자를 경계로 하여 다른 세계의 두 사람이 마주보고 있는 것을 제3자가 바라보는 것과 같다. 제3자의 시선은 마주보고 있는 두 사람의 세계 전체를 포괄적으로 인식함으로써 생기는 바깥 세계의 것이다. '너'와 '나'의 존재 말고 '우리'를 둘러싼 또다른 세계의 인지, 그 시선으로부터 오는 공포감은 이러한 프레임의 형식적 실험에서부터 온다.

S #3. 공포의 근원지: 프레임의 문학적 상상력: 「이반 멘슈코프의 춤추는 방」

소설의 공포스러운 분위기는 또다른 프레임이 겹쳐지면서 발생하는 문학적 상상력의 소산이다. 특히 『천국보다 낯선』에서 단적으로 드러나는 시간의 중첩과 공간의 평행 구조는 다층적이고 복잡한 세계 구조의 측면을 보여주고자 하는 문학적 은유이기도 하다. 프레임은 서로를 비출 수는 있어도 서로에 간섭할(될) 수는 없다. 간섭할 수 없는 서로에 대해 계속 간섭하고 간섭당하고자 하는 이 소설은 외롭고 기이하다. 앞서 살핀 작품들을 아우르는 불확실한 형태의 것이 교차하는 프레임을 통해 공포의 분위기는 더이상 상상할 것이 없어져버린 현실에 맞서는 문학적 환상의 지점으로 귀결된다. 공포와 환상, 상상, 현실에 대한 본질적 탐구는 『기린이 아닌 모든 것』의 마지막 작품인 「이반 멘슈코프의 춤추는 방」(이하 「이반 멘슈코프」)의 구절에서 포착된다.

신학을 공부하는 안드레이는 공포소설에 관심을 갖고 있다. 신학과 공포소설이라는 조합에 의문을 느끼는 나의 표정을 읽은 안드레이는 다음과 같이 대답한다.

> 왜, 베스트셀러가 나쁜가? 공포 소설과 신학은 잘 어울린다고 생각하지 않나? (……) 호러는 매력적인 장르지. 인간에게 관심을 가질 때조차도 호러의 초점은 인간이 아니라 인간을 움직이는 보이지 않는 힘에 있다. 그래서 호러는 기본적으로 비관적이다. 인간이 언제나 어떤 보이지 않는 힘에 휘둘리는 존재로 묘사되니까.(269쪽)

이 소설은 세계와 문학에 대한 이장욱의 메타비평적 소설이라고 해도 좋겠다. 신학과 베스트셀러 혹은 공포의 결합은 마치 문학의 본령과 닮아 있다. 정체를 알 수 없는 무엇으로 인해 증폭되는 상상력, 인간은 공포를 자각하고 공포에 휩싸이며 마침내 공포에 휘둘린다. 호러가 비관적일 수밖에 없는 이유는 호러 장르 안에서만큼은 인간이 현실을 장악하는 주체가 될 수 없기 때문이다. 인간은 겁에 질린 유약한 동물로 자리한다. 공포에서 벗어나기 위한 방법은 단 하나, 바로 공포를 대면하는 것이다. 이윽고 안드레이는 말한다. "하지만 바로 이 공포를 대면하지 않으면, 인간은 진정한 자신과 만날 수 없다"고. 결국 누가 무엇을 장악하느냐의 문제이다. 보이지 않는 힘, 이를테면 이데올로기, 세계, 주체로 드러나지 않는 수많은 이미지 속에 소비되는 타인들을 비롯한 이미지로서의 나. 그것의 존재를 제대로 바라볼 때에야 인간은 '주체'로서의 자아를 획득할 수 있다. 주체적 자아로 나아가고자 하는 존재만이 인간 존재를 휘두르는 보이지 않는 공포와 그 실체를 마주할 수 있다. 최소한 그것만이 잃어버린 인간 존재에 대한 주체적 자각을 가능하게 하며 세계를 파악하고자 하는 인간 주체를 마련하는 발판이 된다. 곧 '공포'와 '신학'의 관계는 주체로서의 자각을 이끄는 문학적 상상력과 '문학'으로 각각 유비적 상관관계 속에 놓여 있다고 봐도 좋을 것이다.

「이반 멘슈코프」는 직관적인 비유를 토대로 인간 주체와 세계에 의해 조성되는 공포의 즉물성에 대해서 보여준다. 그러나 무엇보다 중요한 것은 형식적 차원의 '상상력의 구조'이다. 신학 전공생의 호러소설을 소재로, 유럽의 어디일 것만 같은 이국적 배경을 설정하는 이 상상력의 구조는 구체적 자본주의 사회를 말하지 않고도 떠올리게 하는 상상의 원동력이자 문학적 알레고리이다. 중세적이고 음산한 느낌을 주는 배경과 호러, 이국땅의 이국적 주인공은 각각 2000년대, 한국사회, 자본주의라는 시공간에 겹겹이 포개놓은 필터인 셈이다. 이장욱은 이렇게 '상상하고 있음'을 노골적으로 드러내고 상상이 아닌 현실의 모습을 보여준다. 이것이 소설임을 자각하게 하는 프레임이라는 형식을 통해 그 상상력의 지평을 열어 보인다.

fin. 형식의 실험실로서 문학이 나아가는 곳

이장욱은 인간적인 공감을 수행하는 감정을 상상하기 위해 별다른 내면을 구축하지 않아도 되는 작금의 현상에 인위적 상상의 방법론을 제시한다. '상상'은 체험에서 비롯된다. 경험을 바탕으로 구성된 기억은 기존의 체화된 기억들과 맞물리고 그 내용을 변형하면서 상상의 지점을 확장한다. 이 상상이 무분별하거나 근거 없는 것이라고 할 수는 없다. 이는 그 상상의 영역에 도달하기까지 추론 가능한 체험으로 긴밀하게 구성되었음을 의미하기 때문이다.

VR과 큐레이션 패러다임의 시대에 우리의 상상은 빈약하게 느껴지곤 한다. 그러나 알고 있는 만큼, 더욱 깊이 탐구해본 만큼 상상의 영역은 넓어지고 깊어진다. 그렇지 않으면 자아는 '자아'라는 자각 없이 비논리적이고 협소한 사유 수준으로 세계를 그저 수용체로서 받아들이게 된다. 우리가 '상상할 수 있는 것'의 정체는 세계로부터의 경험이 파편적이었으며 습관적인 논리회로를 따라간다는 사실이다. 이장욱은 이러한 비현실적일 만큼 부실한 상상력을 바라보는 외부적 시선을 마련함으로써 '누군가 나를 지켜보고 있음'을 노출한다. 실체 없이 막연함에도 불구하고 인간 존재를 위협하는 '그 무엇', 그러나 우리가 마주해야 할 그 '공포'를 소설적 기법을 통해서 보여준다.

인간을 무기력하게 만드는 보이지 않는 무언가(공포)에서 해방되기 위해서 우리는 공포를 마주하지 않으면 안 된다. 이장욱은 바로 그 무형의 것을 소설적 장치로써 드러낸다. 그의 형식적 실험은 상상의 지평이 현실 또는 현실을 담고 있는 스토리에 국한되지 않고 그 형식에 적용될 수 있음으로 나아가고 있다는 점에서 전위적이다. 거울 속의 나를 들여다보는 나, 그 나를 들여다보는 나……로 연장되는 프레임은 도달점 없이 확장된다. 결코 완결에 이르지 않는다. 자신을 지켜보는 또다른 '나'를 발견하는 만큼 세계는 확장될 것이다. 이것이야말로 겹겹의 프레임이 보여주는 상상력의 무한한 가능성이다. 새로운 카메라를 등장시키는 순간 상상의 틀은 확장되면서 또하나의 구체적 틀로 압축된다. 내면의 확장과 중지를 반복하며 문학이 여전히 상상력의 끝없는 연장선상에 서 있다는 것을 확인시켜준다. 이장욱의 소설은 상상의 허약함을 지켜보는 무엇을 통한 공포감의 근원, 즉 빈약한 현실세계를 암시한다는 점에서 예술과 사회성을 고루 갖춘 실험의 요체이다. 큐레이션 시대감각과 극사실주의 패러다임이 현현하는 현재에, 이장욱이 끊임없이 환기하고 있는 소설적 응시를 문학의 대對사회적 영향력으로서의 상상력을 넓혀가려는 시도로 이해해도 좋을 것이다.

(2016)

비 오는 밤의 저편[1)]

—백수린의 「시간의 궤적」

비가 내리는 날을 좋아하시는지. 당신 앞에 세 가지 상황이 있다. 카페에 앉아 비 내리는 바깥을 바라보는 것, 우산이 없는 채로 혹은 우산도 소용없는 폭우 한가운데 서 있는 것, 비가 내렸던 어느 날을 먼 훗날 떠올리는 것. 세 상황 속 당신의 옆에 한 명의 인물을 투입해 보겠다. 그는 당신의 곁에 있거나 멀리 떨어져 있다. 당신과 그는 함께 비 오는 거리를 감상하거나 비를 맞거나 옛날을 떠올릴 수 있고, 비를 맞는 당신을 카페에 앉은 그가 바라보고 있거나 그 반대일 수 있으며, 서로 떨어진 상태에서 그때의 상황을 떠올릴 수도 있다.

타인의 유무와 타인과의 거리에 따라 이 여섯 가지 장면은 당신에게 전혀 다른 의미로 다가온다. 함께 비를 바라볼 때는 그 상황이 낭

---

1) Lamp, 〈雨降る夜の向こう〉(2008)에서 제목을 빌려왔다. 비 오는 밤에 지금은 곁에 없는 사랑했던 사람을 떠올리는 내용의 노래다. 이 노래의 가사와 소설의 내용을 겹쳐 보건대 비는 지나간 사랑의 마음을 되짚어보기에 아주 적절한 날씨가 아닐까. 소설 말미에 '나'가 언니와 폭우를 맞았던 날을 떠올리며 한없이 슬퍼지는 것처럼.

만적이라 느낄 수 있다. 비를 맞을 때, 함께라면 즐거울 수도 있을 이 이벤트는 혼자일 때 참담함을 느끼게 할 수 있다. 또 그러한 과거를 기억할 때, 기억을 나눌 (기억 속) 사람이 함께 있다면 행복하기 그지 없겠으나 그렇지 않다면 쓸쓸하고 슬프겠다.

비에 관한 이러한 장면은, 동경의 궤적에 관한 비유처럼 느껴진다. 비를 바라보는 것과 같이 어떤 삶을 동경할 때, 그것은 아름답게 느껴질 수 있고 그 생각만으로 삶이 활기를 띨 수 있다. 그러나 동경하던 삶을 살아가는 것은 조금 다른 문제다. 바라볼 때 멋졌던 빗속에 막상 들어갔을 때 예상하지 못한 난감함을 느끼듯, 동경하던 삶이 현실이 되었을 때 들이닥치는 낭만적이지만은 않은 상황에 당황하거나 불안을 느끼거나 낭패를 볼 수 있다. 시간이 지난 뒤 과거의 한 장면을 돌이켜볼 때에는 그 삶이 더이상 동경의 대상은 아니겠으나 불행하거나 참담하지만도 않을 것이다. 오히려 약간의 그리움과 상념이 남을지도 모른다. 비 한가운데에 서 있던 그날을 기억하듯이.

비와 당신에 관한 여섯 가지 장면은 「시간의 궤적」[2]에 비가 내리는 장면(혹은 비에 대한 비유)이 상당히 많다는 점에 착안했다. 이 소설은 사람이 어떻게 삶을 동경하고 또 현실로 맞이하는지, 그 모든 과정이 어떻게 하나의 삶의 궤적으로 남는지 보여준다. '나'의 프랑스에서의 삶이, '나'와 언니와의 관계 양상이 그러하다. 이러한 이유로 소설의 키워드를 '동경'으로 볼 때, 소설에 비와 관련한 장면이 여러 번 나온다는 사실은 이 키워드와 무관하지 않다.

---

2) 백수린, 『2019 제10회 젊은작가상 수상작품집』, 박상영 외, 문학동네, 2019. 이하 인용시 본문에 쪽수만 밝힌다.

소설에서 비는 다음과 같이 언급된다. 언니를 만난 날 비가 내렸고, 브리스와 관련하여 그의 몸을 "한국의 장마철 비 오기 직전처럼 축축했지만 뜨거웠"(164쪽)다고 묘사한다. 브리스와 결혼한 뒤 자주 만나지 못하던 언니와의 통화에서도 "한국의 소나기가 그립다"(169쪽)라는 이야기를 하고, '나', 브리스, 언니가 함께 떠난 노르망디 여행에서 예전에 언니와 잃어버린 반지를 찾으러 한 식당으로 되돌아갔다가 "갑작스러운 뇌우로 인해 쫄딱 젖었"(171쪽)던 기억을 나눈다. 여행지의 날씨는 "맑게 갠 하늘에서 비가 쏟아지더니 얼마 안 있어 멈추었다"(172쪽)라는 식으로 서술되며 식사시간에 언니는 〈비 오는 날〉이라는 노래를 틀어놓는다.

비와 관련한 구절이 빈번히 등장하는 중에 두 번 반복하여 서술되는 장면이 있다.

> ① 나는 그날 반지를 잃어버렸고, 반지를 찾으러 식당으로 되돌아갔다 오는 길에 우리는 갑작스러운 뇌우로 인해 쫄딱 젖었다. 하지만 그 모든 일은 이미 지나갔으므로 우리는 그 일을 이야기하며 같이 웃었다.(171쪽)

> ② 다행히도 화장실의 세면대 위에 그대로 놓여 있던 반지를 찾은 후 우리가 식당 밖으로 나왔을 때 거리에는 장대비가 퍼붓고 있었다. 어쩌면 좋을지 망설이는 사이, 언니가 먼저 우산을 펼쳐 들고 빗속으로 걸어들어갔다. 우산을 써봤자 아무 소용도 없는 비였다. 언니는 이내 우산을 접어 들더니 비를 쫄딱 맞은 채 나에게 빗속으로 들어오라고 손짓했다. 그리고 우리는 폭우 속을 달렸다. 웃음을 터뜨리면

서.(180쪽)

①은 언니가 프랑스를 떠나기 전 '나', 브리스와 함께 노르망디로 여행을 가서 예전에 폭우를 만났던 기억을 함께 나누는 장면이다. ②에서 '나'는 한국으로 돌아간 언니와 더이상 연락을 하지 않는다. 한 아이의 엄마가 되어 계속 프랑스에서 살고 있는 '나'가 폭우가 쏟아지는 어느 밤, 언니와 비를 맞았던 한때를 떠올리는 것이 ②다. 둘은 모두 하나의 상황을 서술하는데 그 상세함이나 서술의 온도에는 차이가 있다. ①에서 폭우를 맞았던 기억은 "이미 지나갔으므로" 웃을 수 있는 것으로 간략하게 서술되는 한편 ②에서는 매 순간 달라지는 장면으로 포착되어 상세하게 묘사된다. 그날 어떤 비가 내렸는지, 폭우의 한가운데서 어떤 표정을 지었는지 벅차고 즐거웠던 감정을 전달한다. 여기에서 두 가지 질문을 해본다. 하나는 비 내리는 것을 수도 없이 겪었을 그 시간 중 '나'는 왜 하필 폭우를 맞았던 장면을 떠올리는가 하는 것, 또하나는 두 서술이 어째서 이토록 다른 방식으로 쓰였는가 하는 점이다.

이를 살피기 위해 장면을 세분화해본다. 우리는 세 개의 장면을 본다. ㉠ 폭우를 맞는 장면 , ㉡ 폭우를 맞았던 날을 노르망디에서 언니와 함께 회상하는 장면, ㉢ 언니가 없는 상태에서 폭우를 맞았던 날을 회상하는 장면이 그것이다. ㉠의 무렵 '나'와 언니는 동경했으나 녹록지 않은 프랑스 생활에서 서로의 존재를 통해 위로와 힘을 얻는다. ㉡의 노르망디 여행을 떠날 즈음, '나'는 주변 사람과 공통의 미래를 나눌 수 없다는 사실 때문에 괴로워한다. '나'는 프랑스에서의 결혼생활이 브리스의 그것과 결코 같지 않으리란 것을, 즉 영원히 낯선 타국에서 자신의 능력을 마음껏 펼치지 못할지도 모른다는 두려움을 안고 살아가는 것임을 예감한다. 게다가 더이상 자기와 같은 방향의 삶을 살지 않을, 한국으로 돌아가 (아마도) 결혼하지 않고 자신의 능력을 펼쳐 보일 언니를 보며 서운함과 박탈감을 느낀다. '나'는 그 누구도 진심으로 미워하지는 않았지만 이제는 같은 삶의 조건 위에서 비슷한 어려움을 나눌 수 없으리란 사실에 몹시 좌절했을 것이다.

이와 같은 삶과 관계의 균열을 봉합하고자 했던 여행에서 '나'는 언니가 이후에도 옆에서 힘이 되어주리란 희망을 품고자 했다. '여전히 같은 공간에서 비슷한 생활을 나누는 우리'이고 싶은 간절한 마음은 과거의 즐거웠던 일(함께 폭우를 맞은 일)을 간략하게, '그때 그런 일이 있었지' 하는 방식으로 서술하게끔 한다. 함께 있다면 언제든 그런 즐거운 상황이 다시 찾아올 수 있을 것이며 그 이후에 또다시 '그랬었지' 하며 이야기를 나눌 수 있기에. 그러나 '나'는 자신이 우려했던 홀로 될 현실이 닥쳐오고야 말 것임을 부정할 수 없었고, 그 때문에 그 여행에서 언니와의 관계를 망치고 만다.

한편 ㉢의 상황에서 '나'는 더이상 언니와 함께 있지 않다. "아이를 낳는 방식으로는 아무것도 해결하고 싶지 않"(176쪽)았으나 아이라는 존재를 통해 낯선 땅에서 '자신의 삶'의 영역을 마련하게 된 '나'는 언니와 연락조차 주고받지 않게 되었다. 이대로라면 그들은 영영 만날 수 없을지도 모른다. 동경하던 삶을 현실로 마주하며 그 고난을 함께한, 마음을 내어준 적이 있는 사람과 미래를 그릴 수 없다는 사실은 그들에게 과거만이 남았음을 의미하는가. 그렇다면 그 과거는 단 한 순간도 잃어버리고 싶지 않은 아주 소중한 것이 될 수밖에 없다. 기억은 한 사실에 대한 재구성이자 현재적 해석이다. 폭우에 관한 두

번의 다른 서술은 ㉡과 다른 ㉢의 상황에서 '나'가 자신의 상태를 이해하고 받아들이기 위해 간절하게 수행하는 무엇의 의미를 지닌다. 언니가 없는 현재의 시점에서 함께 폭우를 맞았던 과거를 떠올리는 일은 그때의 두근거리는 마음과 유쾌했던 느낌, 온통 비를 맞고 있는 현재라는 감각이 가득했던 그 공기 하나하나를 조금도 부서뜨리지 않고 선명하게 기억하도록 만든다.

왜 하필 폭우인가에 대한 대답 역시 구할 수 있겠다. 언니를 만나고 언니와의 관계에 균열이 생기고 언니와 헤어지게 된 모든 과정의 흔적은 비를 보고, 맞고, 추억하는 동경의 흔적과도 같다. 찬란했던 시간을 슬프도록 기억하며 이 앞의 시간을 걸어나가야만 하는 것이 곧 삶이라면, 동경의 시간과 그것을 마주했던 날들을 지나 현재에 도달했을 때 과거의 어떤 장면이 앞으로의 삶을 살게 만드는 것일까. 그것은 아름다운 것을 멀리서 보던 때가 아니라 그것의 한가운데에 있었던 때일 것이다. 이 세상에 나 혼자만 외롭고 괴로운 것이 아니라는 이상한 동질감을 느낄 수 있었던 그 혹독한 시기일 것이다.

우리의 삶은 동경의 아름다움과 그로부터 도래할 불안을 감내하고 마주하는 용기로 이루어진다. 홀로 남은 '나'에게 이 문장을 보낸다.

(2019)

대담 | 선우은실×양경언

치열해서 애틋한

동시대

양경언 비평집이 세상에 나왔을 때 독자들에게 인사를 건네는 방법은 다양해요. 비평집의 경우 주로 동료 문인들의 '추천사'가 뒤표지에 실리면서 '평론'을 모아 책을 낸다는 사실이 생경할 독자부터 오랜 시간 평론을 읽어온 독자에 이르기까지 다양한 분들에게 해당 비평집의 의의를 전하는데요. 선우은실 평론가의 첫 비평집 『시대의 마음』은 남다른 선택도 겸하셨습니다.(웃음) 이 비평집이 지금 한국문학 현장에 어떤 움직임을 일으킬 수 있는지 전해야 하는 지면에 왜 동료 비평가와의 대담을 싣고자 했을까요? 이 자리가 마련된 배경을 설명해주시면서 오늘의 대화를 시작했으면 해요.

선우은실 안녕하세요. 대담을 맡아주셔서 감사합니다. 처음에는 비평집 분량이 이렇게 될지 몰랐고요, 분량에 여유가 있다면 대담을 통해 비평집에 접근하는 벽을 낮추고 싶었습니다. 시, 소설에 붙은 해설이 일정 정도 책의 길잡이를 해주는 것처럼 평론을 주제로 이러이러한 이야기를 할 수 있음을 보여주고 싶었어요.

양경언 색다른 시도에 초대해주셔서 감사합니다. 선우은실 비평가의 첫 비평집을 책으로 묶이기 전인 '교정지' 상태로 쭉 읽어본 저의 인상을 얘기할게요. 방금 평론집에 다가가기 위한 문턱을 낮추고 싶다는 말씀을 하셨잖아요. 선우은실 평론가의 비평활동은 비평가가 읽는 것을 동시적으로 함께 읽는 사람들을 내내 의식하면서 이루어진다는 생각을 했어요. 특히 3부에 수록된 글을 읽다보면 비평집 제목에 들어간 '시대'라는 말이 어떤 특정 시기를 지칭한다기보다는 지금 이곳의 사람들이 살고 있는, '동시대'를 직접적으로 마주했을 때 선택된 것 같더라고요. 그런데 동시대적인 감각을 잃지 않고 비평활동을 한다고 할 때 그 '동'이라는 말 자체에 대해서도 생각할 것들이 있을 텐데요. '동시대同時代'는 '같은' 시대를 의미하기도 하지만, '함께 움직이는' '함께 살아가는'이란 의미도 떠올리게 하므로 지금 이 시기에 함께 있는 '우리'의 상이 어떠해야 하는지에 대한 고민이 수반된 표현이기도 하잖아요. 선우은실 평론가의 글은 독특하게도 '동시대적인 감각'을 잃지 않는다는 것을 곧 '함께'를 이루는 구성원들의 개별성을 분리시켜서 각각의 자율성이 존중되어야 한다는 차원으로 활용하고 있었어요. '평론가인 내가 읽는 글을 독자인 여러분도 읽고 있지요?'라고 묻기도 하면서 '독자들이 각각의 현장에서 자신의 노동을 하듯, 평론가인 나 역시 문학 현장에서 일을 하고 있는 여럿 중 하나입니다'라고 본인의 위치를 부각시키고 있습니다. 그러다보니 글에서 언급되는 '문학'은 '제도' 차원으로만 수렴되어 사유될 때가 많아요. 평론가인 자기 자신이 제도 차원에서 문학이 어떻게 작동하는지 이해할 수 있어야 떳떳하게 문학 현장에서 권리를 행사하고 역할을 할 수 있다고 여기는 듯했습니다.

목차 3부의 제목을 보고 깜짝 놀랐어요. '나와 비평'! 대학원 시절에 퇴임을 앞두고 계신 한문학 교수님 수업을 들었던 적이 있었는데요. 강의 1주 차에 「한문학과 나」라는 글을 가지고 오셔서 교수님께서 한문학사에서 어떤 역할을 하셨는지에 관한 얘길 들려주신 적이 있어요. 이는 문학사의 일부로 자기 자신의 삶을, 그러니까 문학사의 구성적 조건으로 자기 자신의 전기적 사실을 위치시키는 방식이잖아요. 선우은실 평론가에게도 지금 만들어지는 문학 현장에서 '내'가 어디에서 말하는지, '나'의 말이 어떤 상황을 형성할 수 있는지를 찾는 것이 중요한 과제였구나 싶었습니다. 3부뿐만이 아니라 비평집의 마지막 순서로 배치된 백수린 소설가의 작품에 대한 글이 "홀로 남은 '나'에게 이 문장을 보낸다"로 맺어졌지요. 선우은실 평론가에게 '나'를 이해하는 문제가 왜 이렇게 중요한지 궁금증이 일어서 비평집을 읽어나가는 재미가 있었습니다.

선우은실 먼저 글을 꼼꼼하게 살펴주셔서 감사하다는 인사를 드려요. 언급해주신 대로 '동시대'와 '나'는 평론을 쓰는 저 자신을 이해하는 데 중요한 키워드예요. 지금 이 시점에 어떤 이유로, 어떻게 문학평론을 하는지에 대해 스스로에게 납득시키거나 말을 거는 일이기 때문이었을지도 모르겠습니다. 지금까지 자신이 하는 일에 대해 그리 느긋하게 생각해보지 않았음을 평론을 쓰면서 알게 되었기 때문이기도 하겠고요. 평론을 하는 동안 저는 텍스트를 경유해 저 자신을 살피는 일을 해왔다고 생각해요. 이때 '나'가 지극히 개인적인 영역으로만 소급되지 않고, 자신과 관계 맺는 주변 혹은 '나'라는 개념을 구성하는 외부적 조건의 영향 속에 놓여 있더라고요. 나와, 나를 이루는 자장으로서 동시대를 함께 고민하는 이유가 되었죠.

양경언 기왕 글의 끝맺음에 대한 얘기가 나왔으니 조금 더 물어보자면, 대체로 이번 비평집에 수록된 글들이 "여기서부터 시작한다"라거나 "이 논의로부터 시작한다" "과제를 남긴다"와 같은 식으로 마무리짓고 있더라고요. 모종의 연속성을 염두에 두고 글을 잠정적으로 마치는 방식인 거죠. 이 글에서 말하는 이슈는 여기서 끝낼 게 아니라 계속 얘기를 해야 한다고 스스로에게, 그리고 독자들에게 과제를 던지는 듯했어요. 그렇게 끝맺은 글들의 고민이 다른 글에서는 어떻게 이어지는지 궁금해서 찾아봤는데 남겨진 과제가 해결되지는 않았더라고요.(웃음) 이런 표현으로 글을 끝맺은 특별한 이유가 있을까요?

선우은실 글의 말미에서 차후 과제를 남기는 문장을 일종의 열린 결말로 읽어주셨네요. 부끄럽습니다. 후속 작업을 진행하지 못한 것도 있기 때문에 그렇습니다. 얼마간은 게으른 표현일 텐데요. 관용적 수사로서의 그것이겠네요. 한편 정말로 그 글에 대한 후속은 언제가 되었든 써야겠다고 생각해서 '다음에 이어 쓰겠습니다'라고 밝혀둔 것이기도 합니다. 실제로 어떤 글은 이어 쓰기도 했는데요, 후속 논의라고 밝히지 않고 다른 테마나 주제로 건너간 채로 문제의식을 이어간 경우가 있어서 읽는 입장에서는 연결되는 주제임을 눈치채지 못할 수도 있겠다는 생각도 드네요. 또 한편으로는, 제 글로 제출되지 않는대도 이 논의에 맞물려 누군가가 의견을 제출하거나 덧붙였으면 좋겠다는 생각으로 열어놓는 방식을 취하기도 했습니다. 어떤 이유에서든 의도해서 열어놓았다고 보는 편이 좋겠네요.

양경언 그런 끝맺음은 비평이나 학술적인 글쓰기에 자주 등장하는 것이기도 하죠. 수사적으로만 내미는 말들 아닌가 하고 오해를 살 수도 있을 것 같아요. 한편으로는 비평이 수사적인 상투성을 어떻게 상대해야 할지에 대한 고민도 드네요. 저는 비평문을 쓰면서 관성적인 혹은 상투적인 표현을 쓰지 않기 위해 애쓰는 편인데요. 그래서인지 만약 글을 끝맺을 즈음에 정말 해결되지 않는 과제가 있다고 여겨지고, 그 과제를 내가 어떻게든 이후에 해결할 책임을 지겠다고 약속할 수 있을 때만 그런 표현을 써왔던 것 같아요. 이후에 내가 해당 이슈에 대한 담론에서 역할하지 못할 것 같다면 아예 그런 표현을 쓰지 않는 거죠. 글은 진실을 추구해야 한다는 태도를 제가 너무 무겁게 가져가는 것일까요? 선우은실 평론가는 어때요?

선우은실 담론화하는 역할과 그 무게를 고민하는 일은 중요하지요. 단지 직후에 후속 답변을 하지 않아도 얼마간의 시간을 거쳐 연결되는 지점이 있으리라 여기고 있어요. 앞서 언급한 대로 다른 주제에서 변용된 방식으로 후속 논의가 전개된 경우도 있고요. 나아가 필자 사이에 주고받는 논의 이외에도 글에 대한 독자 반응을 듣고 의견을 정리하게 되는 경우까지를 '후속 논의'에 포함하다보니, 제게는 후속으로서의 답변의 범주나 그 기간이 양경언 평론가가 염두에 두고 있는 것보다 조금 더 넓고 길지도 모르겠다는 생각이 들어요.

양경언 계속 쓰기와 계속 읽(혀지)기를 염두에 두고 작업을 하시는군요. 독자들은 비평을 주로 소설책이나 시집에 실린 해설이나 문학잡지에 실린 글로 접하기 때문에 한 사람의 비평가가 쓴 글이라도 각각의 글 사이를 단절적으로 받아들이기 쉬운 것 같아요. 그렇지만 다른 영역의 글쓰기와 마찬가지로 비평가 역시 자기 삶의 화두를 가지고 각각의 글들을 써나가면서 내적 연속성을 형성하고, '나는 이것에 대해 계속 쓴다'라는 태도를 갖는다는 점을 새삼 떠올리게 되어요.

선우은실 평론가의 첫 비평집을 읽으면서 또 얘기하고 싶은 지점은 '이론 없는 글쓰기'가 행해지는 현상에 대해서인데요. 이론에 의해 작품에 대한 평가가 좌지우지되는 것을 경계하고 이론이 승한 글쓰기가 가지는 현학성과 거리를 둔다고 느껴지는 한편, 문학작품을 사유하기 위해 축적되어온 지적, 이론적 토대 없이 비평 작업이 이뤄진다는 게 어떤 의미를 가질지 생각해봐야 할 것 같았어요. 자칫 비평의 역할이 감상 차원에 그치고 말 수도 있지 않을까 싶더라고요. 선우은실 평론가께서는 '이론 없는 글쓰기' 혹은 '이론을 염두에 두지 않는 비평'임을 의식하면서 작업을 하시나요?

선우은실 네, 이론 없이 쓰고 싶다고 의식하고 있습니다. 이론 없는 비평을 지향하게 된 계기가 몇몇 있는데요, 비평에 대한 개인적인 독서 경험에서 이야기를 시작해보면 좋겠어요. 그런데 제가 일종의 '비평'이라고 하는 글의 형태를 의식하며 읽기 시작한 게 꽤 늦었거든요.

양경언 언제부터죠?

선우은실 비평이라는 것이 있다는 것 자체를 스무 살 무렵에야 알았어요.

양경언 되게 이른 거 아닌가요?

선우은실 이른 편일까요? 청소년 시절부터 한국 동시대 현대문학을 꾸준히 읽고 창작을 하는 사람들도 많다보니 저는 약간 늦은 편이라 여겼어요. 말하자면 의무교육을 받을 때까지는 백 년 전 식민지 시기 문학만 읽다가 스무 살 되어 한국어문학과에 진학했고, 그때 수업에서 언급되거나 읽어보라고 추천받은 책들이 한창 활동중인 작가들의 것이었어요. 꼭 신인이 아니더라도 이미 동시대 작가로 잘 알려진 작가들도 포함돼 있었는데 저는 스무 살이 되어서야 알게 된 거였죠. 이를테면 김영하 작가도 그랬고요.

이런 식으로 대학 수업을 들으면서야 동시대 작가들을 서서히 따라 읽기 시작했어요. 비평이라고 할 만한 것도 그때부터 읽기 시작했고요. 보통 작품집 뒤에 붙어 있는 해설의 형태로 비평을 접하기 시작했습니다. 때때로 잡지를 읽기도 했어요. 문학잡지 또한 대학 때 선생님들이 이런 것들이 있다고 안내해주셔서 찾아 읽기 시작했습니다.

양경언 잡지를 처음 읽은 건 언제였어요?

선우은실 스물한 살 때였을까요? 동시대 문학을 읽고 비평이라는 형태를 접한 시점과 거의 비슷했어요. 특히 문예지에 수록되어 있는 갓 나온 작품들을 읽는 일이 재미있었어요. 대체로 알지 못하는 작가였던데다 백 년 전 문학의 형태만이 문학인 줄 알았으니까 더 흥미로웠죠. 문학잡지에 리뷰, 비평 등 여러 형태의 글이 많이 실려 있잖아요. 그런데 저는 한국 소설을 정말 좋아해서 잡지를 읽는다는 건 소설을 읽는다는 것과 거의 동일한 의미였어요.

양경언 어떤 작품들이 좋았어요?

선우은실 글쎄요. 잘은 생각나지 않지만, 그간 제가 읽어왔던 것과 다르다고 처음 느꼈던 건 신경숙 작가의 작품을 읽을 때였어요. 고3 때 수능 대비 문제집에서 지문으로 제출되어 읽게 되었어요.

양경언 문제집 지문에서 신경숙 작가를 처음 만난 세대군요!

선우은실 맞아요. 지문을 읽는데 작품이 특이하다고 생각했어요. 당시에는 지문으로 나온 작품 중 괜찮은 것이 있으면 전문을 찾아 읽었거든요. 그렇게 찾아 읽은 작품 중 몇몇은 식민지 시기 작품과는 너무나 다른 것도 있었는데 신경숙의 작품이 그 포문을 열어주었어요. 그때 지문에서 신경숙을 알게 된 이후 『감자 먹는 사람들』을 사서 읽었던 기억이 나요. 당시에는 동시대 작가를 많이 알지 못했으니까 신경숙이 제일이었다고 말하기까진 어려워도, 내가 지금까지 배워온 '문학'과 너무나 다른 문학이 지금 제출되고 있구나 하는 것을 처음 알려준 작가라고 생각합니다.

이런 방식으로 시작해서 차차 현대 문학작품을 접해왔어요. 그렇게 읽게 된 단행본 끝 쪽에 해설이 실려 있었어요. 때때로 이론을 경유한 작품 분석으로서의 해설을 보면서 '비평'이라는 것에 대한 감각을 처음 익혔다고 생각해요. 엄밀하게 말해 해설과 비평은 좀 다른 것이겠지만요. 이론 없는 비평 이야기로 돌아가서, 처음에 말씀드렸던 개인적인 경험이 바로 이 무렵의 일이에요. 시집을 읽었는데 도무지 이해하기가 어려워서 해설을 읽으면서 길을 잡으려고 했어요. 그런데 그때 실려 있던 해설이 딱히 시에 충실한 분석이 아니었던데다 차용한 이론적 개념이 난해해서 해설 자체를 이해하는 게 시를 이해하는 것보다 더 한참 걸려서 낭패를 봤어요. 조금 싫었던 기억이에요. 아마도 대학 들어간 직후였을 텐데요. 독해력이나 문해력 훈련을 받은 수준의 전공자였고 나름대로 문학 언어의 형태에 익숙한 독자였음에도 불구하고 '이걸 어떻게 읽어?'라는 생각이 들었어요. 이렇게까지 난해하다고 느끼는 건 그게 '해설'이기 때문은 아닐 거고, 게다가 독자의 역량에만 달린 문제는 아닌 것 같았어요. 이때의 기억이 의외로 오래 남아서 차후 글쓰기의 태도에 영향을 주었어요. 이를테면 타 전공생이 내 글을 읽어도 최소한 뭐라고 썼는지 정도는 이해할 수 있게 쓰자고 생각했고요.

이런 과정을 거치면서 제가 다가가고 싶은 문학 언어의 형태가 평론이라는 것을 알아가면서 제일 먼저 탈락시키게 된 것이 이론을 위시한 글쓰기였다고 생각해요. 이론 공부를 하지 않는다는 의미는 아니에요. 이론을 충분히 소화해 설명할 수 없거나, 이론 없이도 할 수 있는 이야기에 관습적으로 이론을 뒤섞지 말자는 의미에서요.

그러한 평론을 지향하게 된 것과 관련한 한 에피소드를 이번 평론집 제목 속 '시대' 그리고 '마음'과도 연결해 이야기해볼 수 있을 것 같아요. 대학원의 한 수업에서 십 년 단위로 시대별 대표작을 읽은 적이 있어요. 2010년대로 와 김금희 작가의 작품 이야기를 하게 되었는데요, 저는 이 작가의 작품에서 '마음'이 상당히 중요한 키워드라고 생각했어요. 그리고 이때 '마음'은 오로지 '마음'이라는 말로만 표현할 수 있다고 여겼고요. 그런데 선배들의 경우 이 '마음'을 사회과학적인 용어 또는 이론을 거쳐 개념화하고자 하더라고요. 때로 개념화의 작업이 필요하기도 하지만, 저는 2010년대의 '마음'이라는 건, 이론적인 틀로 재개념화하지 않은 채 '마음'으로 불려야만 한다고 생각했기에 이 이견이 재미있었어요. 이를테면 이걸 랑시에르적으로나 마르크스적으로 말할 수는 없다고 여겼거든요. 이때 경험했다고 생각해요. 제가 이론에 거리를 두려고 하는 이유를요. 제가 지금의 문학, 지금 읽는 문학을 설명할 때 비평의 언어로서 채택하고자 하는 게, 이론으로 개념화되지 않은 현상 그 자체의 언어일지도요. 그것이 '이론 없는 글쓰기'를 지향하게 된 계기라고 생각해요.

양경언 무조건 서구 문학 이론을 경유해서 작품을 규정하는 태도와 인식은 저도 문제라고 생각해요. 읽기 과정에 침투해 있는 식민성을 극복할 필요가 있지요. '마음'에 대한 얘기가 나왔으니 좀더 이어가보자면, '마음'이란 표현이 동아시아에서는 어떤 맥락에서 쓰였고, 이 개념이 어떤 서사를 구성하면서 새로운 사상을 조직해갔는지에 관해서 탐구해볼 수 있잖아요. 문학작품을 읽어나갈 때 이러한 공부가 동반되면 이해의 자장을 넓힐 수도 있을 테고요. 저는 '마음'에 대한 이론적 지형을 그리는 연구와, 한 작가의 세계에 등장한 표현인 '마음'의 의미를 살피고 이를 통해 종래의 '마음'과 관련한 사유와는 또다른 해석과 평가를 균형감 있게 가져나가는 작업을 비평가가 할 수 있다고 생각해요. '시대의 마음'이란 비평집의 제목을 들었을 때 저는 '이 평론가가 따르는 마음은 어떤 맥락의 개념일까'라는 궁금증이 제일 먼저 들었거든요. 그런데 선우은실 평론가의 비평집에 수록된 글들은 이런 접근 자체가 작품에 대한 읽기 영역을 넓혀주지 못한다고 판단하는 것 같아요. 맞을까요?

선우은실 어느 정도는 해석해주신 대로가 맞을 것 같아요. 제가 이론에 기대어 글을 쓰는 편은 아니긴 해도 단순히 '이론이 싫다, 공부하지 않겠다'는 마음은 아니에요. 이론을 경유했을 때 더 정확하고 치밀하게 현상에 대한 분석을 수행하게 될 때가 있으니까요. 단지 비평이 텍스트를 분석하기 위한 방법으로 이론을 경유했을 때, 이론도 텍스트도 충분히 설명되고 상호 참조되는 경우를 많이는 보지 못했던 것 같아요. 어떤 면에서는 그 '정합적 언어'로 현실을 낱낱이 해석한다는 매력적인 함정-착각에 빠지기 쉬워 보이기도 했어요. 현상의 언어 그 자체로 문학에 비춘 삶을 먼저 보는 일이 필요하지 않은가, 하는 게 제겐 더 우선시되었다고 보는 편이 적절하겠어요.

양경언 하나의 문학작품이 특정 담론에서 어떤 위치를 차지하는지 이론 없이 말하려면 비평가가 감당해야 할 게 많잖아요. 자의적인 판단 아니냐는 비판에 노출되기도 쉽고요. 이론을 경유하라는 얘기가 거기에 지배되라는 게 아니라 이론을 도구 삼아 그 작품과 만날 수 있는 또다른 경로를 확장해서 마련할 수 있단 의미일 텐데요. 혹시 비평가가 이론을 배제해버림으로써 그럴 수 있는 가능성을 오히려 먼저 닫아버리는 건 아닐까요?

선우은실 이론이 작품과 만나는 통로로 제안된다는 말이 인상적이에요. 이러한 이야기를 먼저 접했다면 이론과 비평의 조합에 대해 조금은 다르게 생각했을지도요. 그럼에도 지금의 태도를 조금 더 고수해보자면 이렇게 말씀드릴 수 있을 것 같아요. 제가 비평을 쓸 때 이론 자체를 글에 직접적으로 반영하는 건 아니더라도, 이론적인 사유가 완전히 누락되어 있다고 생각하진 않아요. 이론을 '언급'하는 것이 아닌 다른 방식으로도 반영될 수 있지 않을까요? 특정한 관점으로 이 작품을 사유하는 행위나 그런 식으로 글을 독해하고 전개해나가는 것이 여러 이론이 종합된 결과일 수 있으니까요. 개념어의 사용 여부에 의해서만 '이론성'이 판단되는 것이 아니라면 이 역시도 얼마간은 이론적 비평에 해당할 수 있지 않을까요?

또다른 이유라면, 이론을 경유해서 쓰는 비평이 그렇게 멋져 보이지 않았다고도 말할 수도 있을 것 같아요. '멋'이라는 게 적절하지 않은 표현 같긴 하지요? 특정 개념을 글에 가져온다고 했을 때, 맥락을 충분히 알고 제대로 제시하고 사용했는지에 꽤 의구심을 갖는 편이고요. 이론을 토막 낸 상태로 경유하지 않아도 작품을 '읽고' 있고 자기의 언어화된 방식을 거쳐 그것을 녹여낼 수 있다면 훨씬 멋지다고 생각해요.

양경언 방금 그 애기는 비평집에 수록되어 있는 「○○문학을 말하다—페미니즘으로 시 읽기」에서 언급한 내용과 맞닿아 있는 것 같아요. '작품에 페미니즘적인 소재라고 연상되는 것이 등장해야만 그것을 페미니즘적으로 독해할 수 있는가?'라는 질문 앞에서, 선우은실 평론가는 김일란 감독님의 작품이 페미니즘적인 시야로 형성된 창작 과정이 있었기 때문에 충분히 페미니즘적으로 독해할 여지가 있다고 보셨거든요. 그러면서 우리가 특정한 인식 체계와 연결될 수 있는 작품을 읽을 때는 그것을 체화한 언어를 읽어나가야 한다는 얘기를 하시는데요. '이론 없는 비평'의 가능성을 탐구하는 본인의 태도가 이와 맞닿아 있는 듯하네요.

선우은실 〈공동정범〉과 관련한 경험은 돌이켜보건대 페미니즘을 방법론으로 사유하게 된 전환점이었어요. 방법론으로 이론을 가져간다는 게 내용 자체를 좇는 것이 아니라서 추상적으로 느껴질 법한데요. 이 사람이 현상을 어떻게 풀어가고 있느냐 하는 분석 대상으로서의 관점이라고 말할 수 있겠습니다. 같은 층위에서 이론 없는 글쓰기 역시, 이론을 위시하여 제출된 '글쓰기'가 아니라 어떤 이론을 내재화한 자가 무엇을 보는가 자체로 드러나는 거라면 어떤 식으로 '다르게' 쓰기 할 수 있을까 고민하게 만든 측면이 있고요.

게다가 이론을 통해 비평을 개진하는 방식은 특히 선배 평론가들의 글에서 자주 발견되는 특징인 것 같은데요. 제가 시도하는 것보다 훨씬 유려한 방식으로 이미 언어화된 사례가 많지요. 달리 말하면, 이미 그러한 언어화를 자기 언어와 크게 어긋나지 않는 것으로 잘 수행하고 있는 선행자가 있는데 나까지 그것을 심화할 필요는 없다고 생각했어요. 게다가 시도했을 때 이론 없는 비평을 쓰는 것보다 제게는 더 부적확하게 느껴지기도 했어서, 비평적 언어 안에서도 내가 내

감각 위에서 잘 풀어나갈 수 있는 것을 찾아나가게 되었어요. 일종의 '다르게 말하기'로서의 비평이라고 할 수도 있겠어요. 학부 시절 수업을 들으면 선생님들이 똑같은 내용을 여러 번 반복해서 설명하시곤 하잖아요? 내가 이 한 문장의 내용을 각기 다른 다섯 개의 형태로 말할 테니 그중 자기에게 잘 맞는 거 하나 정도는 알아듣거라, 하는 느낌인데요. 비평적 말하기도 이런 식으로 시도될 수 있을 것 같아요. 비평하고 싶은 텍스트를 읽거나 또는 어떤 텍스트에 말을 붙여놓은 비평을 읽을 때, 여기서 발견된 이 내용을 내 식대로 바꿔 쓰기 하면 어떻게 할 수 있을까 고민해보기도 하고요. 이론 없는 비평 또는 이론을 다르게 경유하는 비평에 대한 입장도 그런 방식으로 다듬어져왔을 수 있겠네요.

터프 이너프

양경언 이번 책에 실리지는 않았지만, 『문학과사회 하이픈』 2020년 여름호에 발표하신 「어떻게, 무엇을 위해, 왜 비평-하는가」라는 글에서 "비평은 어떻게 쓰나요?"라는 물음에 "비평을 쓰는 것"은 "저 자신을 이해하는 것과 굉장히 밀접한 일"이라면서 "싫어하는 것을 내버리지 않고, 나는 그것을 왜 '싫다'고 느끼는가, 어떻게 그렇게 생각하게 되었나 고민합니다. 그 싫어하는 것, 내가 뭔가 불편을 느끼는 것에 대해 그게 왜 그렇게 되었는지 생각은 해봐야겠죠"라는 대답을 내놓는 대목이 나와요. 싫어하는 것을 어떻게든 이해해보고자 노력하는 과정으로 비평 행위에 대해 설명하고 있다는 점이 독특합니다. 이때 '이해'라는 표현은 특정 대상을 지식으로 정복하겠다는 얘기가 아니라 그 대상에 관한 생각을 그치지 않으면서 불편하더라도 일단은 '있다'고 승인하고 그것이 몰고 온 문제들이 어떻게 작동하는지 논리적으로 해명하는 차원으로 쓰고 있는 것 같고요.

저는 여성 비평가가 가지고 있는 이런 터프함이 매우 중요하다고 여겨져요. 누군가에겐 매정하게 비칠 수 있겠지만, 이 매정함은 한 사람이 오롯이 세계를 상대하면서, 그 세계의 일부로서 자신의 생각을 발신하고 있음을 보여주는 매정함인 것 같거든요. 세상의 눈치를 보기보다는 내가 그것에 대해 어떻게 생각하는지를 보다 더 중요시하는 터프함이 선우은실 평론가에게 있는 것 같아요. 수전 손태그나 조앤 디디온 같은 여성 작가들이 자연스럽게 떠오르네요. 데버라 넬슨의 『터프 이너프』(책세상, 2019)라는 책에도 나와 있지만, 터프한 태도는 여성이 지금 세상에서 글을 쓰기 위해 전략적으로 택할 수 있는 것이죠. 여성 스스로가 자신의 말을 자신답게 하기 위해서는 싸워야 하고, 눈치 안 보고 치고 나가야 하는 국면들이 있으니까요. 이해가 되지 않는 것, 아귀가 맞지 않는 것, 싫어하는 것, 불편한 것 등등을 어떻게 이해해야 하는지 펜을 들고 있는 한 사람으로서 그것에 집요하게 파고들어가는 태도, 자신의 글이 누군가의 마음에 들지 안 들지를 초조해하지도 않고, '사랑'을 고백하는 역할로만 비평의 역할을 한정하지 않는 태도. 이건 여성 비평가로서 굉장히 인상적이고 중요한 태도인 것 같다는 생각이 들어요.

선우은실 해석당한다는 게 이런 것일까요? 무척 재미있는데요.

양경언 '여성 비평가'에 대한 이야기를 해볼까요. 지금까지 활동하면서 '여성' 비평가이기 때문에 할 수 있는 일 혹은 고민되는 일이 있었을까요?

선우은실 이 질문과 관련해서 페미니즘에 입문하게 된 이야기에서 시작해보면 좋겠어요. 개인적으로는 페미니즘을 공부하기 시작한 때도 약간은 늦었다고 생각해요. 2016년 등단하던 해에 문단 내 성폭력을 고발하는 여러 일들을 경험하면서, 평론가로서 글을 쓴다는 사실과 여성이라는 정체성을 이해하는 일을 거의 동시적으로 사유하지 않을 수 없었어요.

양경언 페미니즘 물결이 활발히 일어나는 속에서 비평활동을 시작한 거군요?

선우은실 맞아요. 작품활동을 시작할 무렵 받은 청탁의 내용이 페미니즘에 대한 이야기를 해주면 좋겠다, 라는 식이기도 했고요. 이 책의 「'아버지' 세계와 '어머니'적인 것을 바라보는 두 공통 감각에 대하여—페미니즘과 문학」 역시 시와 페미니즘을 엮어 쓰는 기획이라고 안내받았거든요. 페미니즘도, 페미니즘으로 문학을 읽는 일도 정리된 상태는 아니었지만 이 기회에 공부를 해보자는 마음으로 글을 쓰기로 마음먹었어요. 만약 그렇게 쓴 글에 오류가 있다면 고쳐나가고 다시 공부하면 되니까 일단은 써보자는 마음으로요. 그렇게 공부하게 된 페미니즘은 다른 이론을 이해하는 방식과는 좀 달랐어요. 개념 하나하나나 내용 자체에 몰두한다기보다는 눈앞에 펼쳐져 있는 세계를 돌파해나가는 '방법'을 고민하는 것처럼 느껴졌거든요.

양경언 실천을 위한 방법론으로 느껴졌나요?

선우은실 네. 삶과 밀착되어 있다고 느꼈고 보다 원리적으로 이해해야 하는구나 하고 생각했어요. 이를테면 여성 억압에 대한 문제의식을 가지고 이로부터 벗어나야 한다는 공동의 목표치를 페미니즘에서 설정하고 있다 하더라도, 그것을 향해 가는 약간씩 다른 관점에 따라 상반된 주장이 나올 수도 있다는 것이 흥미로웠어요. 그런 점에서 '페미니즘이라는 관점은 무엇이다'라고 정의 내리는 것 자체가 어렵기도 했고, 어쩌면 관습적인 행위일 수 있는 '합의된 정의'에 도달하는 것을 넘어설 수 있는 질문을 던져보자고 마음먹게 하기도 했고요.

그런 혼란과 고민의 흔적이 이 책의 2부 '젠더 비평'에 수록된 글에서 많이 발견되지 않을까 싶어요. 그 과정에서 자기 탐색 또한 이루어졌고요. 그러니까 '여성 비평가'라는 정체성을 지니면서 글을 쓴다는 것에 대해서요. 관련해 최근에는 여성 당사자성에 대한 고민을 하고 있어요. 내가 나를 여성으로 결정짓거나 지시하는 것에 의해 어떤 작품에 좀더 손쉽게 다가가는 측면이 있을 텐데요. 그런 과정에서 누락하거나 삭제하는 지점은 없는지 점검이 필요하겠다는 생각이 들었어요. 저 스스로 명명한 여성 젠더라는 선언을 통해, '나니까 이건 이렇게 보인다고 말할 수 있어'라는 다소 독선적인 방식으로 비평을 쓰고 있을 수도 있겠다는 생각이 들었어요. 관점의 다양성이 당사자성에 의해 차단될 수도 있지 않을까 하는 우려겠지요.

당사자가 당사자이기 때문에 보거나 할 수 있는 말들이 있다는 것은 성과이면서 곧 한계일 텐데요. 한계를 제대로 알아야 돌파해나갈 수 있다고 생각해요. 가령 제가 여성 당사자이긴 하지만 퀴어 당사자로 자기를 위치시키지 않는다고 할 때, 뭔가에 대해 말할 '자격'을 얻느냐 마느냐만의 단순한 문제로만 이 당사자성이 환원되어서는 안 된다고 생각하거든요. 어떤 면에서는 '약자'로서의 여성이라는 점에서 발견할 수 있는 접점이 있을 테고, 때론 '여성'에 방점이 찍혀서 약자성의 개별적 지점을 놓치기도 할 테니까요. 그럼에도 여성으로서 읽고 비평가로서 말하는 시도를 우선은 해야, 모르는 것이나 고쳐야 할 것들에 대해서도 인지할 수 있다고 생각하고 또 그런 일들이 필요하다고도 느껴집니다.

양경언 비평 작업을 하면서 '당사자성'과 연결된 고민을 치열하게 했다는 것으로 들리는데요. 그러한 고민에 몰두하는 과정에서 작가의 전기적 사실을 끌고 와 분석을 시도한 글들도 있더라고요.

선우은실 그러한 시도를 할 때에는, 작가 당사자성을 작품의 그것으로 곧 환치시킬 가능성을 유념하기는 하는데요. 그러한 한계가 있을지언정 이를 선택한 것은 맞아요. 이성애자 여성이자 비평가로서 살아온 경험이 얼마간 저를 규정하고 있고 사유의 패러다임에 영향을 주고 있는 게 사실인데, 그것을 '통해' 발견할 수 있는 것과 그것에 '의해' 제한되는 것들을 두루 확인하며 작품을 읽을 때 조금 더 자기의 구성 요소를 유연하게 성찰할 수 있는 것 같기도 하고요. 무엇보다도 당사자성을 의식하는 독해가 지닌 한계에도 불구하고, 여성 비평가의 '각기 다른' 관점에 좀더 기대를 걸어보고 싶다고 생각하기 때문이기도 했어요. 이때 당사자성을 완전히 후퇴시키지 말고 다양성을 제안하는 전략으로 삼아보자는 식으로요.

양경언 선우은실 평론가의 어떤 글에서는 '여성 시'라는 개념이 이미 '여성'을 규범화한 채로 정의 내려지는 건 아닌지 문제를 제기하고 있는데요. 또 어떤 글에서는 '여성 작가'들이 여성으로서 경험한 것들을 작품에 녹였다는 식으로 작품 분석을 해요. 평론가 본인이 비판한 방식을 극복하지 못한 상태로 작품 분석을 하고 있지는 않은가 하는 의문이 들더라고요. 오히려 이런 분석이 '여성 문학' '여성 화자' '여성 서술자' '여성 시'에 대한 새로운 독해를 가로막아버리진 않을까요?

선우은실 어쩌면 그럴지도 모르겠어요. 하지만 '여성'으로서 반영되어 있는 작품의 요소들을 언급하는 것이 여성 이외의 것을 괄호 치거나 삭제하는 방식으로만 읽힐 것이라고 생각하지는 않았어요. 또한 작품 독해를 할 때 '여성적 경험'이 가정된 상태에서도 여전히 발견될 수 있는 것이 많이 남아 있다고 생각했거든요. 당사자성에 매몰되어선 안 되겠지만 그것을 완전히 괄호 치지 않고 이야기를 확장할 수 있을 때, 당사자성이라는 개념 자체도 더 넓힐 수 있을 것이라는 기대를 해보고 있습니다.

벽돌 하나

양경언 앞서 이 비평집이 제도로서의 문학을 많이 언급하더라는 얘기를 했었는데요. 문학작품이 상품 가치를 갖는가를 많이 의식하고 있다는 생각이 들었어요. 독자에 대한 얘기를 할 때도 소비자로서의 독자에 주목하면서 글을 쓰고 계시고요.

선우은실 우선은 제 글에서 상정하는 독자-소비자가 때때로 저 자신이기 때문에 그럴 것 같아요. 좋아서 읽고 사는 책이지만, 자본주의적 관점에서의 소비자 위치에 놓여 있기도 하니까요. 제가 책을 아주 많이 구매하는 편이 아니라는 점 또한 소비자로서 자신을 의식하는 데 영향을 주었을 것 같아요. 보통은 책을 구매하기 전에 책에 대한 사전 조사를 하는 편인데요. 도서관에 있다면 대여해서 읽고 소장하고 싶은 책을 구매하는 경우가 많습니다. 그렇다보니 일단은 자료로 구매하는 것일지라도 상품 가치를 고려하게 되지요. 물론 당장 필요해서 마구잡이로 사는 때도 있지만요. 비교적 문학 관련 저서를 많이 구매하는 저조차도 책의 상품으로서의 물성을 고려하는데, 문학을 많이 소비하지 않는 이들에게도 그렇게 느껴질 법한 기준이 있겠구나 싶어서 그 이야기를 해보고 싶었어요. 이를테면 문학 바깥에 있는 독자를 상상하게 된다고 할까요?

양경언 '문학 바깥'에 있는 사람은 누구고 '문학 내부'에 있는 사람은 누구일까요?

선우은실 어려운 질문이네요. 제가 섣불리 '바깥'이란 표현을 쓴 게 아닌가 잠시 반성이 되는데요. 문학 전공자 또는 관련 업종 사람들이 많은 만큼 비관련 업종의 독자들의 수도 상당히 많겠지요? 이를테면 문학보다 다른 텍스트를 더 자주 접하는 이들로부터 이런 이야기를 꽤나 들어왔어요. 자기계발서는 사서 읽을 가치가 있지만 (특히 한국) 시나 소설은 어둡고 감상적인데다 교훈이나 실용적인 정보를 주지 않는데 어째서 사서 읽어야 하는지 모르겠다는 종류의 이야기요. 그런 이들을 설득하려고 한다기보다도, 이들 중 한 명은 혹은 한번은 문학을 읽고 싶을 때가 있을 텐데요. 그런 이들이 물성으로서 고려하는 책-문학이라고 하는 것에 대해 성찰하면서도 그 입구를 열어주는 역할도 필요하겠다는 생각이 들었어요. 특히나 다매체 콘텐츠 시대인 요즘에는 하나의 서사를 보더라도 어떤 '형태'의 콘텐츠로 제출되느냐에 따라 접근의 방식이나 사유를 이끌어내는 방식이 많이 다르니까요. 문학은 그 틈바구니에서 문학에 접근하는 이들을 어떤 식으로 환영할 수 있을까 하는 고민이 그런 방식으로 드러났다고 생각합니다.

양경언 '출판 시장'이 '시장'으로 존재하고 있다는 것은 자본주의 체제에선 엄연한 사실이지요.

선우은실 그렇지요. 그런 면에서 출판사, 출판업계 종사자에게 상품으로서의 문학에 대한 책임을 몽땅 맡겨놓는 걸로 충분한가 하는 생각이 들어요.

양경언 평론가가 출판 시장의 경향과 매출에 대해서도 생각할 필요가 있다는 입장이신 거지요?

선우은실 어느 정도는요. 단지 그걸 평론가가 모조리 안다고 자평할 필요도, 그럴 수도 없겠지만 적어도 평론가의 시선에서 책의 유통과 그런 방식으로 물성을 얻는 책의 의미에 대해서 헤아려볼 필요는 있다고 봐요.

양경언 문학작품을 읽지 않는 독자들에게도, 왜 그들이 이것을 읽지 않을까 생각을 하면서 읽게 만들어보고 싶고 그들에게도 문학작품이 가닿았으면 한다는 얘기를 했잖아요. 이에 대해서 좀더 구체적으로 듣고 싶어요. 문학이 뭐기에 문학을 친근하지 않게 여기는 이들까지도 읽었으면 하는 생각을 하게 되신 걸까요?

선우은실 문학이 뭘까요? 이 질문에 대한 답을 고민하는 동안, "문학을 친근하지 않게 여기는 이들까지도 읽었으면 하는" 바람에 대해 답하자면, 읽지 않아도 된다고 생각합니다. 다만 문학의 문을 열어젖혀 이것저것 경험해보는 입장에서, 어떤 담론을 구성할 때 현안의 한복판에서 주요 담론을 이끌어가는 역할 못지않게, 그러한 논의들이 문학의 자장 속에 있지 않은 이들의 삶에도 살짝 닿을 수 있도록 가장자리에서 역할을 하고 싶었어요. 누군가 문학에 관심을 가지고자 한다면 어떻게 작품을 읽고 어떻게 이야기를 붙여나갈 수 있을지를 처음부터 차근차근 하나씩 해보는 일 말이에요. 단편적일지라도 그러한 시도가 문학으로 삶을 성찰하게 되는 '최초의 사건'이 될 수 있으니까요.

양경언 문학을 상품으로 그리고 독자를 소비자로만 상정했을 때 분명해지는 생각이 있는 한편, 그 분명해지는 생각이 오히려 함정이 되어 문학작품이 얼마나 판매되는지와 연관된 고려만 하게끔 만드는 것도 같아요. 그러다보니 독자 역시도 책을 사는 사람과 사지 않는 사람으로만 상정하는 경우들도 생기고요. 자본주의 체제에서 책에 가격이 매겨지고 교환되는 사실을 부정하는 건 아니지만, 문학을 통해서 할 수 있는 이야기는 지금 사회체제에 한정되어 있진 않잖아요. 오히려 그를 바짝 상대하거나 넘어서는 이야기들이 가능하고요. 선우은실 평론가가 집중하고 있는 문제의 프레임은 어쩌면 문학이 가지는 여러 역할을 지우는 방식이 되진 않을까요?

선우은실 문학에 대해 생각할 때, 상품으로서의 면을 고려해야 한다는 입장이지만 '그렇게 되어야 한다'고 말하려는 건 아니에요. 문학이 문학 고유의 방식으로 존재할 필요가 있다는 양경언 평론가의 말에 동감하기 때문에 우려를 표명하신 부분에 십분 동의하고요. 그렇지만 문학을 조금 더 여러 가지 형태로 상상해보는 것이 필요하다고 생각해요. 물성을 지닌 것으로서의 책-문학, 관념으로서의 문학, 삶의 반영으로서의 문학 등이요. 이중 하나를 선택하는 게 아니라, 문학이 가진 다면적 성질을 요리조리 돌려보면서 그 입체적인 면면들을 만져나가는 물질로서의 책-문학, 나아가 제도에 대한 이야기까지도 해볼 수 있는 것이겠지요. 한편 문학이 지닌 내재적인 힘이 존재함에도 불구하고, 문학을 구성하는 외부적 요인으로서의 상품화되는 단계까지 낭만화할 수는 없을 것 같아요. 일면 물질로서의 외부성을 고려하지 않을 때 낭만화되고야 마는 '문학'이라는 것도 있다고 생각하고요.

문학과 제도에 대한 성찰 또한 그런 점에서 고려될 문제이고요. 문학사적으로 '제도'로서 구축되어온 흐름이 있고 그것이 당대의 당위성을 가진 채 현재로까지 전유되었을 때, 시대의 감각이 달라지면서 재편되어 고찰해야 하는 지점이 발생하기도 할 텐데요. 이를테면 등단과 같은 것이 그렇다고 생각해요.

양경언 문학이 교환되는 경험의 범위를 협소하게 가져가고 있는 것 아닌가 하는 제기이기도 해요. 문학작품이 주고받아지는 경험이 소비자가 일대일로 구매해야 살 수 있는 차원만 있는 게 아니라, 공공의 영역에서 축적되는 것도 있잖아요. 교육의 영역에서도 있고요. 저는 평론가가 시스템의 면면에 대해서 전부 다 알고 있다는 듯이 말하는 걸 경계할 필요가 있는 것 같아요. 평론가들이 편집자의 사정, 북디자이너의 사정, 인쇄를 담당하는 이들의 사정, 출판사 안에서의 사정 혹은 서점 운영자의 사정, 도서관 행정 일이며 문학 교육 시스템 등등 이런 것들에 대해 전문적으로 다 안다고 말할 수는 없을 텐데, 마치 그것에 대해 다 능통하게 안다는 듯 이야기하고, 문학이 제도화되는 과정을 도식적으로 설명하는 경향이 있잖아요. '제도로서의 문학'이라고 표현하면서 '그것은 곧 문단'이라고 표현하는 것이 엄밀하지 못하다는 생각이 들어요.

선우은실 양경언 평론가가 말씀하신 대로 평론이 모든 것에 능통한 듯 이야기하며 직접 겪지 못했거나 알지 못하는 부분까지를 평론 언어의 정합성을 두르고 이야기하는 것은 경계해야 한다고 생각해요. 다만 '문단'에 대해서라면, 문학장의 권력을 온통 비판하기 위해 문단을 소환해야 한다는 데 동의/비동의를 표하기 이전에, 이러한 문제제기가 어째서 제출될 수 있었는지 혹은 그러한 방식으로 이야기 했을 때 소거되는 역사성은 어떤 것이 있는지를 살필 수 있어야 한다고 생각해요. 가령 신문 연재에서 잡지 연재로 전환되는 시점에 예술의 정치적 책무가 독립적 예술성과 결합하여 강화되었던 맥락이 있고, 그런 점이 강조되면서 심사제로서 문학 공모(이를테면 신춘문예)가 정착되는 과정이 있었잖아요. 이렇듯 문학성(예술성)을 얻는 과정에서 문학이 정치적 책무를 견인하는 동시에 예술의 자율성을 구축하려는 맥락 속에서, 작가 나아가 문단 그리고 그와 관련한 제도가 '문학장'을 형성하게 되었다고 할 수 있겠지요. 그런 점들을 충분히 고려한 채로 오늘날의 문단(권력)이란 개념을 볼 필요가 있는 것이겠고요. 오늘날의 감각 위에서 그러한 역사의 자장을 고려하며 '문학장'을 고려하되, '제도'로서 포섭되어 비판적으로 이해되고 교체되어 발음될 때는 이런 맥락을 두루 살펴볼 필요가 있다고 생각해요. 상상된 것으로서 문단 권력을 두둔하는 방식과는 별개의 차원에서요.

아까의 질문에 마저 답해볼까요? 도대체 문학이 뭐기에 다른 이들에게도 문학을 권하고 싶다 생각하느냐고 물으셨지요. 문득 떠오른 것은, 제가 문학을 대하는 방식이었어요. 제가 문학의 자장 안에서 겪는 것은 뭔가를 만들었다가 때론 무너뜨리는 일까지를 포함하는 일이에요. 일종의 자기 부정인 셈인데요. 자기를 부정하려면 부정하려고 하는 것을 먼저 세워야겠죠. 저조차도 그 대상이겠고요. 다시 말하면 문학-제도, 문학-시장성에 대한 담론들도 이러한 말을 하면 할수록 비평가로서의 권위를 강화하는 쪽으로 자신을 방증하는 일이 되어버릴 수 있겠지만, 그러한 결괏값으로 비평이 제출되었다면 이 역시 무너뜨릴 수도 있다고 생각합니다. 물론 해체와 붕괴를 염두에 둔다고 해서 아무렇게나 쓰겠다는 뜻은 아니지만요. 뭐라고 하면 좋을까요, 이 정도 위치에 이런 모양의 벽돌을 하나 쌓아보는 거죠. 그러다가 그 벽돌을 빼버리거나 다듬어야 할 수도 있고 그럼 그 위로 얹어 놓았던 것들이 부서지기도 하겠죠? 하지만 잘못된 채로 고수하는 것보다는 언제고 무너뜨릴 수도 있다고 가정하는 편이 유연하다고 생각해요. 무리수를 두는 경우도 있겠지만 모르기 때문에 하지 않는 것보다 알기 위해서 노력하고 서투르게나마 해내는 편이 낫다는 입장입니다. 어떤 문제의식으로 이 내용들을 담론화해나갈 것인가, 나름대로의 소화 과정이겠지요. 그 안에서 쓸 수 있는 것을 쓰는 것이 최선일 수 있겠고요.

비평의 대화

선우은실 어째서 평론은 창작이 아니라고 여기곤 할까요? 이 질문을 깊이 품고 있던 시간이 있었어요. 배운 바에 따르면 평론은 어떤 종류의 텍스트를 경유해서 제출되는 이야기이므로 텍스트에 대한 의존성이나 영향이 큰 언어라고 해요. 텍스트에 충실한 평론이라고 해서 텍스트와 분별되는 것으로서 읽히지 않는 건 아니고 독자적으로 좋은 글로 남기도 해서 들었던 의문이었어요. 만약 평론이 이러한 독자성을 끝까지 밀어붙인다면 어느만큼 독립적 창작의 영역으로서 받아들여질 수 있을까, 그런 고민을 했었어요.

양경언 비평엔 혼종성이 있는 것 같아요. 그게 비평의 가능성이고 매력이기도 하고요. 방금 말씀하신 것처럼 비평에도 일종의 창작성이 분명히 있는 것 같아요. '논증하는 글쓰기'의 일종이라곤 하지만 비평가마다 다 자기 스타일이 글 속에서 드러나잖아요. 관점이나 태도뿐만 아니라 문체도 다르고요.

설득력 있는 매력적인 비평을 읽으면, 그 비평에서 다뤘던 작품에 대해서도 다른 감정이 만들어지는 것 같아요. 제 비평집을 읽은 친구가 제게 '거기서 다뤄진 시를 원래는 몰랐었는데 재밌더라'고 얘기해줘서 뿌듯했던 기억이 나네요. 비평을 읽으면서 새로운 발견을 하기도 하고, 또다른 작품을 볼 수 있는 길이 열리기도 하잖아요. 작품을 매개로 닫혀 있던 생각을 확 열어젖히는 비평. 그런 경지에 저는 아직 다다르진 못했습니다만, 그런 글을 보면 하나의 예술작품을 읽는 느낌이 들기도 해요. 선우은실 평론가에겐 그런 경험이 있나요?

선우은실 서영채 평론가의 평론집을 읽었던 기억이 나요. 학부 시절에 비평이라는 걸 알게 되고 한 선생님께 읽어볼 만한 비평집을 추천받아서 읽기 시작했어요. 비평 언어에 익숙하지 않을 때라 뭘 비평이라고 하고 어떻게 쓸 수 있는지를 궁금해하면서 책을 펼쳤는데요. 평론집에서 다루는 텍스트 중에 제가 알고 있는 게 거의 없었고 심지어 학부생 수준에서 읽기에는 어려웠던 글이라 정말 고투를 하면서 읽었습니다. 숙제하는 마음으로 더듬더듬 읽어나간 평론이었고, 지식이 짧아 더더욱 어려웠음에도 불구하고 방금 양경언 평론가가 말씀해주신 '생각을 열어젖히는 비평'의 경험이 되었어요. 비평이 다루는 1차 텍스트를 읽지 않은 상태였는데도 그것에 대해 해석하는 방식이 무척 재미있었거든요. 작품에 대해 판정하거나 과도하게 의미를 부여하는 대신, 이 비평으로 인해 원텍스트가 더 생생해진다는 인상을 받았어요. 도대체 무슨 작품인데 이렇게 해석했지? 하는 궁금증이 생겨 나중에 평론에서 언급한 작품들을 모조리 찾아 읽었어요. 그런데 어떤 작품에 대해서는 서영채 평론가의 해석에 무리가 없다는 걸 알면서도, 이견을 제출하고 싶은 경우도 있었어요. 그러한 '다른 마음'까지도 저는 좋았어요. 만약 나였다면 이 부분을 이렇게 해석하지 않았을 텐데, 하고 생각했던 경험까지요. 작품과 완전히 동떨어지지 않으면서 긴밀성을 가지는 평론이 굉장히 매력적이었어요.

양경언 리베카 솔닛이 '좋은 비평'은 그 작품에 대한 대화의 종지부를 찍는 게 아니라, 계속해서 대화를 열어주는 비평이라는 맥락의 얘기를 했었어요. 그 작품에 대한 이야기를 계속 이어나가는 속에서 그 작품은 도서관에 잠들어 있지 않고 생명력이 연장되는 거죠. 좋은 비평은 물길을 열고 대화를 시작하게 만든다는, 종결짓는 게 아니라 새로운 시작을 만든다는 취지의 얘기였는데, 선우은실 평론가에겐 서영채 평론가의 비평집을 읽었던 경험이 바로 그것이네요. 원작을 읽고 났더니 또다른 이야기를 하고 싶어지더라는 건, 독자의 말이 열리도록 하는 역할을 비평이 했다는 것이잖아요?

선우은실 작품이 대화의 주제를 던져주는 역할을 한다면, 보다 적극적으로 이 텍스트를 함께 관통하는 이의 자리를 상상하고 말을 거는 일이 곧 비평이 할 수 있는 일임을 지금도 알아가는 과정에 있다고 생각해요.

양경언 근본적인 질문을 해볼까요. 선우은실 평론가는 왜 비평을 쓰나요?

선우은실 자주 듣고 늘 대답을 망설이게 하는 질문입니다. 다양한 관점으로 세계를 바라보는 게 그 누구보다도 제게 필요하다는 생각이 들었기 때문이에요. 사실은 제가 그렇게 다채로운 시각을 가진 사람이 아닌 것 같아서, 그 결핍을 다루는 데 비평이 유의미한 길을 내어주었다고 생각합니다. 하나의 장면/현상에서 여러 면들을 확인해 간다는 건 유일무이한 진리를 길어올리는 일은 아닐지라도 일종의 변화되는 의미의 양상을 본다는 뜻일 텐데요. 그걸 저 자신에게 적용할 수도 있을 것 같아요. 가령 어떤 현상을 바라보는 자신의 관점을 바꿔서 주변을 달리 보는 식으로요. 아무래도 뭔가가 바뀔 수 있다면 자기 바깥의 존재에게 변화를 강제하는 것보다 자기가 바뀌는 게 나으니까요. 결국에는 자기를 바꾸는 게 스스로에게 필요하기에 그렇게 한다는 뜻이기도 할 테고요. 만약 이러한 자기 변화의 수행이 누군가에게 변화의 지점을 발생시킨다면, 그건 '제가 이렇게 한번 시도해보았는데요'라는 말이 다른 사람의 방식으로 해석되어서 그 스스로가 자신을 바꾸는 일로 이어지는 것일 테니 원리적/근본적으로 '자기를 바꾸는 것'과 달라지지는 않을 것 같아요. 요컨대 이런 방식으로 어떤 유연함과 변화 가능성을 타진해보는 일이 제게는 삶에서도 꽤 중요한 일이었고, 비평이 그것을 하는 한 방식을 제안해주었다고 생각해요. 양경언 평론가는 어떤가요? 비평을 처음에 왜 시작했으며 지금은 어떤 이유로 하고 있는지 궁금해요.

양경언 비평이 제게 맞는 글쓰기라는 걸 알게 된 때는 대학 들어가서였어요. 흐릿하게만 생각하는 지점에 언어를 입히고 논리적으로 설명해나가는 작업이 매력적으로 다가왔던 것 같아요. 등단작은, 그 글을 쓰던 당시에 저를 억압했던 관계를 성찰하는 과정에서 김민정 시인의 시가 수치심을 어떻게 다루는지를 알려주었는데, 그에 대해 논의한 글이었어요. 저는 삶의 국면마다 맞닥뜨리는 문제와 씨름하는 과정에서 늘 무언가와 대화하는 글쓰기 작업을 해왔던 것 같아요. 비평 역시 작품과 대화하는 과정에서 나오는 글쓰기잖아요. 어떤 글의 경우는 그 글을 읽는 사람을 마냥 즐거워하는 사람으로 만들 수 있고, 어떤 글의 경우는 읽는 이를 비탄에 빠지게 만들기도 할 텐데, 비평은 그 글 앞에 있는 사람을 깊이 사유하게 만들고 진지한 대화의 상대로 이끄는 것 같아요.

한 편의 비평문을 이루는 많은 것들이 있잖아요. 문학작품 자체와의 깊이 있는 대화뿐만 아니라, 그 문학작품이 역사의 한 흐름 중 어떤 위치에 있는지와 연결된 문예이론, 문학사가 있고, 그 작품이 우리 삶에 들려주는 얘깃거리가 무엇인지를 파악하는 말들도 있고요. 비평은 인간의 사유 양식을 총체적으로 상대하게 만드는 글인 것 같아요. 읽는 사람이든 쓰는 사람이든 이들을 '사유하는 사람'으로 오롯이 존중하는 글이랄까요. 그래서 계속 쓰는 것 같아요. 전 읽고 생각한 바를 사람들과 이야기 나누는 이 작업이 재밌어요. 읽고 사유하는 사람들 사이의 활기찬 대화가 문명사회를 이룩하는 데 역할을 한다는 생각이 있어서, 작업에 대한 긍지를 갖고 있습니다.(웃음)

선우은실 긍지, 정말 좋은 말이에요. 한때 만나는 사람마다 물어본 적이 있어요. '비평이 재밌으세요?'라고요. 딱히 저에게는 재미없었기 때문에 물었던 건 아니었어요. 일로서 관성적으로 쓰기도 하고, 쓸 때 괴롭기도 하지만 일단은 해내고 나면 성취감이 있는 게 비평 쓰기인데, 다른 사람들은 무슨 재미로 쓰나 해서요. 이런 질문을 했을 때 돌아오는 답변은 꼭 '비평'에 초점화되어 있진 않았어요. 폭넓은 의미에서 읽고 해석하거나 글쓰기를 좋아하는 사람들이 많더라고요. 재미있대요. 신기했어요. 저는 어떤 고통과 성취가 비평 쓰기에 있다고 생각하면서도 이걸 '재미'라고 표현하는 게 적당한가 하는 생각을 했었거든요. 시간이 지나고 나서 그런 의구심은 좀 열어졌지만요.

제가 문제 상황이 생기거나 고민이 생기면 누군가에게 조언을 구하는 편이거든요. 양경언 평론가에게도 자주 조언을 구했는데, 양경언 평론가와 고민을 나누면서 알게 된 게, 제겐 어떤 문제를 '대할 것인가 말 것인가'가 중요했다면, 양경언 평론가의 경우 '대할 건데 어떻게 대할 건가'가 더 중요한 것처럼 보였어요. 그런 미묘한 관점의 차이가 문제를 어떻게 다르게 보이도록 만드는지 엿보는 게 재미있고 흥미로웠어요. 어쩌면 제가 비평을 통해 하고 싶은 것도 이런 일일 것 같고요. 양경언 평론가의 의견을 들으면서 '아, 나는 여전히 싫어하는 것을 잘 싫어하기 위해서 비평을 쓰는 것 같다'는 생각에 도달했는데, 이게 저의 대화의 방식인 것 같아요. 싫어하는 것을 그런 대로 내버려두는 게 얼마간은 스스로에게 해명이 필요한 부분들을 방치하는 것 같아 무책임하다는 생각을 하곤 해요. 하지만 싫어하는 걸 억지로 좋아하는 것으로 받아들이는 것 또한 자기 판단과 확신을 부정하는 일일 수밖에 없지요. 그래서 '싫은 것'이라 여기는 내외부와 대화하는 방식으로 '싫어하는 것을 잘 싫어하기'란 방식을 택하고자 했었어요. 그렇게 하지 않으면 아마도 모조리 다 싫어하고 말았을 거예요.(웃음)

양경언 선우은실 평론가의 얘기를 들으니, 자기 동일성을 강화하지 못하도록 막는 글쓰기 역시 비평인 것 같아요. 어떤 글은 내적 논리를 정립해가는 과정에서 스스로 심취하게 되기도 하는데, 비평은 다른 사람의 관점도 견주어서 생각해봐야 하고, 이 얘기를 혼자 하고 끝내는 게 아니라는 감각을 늘 가지고 있어야 하잖아요. 왜 싫은지를 스스로 납득하는 데서 끝나지 않고 이것이 왜 싫은지 다른 이들에게 들려주는 쓰기로서의 비평.

제가 아는 선우은실 평론가는 재주가 많은 사람인데요. 글쓰기 말고도 잘하는 게 되게 많잖아요. 그림도 잘 그리시고, 악기 연주도 잘하시고요. 그런데 왜 글쓰기를 선택했을까 늘 궁금했어요.

선우은실 돌이켜보니 그렇네요. 글쓰기 이외에 좋아하고 제법 잘 해냈던 일의 종류가 다양하기도 했고요. 뭐가 됐든 '좋아하는 것을 잘' 하려면 얼마간은 매일매일 연습하는 지루함과 고통을 견뎌야 하는 것일 텐데, 그중 하나를 고르는 일이 쉽지는 않았어요. 여러 보수적인 상황 속에서 격려받지 못해 좌절하거나 포기해버린 일도 있고요. 그중 왜 글쓰기를 선택했을까에 대한 질문에 답해보자면요. 제가 가진 여러 가지 가능성 중에 가장 부족하다고 생각하는 것에 집중하고자 했기 때문이라고 말할 수 있을 것 같아요. 오만하게 들릴지도 모르겠지만, 그런 의미는 아니고요. 가령 작품에 대해 '잘 설명해내고 싶다'라는 갈급함이, 이걸 꼭 결핍이라고 통칭할 순 없겠지만, 그 갈망이 가장 큰 영역이 문학이었지 싶어요. 보다 진지하게 삶을 의탁하게 되었다고 고쳐 말할 수도 있겠고요. 가장 안정적으로 잘 해내고 싶은 분야에 대해서 어떤 불안정성을 동력 삼아 자신을 시험하는 느낌으로 해온 것도 같아요.

양경언 치열해서 애틋합니다. '시대의 마음'을 헤아리고자 노력하는 평론가가 한국문학장에 있어 든든한 한편, 이번 비평집이 선우은실 평론가의 이후 확장된 삶의 출발 지점이 됐으면 좋겠네요.

선우은실 이번에 묶은 원고에 더해 이 대담까지가 다음의 장으로 건너가는 교두보가 될 거라는 즐거운 생각이 듭니다. 격려해주셔서 감사합니다.

양경언 앞으로도 비평의 폭을 넓히는 다양한 활약, 기대할게요. 감사합니다.

| 발표 지면 |

1부 시대 감각

오늘날의 시와 비평의 가능성—자신의 비평에 대한 소고 『딩아돌하』 2018년 겨울호

기후 위기와 문학이라는 서사/시나리오 『문학인』 2021년 겨울호

약자-되기로서의 개인적 정치성과 에세이라는 언어 형식 『쓺』 2021년 상반기호

자기라는 헤테로토피아, 내면의 장소화—강성은, 김행숙, 이수명의 시를 중심으로 『현대시』 2019년 1월호

'쓰기'와 실천적 문학 행위—박민정의 『서독 이모』 박민정 중편소설, 『서독 이모』(현대문학, 2019)

reset의 조건 re-set의 태도 『자음과모음』 2017년 여름호

외부적 조건과 노동, 노동과 인간, 인간과 인간의 관계에 대하여—김혜진의 『어비』와 『9번의 일』을 중심으로 『오늘의 문예비평』 2020년 봄호

노동을 해보았느냐고—시에서 노동 읽기 『문학3』 2019년 2호

생활 전선 보고서—최지인의 『나는 벽에 붙어 잤다』를 중심으로 『시현실』 2017년 겨울호

2부 젠더 비평

페미니즘-비평이라는 태도 SRS 2019년 8월

우리가 우리의 문제에 대해 말할 때 필요한 것—'당사자성'을 중심으로 『문학들』 2021년 여름호

세계적 위기의 공통 감각 위에서 읽는 질병 시대의 여성 서사—이주혜의 「자두 도둑」과 이현석의 「너를 따라가면」 읽기 『작가들』 2020년 가을호

엄마 되는 상상력, 여성의 자기 서사 이해하기—한지혜의 『물 그림 엄마』 한지혜 소설, 『물 그림 엄마』(민음사, 2020)

우리의 자리—조우리의 『내 여자친구와 여자 친구들』 조우리 소설, 『내 여자친구와 여자친구들』(문학동네, 2020)

○○문학을 말하다—페미니즘으로 시 읽기 〈2018 요즘비평포럼〉 발표문(2018. 5. 31.)

누가 무엇을 보는가: 역사가 되는 일—이소호의 『캣콜링』과 주민현의 『킬트 그리고 퀼트』를 중심으로 『현대비평』 2020년 겨울호

여성 시의 분절적 언어성—백은선의 시를 중심으로 『현대시』 2021년 6월호

보(이)는 자-되기: 전시성展示性의 전략—이소호의 『캣콜링』을 읽는 한 방법 『문학과사회 하이픈』 2021년 봄호

'아버지' 세계와 '어머니'적인 것을 바라보는 두 공통 감각에 대하여—페미니즘과 문학 『현대시학』 2017년 7월호

3부 나와 비평

다시 문학과 제도 구축에 대한 지금부터의 질문들—문학과 노동/등단/매체 그리고 개선할 '문학 제도'에 대하여 『비릿』 Vol.4(물, 2020)

잡지를 뭐라고 생각하는 걸까?—문예지와 매체 감수성의 변화에 대한 단상 『포지션』 2019년 겨울호

해설을 얼마나 신뢰할 수 있을까?—작품 해설과 소통 가능성 『포지션』 2020년 겨울호

'문학성'과 문학비평 『문학과사회 하이픈』 2018년 봄호

4부 시대 마음

정강이를 부러뜨린 아이는 난파된 배의 조타수가 되어 조난자를 밝은 곳으로, 밝은 곳으로—최현우의 『사람은 왜 만질 수 없는 날씨를 살게 되나요』 최현우 시집, 『사람은 왜 만질 수 없는 날씨를 살게 되나요』(문학동네, 2020)

축적 불가능한 시대의 마음—김금희론 『작가들』 2019년 봄호

나를 망친 것, 내가 망쳐야만 했던 것, 그리고 나—이주란론 『문학과사회』 2018년 가을호

좋은 사람 되는 방법—조우리의 『팀플레이』 조우리 소설, 『팀플레이』(자음과모음, 2021)

$\lim_{n\to\infty}$ 부정否定의 프레임n—이장욱의 『기린이 아닌 모든 것』과 『천국보다 낯선』을 중심으로 2016년 경향신문 신춘문예 당선작

비 오는 밤의 저편—백수린의 「시간의 궤적」 『2019 제10회 젊은작가수상작품집』(박상영 외, 문학동네, 2019)

문학동네 평론집
시대의 마음

초판 인쇄 2023년 1월 16일
초판 발행 2023년 1월 31일

지은이 선우은실
책임편집 김봉곤 | 편집 이민희
디자인 김이정 최미영
마케팅 정민호 이숙재 박치우 한민아 이민경 안남영 왕지경 김수현 정경주 김혜원
브랜딩 함유지 함근아 김희숙 고보미 박민재 박진희 정승민
제작 강신은 김동욱 임현식 | 제작처 한영문화사

펴낸곳 (주)문학동네 | 펴낸이 김소영
출판등록 1993년 10월 22일 제2003-000045호
주소 10881 경기도 파주시 회동길 210
전자우편 editor@munhak.com
대표전화 031) 955-8888 | 팩스 031) 955-8855
문의전화 031) 955-3578(마케팅) 031) 955-2660(편집)
문학동네카페 http://cafe.naver.com/mhdn
인스타그램 @munhakdongne | 트위터 @munhakdongne
북클럽문학동네 http://bookclubmunhak.com

ISBN 978-89-546-9053-9 03810

이 책은 2021년도 대산문화재단 대산창작기금을 받아 출판되었습니다.